정말
지독한 오후

정말 지독한 오후

Truly Madly Guilty

리안 모리아티

김소정 옮김

음악은 음과 음 사이에 놓인 침묵이다.
클로드 드뷔시

. 1 .

"이것은 바비큐 파티와 함께 시작되는 이야기입니다."

마이크 덕에 더 매끄럽고 커진 클레멘타인의 목소리에선 마치 포토샵을 한 것처럼 권위가 느껴졌다.

"평범한 동네, 평범한 뒤뜰에서 열린 바비큐 파티였어요."

정확히 말하면 *평범한* 건 아니지, 라고 에리카는 생각했다. '비드네 집 뒤뜰을 평범하다고 말할 수 있는 사람은 아무도 없을걸'이라고 생각하면서 에리카는 다리를 꼬고 한쪽 발로 다른 쪽 발목을 감싼 채 코를 킁킁거렸다.

에리카는 도서관 강연장에 앉아 있었다. 최근에 새로 말쑥하게 단장한 도서관의 강연장에서 에리카가 선택한 자리는 맨 뒷줄 한가운데였다. 에리카는 시드니 시내에서 도서관까지 오려고 택시 안에서 *사십오 분*이나 앉아 있어야 했다.

강연장에는 모두 스무 명 정도가 와 있었다. 접이식 의자는 그보다 두 배는 많았지만. 잔뜩 기대하는 얼굴로 기운차게 앉아 있는 사람들은 대부분 노인이었다. 이렇게 비가 오는 아침에도 '지역 사회 문제'를 논의하는 장소에 나가 새롭고 흥미로운 정보를 얻으려고 노력하는 지적이고도 아는 게 많은 연로한 시민들이었다(그러니까 '그런데 이거 언제 끝나?' 같은 말을 하는 어른들 말이다). 모두 자녀와 손자들에게 자기는 오늘 아주 흥미로운 사람이 하는 강연을 들었다고 말하고 싶어서 온 게 틀림없었다.

클레멘타인의 강연을 들으러 오기 전에 에리카는 강연 소개를 보려고 도서관 홈페이지에 들어가봤다. 소개는 아주 짧았고 별다른 정보도 없었다. 시드니에 사는 주부이자 유명한 첼리스트의 강연을 들으러 오세요, 제목은 '어느 평범한 날'입니다, 가 전부였다.

그 문구를 보고 에리카는 생각했다. '클레멘타인이 유명한 첼리스트라고? 너무 과장한 거 아냐?'

강사를 두 명 초청해서 진행하는 연강을 들으려고 5달러를 내고 온 사람들은 집에서 만든 맛있는 차를 마시고 추첨으로 선물을 받을 수 있는 권리를 받았다. 클레멘타인 다음에 나올 강사는 난항을 겪고 있는 지역 수영장 재개발 계획에 관해 말할 예정이라고 했다.

어딘가에서 컵과 컵받침을 준비하느라 달그락거리는 소리가 들렸다. 에리카는 얇고 조잡한 추첨권을 무릎 위에 안전하게 올려놓고 있었다. 굳이 가방에 넣어뒀다가 추첨 시간에 다시 꺼내고 싶진 않았으니까. 블루, E24. 아무리 봐도 에리카의 추첨권 번호는 선물을 받을 만한 번호는 아닌 것 같았다.

에리카 바로 앞자리엔 하얀 곱슬머리의 노부인이 앉아 있었는데, 클레멘타인의 말에 모두 찬성한다는 듯이 호의적으로 고개를 옆으로 기울인 채 열심히 듣고 있었다. 노부인의 셔츠에선 상표가 삐죽 튀어나와 있었다. 12사이즈, 타깃(Target, 오스트레일리아 대형 마트 이름─옮긴이). 에리카는 몸을 앞으로 숙여 상표를 노부인의 셔츠 안으로 밀어넣었다.

노부인이 몸을 돌려 에리카를 쳐다봤다.

"상표가 나와서요."

에리카의 말에 노부인은 고맙다는 듯이 살짝 웃었고, 에리카는 연분홍빛으로 변하는 노부인의 목덜미를 물끄러미 바라봤다. 노부인 옆에는 아들처럼 보이는 남자가 있었는데, 사십대로 보이는 그 남자는 햇볕에 탄 목덜미에 바코드 모양 문신을 새겨넣고 있었다. 자기가 무슨 슈퍼마켓에 진열된 상품이야? 재밌으라고 저런 걸까? 혹시 뭔가를 풍자하려고? 대체 뭘 상징하는 거지? 에리카는 그런 바코드 문신은 바보 같아 보인다고 남자에게 말해주고 싶었다.

"그저 평범한 일요일 오후였어요."

클레멘타인은 '평범한'이라는 말을 분명하게 다시 한 번 반복해서 말했다. 클레멘타인은 평범한 도시 근교에 사는 평범한 사람들에게 자기도 평범하다는 걸 알려주고 싶은 게 분명했다.

에리카는 클레멘타인이 자기 집에 있는 작은 식탁이나 수리하지 않고 둔 샘의 고풍스런 책상에 앉아 있는 모습을 생각했다. 습기가 차는 사암 테라스가 있는, 낡은 것과 새로운 것이 적절하게 조화를 이룬 집에서 지역 사회를 위해 강연할 내용을 적는 클레멘타인을 생각했다. 펜 끝을 잘근잘근 씹으면서 어깨를 덮은 짙고 풍성한 머리칼을 관능적으로, 흡족한 듯이 라푼젤처럼 어루만지며 스스로를 '평범'하다고 생각하는 클레멘타인을 떠올려봤다.

하지만 클레멘타인, 넌 평범한 사람들을 이해할 수 없어, 라고 에리카는 생각했다.

"초겨울이었어요. 춥고 *음산한* 날이었죠."

클레멘타인이 말했다.

뭐라고? 에리카는 가만히 못 있고 의자에서 몸을 움직였다. 그날은 아름다운 날이었어. '참으로 아름다운' 날이었단 말이야. 비드는 그렇게 말했어. 아니 '눈부시게 아름다운'이라고 말했는지도 몰라. 어쨌거나 아름다운 날이었어.

"아주 추운 날이었어요."

그렇게 말하며 클레멘타인은 정말로 몸을 부르르 떨었다. 강연장은 아주 따뜻해서 전혀 그럴 필요가 없었는데도. 앞줄에 앉은 남자가 꾸벅꾸벅 졸고 있는 건 따뜻하기 때문인걸, 하고 에리카는 생각했다. 그 남자는 앞으로 다리를 쭉 뻗은 채 두 손을 배 위에 가지런히 모으고 있었다. 마치 베개를 베고 있는 것처럼 고개는 뒤로 젖히고 있었다. 저 남자, 어쩌면 죽었는지도 모른다고 에리카는 생각했다.

하지만 어쩌면, 그 바비큐 파티 날은 추웠는지도 몰라. 하지만 음산한 날은 아니었어. 에리카는 범죄 현장 목격자들의 증언은 당최 믿을 수가 없다는 걸 잘 알았다. 기억이란 사실 머릿속에서 자신이 구축한 얘기인데 사람들은 정말로 자신이 경험한 내용이라고 믿는 거지. 기억이란 스스로 만들어가는 '자신만의 얘기'인 거다.

클레멘타인의 경우는 바비큐 파티를 생각하면 저절로 춥고 음산한 날이 떠오르는 거다. 하지만 클레멘타인은 틀렸다. 에리카는 바비큐 파티를 하던 날 아침이 어땠는지 기억하니까(그러니까 에리카는 얘기를 만들어가는 게 아니라 정말로 기억을 하는 거다). 에리카는 자기 자동차 창문 쪽으로 몸을 숙이고 '참으로 아름다운 날이군요'라고 말했던 비드를 기억하니까. 그것이 바로 비드가 했던 말이라는 걸 에리카는 정확하게 기억하고 있었다. '눈부시게 아름다운'이라고 했는지는 모르지만, 어쨌거나 비드는 날씨가 상당히 좋다고 했다. 그건 확실했다. (그때 에리카가 '네, 참으로—눈부시게—아름다운 날이에요'라고 대답하곤 가속 페달을 밟아 그 자리를 떠나버렸다면 좋았을 텐데.)

"그날, 내가 우리 딸들을 정말 따뜻하게 입혔다는 걸 기억해요."

클레멘타인이 말했다. 에리카는 애들 옷을 입힌 건 샘이겠지, 라고 생각했고.

클레멘타인은 헛기침을 하더니 두 손으로 강연대 양쪽을 붙잡았다. 마이크가 좀 높게 고정돼 있어서 마이크에 대고 말을 하려면 클레멘타인은 까치발을 들어야 할 것 같았다. 마이크 쪽으로 고개를 쭉 내밀고 있으니까 안 그래도 비쩍 마른 클레멘타인의 얼굴이 더 말라 보였다.

에리카는 자신이 벽을 따라 슬며시 연단으로 나가서 마이크를 바로잡아줄 가능성이 얼마나 되는지 고려해봤다. 마이크를 바로잡는 데는 일 초밖에 안 걸릴 텐데. 내가 마이크를 바로잡아주면 클레멘타인은 고맙다며 웃겠지? 강연이 끝나고 함께 커피를 마실 땐 '아깐 정말 고마웠어. 덕분에 살았어'라고 말하겠지.

문제는 클레멘타인이 에리카가 강연에 오는 걸 원치 않았단 거지만. 에리카는 강연을 들으러 갈 거라고 말하는 순간 클레멘타인의 얼굴에 스치던 겁에 질린 표정을 놓치지 않았다. 물론 클레멘타인은 바로 정신을 차리고는 에리카가 오면 좋겠다고, 정말 친절한 생각이라고, 강연이 끝나면 푸드 코트에서 같이 커피를 마시면 되겠다고 했다.

"바로 그날, 몇 시간 전에야 받은 초대였어요. 우린 바비큐 파티를 주최한 사람들도 잘 몰랐어요. 그 사람들은, 음, 친구의 친구였거든요."

클레멘타인은 읽던 부분을 놓친 사람처럼 강연대를 내려다봤다. 연단에 올라갈 때 클레멘타인은 오늘 할 얘기를 적은 손바닥만 한 인덱스카드를 여러 장 들고 있었다. 카드를 든 클레멘타인을 보며 에리카는 짠한 기분이 들었다. 클레멘타인은 고등학교 웅변 수업 시간에 선생님이 해준 조언을 떠올렸던 게 분명해. 카드 종이는 직접 가위로 오렸겠지. 클레멘타인의 할머니 물건이었던, 손잡이에 진주가 박힌 가위로 오리진 않았을 거야. 그 가위는 잃어버렸으니까.

혼자 연단에 오른 클레멘타인을, 첼로 없이 맨몸으로 서 있는 클레멘타인을 보고 있으니까 이상한 기분이 들었다. 청바지에 '단정한' 꽃무늬 상의를 입고 있는 클레멘타인은 너무 평범해 보였으니까. 그냥 도시 근교에 사는 주부처럼 보였으니까. 청바지를 입기에 클레멘타인의 다리는 너무 짧았는데, 플랫 슈즈를 신으니 더 짧아 보였다. 뭐, 다리가 짧은 건 사실이니까. 하지만 그렇다고 해도 연단으로 걸어가는 클레멘타인은—이런 표현은 친구로서 정말 너무한 거지만—안쓰러울 만큼 *촌스러웠다.*

연주회 무대에 오를 때 클레멘타인은 늘 올림머리를 하고 하이힐을 신고 검은색 드레스를 입었다. 두 발 사이에 첼로를 껴도 충분히 감쌀 수 있을 만큼 나풀거리는 긴 드레스를 입었다. 우아하면서도 열정적으로 고개를 살짝 기울이면서, 긴 머리칼 한 가닥을 첼로의 현에 닿을 정도로 늘어뜨린 채, 첼로를 껴안을 것처럼 독특한 각도로 두 팔을 구부리고 있을 때 클레멘타인은 늘 관능적이고 이국적이었다. 그래서 에리카에게 클레멘타인은 그토록 오랜 시간을 봐왔는데도 아주 *낯선* 존재가 되곤 했다. 클레멘타인이 공연하는 모습을 보면 에리카는 갈망하는 게 있지만 가질 순 없다는 상실감 같은 걸 느꼈다. 그런 감정을 느낄 때마다 에리카는 그건 단순히 질투가 아니라 훨씬 복잡하고 흥미로운 감정이라고 생각했다. 왜냐하면 악기를 연주하는 일에 에리카가 관심을 가졌던 적은 한 번도 없으니까. 하지만 그 생각은 틀렸을 수도 있었다. 오로지 질투 때문에 그렇게 느끼는 걸 수도 있는 거였다.

높은 천장에 은은한 불빛, 조용한 콘서트홀이 아니라 번잡한 쇼핑센터 주차장이 내다뵈는 이 보잘것없는 공간에서 자꾸만 끊어지고 아무 의미도 없는 강연을 하는 클레멘타인을 보고 있으니, 에리카는 쓰레기 같은 잡지에서 맨얼굴의 스타 사진을 볼 때와 똑같은 감정을 느꼈다. 그렇게 느낀다는 사실이 스스로도 창피하지만 어쩔 수 없이 느껴지는 만족스러운 감정을, 그러니까 너도 결국은 그렇게 특별한 사람은 아닌 거야, 라는 감정을 느낀 거다.

"그러니까, 그날 어른은 여섯 명이었어요."

클레멘타인은 체중을 발뒤축에 실었다가 다시 앞쪽에 실으면서 헛기침을 했다.

"어른이 여섯 명, 애들이 세 명이었어요."

그리고 왈왈왈, 활기차게 짖어대는 개 한 마리도 있었지.

"말씀드린 것처럼, 사실 우린 집주인을 알지도 못했어요. 하지만 모두 좋은 시간을 보냈죠. 정말 즐거웠어요."

에리카는 종소리처럼 맑았던 클레멘타인의 웃음소리와 껄껄껄 웃던 비드의 목소리가 한데 뒤섞이던 순간을 기억했다. 어둑한 그늘 속으로 들어갔다 나오던 얼굴들을, 눈동자는 검은 웅덩이 같았지만 갑자기 번쩍이는 이가 드러나던 사람들의 얼굴이 떠올랐다. 그 터무니없는 뒤뜰에선 한참 어두워진 뒤에야 실외 전등을 켰으니까.

"음악을 들었던 순간을 기억해요."

클레멘타인은 강연대를 내려다보다가 저 멀리 지평선 위의 뭔가를 쳐다보는 것처럼 고개를 들었다. 눈은 텅 비어 있었고, 이젠 그저 교외에 사는 주부처럼은 보이지 않았다.

"프랑스 작곡가 가브리엘 포레의 〈꿈꾼 뒤에〉라는 곡이었어요."

당연히 클레멘타인은 프랑스어로 곡 제목을 완벽히 발음했다.

"정말 아름다운 음악이에요. 강렬하고 애절한 곡이죠."

그러곤 입을 다물었다. 사람들이 의자에서 불편한 듯이 꼼지락댄다는 걸 알아챈 걸까? '강렬하고 애절' 하다니. 이런 장소에서 할 말은 아니지. 너무 과했어. 너무 예술가인 체한 거라고. 사랑하는 내 친구 클레멘타인. 세련된 너와 달리 우린 프랑스 음악가 얘기를 듣기엔 너무 평범한 사람들이야. 어쨌든 그날 밤엔 건스 앤 로지스의 〈노벰버 레인〉도 나왔어. 그 노랜 그렇게 예술적인 건 아니야. 에리카는 생각했다.

혹시 티파니가 자기 비밀을 털어놔야겠다고 생각한 건 〈노벰버 레인〉 때문이었을까? 아니, 그 전이었나? 정확히 언제 티파니는 비밀을 말했지? 오후 시간이 불안정해지고, 에리카의 기억이 사라지기 시작했을 때 털어놨을까?

"우린 술을 마셨어요. 하지만 아무도 심하게 취하진 않았어요. 약간 취했을진 모르지만요."

그 말을 하면서 클레멘타인은 에리카의 눈을 쳐다봤다. 강연하는 내내 에리카가 어디 앉아 있는지 알고 있었지만, 일부러 눈길을 피해온 것처럼 딱 그 순간에 에리카를 본 거다. 클레멘타인은 이젠 에리카가 거기 있다는 걸 자신도 알고 있음을 알릴 때가 됐다고 결심한 사람처럼 에리카를 봤다. 에리카는 클레멘타인을 보면서 웃으려고 노력했다. 두 사람은 친구니까. 에리카는 클레멘타인의 가장 친한 친구니까. 클레멘타인 딸의 대모니까. 하지만 에리카의 얼굴은 뇌졸중에 걸린 사람처럼 마비된 듯 보였다.

"어쨌든 아주 늦은 시간이었고 우린 디저트를 먹으려고 했어요. 모두 웃고 있었죠."

클레멘타인은 에리카에게서 시선을 거두고 앞줄에 있는 사람들을 바라봤다. 클레멘타인의 행동이 마치 자신을 무시하는 것같이 느껴져서 에리카는 고통스러웠다.

"무슨 일이 있어서 웃은 건데, 왜 웃었는지는 기억나지 않아요."

에리카는 폐소공포증에 걸린 것처럼 정신이 몽롱해졌다. 강연장이 갑자기 못 견딜 정도로 답답해졌고 밖으로 나가야겠다는 욕구가 강하게 솟구쳐올랐다. 시작이야, 또 시작인 거야. 에리카는 생각했다. 도피 반응(fight or flight response, 위험에 처했을 때 나타나는 생리적 각성 상태—옮긴이)이 일어나는 거야. 교감신경계가 활성화되는 거지. 뇌가 분비하는 화학물질이 바뀌는 거야. 그래서 그런 거야. 이건 완벽하게 자연스런 반응이야. 어린 시절에 겪은 일 때문에 생긴 자연스런 반응이지. 이게 무슨 반응인지 에리카는 책을 읽어서 잘 알았다. 이제부터 어떤 일이 벌어질지도 정확하게 알고 있었다. 하지만 안다고 해서 바뀌는 건 없었다. 어쨌든 몸은 반응을 일으킬 테니까. 몸은 에리카를 배신할 테니까.

심장이 마구 뛰고 손이 떨리기 시작했다. 에리카는 어린 시절에 맡았던 냄새를 다시 맡을 수 있었다. 콧속에서 느껴지는 그 냄새는 선명하고 진짜였다. 축축한 곰팡이에서 나는 수치스런 냄새였다.

"그 공포에 맞서 싸우지 마세요. 그저 마주 보세요. 그 안에서 떠다니셔야 해요."

정신과 상담의는 그렇게 말했다. 그 의사는 정말 뛰어난 사람이야. 돈이 전혀 아깝지 않을 정도야. 하지만 떠다닐 공간이 없을 땐 어떻게 하냔 말이야? 위쪽으로도 아래쪽으로도 갈 곳이 없는데 어떻게 떠다녀? 밟는 곳마다 썩은 곰팡이가 있는 것 같은데 어떻게 떠다니냐고?

에리카는 벌떡 일어나서 다리 뒤에 찰싹 달라붙은 치마를 잡아당겨 떼어냈다. 목에 바코드를 새긴 남자가 에리카를 돌아봤다. 남자의 눈에서 안쓰러움을 느낀 에리카는 흠칫 놀랐다. 그 눈이, 사람이라면 당혹스러운 게 당연할 만큼 아주 영리한 유인원의 눈 같았으니까.

"죄송해요. 제가 지금……."

에리카는 손목시계를 가리키며 조용히 말하고 재킷으로 남자의 뒤통수를 치지 않으려고 조심하면서 발을 끌며 옆으로 걸어갔다. 의자를 모두 빠져나갔을 때, 클레멘타인이 말했다.

"내 친구가 내 이름을 소리쳐 불렀을 때를 기억해요. 정말로 큰 소리로 불렀거든요. 절대로 그 목소리를 못 잊을 거예요."

그때 에리카는 클레멘타인을 등지고 선 채 문손잡이를 잡고 있었다. 클레멘타인은 마이크에 입을 바짝 대고 있는 게 분명했다. 갑자기 클레멘타인의 목소리가 강연장을 가득 채웠으니까.

"친구는 '클레멘타인!' 하고 소리쳤어요."

'클레멘타인!' 이라는 그 단어 안에 담긴 공포와 절박함을 에리카는 분명하게 느낄 수 있었다. 클레멘타인은 다른 사람 흉내를 늘 기가 막히게 냈다. 음악가라서 소리를 정확하게 듣는 귀가 있는 게 분명했다. 에리카는 클레멘타인을 소리쳐 부른 친구가 자기라는 걸 알았다. 하지만 소리를 쳤던 기억은 없었다. 기억이 있어야 할 자리엔 완벽하게 하얀 공간만 있을 뿐이었다. *에리카에겐* 그런 순간을 기억하지 못한다는 사실이 문제처럼 느껴졌다. 이례적이고, 불일치한, 극단적으로 중요한데 극단적으로 일치하지 않는 문제가 있는 것처럼 느껴지는 거다.

그런 생각을 하자 공포가 물밀듯이 밀려와 에리카는 그 자리에 털썩 주저앉을 뻔했다. 에리카는 문손잡이를 힘껏 돌려 열고 비틀거리면서 폭우가 쏟아지는 바깥으로 나갔다.

. 2 .

"모임에 다녀오시는 모양입니다."

시드니로 가는 택시 안에서 기사가 말했다. 요즘 여자들이 진짜 비즈니스맨처럼 정장을 입은 모습은 아주 귀엽다는 듯이 택시 기사는 백미러를 보며 아버지같이 인자한 미소를 지었다.

"네."

에리카는 대답하면서 택시 바닥에 대고 우산에 묻은 빗물을 탈탈 털었다.

"앞을 보셔야 할 거 같은데요."

"알겠습니다, 부인."

택시 기사는 나란히 붙인 두 손가락으로 경례를 하듯 자기 이마를 툭 쳤다.

"비가 오니까요. 길이 미끄럽잖아요."

에리카는 맹렬한 기세로 차창을 때리고 있는 빗방울을 가리키며 소심하게 말했다.

"지금 막 공항에 거위(goose에는 '멍청한 녀석'이라는 뜻이 있다―옮긴이)를 데려다주고 오는 길인데 말입니다……."

택시 기사는 차선을 바꾸려고 말을 멈췄고, 두툼한 한 손은 핸들에 다른 손은 조수석 등받이 뒤에 느슨하게 걸쳤다. 에리카는 크고 하얀 거위가 택시 뒷좌석에 앉아 있는 모습을 상상했다.

"글쎄, 그 녀석 말이 이렇게 비가 많이 오는 건 다 기후 변화 때문이라지 뭡니까. 그래서 내가 말했죠. 손님, 이건 기후 변화하곤 아무 상관이 없어요. 라니냐 때문이죠. 손님, 엘니뇨 아시죠? 엘니뇨하고 라니냐 말예요. 모두 자연 현상이라니까요. 수천 년 동안 지구에서 벌어지고 있는 일 말입니다."

"맞아요."

에리카는 대답했다. 지금 올리버가 있다면 좋을 텐데. 올리버라면 에리카 대신 이런 대화를 이어나가줬을 텐데. 어째서 택시 기사들은 승객을 끝까지 가르치려 드는 걸까?

"맞아요. 라니냐라니까요."

택시 기사가 멕시코 억양이 강한 목소리로 말했다. 라니냐라고 말하는 게 즐거운 게 분명했다.

"그러니까, 지금 기록이 깨진 거 맞죠? 1932년 이후로 시드니에 가장 오랫동안 연달아 비가 내린 기록 말예요. 엄청나네요."

"네, 엄청나요."

에리카가 대답했다. 하지만 1931년인걸. 숫자라면 에리카는 잊어버리는 법이 없으니까. 하지만 굳이 잘못을 정정해줄 필요는 없겠지.

"그게, 1931년인 거 같은데요."

저런, 이건 에리카도 어쩔 수 없는 성격 결함이다. 에리카도 자기 성격에 문제가 있다는 건 알고 있다.

"그렇죠. 1931년에 세운 기록이죠."

택시 기사는 자신이 처음부터 그렇게 말한 것처럼 대답했다.

"그 전 기록은 1893년에 세웠잖아요. 24일 동안 비가 왔죠. 쉬지도 않고 24일 동안 비가 내리다니. 그 기록은 안 깨지면 좋겠는데. 어때요? 깨질 거 같아요?"

"그러지 않길 바라야죠."

에리카는 손가락으로 이마를 닦았다. 이 물은 빗물일까 땀일까?

빗속에서 택시를 기다리는 동안 에리카는 진정이 된 듯 정상 호흡을 되찾았다. 하지만 위장이 꼬인 건 풀리지 않았다. 꼭 마라톤을 하고 난 것처럼 기력이 없고 피곤했다.

에리카는 휴대전화를 들어 클레멘타인에게 문자 메시지를 보냈다. *미안, 급히 가봐야 할 일이 생겼어. 일 때문에. 너 정말 환상적이야. 나중에 얘기하자. Ex*(키스 마크를 문자로 표시한 것 ─옮긴이).

에리카는 '환상적이야'를 '근사해'로 바꿨다. 환상적이라는 건 부정확하기도 하고 너무 지나친 표현이니까. 그러곤 '전송' 버튼을 눌렀다.

귀중한 근무 시간에 클레멘타인의 강연을 들으려고 여기까지 오다니, 판단 착오였다. 그저 도움을 좀 받으려 했던 것뿐인데. 에리카는 그날 있었던 일을 순서대로 알게 되면 이 혼란스런 감정을 이해할 수 있을 거라고 생각해서 온 것뿐이었다. 그날 오후에 대한 기억은, 누군가가 몇 장면만 빼곤 다 싹둑싹둑 잘라버린 낡은 영화 필름 같았다. 전체 필름은 사라지고 없었고 그저 조각들만 남아 있었다. 아주 얇은 시간의 조각들만 남은 거다. 에리카는 단지 "실은 기억나지 않는 게 많아"라는 말을 누구에게도 하지 않고 잃어버린 조각들을 찾고 싶을 뿐이었다.

한 가지는 기억했다. 욕실 거울에 비치던 얼굴이랑 부들부들 떨리던 손은 기억했다. 그때 에리카는 손톱으로 노란 알약을 반으로 쪼개려고 했다. 기억이 사라져버린 건 어쩌면 그날 오후에 먹은 그 약 때문인지도 몰라. 하지만 그건 처방약이었는걸. 파티에 가기 전에 엑스터시를 왕창 먹은 게 아니란 말이야. 에리카는 생각했다.

바비큐 파티가 열리는 옆집으로 가면서 이상한 기분을 느꼈던 건 기억나. 좀 무심한 기분을 느꼈던 건. 하지만 그렇다고 기억이 사라진단 말이야? 술을 너무 많이 마셨나? 맞아. 술은 너무 많이 마셨어. 진실은 인정해야지, 에리카. 술 때문에 영향을 받았잖아. 넌 '고주망태'가 됐다고. 그런 말을 자기한테 써야 하다니, 에리카는 믿을 수가 없었지만 그건 어쩔 수 없는 사실 같았다. 에리카로선 난생 처음으로 고주망태가 돼본 거다. 그러니까, 나, 술을 왕창 먹어서 *필름이 끊긴 건지도 몰라.* 올리버의 엄마 아빠가 늘 그러는 것처럼.

"우리 부모님은 인생에서 수십 년을 기억 못하셔."

올리버는 자기 부모 앞에서 그렇게 말했다. 올리버의 부모는 그 말을 하는 아들이 전혀 안 웃는데도 유쾌하게 웃으며 건배를 했고.

"혹시 실례가 안 된다면 무슨 일을 하시는지 물어봐도 될까요?"

택시 기사가 물었다.

"회계사예요."

에리카는 대답했고.

"회계사요?"

택시 기사는 에리카에게 훨씬 흥미가 생긴 것 같았다.

"진짜 우연이네요. 지금 막 제가 무슨 생각을 했느냐면……."

그때 에리카의 전화벨이 울렸고, 에리카는 깜짝 놀랐다. 전화벨이 울릴 때마다 에리카는 늘 그렇게 놀랐다. "그건 전화기야, 에리카. 전화기는 그래야 하는 거라고." 올리버는 늘 그렇게 말했고.

전화를 건 사람은 엄마였다. 지금 이 순간, 에리카가 제일 대화하고 싶지 않은 사람이 엄마였지만 택시 기사가 이미 운전석에서 몸을 돌린 채 도로가 아니라 에리카를 보면서, 이제 막 받은 세금 고지서에 대해서 공짜로 조언을 듣고 싶은 열망에 사로잡혀 있는 순간엔 선택의 여지가 없었다. 택시 기사들은 이 세상 모든 일을 조금씩은 다 알고 있는 사람들이었다. 택시 기사는 분명히 단골손님이 이 세상에 존재한다고 말해준 '세금 덜 내는 놀라운 방법'을 물어보려할 거다. 하지만 '세금 덜 내는 방법'은 에리카의 전문 분야가 아니었다. 엄마와 택시 기사라는 두 악마 가운데 하나를 택하라면 엄마가 나을 것 같았다.

"안녕, 엄마."

"어머, *안녕!* 얘, 난 네가 전화 안 받을 줄 알았어."

엄마의 목소리는 긴장해 있었고, 도전적이기도 했다. 어느 쪽이든 좋은 조짐은 아니었다.

"음성 메시지 남길 준비를 하고 있었는데."

에리카의 엄마, 실비아가 비난하듯 말했다.

"전화 받아서 미안해."

에리카는 정말로 *자기*한테 미안했다.

"아니, 사실 미안해할 필요는 없어, 얘. 그냥 생각을 다시 정리해야 해서 그래. 아, 좋은 생각이 났어. 내가 음성 메시지 남기는 것처럼 할 테니까 넌 그냥 듣는 게 어때?"

"엄마 맘대로 해."

에리카는 비 오는 거리를 내다봤다. 거리에선 한 여자가 뒤집혀서 좀체 바로 돌아올 기미가 없는 우산과 씨름을 하고 있었다. 그 여잔 갑작스럽고도 경이롭게 버럭 화를 내면서 가던 길을 조금도 멈추지 않은 채 우산을 그대로 쓰레기통에 *처박아*버리곤 비를 맞으며 걸어갔다. 정말 잘했어. 지금 막 목격한 작은 사건에 에리카는 너무나 기뻤다. 그래, 그냥 버리는 거야. 그 망할 물건은 쓰레기통에 처박아버리는 거야.

전화기를 고쳐 잡았는지, 엄마 목소린 훨씬 커져 있었다.

"난 이런 식으로 시작하려고 했어. 에리카, 달링. 이렇게 말하려고 했다니까. 에리카, 달링. 지금 일하고 있어서 전화를 못 받나보구나. 이렇게 아름다운 날 사무실에 처박혀 있어야 하다니, 정말 안됐지 뭐니. 알아, 사실 오늘은 아주 끔찍하고 불쾌한 날이지. 하지만 요맘땐 보통 날이 아주 좋잖니. 일어나서 밖을 볼 때 하늘이 아주 맑으면 늘 이런 생각을 한단다. 어머, 저런. 정말 불쌍하고 불쌍한 우리 늙은 에리카, *이렇게* 아름다운 날 사무실에 갇혀 있어야 하다니. 그게 내가 생각하는 거야. 하지만 성공하려면 어쩔 수 없는 일이지 않니. 공원 경비원이나 뭐 다른 거, 그러니까 밖에서 일하는 직업을 택했으면 좋았을 텐데. 사실 공원 경비원 얘기를 하려던 건 아냐. 그냥 갑자기 생각이 났어. 왜 생각이 났냐면, 샐리 아들 있지? 걔가 막 졸업했는데, 공원 경비원으로 취직할 거래. 샐리한테 그 얘기를 듣는데 정말 멋진 직업이라는 생각이 들지 뭐니. 정말 현명한 선택 아니니? 너처럼 작은 칸막이 방에 갇혀 있는 것보단 훨씬 낫잖아."

"난 작은 칸막이 방에 갇혀 있지 않아."

에리카는 한숨을 내쉬었다. 에리카의 사무실은 시드니 항이 내다보이고, 매주 월요일이면 에리카의 비서가 사온 아름다운 꽃이 꽂혀 있는 곳이었다. 에리카는 자기 사무실을 사랑했다. 자기 직업도 사랑했고.

"그거 샐리 생각이었대. 아들한테 공원 경비원이 되라고 한 거 말이야. 정말 현명한 여자라니까. 틀에 박혀 있지 않아. 늘 혁신적으로 생각한다니까."

"샐리라니?"

"샐리 말이야! 내가 새로 다니는 미용실 헤어드레서!"

엄마는 샐리가 요 몇 달간이 아니라 몇 년 동안 알고 지낸 사람인 것처럼 초조하게 말했다. 샐리가 평생을 함께할 친구라도 되는 것처럼 말했다. 하, 결국 샐리도 엄마의 인생에 들어왔던 다른 근사한 이방인들처럼 결국 엄마의 인생에서 사라지고 말 텐데도.

"그래서 음성 메시지로 무슨 말을 남기려고 했는데?"

"그게 뭐였냐면…… 그다음엔 갑자기 생각난 것처럼 말하려고 했어. 별 생각 없이 말하는 것처럼. 어, 그런데, 달링, 이렇게 말이야."

엄마의 말에 에리카는 큰 소리로 웃었다. 엄마는 늘 정말 최악의 순간에도 에리카를 매혹시켰다. 이젠 끝났다고, 다 끝난 거라고, 더는 안 된다고 생각할 때도 엄마는 에리카를 유혹해서 다시 엄마를 사랑하게 만들었다.

엄마도 웃었다. 하지만 그 웃음소리는 흥분한 것처럼 아주 높아져 있었다.

"이렇게 말하려고 했어. 그런데, 달링. 혹시 너랑 올리버랑 일요일에 우리 집에 와서 점심 먹을 수 있는지 궁금하다, 라고."

"아니, 안 돼."

에리카는 빨대로 음료를 들이마시는 것처럼 숨을 들이마셨다. 파르르 떨리는 입술이 느껴졌다.

"안 돼. 엄마한텐 15일에 가기로 했잖아. 그때 갈 거야. 다른 땐 안 돼. 절대로 타협 안 해."

"하지만, 달링. 네가 날 자랑스러워할 일이 있어서 그래. 그게 뭐냐면……."

"아냐. 다른 곳이라면 만나도 돼. 일요일에 외식하는 거 좋아. 좋은 식당에 가는 거야. 아니면 엄마가 우리 집에 와도 되고. 올리버랑 나랑 둘 다 그날 할 일은 없으니까. 그러니까 어디든지 다른 곳은 가도 돼. 하지만 엄마 집은 안 갈 거야."

말을 멈췄다가 에리카는 다시 말했다. 이번엔 영어를 잘 모르는 사람한테 말하는 것처럼 좀 더 크고 분명하게 말했다.

"엄마 집엔 절대로 안 갈 거야."

엄마는 아무 말도 하지 않았다.

"15일까진 안 가. 그게 일정이잖아. 엄마랑 나랑 모두의 일정. 그리고 목요일 저녁에 클레멘타인 부모님하고 식사하기로 한 거 알지? 잊지 마, 우리가 그날을 고대하고 있다는 것도 잊지 말고."

맞아. 정말이야. 그날은 웃음보가 터질 거야.

"너희한테 해주고 싶은 요리를 알았단 말이야. 글루텐 없는 요리법 책을 사왔다고 내가 말했었니?"

엄마의 목소리는 완전히 바뀌어 있었다. 에리카의 엄마는 오랫동안 둘이 함께해왔던 게임을 지금도 에리카가 해줄 가능성이 있다는 듯이, 둘 다 평범한 엄마고 평범한 딸이라서 평범한 대화를 나누는 체하는 게임을 에리카도 해줄 거라고 확신하는 듯이, 지나치게 밝고 계산적인 어조로 말하고 있었다. 에리카가 더는 게임을 안 할 거라는 걸, 둘 다 게임이 끝났다는 데 동의했다는 걸, 엄마가 울면서 사과를 했고 더는 게임이 계속되는 체하지 않겠다고 약속했다는 걸 알고 있지만, 애초에 그런 약속 따윈 하지 않았다는 듯 행동하고 있는 거다.

"엄마, 제발."

"왜?"

엄마는 가짜임이 분명한 천진한 목소리를 냈다. 정말 짜증나는 아기 같은 목소리를 냈다.

"절대로 요리책은 더 안 사겠다고 할머니 무덤 앞에서 *약속했잖아.* 요리 안 한다고 했잖아. 엄마한텐 글루텐 알레르기가 없잖아."

엄마가 그런 약속을 지킬 리 없다는 건 처음부터 알고 있었는데, 그런데 왜 이렇게 목소리가 떨릴 정도로 화가 나는 걸까?

"난 그런 약속 한 적 없어."

엄마는 아기 같은 말투를 버리고, **뻔뻔하게도** 에리카의 분노를 자신의 분노로 맞섰다.

"그리고 사실 요즘엔 정말 배가 더부룩하단 말이야. 얼마나 힘든지 아니? 글루텐 불내증이야. 정말 걱정해줘서 고맙다. 내 건강을 걱정해줘서, 정말 송구스럽다."

안 돼. 말려들지 마. 감정의 지뢰밭에서 멀리 떨어져 있어야 해. 그러려고 수천 달러나 주고 치료를 받는 거잖아. 이런 상황이 벌어질 때 지뢰밭으로 들어가지 않으려고 치료를 받는 거잖아.

"그래, 알았어. 음, 엄마. 아무튼 엄마랑 통화해서 좋아."

엄마가 텔레마케터나 되는 것처럼, 에리카는 엄마에겐 얘기할 기회도 안 주고 재빨리 말했다.

"그런데 엄마, 나 일해야 돼. 지금 가봐야 하거든. 나중에 전화할게."

에리카는 엄마가 무슨 말을 하기도 전에 전화를 끊고, 전화기를 무릎에 툭 떨어뜨렸다.

택시 기사는 구슬이 달린 시트 커버에 어깨를 딱 붙이고 미동도 없이 앉아 있었다. 핸들을 잡은 두 손만 부지런히 움직이고 있는 택시 기사는 통화 내용을 못 들은 체했다. 도대체 어떤 딸이 엄마 집에 가는 걸 저렇게 거부할까? 엄마가 요리책을 사왔다고 저렇게 쏘아붙이는 딸이 또 어디 있을까? 택시 기사는 그런 생각을 하고 있는 게 분명했다.

에리카는 무거운 눈을 감았다 떴다.

다시 전화벨이 울렸고, 깜짝 놀란 에리카가 펄쩍 뛰는 바람에 전화기가 바닥으로 떨어질 뻔했다. 분명히 욕설을 퍼부으려고 다시 엄마가 전화했을 거야.

하지만 엄마가 아니었다. 올리버의 전화였다.

"안녕."

올리버의 목소리를 듣자마자 몰려오는 안도감에 에리카는 울음을 터트릴 뻔했다.

"방금 엄마랑 재밌게 통화했는데. 엄마가 우리가 일요일에 와서 함께 점심을 먹었으면 좋겠대."

"장모님을 뵙는 건 다음 달이야. 안 그래?"

"맞아. 엄마는 경계를 넘으려는 거야."

"당신 괜찮아?"

"그럼. 괜찮지."

에리카는 손가락으로 눈 밑을 문지르며 말했다.

"정말?"

"응. 고마워."

"장모님 생각은 하지 마. 그런데 어디야? 클레멘타인 강연에 가긴 간 거지?"

에리카는 등받이에 털썩 등을 기대고 눈을 감았다. 젠장. 맞아. 이것 때문에 올리버는 전화한 거야. 클레멘타인 때문에. 강연이 끝난 뒤 클레멘타인하고 커피를 마시면서 얘기를 한다는 에리카의 계획 때문에.

사실 올리버는 에리카가 클레멘타인의 강연을 들으러 가는 이유엔 그다지 흥미가 없었다. 기억의 빈 곳을 채우고 싶다는, 강박에 가까운 에리카의 소망을 이해하지 못했다. 그는 오히려 에리카의 기억과 클레멘타인의 강연은 전혀 관계가 없으며, 에리카의 계획은 우스꽝스럽다고 생각했다. "날 믿어. 당신이 기억하려고만 하면 다 기억날 거야"라고도 했다. "날 믿어"라고 말할 때 올리버는 입술이 얇아질 만큼 입에 힘을 잔뜩 줬다. 눈에도. 그래서 절대 억누를 수 없는 고통이 몰려오지만, 그 감정을 부인하려는 사람처럼 보였다. "그렇게 많이 마셨는데 기억 안 나는 것도 있는 게 당연하지"라고도 했다. 하지만 기억이 안 나는 건 *에리카에겐* 전혀 당연한 일이 아니었다.

어쨌든 올리버는 강연이 끝난 뒤야말로 에리카가 클레멘타인과 얘기를 나눌 절호의 기회이고, 마침내 결론을 내릴 완벽한 시간이라고 생각했다. 그냥 올리버가 음성 메시지를 남기게 전화를 받지 말걸 그랬다고 에리카는 생각했다.

"지금 다녀오는 길이야. 중간에 나왔지만. 기분이 안 좋았거든."

"그래서 클레멘타인이랑 말 안 했다고?"

올리버가 분통을 터트리지 않으려 노력하고 있다는 게 느껴졌다.

"오늘은 안 했어. 걱정하지 마. 적당한 시간을 찾고 있는 것뿐이니까. 푸드 코트는 제대로 얘기를 나눌 만한 곳이 아니잖아."

"지금 다이어리를 보고 있어. 바비큐 파티를 한 뒤로 두 달이나 지났어. 그러니까 그냥 물어보는 건 괜찮을 거 같은데. 그냥 전화를 해. 직접 만날 필요도 없잖아."

"알아. 미안."

"미안할 필요도 없고. 이건 그냥 곤란한 일이지 당신 잘못이 아니잖아."

"애초에 바비큐 파티에 간 게 내 잘못이야."

올리버는 그것도 에리카 잘못이 아니라고 할 거다. 아주 정확한 사람이니까. 그게 두 사람이 언제나 공유하는 공통점이니까. 정확함을 추구하는 마음.

택시 기사가 갑자기 브레이크를 밟았다.

"야, 이 망할 녀석아! 너 운전 그 따위로 할 거야?"

택시 기사가 소리를 질렀다. 에리카가 앞좌석에 부딪치지 않으려고 한 손을 뻗어 손바닥으로 앞좌석을 짚으려 할 때, 올리버가 말했다.

"그런 말은 적절하지 않아."

"나한텐 적절해."

전화기에서 다른 전화가 걸려왔다는 알림음이 울렸다. 엄마일 거야. 그 말은 몇 분 안에 엄마한테 다시 전화하지 않으면 엄마가 욕설을 넘어 눈물 단계로 넘어갈 거라는 뜻이었다. 눈물. 그건 해결하는 데 걸리는 시간이 더 길어질 거란 뜻이었다.

"당신이 무슨 말을 하고 싶은 건지 잘 모르겠어, 에리카."

올리버는 진짜로 곤란해하고 있었다. 그는 사실 정답이 있다고 생각하는 거야. 문제집 뒤에 있는 해답지처럼 정답이 있다고 생각하는 거야. 올리버는 에리카가 여자들만 공유하는 인간관계에 관한 특별한 법칙을 알고 있으면서 일부러 자기한텐 알려주지 않는다고 생각하는 거다.

"그냥…… 클레멘타인한테 말하면 안 돼?"

올리버가 말했다.

"말할 거야. 저녁에 봐."

에리카는 전화를 끊고 발밑의 가방에 전화기를 집어넣었다. 택시 기사는 라디오를 켰다. 이젠 에리카한테 세금 문제를 물어보지 않겠다고 결심한 게 분명했다. 에리카의 사생활을 보아하니 제대로 조언해줄 회계사는 아니라고 결론을 내린 게 분명했다.

클레멘타인은 지금쯤 강연을 끝냈을 거라고, 에리카는 생각했다. 분명히 사람들은 정중하게 박수를 쳐줬을 거다. '브라보'라고 소리치는 사람도, 기립박수를 치는 사람도, 무대 뒤로 꽃다발을 갖고 올 사람도 없었겠지만. 불쌍한 클레멘타인. 클레멘타인은 이런 방법으로 자신을 학대하고 싶은 거야. 올리버가 옳아. 바비큐 파티에 가기로 결정한 건 이 일과 아무 상관이 없어. 그건 매몰비용(sunk cost, 이미 발생하여 회수가 불가능한 비용—옮긴이)이야.

에리카는 다시 등받이에 머리를 대고 눈을 감았다. 그리고 소용돌이치는 낙엽을 몰고 에리카를 향해 달려오던 은색 자동차를 생각했다.

· 3 ·

바비큐 파티 날

에리카는 자동차를 몰고 막다른 골목을 돌았고, 이상하지만 어느 정도는 아름다운 광경을 목격했다. 리처드슨네 집 바깥에 6개월 동안이나 세워뒀던 은색 BMW를 누군가가 마침내 움직이기로 결정했기 때문이다. 자동차의 보닛과 지붕에 차곡차곡 쌓인 빨갛고 노란 낙엽을 털어낼 생각도 하지 않고 말이다. 그 때문에 은색 BMW가 (주택가에선 흔히 볼 수 없는 빠른 속도로) 움직이자 낙엽들이 나선을 그리며 하늘로 솟구쳐올랐다. 그 모습은 마치 작은 토네이도가 차를 쫓아가고 있는 것처럼 보였다.

하늘로 솟구쳐올랐던 낙엽들이 가라앉자 에리카는 옆집에 사는 비드가 자기 집 진입로 끝에 서서 떠나가는 은색 차를 바라보고 있는 모습을 발견했다. 비드가 쓰고 있는 선글라스는 카메라의 번쩍이는 플래시처럼 한 줄기 햇살을 반사하고 있었다.

에리카는 비드 옆에 차를 세우면서 조수석 창문을 내렸다.

"안녕하세요. 마침내 저 차를 가져갔네요!"

에리카가 큰 소리로 말했다.

"그러게요. 저 사람들, 마약 거래를 드디어 끝냈나봅니다. 에리카도 그렇게 생각하죠?"

비드는 에리카의 차로 몸을 숙이더니 쓰고 있는 선글라스를 풍성한 백발 머리 위로 올렸다.

"아니면 저 사람들 마피아일 겁니다. 거 왜, 알죠?"

"하하, 그런가요."

에리카는 어색하게 웃었다. 사실 조직폭력배라면, 비드야말로 성공한 조직폭력배처럼 생겼으니까.

"오늘 날씨 진짜 기가 막히네요. 그렇죠? 보세요. 거 왜, 알죠?"

비드는 자신이 사비를 털어서 이런 날씨를 구입했다는 듯이, 그것도 추가금까지 지불하고 구입했기 때문에 이렇게 좋은 날씨를 얻을 수 있었다는 듯이 하늘을 향해 만족스러운 몸짓을 해 보였다.

"정말 아름다운 날이에요. 산책하려고 나오셨어요?"

에리카의 말에 비드는 그런 터무니없는 말이 어디 있느냐는 반응을 보였다.

"산책이요? 내가 말입니까? 천만에요."

비드는 한 손에 들고 있는 담배와 다른 손에 들고 있는 돌돌 말려 비닐에 싸인 신문을 가리켰다.

"그냥 신문을 가지러 나왔어요. 거 왜, 알죠?"

에리카는 비드가 '거 왜, 알죠?'라는 말을 몇 번이나 하는지 세지 말라고 자신을 타일렀다. [비드의 최신 기록은 이렇다. 마을 피자 가게 메뉴에서 훈제 판세타(pancetta, 돼지 옆구리살을 동그랗게 말아서 만든 이탈리아 식 베이컨—옮긴이) 피자를 더는 팔지 않는다며 이 분 동안 통렬하게 비판을 할 때 '거 왜, 알죠?'란 말을 열한 번이나 했다. 하지만 비드는 에리카의 말을 믿지 못할 거다. 그냥 믿지 못할 거다. 거 왜, 알지? 그냥 믿지 않을 거라고. 비드는 신이 나면 아주 강하고 빠른 속도로 "거 왜, 알죠?"라고 말했다.] 에리카는 자기한테 강박증이라고 규정지을 수 있는 몇 가지 습관이 있다는 걸, 분명히 알고 있었다.

"에리카, 난 아무 데나 병명을 갖다붙이는 사람이 아니에요"라고 정신과 상담의는 말했지만, 그 말을 할 때 정신과 상담의는 에리카가 자가 진단을 할 때면 늘 그랬듯이 꼭 변비에 걸린 사람처럼 웃었다. (정신과 치료를 시작할 때 에리카는 치료 과정을 좀 알아두는 게 좋을 것 같아서 〈사이콜로지 투데이〉를 정기구독하기로 했다. 그런데 잡지 내용이 너무 재밌어서 최근엔 케임브리지대학교 심리 및 행동 과학부 학생들이 읽어야 하는 1학년 필수 도서 목록에 실린 책들을 읽기 시작했다. 그냥 재미로 읽는 거예요, 라고 에리카가 말했을 때 정신과 상담의는 그 때문에 불안해 보이지도 않았지만 그렇다고 특별히 감동한 것 같지도 않았다.)

"그 망할 속도광 녀석이 아주 난폭하게 차를 몰고 가다가 끔찍한 시리아에서 수류탄을 던지는 인간처럼 차에서 이걸 던져두고 갔지 뭡니까."

비드는 돌돌 말린 신문지로 수류탄 던지는 흉내를 냈다.

"그래, 어디 갔다 오는 겁니까? 식품점?"

비드는 조수석에 있는 비닐봉지들을 바라봤다. 그러곤 담배를 길게 한 모금 빨아들이더니 입술 옆쪽으로 연기를 훅 뿜어냈다.

"정확히 식품 쇼핑을 한 건 아니에요. 그냥, 이것저것 필요한 걸 좀 사왔어요."

"이것저것이라고요."

비드는 그런 단어는 지금까지 들어본 적이 없다는 것처럼 말했다. 어쩌면 진짜로 들어본 적이 없는지도 모르지만. 그는 에리카한테서 더 많은 것을 기대하는 사람처럼 탐색하듯이, 거의 실망한 것 같은 표정으로 에리카를 봤다.

"네. 애프터눈 티를 마실 거라서요. 좀 있다 클레멘타인하고 샘이 애들을 데리고 차를 마시러 올 거예요. 제 친구, 클레멘타인하고 샘 아시죠? 우리 집에서 만난 적이 있잖아요."

물론 에리카는 비드가 클레멘타인 부부를 기억한다는 걸 알았다. 비드가 클레멘타인한테 흥미를 갖게 된 건 모두 에리카 때문이니까.

클레멘타인이라는 이름을 듣는 순간 비드의 얼굴이 밝아졌다.

"에리카 친구, 첼리스트 말이군요!"

비드는 '첼리스트'라고 말할 땐 입술을 부딪히는 소리까지 내면서 아주 기뻐했다.

"그 남편이 음감이 없다고 했죠? 그게 무슨 낭비랍니까."

"그게, 샘은 그냥 자기가 음감이 없다고 말하는 걸 좋아하는 것뿐이에요. 내 생각엔 사실……."

"아주 좋은 친구였죠. 그러니까, 뭐라고 했더라? F, M, C, G 회사 마케팅 매니저라고 했잖아요. FMCG가 무슨 약자였냐면, 일용, 아니, 잠깐만요…… 잠깐만요…… 말하지 말아요. 그게, 그래, 일용소비재. 도대체 그게 무슨 말이랍니까. 하지만 어때요. 기억력 하난 끝내주죠, 에? 내 머릿속엔 기억을 잡아두는 강철 덫이 들어 있죠."

"음, 사실 샘은 직장을 바꿨어요. 지금은 에너지 드링크 회사에 다녀요."

"뭐라고요? 에너지 드링크요? 에너지를 준다는 음료 말이에요? 아무튼, 샘이랑 클레멘타인. 둘 다 좋은 사람들이죠. 훌륭한 사람들이에요. 거 왜, 알죠? 당신들 모두 우리 집에 와야 합니다. 바비큐 파티를 할 거거든요. 거 왜, 알죠? 그래요. 우린 바비큐 파티를 할 거예요. 이 놀라운 날씨를 즐겨야죠. 거 왜, 알죠? 내가 말했어요. 꼭 와야 합니다."

"아, 초대해줘서 고마워요."

에리카가 말했다. 하지만 안 된다고 했어야 했다. 그래, 에리카에겐 안 된다고 말할 능력이 있었다. 사람들한테 안 된다고 말하는 데 아무 문제가 없었다. 사실 에리카는 거절할 수 있는 능력이 있다는 걸 자랑스러워했다. 더구나 올리버는 오늘 계획을 바꾸는 걸 원치 않을 거였다. 정말 중요한 계획이니까. 오늘은 정말 중대하니까. 오늘은 인생을 바꿀 기회란 말이야.

"돼지를 꼬챙이에 끼워 구울 거예요. 슬로베니아 식으로 말입니다. 사실, 정말로 슬로베니아 식은 아니에요. 내 식이죠. 하지만 그런 돼지 구이는 어디서도 못 먹어봤을 겁니다. 에리카의 친구, 클레멘타인은 내가 기억합니다. 식도락가였어요. 거 왜, 알죠? 나처럼 말이에요."

비드는 자기 배를 톡톡 두드렸다.

"글쎄요."

에리카는 대답하면서 다시 조수석에 있는 비닐봉지들을 봤다. 쇼핑을 하고 오는 내내 사온 것들을 보면서 왠지 제대로 사온 것 같지 않아 걱정을 했으니까. 좀 더 많이 사왔어야 하는데. 도대체 난 어떻게 된 사람이지? 어째서 만찬을 벌일 정도로 사오지 못한 걸까? 같은 생각을 했으니까.

게다가 크래커도 참깨를 뿌린 걸 사왔다. 참깨는 아주 중요한 거였는데. 클레멘타인이 참깨를 사랑했던가, 증오했던가? 에리카는 기억이 나지 않았다.

"무슨 말씀을. 와주시면 티파니도 정말 좋아할 겁니다."

"그럴까요?"

아내들은 보통 계획에 없던 바비큐 파티를 하게 되면 싫어하지 않나? 하지만 비드의 아내 티파니도 비드만큼 사람을 좋아하는 거 같았다. 에리카는 가장 친한 친구를 외향적인 이웃에게 처음 소개했던 순간을 떠올렸다. 에리카랑 올리버가 작년 크리스마스에 '우리도 즐기고 누리는 사람인 체하자'라는 광기에 사로잡혀 사람들을 집으로 초대했을 때 말이다. 그때 두 사람은 파티에서의 모든 순간을 미워했다. 손님을 접대하는 건 언제나 에리카를 곤란하게 했으니까. 에리카에겐 손님을 접대해본 경험이 없었고, 어느 정도는 손님이란 두려워하고 무시해야 하는 존재라고 믿고 있었으니까.

"그 부부한테 어린 딸이 둘 있었죠, 안 그래요? 우리 다코타라면 그애들하고 노는 걸 좋아할 거예요."

"그렇겠어요. 하지만 그애들은 다코타보다 훨씬 어린걸요."

"그게 더 좋습니다. 다코타는 어린애들이랑 노는 걸 좋아해요. 그래야 큰언니 노릇을 할 수 있으니까요. 거 왜, 알죠? 애들 머리를 땋아주고, 손톱을 칠해주고, 거 왜, 알죠? 모두 재밌을 거라니까요."

에리카는 손으로 핸들을 쓸어내렸고, 자기 집을 쳐다봤다. 이제 막 단정하게 정리한 생울타리가 양쪽으로 완벽한 대칭을 이루면서 현관까지 뻗어 있었다. 블라인드는 열려 있었고, 창문은 얼룩 하나 없이 깨끗했다. 감춰야 하는 건 하나도 없었다. 거리에서 집 안을 들여다보면 빨간색 베로네제 테이블 램프가 보였다. 그게 전부였다. 그저 램프뿐이야. 아름답고 섬세한 램프. 집으로 차를 몰고 오다가

저 램프를 보면 에리카는 자부심과 평화를 느꼈다. 지금은 올리버가 집에서 청소기를 돌리고 있었다. 청소기는 어제 에리카가 돌렸으니까 좀 지나친 거였지만.

청소기를 너무 자주 사용하는 건 에리카로선 사실 당혹스러웠다. 에리카가 처음 엄마 집을 나왔을 때 가장 걱정했던 살림 방법 가운데 하나가 바로 평범한 사람들은 며칠에 한 번씩 청소기를 돌리는지였다. 그 문제는 클레멘타인의 엄마가 명확하게 답을 해줬다. 에리카, 일주일에 한 번 하면 돼. 매주 일요일 오후에 하는 식으로 말이야. 너한테 적당한 시간을 골라서 그걸 습관으로 만들면 돼. 에리카는 클레멘타인의 엄마 팸의 살림 비법을 종교처럼 따랐다. 하지만 클레멘타인은 의도적으로 자기 엄마 말을 무시했다. 클레멘타인은 언젠가 "샘이랑 난 청소기를 돌려야 *한다는* 사실조차 잊어버리고 산다니까. 하지만 어쩌다 한 번 돌리면 기분이 너무 좋아져서 우리 청소기 자주 사용하자,란 말을 해. 그건 섹스를 해야 하는 걸 기억하는 거랑 마찬가지인 거야"라고 말하기도 했다.

사실 그 말을 듣고 에리카는 깜짝 놀랐다. 청소기 얘기도 섹스 얘기도 아주 놀라웠으니까. 에리카와 올리버는 다른 사람들 앞에선 서로를 아주 정중하게 대했고 시시덕거리지도 않았다. 다른 부부들하곤 다르게 행동하는 거다(두 사람 모두 오해할 상황을 만들기보단 분명한 걸 좋아했으니까). 하지만, 세상에, 절대로 *섹스하는 걸 잊어버리진 않았다.*

청소기를 돌리는 건 참깨 크래커만큼이나 오늘의 만남에 큰 영향을 미치지 않을 거다.

"꼬챙이에 끼운 돼지 구이란 말이죠?"

클레멘타인이라면 이런 상황에서 그랬을 것처럼 에리카는 한쪽으로 고개를 기울이며 말했다. 에리카는 가끔 클레멘타인의 행동을 따라 하곤 했다. 물론 사람들이 눈치 채지 못하도록 클레멘타인이 없을 때만 그랬지만.

"그러니까 집에 구워지기만 기다리는 돼지가 늘 있단 말씀이죠?"

에리카의 말에 비드는 씩 웃었고, 그 때문에 에리카는 기분이 좋아졌다. 비드는 윙크를 하고 담배를 든 손을 에리카 쪽으로 뻗었다. 담배 연기가 에리카의 차 안으로 들어오면서 다른 세상을 만들었다.

"거 왜, 알겠지만, 그런 건 걱정하지 않으셔도 됩니다. 첼리스트 친구는 언제 옵니까? 두 시? 세 시?"

"세 시요."

에리카가 대답했다. 벌써 에리카는 비드한테 교태를 부렸단 사실을 후회하고 있었다. 이런, 세상에. 대체 왜 그런 거지?

비드의 등 뒤로 해리가 보였다. 비드네 다른 쪽 옆 집에서 혼자 사는 노인인 해리는 정원가위를 들고 동백꽃 옆에 서 있었다. 해리와 눈이 마주치자 에리카는 손을 흔들어 인사했지만, 해리는 곧바로 고개를 돌리더니 정원 모퉁이로 사라져버렸다.

"우리 친구 해리가 지켜보고 있나보군요."

비드는 고개도 돌리지 않고 말했다.

"네. 하지만 이젠 없어요."

"그럼, 세 시로 하죠. 세 시에 봅시다."

비드는 에리카의 자동차 옆면을 주먹 쥔 손으로 결단력 있게 툭 건드렸다.

"좋아요."

에리카가 조그만 목소리로 대답할 때 현관 밖으로 쓰레기통을 들고 나와 계단을 내려오는 올리버가 보였다. 올리버는 분명 화를 낼 거다.

"완벽해요. 훌륭합니다."

비드는 몸을 똑바로 세우더니 올리버를 보고 웃으며 손을 흔들었다.

"친구! 좀 있다 봅시다! 우리 집에서 오후에 바비큐 파티를 하기로 했어요!"

비드가 소리쳤고, 그 순간 올리버의 얼굴에서 미소가 사라졌다.

. 4 .

클레멘타인은 약간 충격을 받은 상태로 도서관 주차장을 빠져나왔다. 갑자기 유리에 앞이 안 보일 만큼 지독하게 김이 서려버렸기 때문에 한 손으론 핸들을 잡고 다른 손으론 김 서림 방지 장치를 조작하며 차를 몰았다. 원래 계획보다 이십 분이나 늦게 나왔다.

강연을 마쳤을 때, 사람들이 박수를 쳐야 하는지 말아야 하는지 확신하지 못한 채 주저하듯 조용히 박수를 치는 시간이 끝난 뒤에, 무료로 제공되는 홈메이드 티를 마시려고 옹기종기 모여 있는 사람들을 간신히 헤치고 문까지 걸어가는 동안에도 클레멘타인은 계속해서 사람들과 얘기를 나눠야만 했다. 그중엔 클레멘타인을 안아주고 뺨을 토닥여주고 싶어 하는 여자도 있었고, 수영장을 재개발하겠다는 지역 의회의 결정을 어떻게 생각하는지 묻는 남자도 있었다(그 남자는—나중에 보니까 뒷목에 바코드가 새겨져 있었는데—클레멘타인이 그 지역 사람이 아니라 달리 할 말이 없다고 하자 믿기지 않는다는 표정을 지었다). 몸집이 작은 백발의 노부인은 분홍 냅킨에 싼 당근 케이크 한 조각을 먹어보라고 권했다. 클레멘타인은 당근 케이크를 먹었다. 정말 맛있는 케이크였다. 그래서 이렇게 늦은 거다.

클레멘타인한테 선물이라도 주는 것처럼 자동차 앞유리는 투명해졌다. 주차장을 빠져나온 클레멘타인은 왼쪽으로 차를 돌렸다. 어디로 가야 할지 모를 때 클레멘타인은 늘 왼쪽으로 차를 몰았으니까.

"빨리 시작해봐. 할 일이 생겼잖아. 빨리 네 할 일을 해."

클레멘타인이 GPS에게 말했다. GPS는 클레멘타인을 빨리 집에 데려다줘야 했다. 그래야 집에 있는 첼로를 들고 늦기 전에 아인슬리의 집으로 갈 수 있으니까. 친구 아인슬리와 그 남편 후가 클레멘타인의 연주를 듣고 평가를 해주기로 했다. 이제 오디션까지 2주 남았다.

"아직도 오디션을 보겠다고?"

지난주에 클레멘타인의 엄마는 그렇게 말했다. 놀랐다는 듯이, 실은 비난하는 것처럼 말했다. 하지만 요즘은 어디서나 클레멘타인을 비난하는 소리가 들렸으니까, 엄마의 말을 잘못 들은 건지도 몰랐다.

"당연히 봐야지."

클레멘타인이 차가운 말투로 대답해서인지 엄마는 더는 말하지 않았다.

클레멘타인은 GPS가 작동할 때까지 천천히 차를 움직였지만, GPS는 진지하게 고민하고 있는 것처럼 아무 말도 하지 않았다.

"어디로 가야 할지 말해줄래?"

클레멘타인이 물었다. GPS는 아무 대답도 하지 않았다. 클레멘타인은 한숨을 쉬면서 다시 차를 왼쪽으로 돌렸다. 하지만 이렇게 계속 왼쪽으로만 갈 순 없어. 그랬다간 계속 같은 자리를 맴돌게 될 테니까. 뭐, 그러면 안 돼? 집에 가서 이 얘기를 하면 샘은 껄껄 웃으면서 클레멘타인을 놀릴 거다. 그러곤 안쓰러워하면서 GPS를 새로 사라고 하겠지.

"난 네가 미워."

클레멘타인은 침묵하는 GPS에게 말했다.

"네가 미워. 널 경멸해."

GPS는 여전히 클레멘타인을 무시했다. 클레멘타인은 비 오는 창밖을 내다보며 교통 표지판을 찾아봤다. 얼굴을 잔뜩 찡그리는 바람에 머리까지 아파오기 시작했다.

비도 오는데, 집과는 완전히 반대쪽의 단조롭고 우중충하고 낯선 시드니 근교에서 언제까지나 운전만 하면서 시간을 보낼 순 없어. 빨리 집에 가서 연습해야 해. 연습 말이야. 그게 내가 *지금 하고 있어야* 할 일이라고.

어디를 가건 무엇을 하건 클레멘타인의 마음 한 구석에선 진정한 클레멘타인이 살아가고 있는 가상의 삶이 떠나지 않았다. 에리카가 전화를 걸어와 "비드가 우릴 바비큐 파티에 초대했어"라고 말했을 때, 그저 "아니, 난 안 가"라고 대답할 수 있는 클레멘타인이 살아가는 삶 말이다. 안 간다고 해도 비드는 신경도 안 썼을 텐데. 사실 거의 모르는 사람이잖아. 어젯밤 공연장에 왔던 사람은 비드가 아냐. 그건 짓궂은 장난을 치는 내 마음이 만들어낸 허상이야. 수많은 얼굴의 바다 한가운데 커다란 머리를 떡하니 갖다놓은 건 내 마음이라고.

적어도 클레멘타인은 오늘 사람들 사이에 앉아 있는 에리카를 볼 준비는 돼 있었다. 비록 마치 장례식장에 온 것처럼 맨 뒷줄에 꼿꼿하게 앉아 있다 눈이 마주치자 어색하게 웃는 에리카를 보는 순간 위장이 뒤틀리는 거 같긴 했지만. 에리카는 어째서 오겠다고 한 걸까? 정말 이해할 수 없어. 에리카는 강연이랑 공연이 같은 거라고 생각한 걸까? 설사 그렇다 해도 근무일에 시드니 북쪽에서 여기까지 와서 이미 아는 얘기를 듣겠다고 하다니, 정말 에리카답지 않아. 그래놓고 중간에 일어나서 가버렸어! 급한 일이 생겨서라고 했지만 그런 것 같진 않아. 세상에 이십 분도 못 기다릴 만큼 급한 회계 문제가 어디 있어?

하지만 에리카가 떠났을 때 클레멘타인은 안도했다. 자석처럼 강력하게 주의를 끌어당기는 작은 얼굴을 앞에 두고 얘기를 해나가는 건 정말 당혹스러웠으니까. 아까는 에리카가 우리 엄마랑 아주 똑같이 머리를 잘랐잖아, 같은 강연과는 전혀 상관없는 엉뚱한 생각을 하기도 했으니까. 양쪽이 완벽하게 대칭이 되도록 어깨에 닿게 자르고 앞머리는 눈썹 바로 위에서 완벽하게 일자로 자른 스타일. 에리카는 클레멘타인의 엄마를 숭배했다. 분명 클레멘타인 엄마의 헤어스타일을 일부러 따라 했거나 자기도 모르게 따라 한 거겠지만, 절대로 우연일 리는 없었다.

클레멘타인은 시드니를 가리키는 표지판을 발견하고 재빨리 그 길로 들어섰다. 그 순간 GPS도 잠에서 깨어나더니 잉글랜드 상류층 여성의 목소리로 "전방에서 우회전하세요"라고 말했다.

"알아. 이미 우회전했어. 아무튼 고마워."

다시 비가 내리기 시작했다. 클레멘타인은 와이퍼를 작동시켰다. 한쪽 와이퍼의 고무 패킹이 벗겨져 있었기 때문에 와이퍼는 세 번 움직일 때마다 한 번씩 귀에 거슬리는 소리를 냈다. 마치 공포영화에서 천천히 문이 열릴 때 나는 것처럼 끼이익. 하나, 둘, 끼이익. 하나, 둘, 끼이익, 하는 소리를 냈다. 와이퍼 때문에 클레멘타인은 느릿느릿 걸어가는 좀비 생각이 났다.

오늘 에리카한테 전화해야지. 아니면 내일 아침이나. 에리카한테 대답해줘야 해. 이제 충분히 시간이 지났어. 물론 대답은 한 가지뿐이야. 지금까지 적당한 시간을 기다려온 것뿐이야. 그건 지금 생각하지 말아야겠어. 지금은 오디션만 생각하는 거야.

페이스북 기사들에서 권하는 것처럼 클레멘타인도 일을 '구분'할 줄 알아야 했다. 남자들은 일을 철저하게 구분해서 완벽하게 집중한다고 했다. 물론 샘 역시 '멀티태스킹'이 전혀 문제가 되지 않는 것 같았다. 리조토를 만들면서도 식기세척기에서 그릇을 꺼내 정리하고, 동시에 딸들이랑 두뇌 발달에 좋은 게임도 하니까. 어슬렁어슬렁 걷다가 첼로를 집어들곤 오븐에 음식을 넣는 걸 까맣게 잊어버리는 사람은 *클레멘타인이*었다. 굴욕적이지만 친구 생일 파티에 간 홀리를 데려오는 걸 깜빡한 사람은 클레멘타인이었다. 샘은 절대로 그런 실수를 하지 않았다. 샘은 애들한테 "너희 엄만 늘 멍한 상태로 걸어다니는 거야"라고 했다. 그 말을 할 때 샘의 목소리엔 애정이 듬뿍 담겨 있었다.

음, 하지만 그건 클레멘타인의 생각인지도 몰랐다. 샘의 목소리에 애정이 담겨 있다고 생각한 건 클레멘타인의 상상인지도 몰랐다. 사람들이 실제로 자기를 어떻게 생각하는지, 클레멘타인은 더는 확신이 들지 않았다. 엄마가, 남편이, 친구들이 클레멘타인을 어떻게 생각하는지 이젠 알 수 없었다. 이젠 그 사람들이 클레멘타인을 어떤 식으로든 생각할 수 있을 것만 같았다.

클레멘타인은 다시 엄마가 한 말을 생각했다. "아직도 오디션을 본다고?" 사실 클레멘타인은 오디션 연습을 아주 오래 한 적은 없었다. 애들이 태어나기 전에도 많은 시간을 연습하진 않았다. 그냥 계속 투덜대기만 했을 뿐이다. 난 두 아이를 키우는 워킹맘이라고! 진짜 슬퍼. 하루 종일 연습할 수가 없다니까. 이렇게 투덜대기만 했을 뿐이다. 하지만 사실 잠을 조금 덜 잔다면 연습할 시간은 충분했다. 밤엔 열 시 말고 열두 시에 자러 가고 아침엔 일곱 시가 아니라 다섯 시에 일어나면 되는 거였다.

사실 덜 잔다고 기분이 나빠지는 것도 아니었다. 잠을 못 자면 오히려 진정제를 먹은 효과가 살짝 나타났으니까. 잠을 조금만 자면 클레멘타인은 일상의 모든 면에서 분리되는 것 같았다. 사실 클레멘타인은 뭔가를 느낄 시간을 더 많이 갖는 건 불가능했다. 왜냐하면 깨어 있는 모든 시간을 느낌 때문에 낭비하고 있으니까. 국가적인 사건이나 되는 듯이 느낌을 분석하며 보냈으니까.

클레멘타인은 곧 있을 오디션 때문에 극도로 불안해하고 있어. 클레멘타인은 자기가 충분히 잘하고 있다는 걸 모르고 있어. 아우, 깜짝이야. 이제 그만해. 그냥 오디션 불안증에 관해 찾아봐. 음악가 친구들하고 솔직하게 얘기를 나누고, 그냥 안심하란 말이야. 그만해. 끊임없이 자신을 조롱하는 버릇은 그다지 생산적인 일이 아냐. 기술적인 문제를 고민하는 데 시간을 쓰란 말이야.

스스로를 조롱하고 싶은 마음이 들 때마다 클레멘타인은 신경 쓰이는 연주 기술은 없는지 고민했다. 예를 들어 베토벤의 오프닝 아르페지오를 시작할 때 어떤 식으로 손가락을 움직일지 등을 고민하는 거다. 꼼꼼하게 계속 생각하고 고민하면 분명 좀 더 괜찮은 연주를 하겠지만, 문제는 너무 압박감이 들면 실수를 한다는 거다.

앞에, 차가 막히나? 결국 늦고 말 거야. 클레멘타인을 위해 시간을 내주려 한 친구 부부는 결국 마음을 바꿔버릴 테고. 어쨌든 그들과는 상관없는 문제니까. 순수하게 클레멘타인을 생각해서 연주를 들어주겠다고 한 거니까.

멈춰 있는 자동차들을 바라보면서 클레멘타인은 다시 한 번 티파니의 차에 타고 있었다. 빨간 정지등이 끝없이 펼쳐져 있고, 안전벨트가 구속구처럼 클레멘타인의 목을 단단히 죄고 있던 차를 타고 있었다.

다행히 차들이 천천히 움직이기 시작했다. 클레멘타인은 자신이 내쉬는 숨소리를 들었다. 그때까지 클레멘타인은 자기가 숨을 참고 있었다는 것도 몰랐다.

클레멘타인은 오늘 저녁 외식하러 가면 샘한테 그도 자기처럼 아무 의미 없는 '만약에'란 생각에 갇혀 있는지 물어봐야겠다고 생각했다. 그러면 '치유를 위한 대화'의 물꼬가 트일지도 모르니까. 엄마라면 아마 그런 식으로 표현했을 거다.

두 사람은 오늘 '데이트 나이트'를 보내기로 했다. '데이트 나이트'란 말은 클레멘타인의 엄마가 어디선가 듣고 온 신조어였다. "너희한테 필요한 건 데이트 나이트야." 엄마는 그렇게 말했다. 샘과 클레멘타인은 '데이트 나이트'란 말에 식겁했지만, 어쨌든 한번 해보기로 했다. 엄마가 소개해준 식당에 가서 밥을 먹는 거다. 엄마는 애들을 돌봐주겠다 했고, 심지어 식당까지 대신 예약해줬다.

"용서는 강자의 특성이야. 아마 간디가 한 말일걸."

엄마는 그렇게 말했다. 클레멘타인의 엄마는 격언들을 직접 손으로 써서 냉장고 문에, 역시 그런 격언들이 인쇄돼 있는 냉장고 자석들로 잔뜩 붙여놓는 사람이었다.

오늘 저녁은 괜찮을 거야. 어쩌면 아주 재밌을지도 몰라. 클레멘타인은 가능한 한 긍정적으로 생각하려 노력했다. 둘 중 한 명은 밝게 생각해야지. 차가 배수로 가까이 지나가는 바람에 고여 있던 물이 요동치며 차 옆을 덮쳤다. 그 바람에 클레멘타인은 적정 수위 이상으로 과한 욕을 내뱉었다.

그럴 리 없다는 건 잘 알았지만 왠지 바비큐 파티를 한 날부터 계속 비가 오는 것처럼 느껴졌다. 왜냐하면 바비큐 파티를 하기 전까지의 인생은 온통 황금빛 햇살로 가득 차 있던 것처럼 느껴졌으니까. 파란 하늘 아래 시원한 바람이 불어오는, 비라곤 한 번도 내린 적 없는 인생처럼 느껴졌으니까.

"전방에서 좌회전하세요."

GPS가 말했다.

"뭐? 어디서? 확실해? 여기 말하는 거야, 다음 말하는 거야? 다음이라고 믿는다."

클레멘타인은 계속 앞으로 갔다.

"유턴할 수 있는 곳이 나오면 유턴하세요."

한숨을 쉬듯이 GPS가 말했고.

"미안."

풀 죽은 클레멘타인이 대답했다.

. 5 .

바비큐 파티 날

샘이 선임하사관처럼 "뛰어! 병사, 뛰어!"라고 소리치고 있는 주방으로 햇살이 쏟아져 들어왔다. 클레멘타인은 잠옷 바람으로 제자리 뛰기를 하고 있었다.

두 살짜리 딸 루비도 잠옷 바람에 까치집 같은 산발을 하고 꼭두각시 인형처럼 위아래로 까딱대고 깔깔대며 클레멘타인과 함께 뛰었다. 루비는 작고 통통한 한 손으로 눅눅해져버린 크루아상을 꼭 쥐고 있었고 다른 손으론 거품기를 꼭 쥐고 있었다. 이제 거품기를 주방에서 쓰는 도구라고 생각하는 사람은 아무도 없었다. 왜냐하면 거품기는 루비가 매일 먹이고 씻기는 친구였고, 밤이면 휴지를 깐 신발상자에 누워 루비와 함께 자는 친구였으니까. 거품기 이름은 위스크(wisk는 '거품기'라는 뜻이다—옮긴이)로, 여자일 때도 있고 남자일 때도 있었다.

"내가 왜 뛰어야 해? 나 뛰는 거 싫어."

클레멘타인이 숨을 헐떡거리면서 말했다.

아침에 샘은 전도사 같은 표정을 지으며 클레멘타인이 '오디션에 합격할 수 있도록' 어떤 바보도 해낼 수 있는 아주 간단한 계획을 세웠다고 선언했다. 그 계획을 실천하려고 어젠 늦게까지 잠도 안 잤다고 했다. 그 계획의 첫 번째가 오 분간 전속력으로 제자리 뛰기를 하는 거였다.

"질문은 금지한다! 그냥 명령을 따르라!"

샘이 말했다.

"무릎을 더 올려! 숨을 내쉬어!"

클레멘타인은 무릎을 높이 올리려고 애썼다. 분명 샘은 인터넷에서 '오케스트라 오디션 준비하기' 같은 내용을 검색했을 거야. 그러곤 즐거워하면서 가장 진부한 조언을 택했겠지. 운동하라. 최상의 컨디션을 만들어둬야 한다, 같은 조언 말이야.

이게 바로 음악가가 아닌 사람과 결혼하면 생기는 문제야. 음악가라면 오디션을 준비하는 방법은 에리카 집에 가기 전에 애들을 데리고 나가서 아내가 연습할 시간을 준다, 라는 걸 잘 알 텐데.

"이 분 더 뛴다!"

샘은 클레멘타인을 뚫어지게 봤다. 샘은 수염도 안 깎은 채 티셔츠와 사각팬티 차림이었다.

"사실 일 분만 더 뛰면 될지도 몰라. 당신은 별로 건강하지 않잖아."

"이제 그만할래."

뛰는 속도를 늦추며 클레멘타인이 말했다.

"안 돼. 멈추면 안 돼. 지금 심장이 뛰는 속도를 높여서 오디션 볼 때 긴장하는 것처럼 만드는 거란 말이야. 일단 심장박동이 빨라지면 곧바로 첼로를 들고 지정곡을 연주해야 돼."

"뭐? 안 돼. 아직 연주할 준비가 안 됐단 말이야."

오디션 지정곡을 제대로 연주하려면 시간이 필요해.

"난 그냥 커피나 한 잔 더 마시고 싶어."

"뛰어! 병사, 뛰어!"

"이런, 세상에."

클레멘타인은 계속 뛰었다. 운동을 좀 한다고 문제가 생기진 않을 거야. 이미 충분히 많은 문제가 생겼으니까.

다섯 살—과 '4분의 3세'란 걸 정확히 언급하는 게 중요한—홀리가 잠옷 바지 위에 닳아서 찢어진 〈겨울왕국〉 드레스를 입고 클레멘타인의 하이힐을 신은 채 또각또각 주방으로 들어왔다. 그러곤 레드 카펫 위의 배우처럼 한껏 내민 엉덩이에 손을 얹고 식구들 입에서 감탄이 흘러나오길 기다렸다.

"우와, 홀리 좀 봐."

샘이 의무적으로 반응을 보인 뒤에 덧붙여 말했다.

"다치기 전에 그 신발 벗어라."

"둘이 왜…… 뛰고 있어?"

홀리가 엄마랑 동생에게 물었다. "뛰고 있어?"라고 말할 땐 손가락을 허공에 대고 구부리면서 커다랗게 인용부호를 만들었다. 아무 단어나 골라서 인용부호를 만들어도 된다고 생각하는 것만 빼면 홀리로선 아주 세련된 습관인 거다. 홀리는 인용부호는 많이 표시하면 표시할수록 좋은 거라고 생각했다.

"그만해."

홀리는 얼굴을 찡그리며 말했다.

"너희 아빠가 엄마보고 뛰래."

클레멘타인이 헐떡거리며 말했다.

루비는 충분히 뛰었다고 생각했는지 바닥에 털썩 주저앉았다. 나중에 먹으려고 크루아상을 바닥에 조심스레 내려놓더니 담배 한 모금이 절실한 흡연자처럼 엄지손가락을 힘껏 빨았다.

"아빠, 엄마 뛰지 말라고 해. 이상하게 숨 쉬잖아."

홀리가 투덜거렸다.

"그래, 나 이상하게 숨 쉬잖아."

클레멘타인이 맞장구쳤고.

"훌륭해. 엄마가 숨을 제대로 못 쉴 때까지 기다린 거야. 가자, 공주님들. 우린 중요한 할 일이 있어. 홀리, 다치기 전에 신발 벗으라고 했지."

샘은 루비를 번쩍 들어올려 한쪽 겨드랑이에 럭비공처럼 꼈다. 샘은 복도를 뛰어갔고, 루비는 비명을 지르며 즐거워했다. 홀리는 신발을 벗으라는 아빠 말을 무시한 채 두 사람 뒤를 따라갔다.

"우리가 부를 때까지 계속 뛰고 있어!"

샘이 거실에서 소리쳤다. 클레멘타인은 홀리처럼 샘의 말을 무시하고 걷는다는 표현이 어울리게 속도를 늦췄다.

"준비 됐어!"

샘의 말에 클레멘타인은 반은 웃고 반은 숨을 몰아쉬며 거실로 걸어갔다. 하지만 거실로 들어가기 전 복도에서 발을 멈추고 말았다. 거실은 가구가 한쪽으로 모두 치워져 있었고, 한가운데엔 악보대랑 의자가 놓여 있었다. 첼로는 의자에 기대놨고, 첼로의 각봉은 원목 바닥에 단단히 박혀 있었다. 바닥에 작은 구멍이 또 하나 생긴 거다(샘과 클레멘타인은 그 구멍들을 '손상'이 아니라 '특별한 표시'라고 부르기로 합의했다). 천장엔 퀸 사이즈 침대 시트가 매달려 거실을 반으로 나누고 있었다. 루비가 키득키득 웃는 소리가 들렸다.

그러니까 이것 때문에 샘이 그렇게 신나 있던 거야. 거실을 오디션 장소처럼 바꾸느라. 하얀 침대 시트는 심사위원들이 총살 집행자들처럼 그 뒤에 앉아 있는 검은 스크린을 상징하는 거야. 모습도 안 드러내고 아무 소리도 없이(가끔 왠지 소름이 돋는 바스락 소리나 기침 소리를 내거나 아직 연주 중인데 불쑥 지루한 게 분명한 목소리로 거만하게 "됐어요, 수고했어요"라고 말할 땐 있지만) 심사를 하고 불합격 판정을 내리는 사람들이 그 너머에 앉아 있는 검은 스크린을 상징하는 거야.

덩그러니 놓인 의자를 보고 저도 모르게 몸이 반응하는 걸 느낀 클레멘타인은 놀라웠다. 사실은 당혹스럽기까지 했다. 지금까지 봐 온 오디션 현장들이 머릿속에 폭포처럼 떠올랐다. 대기실이 딱 하나뿐이던 오디션도 생각났다. 그 대기실은 너무 덥고 답답하고 시끄러웠는데. 재능이 무지막지하게 많아 보이는 음악가들이 하나 가득했던 그 대기실에서, 어느 순간 회전목마를 타고 있는 것처럼 주위가 빙글빙글 돌기 시작했었지. 클레멘타인이 잡고 있던 첼로가 손에서 미끄러질 때 프랑스인 첼리스트가 힘없이 손을 뻗어 첼로를 잡아줬다(클레멘타인은 진짜 최고 겁쟁이다).

언젠가 1차 오디션 때 일도 생각났다. 그땐 정말 끝내주게 연주했는데. 딱 한 곳, 굴욕적이게도 전혀 까다롭지 않은 곳에서 실수한 걸 빼면 정말 잘했다. 그 악절은 클레멘타인이 한 번도 실수하지 않은 부분이고, 그 뒤로도 결코 실수하지 않는 부분이었다. 1차 오디션이 끝난 뒤 클레멘타인은 완전히 충격에 휩싸여 글로리아진스 커피숍에서 내리 세 시간을 울었다. 옆 테이블에 앉아 있던 노부인은 계속 티슈를 건네줬고, 당시 남자친구(습진으로 고생하는 오보에 연주자였다)는 계속 "그 정도는 봐줄 거야"라고 말했다. 남자친구 말이 맞았다. 심사위원들은 한 군데 틀린 것 정돈 봐줬다. 오후에 2차 오디션을 보러 오라는 전화를 받았으니까. 하지만 그땐 너무 우느라 기력이 빠져버린 터라 스파게티처럼 흐느적거리는 손으로 활을 움직였고, 결국 2차는 통과하지 못했다.

"샘."

이런 준비를 하다니, 샘은 정말로 다정한 사람이야. 이런 일을 하다니, 정말로 사랑스러워. 하지만 이런 건 아무 도움이 못 돼.

"안녕, 엄마!"

침대 시트 뒤에서 루비가 소리쳤다.

"안녕, 루비."

클레멘타인은 대답했다.

"쉬잇. 말하면 안 돼."

샘이 말했다.

"엄마, 왜 연주 안 해?"

홀리가 말했다. 보이진 않았지만 분명 손가락으로 인용부호를 그리고 있을 거야.

"글쎄, 모르겠네. 아무튼 연주를 안 하면 이 지원자한텐 이 일을 주지 말자. 알았지?"

샘이 말했다. 클레멘타인은 한숨을 내쉬었다. 식구들 장단에 맞춰줘야 하는 거다. 클레멘타인은 의자로 걸어가서 앉았다. 입안에서 바나나 맛이 났다. 오디션을 보러 갈 때면 클레멘타인은 늘 차 안에서 바나나를 먹었다. 바나나엔 신경을 안정시켜주는 천연 베타 차단제가 들어 있다니까. 그래서 이제 다른 땐 바나나를 먹을 수 없게 돼버렸다. 바나나를 보면 오디션 생각이 났으니까.

이번엔 진짜 베타 차단제를 먹어야 할지도 몰라. 실은 베타 차단제를 먹어본 적이 있어. 그땐 입안 가득 목화솜을 물고 있는 것처럼 기분이 나빴는데. 갑자기 머리 한가운데 있는 뭔가가 폭발해버린 것처럼 너무 머리가 맑아진 기분도 들었고.

"엄마한텐 벌써 일 있어. 이미 첼리스트잖아."

홀리가 말했다.

"이건 엄마가 꿈꾸는 일이야."

샘이 대답했다.

"뭐, 비슷해."

클레멘타인이 말했고.

"이게 무슨 소리지? 저 사람 누구야? 지원자는 말하면 안 되는 데? 말하면 안 돼. 그냥 연주만 해야지."

"저거 엄마야. 안녕, 엄마!"

루비가 말했다.

"안녕, 루비."

클레멘타인은 첼로 활에 로진을 바르며 대답했다.

오케스트라에 들어가는 게 꿈이라니, 그건 너무했다. (클레멘타인한 테 꿈이 있다면 그건 세상에서 제일 유명한 첼로 독주자가 되는 거다.) 하지만 이 직업을 정말로 갖고 싶긴 했다. 시드니 로얄 챔버 오케스트라 수석 첼리스트 말이다. 클레멘타인은 동료도 있고 휴가도 있고 일정 도 있는 종신 직위를 갖고 싶었다. 연주자는 시간을 자유롭게 쓰고 재밌기는 하지만, 할 수 있는 일은 뭐든 하면서 끊임없이 결혼식, 기 업체 공연, 개인 레슨, 대타 연주 같은 조각난 파편들을 한데 모으며 살아야 했다.

이젠 애들도 학교랑 어린이집에 다니니까, 내 삶을 제자리로 돌려놓고 싶어. 시드니 로얄 챔버 오케스트라 현악기 연주자들도 다 알아. 자주 같이 공연했으니까. ("그러니까 거기 들어가는 데는 아무 문제가 없지 않니? 이미 같은 일을 하고 있잖아." 어젯밤엔 클레멘타인의 세계가 얼마나 치열한 경쟁으로 채워져 있는지도 모르면서 엄마는 유쾌하게 말했다. 클레멘타인의 두 오빠는 다 엔지니어가 돼 해외로 나갔으니까. 대학을 졸업한 뒤 오빠들 경력은 일자로 쭉 뻗은 논리적인 길을 따라가고 있었다. 오빠들은 결코 "오늘은 엔지니어 일을 못할 것처럼 느껴진단 말이야"라면서 울 필요가 없는 거다.)

아인슬리와 후는 시드니 로얄 챔버 오케스트라에서 클레멘타인과 제일 친한 친구였다. 아인슬리는 첼리스트고 후는 더블베이스 연주자였다. 분명히 검은 스크린 뒤에 앉아서 다른 심사위원들과 함께 클레멘타인의 운명을 결정할 두 사람이었지만, 두 사람은 특별히 클레멘타인을 격려해주는 사람들이었다. 합리적으로 생각해도 이 오디션은 시도해보는 게 맞았다. 클레멘타인이 현실에서도 완벽한 인생을 사는 걸 막는 건 클레멘타인을 약하게 만드는 오디션 공포증뿐이었다.

"해결 방법은 준비하는 것뿐이야. 눈앞에 그려보는 거야. 당신은 오디션에 붙은 자신의 모습을 *상상해봐야* 해.'

어젯밤에 샘은 정말 엄청난 조언이라도 되는 듯 말했다. 하지만 클레멘타인은 늘 오케스트라 오디션에 '붙은' 모습을 상상했다. '떨어진' 모습을 상상하는 건 자신을 배신하는 행위였다. 게다가 오디션을 준비하는 건 새로 출시한 비듬 방지 샴푸를 판매하고 홍보할 계획을 발표하는 프레젠테이션하곤 전혀 차원이 다른 문제였다. 샘이 전 직장에서 하던 일하곤 조금도 같지 않은 일인 거다. 아니, 사실은 같을지도 모르지만. 클레멘타인은 그런 프레젠테이션을 준비해본 적이 없기 때문에 실제로 사람들이 사무실에 앉아 종일 컴퓨터를 들여다보는 모습은 상상도 할 수 없었다.

요즘 샘은 기운이 넘쳤다. 매일같이 정말 *상쾌한* 얼굴로 새 직장으로 출근했다. 왜냐하면 더 규모가 크고 '훨씬 에너지 넘치는' 에너지 드링크 회사에서 마케팅 디렉터로 그를 뽑아갔으니까. 새 사무실엔 이십대 사원이 아주 많다고 했다. 샘하고 전화를 하다 보면 가끔 느릿느릿, 우물쭈물한 말투로 얘기하는 여자들 목소리가 들리곤 했다. 그러니까 샘은 아직 새 직장에서 허니문 기간을 즐기고 있는 거다. 어젠 기업문화가 아주 진보적이라면서, 이건 절대 반어법이 아니라고 했다. 고작 일주일밖에 안 다녔으면서. 클레멘타인은 샘을 놀려먹기 전에 일단 유예기간을 두기로 했다.

"아이패드 갖고 놀아도 돼?"

침대 시트 뒤에서 홀리가 물었다.

"쉿. 엄마 오디션 보는 중이잖아."

샘이 대답했고.

"먹을 거 없어?"

그렇게 말하고 홀리는 화가 나서 소리쳤다.

"루비!"

"루비, 언니 핥는 거 제발 그만해."

샘이 한숨을 내쉬며 말했다.

클레멘타인은 고개를 들어 천장을 봤지만, 침대 시트가 천장에 어떤 식으로 매달려 있는지는 생각 안 하려고 애썼다. 설마 압정으로 눌러놓은 건 아니겠지, 그치? 그럴 리가 없어. 샘은 그렇게 생각 없는 사람이 아냐.

클레멘타인은 활을 들고 첼로를 연주할 자세를 취했다. 악보대에는 오디션에서 연주할 악보가 놓여 있었다. 어제 연주를 점검했을 땐 특별히 이상한 점은 없었다. 브람스는 괜찮을 거다. 베토벤도 괜찮을 거다. 오프닝만 자신 있게 해낸다면 문제없을 거다. 〈돈 주앙〉은 당연히 클레멘타인이 봉착한 난제지만, 제대로 연습만 하면 문제없을 거다. 구스타프 말러도 지정곡이라는 게 좋았다. 〈7번 교향곡〉 5악장. 그래, 샘한텐 말러를 들려주는 게 좋겠어. 그러면 샘은 행복해하면서 클레멘타인에게 도움이 됐다고 생각할 테니까.

첼로를 조율하고 있을 때, 독일어 억양이 강한 영어로 오디션을 볼 때 주의할 사항을 말해주던 마리안 선생님의 목소리가 들려왔다. "첫인상이 중요해. 악기를 조율할 때도 마찬가지야. 악기는 재빨리, 조용히, 은밀하게 조율해야 해." 벌써 십 년 전에 돌아가셨는데도 옛 스승을 생각하자 새롭게 슬픔이 밀려왔다.

첼로를 지나치게 오래 조율하고 있다는 생각이 들면서, 왠지 검은 스크린 뒤에서 참을 수 없어 하는 기운이 느껴진다고 생각하면서, 클레메타인은 문득 패닉 상태에 빠졌던 오디션을 기억해냈다. 거긴 퍼스(Perth, 웨스트오스트레일리아 주의 수도—옮긴이)였는데, 그때 클레멘타인은 완벽하게 조율한 첼로를 들고 엄청나게 뜨거운 네모난 안뜰을 가로질러 춥고 으스스한 콘서트홀로 들어가야 했다.

모든 오디션엔 저마다 악몽 같은 부분이 있지만 특히 괴로운 오디션이었다. 그 오디션에선 진행자가 입장하기 전에 하이힐을 벗어달라고 했다. 무대를 가로지르는 하이힐 소리가 없어야만 심사위원들이 지원자가 남자인지 여자인지 알 수 없을 거라고 했다. 마찬가지 이유로 기침도 하지 말고 재채기도 하지 말라고 했다. 그 진행자는 오디션 규정에 강박적으로 매달렸다. 어쩔 수 없이 클레멘타인은 스타킹만 신은 채 무대를 걷다가 그만 미끄러지고 말았다(기온이 섭씨 40도나 됐는데도 클레멘타인은 검은 스타킹을 신고 있었다). 그 바람에 클레멘타인은 자신의 성별을 정확히 알리는 날카로운 비명을 내지르고 말았고, 의자에 앉아 다시 한 번 첼로를 조율할 땐 완전히 넋이 나가버렸다. 바깥에서 흘린 땀 때문에 너무나 추워서 클레멘타인은 온몸이 부들부들 떨렸다. 첼로를 조율하는 내내 클레멘타인이 생각한 거라곤 어째서 통과도 못할 오디션을 보러 비행기와 숙소 값을 들여가며 여기까지 날아온 걸까, 뿐이었다.

세상에, 클레멘타인은 오디션이 싫었다. 수석 첼리스트가 된다면, 다시는, 절대로 오디션은 안 볼 거야.

"루비. 이리 와! 만지면 안 돼."

샘의 목소리와 함께 천장에서 침대 시트가 떨어지더니, 무릎에 홀리를 앉힌 샘과 바닥에 앉아 미안하긴 하지만 자신이 해낸 일에 잔뜩 신이 나서 침대 시트를 몸에 두르는 루비가 보였다.

"위스크가 그랬어."

루비가 말했다.

"위스크가 안 그랬거든. 네가 그랬잖아, 루비."

홀리가 말했고.

"됐어, 됐어. 그만해."

클레멘타인을 향해 쓸쓸하게 어깨를 으쓱해 보이면서 샘이 말했다.

"일요일마다 아침 먹고 모의 오디션을 하면 좋겠다고 생각했어. 그냥 재밌을 거 같았고, 어쩌면…… 도움이 될지도 모른다고 생각했거든. 하지만 변변찮은 생각이었던 거 같네."

샘이 말하는 동안 홀리가 샘의 무릎에서 내려가더니 침대 시트를 머리까지 뒤집어썼다. 루비도 언니를 따라 침대 시트 속으로 들어가더니, 두 아인 속삭이기 시작했다.

"변변찮은 생각 아냐, 샘."

클레멘타인은 전 남자친구 딘을 생각했다. 지금은 뉴욕 필하모니 오케스트라에 있는 더블베이스 연주자 딘. 딘은 클레멘타인이 그를 위해 연주할 때 늘 "다아음!" 하고 소리치며 문을 가리켰다. 클레멘타인의 연주가 만족스럽지 않다는 뜻이었다. 그러면 클레멘타인은 울음을 터트렸고, 딘은 늘 "젠장, 넌 왜 그리 자신이 없냐. 지겹다, 정말"이라고 하면서 하품을 했다. 젠장, 넌 허세뿐인 멍청이야, 딘. 넌 좋은 사람도 아니었어, 친구. 클레멘타인은 생각했다.

"오전엔 애들 데리고 나갈 테니까 연습해."

샘이 말했다.

"고마워."

"고마워할 필요 없어. 고맙다고 생각할 필요가 없다니까. 정말이야. 그렇게 고마워하는 표정 짓지 마."

샘의 말에 클레멘타인은 지나치게 무표정한 얼굴을 해 보였고, 샘은 큰 소리로 웃었다. 하지만 클레멘타인은 정말로 고마웠다. 바로 그게 문제였다. 클레멘타인은 이게 끝없이 나선을 그리며 돌아가는 특별한 여정의 첫 단계라는 걸 잘 알았다. 결국은 분노로, 완전히 터무니없지만 진심으로 분노하면서 끝나고 말 여정의 첫 단계라는 걸 잘 알고 있었다. 샘도 그 사실을 직감으로 알고 있는 거다. 그러니까 클레멘타인이 고마워하는 걸 사전에 차단하는 거다. 이런 일은 여러 번 경험했으니까. 앞으로 10주 동안, 오디션이 가족의 삶에 어떤 영향을 미칠지 알고 있으니까. 안 그래도 빽빽한 일상에서 어떻게든 연습 시간을 확보하려 애쓰다 중압감에 눌린 클레멘타인이 어떻게 신경질적으로 변해갈지, 결국 어떤 식으로 돌변할지 잘 아니까. 불쌍한 샘이 클레멘타인을 위해 최선을 다해 최대한 시간을 확보해줘도 클레멘타인에겐 충분치 않을 테니까. 왜냐하면 클레멘타인에게 정말로 필요한 건 샘과 애들이 일시적으로 존재해주지 않는 거니까. 남편과 애들이 없는 싱글이 되는 게 필요한 거니까. 영원히는 아니라 지금부터 오디션 날까지만 사라져주는 거니까. 클레멘타인은 산속 오두막으로(그러니까 음향 시설이 좋은 오두막으로) 들어가 음악하고만 살고 음악하고만 호흡해야 하는 거다. 산책을 하고 명상을 하고 좋은 음식을 먹으면서. 요즘 젊은 음악가들이 그러는 것처럼 긍정적인 심상 훈련만 해야 하는 거다. 한 가지 걱정은 그런 일이 정말로 가능해졌을 때, 클레멘타인이 샘과 애들을 전혀 그리워하지 않을지도 모른다는 거였다. 반대로 너무 그리워서 못 견딜지 모른다는 것도 걱정되긴 마찬가지였지만.

"오디션이 다가오면 나 좀 힘들어지지. 잘 알아."

클레멘타인이 말했다.

"무슨 소리야. 오디션이 다가오면 당신은 사랑스러워진다고."

샘의 말에 클레멘타인은 샘의 배를 주먹으로 치는 시늉을 했다.

"그만해."

샘은 클레멘타인의 손목을 잡아당기더니 힘껏 끌어안았다.

"우린 잘해낼 거야."

샘이 말했다. 클레멘타인은 샘의 향취를 한껏 들이마셨다. 또 애들 베이비 샴푸 '더 이상 눈물은 없어'를 쓴 게 분명했다. 샘의 가슴

털은 병아리 깃털처럼 부드럽고 보슬보슬했다.

"우린 할 수 있어."

클레멘타인은 샘이 '우리'라고 말하는 게 좋았다. 샘은 항상 그렇게 말했다. 집을 수리할 때도, 참견 않는 것 외엔 클레멘타인이 완벽하게 아무 일도 안 할 때도, 샘은 땀과 먼지로 범벅이 된 얼굴을 닦아내면서도 "우리가 잘해내고 있어"라고 말했다.

이기적일 수 없는 거, 그게 샘에겐 자연스러웠다. 클레멘타인은 이기적이지 않은 체하는 것뿐인데.

"당신은 정말 좋은 사람이야, 새뮤얼."

이건 몇 년 전에 샘과 클레멘타인이 함께 본 텔레비전 프로그램에서 나온 대사였다. 그 뒤부터 클레멘타인은 "고마워, 사랑해" 대신 "당신은 정말 좋은 사람이야, 새뮤얼"이라고 했다.

"나야 아주 좋은 사람이지."

샘의 말에 클레멘타인은 안심이 됐다.

"아주 근사한 사람, 어쩌면 아주 위대한 사람일지도 몰라."

샘은 홀리와 루비가 침대 시트 속에서 기어다니는 모습을 보며 말했다.

"그런데 홀리랑 루비 어디 있는지 알아?"

샘이 큰 소리로 물었다.

"여기 있는 줄 알았는데 사라져버렸어."

"모르겠는데? 얘들 *어디 간 거야*?"

클레멘타인도 말했다.

"우리 여기 있어."

루비가 지저귀듯 대답했다.

"쉿."

홀리는 이런 장난을 할 땐 정말 진지해졌다.

"아, 애프터눈 티 마시러 에리카 집에 가야 하는 시간이 언제였지? 취소해야 하는 거 아냐? 하루 종일 연습하는 게 어때?"

샘의 목소리는 기대에 차 있었다.

"취소할 수 없어. 에리카랑 올리버가 뭐라고 했더라? 아, *뭔가 의논할 게* 있다고 했잖아."

클레멘타인의 말에 샘은 움찔했다.

"뭔가 불길하게 들리는데? '투자 기회'란 말은 안 했지? 로렌과 데이비드가 우릴 저녁식사에 초대했던 거 기억나지? 그 망할 친환경 세탁 사업인가 뭔가 하는 데 우릴 끌어들이려는 수작이었잖아."

"에리카랑 올리버가 우리한테 투자 기회를 주는 거면, 우린 그 기회 잡아야 해. 잡는 게 맞아."

"그건 그래."

샘은 얼굴을 찌푸렸다.

"분명히 우리한테 같이 마라톤을 하자고 할 거야."

마라톤이라고 말할 때 샘은 홀리처럼 손가락으로 인용부호를 만들었다.

"가치 있는 자선 활동을 하자면서 말이야. 우리한테 의무감이 들게 하려고."

"우리가 같이 하면 두 사람 속도만 느려질 텐데, 뭐."

클레멘타인이 말했다.

"그래, 우리 때문에. 아니다, 당신 때문이지. 난 운동 실력은 타고났다고. 난 거뜬히 뛸 수 있어."

샘은 다시 얼굴을 찌푸리더니 생각에 잠긴 채 뺨을 긁었다.

"으, 세상에. 혹시 캠핑 가자고 하면 어쩌지? 애들한테 좋다면서. 야외 활동이 애들한테 좋다고 하는 거지."

에리카와 올리버는 애를 안 갖기로 결정했다. 그런데 웬일인지 자기 애한테는 전혀 관심이 없는 두 사람이 홀리랑 루비에겐 거의 독점적이라고 할 만큼 왕성한 관심을 보였다. 애들한테 관심을 갖는 게 좋은 일인 것처럼. 그것이야말로 다재다능한 잠재력을 최대한 발휘하는 사람이 되는 방법인 것처럼. 우린 정기적으로 운동을 해. 우린 연극을 보러 가. 우린 제대로 된 소설을 읽어. 맨부커상 최종 후보에 오른 작품만 아니라 후보에 오른 모든 책을 읽어. 우린 전시회도 보러 가고, 정말로 국제 정치에도 관심이 있고, 내 친구의 귀여운 애들한테도 관심이 있어, 라고 말하는 것처럼.

아니, 이건 부당한 평가다. 그래, 너무나 부당한 평가다. 두 사람이 클레멘타인의 애들한테 관심을 보이는 건 그저 쇼를 하는 게 아니었다. 클레멘타인은 에리카 부부가 그렇게 빡빡하고 꽉 짜인 삶을 사는 게 남들과의 경쟁하곤 아무 상관이 없다는 걸 잘 알았다.

"어쩌면 우리 애들한테 신탁 기금을 만들어주고 싶은지도 모르겠다."

샘은 자기가 한 말을 곰곰이 생각해보더니, 어깨를 으쓱했다.

"난 그래도 괜찮아. 난 마음이 넓은 남자니까 충분히 받아들일 수 있어."

"에리카네 *그렇게까지* 부자는 아냐."

"혹시 두 사람 가운데 하나가 희귀한 유전병에 걸린 거 아닐까? 진짜 끔찍한 기분이겠다. 지난번에 보니 올리버가 너무 말랐던데?"

샘은 몸을 움찔하며 말했다.

"마라톤을 해서 마른 것뿐이야. 무슨 일인지는 몰라도 괜찮을 거야. 분명해."

클레멘타인은 조금 심란하게 말했다. 왠지 오늘은 좀 불안한 기분이 들었지만, 그 이유는 이미 모든 상황에 충분히 악영향을 미치고 있는 오디션 때문일 거라고 생각했다. 앞으로 10주 동안 계속 모든 일의 밑바닥에 깔려 있을, 걱정이라는 숨은 감정 때문이라고 생각했다.

두려워해야 할 이유는 하나도 없어. 그냥 아름다운 일요일 오후에 차를 한 잔 마시는 것뿐이야.

. 6 .

젖어서 번들거리는 검은 우비를 입은 소년은 두툼하게 둘둘 감긴 묵직한 밧줄을 한 팔에 끼고 여객선 끄트머리에서 균형을 잡고 서 있었다. 샘은 여객선 창가 자리에 앉아 소년을 지켜봤다. 소년은 억수같이 쏟아지는 비를 뚫고 뿌연 안개 속에 드러나는 선착장을 보려고 가늘게 눈을 뜨고 있었다. 주름 하나 없는 어린 얼굴은 온통 빗방울로 덮여 있었다. 여객선은 상하좌우로 심하게 요동쳤고, 소금기 섞인 차가운 공기가 샘의 콧속으로 가득 들어왔다. 소년은 두 발을 벌리고 말에 올라탄 카우보이처럼 밧줄 끝의 올가미를 높이 들어올렸다. 소년이 힘껏 집어던지자, 올가미는 단번에 말뚝에 걸렸다. 소년은 선착장으로 풀쩍 뛰어내리더니 여객선을 끌어당기듯 말뚝에 올가미를 단단히 매어 당겼다.

열다섯 살이나 됐을까 싶었지만, 소년은 거침없이 선착장에 여객선을 잡아매고 있었다. 그러곤 선장에게 신호를 보내더니, 우산을 쓰거나 우비를 입고 기다리고 서 있는 승객들을 향해 "서큘러 키 행입니다!" 하고 소리쳤고, 여객선과 선착장을 잇는 트랩을 내렸다. 트랩이 쾌광, 하는 묵직한 금속성의 소리와 함께 내려오자 승객들은 비를 피해 어깨를 옹송그린 채 서둘러 여객선에 올라탔다. 그동안 소년은 자신만만하고 당당하게 온몸을 꼿꼿이 세우고 두려울 것 없다는 듯 서 있었다.

봐, 그래, 저게 얼마나 정직하고 훌륭한 직업이야. 선착장과 씨름하는 일 말이야. 사무실에서 일하는 사람들을 여객선으로 몰아넣었다 몰아내는 일 말이야. 아직 어린데도 꼭 다 큰 남자처럼 저 빗속에 서 있잖아. 축축한 모직 바지에 가느다란 세로줄무늬 셔츠를 입고 얌전하게 앉아 있는 샘은 소년에 비하면 너무나도 말랑하고 연약하게 느껴졌다. 저 소년한테 사무실에서 일하라고 하면 정말 끔찍해할 거야. '절대 싫어요. 꼭 덫에 잡힌 쥐 같잖아요' 라고 하겠지. 치즈를 얻으려고 덫의 레버를 내리는 쥐란 말이지. 옛날 실험에서 했던 것 같은.

어제 샘은 쥐처럼 책상에 앉아 있었다. 그리고 새끼손가락으로 자판의 P자를 눌렀다. 엄지손가락으론 스페이스 바를 누르고. 모니터에 P P P P P P P P 말곤 아무것도 없을 때까지. 이십 분 동안 계속 그랬을 거다. 어쩌면 삼십 분 동안 그랬는지도 모른다. 확실한 건 없었다. 그게 바로 어제 직장에서 샘이 해낸 가장 큰 일이었다. 화면 가득 P를 채우는 일 말이다.

샘은 승객들이 우산을 흔들어 빗물을 떨어뜨리면서 줄지어 여객선에 오르는 모습을 봤다. 아직 하루 일과를 시작하기 전인데도 승객들은 하나같이 잔뜩 심술이 난 표정을 짓고 있었다. 저 소년은 화이트칼라 노동자들이 하루 종일 사무실에서 아무 일도 안 한다는 걸 모르겠지. 문자 그대로 진짜 아무 일도 않는데 월급을 받는다는 걸 모를 거야. 직장에서 자기가 하는 일이 거의 없다는 생각을 하자 샘은 식은땀이 나는 것 같았다. 오늘은 뭔가 *해내야* 해. 이런 식이면 오래 버틸 수 없어. 빨리 일에 집중할 방법을 찾지 않으면 해고되고 말 거야. 아직은 평가 기간이었다. 그러니까 거센 압력이나 많은 서류 없이도 회사는 언제든 샘을 해고할 수 있었다. 샘이 해고를 면한 건 모두 팀원들 덕분이었다. 최신 기술에, 아니, 모든 일에 능통한 네 명의 이십대 팀원들이 바로 바로 샘한테 보고를 했으니까. 팀원들은 모두 샘보다 똑똑했다. 샘이 팀원들을 관리하는 게 아니었다. 팀원들은 자기들을 스스로 관리했다. 이런 상황이 계속될 리 없었다.

샘이 블루칼라 노동자였다면 벌써 몇 주 전에 해고됐을 거다. 샘은 자기 아빠를 생각했다. 천생 남자였던 스탠은 배관 일을 하러 가서 멍하니 허공만 보는 일은 할 수 없었을 거다, 안 그런가? 이십 분간 아무 생각 없이 스패너로 파이프만 쳐댈 순 없었을 거다. 만약 샘이 배관공이라면, 샘은 일에 집중했을 거다. 그랬다면 이렇게 마음이 조금씩 흐트러지기 시작하는 일은 없었을 테고, 이 모든 지옥 같은 일들도 일어나지 않았을 거다. 혹시 고모할머니라든가 친척 가운데 '신경쇠약'인 사람이 있었나? (그 생각을 할 때 샘은 머릿속 목소리를 한껏 죽였다.) 아마 한 명쯤은 있을지 몰랐다. 샘의 신경은 구멍이 숭숭 뚫린 사암처럼 산산조각 나고 바스러지고 있었으니까.

사람들을 직장에 데려다주려고 여객선은 다시 시드니를 향해 휘청거리며 나아갔다. 함께 탄 승객들을 보다가 샘은 자신은 한 번도 이 사람들에게 속한 적이 없었다는 생각이 들었다. 샘은 회사에 다닐 수 있는 사람이 아니었던 거다. 지금까진 항상 자기 일을 충분히 좋아했고, 월급도 받을 수 있는 흥미로운 일이라고 생각했지만, 문득 생각이 나는 때가 있는 거다. 예를 들어, 파워포인트로 프레젠테이션을 하려고 서 있을 때면, 아주 짧은 동안이라곤 해도 마치 자신이 아주 정교한 연극을 하고 있단 생각이 드는 거다. 샘의 엄마가 항상 아들에게 되기를 바랐던 '회사원'이 된 양 연극을 하고 있단 기분이 드는 거다.

엄마는 샘에게 의사도 변호사도 아닌 '회사원'이 되라고 했다. 샘의 엄마 조이는 사실 회사원이 종일 무슨 일을 하는지 몰랐다. 그저 회사원은 작업복이 아니라 넥타이를 매고 손톱이 깨끗하다는 것만 알았다. 그리고 샘이 학교에서 좋은 성적을 받으면—실제로도 샘은 학교 성적이 좋았다—회사원이라는 매력적인 인생을 그 보상으로 받게 된다고만 믿었다. 샘의 엄마는 아들 위에 군림하는 독재자는 아니었다. 그저 열정적이었던 것뿐이다. 그러니까 샘은 형들처럼 장사를 할 거라고 주장해도 되는 거였다. 하지만 십대였던 샘은 자신이 진정으로 원하는 게 뭔지 고민해볼 생각도 않고, 뭘 해야 스스로 만족하는 인생을 살지 전혀 생각지도 않고, 그저 나태하게 엄마 의견을 따른 거다. 그래서 지금 이 자리에 있는 거다. 틀린 인생에 갇혀버린 거다. 그저 그런 적당히 괜찮은 회사의 중간 관리자로 살면서 에너지 드링크를 파는 일에 엄청난 열정이 있는 체하며 살아야 하는 거다.

그래서 뭐? 그냥 받아들여. 이 여객선에 탄 사람 가운데 도대체 몇 명이나 자기 직업에 열정을 갖고 있겠어? 직업을 사랑하는 게 인간의 필수 의무는 아니란 말이야. 사람들은 클레멘타인한테 늘 말하잖아. "사랑하는 일을 하다니, 얼마나 운이 좋아요." 하지만 클레멘타인은 특별히 감사하지도 않는단 말이야. 더구나 이렇게 대답할 때도 있는걸. "네, 그래요. 하지만 재능이 부족한 것 같아 항상 두려운걸요." 연주 때문에 클레멘타인이 신경질을 부리는 건 샘으로선 도저히 이해할 수 없는, 그저 괴롭기만 한 일이었다. 신경질을 부리는 클레멘타인을 볼 때마다 샘은 '그냥 그 망할 음악을 연주하란 말이야' 같은 생각이 드는 거다.

하지만 지금은 정말 처음으로 클레멘타인이 "왠지 앞으로 연주를 못할 것만 같아"라고 했던 말을 이해할 수 있었다. P로 가득한 컴퓨터 화면을 보면서 그게 어떤 공포인지 알 수 있었으니까. 직장을 잃을 순 없었다. 아직 주택 대출금도 남아 있었다. 나한텐 가족이 있단 말이야. 내가 보호해야 할 가족이 있단 말이야. 진정한 남자가 돼야해. 냉정해져야 해. 도대체 왜 이러는 거야? 도대체 뭘 위해 위험을 감수하려는 거야? 그래야 할 이유가 없잖아?

샘은 창밖을 내다봤다. 여객선은 흰 물거품이 이는 짙푸른 바다에 몸을 담그며 앞으로 나아가고 있었다. 그때 샘은 자신이 내는 소리를 들었다. 스트레스에 못 이겨 분한 듯이 찢어질 것 같은 고음을 내는 자신의 소리를. 사람들을 의식하면서, 샘은 마치 헛기침을 하려 했다는 듯 기침을 했다.

샘은 자신이 바비큐 파티를 했던 날 아침을 떠올리고 있단 사실을 깨달았다. 그 기억은 다른 사람의 기억인 것 같았다. 친구의 기억이거나 영화 속에서 아빠 역할을 하는 누군가를 보고 있는 것만 같았다. 자신과 자신이 속한 세계에 확신을 갖고 햇살이 밝게 들어오는 집 안을 *거들먹거리며* 이리저리 활보하는 사람은, 확실히 샘이 아니라 다른 사람 같았다.

그날 아침에 무슨 일이 있었더라? 아침밥으론 크루아상을 먹었지. 클레멘타인을 위해 가짜 오디션을 준비했었고. 제대로 되진 않았지만. 그다음엔 뭘 했더라? 클레멘타인이 연습할 수 있도록 애들을 데리고 밖으로 나가려고 했지. 하지만 번쩍번쩍 불이 들어오는 루비의 신발을 찾을 수가 없었어. 그 망할 신발, 결국 찾긴 했었나?

누군가가 그날 아침에 샘에게 삶이 어떠냐고 물었다면, 샘은 행복하다고 대답했을 거다. 새 직장을 얻어 기쁘다고 했을 거다. 사실 샘은 새 직장 때문에 들떠 있었다. 협상으로 탄력근무를 하게 되어 그의 아빠와는 달리 자녀 양육에 적극적으로 참여할 수 있다는 사실에 의기양양해 있었다. 하지만 자녀 양육에 적극적인 아빠라는 칭찬을 덥석 받아들이진 않았다. 클레멘타인 역시 자녀 양육에 적극적인데 왜 엄마는 칭찬을 받지 못하는가, 그 사실에 연민을 느끼면서. 하지만 얼마간은 즐기면서 웃었을 거다.

지금까지 샘은 회사에서 자신의 역할에 의심을 품은 적은 있지만 집에서의 아빠 역할에 대해선 의심을 품어본 적이 없었다. 클레멘타인은 샘이 그의 아빠 전화를 받을 때 누구랑 통화하는지 늘 알 수 있다고 했다. 왜냐하면 샘의 목소리가 착 가라앉았으니까. 샘은 직장에서 승진했다는 얘기보다는 집에서 *남자다운* DIY 프로젝트를 끝냈다는 얘기를 하는 걸 좋아했다. 하지만 클레멘타인이 발레를 하러 가는 홀리의 머리를 자기보다 샘이 더 잘 묶는다는 얘기를 하거나, 샘이 루비 옷을 갈아입히거나 목욕을 시킨다는 얘기를 할 때마다 샘의 아빠가 짓는 어리벙벙한 표정은 전혀 신경 쓰지 않았다. 왜냐하면 샘은 애들 아빠로서, 남편으로서 자신의 역할에 백 퍼센트 확신이 있었으니까. 샘의 아빠는 자신이 놓친 게 뭔지 알지 못할 테니까.

만약 바비큐 파티를 했던 날 아침에 누군가가 꿈이 뭐냐고 물었다면, 샘은 그다지 원하는 건 없다고 했을 거다. 대출금리가 낮은 모기지로 갈아탔으면 좋겠고, 좀 더 깔끔한 집에서 살았으면 좋겠고, 셋째가 있었으면 좋겠고, 셋째는 딸이어도 아무 문제가 없지만 되도록 아들이었으면 좋겠고, 혹시 가능하다면 아주 큰 보트가 생겼으면 좋겠고, 섹스를 더 많이 했으면 좋겠다고 대답했을 거다. 섹스 얘기를 할 땐 껄껄 웃었을 거다. 적어도 살짝 웃긴 했을 거다. 유감이라는 듯이 웃었을 거다. 그 웃음은 슬픔과 씁쓸함 사이에서 정확히 중간에 위치한 웃음이었을 거다.

샘은 자신이 지금 씁쓸하게 웃고 있다는 걸 깨달았다. 그 순간 통로 건너편에 앉아 있다가 샘과 눈이 마주친 낯선 여자가 재빨리 고개를 돌렸다. 샘은 화급히 웃음을 거두고 주먹을 꼭 쥔 채 무릎을 누르고 있는 자기 손을 내려다봤다. 샘은 살며시 주먹을 풀었다. 평범하게 보여야 하니까.

샘은 옆자리에 누군가가 놓고 내린 신문을 집어들었다. 어제 신문이었다. 시드니의 하늘이 보이고 빗방울이 들이치는 창문을 찍은 예술적인 사진 위에 '이제 그만'이란 헤드라인이 적힌 신문이었다. 샘은 신문 기사를 읽으려고 노력했다. 시드니의 상수원인 와라감바 댐이 언제라도 넘칠 수 있다는 내용이었다. '뉴사우스웨일스 주 전역에 홍수가 발생해'까지 읽었을 때 요새 늘 그렇듯이 문장들이 갑자기 요동치기 시작했다. 어쩌면 시력검사를 해야 할지도 모르겠다고, 샘은 생각했다. 왠지 요즘은 진득하게 글을 읽을 수가 없었으니까. 글을 읽으면 곧바로 초조해지고 불안해지는 거다. 갑자가 중요한 걸 놓친 것처럼, 깜빡 잠이 들었던 것처럼, 두려움을 느끼면서 번쩍 고개를 드는 거다.

지금도 샘은 번쩍 고개를 들었고, 또 통로 건너편 여자와 눈이 마주쳤다.

이런, 세상에. 당신을 보고 있는 거 아니에요. 당신한테 수작을 거는 거 아니라니까요. 난 내 아내를 사랑합니다.

정말로 여전히 아내를 사랑하나?

샘은 황금빛으로 빛나던 뒤뜰에서 본 티파니의 얼굴을 떠올렸다. "제발요, 근육남 씨." 그 웃음은 마치 애무를 하는 것 같았다. 샘은 여객선 창밖으로 고개를 돌렸다. 그저 생각만이 아니라 실제로 티파니의 몸에서 시선을 돌리려는 것처럼. 낮게 깔린 스산한 잿빛 하늘 아래로 시드니 항의 굴곡진 작은 만들이 보였다. 마치 세상이 끝나려는 징조처럼 보이는 풍경이었다.

샘도 클레멘타인에게 할 수 있는 말이 있을 거다. 바비큐 파티가 있었던 날의 일에 대해 샘은 클레멘타인을 향해 비난을 퍼붓고 싶었다. 하지만 그 말을 하는 순간 다시 주워 담고 싶을 거라는 것도 잘 알았다. 샘한테도 잘못이 있으니까. 하지만 여전히 비난은 뱅글뱅글 입안을 맴돌면서 사라지지 않았다. 혀끝이 아니라 목 뒤에서, 소화가 되지 않은 음식물 덩어리처럼 사라지지 않고 맴돌고 있지만, 어떻게 해야 제대로 삼킬 수 있는지 알 수가 없는 거다.

오늘, 클레멘타인은 또다시 의미 없는 곳에 가서 또다시 강연을 하고 있을 거다. 시드니 근교 도서관이라고 했다. 이런 날씨에 누가 강연을 들으러 올까? 어째서 클레멘타인은 그런 일을 하는 걸까? 강연비도 없는 일 때문에 공연을 거절하다니. 샘으로선 이해할 수 없는 일이었다. 샘으로선 머릿속에서 갑자기 튀어나오는 생각조차 부끄러워 생각을 멈추려고 애쓰는 그날의 기억을 어떻게 클레멘타인은 사람들 앞에 꺼내놓는 걸 *택할 수 있는 걸까?*

"실례합니다."

갑작스러운 목소리에 샘은 소스라치게 놀랐다. 샘은 추락하는 사람이 뭔가를 붙잡을 때 하는 것처럼 오른손을 거칠게 내저었다.

"뭐요?"

베이지색 우비를 입은 여자가 가슴을 보호하려는 사람처럼 두 손을 모으고 통로에 서서 밤비 같은 눈으로 샘을 보고 있었다.

"정말 죄송해요. 놀라게 할 생각은 없었어요."

샘은 정말로 티끌 하나 섞이지 않은 순수한 분노를 느꼈다. 벌떡 일어나서 여자의 목을 잡고 헝겊 인형처럼 마구 흔들어주고 싶었다.

"그냥 그 신문이 선생님 건지 알고 싶어서요. 혹시 다 읽으셨나요?"

여자는 고갯짓으로 샘이 들고 있는 신문을 가리켰다.

"아, 미안합니다. 생각에 깊이 잠겨 있었거든요."

쉰 목소리로 말하면서 신문을 내미는 샘의 손이 떨리고 있었다.

"제 거 아닙니다. 가져가세요."

"감사합니다. 그리고, 죄송해요."

"아닙니다. 아니에요."

여자는 자기 자리로 돌아갔다. 그리고 샘이 미쳤다고 생각하겠지.

실제로 샘은 미쳤다. 날이 갈수록 점점 더 미쳐가고 있었다. 샘은 거세게 뛰는 심장이 다시 제 속도를 찾을 때까지 기다렸다. 샘은 다시 고개를 돌려 창밖을 봤다. 오버시스 패신저 터미널을 보자 클레멘타인과 함께 오늘 저녁 외식을 해야 한다는 사실이 기억났다. 그곳에 있는 멋지고 비싼 식당에서. 하지만 가고 싶지 않았다. 클레멘타인에겐 해야 할 말이 하나도 없으니까.

클레멘타인과는 깨지는 게 옳다는 생각을 했다. 아니, 깨지는 게 아니지. *헤어져야* 하는 거야. 결혼한 사람은 헤어져야 하는 거야, 친구. 깨지는 건 남자친구랑 여자친구였을 때 하는 거라고. 넌 헤어져야 해. 이런 미친놈. 클레멘타인하고 헤어지는 일은 없어. 우린 괜찮

아. 하지만 '헤어진다'라는 말은 이상하게도 매력적으로 느껴졌다. 그거야말로 해결책인 것처럼 느껴졌다. 만약에 샘이 절단수술을 하는 것처럼 자기 자신과 헤어질 수 있다면, 자기 자신과 분리될 수 있다면, 자기 자신과 떨어질 수 있다면, 정말로 안심이 될 것 같았다.

샘은 벌떡 일어섰다. 요동치는 여객선 안에서 샘은 좌석 등받이들을 움켜잡으며 아무도 없는 갑판을 향해 걸어가기 시작했다. 갑판에선 빗방울을 머금은 차가운 바람이 화가 난 여인처럼 샘의 얼굴을 내리쳤고, 우비를 입은 소년은 무심히 샘을 쳐다보다가 샘도 그저 지루한 잿빛 풍경의 일부인 것처럼 천천히 고개를 돌렸다.

샘은 미끄러운 여객선 난간에 몸을 기댔다. 이곳에 있고 싶지 않았다. 집에도 있고 싶지 않았다. 그저 단 한 곳으로 돌아가고 싶었다. 터무니없던 그 뒤뜰로. 흐릿한 황혼 속, 꼬마전구들이 깜빡이고 샘에겐 전혀 아무 의미도 없는 여인인, 티파니가 샘과 함께 웃고 있던 그 순간으로 돌아가고 싶었다. 제시카 래빗(Jessica Rabbit, 디즈니 만화 캐릭터—옮긴이)의 몸을 그대로 닮은, 너무나 충격적인 몸을 보고 있진 않았다. 보고 있진 않았지만, 느낄 순 있었다. 정말로 생생하게 느낄 수 있었다. 그날 티파니는 말했다. "제발요, 근육남 씨."

바로 거기야. 샘이 '정지 버튼'을 누르고 싶은 곳은 바로 거기였다.

샘한테 필요한 건 그 뒤 오 분뿐이었다. 그저 단 한 번의 기회를 다시 얻는 것뿐이었다. 다시 한 번 기회를 얻을 수 있다면, 샘은 언제나 그렇게 돼야 한다고 믿었던 바로 그런 남자처럼 행동할 거다. 반드시 그렇게 할 거다.

. 7 .

바비큐 파티 날

"그냥 포기해."

클레멘타인이 말했다. 벌써 한 시가 다 돼가고 있었고, 세 시엔 애프터눈 티를 마시러 에리카 집으로 가야 했다. 클레멘타인한테 연습 시간을 주겠다고 약속한 세 사람은 아직 밖으로 나가지도 못했다. 결국 연습은 못할 거다.

"아냐. 신발 한 짝 때문에 계획을 포기할 순 없지."

신발 한 짝이라. 번쩍번쩍 불이 들어오는 정말로 비싼 루비의 새 신발이 한 짝 사라진 거다. 루비가 최근 폭풍 성장을 해서 그거 말곤 이제 맞는 신발도 없는데.

"그런 시 있지 않아? 못 하나가 없어서 말편자가 사라졌네. 말편자가 없어서 말이 사라졌네. 이런 식으로 왕국이 사라질 때까지 쭉 이어지는 시 말이야."(shoe에는 '신발'과 '말편자'라는 뜻이 있다. 클레멘타인은 신발 한 짝이 사라진 것에서 편자를 떠올린 것이다—옮긴이)

"뭐라고?"

샘은 끙, 앓는 소리를 내고 바닥에 납작 엎드려 소파 밑을 들여다봤다.

"신발 한 짝이 없어서 내 오디션이 사라졌네."

클레멘타인은 소파 위에서 쿠션을 들어냈다. 과자 부스러기, 동전, 연필, 머리핀, 스포츠 브라 같은 자질구레한 물건들이 모습을 드러냈지만 신발 한 짝은 없었다.

"뭐라고 했어?"

다시 한 번 물어본 샘은 소파 밑으로 팔을 쭉 밀어넣었다.

"찾은 거 같아."

샘은 먼지가 잔뜩 묻은 양말을 한 켤레 꺼냈다.

"그건 양말이야!"

홀리가 말했고, 샘은 재채기를 했다.

"맞아. 나도 이게 양말이란 건 알아."

샘은 다리를 옹그리고 앉아 어깨를 주물렀다.

"우린 인생의 반을 물건을 찾으면서 보내는 거야. 좀 더 나은 체계를 세워야 해. 절차 말이야. 이럴 때 쓸 수 있는 앱이 있을 거야. '우리 물건 어디 있니?' 앱 말이야."

"신발아, 너 어디 있니?"

루비가 소리를 지르고, 한쪽 신발만 신은 채 뒤뚱거리면서, 가끔은 발을 쿵쿵 굴러 신발에서 번쩍번쩍 불이 나오게 하면서 걸었다.

"신발한텐 귀가 없거든, 루비."

홀리가 한심하다는 듯이 말했다.

"에리카가 우리한텐 신발 걸이가 필요하댔어. 애들이 집에 들어오자마자 신발을 정리할 수 있게 가르쳐야 한대."

소파의 쓰레기는 그대로 둔 채 다시 쿠션을 제자리에 놓으며 클레멘타인이 말했다.

"그 말이 맞겠지. 그 여인이 하는 말은 항상 옳잖아."

샘이 말했다.

애를 안 낳기로 결정한 사람치곤 너무 많은 육아 지식을 갖춘 사람이라 에리카는 자기가 아는 지식을 나눠줘야 한다고 생각하는 게 분명했다. 에리카에겐 "그런 건 어떻게 안 거야?"라는 말도 할 수 없었다. 에리카는 늘 "〈사이콜로지 투데이〉에서 본 기사인데"라는 식으로 출처를 밝히면서 시작하니까.

"독이 되는 친구 같은데? 그 사람, 끊어버려야 해."

언젠가 에리카에 대한 얘기를 듣고 클레멘타인의 친구 아인슬리는 그렇게 말했다.

"독이 되는 거 아냐. 넌 짜증나는 친구 없어?"

클레멘타인은 누구에게나 의무감을 느끼게 되는 친구 하나쯤은 있지 않나, 생각하면서 그렇게 대답했다. 클레멘타인의 엄마만 해도 통화하면서 '내가 참아준다' 하는 표정을 지을 때가 있는데, 그럴 때 전화를 건 사람은 친구 로이스 아줌마가 분명했다.

"그 에리카란 사람이 널 괴롭히는 것처럼 날 괴롭히는 친구는 없으니까."

아인슬리는 그렇게 말했지만, 클레멘타인은 에리카를 절대 끊어버릴 수도 없고, 끊어버리지도 않을 거였다. 왜냐하면 에리카는 홀리의 대모니까. 정말로 그런 순간이 있었는지는 모르겠지만, 둘이 우정을 끝낼 수 있는 기회는 오래전에 사라져버렸으니까. 사람한테 그런 짓을 할 순 없다. 사람한텐 끊어버린다는 표현조차 쓰면 안 된다. 그런 짓을 했다간 에리카가 충격을 받고 말 거다.

어쨌든 요 몇 년간은, 에리카가 아주 사랑스럽고 진지한 올리버와 결혼한 뒤로부터는 둘의 우정이 훨씬 견디기 쉬워졌다. 사실 아인슬리가 '독'이라고 말했을 때, 클래멘타인은 움찔했다. 그 말은 클레멘타인이 에리카를 볼 때 느끼는 감정을 정확하게 표현한 거였다. 클레멘타인이 완강히 저항하거나 감추려 하는 극도의 짜증을 그대로 묘사한 표현이었다. 그런 감정을 느낀다는 사실 때문에 클레멘타인은 자신한테 실망하곤 했다. 왜냐하면 에리카는 악하지도 잔인하지도 멍청하지도 않았으니까. 에리카에 대한 클레멘타인의 짜증은 너무나 부적절한 거였으니까. 클레멘타인이 어리둥절하고 당혹스런 감정을 느끼는 건 그 때문이었다.

에리카는 클레멘타인을 사랑했다. 클레멘타인을 위해서라면 뭐든 할 거다. 그런데도 왜 그렇게 클레멘타인을 약 올리는 걸까? 에리카는 마치 알레르기 반응을 일으키는 존재 같았다. 그래서 클레멘타인은 에리카와 함께 있는 시간을 되도록 짧게 하는 방법을 익혔다. 예를 들어, 오늘처럼 에리카가 점심을 먹자고 하면 자동적으로 이렇게 대답하는 거다. "밥 말고 애프터눈 티를 마시자." 둘이 함께 있는 시간을 줄이는 거다. 미치고 팔짝 뛸 시간을 줄이는 거다.

"크래커 먹어도 돼, 아빠? 주세요, 제발."

"안 돼. 동생 신발 찾는 거나 도와줘."

"오늘 애프터눈 티 마실 때 에리카 이모랑 올리버 아저씨한테 주세요, 고맙습니다, 하는 거 잊지 마. 알았지?"

쿠션 뒤에 신발이 있는지 보면서 클레멘타인이 두 딸한테 말했다. 그 말에 홀리는 버럭 화를 냈다.

"난 만날 주세요, 고맙습니다, 한단 말이야. 지금도 아빠한테 주세요, 했잖아."

"알아. 그래서 엄마도 주세요랑 고맙습니다가 생각난 거야. 우리 딸 진짜 예의바르구나 싶어서."

그런데 홀리랑 루비는 특히 에리카하고 있을 때 '주세요'랑 '고 맙습니다'를 잊어버렸다. 끊임없이 두 아이의 태도를 신랄하게 지 적하는 에리카하고 있을 땐 인사를 하는 걸 잊어버리는 거다. 에리 카는 애들한테 물을 줄 때마다 손을 동그랗게 말아 자기 귀에 대곤 "지금 이모한테 고맙다고 했던가?"라고 묻는다. 그럼 홀리는 꼭 "아 니, 안 했어요"라고 대답하고. 홀리는 그저 자기답게 얘기하는 것뿐 이지만 다른 사람들에겐 너무 조숙해 보이는 게 문제였다.

홀리는 신발을 벗고 소파로 올라가 팔걸이 하나를 딛고 서서 두 팔 을 쫙 펴고 스카이 다이버처럼 소파를 향해 쿵, 떨어져내렸다.

"하지 마, 홀리. 전에도 말했잖아. 다칠 수도 있어."

샘이 말했다.

"엄마가 해도 된댔어."

홀리가 입을 삐죽 내밀었다.

"그건 엄마가 틀린 거야."

샘이 날카로운 눈으로 클레멘타인을 쏘아봤다.

"잘못하면 목 부러져. *아주 심각하게 다칠 수도 있다고.*"

"빨리 신발 신어, 홀리. 잘못하면 네 신발도 잃어버릴 거야."

클레멘타인은 가끔 샘이 '클레멘타인은 간신히 아이들이 살아있 게 하는 것밖엔 못하기 때문에 내가 옆에서 애들이 위험한 짓을 하 는 걸 말려야 한다'고 믿고 있단 생각이 들 때가 있었다. 왜냐하면 클레멘타인은 샘이 없을 땐 홀리가 소파 팔걸이에서 소파를 향해 엎어지게 그냥 내버려두니까. 양쪽 부모가 있을 때 지켜야 할 규칙 을 말해준 것도 아닌데 애들은 아빠가 집에 있을 때만 지켜야 하는 규칙을 제대로 숙지하고 있었다. 그게 바로 가정의 평화를 지키는 불문율인 거다. 클레멘타인은 혹시 자기가 없을 때 채소 먹기나 양치하기 같은 규칙이 달라지는 건 아닌지 궁금했다.

홀리는 소파에서 내려와 바닥에 털썩 주저앉았다.

"지루해. 왜 크래커 먹으면 안 돼? 나 배고파."

"제발 징징거리지 마."

클레멘타인이 말했다.

"하지만 정말 배고프단 말이야."

홀리가 말하는 동안 루비는 고함을 지르며 복도로 나가버렸다.

"신발아! 너 어디 있니? 내 예쁜 신발아!"

"나한텐 정말로 크래커가 필요하단 말이야. 딱 한 개만 먹을래."

홀리가 말했고, 샘과 클레멘타인은 동시에 소리쳤다.

"그만!"

"둘 다 진짜 나빠."

홀리는 몸을 휙 돌려 거실을 나가려다, 신발을 찾으려고 샘이 돌려놓은 소파 다리에 발가락을 찧고 말았고, 비명을 질렀다.

"세상에."

클레멘타인은 홀리는 한 번 분노를 터트리면 일 분쯤 지나 화가 가라앉은 뒤에야 위로를 받아들인다는 사실을 깜빡하고 반사적으로 몸을 숙여 홀리를 안았다. 홀리는 거칠게 고개를 젖혔고, 그 바람에 클레멘타인의 턱은 봉변을 당하고 말았다.

"악, 홀리!"

턱을 움켜잡으며 클레멘타인이 소리쳤다.

"이런, 망할!"

샘은 소리를 지르며 거실에서 뛰어나갔고.

홀리는 이제 엄마 품에 안기고 싶었다. 그래서 엄마 품으로 맹렬하게 뛰어들었고, 클레멘타인은 홀리를 꼭 안아줬다. 사실은 턱이 너무 아파 홀리를 붙잡고 마구 흔들어주고 싶었지만 말이다. 클레멘타인은 가짜 오디션을 위해 마련한 의자에 품위 있고 장엄하게 기대어 있는 첼로를 간절히 바라보며, 부드러운 목소리로 홀리를 달래줬다. 아기를 낳으면 누구나 미숙하고 유치한 사람이 된다는 걸 클레멘타인한테 알려준 사람은 아무도 없었다. 그 사람이 갖고 있는 특별한 재능도, 그 사람이 받은 교육도, 그 사람이 성취한 업적도 아무 의미 없어진다는 사실을 말해준 사람은 없었다.

클레멘타인은 열여섯 살 때의 에리카를 기억했다. 아무렇지도 않게, 애를 안 갖겠다고 말하던 에리카를 기억했다. 그 말을 듣고 클레멘타인은 이상하게도 화가 났다. 그때 왜 그렇게 화가 났는지를 알아내려고 클레멘타인은 오랫동안 고민했고(살아오면서 클레멘타인은 정말 다양하고 복잡한 이유로 에리카에게 화가 났다), 마침내 그 이유를 알아냈다. *그런 말은 자신이 먼저 해야 했던 거다. 정신 나간 창의적 보헤미안은 클레멘타인이어야 했다.* 그게 화가 났던 이유였다.

에리카는 보수적인 사람이라고, 규칙을 따르는 사람이라고, 이미 예정된 대로 움직이는 사람이라고 생각했으니까. 에리카의 꿈은 회계와 재무를 복수 전공하고 경제학사 학위를 받는 거였다. 집을 사고, 금융 자산을 모으고, 빠르게 파트너 자리에 오를 수 있는 6대 회계법인 가운데 한 곳에 들어가는 게 에리카의 꿈이었다. 클레멘타인의 꿈은 뛰어난 음악을 연주하고, 특별한 열정을 경험하고, 그리고 당연히 언젠가 좋은 남자를 만나 아기를 낳는 거였다. 그게 누구나 다 원하는 거니까. 애들은 귀여우니까. 애 없이 사는 인생을 선택할 수도 있음을 클레멘타인은 한 번도 생각해본 적이 없었다. 그래서 에리카가 애를 낳지 않겠다고 말했을 때, 그런 생각을 못한 자신은 상상력이 부족한 사람처럼 느껴졌던 거다.

어쨌거나 파격적인 삶을 산 사람은 에리카였다. 에리카는 정해진 배역을 거부했다. 열일곱 살 때 고스(Goth, 1980년대에 유행한 록음악. 종말, 죽음, 악을 다루며 팬들은 검은 옷을 입고, 흰색과 검은색으로 화장을 했다—옮긴이) 단계를 거친 건 에리카였다. 에리카는 머리를 검게 물들이고, 검은 매니큐어를 칠하고, 검은 립스틱을 바르고, 징이 잔뜩 박힌 팔찌를 차고, 플랫폼 부츠를 신었고, 달라진 에리카를 처음 봤을 때 클레멘타인은 방어하듯이 "이게 뭐야!"라고 했다. 록스타같이 변한 에리카 덕분에 둘은 멋진 클럽에 들어갈 수 있었다. 에리카는 클럽에 있는 내내 맨 뒤에 서서 앞을 노려보며 고스적인 생각을 하고 있는 듯 보였지만, 실은 집에 가서 해야 할 숙제를 고민하고 있었고, 클레멘타인은 술을 마시고 춤을 추면서 타락한 남자들이랑 키스를 했고, 집에 가는 내내 울었다. 왜냐하면, 당연히 인생 때문이지 뭐겠나.

이제 에리카는 다른 사람이 특별히 주목할 만한 옷은 입지 않았다. 평범하고 격식 있고 안락한 옷만 입었다. 오스트레일리아에서 가장 큰 법인 가운데 하나에서 근무하고(6대 법인 가운데 하나가 아니라 4대 법인 가운데 한 곳에서 근무한다), 두 사람이 어린 시절을 보낸 동네에서 그리 멀지 않은 곳에서 대출을 받지 않았을 단정한 침실 세 개짜리 집에서 살았다. 클레멘타인은 지금, 당연히, 애들을 낳은 걸 조금도 후회하지 않았다. 정말로 애들을 사랑하니까. 당연히 클레멘타인은 애들을 사랑했다. 그저 가끔 시간이 아쉬울 뿐이었다. 집을 살 돈을 좀 더 모으고 좀 더 많은 걸 이룬 다음에 낳았으면 좋았을 텐데, 라고 생각하는 것뿐이었다.

샘은 셋째를 갖고 싶어 했다. 그건 바보 같은 생각일뿐더러 불가능한 일이었다. 샘이 셋째 얘기를 할 때마다 클레멘타인은 다른 얘기를 꺼냈다. 셋째를 낳는다는 건 뱀과 사다리 게임(Snakes and Ladders, 사다리를 이용하고 뱀을 피하면서 목표 지점까지 가는 보드게임—옮긴이)에서 뱀을 향해 곧바로 가는 거랑 같은 거였다. 클레멘타인은 샘이 그냥 하는 말일 거라고 생각했다. 제발 샘이 정신을 차려줬으면 좋겠다고도 생각했다.

샘이 다시 나타나더니 홀리에게 크래커 상자를 내밀었다. 홀리는 마술처럼 치유가 되어 클레멘타인의 무릎에서 펄쩍 뛰어내렸고, 그 순간 책장에 놓인 클레멘타인의 전화가 울리기 시작했다.

"에리카야."

전화기를 집어들면서 클레멘타인이 샘한테 말했다.

"오늘 못 만난다는 거 아닐까?"

샘이 희망에 찬 목소리로 말했다.

"그럴 리가 없잖아."

클레멘타인은 전화기를 귀에 댔다.

"안녕, 에리카."

"응, 에리카야."

클레멘타인 때문에 실망했다는 듯 에리카의 목소리엔 짜증이 섞여 있었다.

"알아. 최신 기술은 정말 놀랍지 않……."

"알아. 아주 우습지."

에리카는 클레멘타인의 말을 막았다.

"있잖아, 좀 전에 쇼핑하고 오다 비드를 만났거든. 비드 알지? 우리 옆집 사는."

"물론 알아. 어떻게 너희 옆집 사는 비드를 잊을 수 있겠니. 몸집이 큰 전기 기술자잖아. 토니 소프라노(Tony Soprano, 미국 드라마의 등장인물―옮긴이)처럼 생긴 사람. 우린 옆집에 사는 비드를 사랑해."

에리카하고 얘기할 때 클레멘타인은 가끔 이렇게 실없는 소리를 했다.

"아주 화끈한 티이파아니랑 결혼한 사람이잖아."

클레멘타인은 티파니를 티이파아니, 라고 발음했다.

"샘은 옆집 사는 티파니를 아주 사랑하거든."

클레멘타인은 남편이 티파니란 이름을 기억하는지 보려고 샘을 쳐다봤다. 샘은 티파니의 엄청난 몸매를 허공에다 그려 보였고, 클레멘타인은 그런 남편에게 엄지를 척 들어올렸다. 두 사람은 에리카 옆집 사람들을 딱 한 번 봤다. 작년 크리스마스 때 에리카 집에서 열린 어색한 파티에서. 비드 부부는 클레멘타인과 샘보다 열 살은 더 많을 텐데도 더 어려 보였다. 샘과 클레멘타인이 기억하는 한, 그날 파티가 그나마 견딜 만했던 건 바로 비드 부부가 있었기 때문이다.

"음, 어쨌든 비드한테 오늘 너희가 온다고 했거든. 그랬더니 우리 모두 자기 집으로 바비큐 파티 하러 오래. 그 집에 딸이 있어. 다코타라고, 열 살쯤 됐는데 그애가 너희 애들이랑 놀아줄 거래."

"진짜 멋진 계획 같은데."

클레멘타인은 영혼이 위로 올라가는 걸, 심지어 승천하려는 걸 느꼈다. 클레멘타인은 창가로 다가가 청명한 하늘을 올려다봤다. 갑자기 온통 축제가 열리는 것 같은 기분이 들었다. 바비큐 파티라니. 저녁밥을 안 해도 되는 모임이 열리는 거잖아. 아인슬리가 준 샴페인도 가져가야지. 연습은 내일 할 수 있을 거야. 클레멘타인은 자신의 이런 점이 정말 좋았다. 아주 우울했다가도 산들바람 때문이라거나 아름다운 화음을 연주했다는 아주 단순한 이유만으로 금세 즐거워지는 거. 그건 기분이 우울하다고 해서 계속 우울해할 이유는 없다는 걸 의미하니까.

"헐, 넌 진짜 이상한 애야. 꼭 약 먹은 애 같아."

한 번은 오빠 브라이언이 그렇게 말했다. 클레멘타인은 그 말을 늘 기억했다. 그 말을 떠올릴 때마다 정말 자랑스러웠다. 그래, 나 *미쳤어*. 그게 실은 안 미쳤다는 증거일지 모르지만. 진짜 미친 사람은 미치느라 너무 바빠서 자기가 미쳤다고 생각할 시간도 없겠지?

"비드가 무조건 바비큐 파티에 와야 한다고 몰아붙이잖아."

에리카는 약간 방어적으로 말했는데, 그건 좀 이상한 일이었다. 클레멘타인은 다른 사람 때문에 싫은 일을 억지로 하는 에리카는 생각할 수가 없었으니까.

"괜찮아. 그 사람들 좋아. 재밌을 거야."

클레멘타인은 무슨 우승 트로피인 양 크래커를 높이 떠받들고 무아지경에 빠져 왈츠를 추는 홀리를 보면서 웃었다. 홀리는 클레멘타인의 기질을 물려받았다. 클레멘타인과 홀리의 기분이 동시에 같아지지만 않는다면 홀리와 함께 있는 건 전혀 문제될 게 없었다. 반면 루비는 좀 더 아빠를 닮았다. 실용적이고 참을성이 많았다. 어젠 애들 침실로 들어가다가 루비가 홀리 옆에 앉아 언니 어깨를 토닥이는 모습을 봤다. 홀리는 자기가 그린 판다가 *전혀 판다 같지 않아*서 슬픔을 주체 못하고 엎드려 있었고, "따시 해봐"라고 혀짤배기소리를 내는 루비 얼굴엔 당혹감이 가득 묻어 있었다. 그럴 때 루비는 정말 샘처럼 보였다. '넌 왜 네 인생을 스스로 힘들게 만드니?' 하는 표정을 짓는 거다.

"알았어. 음, 좋아. 재밌을 거야. 맞아."

오늘 계획은 전혀 *재밌지 않아야* 한다는 듯이 에리카는 실망스런 말투로 대답했다.

"그냥, 뭐랄까…… 올리버가 나 땜에 짜증이 좀 났어. 비드의 초대를 받아들였다고. 왜냐하면, 음, 말했었지. 우리가 의논할 게 있다고. 아니, 제안할 게 있다고. 비드 때문에 그 얘기를 못할 거라고 생각하나봐. 하지만 난, 바비큐 파티가 끝난 다음 너희가 우리 집에 와서 커피를 마실 수 있다고 생각했거든. 얘기는 그때 하면 된다고."

"물론이지. 아니면 우리만 먼저 만나도 되고. 그런데 무슨 말을 할 거야? 정말 궁금하다. 조금만 알려주면 안 돼?"

"아, 뭐냐면, 아니, 안 돼."

에리카의 목소리는 왠지 불안해하는 것처럼 들렸다.

"알았어, 그럼. 뭐가 됐건, 그 알 수 없는 얘기는 바비큐 파티가 끝난 다음에 하자."

클레멘타인은 에리카를 달래듯이 말했다.

"아니면 먼저 하거나. 너도……."

"그래, 먼저 하거나."

그때, 루비가 분홍 고무장화 한 짝씩을 들고 거실로 들어왔다.

"어머, 영리해라. 루비, 그거 신고 가면 되겠구나. 진짜 좋은 생각이다."

"뭐라고?"

에리카는 클레멘타인이 통화를 하면서 애들에게 말 거는 걸 절대 못 참았다. 그건 예의가 아니라고 생각했으니까.

"아무것도 아냐. 알았어, 그럼 바비큐 파티 전에 먼저 보자."

"그래, 그때 봐."

에리카는 퉁명스럽게 말하더니 클레멘타인이 아주 낮은 직급의 인턴이기라도 한 듯, 에리카답게 갑자기 전화를 뚝 끊어버렸다.

화가 날 수도 있는 태도였지만 클레멘타인은 아무렇지도 않았다. 이 화창한 겨울에 에리카의 멋진 이웃과 바비큐 파티를 하는 건 정말 재밌을 테니까. 그래, 이보다 좋은 일이 또 어디 있겠어? 클레멘타인은 생각했다.

. 8 .

물론 멈추지는 않았지만 비는 조금 약해졌다. 티파니는 '이 망할 비는 멈출 기미가 안 보이잖아. 그러니까 지금이야말로 쓰레기를 버리고 올 적기야'라고 생각했고, 우산을 쓰고 밖으로 나와 전날 마신 와인 병과 맥주병이 가득 담긴 재활용 통을 덜거덕거리면서 끌고 갔다.

쓰레기를 버리러 가면서 티파니는 다코타를, 그리고 다코타가 웃던 모습을 생각하고 있었다. 오늘 아침에 학교에 데려다줄 때, 마치 남한테 하듯 티파니를 보고 침착하고 *정중하게* 웃던 다코타를 생각하고 있었다.

다코타에게 무슨 일이 있는 거야. 아주 미묘해서 잘 알 순 없지만 분명히 뭔가 있는 거야. 어쩌면 아무 일도 아닐지 모르지만 어쩌면 아주 큰일인지도 몰라. 다코타가 못된 짓을 한다는 건 아냐. 전혀 그렇지 않아. 하지만 왠지 오싹한 거리감이 느껴져. 다코타는 보이지 않는 유리 거품에 감싸여 있는 거 같단 말이야.

예를 들어 오늘 아침밥을 먹을 때만 해도 그래. 등을 곧게 펴고 앉아 조금씩 토스트를 씹는 다코타의 눈은 생기가 없었고 도무지 뭔 생각을 하는지 알 수 없었어. '네, 주세요'라거나 '아니, 괜찮아요' 같은 말을 했잖아. 대체 왜 그리 정중해진 거지? 뭔지 모르지만 오싹하게 느껴져. 꼭 우리 집에 하숙하는 외국인 교환 학생처럼 행동하는 거야. 혹시 섭식장애인가? 하지만 먹긴 하는걸. 열정적으로 먹지 않아 그렇지.

아무리 생각해봐도, 티파니는 딸이 이상하게 느껴지는 이유를 통알 수 없었다.

"괜찮아요."

다코타는 새로 익힌 게 분명한 기계적인 말투로 대답했다.

"그앤 괜찮아. 제발 그냥 내버려둬."

비드는 그렇게 말했고, 티파니는 그런 비드한테 고함을 지르고싶었다. 다코타는 괜찮지 않아. 이제 겨우 열 살이라고. 열 살은 엄마한테 정중하게 웃어 보일 수 있는 나이가 아니란 말이야. 티파니는 다코타를 감싸고 있는 유리 거품을 깨버려야겠다고 결심했다.

집 앞 진입로를 거의 빠져나왔을 때, 티파니는 역시 재활용 통을들고 나오는 올리버를 봤다. 올리버는 티파니와 달리 통을 덜그럭거리며 끌고 나오진 않았다.

"안녕하세요, 올리버! 잘 지내죠? 비가 진짜 많이 오네요!"

티파니가 큰 소리로 인사했다.

젠장. 바비큐 파티를 하고 나서부터 티파니는 옆집 사람들만 보면 필라테스에서 크런치(crunch, 복근 강화 운동―옮긴이)를 할 때처럼배 근육이 당겨왔다.

티파니는 늘 올리버를 좋아했다. 솔직하고 정중하니까. 검은 머리에 안경을 쓴 모습은 다 자란 해리 포터처럼 좀 멍청해 보이긴 했지만 말이다. 머리가 진짜 작아, 올리버를 볼 때마다 티파니는 그렇게 생각하지 않을 수가 없었다. 완두콩 같은 머리야 어떻게 해볼 도리가 없겠지만 말이다. 그래도 남편한테 고풍스런 검은 뿔테 안경을 사주라고 에리카한테 말해야겠어. 안경만 바꿔도 올리버는 귀여운 박식가처럼 보일 거야. (비드는 머리가 아주 커. 맞는 야구모자가 없다니까. 물론 야구모자를 쓰는 사람도 아니지만.)

"잘 지내시죠, 티파니!"

올리버도 큰 소리로 대답했다. 티파니가 낑낑대며 도로경계석 위로 재활용 통을 끌어올리는 동안, 올리버는 소리 하나 없이 통을 내려놨다.

"도와드릴까요?"

"아니, 아니. 내가 할 수 있어요. 도와주려 하다니, 올리버는 정말 친절해요. 비드는 자기가 하겠다고 나서는 적이 없다니까요. 그게 비드의 매력이지만요. 나 오늘 이거 하려고 쉬는 거예요." (아니, 그건 아니다. 조금 뒤에 체육관에 가야 하니까.)

올리버와 얘기를 나눌 수 있는 적당한 거리까지 걸어오던 티파니는 올리버가 두려운 듯 자신의 가슴골을 흘끗 보는 걸 알아챘다. 티파니가 일종의 시험이라도 되는 것처럼, 이제 올리버는 티파니의 이마에 시선을 고정하고 있었다. *그래, 친구. 난 시험이지. 당신은 매 순간 이 시험을 통과하고 있고 말이야.*

"왜 이 시간에 집에 있어요? 혹시, 꾀병?"

"전 꾀병이 아닙니다. 독한 감기에 걸린 거 같아요."

올리버는 주먹 쥔 손을 입에 대고 기침을 했다.

"에리카는 어때요? 요즘 통 못 본 것 같은데."

"잘 지냅니다."

그런 얘기는 너무 개인적인 얘기라는 듯이 올리버는 짧게 대답했다.

아이고. 티파니는 바비큐 파티 이후로 에리카나 올리버와 얘기를 나눌 때마다 꼭 옛 애인을 만나 얘기하는 것처럼 껄끄러웠다. 그것도 자기가 바람을 피워서, 자기 잘못으로 깨진 애인을 만난 것처럼 불편하고 거북한 거다.

"아, 음, 우리가 꽤 오랫동안, 그러니까 그때부터⋯⋯."

티파니는 하려던 말 대신 갑자기 다른 말을 꺼냈다.

"클레멘타인하고 샘은 잘 지내죠?"

올리버는 기침을 했다.

"잘 지냅니다."

올리버는 그렇게 말하고 티파니의 어깨 저 너머를 쳐다보면서 얼굴을 찌푸렸다.

"그리고, 또⋯⋯."

"그런데 해리가 쓰레기를 내놓은 게 꽤 오래전 일 같군요."

올리버의 말에 티파니는 고개를 돌려 텅 빈 해리의 집 앞을 쳐다봤다. 다코타는 해리를 퉤퉤 할아버지라고 불렀다. 해리는 심기에 거슬리는 것들을 보면 구역질이 난다는 듯 침을 뱉었으니까. 그러니까 *다코타* 같은 존재를 보면 해리는 침을 뱉었다. 티파니의 아름다운 딸 다코타를 볼 때도 그런 존재가 이 세상에 있단 것만으로도 화가 난다는 듯 침을 뱉곤 했다.

"매주 내놓진 않잖아요. 사실 쓰레기도 얼마 안 나올 거 같은데요."

티파니가 대답했다.

"네, 저도 압니다. 하지만 해리를 본 지 몇 주는 된 것 같아서요. 가서 문을 두드려봐야 하는 거 아닌지 모르겠어요."

티파니는 다시 올리버를 봤다.

"그럼 욕만 먹을걸요."

"그럴 수도 있죠."

유감이라는 듯, 올리버가 동의했다. 올리버는 정말 좋은 남자였다.

"길게 욕을 들을 때도 된 것 같은데 너무 오래 조용하네요."

티파니는 식민지 시대에 지은, 다 허물어져가는 이층짜리 벽돌집을 다시 쳐다봤다. 해리의 집은 볼 때마다 기분이 우울해졌다. 창틀의 페인트칠은 거의 벗겨져 있고 빛바랜 빨간 지붕 타일은 수리가 필요했으니까. 매달 정원사가 와서 잔디를 깎고 나무를 다듬어서 폐가처럼 보이진 않았다. 하지만 티파니가 이사를 온 뒤부터, 그리고 해리가 새 이웃을 환영한다는 뜻으로 인사를 하러 오더니 떡갈나무 좀 어떻게 해보라고 요구한 순간부터, 해리의 집은 슬프고 외로운 폐가처럼 보였다.

"마지막으로 본 게 언제였더라?"

티파니는 해리에 관한 기억들을 뒤적여봤다. 몇 번이나 해리는 자기 집 앞뜰에 서서 다코타한테 소리를 쳤다. 해리가 다코타를 울리면 티파니도 화가 나서 해리한테 소리를 질렀다. 그러고 나중엔 꼭 후회했다. 해리는 노인인데, 어쩌면 치매에 걸렸는지도 모르는데, 좀 더 노인을 존중하고 자제했어야 하는데. 그러니까 언제 해리한테 마지막으로 화를 내고 또 후회했더라?

티파니는 생각해냈다.

"맞아요. 한동안 해리를 못 봤네요."

티파니는 해리 집을 계속 쳐다보며 천천히 말했다.

사실, 티파니는 마지막으로 해리를 본 순간을 정확히 기억했다. 바비큐 파티를 하던 날 아침이었다. 결국은 악몽으로 끝나버린 바비큐 파티는 사실 티파니로선 하고 싶지 않던 일거리였을 뿐이다.

· 9 ·

바비큐 파티 날

정말 조용했다. 비드가 집을 나서기만 하면 늘 이렇게 조용한 순간이 찾아왔다. 꼭 밴드가 연주를 끝낸 직후 청중들 귀에 차오르는 침묵 같은 거다. 티파니는 시곗바늘 소리를 들을 수 있었다. 비드가 집에 있을 땐 결코 듣지 못하는 소리였다.

티파니는 주방 식탁에 앉아 노트북으로 이메일을 확인하면서 베지마이트를 바른 토스트를 먹고 있었다. 비드는 아침마다 정원에서 신문을 찾아 헤매는 건 지겨운 일이라면서 이제 신문을 끊어야겠다고 중얼거리며 밖으로 나갔고.

"이 세상 모든 사람들처럼 이젠 그냥 인터넷으로 신문을 읽어."

티파니는 늘 비드에게 이렇게 말했다. 비드는 새로운 걸 기꺼이 시도해봤지만 어떤 것엔 극도로 충성심이 높았다. 특별한 습관, 자신만의 의식, 어떤 물건, 어떤 사람들에겐 정말 흔들리지 않는 충성심을 보였다.

"아빠가 나가니까 정말 조용하지 않아?"

티파니는 기다란 창가 의자에 누운 채 아침 햇살 속으로 쏙 들어가 고양이처럼 몸을 말고 있는 다코타에게 말했다. 다코타 옆엔 미니어처슈나우저 바니가 누워 있었다. 바니는 코랑 앞발을 다코타의 팔에 대고 눈을 감고 있어서 길고 짙은 눈썹이 보였다. 바니는 고양이처럼 낮잠을 자는 개인 거다.

다코타는 당연히, 책을 읽고 있었다. 다코타는 늘 책을 읽었다. 티파니가 쫓아갈 수 없는 다른 세계로 사라져버리는 거다. 음, 마음만 먹는다면 따라갈 순 있겠지. 책을 한 권 집어드는 수고만 한다면 함께 갈 수 있을 거다. 하지만 책만 읽으면 좀이 쑤시는걸. 한 페이지만 읽어도 티파니는 다리에 참기 힘든 경련이 일었다. 텔레비전을 보는 것도 좀이 쑤시는 건 마찬가지였지만, 텔레비전을 볼 땐 적어도 빨래를 개거나 영수증을 정리할 수 있었다.

다코타랑 같은 나이였을 때 티파니는 순수하게 재미로 책을 본 적은 없었다. 티파니에게 재밌는 건 화장이랑 옷이었다. 한 번은 다코타한테 손톱에 매니큐어를 발라주겠다고 했더니 다코타는 상냥하지만 애매한 태도로 "음, 다음에, 엄마"라고 했다. 이건 모두 티파니의 업일 거다. 상냥하고 가정적이었던 엄마가 같이 빵을 굽자고 하면 티파니는 집안의 전통대로 늘 "돈 줄 거야?"라고 물어봤으니까. 그럼 엄마는 "넌 꼭 보상을 바라더라"라고 말했지. 하지만, 시간은 돈인 거, 맞잖아?

"조용하지, 그치?"

다코타가 대답을 안 하자 티파니는 또 물었다.

"뭐라고?"

다코타가 대답했고, "그러니까, 그건 다시 말해달란 뜻이지?" 하고 티파니가 말했다. 티파니와 다코타의 대화엔 어떤 패턴이 있었다. 다코타는 또다시 "뭐라고?"라고 했고, 책장을 넘겼다. 티파니는 흥, 콧방귀를 뀌었고.

티파니는 새로 온 이메일을 열었다. 다코타가 내년부터 다닐 초호화 상류층 사립학교 세인트 아나스타샤에서 온 이메일이었다. 티파니는 딸애가 들어가게 될 새로운 세상으로 따라 들어가지 못할 거다. 비드가 첫 번째 결혼에서 낳은 세 딸들은, 모두 세인트 아나스타샤를 나왔다. 티파니가 생각하기에 그게 좋은 이유는 아니었지만, 세인트 아나스타샤는 명성이 뛰어난 학교였고(엄청난 학비를 생각하면 당연한 거 아닌가?) 비드는 다코타가 유치원에 다닐 때부터 그곳에 입학하기를 바랐다. 하지만 티파니가 보기엔 터무니없는 일이었다. 길만 좀 내려가면 아담하고 좋은 공립학교가 있는데 어딜 간다고 그래? 그래서 부부가 합의를 한 것이 5학년이 되면 옮긴다, 였다.

세인트 아나스타샤에서 이메일을 보낸 건 두 달 뒤, 8월에 있을 학교 설명회 때문이었다. 이메일엔 학생과 학부모 들은 모두 '의무적으로' 설명회에 참석해야 한다고 적혀 있었다. 잔뜩 거들먹거리는 말투였기 때문에 티파니는 갑자기 분노를 느끼고 서둘러 이메일을 닫았다. 이 학교엔 적응하지 못할 거야. 티파니는 학교 설명회에 가야 한다는 생각이 정말로 맘에 들지 않았다. 어느 정도는 불안하기까지 했다. 티파니는 그 감정을 즉시 공포라고 규정하고, 그런 감정을 느끼는 자신을 혐오했다. 아니, 화가 치밀었다. 티파니는 노트북을 닫아버렸다. 그런 생각은 하기조차 싫었으니까. 오늘은 일요일이야. 모처럼 아무 할 일이 없는 날이라고. 다음 주는 엄청난 일들이 기다리고 있다고.

"좋은 책이야?"

티파니가 다코타에게 물었다.

"뭐라고? 내 말은, 다시 말해달라고."

"사랑한다고, 다코타."

한참 동안 대답이 없던 다코타가 말했다.

"뭐라고?"

갑자기 현관문이 벽에 쾅, 부딪치는 소리가 들렸다. 현관문이 부딪치는 벽에는 커다란 자국이 나 있었다. 집에 들어올 때마다 비드는 장대한 여정을 끝내고 의기양양하게 돌아오는 사람처럼 현관문을 거칠게 열어젖혔으니까.

"여자들, 어디 있어?"

비드가 소리쳤다.

"당신이 놓고 간 데 있지. 이 땅콩아!"

티파니도 소리쳤다.

"나 땅콩 아니거든. 도대체 왜 나한테 자꾸 땅콩이라고 하는 거야. 말도 안 되는 소리를 하고 있어. 아무튼, 들어봐. 뉴스를 갖고 왔으니까."

돌돌 말린 신문을 배턴처럼 휘두르면서 주방으로 들어오는 비드는 정말 활기차 보였다.

"지금 막 옆집 사람들을 바비큐 파티에 초대했어. 밖에서 에리카를 만났거든."

"비드, 비드, *비드.* 도대체 왜 그런 건데?"

머리에 손을 얹으며 티파니가 말했다. 에리카와 올리버가 좋은 사람들인 건 분명했다. 하지만 지겨울 정도로 수줍음이 많고 진지했다. 두 사람하고 파티라니, 정말 힘들 거야. 두 사람을 초대할 땐 다른 사람들이 있어야 해. 그래야 그 둘의 심각함이 힘들어질 때 다른 사람하고 교대할 수 있지.

"오늘은 그냥 아무것도 안 하고 푹 쉬자고 약속했잖아."

다음 주는 내내 바쁠 거란 말이야. 화요일 밤엔 주택을 경매에 붙여야 하고, 수요일엔 토지환경법원에 가서 관할 위원회 사람들이랑 한바탕 싸워야 하고, 페인트를 칠할 사람, 타일을 깔 사람, 전기 기술자(이 사람은 비드지, 물론) 모두 내가 결정을 내리길 기다리고 있단 말이야. 그러니까 오늘은 쉬어야 해.

"대체 무슨 소리를 하는 거야? 그게 바로 쉬는 거야. 아름다운 날엔 그렇게 쉬는 거라고."

비드는 정말로 티파니 말을 못 알아듣겠다는 표정으로 말했다.

"바비큐 파티보다 더 편하게 쉴 수 있는 방법이 어딨어? 드라고 한테 전화해야겠어. 돼지를 준비해야지. 아, 옆집 사람들 친구도 올 거야. 그 첼리스트 기억하지? 클레멘타인. 클레멘타인하고 남편이 올 거야. 이름이 뭐더라?"

"샘."

귀를 쫑긋 세우며 티파니가 대답했다. 티파니는 샘이 좋았으니까. 샘은 티파니가 비드를 만나기 전에 만났던 키 작고 가슴이 넓은 금발의 서퍼랑 비슷하게 생겼으니까. 재밌고 태평하기도 했고. 샘하고는 작년 에리카 집에서 열린 크리스마스 파티 때 딱 한 번 만났다. 비드와 티파니는 한 번도 가본 적이 없는, 정말 이상한 파티였다. 무슨 교회나 도서관에 와 있는 것처럼 다들 우두커니 서서 조용히 말만 하는 파티였으니까.

"대체 음식은 어디 있는 거야?"

비드는 속삭인다고 하기엔 너무 큰 목소리로 말했고, 올리버와 에리카는 안절부절못하며 엄청나게 많은 시간을 들여서 이미 완벽하게 깨끗한 주방 탁자들을 행주로 닦고 또 닦았다. 그때 에리카와 올리버는 손님들이 집을 엉망으로 만들고 있는데, 자기들은 그 상황을 정확하게 인지하고 있다는 걸 알려야 하는 의무가 있는 사람들처럼 행동했다. 그래서 클레멘타인과 샘을 소개받았을 땐 정말 안도할 수밖에 없었다.

원래 클래식 음악을 사랑하는 비드는 클레멘타인이 첼리스트라는 사실을 듣자마자 흥분하고 말았다. 정말 티파니가 창피할 정도로 흥분했다. 하지만 그 덕분에 티파니는 샘과 정치 얘기를 즐길 수 있었다. 두 사람은 정말 즐겁게 의견을 주고받았다(샘은 동정심이 많은 진보주의자였지만, 티파니는 그 정돈 용서해줄 수 있었다). "피자 시켜 먹어도 될까요?" 어느 순간 샘은 그렇게 말했고, 비드는 정말 큰 소리로 웃었다. 샘이 정말로 휴대전화를 꺼내서 정말로 피자를 시키려고 하는 건 말려야 했지만 말이다. 클레멘타인은 핸드백 속에서 초콜릿바 하나를 찾아냈고, 불쌍한 에리카와 올리버가 정신없이 탁자를 닦는 동안 네 사람은 바다를 표류하다가 무인도에 닿아 살길을 찾으려고 애쓰는 사람들처럼 초콜릿바 한 개를 몰래 쪼개서 나눠 먹었다.

"그 사람들, 어린 딸이 둘 있대."

비드가 말했다.

"어린애들이 있다고 한 거, 기억해. 이름이 둘 다 귀여웠는데."

티파니가 대답했고.

"이름은 기억 안 나. 아무튼 다코타가 그애들이랑 놀아줄 거야. 할 수 있지, 다코타?"

비드는 소망하는 얼굴로 다코타를 바라봤다.

"어, 그런데 누가 온 거 같은데?"

다코타가 책에서 눈도 떼지 않고 말했다. 바니는 눈을 번뜩이며 다코타 팔에 기대고 있던 머리를 번쩍 들더니, 펄쩍 뛰어올라 빙글빙글 돌면서 요란하게 짖기 시작했다. 바니는 비드만큼이나 방문객을 좋아했으니까.

누군가가 현관문을 거칠게 두드리고 있었다. 왜 저러지? 초인종을 누르면 될 텐데.

"지금 바로 오라고 한 건 아니지? 쉿, 바니. 아니지, 비드?"

비드는 식품저장실 앞에 서서 바비큐 재료를 꺼내기 시작했다.

"당연하지. 지금 오라고 안 했어."

티파니는 누가 왔는지 보려고 현관으로 갔다. 바니가 티파니 앞을 정신없이 왔다 갔다 했기 때문에 하마터면 티파니는 바니에게 걸려 넘어질 뻔했다. 밖에 있는 사람은 해리였다. 옆집 사는 늙은 남자. 해리는 현관 입구에 서서 티파니를 노려봤다. 언제나처럼 회색 양복바지(혹시 옛 직장에서 입던 바지일까?)와 깃 주위가 노랗게 변해가는 흰색 비즈니스 셔츠를 입고 있었다. 셔츠 맨 위 단춧구멍으론 흰 털이 여러 가닥 튀어나와 있었고, 흰 눈썹은 바니의 눈썹만큼이나 무성했다.

"안녕하세요, 해리."

티파니는 최대한 친절해 보이도록 웃으면서 생각했다. *그래, 오늘은 우리가 당신을 어떤 망할 일로 화나게 했나요, 늙은 친구?*

"잘 지내시죠?"

"계속 이렇게 할 거요? 도저히 참을 수가 있어야 말이지."

해리는 버럭 소리를 지르며 티파니에게 편지 한 통을 내밀었다.

"전에도 말했잖소. 우리 집으로 편지 오게 하지 말라고. 내가 왜 댁의 편지를 전해야 해? 이건 나랑 아무 상관도 없는데."

"집배원 잘못이에요, 해리. 할 일이 많으니까 가끔 우체통을 헷갈릴 때도 있겠죠. 있을 수 있는 일이에요."

"전에도 그랬잖아."

해리가 으르렁대며 말했다.

"알아요. 전에도 이런 일이 있었죠."

"그럼 다신 이런 일이 안 일어나게 조치를 취했어야지! 당신 바보야? 이건 내 할 일이 아니란 말이요."

"알았어요, 해리."

"해리, 안녕하세요."

그때 비드가 입안 가득 보랏빛 포도를 밀어넣으며 복도를 느긋하게 걸어왔다.

"오늘 바비큐 파티 하는데, 오실래요? 에리카와 올리버도 올 거예요. 거 왜, 아시죠? 7번지에 사는 부부."

해리는 눈을 가늘게 뜨고 비드를 쳐다보면서, 셔츠 앞섶에 손을 집어넣고 가슴을 긁으며 말했다.

"말도 안 되는 소리. 아니, 안 갈 거요. 바비큐 파티 따윈 안 해."

"저런, 유감입니다."

비드는 티파니의 어깨에 팔을 두르면서 말했다.

"다음엔 오세요, 해리. 하지만 내 아내한테 '바보'라고 하지 않았으면 좋겠군요. 알겠죠, 해리? 그건 무례한 거예요. 이웃한테 할 말이 아니죠."

해리는 냉랭한 눈길로 두 사람을 쳐다봤다.

"아무튼 다신 여기 편지 안 오게 하쇼. 그건 내 책임이 아니니까. 자기 건 *자기가* 책임져야지."

"우리가 책임지겠습니다. 그건 걱정하지 마세요."

비드가 말했다.

"개 좀 저리 치워요."

바니가 해리의 신발에 흥미를 느껴 코를 대고 킁킁거리자 해리가 말했고, 바니는 맘이 아프다는 듯 수염이 난 작은 얼굴을 들어올렸다.

"이리 와, 바니."

손가락을 딱, 치면서 비드가 개를 불렀다.

"아시겠지만, 필요할 땐 언제든지 와주세요, 해리."

티파니의 말에 해리는 꼭 혼란스러운 아이처럼 깜짝 놀란 표정을 지었다.

"말 같지도 않은 소리. 내가 왜 당신들이 필요하겠소? 그저 내 우체통에 거기 편지나 넣지 말아요."

해리는 정말로 깜짝 놀란 것 같았고, 곧 발을 질질 끌며 떠나갔다. 구부정하게 어깨를 구부린 채 고개를 저으며 무슨 말인가를 중얼거리면서.

비드는 현관문을 닫았다. 그 순간 해리는 벌써 잊히고 말았다.

"좋아. 내가 빵을 굽고 싶은 걸까? 그래, 빵을 굽고 싶은 거야. 슈트루델(strudel, 밀가루 반죽으로 자른 과일을 말아 오븐에 구운 요리―옮긴이)을 만드는 게 나을까? 당신 생각은 어때? 슈트루델 좋지? 그래. 내가 생각한 게 바로 슈트루델이야."

비드가 말했다.

. 10 .

에리카는 안락하고 보송보송한 사무실로 돌아와 있었다. 도서관에서 시드니로 돌아오는 택시 요금은 시드니에서 도서관으로 가는 택시 요금보다 비쌌다. 그러니까 134달러를 길바닥에 버리고 온 거다. 에리카는 자신이 왜 그런 결정을 했는지 이해할 수가 없었다. 클레멘타인의 강연을 들었어도 잃어버린 기억의 조각을 맞출 순 없었다. 그저 온갖 불쾌한 감정들이 솟구쳐올랐을 뿐이다. 더구나 사무실로 돌아오는 동안 남편과 엄마의 전화를 받아야 했다.

빨리 복잡한 업무를 처리해야 해. 그러면 마음이 맑아질 거야. 수많은 언덕이 즐비한 마라톤 코스를 정신없이 달리고 난 것처럼 말이야. 클레멘타인 같은 직업을 갖지 않아서 얼마나 다행이야. 끊임없이 감정에 몰입해야 하다니. 감정을 배제하는 직업을 가져야 해. 그게 일에서 즐거움을 찾을 수 있는 방법이라고.

에리카는 두툼한 유리창에 부딪치는 빗방울을 바라보며 음성사서함에 남겨진 메시지를 들었다. 높이 솟은 건물 안에 안락하게 자리를 잡고 있을 때 날씨는 아무 상관이 없어지는 거다. 꼭 전혀 다른 차원에서 벌어지는 일처럼 되는 거다.

에리카가 커서를 내려가며 이메일함을 살펴보고 있을 때, 다시 전화벨이 울렸다. 올리버였다. 통화한 지 삼십 분도 안 됐는데, 또 클레멘타인하고 얘기했는지 물어보려고 전화한 건 아니겠지? 아닐 거야. 다시 전화할 다른 이유가 생긴 거겠지.

"방해해서 미안. 금방 끊을게. 혹시 최근에 해리 본 적 있어?"

올리버는 조급한 듯 아주 빠른 속도로 말했다.

"해리? 해리가 누구야?"

이메일 한 통을 열며 에리카가 물었다.

"해리! 우리 옆집 사는 해리."

아, 그 해리? 그 해리라면 좋은 친구는 아니잖아. 잘 아는 사이도
아니고. 게다가 우리 옆집도 아니잖아. 정확히는 비드네 옆집이라고.

"모르겠는데. 생각이 안 나는데. 왜?"

"아까 재활용품 내놓으러 갔다가 티파니랑 얘기했거든."

올리버는 말을 멈추고 갑자기 코를 풀었고, 에리카는 티파니라는
말을 듣는 순간 마우스를 움직이던 손을 멈추고 뻣뻣하게 굳었다.
바비큐 파티 이후 에리카는 티파니와 비드에 관해서는 어떤 것도
생각하고 싶지 않았다. 어쨌거나 티파니와 비드는 진짜 친구는 아
니었으니까. 친구 비슷한 사이였을 뿐이니까. 그 두 사람은 에리카
와 올리버보단 클레멘타인과 샘을 더 좋아했다. 만약 그날 에리카
가 클레멘타인을 언급하지 않았다면, 다른 할 일이 없단 말을 하지
않았다면, 비드는 바비큐 파티에 에리카 부부를 초대하지 않았을
거다. 그래, 그랬을 거다.

"아무튼 내가 티파니한테 요즘 해리를 통 못 봤다고 했거든. 그래
서 같이 우체통을 들여다보기로 했어. 그런데, 우체통이 꽉 차 있잖
아. 그래서, 우편물을 들고 해리 집으로 갔거든. 노크를 했는데 대답
이 없었어. 창문으로 들여다보려고 했는데, 그런데, 잘 모르겠어.
왠지 뭔가 잘못됐다는 느낌이 드는 거야. 티파니는 지금 비드한테

전화하고 있어. 혹시 아는 게 있는지 물어보려고."

"그렇구나. 어디 간 거 아닐까?"

에리카는 지금 대화에 그다지 흥미를 못 느꼈다.

"해리가 휴가를 즐기는 사람은 아니잖아. 당신은 해리를 언제 마지막으로 봤어?"

"글쎄. 모르겠어. 한참 된 거 같은데."

에리카는 지금 시간을 낭비하고 있다고 생각했다.

"경찰에 신고해야 하는 거 아닌가 몰라. 그런데 그게, 아무 일도 없다면 해리가 분명 짜증낼 거 아냐. 더구나 경찰도 소중한 시간을 낭비하는 거고. 하지만……."

"해리한텐 스페어 키가 있을 거야. 현관 앞 화분 밑에 뒀을걸."

"당신이 그걸 어떻게 알아?"

"그냥 알아. 해리는 그런 세대니까."

에리카의 할머니는 언제나 현관 바로 옆에 있는 제라늄 화분 밑에 열쇠를 놔뒀다. 하지만 에리카의 엄마는 누군가가 허락도 없이 집에 들어올 수 있는 위험은 절대 감수하려 들지 않았다. 에리카의 엄마는 아주 귀중한 자기 물건들을 철저하게 보호하려고 언제나 이중자물쇠를 현관에 달았다.

"알았어. 좋은 생각이야. 지금 가봐야겠어."

올리버는 급히 전화를 끊었다. 에리카는 원치 않았지만, 사실 화가 나기까지 했지만, 이웃에 사는 노인 생각을 하지 않을 도리가 없었다. 마지막으로 해리를 본 게 언제였더라? 분명 그때도 불평을 늘어놨을 텐데. 해리는 자기 집 바깥에 다른 사람이 주차하는 걸 싫어했지. 비드와 티파니에 대해선 늘 불만으로 가득 차 있었고. 두 사람이 내는 소음이라든가(비드와 티파니는 노는 걸 좋아했으니까. 해리는 몇 번이나 경찰에 신고했지), 개(해리는 티파니네 개가 자기 집 마당을 헤집어놓는다고 했어. 그래서 시의회에 민원을 넣기도 했는데), 비드네 집 모양(꼭 망할 타지마할처럼 생겼다며) 등등을 모두 언짢아했는데. 해리는 진심으로 비드와 티파니를 미워하는 거 같았어. 심지어 다코타도 미워했지. 해리가 좋아하는 사람은 올리버밖에 없는 거 같았어.

에리카는 책상에서 일어나 창가로 갔다. 어떤 사람들은, 그러니까 에리카의 법인 파트너 같은 사람들은 이 건물에선 창가에 설 수가 없다고 했다. 창문 구조 때문에 마치 벼랑 끝에 서 있는 것처럼 느껴진다는 게 그 사람들이 말하는 이유였다. 하지만 에리카는 저 밑의 거리를 내려다볼 때 느껴지는 심장이 쿵, 내려앉는 기분이 좋았다. 차들이 거친 소리를 내뱉으며 빗속을 뚫고 지나가는 거리를 볼 때 느끼는 기분이 좋았다.

해리라고? 해리를 마지막으로 본 건 바비큐 파티 날 아침이었어. 크래커를 좀 사서 돌아오는 길이었지. 참깨 크래커를 사온 게 잘한 일인지 고민하고 있을 때였잖아. 집이 보이는 거리로 들어섰을 때, 백미러로 해리가 티파니네 개를 향해 소리치는 모습을 봤잖아. 해리는 아주 화를 내며 발을 차고 있었어. 하지만 해리가 정말로 티파니네 개를 발로 차는 건 아니었어. 그냥 시늉만 한 거야. 그때 비드가 앞 베란다로 나왔지. 개를 부르려고. 그게 에리카가 본 전부였다.

해리의 심술은 에리카에겐 전혀 문제가 되지 않았다. 심술이란 명랑함보단 훨씬 시간을 덜 잡아먹고 피곤하지도 않으니까. 해리는 오랫동안 서서 얘기하는 걸 즐기는 사람이 아니었다. 에리카는 해리한테 무슨 문제가 생긴 건지, 혹시 아픈 건 아닌지 걱정이 됐다. 하지만 아무 문제도 없는데 자기를 방해했다고 짜증을 내면서, 괜한 책임감에 집까지 찾아간 불쌍한 올리버의 목을 잘라버릴지도 몰랐다.

그때 번개가 번쩍였고, 꼭 불이 난 것처럼 도시의 하늘이 밝아졌다. 아래에서 위를 쳐다보면 내가 어떻게 보일까, 하고 에리카는 생각했다. 우연히 비 내리는 하늘을 올려다봤다가 창문에 비친 검은 형상을 본다면 사람들은 어떤 생각을 할까? 그런 생각을 하니 문득 어떤 기억이 떠올랐다. 그건…… 아마도, 그러니까…… 유리를 짚고 있는 손이랑 얼굴에 관한 기억인데, 그 얼굴이 입을 크게 벌리고 있었다는 것 말고 다른 생각은 나지 않았다. 에리카의 기억은 그 지점에서 갑자기 수천 개나 되는 조각들로 갈기갈기 찢어지고 말았다. 혹시 그날, 에리카는 절대로 회복할 수 없는 뇌 손상을 일으키는 치명적인 *화학물질*을 먹었는지도 몰랐다.

에리카는 황급히 창문에서 떨어져 책상으로 돌아왔다. 스프레드시트를 열려고 했다. 어떤 거든 괜찮았다. 말이 되는 한, 앞뒤만 맞는다면 어떤 시트든 괜찮았다. 컴퓨터 화면에 숫자가 가득 찬다면 위로가 될 거다. 에리카는 전화기를 들고 정신과 상담의 번호를 눌렀다. 접수 직원이 전화를 받자 에리카는 별일 아니라는 듯 아주 평온한 목소리로 말했다.

"혹시 내일 예약을 취소한 환자가 있나요?"

하지만 곧 마음을 바꾸고 애원했다.

"제발, 알아봐주세요."

. 11 .

에리카와 통화를 끝낸 올리버는 코를 세게 푼 다음 우산을 집어 들었다. 폭우가 쏟아지는 길을 터벅터벅 걸어서 이웃 노인이 잘 있는지 살피러 가는 건 올리버의 건강에 좋지 않은 영향을 미칠 게 분명했다. 하지만 더는 해리를 보러 가는 걸 늦출 수 없었다. 해리 생각을 하니까 올리버는 끔찍한 기분이 들었다. 해리를 마지막으로 본 건 바비큐 파티 전날이었다. 바비큐 파티가 열리기 전에, 바비큐 파티에 갈 생각이 전혀 없었을 때, 에리카가 책략을 쓰기 전에, 그저 클레멘타인과 샘과 애들만 와서 예정대로 애프터눈 티를 마시기로 돼 있던 그때 말이다.

그 토요일 오후 해리는 느긋하게 다가와 올리버에게 말을 걸었다. 제초기를 제대로 쥐는 법을 알려주고 싶었던 거다. 청하지도 않은 조언을 하면 싫어하는 사람들도 있지만, 올리버는 다른 사람이 경험으로 터득한 걸 배우는 게 좋았다. 그때 해리는 티파니네 개가 밤에 계속 짖는다고 불만을 터트렸다. 올리버로선 믿기 어려운 말이었다. 바니는 아주 작은 개니까. 해리는 경찰에 신고를 했다고 했던가 시의회에 민원을 넣었다고 했던가 뭐 그런 말을 했는데, 올리버는 사실 해리의 말에 집중하고 있진 않았다. 해리는 접촉할 수 있는 모든 공식 채널에 접촉해서 공식적으로 불만을 제기하는 사람이니까. 불만을 터트리는 게 해리의 취미라고 여겨졌으니까. 은퇴한 사람들에겐 당연히 취미가 필요한 거니까. 그게 벌써 두 달 전 일이었다. 그 뒤로 해리를 본 기억이 없었다.

올리버는 현관문을 열었고 깜짝 놀라 펄쩍 뛰며 뒤로 물러났다. 어깨로 우산을 떠받친 티파니가 문을 두드리려고 했던 것처럼 손을 번쩍 올리고 현관 앞에 서 있었다.

"미안해요. 아픈 건 아는데, 해리 생각이 계속 나지 뭐에요. 어쩌면 해리 집에 들어가봐야 하는 게 아닌가 해서요. 경찰에 전화를 하든가요. 비드도 몇 주나 해리를 못 봤다고 하네요."

"에리카도 그렇다더군요. 저도 지금 막 가보려던 참입니다."

올리버는 갑자기 정신을 잃을 만큼 초조해졌고, 왠지 해리 집에 가는 일이 촌각을 다투는 다급한 일처럼 느껴졌다.

"가죠."

그때 세찬 바람이 불어왔다.

"아이고, 이 바람 좀 보세요."

두 사람은 시위진압용 방패처럼 우산을 들고 몸을 잔뜩 구부린 채 잔디밭을 지나 해리 집 앞 베란다로 갔다. 티파니는 우산을 내려놓고 주먹으로 현관문을 두드리기 시작했다.

"해리!"

빗소리에 목소리가 묻히지 않도록 티파니는 큰 소리로 외쳤다. 공황 상태에 빠진 사람처럼 목소리엔 절박함이 묻어 있었다.

"해리! 우리예요. 그냥, 이웃집 사람들요."

올리버는 사암으로 만든 묵직한 화분을 들어올렸다. 열쇠는 없었다. 그 사암 화분을 빼면 나머지는 푸석푸석한 흙이 담긴 플라스틱 화분뿐이었는데, 그 낡은 녹색 화분들은 다 쓰레기통처럼 보였다.

해리가 이런 곳에 열쇠를 숨길 리 없잖아. 올리버는 그렇게 생각했지만, 어쨌거나 플라스틱 화분을 들어올려보기로 했다. 그리고 처음 들어올린 화분 밑에서 작은 황금색 열쇠를 발견했다. 이 늙은 양반 좀 보게. 이렇게 허술하게 열쇠를 숨기면 어떻게 해?

"티파니."

올리버는 열쇠를 들어 티파니에게 보였다.

"아!"

티파니는 말했고, 올리버가 현관 앞으로 다가가 문을 열 수 있도록 옆으로 비켜줬다.

"해리는 어디 갔는지도 몰라요. 가족들 만나러요."

티파니는 잔뜩 겁을 먹은 채 말했다. 물론 티파니도 올리버도 해리는 어디 가는 법이 없다는 걸 잘 알았지만.

"해리!"

현관문을 열며 올리버가 소리쳤다. 그리고 티파니가 중얼거렸다.

"세상에. 아냐, 안 돼. 안 돼."

감기 때문에 코가 막힌 올리버의 콧속으로 그 냄새가 들어오는 데는 조금 시간이 걸렸다. 하지만 곧 그 냄새는 정면으로 벽에 부딪치는 것 같은 충격으로, 냄새의 벽에 부딪친 것처럼 올리버를 급습했다. 그건 달콤하면서도 썩은 냄새였다. 상해가는 고기에 싸구려 향수를 들이부은 것 같은 냄새 때문에 속이 뒤틀리는 것 같았다. 올리버는 티파니를 돌아봤고, 그 순간 바비큐 파티를 떠올렸다. 위기의 순간에 인간은 가면을 벗고 훨씬 본질적이고도 보편적인 인간의 얼굴을 하게 되는 거다. '아름답다' '섹시하다' '평범하다' 같은 특징과는 전혀 상관이 없는 인간의 얼굴이 되는 거다.

"젠장."

티파니가 서글프게 말했고, 올리버는 현관문을 활짝 열고 어두운 복도로 한 걸음 내디뎠다. 올리버는 해리의 집에 한 번도 들어와본 적이 없었다. 두 사람은 늘 앞뜰에서 만났다. 해리의 앞뜰이나 올리버의 앞뜰에서만 만났다.

머리 위에선 작은 전등이 빛나고 있었다. 그 덕에 어둠 속으로 놀랍도록 아름다운 붉은 길이 뻗어 있었고, 계단은 나무로 만든 난간이 부드러운 곡선을 이루고 있었다. 그 계단 밑에 커다랗고 낯선 물체가 누워 있었다.

올리버는 그 물체가 해리의 몸이어야 한다는 걸 이미 알고 있었다. 두려워했던 그 일이 분명히 일어났다는 걸 알고 있었다. 하지만 올리버는 몇 분간이나 멍하니 그 물체를 내려다보며 그 물체가 사람들을 속이려고 요란하게 만든 환영이라도 되는 것처럼 정체를 알아내려 애썼다. 쿵쾅거리면서 짜증을 내고 침을 뱉어대는 해리가 무시무시하게도 지금은 아무 말도 하지 않는 채 검게 변해 부풀어 올라 있다는 사실이 믿어지지 않았으니까.

서서히, 올리버는 상황을 인지할 수 있었다. 해리는 한 짝은 검은색, 한 짝은 회색 양말을 신고 있었다. 안경은 보이지 않는 손이 부드럽고 말랑말랑해진 살 쪽으로 꾹 누르고 있는 것처럼 얼굴 속으로 파고들어가 있었고, 흰 머리칼은 언제나처럼 말끔하게 정리돼 있었고, 파리 떼들이 윙윙대며 해리 주위를 날아다니고 있었다.

올리버는 위장이 움츠러드는 것 같았다. 떨리는 다리로 뒤로 물러나 거칠게 현관문을 닫았다. 티파니는 사암 화분 속에 토하고 있었고, 계속 비가 내리고 있었다.

. 12 .

바비큐 파티 날

다코타는 눈가를 스쳐지나가는 빠른 움직임을 느꼈다. 창문을 내다보니 바니가 쏜살같이 잔디밭을 달려가고 있었다. 현관문이 큰 소리를 내면서 벌컥 열리고 아빠가 크게 고함을 지르는 소리가 들렸다.

"그 남자한텐 충분히 참았다고. 티파니, 어디 있는 거야? 그 남자는 선을 넘었어. 선을 넘었단 말이야. 티파니, 선 말이야. 이번엔 선을 넘었어."

곧이어 집 안 어딘가에서 엄마가 대답하는 소리가 들렸다.

"뭐라고?"

미안해, 못 들었어, 라고 해야지. 다코타는 생각했다.

"다코타! 엄마 어디 있니? 넌 어디 있고?"

다코타는 아침 내내 창가 의자에 앉아 책을 읽고 있었지만, 아빠가 그런 세세한 일에 신경을 쓸 리가 없었다. 게다가 다코타네 집은 너무 커서 가족들이 서로를 찾을 수가 없었다.

"여기서 돌아다니려면 지도가 있어야겠어."

다코타의 이모는 이곳에 올 때마다 그렇게 말했다. 벌써 백만 번도 더 왔고, 지도는 전혀 필요가 없었는데도, 사실 이모는 주방 찬장에 들어 있는 물건을 다코타보다 더 잘 알고 있었는데도 그랬다.

다코타는 아빠 말에 대답하지 않았다. 엄마는 곧 손님이 오시니까 지금 읽고 있는 장을 다 끝내면 같이 집을 치우자고 말했다(마치 다코타가 부른 손님들인 것처럼 말이다). 그래서 약속했던 책을 모두 읽었을 때, 다코타는 잠시 고개를 들고 엄마한테 가야 할지 고민했다. 하지만 고개를 숙이고 다시 책을 보는 순간 이미 글자들은 다코타를 책의 세계로 끌어당기고 있었다. 글자들의 세계로 들어가는 건 정말로 온몸으로 행복을 느낄 수 있는 일이었다. 정말로 《헝거 게임》의 세계로 뛰어들어 자신이 캣니스가 된 것처럼 느껴졌으니까. 강인하고 영리하고 뛰어나면서도 아름다운 캣니스가 된 것처럼 느껴졌으니까.

다코타는 자신도 캣니스처럼 헝거 게임에 참가하면 귀여운 여동생을 위해 자신을 희생할 거라고 백 퍼센트 확신했다. 만약 여동생이 있다면 말이다. 특별히 여동생이 있었으면, 하고 바라는 건 아니지만 (다코타의 친구 애실링한테 여동생이 있는데, 그앤 언니 옆을 떠나지 않았다. 가여운 애실링, 동생한테서 벗어날 수가 없다니) 그래도 여동생이 있다면, 여동생을 위해 기꺼이 죽을 거다.

"어디 있니, 다코타?"

아까보다 커진 엄마 목소리가 들렸다.

"여기 있어. 난 그냥 여기 있는걸."

다코타는 책장을 넘기면서 조용히 속삭였다.

· 13 ·

"해리가 죽었어."

집으로 돌아온 에리카가 우산과 서류가방을 미처 내려놓기도 전에 올리버가 말했다. 에리카는 자기 목을 만져봤다. 차가운 빗방울이 목덜미를 타고 흘러내리고 있었다. 올리버는 코를 푼 휴지 뭉치들에 둘러싸인 채 소파에 앉아 있었고.

"진짜로 죽었단 거야?"

에리카는 휴지들을 뚫어지게 바라보며 말했다.

"그게 무슨 소리야?"

휴지들을 보고 있자니 에리카의 심장박동이 빨라졌다. 어릴 적 트라우마가 남긴 본능적인 반응인 거다. 완벽하게 자연스런 반응. 에리카는 숨을 깊이 세 번 들이마셨다. 그냥 휴지를 치우기만 하면 돼. 그럼 괜찮을 거야.

"해리가 죽어 있는 걸 티파니랑 내가 발견했어."

에리카가 비닐봉지를 찾으려고 주방 싱크대 서랍을 뒤질 때 올리버가 말했다.

"어디서?"

에리카는 휴지 뭉치들을 주워담으며 물었다.

"당신 말은, 해리 집에서 찾았단 말이야?"

에리카는 비닐봉지를 야무지게 묶어 쓰레기통으로 가져갔다.

"응. 당신 말처럼 열쇠가 있었거든. 화분 밑에."

"그랬는데…… 죽어 있었다고?"

에리카는 싱크대에서 손을 씻으며 말했다. 손을 씻는 에리카를 보면 사람들은 항상 에리카에게 의료업에 종사하느냐고 물어봤다. 그래서 밖에선 되도록 철저하게 씻지 않으려 노력하는 에리카였다. 하지만 올리버만 함께 있는 집에선 괜찮았다. 집에선 강박장애가 있는 것 같다는 말을 들을 걱정 없이 손을 씻고 또 씻을 수 있으니까. 올리버는 절대로 평가를 하는 사람이 아니니까.

"응."

올리버의 목소리엔 짜증이 잔뜩 묻어 있었다.

"정말로 죽어 있었어. 그렇게 한참 있었던 거 같아. 몇 주나, 몇 주나 말이야."

올리버의 목소리는 갈라지고 있었다.

"아, 알았어. 세상에, 올리버."

에리카는 싱크대에서 몸을 돌렸다. 올리버는 아주 창백해 보였고, 완전히 힘이 풀린 손은 무릎 위에 축 늘어져 있었고, 꼭 교장실 밖에 앉아 있는 꼬마처럼 허리를 꼿꼿하게 세우고 발은 땅바닥에 꼭 붙이고 있었다.

에리카는 숨을 들이마셨다. 지금 올리버는 당황한 거다. 당황한 게 분명했다. 그래서 지금 그 감정을 '공유' 하고 싶은 거다. '공유' 할 필요가 있는 거다. 에리카처럼 어린 시절을 제대로 보내지 못한 사람은 사람과 관계를 맺을 때 서투를 수밖에 없는 거다. 그건, 그냥 사실인 거다. 에리카한테 제대로 인간관계를 맺는 법을 시범 보여 준 사람이 없으니까. 제대로 시범을 보여준 사람이 없다는 건 올리버도 마찬가지였다. 두 사람 모두 제대로 된 어린 시절을 보낼 수 없었으니까. 그게 바로 에리카가 6천 달러나 들여서 아주 수준 높은 정신과 치료를 받고 있는 이유였다. 잘못된 어린 시절 때문에 정신병이 생기는 건 세대에서 세대로 물려줄 만한 게 아냐. 그러니까 스스로를 제대로 교육시켜야 해.

에리카는 소파로 가서 올리버 옆에 앉았다. 그러고 기꺼이 들을 준비가 됐다는 몸짓을 해 보였다. 일단 올리버의 눈을 들여다봤고, 올리버의 팔을 어루만졌다. 올리버가 얘기를 끝내면 손세정제를 발라야지. 지독한 감기엔 정말 걸리고 싶지 않아.

"해리는…….""

질문을 해야 한다는 건 알았지만 에리카는 어떤 대답도 듣고 싶지 않았다.

"그러니까, 해리는…… 침대에 있었어?"

에리카는 썩어가는 한 손을 침대보 위에 올려놓은 채 똑바로 앉아서 미친 사람처럼 웃고 있는 시체를 떠올렸다.

"계단 밑에 있었어. 현관문을 열자마자 냄새가 확 났어."

올리버는 몸을 부르르 떨었다.

"저런."

에리카는 냄새에 민감했다. 냄새를 맡기 싫어서 쓰레기를 넣자마자 쓰레기통에서 화들짝 뒤로 물러서는 에리카를 볼 때마다 올리버는 껄껄 웃었다.

"딱 일 초 정도만 봤어. 그다음엔, 그다음엔…… 그냥 뒷걸음질로 나와서 문을 닫아버렸어. 그리고 경찰을 부른 거야."

"정말 끔찍하다."

에리카는 기계적으로 말했다.

"그런 걸 보다니, 정말 안됐어."

에리카는 정말로 거부하고 싶었다. 해리 얘기는 듣고 싶지 않았다. 올리버가 한 경험을 *함께 나누고* 싶지 않았다. 올리버의 입을 막고 싶었다. 그냥 저녁식사 얘기를 하고 싶었고, 힘든 하루를 보낸 뒤라 그냥 쉬고 싶었다. 점심도 못 먹었고, 클레멘타인의 강연에 다녀오느라 허비한 시간을 채우려고 늦게까지 일하고 왔단 말이야. 그러니까 지금은 정말로 배가 고파. 하지만 남편이 시체를 발견한 얘기를 하고 있는데, 그 얘기가 끝나자마자 "저녁, 파스타 괜찮아?"라고 말할 순 없잖아. 그래, 안 돼. 저녁식사 얘기를 하려면 적어도 삼십 분은 기다려야 해.

"경찰 말이 아마 계단에서 떨어진 것 같대. 그래서, 계속 생각이 나. 계속 생각이 나는 거야……."

올리버는 숨을 제대로 들이마시지 못하고 헉헉거렸다. 에리카는 초조한 표정을 짓지 않으려 애썼다. 지금 올리버는 재채기를 하려는 게 분명해. 재채기는 다 행위예술인 거야. 에리카는 올리버가 재채기를 하는 순간을 기다렸다. 하지만 올리버는 재채기를 하지 않았다. 재채기가 아니라 울음을 참는 거였다.

에리카는 움찔했다. 남편의 행동에 동참할 순 없었다. 해리 때문에, 심지어 전혀 *좋아하지* 않는 사람 때문에 슬퍼하고 죄의식을 느낀다면, 그다음엔 무슨 일이 생길지 누가 알겠는가. 이건 마구마구 흔들어놓은 샴페인의 코르크 마개를 빼는 거랑 같은 일이었다. 에리카의 감정은 사방으로 튀고 말 거다. 엉망이 되는 거다. 에리카는 질서를 원했다. "내겐 질서가 필요해요." 에리카가 그렇게 말했을 때, 정신과 상담의는 이렇게 말했다. "에리카는 질서를 갈망하죠. 완벽하게 이해할 수 있어요." 정신과 상담의는 에리카가 아는 한 가장 친절한 사람이었다.

올리버는 안경을 벗고 눈을 문질렀다.

"난 계속 생각했어. 만약 해리가 계단에서 굴러떨어졌는데, 움직이지 못해서 도와달라고 계속 소리친 거면 어쩌지? 계속 소리쳤는데 아무도 못 들은 거면? 해리가 굶어 죽어가고 있는 동안 우린 그냥 일상을 살았던 거면 어떻게 해야 하지? 텔레비전을 보면 그런 이웃들이 있잖아. 그런 사람들을 볼 때마다 우린 어떻게 그럴 수 있지, 하고 말하잖아. 어떻게 이웃한테 그렇게 무관심할 수가 있지, 이러잖아. 어떻게 저렇게 못될 수가 있지, 이렇게 말하잖아."

"음, 하지만, 해리 옆집에 사는 건 비드랑 티파니잖아."

에리카는 바닥에 누워 있는 해리를 생각하고 싶지 않았다. 해가 뜨고 지는 동안 바닥에 누워 있었을 해리는 생각하고 싶지 않았고, 이웃에서 나는 소리들을, 해리가 싫어해 마지않던 잔디 깎는 소리, 쓰레기 수거차 소리, 낙엽 청소기 같은 소리를 들으면서 누워 있는 해리는 생각하고 싶지 않았다.

"알아. 티파니도 정말로 놀랐어. 하지만 당신도 알잖아. 해리가 날 좋아했던 거 말이야. 어쨌거나 해리는 날 참아줬다고. 우린, 대화를 하고 가끔 토론도 했단 말이야."

"알아. 지난번엔 리처드슨네 집 앞에 버려진 차 때문에 둘 다 흥분했었지."

"난 해리가 집에서 나오지 않는다는 걸 알고 있어야 했다고."

올리버는 휴지곽에서 휴지를 한 장 뽑아 코를 세게 풀었다.

"한동안 안 보인다고 생각은 했었어. 일주일쯤 전에 말이야. 그런데도 대수롭지 않게 여겼어."

"해리는 굶어 죽진 않았을 거야. 아마 물이 부족해서 죽었을 거야. 탈수 때문에."

에리카는 곰곰이 생각하다 말했고, 그 말에 올리버는 움찔했다.

"에리카!"

올리버는 손에 꽉 쥐어 둥글게 말린 휴지를 소파에 떨어뜨리고 휴지를 또 한 장 뽑았다.

"내 말은, 해리가 몇 주나 누워 있었을 리는 없단 거야. 어쩌면 떨어질 때 목에 치명적인 부상을 입었을 수도 있잖아."

"아니, 그건 아닌 거 같아."

올리버는 또 코를 풀었다.

"그리고 내 생각에, 해리한텐 가족이 없었을 거 같아. 친구도."

왜냐하면 해리는 심술궂은 못된 노인이었으니까. 에리카는 올리버가 푹 빠져 있는 죄책감이란 늪에 절대로 자기를 데려가지 못하게 할 생각이었다. 올리버와 함께 푹 빠져 있는 건 티파니로 족했다. 죄의식의 늪이라면 에리카도 이미 자기만의 늪에 푹 빠져 있으니까.

"내 생각에도 없을 거 같아. 있다 해도, 한 번도 오는 걸 못 봤잖아. 그래서 더 우리가 지켜봤어야 하는 거야. 이 세상엔 사회에 적응 못하고 겉도는 사람들이 있잖아. 공동체로서 우리는 당연히 그런 사람들을 돌봐야 할 도덕적 의무가 있는⋯⋯."

올리버가 말을 하고 있을 때 집 전화가 울렸고, 에리카는 수상자로 호명된 사람처럼 소파에서 벌떡 일어섰다.

"내가 받을게."

에리카는 수화기를 들었다.

"여보세요?"

"에리카니? 나야, 팸이야."

전화기에서는 점잖고 듣기 좋은 목소리가 흘러나왔다. 분별 있고 예의 바른 그 목소리를 듣는 순간, 에리카는 마음이 부드러워지고 눈물이 나올 것처럼 찡한 감정에 젖어들었다.

"팸. 안녕하세요."

클레멘타인의 엄마, 팸과 얘기할 때 에리카는 언제나 그런 감정이 들었다. 그건 어린 시절에 형성된 숭배의 감정이었고, 바다에서 구조된 것처럼 아찔하고도 대단한 안도를 느끼게 해주는 감정이었다.

"지금 홀리랑 루비를 봐주고 있어. 클레멘타인이랑 샘이 방금 나갔거든. 오버시스 패신저 터미널에 새로 생긴 식당에서 저녁을 먹을 거야. 소문난 곳인데 내가 직접 예약했단다. 그 식당, 해트(hat, 주방장의 모자를 뜻하는 표시로, 식당의 등급을 나타낸다―옮긴이)가 세 개일 거야. 어쩌면 다섯 개인지도 몰라. 기억이 안 나는구나. 아무튼 해트가 아주 많은 식당이었어. 그애들이 좋은 시간을 보냈으면 좋겠는데. 비가 안 오면 더 좋겠지만, 아무튼 잘되길 빌고 있어. 애들을 위해서라도 잘돼야지. 솔직히 말하면 난 걔네 결혼이 걱정되는구나. 내가 할 얘긴 아니지만, 그래도 네가 클레멘타인이랑 가장 친한 친구잖아. 나보단 더 많이 알고 있을 거야."

"아, 아니에요. 저도 잘 몰라요."

정말로 에리카는 클레멘타인의 부부 문제는 아는 게 없었다. '가장 친한 친구'란 이름표는 에리카가 붙인 거라는 걸 팸도 잘 알 텐데. 매달리는 건 에리카고 클레멘타인은 그저 참아주고 있는 것뿐이란 걸.

"아무튼 에리카, 내가 전화한 건……"

팸의 목소리에서 망설임이 느껴져서 에리카는 입을 꾹 다물었다.

"오늘 내가 플라워 파워(Flower Power, 오스트레일리아의 정원형 화원
—옮긴이)에 갈 일이 있었거든. 그래서 너희 엄마 집 옆을 지나갔는
데 집에 들르진 않았어."

팸은 잠시 말을 멈췄다.

"어쩌면 들어가봐야 했을지도 몰라. 하지만 왠지 너희 엄마는 몇
년 전부터 날 싫어하는 거 같아서, 안 그러니?"

질문은 했지만, 팸은 대답을 기다리진 않았다.

"에리카, 나도 네가 엄마를 방문하는 일정을 정확하게 지킨다는
거 알아. 그게 네 정신건강에 정말 좋을 거라는 것도 알고. 하지만
이번 달엔 일정을 앞당기는 게 좋을 거 같아."

에리카는 풍선을 부는 사람처럼 얕은 숨을 길게 내쉬고 올리버를
봤다. 올리버는 눈을 감고 한 손을 이마에 댄 채 소파에 고개를 기대
고 앉아 있었다.

"얼마나 나쁜데요?"

에리카가 물어봤다.

"아주 나쁜단다. 걱정이 될 정도로. 아주 나빠."

. 14 .

"어, 오늘, 도서관 간 건 어땠어? 당신, 음, 그러니까, 그 강연 말이야."

샘은 목이 조여서 간신히 목구멍 밖으로 말을 내뱉는 사람처럼 물었다.

"잘한 거 같은데……"

클레멘타인이 말을 시작했지만, 샘이 막았다.

"많이 왔어?"

샘은 피아노를 치는 사람처럼 하얀 리넨 천을 깐 식탁을 손가락으로 톡톡 치면서 맹렬하게 식당 안을, 마치 식당 어딘가에 자기한테 필요한 사람이, 또는 물건이 있기라도 한 것처럼 둘러봤다.

"몇 명이나 왔어? 스무 명? 서른 명?"

"스무 명은 안 됐어. 그중 한 명은 에리카였고."

클레멘타인은 샘의 반응을 기다렸지만, 곧 아무 반응이 없을 거라는 걸 깨닫고 계속 말했다.

"도대체 걔가 왜 올 *생각을* 했는지 모르겠어."

"그야 에리카는 당신 왕 팬이잖아."

샘이 살짝 웃으며 말했다. 그러니까 농담 비슷한 걸 한 거다. 샘이 농담을 한다는 건 이 밤이 희망이 있다는 뜻이었다. 샘은 클레멘타인이 만난 남자 가운데 처음으로 에리카와의 우정에 존재하는 복잡함을 한눈에, 본능적으로 알아봐준 사람이었다. 그는 "이해를 못하겠어. 에리카가 싫으면 안 만나면 되잖아"라는 말을 한 번도 안 했다. 샘은 에리카가 클레멘타인을 만나면 따라오는 부록이란 걸, 까다로운 여동생 같은 존재라는 걸 그대로 인정해줬다.

"맞아. 중간에 가버리긴 했지만."

클레멘타인은 지나치게 크게 웃었다. 샘은 아무 말도 하지 않았다. 그저 클레멘타인의 뒤쪽에 재밌는 게 있다는 듯 클레멘타인의 머리 오른쪽만 쳐다볼 뿐이었다.

"오늘 회사는 어땠어?"

클레멘타인이 물었다.

"괜찮았어. 늘 그렇지 뭐."

샘의 목소리는 차가웠다. ("너희 결혼생활은 시험에 든 거야. 딸, 하지만 최악이 지나가면 최상이 오는 거란다. 그러려면 용서하고 대화해야 해." 집을 나서기 직전에 이메일 답장을 보내는 게 생사를 가르는 중요한 문제라도 되는 듯 갑자기 컴퓨터 앞에 앉은 샘을 기다리면서, 팝의 여제를 다룬 끔찍한 영화를 방영하는 텔레비전에서 흘러나오는 끔찍한 소리를 들으면서, 클레멘타인의 엄마는 곧 장대한 여정에 오를 사람에게 꼭 필요한 정보를 전하는 듯이 열정적이고도 극적인 목소리로 속삭였다. 팸은 클레멘타인이 입고 있는 드레스의 끈을 아무 이유 없이 만지작거리고 위치를 바로잡아줬고, "너희 두 사람은 대화를 해야 해. 말로 표현해야 해. 감정은 표현해야 하는 거야"라고 말했다.)

"그래, '진보적인 기업문화'는 잘 맞아?"

한땐 클레멘타인도 이런 말을 할 때 샘을 웃게 만들 능력이 있었다. 하지만 지금 클레멘타인의 목소리엔 악의가 담겨 있었다. 같은 음악을 연주해도 음악가에 따라 완전히 다른 음악이 되는 거다. 중요한 건 억양이다.

"나한텐 아주 잘 맞아."

샘은 미움이랄 수 있는 감정을 담고 클레멘타인을 바라봤고, 클레멘타인은 시선을 내리깔았다. 이제 샘을 볼 때면 가슴속에 잠들어 있는 뱀이 있다는 생각을 할 때가 있었다. 언제라도 잠에서 깨어나 상상도 할 수 없고 돌이킬 수도 없는 결과를 만들어낼 뱀이 있다는 생각을 할 때가 있는 거다.

클레멘타인은 다른 얘기를 꺼냈다.

"사실 강연을 정말로 즐기는 건 아냐."

왜냐하면 강연을 할 때마다 너무 긴장하니까. 그건 오디션을 보거나 공연을 하기 전에 느끼는 긴장하곤 완전히 다른 거야. 강연을 들은 사람들은 모두 박수를 쳐주지만, 그건 공연을 끝내고 받는 갈채하곤 달라. 강연장에 온 사람들은 박수는 쳐줘도 속으론 받아들일 수 없어 한다는 느낌마저 받을 때가 많은걸.

클레멘타인은 빗방울이 작은 점들처럼 달라붙어 있는 커다란 유리창을 바라봤다. 하얀 오페라하우스를 담고 있는 창문은 시드니 항을 찍은 흐릿한 우편엽서처럼 보였다. 바로 이틀 전에 오페라하우스에서 공연을 했는데.

"사실은 싫어하는 거에 가까워."

클레멘타인은 흘끗 샘을 쳐다봤고, 샘의 얼굴에 왈칵 드러나 있는 짜증을 확인했다. 샘은 실제로 몸서리까지 쳤다.

"그럼 그만둬. 그만두면 되잖아. 어째서 계속하고 있는 거야? 강박적으로 하고 있잖아, 지금. 할 일도 많은 사람이. 오디션 준비해야 하잖아. 오디션 볼 거라며?"

"오디션은 당연히 볼 거야."

클레멘타인은 대답했지만 이해를 할 수가 없었다. 왜 사람들은 계속 같은 말을 하는 거지?

"매일 오디션 연습하려고 다섯 시에 일어나잖아."

샘이 그 사실을 어떻게 모를 수가 있을까? 요즘 잠을 못 자 고생하고 있으면서. 밤중에 깼을 때 클레멘타인은 복도를 서성이는 샘의 발소리나 아래층에서 작게 흘러나오는 텔레비전 소리를 들을 수 있었다.

"내가 연습하는 소리 못 들었어?"

"아마 들었을 거야. 그냥, 요즘엔 이것저것 생각이 많고 결론을 내리는 게 힘들어서. 당신이 연습하는지 몰랐어."

그럼 클레멘타인이 뭘 하고 있다고 생각한 걸까? 첼로 소리가 샘한텐 아무 상관없는 소음에 지나지 않았던 걸까? 이젠 클레멘타인이 뭘 하든 전혀 관심이 없다는 거야?

"오늘은 아인슬리 집에 가서 아인슬리랑 후한테 연주도 들려줬어."

클레멘타인은 가까스로 짜증을 참고 말했다.

"아."

샘은 정말로 어리둥절한 것 같았다.

"어, 잘했네. 그래, 어땠어?"

"좋았어. 잘했어."

아니, 잘하지 못했어. 아주 이상하고 끔찍했어. 아인슬리랑 후는 클레멘타인이 1악장을 끝낸 뒤 격렬하게 토론을 했다고.

"정말 잘했어."

클레멘타인이 연주를 끝내자마자 후는 그렇게 말했다.

"브라보. 수석 첼리스트 자리는 클레멘타인 게 분명해."

후는 안 그러냔 표정으로 아인슬리를 봤다. 하지만 아인슬리는 웃지 않았다.

"글쎄."

아인슬리는 맘이 편치 않은 듯 말했다.

"열심히 연습한 건 알겠어. 기술적으론 완벽해. 하지만…… 잘 모르겠어. 클레멘타인, 네가 연주하는 거 같지 않아. 스크린 뒤에서 들었다면 난 절대 안 뽑았을 거야."

"그게 무슨 소리야?"

후가 물었다.

"*너무* 정확해. 모든 음이 나와야 할 곳에서 정확히 나와. 콩쿠르에서 바로 상을 타고 온 오만한 스무 살짜리 음악 신동 같아."

"그게 왜? 이렇게만 연주하면 클레멘타인은 2차 오디션에 나갈 수 있어. 난 당연히 뽑을 거야. 당신도 그럴 거야. 분명히 뽑을 거라고."

"그럴지도 모르지. 하지만 2차는 통과 못할 거야. 너무 기분 나쁘게 받아들이지 마, 클레멘타인. 하지만 마치 로봇이 연주하는 거 같아."

"그렇게 말해놓고 클레멘타인한테 기분 나빠하지 말라니."

후가 말했다.

"우리한테 솔직히 말해달라고 온 거잖아. 친절을 베풀어달라는 게 아니라."

아인슬리는 고개를 돌려 클레멘타인을 보더니 불쑥 물었다.

"정말로 아직도 상임단원이 되고 싶은 거야? 그 모든 일이…… 있은 뒤에도?"

"당연히 원하겠지. 도대체 뭐가 문제야?"

후가 말할 때 전화벨이 울렸고, 돌직구를 날린 아인슬리의 질문에 대답할 기회가 클레멘타인에겐 찾아오지 않았다.

"아인슬리하고 후는 어떻게 지내?"

샘이 말했다. 클레멘타인은 샘이 정중하게 평범한 질문을 하려고 온갖 힘을 쓰고 있는 걸 알 수 있었다. 샘은 꼭 턱걸이를 하는 사람처럼 보였다.

"한동안 못 봤잖아."

샘은 노력하고 있는 거다. 그러니까 클레멘타인도 노력해야 했다.

"좋아. 잘 지내. 아, 당신이 제자리 뛰기를 시켰단 거 후한테 들려줬어. 후 말이 자기한테도 그런 선생님이 있었대."

클레멘타인의 말에 샘은 아무 흥미가 없는 것 같았다. 저 사람이 몇 주 전에 "뛰어! 병사, 뛰어!"라고 소리치면서 천장에 침대 시트를 붙인 사람이라니 믿을 수가 없었다. 클레멘타인은 계속 말했다.

"그 선생님은 한밤중에도 후를 깨워 연습을 시켰대. 반쯤 잠들어 있을 때도. 술을 마신 뒤에도 연습하라고 했대. 그러니까, 아, 잘됐다. 저기 누가 오네."

젊은 종업원이 두 사람이 있는 식탁으로 오더니, 지나치게 멀리 떨어져 섰다.

"오늘의 스페셜 요리를 설명해드려도 될까요?"

아주 위험하고 대단한 모험에 자원하는 사람처럼, 종업원은 어깨를 쭉 펴고 의기양양하게 말했다.

"좋아요. 하지만 실은 주문한 음료는 언제 나오나 궁금했거든요. 와인 두 잔 시켰는데…… 한참 전에요."

백만 년도 전에 시켰지. 클레멘타인은 웃으면서 목소리를 좀 부드럽게 하려 애썼다. 종업원은 애처로울 만큼 어렸고, 배가 고파 죽을 것 같은 표정을 짓고 있었으니까. 그는 〈레미제라블〉에 길거리 부랑아로 섭외하면 딱 좋을 인상을 하고 있었다.

"아직 안 나왔다고요?"

그런 말은 들어본 적도 없다는 듯 종업원은 깜짝 놀라는 표정을 지었다. 클레멘타인은 음료가 없는 식탁을 향해 손짓을 해 보였다. 두 사람은 언제라도 위기가 발생할 수 있는 상황에 놓여 있단 듯이, 위기가 발생하면 재빨리 낚아챌 수 있어야 한단 듯이, 식탁엔 그저 휴대전화 두 대만이 완벽한 각도를 이룬 채 놓여 있었다.

"아마 주문한 걸 잊은 거 같아요."

클레멘타인이 말했다.

"그런 거 같군요."

종업원은 잔뜩 겁에 질린 얼굴로 바를 쳐다보며 말했고, 바에선 예쁘장한 여자 종업원이 꿈꾸는 듯 무념무상의 얼굴로 열심히 와인 잔을 닦고 있었다.

"왜 안 나오는지 알아봐줄래요?"

클레멘타인이 말했다. 세상에, 이 식당은 왜 죄다 어린애들만 고용한 거지? 그것도 굶주린 애들을? 애들이 집에 갈 수 있게 제발 좀 풀어주지.

"물론입니다. 지금 당장 알아보겠습니다. 와인인데, 그게……."

"페퍼 트리 시라즈 두 잔이요."

거친 어부의 아내처럼 클레멘타인이 날카로운 목소리로 대답했다.

"알겠습니다. 어, 그럼 먼저 오늘의 스페셜을 말씀드릴까요?"

"아니, 됐어요."

"네, 그러시죠."

클레멘타인과 샘이 동시에 말했고, 샘은 종업원을 보면서 웃었다. "스페셜이 뭔지 들어보죠."

샘은 늘 자기가 착한 쪽을 맡았다. 종업원은 숨을 깊이 들이마시더니 성가대 소년처럼 두 손을 꼭 쥐고 낭송하기 시작했다.

"앙트레로 고수와 오렌지, 박하를 곁들인 연어 콩피를 준비했습니다."

종업원은 곧 입을 다물었다. 조용히 입술을 웅얼거리긴 했지만 입 밖으론 아무 소리도 안 나왔다. 클레멘타인은 식탁에 놓인 휴대전화 전원을 손가락으로 꾹 눌렀다. 켜진 액정엔 아무 표시도 없었다. 아무도 전화하지 않을 거야. 모두 괜찮은 거야.

샘은 몸을 돌려 종업원에게 고개를 살짝 숙였다. 시 낭송을 하는 애한테 청중석에 앉은 인자한 부모가 하는 것처럼 '괜찮으니까 어서 해봐요'라고 격려를 한 거다. 남편을 바라보면서, 분통 터지게 인도적인 남자를 보면서, 클레멘타인은 생각지도 못한 기쁨을 느꼈다. 완벽하고 순수한 음을 만들어낸 것처럼 기쁨을 느꼈다. 마치 부드러운 E 플랫을 연주한 것처럼. 하지만 그 감정은 깨닫는 순간 갑자기 사라졌다. 종업원이 더듬거리며 고급 식당의 역사상 가장 긴 스페셜 목록을 읊고 있는 동안 클레멘타인이 느낀 건 온몸이 따끔거리는 신경질뿐이었다.

"프로슈토와 페퍼로니를…… 아니, 잠깐만요, 프로슈토와, 음, 프로슈토와……."

종업원은 고개를 숙이고 입을 꼭 다문 채 자기 신발을 멍하니 내려다봤다. 클레멘타인과 샘의 눈이 마주쳤다. 이런 상황에선 클레멘타인이 두 눈을 조금만 크게 떠도 결국 샘이 참지 못하고 웃음을 터트릴 때가 있었는데. 전 같으면 샘이 종업원에게 차마 상처를 줄 수 없어서 얼굴은 벌게지고 눈에는 눈물이 잔뜩 고인 채 웃음을 참는 상황이 벌어졌을 거다.

하지만 지금 두 사람은 무표정한 얼굴로 서로를 보다 그저 고개를 돌려버렸다. 새로 얻은 인생에선, 아주 조심스럽게 걷고 있는 인생에선, 점검하고 또 점검하는 인생에선, 잠깐이라도 한눈을 파는 건 어리석다는 걸 잘 알고 있는 이 인생에선, 시시덕거리는 일은 규칙에 어긋나는 거다.

종업원은 고통스러운 자신의 길을 계속 가고 있었고, 클레멘타인은 식탁 밑에서 자기 팔을 첼로의 지판 삼아 머릿속으로 열심히 브람스를 연주하고 있었다. 브람스는 수많은 작은 악구들이 하나의 선으로 이어져 있어. 그러니까 서정적인 감성으로 연주해야 해. 아인슬리의 말이 맞는 걸까? 기술적으로 완벽하게 연주하는 데만 너무 신경을 쓴 걸까? 마리안 선생님은 "연주할 때 기술적인 문제에 집중하다 보면 음악 자체가 풀릴 때가 많아"라고 하셨는데. 자신은 그 조언을 인생의 모든 면에 지나치게 적용해온 게 분명하다고 클레멘타인은 생각했다. 클레멘타인은 집중할 필요가 있었다. *체계적일 필요가 있고*, 지나간 자리는 치울 필요가 있었다. 제때 공과금을 내고, 규칙을 따르고, 정말로 철이 들 필요가 있었다.

"그리고 소고기와 염소고기를 곁들인 치즈 파르페입니다."

종업원은 마침내 크리스마스 캐럴을 부르는 사람이 '배나무에 있는 *자고새*'라는 후렴구를 마칠 때처럼 의기양양하게 암송을 끝 냈다.

"모두 맛있겠네요."

샘이 말했다.

"다시 듣고 싶은 부분이 있으십니까?"

종업원이 물었다.

"아니, 전혀 없습니다."

샘은 말했고, 클레멘타인은 하마터면 큰 소리로 웃을 뻔했다. 샘 은 웃기는 상황에서도 저렇게 태연하게 말하는 재주가 있다니까.

"좋습니다. 그럼 결정하시는 동안 제가 와인을……."

종업원은 클레멘타인을 보며 말했다.

"시라즈요. 페퍼 트리 시라즈."

클레멘타인은 종업원을 도와줬다.

"물론입니다."

종업원은 오늘의 스페셜을 모두 암송했다는 사실에 안도했는지 경쾌하게 손가락을 튕기며 말했다.

"그래서."

"그래서."

종업원이 간 뒤 샘과 클레멘타인은 동시에 말했다.

"뭘 먹을 거야?"

샘이 앞에 놓인 메뉴판을 신문처럼 들어올리며 물었다.

"잘 모르겠어."

클레멘타인도 메뉴판을 집어들면서 대답했다.

"모두 맛있어 보이네."

클레멘타인은 농담을 해야 했다. 종업원에 대한 농담. 스페셜 메뉴에 관한 농담. 오지 않은 와인에 대한 농담. 여전히 무념무상의 표정으로 와인 잔을 닦고 있는 여자에 관한 농담을 해야 했다. 농담거린 아주 많았다. 문득 모든 것이 그런 농담에 달려 있단 생각이 들었다.

만약 지금 이 순간 적절한 농담을 한다면 오늘 밤을 구하고, 우리의 결혼생활을 구할 수 있을 거야. 직업을 불교 식으로 접근한 여자 얘기를 해볼까? 무념무상으로 와인 잔을 닦고 있는 여자 얘기? 저 여잔 우리 와인을 따를 때도 저렇게 무념무상일까, 같은 농담을 해볼까? 세상에, 내가 언제 실없는 소리를 하려고 이렇게 많은 생각을 하는 사람이 된 거지?

그때 갑자기 식당 안에 우렁찬 웃음소리가 울려퍼졌다. 남자의 웃음소리. 깊고 뚜렷한 바리톤 음성이었다. 클레멘타인은 심장이 요동치는 것 같았다. 메뉴를 보던 샘도 벌떡 고개를 들었다.

아냐. 비드일 리 없어. 비드가 이곳에 있을 리가 없어. 오늘 밤엔 아냐.

. 15 .

또다시 웃음소리가 들렸다. 부드러운 카펫이 깔린 이곳과는 전혀 어울리지 않는 커다란 웃음소리였다.

클레멘타인은 웃음소리가 나는 곳으로 고개를 홱 돌렸다. 덩치가 큰 남자 셋이 식당으로 들어오고 있었다. 크고 둥근 머리, 거대한 어깨, 위풍당당한 배, 으스대지 않고 유럽 식으로 걷는 걸음걸이 등이 모두 비드를 생각나게 하는 남자들이었다. 하지만 그중에 비드는 없었다.

클레멘타인은 참았던 숨을 내쉬었다. 그 남잔 또 큰 소리로 웃었지만, 이제 더는 비드처럼 특별한 울림이 있다거나 음색이 있다는 생각은 들지 않았다.

클레멘타인을 고개를 돌려 샘을 봤고, 샘은 접은 메뉴판을 가슴에 붙이고 있었다.

"비드인 줄 알았어. 꼭 비드처럼 웃잖아."

"알아. 나도 비드라고 생각했어."

클레멘타인이 대답했다.

"세상에. 비드는 정말 보고 싶지 않아."

샘은 메뉴판을 식탁에 내려놓고 손으로 자기 쇄골을 꾹 눌렀다.

"심장마비가 오는 줄 알았어."

샘이 말했다.

"알아. 나도 그랬어."

클레멘타인이 대답했다.

"모든 게 되돌아올 것만 같았어. 비드 얼굴을 보면……."

샘은 몸을 앞으로 숙이고 팔꿈치로 식탁을 짚으며 말했다.

"마가리트 리버 시라즈입니다."

갑자기 종업원이 나타나 상이라도 수여하는 양 와인 병을 쑥 내밀었다. 틀린 와인을 가져왔지만, 클레멘타인은 일그러지는 종업원의 얼굴을 보고 싶지 않았다.

"그렇군요."

'참 잘했어요' 라는 말투로 클레멘타인이 대답했다.

종업원은 한 손으론 허리를 짚고 다른 한 손만 사용해 와인을 잔에 가득 따랐고, 그 바람에 빳빳한 흰색 식탁보에 빨간 방울이 점점이 생겼다. 두 손을 다 쓰는 게 안전할 것 같은데.

"지금 주문하시겠습니까?"

성공적으로 와인을 따랐다는 사실에 고무된 종업원이 활짝 웃으며 물었다.

"조금만 더 생각해도 되죠?"

클레멘타인이 말했다.

"물론입니다. 전혀 문제없습니다."

종업원은 다시 물러갔고, 샘이 와인 잔을 들어올렸다. 샘의 손은 떨리고 있었다.

"그저께 교향곡 연주할 때, 사람들 틈에서 비드를 봤다고 생각했어. 너무 놀라서 입장하는 것도 잊었다니까. 아인슬리가 스탠딩 파트너가 아니었다면 큰일 났을 거야."

샘은 와인을 한 입 가득 입에 담고 꿀꺽 삼키더니 손등으로 입술을 훔치면서 거칠게 말했다.

"그러니까 당신은 비드를 만나고 *싶지* 않다고?"

"당연히 만나고 싶지 않아. 만났다간……."

클레멘타인은 무슨 말을 해야 할지 알 수 없어서 그냥 와인 잔을 집어들었다. 손은 조금도 떨리지 않았다. 이젠 베타 차단제가 없어도 첼로를 잡은 손을 떨지 않는 법을 익혔으니까. 지독한 무대공포증 때문에 심장이 떨어질 것처럼 쿵쾅거릴지라도 손은 떨리지 않는 거다.

샘은 끙, 소리를 냈다. 다시 메뉴판을 펼쳐들었지만, 클레멘타인은 샘의 눈에 메뉴판이 들어오지 않는다는 걸 알았다. 샘은 자기 자신을 추스르려 노력하는 거다. 표정을 가다듬어 다시 무표정해지려고 애쓰는 거다.

하지만 그렇게 내버려두고 싶지 않았다. 클레멘타인은 샘이 또한 번 무너지길 바랐다.

"얼마 전에 에리카가 그러던데 비드는 우릴 정말 보고 싶어 한대."

클레멘타인이 말했다. 풍경이나 메뉴나 날씨 같은 일반적인 얘기는 정말 하고 싶지 않았으니까. 승강기에서 흘러나오는 음악 얘기 같은 건 하고 싶지 않았으니까.

샘은 클레멘타인을 올려다봤다. 샘의 표정은 공허해 보였고, 샘의 시선은 창문에 고정돼 있었다. 클레멘타인은 기다렸다. 요즘 샘은 말을 시작하려면 어느 정도 시간이 필요한 것 같았다. 꼭 기계적으로 결함이 있는 것처럼. 하지만 그걸 느끼는 사람은 클레멘타인밖에 없는 듯했다.

"글쎄, 언젠간 만날 수밖에 없겠지."

샘은 다시 메뉴판을 들여다봤다.

"난 치킨 리조토를 먹을까 해."

클레멘타인은 샘을 참을 수가 없었다.

"사실 '애타게' 보고 싶어 한대. 에리카가 그랬어."

"뭐, 당신을 '애타게' 보고 싶은 거겠지."

샘은 입을 삐죽거렸다.

"내 말은, 비드를 만나는 건 피할 수 없다는 거야. 안 그래?"

"무슨 말인지 모르겠는데."

"에리카랑 올리버를 만나러 갈 땐 어쩔 수 없잖아? 비드 집 앞을 지나가야 하니까."

그게 바로 샘이 정확히 원하는 건지도 몰랐다. 클레멘타인이 원하는 게 바로 그건지도 몰랐다. 에리카와 올리버야 다른 곳에서 만나면 된다. 사실 에리카의 초대를 거절할 좋은 구실이 생긴 걸 수도 있었다. 두 사람 모두 에리카 집에 가는 걸 좋아했던 적은 없으니까.

클레멘타인은 에리카와 올리버가 구입한 집을 처음 본 순간을 기억했다. 에리카는 소용돌이 치고 구불구불한 성처럼 생긴 저택을 가리키면서 미심쩍은 표정으로 얼굴을 찡그렸다. "옆집 때문에 우리 집은 난쟁이 집 같다니까." 옆집은 에리카와 올리버를 꼭 닮아 안전하고 개성이 없는 점잖은 베이지색 단층집에 비하면 지나칠 정도로 화려했다.

아, 하지만 이젠 수수하다는 이유로 에리카와 올리버를 비웃을 수 없었다. 두 사람의 관계는 그날 이후 영원히 변해버렸으니까. 힘의 균형이 바뀌어버렸으니까. 클레멘타인과 샘은 '우린 느긋해. 초

조한 건 너희지' 하고 비꼬는 듯한 우월감을 다신 드러낼 수 없을
거다.

샘은 메뉴판을 조심스럽게 탁자 끝에 놓고 휴대전화의 위치를 바
꿨다.

"좀 더 즐거운 얘기를 하자."

샘은 사교 모임에 나와 처음 보는 사람에게 하는 것처럼 웃었다.

"내 말은, 그 사람들 잘못이 아니란 거야."

부적절한 감정 때문에 클레멘타인의 목소리는 잠겨 있었다. 샘은
움찔했고, 얼굴이 붉어졌다.

"다른 얘기를 하자니까. 뭐 먹을 거야?"

다시 샘이 말했다.

"사실 나 배 안 고파."

클레멘타인이 대답했다.

"잘됐네. 나도 그래. 그럼 갈까?"

샘은 거래처 사람을 만난 것 같은 표정을 지었고, 클레멘타인은
들고 있던 메뉴판을 샘이 놓은 메뉴판 위에 놓고 각을 맞췄다.

"그래. 데이트 나이트를 위하여!"

와인 잔을 들어올리며 클레멘타인이 말했다.

"데이트 나이트를 위하여."

샘은 경멸하듯 따라 했다.

클레멘타인은 와인 잔을 빙글빙글 돌리고 있는 샘을 바라봤다.
샘은 날 미워하는 걸까? 정말로 날 미워하는 거야? 클레멘타인은
고개를 돌려서 비싸게 주고 보는 비 오는 풍경을 내다봤다. 멀리 수
평선 근처에서 거칠게 이는 파도가 보였다. 이런 곳에 있으면 빗소

린 들리지 않아. 고층 빌딩 사이로 번쩍이는 번개만 보일 뿐이야. 얼마나 낭만적이야? 아까 농담을 할 수 있었다면 지금 상황이 달라졌을까? 그 망할 남자가 비드처럼 웃지만 않았다면 지금쯤 괜찮아졌을까?

"그런 생각, 해본 적 있어?"

클레멘타인은 조심스럽게 말을 꺼냈다. 샘이 아니라 바람에 돛을 휘날리며 뒤집혀버린 쓸쓸한 요트를 바라보며 말했다. 도대체 이런 날씨에 요트 탈 생각을 하는 사람이 다 있네?

"우리가 그때 거기에 안 갔으면 어땠을까? 애가 아파서 안 갔거나 나나 당신이 일을 해야 해서 안 갔다면, 무슨 이유로든 바비큐 파티에 안 갔다면 어땠을까 생각해본 적 있어? 그런 생각, 해본 적 있어?"

클레멘타인은 여전히 요트를 뚫어지게 바라보며 말했다.

샘은 한참 동안 대답을 하지 않았다.

클레멘타인은 샘이 이렇게 말해주길 바랐다. 물론이지. 생각해봤어. 매일 그 생각을 해.

"하지만 갔잖아."

샘은 그렇게 말했다. 무겁고 차가운 목소리로 말했다. 샘은 이미 진행되고 있는 인생 외에 다른 가능성은 조금도 고려하지 않고 있었다.

"우린 갔잖아. 안 그래?"

. 16 .

바비큐 파티 날

에리카는 시간을 봤다. 클레멘타인하고 샘은 십 분 전에 왔어야 하지만, 늦는 건 늘 있는 일이었다. 두 사람은 약속 시간에서 삼십 분쯤 늦는 건 괜찮다고 생각하는 거 같았다.

오랜 시간 두 사람을 알고 지내면서 올리버는 클레멘타인 부부가 늦는 걸 자연스럽게 받아들인 게 분명했다. 이제 더는 에리카한테 두 사람이 사고를 당한 건 아닌지 연락해보란 말을 안 하니까. 지금 올리버는 복도를 서성이며 일정한 간격으로 윗니 사이에 아랫입술 을 넣어 빨면서 듣기 싫은 소리를 내고 있었다.

에리카는 욕실로 들어가 문을 잠갔고, 문이 잠겼는지 두 번, 세 번 확인한 뒤에야 서랍장 안쪽에서 약병을 꺼냈다. 올리버한테 숨 기는 약은 아니었다. 약병은 항상 욕실 서랍장 안에 들어 있으니까 올리버가 원한다면 분명히 볼 수 있었을 거다. 만약 봤다면 에리카 가 불안을 잠재우는 약을 먹어야 한다는 사실에 동정을 금치 못했 겠지만. 올리버는 알코올과 약, 그리고 유통기한이 지난 음식이 자 기 몸에 들어가는 걸 끔찍이 싫어했으니까. (에리카도 사실 유통기한에 강박관념이 있긴 했다. 클레멘타인은 샘은 유통기한을 그저 '제안'이라고 생각한 다고 했고.)

정신과 상담의는 에리카가 불안 증상(심장이 막 뛰고, 손이 떨리고, 엄청난 공포나 위기감이 들고 기타 등등)을 조절할 수 없는 상황이 오면 복용하라고 이 약을 처방해줬다.

"시험 삼아 조금만 먹어보세요. 처음엔 아주 적은 양으로 시작해야 해요. 4분의 1알만 먹어도 충분히 효과가 있을 거예요."

에리카는 블리스터 팩(blister pack, 알약 따위를 투명한 플라스틱 칸에 개별 포장한 것—옮긴이)에서 약 한 알을 꺼내 엄지손톱으로 반을 쪼개려 했다. 꼭 반으로 쪼개달라는 것처럼 알약은 한가운데 깊게 홈이 파여 있었지만 구조적으로 문제가 있는 알약이었다. 아무리 눌러도 반으로 쪼개지지 않았고, 그 때문에 불안을 가라앉히는 약은 에리카를 더욱 불안하게 만들고 있었다. 이런 상황, 조금도 웃기지 않아, 에리카는 생각했다. 에리카는 사실 엄마 집에 갈 때만 이 약을 먹을 계획이었다. 하지만 오늘 클레멘타인한테 해야 할 얘기를 생각하면 당연히 초조해질 수밖에 없는걸. 이건 그런 얘기를 하는 사람이라면 누구나 경험하는 불안함일 뿐이야.

아까 집 앞 진입로에서 비드와 헤어지고 집에 들어왔을 때, 올리버는 먼지떨이를 이상하게 늘어뜨린 채 믿을 수 없다는 표정으로 에리카를 쳐다봤다. (클레멘타인은 에리카 집에 먼지떨이가 있다는 게 믿어지지 않는다고 했다. 언젠가 에리카가 클레멘타인 집에 갔을 때 "먼지떨이 어딨어?" 하고 물어봤을 때 클레멘타인은 너무 웃느라 바닥을 구를 뻔했다. 에리카는 정말 창피했다. 그러니까 먼지떨이는 우스운 거다. 에리카가 그걸 어떻게 알겠어. 어떻게 알겠냐고. 그런데 먼지떨이는 정말 유용하지 않나?)

"도대체 왜 그런 거야?"

올리버가 말했다.

"왜 *바비큐 파티*에 가겠다고 한 거야? 하필 오늘 같은 날에? 우린 계획을 세웠잖아. 벌써 *몇 주나* 준비한 계획이란 말이야."

화날 때, 올리버는 소리치지 않았다. 심지어 목소리 톤조차 높아지지 않았다. 그저 인터넷 회사에 전화해서 '받아들일 수 없는' 문제가 생겼다는 불만을 얘기할 때처럼 정중하게, 믿을 수 없다는 식으로 말할 뿐이었다. 안경 뒤에서 올리버의 눈은 빛나고 있었고, 조금 충혈돼 있었다. 에리카는 화난 올리버는 좋아하지 않았다. 하지만 배우자가 화를 내는 건 누구나 좋아하지 않잖아. 그러니까 이건 정상에 속하는 반응인 거다.

"에리카, 누군가를 정상이니 아니니 하는 걸로 평가하는 건 그만두는 게 좋아요. 에리카가 말하는 '정상'인 사람은 이 세상에 존재하지 않아요."

정신과 상담의는 그렇게 말했는데.

"의도적으로 *방해한 거야?*"

올리버의 목소리가 갑자기 거세졌다. 공과금 영수증에서 잘못된 부분을 찾았거나 인터넷 요금이 두 배로 청구된 걸 알았을 때 나오는 목소리였다.

"그게 무슨 소리야?"

올리버의 말에 에리카는 벌컥 화를 냈다.

올리버는 옆집에 바비큐 파티에 참석 못한다는 말을 하러 가라고 에리카를 설득하려 했다. 에리카가 못하겠다면 자기가 하겠다고 했다. 올리버는 비드에게 가려고 현관으로 향했고, 에리카는 그런 올리버의 팔을 잡아 멈추게 하려고 했다. 그렇게 몇 초간 두 사람은 승강이를 벌였다. 올리버는 자기를 잡고 주방 바닥에서 떨어지지 않으려는 에리카를 매단 채 현관을 향해 걸어가려 애썼다. 이건 정말 품위 없는 짓이었다. 에리카와 올리버가 할 만한 일이 아니었다. 클레멘타인과 샘은 사람들이 많은 곳에서도 가끔 레슬링을 하는 사람들처럼 뒤엉켰는데, 그런 모습을 볼 때마다 에리카와 올리버는 몸이 얼어붙는 것만 같았다. 우린 그런 행동을 *하지 않아*, 라는 게 두 사람의 자부심이었다. 그래서 올리버가 그만둔 거다. 올리버는 손을 번쩍 들어올려 항복을 선언했다.

"좋아. 일단은 그러자고. 클레멘타인하고 샘한텐 다른 날 말하고 오늘은 그냥 바비큐 파티를 즐기자고."

올리버가 말했다.

"절대 안 돼. 계획대로 할 거야. 그래서 바비큐 파티를 하는 게 좋은 거야. 먼저 질문을 하는 거야. 준비한 대로 할 거야. 당장 대답할 필욘 없다고 말하는 거지. 그러곤 좋아, 이제 바비큐 파티에 가자, 라고 하는 거야. 그럼 거기서 얘기를 끝낼 수 있잖아. 괜히 어색하게 계속 얘기할 필요가 없단 말이야."

에리카는 그렇게 말했다. 이제 클레멘타인 가족이 곧 도착할 거다. 손님 맞을 준비는 모두 끝났다. 애들이 놀 수 있게 공작 탁자도 준비해놨고, 크래커랑 크래커 찍어 먹을 디핑 소스도 사다놨다. 문제는 에리카의 심장이 전속력으로 달리는 레이스 카처럼 뛰고 있고 손이 정신없이 떨린다는 거였다. 에리카는 바보 같은 작은 알약을 보며 욕을 내뱉었다. 이건 쪼개질 리가 없어.

그때 초인종이 울렸다. 그 소리는 아주 *빠른* 속도로 맹렬히 에리카의 위장을 강타했다. 에리카의 폐에서 다급히 공기가 *빠져나갔*고, 에리카의 어설픈 손가락은 알약을 떨어뜨렸다.

에리카가 거의 모든 항목에 '그렇다'라고 표시하자, 정신과 상담의는 왠지 만족스러운 듯 그게 '초인종 공포증'이라고 했다.

"아주 흔한 증상이에요. 에리카가 초인종을 두려워하는 건 당연해요. 어렸을 땐 남들한테 발견되는 게 늘 두려웠을 테니까요."

에리카는 바닥에 무릎을 대고 몸을 구부렸다. 욕실 바닥은 차갑고 단단했다. 당연히 바닥은 깨끗했다. 노란 알약은 타일 한 개의 정가운데 떨어져 있었다. 에리카는 알약을 집어 손가락 끝에 놓고 바라봤다. 다시 초인종이 울렸고, 에리카는 알약을 통째로 입에 넣고 꿀꺽 삼켰다.

모든 건 이제 에리카가 해야 할 말에 달려 있었다. 세상에, 당연히 불안할 수밖에 없지. 에리카는 자신이 밭은 숨을 쉬고 있다는 걸 깨달았다. 얕고 빠르게 공기를 들이마시고 있었다. 에리카는 한 손을 배에 대고 정신과 상담의가 가르쳐준 대로 숨을 깊이 들이마시고(가슴이 아니라 배를 부풀려야 해요), 욕실을 나가 클레멘타인과 샘과 홀리와 루비가 쏟아져들어오고 있는 복도로 걸어갔다. 클레멘타인네는 네 식구뿐인데도 열 명은 되는 것처럼 시끄럽고 어수선했고, 다른 냄새가 났다.

"옆집에 가져가려고 샴페인 가져왔어."

클레멘타인은 에리카의 입맞춤을 받으며 샴페인 병을 들어 보였다.

"너희 집엔 아무것도 안 가져왔는데 실례가 아닌가 몰라. 아, 잠깐만. 올리버, 약속한 책 가져왔어요."

클레멘타인은 책을 찾으려고 커다란 줄무늬 가방 안을 뒤졌다.

"책에다 핫초코를 쏟았지 뭐예요. 그래도 읽을 순 있어요. 괜찮아, 에리카? 창백해 보여."

"괜찮아. 얘들아, 안녕."

에리카는 딱딱하게 말했다.

클레멘타인의 두 딸은 발레복과 후드 티를 입고 레깅스를 신고 있었다. 등에는 고무줄을 복잡하게 감아서 붙여놓은 반짝이는 요정의 날개를 달고 있었고. 두 아이 다 머리를 빗고 얼굴을 씻어야 할 것 같았다(그러니까 클레멘타인은 요정 날개를 붙일 시간은 있어도 애들을 씻길 시간은 없었던 거다). 두 아이를 볼 때마다, 에리카는 클레멘타인이 공연 때마다 느끼는 통증이 느껴졌다.

"홀리, 에리카 이모한테 안녕하세요, 하고 인사해야지. 웅얼거리지 말고."

클레멘타인이 하는 말을 들으면, 누구나 에리카를 엄청 예절을 따지는 사람이라고 생각할 거다.

"이모 눈을 똑바로 보면서 '안녕하세요' 라고 해야지. 에리카 이모 안아줄래, 홀리? 오, 너도 할래, 루비? 그래, 착하다."

에리카는 애들이 자기 목에 팔을 두를 수 있도록 허리를 숙여줬다. 두 아이 모두 땅콩버터랑 초콜릿 냄새가 났다. 루비는 엄지손가락을 빨면서 기대에 찬 얼굴로 에리카한테 위스크를 내밀었다.

"안녕, 위스크. 잘 지냈니?"

에리카는 위스크에게 인사했고, 루비는 손가락을 빼지 않은 입으로 살며시 웃었다. 에리카는 위스크를 늘 친절하게 대했지만, 사실 애들 부모가 애가 사물을 의인화하는 걸 오히려 조장하는 것도, 물건에 집착하는 걸 내버려두는 것도 이해할 수 없었다. 에리카라면 초기에, 벌써 오래전에 바로잡아줬을 텐데. 짜증날 만큼 모호한 태도를 보이겠지만, 정신과 상담의도 자기 생각에 동의할 거라고 에리카는 생각했다.

에리카는 홀리가 어깨에 멘, 스팽글이 달린 파란 가방을 바라봤다. 재작년 크리스마스 때 에리카가 선물로 준 작은 핸드백이었다. 포장을 풀고 핸드백을 보던 홀리 얼굴에 떠올랐던 환희는 너무나 강렬해서 에리카는 오히려 얼굴을 찡그리고 재빨리 고개를 돌려야 했다. 홀리는 요즘 그 핸드백을 점점 더 늘어나는 돌을 모으는 용도로 쓰고 있었다.

돌 모으는 취미가 강박증으로 변하거나 모든 물건에 집착하게 될까봐 걱정스러웠지만, 에리카의 정신과 상담의는 아주 단호하게 홀리의 행동엔 걱정할 점이 하나도 없다고 말했다. 지극히 정상이라고, 클레멘타인에게 애한테 신경 좀 쓰라고 말하는 건 좋은 일이 아니라고 충고했다. 하지만 에리카는 클레멘타인한테 말했고, 클레멘타인은 에리카가 치매 환자라도 되는 양 깔보는 듯한 표정으로 그러겠다고 약속했다.

올리버가 홀리 옆에 쪼그려 앉았다.

"며칠 전에 이거 찾았거든?"

올리버는 납작한 달걀처럼 생긴 파란 돌을 들어올려 보였다.

"여기 조금 반짝이는 곳도 있어."

올리버는 돌 끝을 손가락으로 가리켰다.

"좋아할 거 같아서 가져왔는데."

그 순간 에리카는 제대로 숨을 쉴 수 없었다. 에리카가 홀리에 대해 걱정하고 있다는 걸 뻔히 알면서 올리버가 그런 행동을 부추기는 물건을 가져왔다는 게 믿을 수가 없었고, 무엇보다 홀리가 아이다운 솔직하고도 잔인한 태도로 올리버에게 상처를 줄 것 같아 걱정스러웠다. 에리카는 클레멘타인의 멋진 아빠가 손녀딸의 흥미를 지적인 관심으로 바꾸려고 지질학적 특성이 적힌 카드에 붙은 보석을 줬을 때도 홀리가 얼마나 무시했는지 잘 알았다. 클레멘타인은 홀리가 스스로 돌을 찾는 걸 좋아한다고 했단 말이야(홀리의 수집품은 대부분 지저분한 정원에서 흔히 볼 수 있는 돌이었다).

올리버에게서 돌을 건네받은 홀리는 눈을 가늘게 뜨고 돌을 살펴봤다.

"좋은 돌이에요."

홀리는 마침내 선언하고 핸드백을 열더니 돌을 집어넣었다. 그제야 에리카는 제대로 숨을 쉴 수 있었고, 올리버는 벌떡 일어나 의기양양하게 바지를 추어올렸다.

"자, 이제 뭐라고 해야지?"

"고맙습니다, 올리버 아저씨."

클레멘타인과 홀리가 동시에 입을 열었고, 홀리는 클레멘타인을 보며 뿌루퉁하게 말했다.

"내가 고맙다고 했거든."

클레멘타인은 끼어들지 말고 홀리한테 말할 기회를 줘야 했다. 에리카가 손뼉을 쳤다.

"너희가 놀 수 있게 공작 탁자 준비해놨어."

"우와, 재밌겠다. 그렇지 얘들아?"

에리카가 코바늘뜨기처럼 애들한텐 안 어울리는 작업을 준비해놓기라도 한 것처럼, 클레멘타인은 짐짓 꾸민 듯한 쾌활한 말투로 말했다.

"어젯밤에 시합 봤어요?"

샘이 올리버에게 물었다.

"당연하죠."

올리버는 힘들게 공부한 뒤에 마침내 시험을 보려고 자리에 앉은 사람처럼 말했다. 사실을 말하자면 올리버가 어제 특별히 '시합'을 본 이유는 샘의 질문에 대답하기 위해서였으니까. 스포츠에 관심이 있는 양 하는 게 오늘 있을 대화의 결과를 좌우할 거라는 듯이 대비한 거니까.

샘의 표정이 밝아졌다.

"전반전 태클, 진짜 끝내주지 않았어요?"

"샘, 그만. 럭비 얘기는 하고 싶지 않아. 궁금한 걸 풀어야지. 그래, 우릴 잔뜩 궁금하게 한 건 대체 무슨 얘기예요?"

클레멘타인이 샘의 말을 막았다. 에리카는 올리버가 그 순간 크게 당황했다는 걸 알 수 있었다. 네 사람은 아직 복도에서 서성이고 있었으니까. 이건 에리카와 올리버가 계획했던 상황이 아니었으니까.

"모두 자리에 조용히 앉기 전까진 한 마디도 안 할 거야."

에리카가 말했다. 신경안정제가 작동하기 시작한 게 분명했다. 에리카의 심장은 이제 안정적으로 뛰고 있었다.

"네가 헤르슈지히티히 프라우구나."

에리카를 보고 클레멘타인이 말했다.

"그게 무슨 소리야?"

홀리가 물었다.

"독일어로 우두머리 여자란 뜻이야. 너희 엄마가 그렇게 긴 단어를 기억하고 있다니 놀랍다. 엄마한테 철자를 불러달라고 해볼까?"

에리카가 대답했다. 가끔 두 사람은 동시에 서로를 찔러댔다. 완전히 균형을 잃진 않지만 어느 정도는 휘청거릴 만큼은 서로를 찔러댔다.

열세 살 때 학교에서 독일어 수업을 들으면서 에리카와 클레멘타인은 독일어 욕설을 사랑하게 됐다. 독일어 음절이 만들어내는 거친 퉁명스러움이 좋았다. 독일어는 두 사람이 동시에 관심을 가진, 얼마 안 되는 분야였다.

"그냥 에리카 이모가 엄마보다 독일어 점수가 높았다는 뜻이야."

클레멘타인은 살짝 눈을 흘기면서 말했다.

"아, 맞아. 20점인가, 그거보다 좀 더 높았던가 그래. 그치, 둠코프?"(에리카의 독일어 점수는 클레멘타인보다 정확히 22점 높았다.)

둠코프(바보)란 말에 클레멘타인은 깔깔 웃었다. 분명 애정이 담긴 웃음소리 같았다. 에리카는 그제야 마음이 놓였다. 클레멘타인은 언제나 이런 식으로 기억되는 거다. 건방지고 차갑지만 정도가 심하진 않은 거. 아니, 정도가 심하더라도 짜증나는 게 아니라 항상 재밌고 사랑스러운 거.

몇 분 안에 모두들 제자리를 찾아 앉았다. 두 아인 반짝이는 분홍 막대풀이랑 마분지를 갖고 즐겁게 놀기 시작했고, 애들이 공작 탁자를 아주 좋아하는 걸 보고 에리카는 거 봐, 역시 그렇지, 하는 자부심을 느꼈다. 당연히 그래야지. 여자애들은 누구나 만들기를 좋아하잖아. 어렸을 때 클레멘타인의 엄마도 늘 공작 탁자를 만들어 줬는걸. 에리카는 금색 별 스티커가 잔뜩 들어 있는 작은 단지랑 풀단지가 놓인 공작 탁자를 정말 좋아했다. 클레멘타인도 에리카만큼이나 공작 탁자를 좋아했으면서, 왜 자기 애들한텐 마련해주지 않는 걸까? 하지만 클레멘타인한테 그런 말은 하는 게 아니었다. 에리카가 애들에게 보이는 관심은 왠지 비판처럼 잘못 전달될 때가 많으니까.

"이 참깨 크래커 정말 좋아하는데."

거실에서 부부끼리 마주 보고 앉으며 클레멘타인이 말했다. 크래커를 집으려고 클레멘타인은 앉은 채로 자세를 조금 바꿨고, 에리카는 클레멘타인의 가슴골을 볼 수 있었다. 클레멘타인은 하얀 브래지어를 했고, 에리카가 클레멘타인의 서른 번째 생일에 해준 에메랄드 펜던트가 달린 목걸이를 차고 있었다. 흰 티셔츠 위엔 청록색 카디건을 걸쳤고, 큼직큼직한 데이지꽃 장식이 달린 노란 스커트를 입었다. 클레멘타인은 치마를 쫙 펴서 바닥까지 늘어뜨리고 있었다. 그러니까 클레멘타인은 에리카의 무채색 거실 한가운데 자리 잡은 화려한 색이었다.

"네가 그걸 아주 싫어했거나 아주 좋아했다는 건 알지."

에리카의 말에 클레멘타인은 또 깔깔 웃었다.

"나야 크래커라면 뭐든지 좋아하잖아."

"클레멘타인은 크래커라면 자기가 크래커(craker에는 '허풍쟁이', '자랑하는 사람'이라는 뜻이 있다—옮긴이)가 되는 사람이잖아요."

샘이 말했다. 그 사이에 클레멘타인은 샘에게 묻지도 않고 크래커 위에 치즈를 얹어 샘에게 내밀었고.

"그거 아재 개그야."

클레멘타인은 소파에 다시 몸을 파묻으며 샘을 살짝 노려봤다.

"매니큐어 했군요, 친구."

올리버가 샘에게 말했고, 에리카는 생각했다. 이 사람 도대체 무슨 말을 하는 거야? 혹시 '나도 당신처럼 솔직한 오스트레일리아 남자입니다'라고 말하고 싶어서 엉뚱한 농담을 건네는 걸까? 저런 농담이 통한다고 생각했다면, 완전히 헛짚은 건데?

하지만 놀랍게도 샘은 손을 내밀었고, 샘의 손톱에는 코랄핑크색 매니큐어가 칠해져 있었다.

"옙, 홀리 작품이죠. 특권을 위해서라면 대가를 치러야 하는 법이니까요."

"그래도 내일 출근하기 전엔 지워야지. 회사 사람들이 내 남편 남성성을 의심하면 어떻게 해."

"누가 감히 내 남성성을 의심해?"

샘은 자기 가슴을 주먹으로 힘껏 쳤고, 올리버는 크게 웃었다. 좀 과하게 격정적으로 웃긴 했지만 나쁘지는 않았다. 딱 적당한 톤으로 웃었으니까.

"흠, 흠."

올리버가 헛기침을 했고, 에리카는 부들부들 떨리는 올리버의 무릎을 바라봤다. 올리버는 떨리는 다리를 진정시키려는 듯 한 손으로 무릎을 꾹 눌렀다.

"그러니까, 배경을 좀 설명하자면……."

에리카가 드디어 얘기를 꺼냈다.

"배경이라니, 정말 심각한 얘기 같은데?"

클레멘타인은 눈썹을 찡긋 올렸다.

"지난 이 년 동안 계속 임신하려 했지만, 실패했어."

에리카가 말했다. 그래, 그냥 솔직하게 털어놓는 거야.

클레멘타인은 이제 막 한 입 베어먹으려던 크래커를 입에서 떼고 멍하니 듣고 있었다.

"그게 무슨 말이야?"

"우린 인공수정을 열한 번 했어요."

"*뭐라고요?*"

올리버가 말했고, 클레멘타인이 되물었다.

"저런, 힘들었겠군요."

샘은 조용히 말했다.

"하지만 넌 한 번도……."

클레멘타인은 정말로 놀란 것 같았다.

"난 네가 애를 원치 않는다고 생각했는데. 항상 애는 안 낳을 거라고 했잖아."

"우린 애들을 간절히 원합니다."

올리버가 턱을 치켜들며 말했다.

"그거야 어릴 때 생각이지. 생각이 바뀌었어."

에리카가 해명하듯 말했다.

"하지만 올리버는 여전히 같은 생각일걸."

클레멘타인은 올리버를 비난하듯이, 어서 '클레멘타인 말이 맞아. 우리한테 애는 필요 없어. 그게 우리가 합의한 내용 같은데' 라고 말해서 자기 말이 옳다는 걸 증명해 보이라는 듯이 쳐다봤다.

"전 애들을 원했어요. 언제나요. 언제나 말입니다."

올리버의 목소리는 잠겨 있었고, 헛기침을 했다.

"하지만 열한 번이나 했다고? 인공수정을? 한 번도 말한 적 없잖아. 나한테 말 한 마디 없이 인공수정을 열한 번이나 했단 말이야? 이 년 동안 비밀로 했다고? 왜 말 안 한 거야?"

"그냥 우리 둘만 알자고 했어."

에리카는 좀 불안한 목소리로 말했다. 클레멘타인이 상처받은 것처럼 보였으니까. 왠지 화가 난 것처럼 보였으니까. 에리카는 모든 게 바뀌고 있다는 기분이 들었다.

잠깐, 뭔가 잘못된 거 아냐? 에리카는 한 번도 자기가 클레멘타인한테 상처를 줄 수 있는 힘이 있다고 생각해본 적이 없었다. 하지만 다시 한 번 클레멘타인의 표정을 보니 자기가 틀렸다는 걸 깨달았다. 클레멘타인은 에리카의 가장 친한 친구였다. 그 말은 모든 걸 함께 나눠야 한다는 뜻이었다. 문제가 생겨도, 비밀이 있어도 말이다. 누구나 그랬다. 세상에, 그건 모두가 알았다. 여자들은 친구들한테 숨기는 게 없는 걸로 악명이 높잖아.

문제는 올리버가 아이 얘긴 누구한테도 하지 말자고 우겼다는 거다. 물론 에리카도 올리버의 말에 토를 달지 않았다. 에리카는 친구와 비밀을 공유할 마음이 없었다. 아무한테도 말하고 싶지 않았다. 에리카가 하고 싶었던 건 클레멘타인에게 전화해서 근사한 소식을 전하는 거였다. 문제는 전할 수 있는 근사한 소식이 생기지 않았다는 거지만. 그 때문에 에리카는 결국 수많은 비밀을 만들고 말았다.

"미안."

"아냐."

아직 크래커도 먹지 않은 채 클레멘타인이 말했다. 클레멘타인의 얼굴은 붉게 상기돼 있었다.

"이런, 이건 내 문제가 아니잖아. 당연히 말하고 싶지 않으면 말하지 않아도 되지. 네 사생활이잖아. 단지 난 너랑 함께 있어주지 못해 미안한 거야. 우리 애들 때문에 내가 불평을 늘어놓을 때마다 생각했을 거 아냐. 이런, 세상에. '그만해, 클레멘타인. 넌 네가 얼마나 행운아인 줄 모르지' 하고 말이야."

클레멘타인의 목소리는 거의 우는 것처럼 들렸다.

"절대 그런 생각은 안 했어."

"아무튼 이젠 알게 됐으니까, 그러니까 당연히 우리가 도울 일이 있으면……."

샘은 바짝 경계하고 있었다. 에리카가 돈을 빌려달란 말을 할 거라고 생각하는 게 분명했다. 잠시 침묵이 흘렀다.

"오늘 우리가 하려는 부탁이 뭐냐면……."

거기까지 말하고 올리버는 에리카를 쳐다봤다. 그건 신호였다. 하지만 그 신호는 에리카에게 조금도 전해지지 않았다. 에리카는 자책하느라 바빴으니까. 내가 평범한 친구처럼 애초에 인공수정 얘기를 했으면 어땠을까? 처음부터, 그러니까 첫 인공수정 때부터 클레멘타인한테 말했다면. 그랬다면 지금 제대로 대화할 수 있을 텐데. 정확하고 단단하게 얘기를 나눌 수 있을 텐데. 지난 이 년 동안의 실패와 실망을 함께 나눴다면 지금쯤 두터운 연민이 쌓였을 텐데. 그 연민 위에서 부탁을 해볼 수 있을 텐데. 하지만 지금 에리카 앞에 앉은 사람은 상처를 입고 당황하는 친구일 뿐이었다. 에리카의 부탁을 들어줄 수 있을 만한, 연민이라는 예금이 전혀 쌓여 있지 않은 거였다.

뱃속에서 자기혐오란 감정이 무럭무럭 자라나 에리카는 메스꺼웠다. 에리카는 한 번도 제대로 해낸 적이 없었다. 아무리 힘들게 노력해도 늘 조금은 어긋나는 거다.

"의사 말이, 이제 남은 방법은 난자를 기증받는 것뿐이래. 내 난자는 아주 질이 낮대. 사실 아무 쓸모가 없대."

에리카는 복도에서처럼 좀 밝게 얘기를 하려 애썼지만, 다른 사람들 얼굴을 보니 전혀 효과가 없다는 걸 알 수 있었다.

클레멘타인은 고개를 끄덕였다. 그러니까 지금 클레멘타인은 이 대화가 어떤 식으로 이어질지 전혀 감을 못 잡고 있었다. 그 모습을 보자 에리카는 한 가지 기억이 떠올랐다. 예쁜 금발 여자애 다이애나 딕슨, 그애가 운동장에서 클레멘타인에게 성큼성큼 다가오더니 옆에 있는 에리카를 보곤 얼굴을 찡그렸던 기억을 말이다. 다이애나는 에리카를 바퀴벌레 보듯 쳐다보더니 클레멘타인한테 말했다.

"네가 왜 쟤랑 노는지 모르겠어."

에리카는 그 순간 클레멘타인의 얼굴을 스치던 창피해하는 표정을 기억했다. 그리고 꼿꼿하게 턱을 치켜올리고 "에리카는 내 친구야"라고 했던 클레멘타인도 기억했다.

"그래서, 우린 혹시……."

거기까지 얘기하고 올리버는 에리카가 말하길 기다렸다. 그런 말은 당연히 에리카가 해야 하니까. 클레멘타인은 다른 사람이 아닌 에리카의 친구니까. 하지만 에리카는 말할 수가 없었다. 입이 바짝 마르고 입안이 움푹 파인 것만 같았다. 신경안정제 때문인지도 몰라. 이건 신경안정제 부작용일지도 몰라. 약의 부작용을 적은 종이를 제대로 읽었어야 하는데. 에리카는 클레멘타인 치마에 붙은 데이지를 뚫어지게 보다가, 데이지의 숫자를 세어나갔다.

올리버는 다른 배우가 잊어버린 대사를 대신 읊음으로써 망칠 뻔한 무대를 살리는 배우처럼 다시 말을 이어나갔다. 올리버의 목소리엔 신경질이 살짝 묻어 있었다.

"우린, 우리가 부탁하고 싶은 건…… 오늘 좀 와달라고 부탁한 건, 그러니까 혹시 우리한테 난자를 기증해줄 수 있는지 물어보고 싶어서입니다."

에리카는 데이지에서 시선을 떼고 클레멘타인을 쳐다봤다. 카메라 플래시가 터지듯, 아주 짧은 순간 클레멘타인의 얼굴엔 극심한 혐오가 떠올랐다. 그 표정은 너무나 빨리 사라져서 에리카는 잘못 본 거라고 생각할 뻔했다. 하지만 그럴 수는 없었다. 사람들 표정을 읽는 건 에리카의 능력이니까. 그건 어린 시절부터 엄마의 얼굴을 살피고, 분석하고, 적절한 순간에 행동을 바꾸려고 노력하는 동안 기른 능력이니까. 문제는 그런 능력도 적절하게 일처리를 하는 덴 거의 소용이 없었다는 거다. 그건 에리카가 자기가 제대로 해내지 못했다는 걸 늘 알게 된단 뜻이었다.

클레멘타인이 이제 무슨 말을 하고 무슨 행동을 하든 에리카는 클레멘타인의 진짜 감정을 알게 됐다. 클레멘타인의 표정은 정말 침착했고 차분했다. 꼭 곧 공연을 앞두고 정신을 집중하려고 할 때 같았다. 마치 다른 차원으로 들어간 것처럼, 에리카로선 절대 닿을 수 없는 초월의 상태로 들어간 것 같은 표정이었다. 클레멘타인은 흘러내린 머리칼 한 가닥을 귀 뒤로 넘겼다. 그건 클레멘타인이 첼로를 연주하려 할 때 앞으로 툭 떨어지는 그 긴 가닥이었다. 어쨌든 첼로에는 가 닿지 않는 그 머리칼이었다.

"아, 그렇구나."

클레멘타인은 조금도 흔들리지 않고 조용히 말했다.

. 17 .

바비큐 파티 날

"당연히, 아주 큰 부탁이라는 거 압니다. 그러니까, 당연히 지금 당장 대답하지 않아도 됩니다."

올리버는 그렇게 말하고 몸을 숙이더니 무릎에 팔꿈치를 대고 두 손을 깍지 꼈다. 그 모습은 마치 엄청나게 복잡한 대출 방식을 장황하게 설명하곤 제 할 일을 마쳤다고 생각하는 대출업자처럼 보였다.

올리버는 심각한 얼굴로 클레멘타인을 보더니 커피 테이블에 놓여 있는 서류철을 가리켰다.

"읽어보라고 문서를 좀 준비했어요."

올리버는 입술을 움직이면서 살짝 입맛을 다시듯이 '문서'라고 발음했다. '문서'는 올리버와 에리카가 클레멘타인이 받을 부담을 줄여주려고 선택한 단어였다. '서류'나 '절차' 같은 단어 대신 선택한 단어였다.

"난자를 기증할 때 어떤 과정을 거치는지 적혀 있는 문서예요. 자주 묻는 질문을 정리한 거죠. 병원에서 기증자한테 보여주라고 준 건데, 당연히 지금 안 봐도 됩니다. 아무 문제 없습니다. 클레멘타인이 부담을 갖는 건 우리도 원치 않으니까요. 이 단계에선 그저, 알겠지만, 이걸 보여주는 게 더 잘 설명할 수 있을 것 같아서요."

올리버는 소파에 등을 기대고, 기이하게도 이젠 커피 테이블 옆에 무릎을 꿇고 앉아 (지금까진 그렇게 작게 만들어졌는지 미처 몰랐던 조그만) 브리 치즈를 조각조각 잘라내고 있는 에리카를 흘끗 쳐다봤다. 올리버는 아내에게서 시선을 떼고 다시 클레멘타인을 봤다.

"우리가 물어보고 싶은 건 이거예요. 혹시 고려해볼 여지가 있을까요? 물론 아까 말한 것처럼 아예 대답 안 해도 돼요. 하지만 만약, 언제가 됐건, 고려해보고 있다고 말해준다 해도 그때부터 석 달 동안 다시 생각해볼 수 있는 유예기간이 주어집니다. 그 기간 안에 언제든지 취소할 수 있습니다. 언제든지요. 난자 기증 과정이 어느 정도 진행됐더라도 말예요. 음, 사실 언제든지는 아니지만요. 당연히 그 기간 동안 에리카가 임신을 했다면 취소할 수 없습니다."

올리버는 미친 듯이 낄낄거리다가, 갑자기 정색을 하고 안경을 매만졌다.

"사실 클레멘타인이 취소할 수 있는 건 난자가 수정되기 전까지입니다. 하지만 일단 난자가 수정되면 그땐 법적으로 우리 소유가 되는 거죠. 음……."

올리버의 목소리는 파르르 떨렸다.

"미안합니다. 아직은 초기 단계인데 너무 많은 말을 했군요. 좀 떨려서요. 우리 둘 다 잔뜩 긴장했거든요."

클레멘타인은 올리버 때문에 마음이 아팠다. 올리버는 위험한 화제는 피하는 사람이니까. 정치라거나 섹스라거나 감정을 많이 소모해야 하는 대화는 말이다. 그런데도 정말로 아빠가 되고 싶다는 소망 때문에 이렇게 힘든 일을 끝까지 해내려 하잖아. 이 세상에서 가장 매력적인 건 애를 원하는 남자일 거야.

샘이 헛기침을 하더니 클레멘타인의 무릎에 손을 얹으며 말했다.

"그러니까, 내가 좀 이해가 안 돼서 그러는데, 그럼 정자는……."

"아마도 내 걸로 할 텐데, 알아요. 아주 이상하게 들리겠지만……."

올리버는 얼굴이 벌게져서 대답했다.

"아니, 아닌데, 당연히, 아니에요. 나도 친한 친구가 인공수정으로 아기를 낳아서 당연히, 안팎으로 그 사정은 잘 알아요."

안팎이라니. 클레멘타인은 샘이 단어 선택을 잘못한 건 나중에 놀려야지, 하고 생각했다. 클레멘타인도 샘이 말한 친구를 알았다. 샘의 친구 폴이 인공수정을 했을 때, 샘은 그 결과—폴과 엠마의 아들—를 즐겼을 뿐 그 과정에 대해선 아는 게 거의 없었다. 샘은 아기를 사랑했다. (클레멘타인이 아는 한 샘처럼 아기를 사랑하는 남잔 없었다. 샘은 갓난아기가 태어나면 제일 먼저 달려가 안아봤고, 부모 품에 안긴 아기가 있으면 부모 품에서 빼앗아 안아보는 남자였다.) 하지만 폴과 엠마가 하는 '난자 채취' 니 '수정란 착상' 같은 말은 듣고 싶어 하지 않았다.

에리카는 손가락으로 크래커를 집어올렸다.

"치즈 더 줄까요, 샘?"

모두 에리카를 쳐다봤다.

"아니에요, 에리카. 괜찮습니다."

샘은 대답했고, 이제 클레멘타인이 말할 차례인 게 분명했다. 하지만 클레멘타인은 가슴을 짓누르는 갑갑한 느낌 때문에 아무 말도 할 수 없었다. 클레멘타인은 두 딸 가운데 누구든지 소리를 질러 자기를 불러주길 바랐다. 하지만 이럴 땐 늘 그렇듯이 애들은 다 조용했다. 어른들을 방해해서 엄마를 구해주길 바라는 순간엔 늘 예의 바르게 행동하는 거다.

애들은 에리카가 준비한 공작 탁자를 사랑하는 것 같았다. 에리카는 정말 멋진 엄마가 될 거야. 공작 탁자를 마련해주고, 예의를 가르쳐주고, 가방에 손세정제를 갖고 다니는 엄마가 될 거야. 올리버도 당연히 좋은 아빠가 될 거야. 클레멘타인은 전통적인 방식으로 공을 들여서 학구적인 어린 아들과 모형 비행기 같은 걸 만들며 놀아주는 올리버를 상상할 수 있었다.

그러니까, 자기들 애한테 말이야. 클레멘타인은 절망적으로 생각했다. 두 사람은 자기 애한테 좋은 부모가 될 거야. 내 애가 아니라. *클레멘타인, 그앤 네 애가 아냐.* 하지만 그앤 내 애야. 홀리가 늘 말하는 것처럼 기술적으론 그런 거야. 그앤 내 애야. 내 DNA를 가진 애라고.

사람들은 전혀 모르는 이들을 위해서도 하잖아. 클레멘타인은 생각했다. 그냥 좋은 마음으로, *친절한* 마음으로 하잖아. 한 번도 만나보지 않은 사람을 위해서도 하잖아. 이건 친구를 위한 일이야. 가장 '친한' 친구. 그런데 왜 내 머릿속에선 '싫어'란 말이 이렇게 크게 들리는 거지?

"음, 생각할 게 많아요."

마침내 클레멘타인은 부적절하게 말했다.

"당연합니다."

올리버가 대답했다. 그러곤 다시 에리카를 쳐다봤지만, 에리카는 이 불쌍한 남자한테 여전히 조금도 도움이 안 됐다. 에리카는 그저 크래커를 쭉 늘어놓고 그 위에 얇은 치즈를 한 조각씩 올리고 있었다. 도대체 누가 크래커를 먹을 거라고 생각하는 거지? 올리버는 눈을 한 번 깜빡이고 클레멘타인을 보면서 미안한 듯 웃었다.

"어쨌거나 이게 우리가 가진 마지막 방법이라고 생각 안 했으면 좋겠어요. 클레멘타인이 할 수 없다고 해도 다른 방법들은 또 있습니다. 그저 우리가 클레멘타인을 제일 먼저 생각한 건, 에리카의 가장 친한 친구라서 그런 겁니다. 나이도 적절하고, 이제 더는 아기를 안 가질 테니……."

"아기를 더 안 갖는다고요?"

샘이 반문하면서 클레멘타인의 손을 꼭 잡았다.

"아직 다 낳은 거 아닙니다."

"아. 이런, 미안해요. 나는 그저, 그러니까, 에리카가 그렇게 믿고 있길래……."

"또 아기를 낳으면 네가 네 눈을 뽑아버리겠다고 했잖아."

거짓을 입증하려 기를 쓰는 사람처럼 에리카는 약간 공격적으로 말했다.

"내가 물어봤잖아. 작년 9월에 우리가 얌차 먹을 때. 내가 또 아기 가질 거냐고 하니까 네가 또 아기를 낳으면 네 눈을 뽑아……."

"농담이었지. 당연히 농담이었다고."

클레멘타인이 에리카의 말을 막았다. 물론 농담은 아니었어. 세상에, 하지만 이 상황을 빠져나가려면 이렇게 말할 수밖에 없잖아. 아닌가? 정말로 아기를 낳아야만 이 상황에서 벗어날 수 있는 걸까?

"음, 아기를 더 갖는다고 해도 난자는 기증할 수 있습니다."

그렇게 말하는 올리버의 이마에는 만화에 나오는 것처럼 깊은 물결무늬 주름이 세 개 만들어져 있었다.

"병원에선 이미 애를 모두 낳은 기증자를 선호하지만, 그래도,

음, 아무튼 모두 문서에 적혀 있어요."

"또 아기를 낳으면 눈을 뽑아버린다고 했어? 정말 그런 말을 했어?"

샘이 클레멘타인에게 물었다.

"그냥 *농담이었단 말이야*. 그날 애들 때문에 힘들었겠지."

클레멘타인이 또 같은 대답을 했다. 이건 중요한 문제라는 걸 클레멘타인은 당연히 알고 있었다. 그저 샘이 잊어버릴 거란 헛된 희망을 품은 것뿐이었다. 애들이 엉망으로 행동할 때마다, 네 식구가 살기엔 집이 좁아 보일 때마다, 물건을 계속 잃어버릴 때마다, 돈 때문에 걱정을 해야 할 때마다 셋째를 갖고 싶다는 샘의 소망이 저절로, 현명하게 사라지기를, 클레멘타인은 은밀히 소망했던 거다.

에리카에겐 이제 아기는 그만 낳을 거란 말은 하지 않아야 했다. 너무 경솔했다. 에리카하고 있으면 일부러 경박해지는 거, 그게 클레멘타인이 잘못 설정한 에리카와의 관계였다. 오늘이 아니었더라도 언제든 터질 수 있는 문제였으니까, 에리카한테 샘은 클레멘타인과 전혀 생각이 다르다는 걸 말했어야 했다.

클레멘타인은 그런 정보는 에리카하고는 거의 나누지 않았다. 그래, 일부러 숨긴 거다. 다른 친구들이었다면 머릿속에서 떠오르는 생각을 그냥 떠들어댈 수 있었다. 다른 친구들은 클레멘타인이 한 얘기를 절반 이상을 잊어버렸으니까. 클레멘타인이 한 얘기는 단어 하나 하나가 다 중요하고, 그래서 나중에 인용하려면 소중히 보관해야 한다는 듯 무슨 말을 하든 *게걸스러울* 정도로 경청하면서 맘에 새겨두는 사람은 에리카 말곤 없었다. 클레멘타인의 엄마도 남편도 그렇지는 않았다.

어렸을 땐, 집에 놀러올 때마다 에리카는 제일 먼저 클레멘타인의 방부터 점검했다. 방에 있는 모든 서랍을 열고 조용히 그 안에 든 물건을 살펴봤다. 바닥에 손을 짚고 몸을 숙여서 침대 밑까지 들여다봤다. 그럴 때마다 클레멘타인은 화가 잔뜩 난 채로 그 옆에 서 있어야 했다. 엄마가 친절하고 정중하게 대하라고 했기 때문에 아무 말도 하진 못했지만. 엄마가 클레멘타인, 사람은 다 다른 거야, 라고 했으니까 아무 말도 할 수 없었다.

이제 어른이 된 에리카는 사람을 어떻게 대해야 하는지를 나름 깨달았고, 이제 더는 클레멘타인의 찬장을 뒤지지 않았다. 하지만 클레멘타인은 무슨 화제가 됐건 클레멘타인과 얘기를 할 때면 여전히 탐욕스럽게 빛나는 에리카의 눈을 느꼈다. 그 눈은 마치 지금도 클레멘타인의 침대 밑을 보고 싶은 욕망이 남아 있다고 말하는 것 같아서 클레멘타인은 에리카한텐 아무 말도 하고 싶지 않게 되는 거다.

그런데 어처구니없게도 이젠 에리카도 같은 전략을 구사하고 있었다. 중요한 건 알려주지 않겠다는 전략을 구사하는 거다. 지난 이 년 동안 그렇게 큰 비밀을 감추고 있었다니. 클레멘타인이 처음 느낀 감정은 불쾌함이었다. 아, 그래. 이게 모두 *내가* 우정이란 높은 단상 위에 서서 우아하게 선물을 하사하며 으스댔던 대가란 말이지? 에리카, 당연히 네가 우리 첫째의 대모가 *돼야지*, 라고 했던 거 말이야. 뭐, 그건 좋아. 우리 우정이 두 *사람 모두에게* 환상이었고 실체가 없는 거라면 공평하니까 괜찮아. 그런데 지금 에리카는 정말로 가장 친한 *친구에게만* 할 수 있는 부탁을 하고 있잖아.

클레멘타인은 손에 든 크래커를 내려다봤다. 도대체 이 크래커를 어떻게 해야 할까? 에리카네 집은 온통 침묵뿐이었다. 옆방에 있는 홀리와 루비가 작은 천사들처럼 조용히 공작 놀이를 하며 속삭이는 소리밖에 안 들렸다. 애들 말소리는 꼭 클레멘타인을 꾸짖고 있는 것 같았다. *우리가 얼마나 귀여운지 봐요. 아빠한테 또 다른 애를 낳아주라니까요. 친구가 애를 낳을 수 있게 도와줘요. 친절해지, 클레멘타인. 친절해야 해. 넌 왜 그렇게 친절하지 않은 거니?*

클레멘타인의 가슴속에서 미친 듯이 복잡한 감정들이 부글부글 끓어오르기 시작했다. 클레멘타인은 루비처럼 신경질을 부리고 마루에 드러누워 카펫에 이마를 들이박으면서 온몸으로 좌절을 표출하고 싶었다. 그런데 루비는 항상 이마를 찧기 전에 머리가 닿는 부분이 카펫이라는 걸 분명하게 확인한 뒤에야 행동을 취했다.

샘은 클레멘타인의 무릎에 얹고 있던 손을 살짝 치우고 클레멘타인에게서 조금 떨어져 앉았다. 그리고 티끌 하나 없는 에리카의 하얀 가죽 소파에 삼각형 모양으로 남긴 크래커를 떨어뜨렸다.

올리버는 안경을 벗었다. 올리버의 눈은 이제 막 겨울잠을 자고 나온 작은 동물처럼 퉁퉁 부어 있었고 충혈되어 있었다. 올리버는 입고 있는 티셔츠 끝자락으로 안경을 닦았다.

에리카는 장례식에 참석한 사람처럼 몸을 꼿꼿하게 세운 채 꼼짝도 않고 앉아 있었고, 클레멘타인의 머리 너머를 멍하니 쳐다보고 있었다.

"저기 다코타야."

에리카가 말했다.

"다코타라니?"

클레멘타인이 물었다.

"다코타. 옆집 딸 말이야. 비드가 더는 못 기다리는 게 분명해. 바비큐 파티에 오라고 우릴 부르러 오는 거야."

그때 초인종이 울렸고, 에리카가 벌떡 일어났다. 샘도 관공서에서 긴 시간을 기다리다 이름을 불린 사람처럼 벌떡 일어났다.

"자, 바비큐 파티에 갑시다."

. 18 .

샘과 클레멘타인이 '데이트 나이트' 때문에 나간 지 두 시간도 안
돼 우산을 털며 집 안으로 들어왔을 때, 클레멘타인의 엄마, 팸은 경
악했다.

"무슨 일이야? 왜 벌써 돌아온 거야?"

팸은 텔레비전을 끄더니 끔찍한 소식을 들으려고 준비하는 사람
처럼 한 손으로 자기 목을 꾹 눌렀다.

"죄송합니다. 식당 서비스가 너무 느려서, 그냥 우린…… 외식하
는 게 별로 좋은 생각이 아니라고 생각했어요."

"사람들 평가는 정말 좋던데."

그 식당은 팸이 추천한 곳이었다. 팸은 딸 부부가 다시 몸을 돌려
시드니 시내로 들어가서 다시 한 번 데이트 나이트를 시도하길 간
절히 소망한다는 표정으로 두 사람을 쳐다봤다.

클레멘타인은 엄마가 소파에 가지런히 개어놓은 빨래들을 쳐다
봤다. 엄마 옆에는 아마도 〈미드소머 머더스〉(Midsomer Murders, 영국
수사 드라마—옮긴이)를 보면서 먹으려고 접시에 담아온 진저너트 비
스킷 한 개와 찻잔이 놓여 있었다. 저 간식거리들은 엄마가 스스로
한테 주는 작은 상이었겠지. 클레멘타인은 갑자기 너무나 후회가
됐다. 요즘 클레멘타인의 감정이 세팅해놓은 기본 상태는 후회인
것 같았다. 그저 후회의 정도만 바뀌는 것뿐이다.

"미안, 엄마. 엄마가 무슨……."

엄마가 무슨 기대를 한 건지 아는데. 엄마는 우리 결혼생활을 구
해줄 근사한 저녁을 기대했을 텐데.

클레멘타인은 흘긋 샘을 쳐다봤다. 샘은 버스에서 모르는 사람을
쳐다보는 것처럼 무표정하게 클레멘타인을 보고 있었다.

"우리 둘 다 좀 피곤했나봐."

클레멘타인의 말에 팸은 어깨를 축 늘어뜨렸다.

"이런, 어쩌니. 내가 무리한 요구를 했나보구나. 아직 시기가 아니
었는데. 난 그냥 너희가 밖에 나가서 함께 시간을 보내면 좋을 것 같
았어."

이제 팸은 눈에 띄게 활력을 되찾았다.

"어쨌든, 같이 차 마시자. 지금 막 차 끓였거든. 아직 물이 뜨거워."

"전 됐습니다. 전 그냥."

샘은 변명거릴 찾으려는 사람처럼 거실을 둘러봤다.

"전 그냥, 드라이브를 좀 할까 합니다."

"어디로 가게?"

클레멘타인은 샘을 도와줄 맘이 전혀 없었다. 장모와 아내와 함
께 차를 마시고 싶지 않아서 폭우가 쏟아지는 밖으로 나가 드라이
브를 하려는 남자한테 어떤 정당성도 부여해주고 싶지 않았다. 하
지만 팸은 기꺼이 샘이 맘껏 이 상황에서 벗어나게 도와줄 용의가
있었다.

"그래, 드라이브 괜찮아. 가끔은 그냥 차를 모는 것도 좋아. 꼭 명
상하는 거 같거든. 지금은 너희 둘 다 자기 자신에게 친절한 게 가장
필요할 거야."

샘은 팸에겐 고마움을 담아 웃어 보였지만, 클레멘타인은 쳐다보지도 않고 조용히 현관문을 닫고 밖으로 나갔다.

"집이 *너무* 깨끗하고 단정해."

클레멘타인을 위해 차를 만들고 진저너트 비스킷을 더 가져와 딸과 함께 소파에 앉으면서 팸이 말했다. 클레멘타인을 바라보는 팸의 얼굴엔 의문이 가득했고, 정말로 불안해 보였다.

"내가 찾은 일거리라곤 얼마 안 되는 빨래를 개는 것뿐이었어. 너희 집에 가정부가 있는 것처럼 말이야."

"그냥 좀 더 체계적으로 살려고 노력하는 것뿐이야. 뭐, 계속 물건을 잃어버리곤 못 찾지만."

바비큐 파티 이후로 샘과 클레멘타인은 보이지 않는 감독관이 있기라도 한 것처럼 필사적으로 집안일에 매달렸다.

"나쁜 건 아냐. 하지만 너희가 자기 자신을 죽일 필요는 없어. 솔직히 너희 둘 다 너무 지쳐 보여."

팸은 찻잔 너머로 딸을 쳐다봤다.

"그러니까 오늘 시도는 실패한 거지?"

"미안. 엄마만 애들 본다고 괜히 고생했네."

"푸."

팸은 손을 절레절레 저었다.

"애들 보는 게 왜 고생이야, 기쁨이지. 너도 알잖아. 너희 아빠랑 난 밤에 혼자 외출하는 게 도움이 됐어. 결혼생활을 잘하려면 공간이 필요해. 너도 너 혼자 즐길 수 있는 흥밋거리를 찾아야 해."

그 말을 하다가 팸은 얼굴을 찡그렸다.

"물론 너무 거기에만 빠지면 안 되겠지만."

팸의 아빠, 그러니까 클레멘타인의 외할아버지는 학교 선생님이었는데, 여유 시간이 생기면 늘 위대한 오스트레일리아 소설을 썼다. 오십대에 폐렴 합병증으로 죽기 전까지 외할아버지는 십오 년 이상을 소설 쓰기에 매달렸다. 클레멘타인의 외할머니는 외할아버지가 '바보 같은 망할 책'을 쓰느라 모든 시간을 낭비했다며 분노했고 비통해했고 씁쓸해했고, 그래서 외할아버지가 죽은 뒤엔 소설을 단 한 줄도 안 읽고 그대로 쓰레기통에 버려버렸다.

"어떻게 남편이 쓴 소설을 안 읽을 수가 있지? 정말로 아주 위대한 오스트레일리아 소설일 수도 있잖아."

클레멘타인은 늘 그렇게 말했지만, 그때마다 팸은 클레멘타인은 중요한 걸 못 본다고 했다. 중요한 건 소설 쓰기가 결혼생활을 망쳤다는 거야. 팸의 아빠는 아내보다 소설을 더 사랑한 거고, 그 결과 팸은 열심히, 어쩌면 광적일 만큼 자기가 누리는 결혼생활의 질을 점검하는 데 몰두했다. 팸은 《아주 행복한 결혼생활을 위한 일곱 가지 비결》 같은 책을 읽었다. 태평하고 과묵한 남편은 주말마다 해야 하는 '결혼 수행'을 묵묵히 감내했다. 아내의 노력을 따라줬고, 최소한 따라주는 시늉이라도 했다. 팸의 노력은 효과가 있는 것 같았다. 왜냐하면 팸 부부는 서로를 너무나 좋아했으니까.

팸은 자기 결혼생활만큼이나 다른 사람들 결혼생활의 질에도 관심이 많았고, 신경을 곤두세웠다. 당사자들이 그런 관심을 늘 고마워하는 건 아니라는 것도 잘 알았지만 그랬다.

"혹시 결혼 상담 전문가를 만나볼 생각은 없니? 그냥 있었던 일을 얘기해보면 좋을 텐데."

"아, 아니, 아냐. 그럴 생각 없어. 사실 할 말도 없어."

"글쎄, 할 얘기는 많은 거 같은데."

팸은 튼튼하고 하얀 이로 비스킷을 베어물면서 말했다.

"아무튼, 오늘 하루는 어땠니? 아, 혹시 공연, 있었니?"

그 오랜 시간이 지났는데도 팸은 여전히 '공연'이란 말을 할 때면 왠지 어색해했다. 꼭 '크루아상'을 정확한 프랑스어 발음으로 말할 때처럼. 허세를 부리면서도 왠지 미안해하는 것처럼, 자신을 낮추는 것처럼 말하는 거다.

"강연을 했어."

클레멘타인이 강연을 했다고 말할 때마다 샘의 얼굴에서 짜증이 솟아나는 것과 정반대로, 팸의 얼굴에선 기쁨이 솟아올랐다.

"맞다. 너 오늘 강연 있었지. 어땠어? 그럴 용기를 내다니 우리 딸 정말 자랑스럽다. 정말로. 그래, 어땠니?"

"에리카가 보러 왔었어. 좀 이상했고."

"이상할 게 뭐 있니. 너한테 용기를 주려고 간 걸 텐데."

"사실 지금까진 에리카 헤어스타일이 엄마랑 똑같다는 걸 몰랐지 뭐야."

"같은 미용실에 다니니까 그럴 거야. 사랑스런 늙은 디가 한 가지 머리밖에 못하나보다."

"같은 미용실에 다니는 거 몰랐는데? 어쩌다 그렇게 된 거야?"

"글쎄, 나도 모르겠는데."

팸은 서둘러 대답했다. 팸은 에리카와 함께하는 시간을 말해야 할 때면 늘 자세한 언급을 피하고 얼버무렸다. 솔직하게 말하면 클레멘타인이 질투를 하거나 엄마를 빼앗긴 것처럼 느끼기라도 한다는 듯이. 물론 어렸을 때, 클레멘타인은 조금 불안해하면서 그 사람은 우리 엄마거든. 우리 엄마는 내가 잘 아니까 충고는 하지 말아줄래, 라고 투덜거리곤 했다. 하지만 질투를 한다거나 빼앗긴 감정을 느끼기엔 이제 너무나 커버렸는데도 팸은 여전히 클레멘타인이 어렸을 때처럼 행동했다.

"에리카 말이 나와서 말인데, 사실 너희 외출했을 때 내가 전화했었어. 요즘 실비아가 어떤지 알려주려고. 요즘 실비아는…… 음, 그게 나이가 들어도 조금도 나아지지가 않네. 그런데 그게 문제가 아니라, 좀 심란한 말을 들었어."

팸은 잠시 생각에 잠겨 있다가 말을 이었다.

"에리카는 그렇게 심란해하는 거 같진 않았지만 말이야."

팸은 커피 테이블에 떨어진 비스킷 부스러기들을 모아서 한 곳에 쌓았다.

"올리버가 *시체*를 발견했대. 안됐지 뭐니."

"*시체*를 발견하다니, 그게 무슨 뜻이야?"

정말 이상하게도, 클레멘타인은 불쌍한 엄마한테 갑자기 화가 났다.

"엄마 말은 올리버가 시체에 걸려서 넘어졌단 거야? 그냥 달리다가 문득 시체에 걸려서 넘어지기라도 했단 거야?"

팸은 클레멘타인을 침착하게 쳐다봤다.

"그래, 얘. 올리버가 시체를 발견했대. 이웃집 사람이라던데?"

그 순간 클레멘타인은 얼어붙었다. 맨 처음 떠오른 사람은 비드였다. 비드처럼 몸집이 큰 사람은 심장마비로 죽을 확률이 높잖아. 비드를 다시 보고 싶진 않았지만, 비드가 죽는 건 싫어.

"에리카네 건너 건너편 집이라던데."

"해리야."

클레멘타인은 꽉 조여졌던 것들이 모두 펴지는 느낌을 받았다.

"그래, 그런 이름이었어. 아는 사람이니?"

"진짜로 아는 건 아냐. 멀리서 봤어. 자기 집 근처에 누구든 주차하는 걸 정말 싫어하는 사람이었어. 한 번은 우리가 에리카네 갔을 때 택배차가 서 있었거든. 그 차 때문에 어쩔 수 없이 해리네 진입로 근처에 차를 세웠는데, 갑자기 진달래 덤불 뒤에서 튀어나오더니 우리한테 욕을 해댔어. 샘이 도로는 해리 땅이 아니라고 했어. 당연히 정중하게 말했지. 그런데 그 끔찍한 노인이 뭘 했는지 알아? 우리한테 *침을* 뱉었어. 홀리랑 루비가 얼마나 신나했는데. 며칠 동안 그 사람 얘기만 했잖아. 침 뱉는 할아버지라고."

"외로워서 그랬을 거야. 불행해서. 불쌍한 노인네 같으니라고."

팸은 고개를 한쪽으로 기울이고 빗소리를 들었다.

"정말 안정적이지 않니? 이 비 말이야. 꼭 우리 생활의 일부인 거 같아."

"비 때문에 모든 게 끔찍하게 어렵게 느껴지잖아."

클레멘타인이 대답했다.

"너도 알겠지만, 에리카가 여전히 그 사랑스런 정신과 상담의를 찾아간다는 게 정말 기뻐."

팸은 갑자기 즐거운 생각이 떠올랐다는 듯 눈을 반짝였다. 팸은 정신건강에 관한 건 뭐든지 사랑했으니까.

"그건 자기 엄마를 다룰 때 필요한 모든 도구를 갖춰나간다는 뜻이잖아."

"정신과 상담의한테 강박적으로 물건을 수집하는 얘기는 안 했을 걸. 에리카는 불임 얘기를 했을 거야."

"불임이라니? 그게 무슨 소리니?"

팸은 급하게 찻잔을 내려놓으며 말했다.

그러니까 에리카는 클레멘타인의 엄마한테도 말하지 않은 거야. 지금까지도 말이야. 이건 무슨 뜻일까?

"하지만 에리카랑 올리버는 애를 원치 않잖아. 에리카는 항상 애를 안 낳을 거라고 *말했잖니.*"

"나한테 난자를 기증해달래."

클레멘타인은 덤덤하게 말했다. 지금까지 클레멘타인은 에리카가 부탁한 내용을 엄마한테 말할 순간을 미뤄왔다. 안 그래도 복잡한 맘에 엄마의 솔직담백한 견해가 쌓이면 더욱 복잡해질 것 같아서. 하지만 지금, 클레멘타인의 어린애 같은 소망은 엄마한테 제발 이해해달라고 말하고 있었다. 에리카의 친구가 된다는 게 어떤 대가를 치러야 하는 일인지 알아달라고 간청하는 거였다. *엄마가 나한테 요구한 게 뭔지 보라고. 이렇게 오랜 시간이 지났는데도 내가 얼마나 친절한지 보란 말이야, 엄마. 난 여전히 정말 친절해.*

하지만 엄마는 끄떡도 안 할 거다. 난자를 기증하는 건 엄마로선 기회가 생기면 어떻게든 하려고 고대하는 박애적인 일일 테니까. 클레멘타인은 아빠한테 항상 자기가 혹시 교통사고를 당하면 엄마가 서둘러 장기를 빼서 기증하기 전에 반드시 진짜 죽었는지 다시 한 번 확인해달라고 말해뒀다.

"네 난자를 기증해달라고?"

팸은 모든 걸 제자리에 돌려놓겠다는 듯 살짝 고개를 흔들며 말했다.

"그 말을 듣고 기분이 어땠니? 언제 부탁한 거야?"

"바비큐 파티를 하던 날에. 우리가 에리카네 옆집으로 가기 전에 했어."

클레멘타인은 긴장한 채 등을 꼿꼿이 세우고 흰색 가죽 소파에 앉아 있던 에리카와 올리버를 생각했다(아이가 없는 부부만이 흰색 가죽 소파를 집에 들일 수 있는 거다). 두 사람의 작은 머리는 단정하고 산뜻했어. 올리버의 안경은 정말 깨끗했는데. 진지한 모습이 참 사랑스러웠던 것 같아. 하지만 그러다 갑자기 불쾌해졌지. '난자'라는 산부인과 전문용어를 들었기 때문이었어. 강간을 당하는 것 같은 터무니없는 느낌도 들었어. 왠지 에리카가 클레멘타인을 덮쳐서 클레멘타인의 몸을 와작와작 씹어먹는 것만 같았어. 다시는 돌려받을 수 없는 은밀한 신체 부위를 먹고 있는 것 같았단 말이야. 그러곤 익숙한 부끄러움이 엄습했지. 정말 친구라면 이런 생각은 하지 않을 텐데, 하는 부끄러움 말이야.

클레멘타인은 이젠 그 끔찍한 부끄러움을 느낄 필요가 없을 거라고 생각했다. 에리카는 이제 괜찮으니까. 사람들이 말하는 것처럼 '좋은 사회적 위치를 차지' 했으니까. 이젠 클레멘타인이 줄 수 없는 걸 요구하지 않을 테니까.

"세상에, 그래서 뭐라고 했니?"

"아무 말도 안 했어. 그때부터 그 얘긴 안 해봤어. 에리카는 내가 곧 말해주길 바랄 거야. 당연히, 나도 곧 말할 거고. 적당한 순간을 기다리고 있는 것뿐이야. 아니면 하기 싫어서 미루는 건지도 몰라. 맞아, 미루고 있는 걸 거야."

클레멘타인은 갑자기 몸속에서 뭔가가 스멀스멀 올라오고 있다는 느낌이 들었다. 분노가 솟아오르고 있는 거다. 어린 시절에 만들어진 분노가. 클레멘타인은 익숙한 엄마의 얼굴을 쳐다봤다. 툭 튀어나온 갈색 눈 위로 곧바로 떨어지는 하얀 앞머리, 크고 단호한 코, 귀고리를 매달기 위해서가 아니라 듣기 위해서 존재하는 커다랗고 실용적인 귀. 엄마는 전적으로 강인하고 확신에 찬 사람이었다. 거미를 발견했을 때도, 차로 꽉 찬 주차장에 들어서도, 도덕적으로 갈등할 때도 머뭇거리는 법이 없었다.

"저 작은 여자앤 친구가 필요한 거야."

클레멘타인이 학교 운동장에서 에리카를 처음 봤을 때, 팸은 그렇게 말했다. 그 누구와도 다른 그애를 봤을 때 말이다. 그 기분 나쁘게 생긴 애는 아스팔트 위에서 양반다리를 하고 앉아 개미랑 낙엽을 갖고 놀고 있었다. 기름진 머리칼은 등에 착 붙어 있었고, 창백할 만큼 흰 피부엔 여기저기 상처 딱지가 앉아 있었다. (몇 년이 지난 뒤에야 클레멘타인은 그 딱지가 벼룩 때문에 생긴다는 걸 알았다.) 클레멘타인은 그 작은 여자애를 봤고 다시 엄마를 봤다. 그러곤 자기 목에 어마어마하게 큰 단어가, '싫어'란 단어가 박혀 있다는 걸 알았다. 하지만 그 누구도 팸에겐 '싫어'라고 말할 수 없었다. 특히 팸이 그런 말투로 얘기할 땐. 그래서 클레멘타인은 에리카한테 갔고, 에리카의 맞은편에 앉아서 물었다.

"지금 뭐 해?"

그런 다음 클레멘타인은 엄마를 쳐다봤다. 엄마가 잘했다고 고개를 끄덕여주는 걸 보고 싶어서. 자기가 친절하게 행동했다는 걸 보여주려고. *친절함은 이 세상에서 그 무엇보다 중요하니까.* 문제는 친절하고 싶은 맘이 전혀 들지 않는다는 거였다. 클레멘타인은 그저 친절한 체한 것뿐이었다. 클레멘타인은 작고 더러운 여자애하곤 아무것도 함께하고 싶지 않았다. 이기주의는 클레멘타인이 어떻게 해서든 감추려 노력하는 비열한 비밀이었다. 왜냐하면 클레멘타인은 '특권'을 누리며 사는 애니까.

팸은 자기 시대보다 한 발 앞서서 '특권'이란 단어를 사용한 사람이었다. 그래서 클레멘타인은 백인 중산층의 특권을 비아냥거리는 게 유행하기 훨씬 전부터 백인 중산층이란 사실을 불쾌해하는 법을 배웠다. 클레멘타인의 엄마는 사회복지사였다. 피곤에 절어서 잔뜩 골을 내며 쓸쓸한 농담만 하는 동료들과 달리 팸은 직업에 대한 열정을 잃은 적이 없었다. 세 아이를 기르는 동안엔 시간제 근무를 했고, 이 세상에 나눠줄 수 있는 건 무엇이든 아낌없이 나눠줬다.

클레멘타인네는 특별히 부자는 아니었지만, 팸이 하는 일을 보면 특권을 다른 식으로도 측정할 수 있다는 걸 알 수 있었다. 인생은 복권이고, 아주 어렸을 때부터도 클레멘타인은 자기가 복권을 탔다는 걸 잘 알았다.

"에리카한테 뭐라고 말할 거니?"

팸이 물었다.

"나한테 선택권이 있을까?"

클레멘타인이 대답했다.

"당연히 있지. 클레멘타인. 그앤 너의 생물학적 아이가 되는 거잖아. 당연히 엄청난 요청이야. 네가 꼭……."

"엄마. 생각해봐."

이번엔 클레멘타인도 아주 단호한 목소리로 말했다. 엄마는 바비큐 파티에 안 왔잖아. 엄마는 기억을 가르며 유령처럼 번뜩이는 끔찍한 장면을 본 적이 없잖아.

클레멘타인은 엄마가 생각을 하는 모습을, 그리고 같은 결론에 도달하는 모습을 지켜봤다.

"무슨 말인지 알겠다."

팸은 불편한 듯 말했다.

"난 할 거야."

엄마가 입을 열기 전에 클레멘타인이 재빨리 말했다.

"준다고 할 거야. 준다고 해야 해."

· 19 ·

"괜찮아? 아직도 우리 친구 해리 때문에 힘든 건 아니지?"

빗소리가 끊임없이 배경음을 만들고 있는 동안 캄캄한 방에서 티파니 옆에 누워 있던 비드가 물었다.

'완벽하게 외부 빛을 차단' 하는 두툼한 레드 벨벳 커튼 덕분에 티파니는 완벽한 어둠 외엔 아무것도 볼 수 없었다. 평소 완벽한 어둠은 호텔에 와 있는 것처럼 호화로운 생활을 즐기고 있다는 느낌을 줬지만, 오늘 밤은 질식할 것만 같았다. 꼭 죽음의 그림자 같았다. 요즘엔 너무나 많은 죽음이 티파니의 맘에 들어와 있었다.

킹 사이즈 침대에 같이 누운 비드는 보이지 않았지만, 티파니는 비드가 똑바로 누워서 일광욕을 하는 사람처럼 두 팔을 뒤로 돌려 머리에 괴고 있다는 걸 알았다. 비드는 그 자세로 밤새 한 번도 뒤척이지 않고 아침까지 잤다. 그렇게 오랫동안 함께 살았어도 그런 자세로 자는 비드를 보면 티파니는 웃음이 나왔다. 잠을 자는 방식으로 택하기엔 너무나 무심하고 대담하고 당당한 자세니까. 당신은 잠하고도 협상을 하려고 하나봐. 그래, 정말로 당신다워.

"해리는 우리 친구는 아니었지 않아? 그게 중요한 거야. 이웃이긴 했지만 친구는 아니었잖아."

티파니가 대답했다.

"그 사람이 우리 친구가 되는 걸 거부했지. 거 왜, 알지?"

그 말은 맞다. 해리가 티파니와 비드의 친구가 되고자 했다면, 분명 세 사람은 친구가 됐을 거다. 비드는 살면서 만나는 모든 사람과 친구가 되는 사람이니까. 법정 변호사(barrister, 사무 업무를 주로 하는 사무 변호사와 달리 재판 업무를 하는 변호사—옮긴이)건, 변호사 사무실 청소부건, 휴게소 직원이건, 첼리스트건 누구나 비드의 친구가 됐다. 그 중에서도 첼리스트하곤 정말 빠른 속도로 친구가 되는 사람이지.

해리가 그런 노인이 아니었다면 늘 해리를 집에 초대했을 거고, 그랬다면 해리가 안 보인다는 사실을 훨씬 빨리 알았을 거다. 그랬다면 해리의 목숨을 구할 수 있었을까? 경찰은 해리가 계단에서 넘어졌든지 아니면 뇌졸중이나 심장마비가 와서 계단에서 굴러떨어졌을 거라고 했다. 부검을 하게 될 거라고 했지만 형식적인 절차일 가능성이 컸다. 경찰은 조사서에 적힌 모든 문항에 점검했다고 표시할 필요가 있으니까.

"즉사했을 겁니다."

경찰은 티파니에게 그렇게 말했다. 하지만 그 사람이 어떻게 알아? 의학 전문가도 아닌데. 그저 티파니의 마음이 편하라고 그렇게 말했을 거다.

어쨌거나 이성적으로 생각해야지. 두 사람이 해리의 친구였다 해도 매 순간 해리네 집을 지켜볼 순 없었을 거야. 어쨌거나 해리는 죽었을지도 몰라. 그저 오늘같이 발견되진 않았을 뿐인지도 몰라. 이웃사람들이 발견하기 전에 몇 주 동안 조금씩 죽어갔을지도 모르는 거야. 구역질나던 냄새가 다시 떠오르면서 티파니는 정말로 토할 것 같았다. 지금까지 냄새 때문에 토한 적은 없었는데. 하긴 지금까지 죽은 사람 냄새를 맡아본 적이 없었지.

올리버는 회계사라고 했다. 그러니까 올리버도 시체 냄새를 맡아본 적이 없을 거다. 하지만 티파니가 사암 화분 안에 토하고 있는 동안(해리가 분명히 화를 내겠지), 얼굴이 하얗게 질린 올리버는 조용히 필요한 곳에 전화를 하고 티파니의 등을 쓸어주며 주머니에서 깨끗하고 반듯하게 접은 하얀 휴지를 꺼내줬다. "안 쓴 겁니다"라고 했지. 올리버는 위기의 순간에 함께 있어야 하는 사람이었다. 휴지도 갖고 있고 행동하는 양심도 있으니까. 그 남잔 진짜 영웅이었다.

"올리버는 진짜 영웅이야."

올리버가 진짜 영웅이란 소리를 비드가 더 들을 필요는 없다는 걸 잘 알았지만, 티파니는 큰 소리로 말했다.

"좋은 남자지."

비드는 인내심을 갖고 대답했고, 곧 하품을 했다.

"우리 집에 초대해야겠어."

비드는 아무 생각 없이 말했고, 똑바로 누워서 올리버 부부를 집에 초대했던 순간을 떠올리고 있었다.

"아, 이거 어때? 올리버 부부를 초대해서 바비큐 파티를 하는 거야. 진짜 좋은 생각이지? 잠깐만. 두 사람한테 정말 좋은 친구들이 있지 않았어? 한 명은 첼리스트였던 거 같은데?"

티파니가 말했다.

"그거 재미없어. 절대로, 조금도 재미없어."

비드의 목소리는 정말로 슬프게 들렸다.

"미안해. 끔찍한 농담이었어."

"커피는 어떨까? 에리카랑 올리버를 초대해서 커피를 마실 순 있잖아. 그치?"

비드의 목소리는 정말로 슬프게 들렸다.

"그만 자."

티파니가 말했다.

"네, 두목."

비드가 대답했고, 몇 초도 되지 않아 티파니는 비드가 얕게 내뱉는 숨소리를 들을 수 있었다. 비드는 즉시 잠이 드는 남자였다. 티파니는 비드가 흥분한 날에도, 화가 난 날에도, 뭔가 잔뜩 걱정을 하는 날에도 눕는 즉시 곯아떨어진다는 걸 알았다. 이 남자에게서 잠과 식욕을 뺏을 수 있는 건 이 세상에 아무것도 없어.

"일어나."

티파니는 조용히 속삭였다. 하지만 정말로 비드를 깨운다면 수영장 프로젝트 때문에 새벽 다섯 시까지 계속 떠들어댈 게 분명했다. 일꾼 한 명이 아픈 데다가 비드는 자기가 헐값에 프로젝트를 맡은 것 같다며 걱정이 이만저만이 아니었으니까. 이 남잔 잠을 자야 해.

티파니는 옆으로 몸을 돌리고 마음속에서 부글거리며 끓어오르는 온갖 생각들을 제대로 정리해보려 노력했다.

첫 번째 생각은 해리를 발견했다는 거였다. 그건 분명 즐거운 경험은 아니지만 극복할 수 있었다. 해리 본인은 어쩌면 죽어서 기쁠지도 몰라. 해리는 인생과 절교한 사람처럼 보였는걸. 그러니까 이제 그만 생각해도 돼.

두 번째 생각은 다코타에 관한 거였다. 비드도 다코타의 선생님도 티파니의 언니들도 모두 다코타는 괜찮다고 했다. 그저 티파니의 생각일 뿐이라고. 그럴지도 모르지. 일단 계속 관찰해봐야겠어.

세 번째 생각은 다코타가 가야 할 학교 신입생 설명회였다. 내일이지. 그 생각만 하면 이렇게 화가 나는 건('반드시 참석해야 합니다' 같은 글을 감히 대문자로 써서 나한테 보내지 말란 말이야, 라는 분노가 이는 거다) 어쩌면 오만한 학교랑 오만한 다른 학부모들 때문에 잠재돼 있던 열등감이 깨어나기 때문인지도 몰랐다. 이런 건 이겨내야 해. 이건 내 문제가 아니니까. 다코타의 문제라고.

네 번째 생각은, 다른 어떤 생각보다 엄청나서 다른 모든 생각을 눌러버렸다. 바로 바비큐 파티 때 있었던 일 때문에 느끼는 죄의식과 공포였다. 이 기억은 악몽처럼 머릿속에서 밀어낼 수가 없었다. 그래, 맞아, 티파니. 정말이야. 이 생각이 떠오를 때마다 너무나 고통스러워. 하지만 자꾸자꾸 떠오르는 거야. 생각한다고 해서 바뀌는 건 아무것도 없으니까 그냥 생각하지 않으면 돼. 생각을 하든 안 하든 바뀌는 건 없어. 어떻게 할 수도 없고 해서도 안 되는 문제인 거야.

문제는 티파니가 분류한 모든 생각들이 너무나 모호하다는 거였다. 티파니로선 정확하게 이해할 수가 없었다. 티파니는 자기가 하는 걱정이 언제나 돈과 관계가 있었던 날들을 기억했다. 그런 걱정들은 계산만 하면 풀 수 있었다.

마음을 편히 먹고 다른 생각을 하려고 티파니는 갖고 있는 재산을 계산하기 시작했다. 부동산이랑 주식, 자율적 슈퍼애뉴에이션(superannuation, 근로자의 퇴직연금 가입과 기업의 기여금 적립을 강제하도록 한 오스트레일리아의 퇴직연금 제도—옮긴이), 가족신탁, 정기예금, 당좌예금을 모두 더해봤다. 재산을 모두 더하다 보면 티파니는 언제나 마음이 가라앉았다. 그건 뚫을 수 없는 요새 안에서 안전한 성벽에 둘러싸여 있는 걸 상상하는 것과 같았다. 티파니는 안전한 거다. 어떤 일이 벌어져도 안전한 거다. 결혼생활이 끝나버려도(그럴 리는 없겠지만), 주식 시장이나 부동산 시장이 무너져도, 비드가 죽어도, 티파니가 죽어도, 누구 한 사람이 희귀병에 걸려서 끊임없이 병원비가 나간다 해도, 이 가족은 안전한 거다. 티파니가 이 요새를 직접 지었다. 물론 비드도 도왔지만 대부분은 티파니가 세운 거다. 티파니는 그게 정말 자랑스러웠다.

그러니까 이제 자야겠어. 허물 위에 지은 재정적 요새라 해도 안전하니까. 여전히 굳건하게 서 있으니까.

티파니는 눈을 감았지만, 곧바로 다시 눈을 떴다. 몹시 피곤했지만 머리가 너무 맑았다. 티파니는 자신이 코카인을 한 사람처럼 두 눈을 동그랗게 뜨고 있다는 사실을 알았다. 그러니까 불면증인 거다. 티파니는 지금까지 자신은 불면증 따위로 힘들어 할 사람은 아니라고 생각했는데. 문득 다코타를 보러 가야겠다는 생각이 들었다. 티파니는 자고 있는 아이를 보러 가는 사람도 아니었다. 여전히 숨을 쉬고 있는지 보려고 잠자는 아이를 몰래 보러 가는 엄마는 절대 아니었다(비드가 그러는 건 몇 번 봤다. 늘 '난 아주 침착하고 무심한 아빠야. 얘는 넷째 애지'라는 태도로 생활했던 비드는 다코타가 자는 모습을 들여다보다 들키면 정말 창피하단 표정을 지었다).

침대에서 내려온 티파니는 팔을 쭉 뻗고 발을 끌며 문설주를 향해 어둠 속을 걸어갔다. 문설주는 항상 생각보다 빨리 나타났다. 일단 층계참까지 나오면 그다음은 훨씬 수월했다. 왜냐하면 다코타가 자다 깰지도 몰라서 항상 은은하게 전등을 켜놓았으니까. 티파니는 다코타의 방문을 열고 어둠에 눈이 적응할 때까지 잠시 서 있었다.

빗소리 때문에 다른 소린 전혀 들리지 않았다. 티파니는 다코타가 고르게 내는 숨소리를 듣고 싶었다. 조용히 까치발을 하고 책이 가득 꽂혀 있는 책장을 지나 침대 옆으로 가서, 티파니는 다코타의 몸이 보이길 기대하며 침대를 내려다봤다. 다코타는 자기 아빠처럼 똑바로 누워 있는 것 같았다. 원래는 모로 누워 몸을 둥글게 말고 자는 아이인데.

하지만 그 순간, 티파니는 뚫어지게 자신을 쳐다보고 있는 다코타의 빛나는 두 눈을 볼 수 있었고, 동시에 잠 기운이라곤 없는 완벽하게 맑은 소리로 "무슨 일이야, 엄마?"라고 말하는 소리를 들었다. 화들짝 놀란 티파니가 꺅, 비명을 질렀다.

"자는 줄 알았는데."

티파니는 한 손으로 자기 가슴을 누르며 말했다.

"너 때문에 간 떨어질 뻔했잖아."

"나 안 잤는데."

"잠이 안 와? 왜 지금까지 깨어 있어? 무슨 문제 있니?"

"아니. 그냥 안 잔 거야."

"무슨 걱정 있는 건 아니고? 조금만 안으로 들어갈래?"

다코타는 몸을 움직였고, 티파니는 다코타 옆에 누웠다. 그 즉시, 티파니는 자신이 필요로 한다는 사실조차 몰랐던 위로를 느꼈다.

"해리 때문에 놀랐니?"

아까 해리 얘기를 했을 때, 다코타는 이젠 어떤 일이든 그렇게 반응하는 것처럼 무덤덤하게 받아들였다.

"많이 놀라진 않았어."

"그렇구나. 우린 해리를 잘 몰랐잖아. 그리고 해리는……."

"그다지 친절하진 않았지."

"맞아. 친절하진 않았어. 하지만 그래도 어떤 느낌이 있지 않았어? 어떤 맘이 들었을 수 있잖아."

"아니, 아무 생각 없었어. 아무 생각도 안 들었어."

다코타는 백 퍼센트 확신을 갖고 말했다. 다코타는 거짓말이란 건 할 줄 몰랐다.

"내일 세인트 아나스타샤에 가야 하는데, 걱정 안 돼?"

"아니."

"재밌을 거야."

티파니가 자신 없는 목소리로 말했다. 티파니는 마치 약을 먹은 것처럼 의식 속으로 스며드는 잠을 느낄 수 있었다. 그래, 아무것도 아닐지 몰라. 그냥 사춘기가 오는 거야. 호르몬이 바뀌고 어른이 되는 거지.

"너 잘 때까지 여기 누워 있어도 돼?"

"엄마가 그러고 싶으면."

다코타는 냉정하게 대답했다.

* * *

다코타의 엄마는 다코타 옆에 누워 있었다. 코를 고는 건 아니었지만 숨을 내쉴 때마다 길고 가는 휘파람 같은 소리가 났다. 엄마의 긴 머리칼 한 가닥이 다코타의 얼굴을 덮어 코를 간질였다. 엄마는 다코타의 다리에 한 발을 걸고 마치 발에 차는 수갑처럼 다코타의 다리를 조이고 있었다.

다코타는 숨을 참고 조금씩 발을 움직여 엄마한테서 벗어났다.

조용히 이불을 내리고, 무릎을 세워서 천천히 몸을 일으키고, 스파이더맨처럼 침대 옆의 벽에 몸을 붙였다. 다코타는 벽에 붙어서 옆으로 이동하며 침대 끝까지 왔다. 이건 은밀하게 수행해야 하는 작전이었다. 자기를 가둔 사람한테서 벗어나는 거다. 결국 다코타는 해냈다. 빠져나온 거다. 다코타는 카펫에 깔린 지뢰를 피하려는 사람처럼 까치발을 들고 방을 가로질러 걸어갔다.

바보 같아. 그렇게 꼬마나 하는 바보 같은 생각은 하지 마, 다코타. 세상엔 지금 정말로 전쟁이 벌어지고 있단 말이야. 작은 보트를 탄 난민들이 커다란 바다 한가운데서 오도 가도 못하고 있단 말이야. 정말로 사람들이 지뢰를 밟고 있단 말이야. 너 같으면 지뢰를 밟고 싶어?

다코타는 창가 의자에 앉아 가슴까지 무릎을 끌어당겼다. 창가 의자에게 고마움을 느끼고 싶었지만, 창가 의자에 대해선 아무것도 느낄 수가 없었다. 아니, 실은 *창가 의자 따위가 뭐가 중요해*, 라는 아주 무례하고 은혜도 모르는 생각을 하고 있었다.

최근까지도 다코타는 자기 뇌 속엔 전적으로 자기만 들어갈 수 있는 은밀한 공간이 있다는 걸 알지 못했다. 하지만 어제, 다코타는 선생님을 보면서 머릿속으로 욕설을 퍼부어봤다. 아무 일도 일어나지 않았다. 누구도 다코타가 욕을 했다는 걸 알지 못했다. 앞으로도 누구도 알지 못할 거다.

보통 세 살 정도 되면 사람들은 자기가 생각하는 걸 다른 사람은 모른다는 걸 알게 된다. 하지만 다코타에겐 정말 놀라운 발견이었다. 뇌 안에 은밀한 방이 있다는 생각은 어쩐지 혼자 둥근 방에 들어와 있는 것만 같았다. 둥근 방인 이유는 두개골이 둥글기 때문이다.

그 방엔 작고 둥근 창문이 두 개 있다. 눈이 있어야 하는 위치에 난 방인 거다. 사람들은 그 창문을 통해 안을 들여다보고 다코타를 이해하려고 노력하지만, 방 안을 들여다볼 순 없다. 정말로 들여다볼 순 없는 거다. 다코타는 그 방에, 그 둥근 방에 혼자 있는 거다.

그러니까 다코타는 엄마한테 "창가 의자가 너무 좋아"라고 말할 수도 있을 거다. 엄마의 의심을 살 만큼 열정적이 아니라 적당한 어조로 말할 수도 있는 거다. 엄마가 다코타의 말을 뜻 그대로 받아들이고 진실을 절대 알지 못하게 할 수도 있는 거다.

그러니까 다코타가 이런 일을 할 수 있다면, '창가 의자 따위가 뭐가 중요해?'처럼 충격적이고 불쾌하고 화가 나는 생각을 다코타가 할 수 있다면, 어른들도 분명히 다코타처럼 충격적이고 불쾌하고 화가 나는 생각을 할 수 있을 거다. 아니, 어른들은 청소년 관람 불가 영화도 보니까 더 심한 생각도 할 수 있을 거다.

그러니까 다코타의 엄마가 "잘 자, 다코타. 사랑한다"라고 한다 해도, 엄마의 둥근 방에선 사실 이런 생각을 하고 있을 수도 있는 거다. *네가 내 딸이란 게 믿을 수가 없다, 다코타. 너 같은 애가 내 딸이라니 정말 믿을 수가 없어.*

다코타의 엄마는 다코타가 그렇게 실망스런 애로 자란 건 '돈 있는 집'에서 자랐기 때문이라고 생각할 거다. 웃긴 건 다코타한텐 돈이 조금도 *없다*는 거지만. 물론 생일 때마다 돈을 받긴 하지만, 그 돈은 다코타가 절대 꺼낼 수 없는 은행에 들어 있었다.

다코타의 엄마는 '돈 있는 집'에서 자라지 *못했다*(다코타의 아빠도 돈 있는 집에서 자라진 않았다. 하지만 그렇다고 엄마처럼 불평을 늘어놓진 않았다. 아빠는 그저 돈을 쓰는 걸 사랑했을 뿐이다).

다코타의 엄마가 다코타만 한 나이였을 때 '부잣집 애'가 초대한 파티에 갔는데, 그때 그애의 집을 사랑하게 됐다고 했다. 그 집은 마치 성 같았다고 했다. 엄마는 지금도 그 집에 관해서라면 모든 내용을 상세하게 설명할 수 있었다. 엄마는 특히 창가 의자를 사랑했고 매혹되고 말았다. 창가 의자는 '최고 사치품'이었으니까. 몇 년 동안이나 엄마는 퇴창(bay window)과 창가 의자가 있고 대리석으로 만든 욕실을 갖춘 이층집을 꿈꿨다고 했다. 정말로 뚜렷한 건축학적 목적이 있는 꿈이었던 거다. 엄마는 심지어 자기가 갖고 싶은 집을 그림으로 그려놓기까지 했다. 그래서 마침내 엄마랑 아빠가 건축업자한테 집을 지어달라고 말한 뒤에는 창가 의자는 꼭 설치해주세요, 제발요, 많으면 많을수록 좋아요, 하고 몇 번이나 부탁했다고 한다.

그런데 재밌는 게 뭔지 알아? 한 번은 다코타가 엄마의 언니인 루이즈 이모한테 물어봤다. 엄마네 집이 얼마나 가난했냐고. 다코타의 질문에 루이즈 이모는 큰 소리로 웃었다.

"우린 *가난하지* 않았어. 단지 부자가 아니었지. 여행도 갈 수 있었고 장난감도 살 수 있었고, 근사한 생활을 했는걸. 네 엄마가 그냥 자기는 가난한 교외에서 살 사람이 아니라고 생각한 것뿐이야."

그 말을 듣고 다코타는 다른 이모들한테도 물어봤다. 이모들은 모두 엄마를 놀렸지만, 엄마는 신경 쓰지 않고 웃으며 텔레비전 쇼에 나오는 미국 소녀처럼 "뭐 어때"라고만 했다.

아무튼 다코타는 정말 최선을 다해 창가 의자를 사랑하고 고마워하려고 노력했지만, 잘 안 됐다. 이 세상에서 다코타한테 고맙게 느껴지는 건 열 개당 하나 정도밖에 없었다.

창문의 블라인드는 닫혀 있었지만 다코타는 굳이 그걸 열어서 엄마를 깨우고 싶진 않았다. 그래서 그냥 텐트 출입구를 열고 나가는 것처럼 블라인드 사이로 머리만 삐죽 내밀었다.

밖에 비가 오고 있어서 많은 게 보이지는 않았다. 해리의 집은 흐릿하고 으스스했다. 해리의 유령이 화를 내면서 물건들을 발로 차다가 갑자기 한쪽으로 고개를 돌려 침을 뱉고 있는 건 아닌지 궁금했다. *어떻게 된 놈들이기에 내 몸을 찾는 데 그렇게 오래 걸렸어? 너희 멍청이들이야?* 하고 소리치고 있는 건 아닌지 궁금했다.

해리가 죽은 게 좋은 건 아니었다. 그렇다고 딱히 슬프지도 않았다. 그냥 아무것도 느낄 수 없었다. 다코타의 머릿속엔 그저 해리에 대한 느낌이 아무것도 없는 거였다. 엄마한테 아무 생각도 안 난다고 한 건 진실인 거다. 다코타는 자기 뇌를 텅 빈 종이처럼 만들려고 노력했으니까.

다코타의 머릿속에 있는 것들을 종이에 적을 수 있는 건 공부뿐이었다. 다른 건 안 돼. 슬픈 생각도, 행복한 생각도, 무시무시한 생각도 안 되는 거야. 그저 오스트레일리아의 토착문화랑 지구온난화랑 분수에 관한 것만 생각해야 하는 거야.

내년에 새로운 학교에 가는 건 좋은 일이었다. 거기는 공부를 잘하는 학교라고 했으니까. 그 학교에 가면 더 많은 걸 머릿속에 채워 넣어야 할 테고, 그럼 다코타가 저지른 일을 생각할 여유도, 기억할 여유도 없을 테니까. 전엔 낯선 곳에 가야 한다고 생각하면 좀 떨렸지만 이젠 괜찮았다. 바비큐 파티는 겨우 두 달 전 일인데도, 친구는 생길까 하고 걱정했던 그때의 다코타를 떠올리면 정말로 어린애였던 것처럼 느껴졌다.

다코타의 부모는 여전히 다코타를 사랑했다. 그건 분명했다. 그러니까 다코타 몰래 화가 날 만한 생각은 안 할지도 몰랐다.

다코타는 바비큐 파티 다음 날, 뒤뜰에 서서 얼굴이 벌게진 채 커다란 쇠막대기를 야구방망이처럼 휘두르고 또 휘두르던 아빠를 기억했다. 한참 동안 쇠막대기를 휘두르던 아빠는 아무 말 없이 집으로 들어가 샤워를 했다. 아빠는 말하는 걸 정말 좋아했다. 그런 아빠가 한 마디도 안 한다는 건 정말로 심각한 일이 생겼다는 거였다.

하지만 그 뒤로 엄마와 아빠는 서서히 원래 모습으로 돌아왔다. 두 사람 모두 다코타를 용서하지 않기엔 다코타를 너무 사랑했으니까. 다코타가 자기가 저지른 일이 엄청난 일임을 안다는 걸 엄마와 아빠도 알았다. 하지만 벌을 줄 방법이 없는걸. 그건 벌을 줄 수도 없을 만큼 큰일이니까. 그건 애들 일이 아니니까. '방 정리 끝낼 때까지 텔레비전 보지 마'라고 소리칠 수 있는 문제가 아니니까. 그래서 다코타는 어떤 벌도 안 받았다. 어떤 '불이익'도 받지 않았다. 다른 애들은 매일같이 작은 잘못들을 무수히 저지른다. 하지만 다코타는 그런 잘못들을 모두 모았다가 단 한 번에 저지른 거다.

그러니까 벌은 다코타가 직접 줘야 한다.

처음엔 몸을 칼로 그을 생각을 했다. 자기 몸을 칼로 긋는다는 게 뭔지는 청소년 책을 읽어서 안다. 도서관 사서는 그런 책은 아직 보는 게 아니라고 했지만, 다코타는 엄마를 설득해서 그 책을 샀다(엄마는 다코타가 사달란 책은 뭐든 사주니까). 십대들은 자기 몸을 칼로 긋는데 그걸 '자해'라고 했다. 다코타는 정말로 피를 싫어했지만 자해를 하려고 생각했다. 엄마랑 아빠랑 컴퓨터만 들여다보고 있을 때 다코타는 욕실에서 면도칼을 찾았고, 한참 동안이나 욕조 가장자리에 앉아 몸을 그을 용기를 내보려고 했다. 하지만 결국 할 수 없었다.

다코타는 그런 일을 하기엔 너무 나약하고 너무 겁쟁이였던 거다. 그래서 자해 대신에 주먹을 꽉 쥐고 넓적다리를 있는 힘껏 내리쳤다. 나중에 보니 넓적다리는 퍼렇게 멍들어 있었고 다코타는 기분이 좋았다. 그리고 다코타는 좋은 벌을 찾았다. 몸을 긋는 것보다 훨씬 좋은 벌을 찾은 거다. 매일 매일 다코타의 삶에 영향을 미치지만 다른 사람은 눈치 챌 수 없는 벌을 찾은 거다.

그 벌은 다코타의 죄의식을 덜어줬지만 동시에 다코타를 적막하게 만들었다. '적막함'은 다코타의 느낌을 표현해줄 수 있는 가장 완벽하고 아름다운 말이었다. 때때로 다코타는 노래처럼 '적막함'이라는 단어를 되뇌었다. 적막함, 적막함, 적막함, 하고 되뇌었다.

잠시 다코타는 해리도 적막했던 건 아닌지, 그래서 다른 사람들한테 화를 낸 게 아닌지 생각했다. 다코타는 그날 저녁, 창가 의자에 앉아 책을 읽을 때 문득 고개를 들었다가 해리의 집 이층에 불이 켜졌던 걸 기억했다. 그때 다코타는 거기서 해리가 뭘 하고 있을지 궁금했다. 자기 집 방에서, 그 모든 방에서 해리는 무슨 일을 하는지 궁금했다. 늘 혼자만 있는데 무슨 일을 하는지 궁금했다.

그리고 이제 해리는 죽었다. 다코타는 아무것도 느껴지지 않았다. 정말로 아무것도 느껴지지 않았다.

. 20 .

바비큐 파티 날

"다들 오고 있어!"

양옆에서 팔짝팔짝 뛰는 분홍 발레복 차림의 두 아이를 한 손에 한 명씩 잡고 다코타가 진입로로 들어설 때, 현관 앞에 서 있던 티파니가 주방에 있는 비드에게 소리쳤다. 둘 가운데 더 어린 애가 뒤뚱 뒤뚱 걷다 갑자기 넘어졌고, 다코타는 애를 안아올렸다. 아이 키가 다코타의 허리까지 왔기 때문에 아이의 다리는 땅바닥에 질질 끌렸고, 다코타는 아이 무게 때문에 몸을 똑바로 세우지 못하고 한쪽으로 기울인 채 진입로를 걸어왔다.

"다코타는 정말 좋은 언니가 될 거야."

새우를 양념에 재울 때 묻은 마늘과 레몬 냄새를 진하게 풍기면서 줄무늬 앞치마를 한 비드가 현관에 나타났을 때, 티파니가 말했다.

"그런 생각은 하지도 마."

비드는 대답했다. 십오 년 전 청혼을 할 때, 비드는 여전히 감탄하며 약혼반지를 보고 있는 티파니에게 이렇게 말했다(티파니가 낄 약혼반지는 당연히 티파니여야 했지).

"반지를 끼기 전에 아이 문제를 먼저 결정해야 해, 알겠지?"

그때 비드에겐 벌써 화를 잘 내는 변덕스러운 십대 딸이 셋이나 있었다. 그러니 더 많은 애들은 필요 없었다. 하지만 젊은 티파니에 겐 당연히 애가 필요했다. 그건 여자의 자연스런 소망이니까 비드 는 이해할 수 있었다. 그래서 결혼을 성사시키려고 좀 양보한 협상 안을 제시한 거다. 애는 딱 한 명만 낳자. 한 부부 한 아이 정책. 중 국처럼 말이야. 그 이상은 감당할 수 없었다. 비드의 심장과 비드의 은행 잔고로 하나 이상은 무리였다. 비드는 티파니가 하나로 충분 치 않다고 해도 이해한다고 했다. 하지만 이 문제는 타협할 수 있는 문제가 아니라고도 했다. 그러니 결혼을 하려면 그 제안을 받아들 여야 한다고 했다. 아니면 작별이라고. 하지만 티파니가 그 자리에 서 그냥 떠나버린다 해도 약혼반지는 가져가도 되고, 자신은 언제 나 티파니를 사랑할 거라고 했다.

비드의 말을 듣고 티파니는 협상안을 받아들였다. 그때 티파니의 마음엔 아기는 거의 존재하지도 않았으니까. 임신선이 생기는 건 정말 싫었으니까. 그런 거래를 했다는 사실을 후회한 적은 없지만 티파니는 가끔, 그러니까 지금 같은 순간엔 찌르는 것 같은 통증을 느꼈다. 다코타가 티파니의 언니들처럼 정말로 사랑스럽고 책임감 강한 언니가 될 거라는 생각이 들 때마다, 다코타에게 동생을 만들 어주지 않는 건 왠지 도서관에서 책을 빌리는 것 외엔 아무것도 요 구하지 않는 다코타를 부당하게 대우하는 것 같았기 때문에 느끼는 감정인 거다.

"우린 다시 협상해야 할지도 몰라."

"농담이라도 그런 말은 하지 마. 봐, 나 좀 봐. 나 지금 웃고 있지 않잖아."

비드는 애절한 표정을 지어 보였다.

"정말로 심각한 표정이지? 결혼식 네 번이 날 파산하게 할 거라고. 분명히 그것 때문에 죽어버릴 거야. 거 왜, 알지? 영화처럼 될 거라고. 〈네 번의 결혼식과 한 번의 장례식〉. 내 장례식 말이야."

비드는 재치 있는 말을 했다고 생각했는지 싱긋 웃었다.

"무슨 말인지 알겠어? 네 딸의 결혼식과 비드의 장례식 말이야."

"알았어, 비드."

티파니는 대답했고 이제 적어도 몇 달은, 아니 어쩌면 몇 년은 이 농담을 들어야겠구나, 생각했다.

애들 뒤로 걸어오는 에리카와 올리버와 클레멘타인과 샘이 보였다. 네 사람은 상당히 이상한 대형을 유지하면서 걸어오고 있었다. 네 사람 사이에 공간이 너무 넓었던 거다. 그 때문에 네 사람은 서로 잘 아는 부부 두 쌍이 아니라, 같은 시간에 약속 장소에 도착한 낯선 손님들처럼 보였다.

"안녕하세요!"

에리카가 먼저 소리쳤는데, 타이밍이 좀 잘못됐다. 아직 진입로까지는 한참이나 남았는데 너무 먼 곳에서 인사를 건넨 거다.

"어서 오세요!"

티파니는 네 사람을 맞으러 계단을 내려가면서 대답했다. 네 사람에게 다가가는 동안, 티파니는 네 사람 다 최근 약을 맞았거나 종교단체에 가입했거나 다단계 판매조직에 들어간 사람처럼 똑같이 멍한 미소를 짓고 있다는 걸 알았다. 네 사람을 보면서 티파니는 두려움을 느꼈다. 오늘 파티는 어떤 모임이 되려나?

비드가 두 손을 쫙 펴고 티파니를 지나 네 사람에게 다가갔다. 이런 세상에, 비드. 이 땅콩아. 지금 오랫동안 해외에 나갔다가 돌아온 사랑하는 친척을 만난 게 아니란 말이야.

바니도 이 손님들을 사랑하는 자기 친척처럼 생각하는 게 분명했다. 네 사람을 향해 미친 듯이 달려가더니 신발 냄새 맡기 최고 기록을 세우려는 개처럼 네 사람의 신발에 번갈아가며 코를 대고 킁킁거렸다.

"어서 오세요, 어서 오세요. 애들이 진짜 예쁘군요. 안녕하세요. 다코타한테 모시고 오라고 한 게 실례가 아니면 좋겠군요. 하지만 고기를 너무 오래 조리하면 맛이 없어져서요. 바니, 가만히 있어. 이 정신없는 개야."

비드는 클레멘타인의 양볼에 입을 맞췄다.

"왜냐하면 당신도 나처럼 식도락가인 걸 알기 때문이죠. 내 말이 맞죠? 우리 둘 다 먹는 걸 정말 좋아하잖아요. 지난번에 에리카 집에서 만났을 때 우린 음식 얘기를 한 거 같은데요. 거 왜, 알죠? 나, 기억합니다."

"그랬어요?"

비드의 말에 에리카는 모든 대화는 자기 허락을 받고 해야 한다는 것처럼, 의심스럽다는 듯 말했다.

"난 기억에 없는데. 땅콩 알레르기가 없었으면 좋겠네요. 여기 땅콩이 들어 있거든요."

에리카는 티파니에게 초콜릿 너트 병을 내밀었다.

"알레르기 없어요. 초콜릿 너트, 정말 좋아해요."

예의를 갖추려고 한 말이 아니었다. 티파니에게 초콜릿 너트는 늘 향수를 불러일으켰다. 티파니의 할아버지가 크리스마스 때마다 초콜릿너트를 사왔으니까.

"정말요? 그럼 다행이에요."

에리카는 여전히 의심스럽다는 듯 말했다. 그 여자 진짜 괴짜구나. 카렌 언니라면 그렇게 말했을 텐데, 티파니는 생각했다.

클레멘타인의 얼굴에선 이제 멍한 표정이 지워져 있었다. 클레멘타인은 비드가 모든 문제의 해답이기라도 한 것처럼 비드를 쳐다보고 있었다.

"엄마, 얘는 루비고 얘는 홀리야. 얘들 데리고 내 방 가도 돼?"

머리가 잔뜩 헝클어진 두 꼬마 요정을 소개할 때 다코타의 두 눈은 반짝반짝 빛나고 있었다(날개를 단 두 꼬마 요정은 온몸에 반짝이 병을 뒤집어쓴 게 분명했다).

"애들 부모님이 괜찮다고 하시면."

티파니가 대답했다.

"거 왜, 알겠지만, 다코타는 책임감이 아주 강합니다. 동생들을 잘 돌볼 거예요."

비드가 말했다.

"당연히 우린 괜찮습니다."

좋은 집안에서 자란 오스트레일리아 남자답게 샘은 티파니의 몸을 위아래로 훑어본 뒤에 재빨리 고개를 돌리더니 티파니의 뺨에 입을 맞추며 대답했다.

"다시 뵙게 돼서 정말 기쁩니다, 티파니."

샘은 티파니의 집에 와서 안도했다는 듯이 살며시 숨을 내쉬었다. 그러니까 샘과 클레멘타인은 장례식이 끝난 뒤 상주 집에 도착하자마자 넥타이를 느슨하게 풀고 경직돼 있던 어깨에서 힘을 빼곤 먹고 마시면서 자신들은 살아있음을 절실하게 느껴야 하는 사람들인 거다.

샘은 쪼그리고 앉아서 바니의 귀를 어루만졌고, 바니는 그때까지 누구도 자기한테 신경 써준 사람이 없었다는 듯 채신머리없이 발라당 누워서 샘에게 배를 긁어달라고 했다.

"초대해주셔서 감사합니다."

올리버는 비드와 악수했고, 티파니의 몸에 조금이라도 닿지 않는 게 절체절명의 과제라도 되는 듯이 어색한 몸짓으로 티파니의 볼에 입을 맞췄다.

"들어갑시다. 들어가요. 바비큐 파티를 하기 전에 일단 뭐 좀 마십시다."

비드가 손님들을 집 안으로 이끌며 말했다.

"죄송해요. 애들 때문에 온 집 안에 반짝이가 묻네요."

다코타를 따라 위층으로 올라가는 두 아이를 쳐다보며 에리카가 말했고, 바니가 조증성 흥분 상태를 보이며 부지런히 애들을 따라가고 있었다.

티파니는 클레멘타인의 얼굴을 스쳐간 짜증 섞인 경련을 놓치지 않았다. 분명 자기 애들 때문에 다른 사람이 사과한다는 사실에 짜증이 났을 거다.

"괜찮아요."

티파니가 대답했다.

"애들 놀라고 공작 탁자를 만들어줬거든요. 뭘 만들고 있다고 생각했는데, 사실은……."

"엉망진창이었죠."

에리카가 시작한 말을 클레멘타인이 끝내더니 둘 다 재밌는 농담을 했다는 듯이 웃음을 터트렸다. 티파니는 자기가 사람들의 성격과 사람들이 처한 상황을 잘 알아맞힌다고 생각했다. 티파니의 직감은 대부분 정확히 들어맞았다. 하지만 이 사람들은 상당히 당혹스러웠다. 도대체 이 사람들은 친구인 거야, 적인 거야? 티파니는 도무지 알 수가 없었다.

"샴페인을 가져왔어요."

클레멘타인은 모엣을 번쩍 들어올리고, 누구나 모엣을 자주 살 수 있는 건 아니라는 분명한 자부심을 드러내면서 말했다(사실 비드의 지하 저장고엔 모엣이 세 상자나 있었지만).

"아이고, 고맙습니다. 이럴 필요 없었는데."

비드는 두툼한 손으로 급유 펌프를 잡는 것처럼 샴페인 병을 움켜잡았다.

"그런데 아주 중요한 질문을 해야겠어요, 클레멘타인. 당연히 첼로는 갖고 왔겠죠?"

"당연하죠."

클레멘타인은 핸드백을 툭툭 치며 말했다.

"첼로 없인 아무데도 안 가는걸요. 여기 들어 있어요. 아주 비싼 접이식 첼로를 가져왔답니다."

처음엔 무슨 뜻인지 몰라 어리둥절했지만 비드는 곧 큰 소리로 웃음을 터트렸다. 별로 재밌지 않거든? 티파니는 생각했고, 비드는 샴페인 병을 권총처럼 클레멘타인한테 겨눴다.

"날 속였군요. 날 속였어요."

맞아, 제대로 속였지. 티파니는 비드가 예의 그 의기양양한 자세로 샴페인 병을 따려고 하는 모습을 보고 샴페인 잔을 꺼내기 위해 재빨리 찬장으로 걸어가면서 생각했다. 비드가 클레멘타인에게 열을 올리는 건 괜찮다. 티파니는 비드를 이해했다. 티파니도 비드랑 같은 부류니까. 클레멘타인이 머리칼을 만지작거리는 모습을 보면 클레멘타인도 두 사람과 같은 부류란 걸 알 수 있었다. 그래, 이건 그냥 성의 문제야. 성은 다루기 쉽지.

티파니가 이해할 수 없는 건 나머지 세 사람이었다. 비드는 샴페인 병을 딸 때면 언제나 그렇듯이 '으쌰'라고 소리치면서 샴페인 병뚜껑을 열었다. 그것을 보고 있던 클레멘타인이 재빨리 티파니한테서 샴페인 잔을 두 개 건네받고는 부산하게 깔깔거리면서 흘러넘치는 샴페인을 받으려 했고. 그리고 올리버와 에리카와 샘은 그런 클레멘타인을 그저 멍하니 쳐다보고 있었다. 그때 세 사람의 표정에 나타난 감정이 사랑스러움인지 경멸인지는, 티파니로선 도무지 알 수가 없었다.

. 21 .

클레멘타인은 책을 무릎에 올려놓았다. 이불을 비추는 둥근 전등 빛 안으로 책이 들어가도록 엎어놓은 채 빗소리를 들으면서, 클레멘타인은 더블침대의 비어 있는 옆쪽을 바라봤다.

"다른 때 또 해보면 돼. 나중에 또 시도해보는 거야"라고 팸이 강건히 말하고 집으로 돌아간 뒤, 드라이브를 마치고 온 샘은 재앙이 돼버린 외식 사건에 대해선 한 마디도 하지 않았다. 클레멘타인과 샘은 그저 한 집을 공유하고 살 뿐인 사람들처럼 냉정하고 정중하게 서로를 대하고 있었다.

"냉장고에 파스타 남은 거 있어."

"잘됐네. 그거 먹어야겠어."

"난 잘래."

"그래, 잘 자."

"응, 잘 자."

이런 말을 주고받는 거다.

샘은 자고 나면 허리가 아주 아픈 소파베드에서 자려고 서재로 갔다(거기서 자고 일어난 손님들은 늘 조심스럽게 자기 허리를 문지르면서 "괜찮아, 난 정말 괜찮아"라고 말하게 되는 그런 소파에서 자려고 간 거다). 이제 서재는 샘의 침실이 된 것 같았다. 이젠 같은 침대에 누워 있다가 한밤중에야 옆구리에 베개를 끼고 침대에서 몰래 빠져나오는 수고도 하지 않았다. 이젠 각방을 쓰는 거야. 그런 생각을 구체적으로 떠올리자 클레멘타인은 충격으로 속이 메슥거렸다.

마지막으로 클레멘타인과 샘이 정말로 평범하게 저녁부터 끝까지 같은 침대에서 함께 잔 건, 그러니까 심란한 꿈을 꾸거나 이를 갈거나 갑자기 머리를 쳐들거나 몸을 돌리는 일 없이 푹 잔 건, 바비큐 파티 전날 밤이었다.

이젠 함께 침대에 누워 함께 잠을 자고 함께 잠에서 깨는 걸 상상하면 정말 이상한 기분이 들었다. 혹시 그 마지막 밤이 이상하게 평범했던 것 아닐까? 그날 밤에 있었던 일은 단 하나도 기억할 수 없었다. 고작 두 달밖에 지나지 않았는데도 클레멘타인이 아는 건 지금 두 사람과 그날 밤의 두 사람은 전혀 다른 사람이라는 것뿐이었다. 그날 두 사람은 섹스를 했던가? 아니, 아니었을 거다. 그럴 시간이 거의 없었으니까. 시간이 없다는 거, 그게 그날 밤 두 사람이 그렇게 예민했던 이유니까. 섹스에 대해서 말이다.

팸은 오늘 밤 딸 부부가 멋진 식당에서 외식을 하고 오면 '사랑'을 나눌 거라고 기대했을 거다. 클레멘타인과 샘이 그렇게 일찍 돌아오지 않았다면, 둘이 손을 잡고 현관에 들어섰다면, 팸은 두 사람에게 윙크를 한 뒤 미소를 띠고 재빨리 집으로 돌아갔을 거다. 그러곤 다음 날 전화해서 "아주 지칠 정도로 사랑을 나눈 건 아니지, 얘? 하긴 건강한 성생활이야말로 건강한 결혼생활에 아주 중요한 거야" 같은 지독하게 부적절한 말을 했겠지. 그래서 클레멘타인이 손으로 귀를 막고 "랄랄라!" 하고 싶게 했겠지. 예전에, 클레멘타인과 에리카를 파티에 데려다주면서 성교육을 해줄 때처럼 말이다. 팸이 입을 열 때마다 정말로 그걸 모두 받아 적는 에리카는 팸이 하는 성교육 강의에 귀를 기울였고, 아주 특별한 절차 문제를 묻곤 했다. "콘돔은 정확히 언제 끼는 거예요?" "남자 페니스가……?" 같은 문제를. 당연히 클레멘타인은 "랄랄라!" 하고 소리를 쳤다.

팸은 섹스에 대해 너무 개방적이었고 섹스를 너무 좋게 생각했다. 아쿠아로빅처럼 섹스도 건강에 좋은 거라고 생각했다. 팸은 야한 삽화가 그려진 《섹스의 즐거움》 같은 책도 좋은 소설인 것처럼 협탁 위에 떡하니 올려두는 사람이었다. 클레멘타인이 그 책에서 특히 기억하는 부분은 '다모(多毛)'에 관한 내용이었다. 클레멘타인은 섹스에서 아주 조용하면서도 은밀한 걸 원했다. 불은 꺼야 하고 신비로워야 하고 털도 없어야 했다. 문득 정신없던 티파니네 뒤뜰이 떠올랐다. 꼬마전구가 들어오기 전에 있었던 일이 떠올랐다. 희미한 불빛 아래에서 하얗게 빛나던 티파니의 티셔츠가 떠올랐다. 그러자 클레멘타인은 입안 가득 단맛을 느꼈다. 그건 비드가 만든 디저트의 맛이었다. 수치심에 관한 맛인 거다.

바비큐 파티를 하고 온 뒤, 이틀인가 사흘쯤 지났을 때 클레멘타인은 꿈을 꿨다. 꿈에서 클레멘타인은 오페라하우스 콘서트홀 무대 위에서 샘이 아닌 사람과 섹스를 하고 있었다. 관중석엔 홀리와 루비가 앉아 엄마가 다른 남자랑 섹스하는 걸 지켜봤다. 클레멘타인이 가장 음흉한 방식으로 신음하고 소리를 지르는 동안 두 아인 맨앞줄에서 다리를 흔들며 엄마를 쳐다봤다. 처음엔 그저 〈하이 도라〉를 보고 있는 것 같은 얼굴로 엄마를 멍하니 보고 있었지만, 곧 큰 소리로 울기 시작했다. 그래서 클레멘타인은 말했다. 오르가슴에 도달하길 기다리는 사람이 아니라 꼭 설거지를 끝내기를 바라는 사람처럼, '기다려!' 하고 말했다. 그때 클레멘타인의 부모와 샘의 부모가 역겹다는 얼굴을 하고 콘서트홀 통로를 뛰어내려왔고, 클레멘타인의 엄마는 큰 소리로 외쳤다. '클레멘타인, 어떻게 이럴 수가 있니? 네가 어떻게 이러니?'

클레멘타인은 그 꿈이 무슨 뜻인지 이해할 수 없었다. 클레멘타인의 마음속에 영원히 섹스와 묶여버린 뭔가가 생긴 것만은 분명했다. 섹스하고 관련이 있는 불쾌하고 추잡한 뭔가가 생겨난 거다. 추악한 꿈이 남긴 파편들은 실제 기억처럼 며칠 동안 사라지지 않았다. 클레멘타인은 계속해서 *괜찮아, 클레멘타인. 애들이 보는 데서, 오페라하우스에서 섹스를 한 적은 없어,* 하고 자신을 다독여야 했다. 그 꿈은 지금도 꿈이라기보다는 기억처럼 느껴졌다.

클레멘타인과 샘은 바비큐 파티를 하고 온 날부터 일주일 내내 나쁜 꿈을 꿨다. 침대 시트는 엉클어졌고 땀에 절어 나쁜 냄새가 났다. 샘은 끔찍하게 소리를 질러서 클레멘타인이 오싹한 기분을 느끼며 깨어나게 했다. 마치 누군가가 클레멘타인의 셔츠 앞자락을 움켜잡고 거칠게 일으켜 세운 것처럼 느껴지고 심장이 거세게 뛰게 되는 거다. 잠에서 깬 클레멘타인은 몸을 일으키고 앉아서 당황한 채 횡설수설하는 샘을 볼 수 있었다. 그런 샘을 볼 때마다 클레멘타인이 제일 먼저 느끼는 감정은 연민이 아니라 극심한 분노였다.

그때부터 샘은 자면서 이를 갈기 시작했다. 참을 수 없이 완벽하게 삼박자를 맞추면서 이를 갈았다. 드드득, 하나, 둘, 드드득, 하나 둘, 드드득. 클레멘타인은 어둠 속에 누워 두 눈을 동그랗게 뜨고 시계처럼 규칙적으로 들리는 소리를 세어봤다. 클레멘타인은 자면서 말을 하기 시작했다. 한 번은 샘이 클레멘타인을 들여다보며 소리치는 바람에 잠을 깨기도 했다. 그때 샘은 "시끄러워! 시끄러워! 시끄러워!"라고 고함을 질렀다(샘은 고함을 지르지 않았다고 했지만, 아니, 정말로 고함을 질렀다).

그 뒤부턴 더 절망한 사람이 책을 읽거나 잠을 자려고 서재로 갔다. 그때 소파베드를 마련했고, 그때부터 샘은 거기서 자게 된 거다. 결국 두 사람은 그 문제를 얘기해야 할 거다. 평생 이런 식으로 살 순 없으니까. 안 그래? 하지만 지금은 생각하지 말자. 그 문제는 결국 해결될 테니까. 지금은 걱정해야 할 더 중요한 문제가 있으니까. 예를 들어, 내일 에리카한테 전화해서 퇴근 후 잠깐 보자고 말해야 하는 거 같은 문제 말이야. *당연히* 난자를 기증할 거라고 말할 거야. 그건 내 기쁨이고 명예일 테니까.

그 생각을 하니까 갑자기 어렸을 때 처음이자 마지막으로 본 에리카의 집이 생각났다. 둘이 친구가 되고 반년쯤 지났을 때의 일인데, 그때까지 친구를 집으로 초대한 사람은 늘 클레멘타인이었다(엄마가 강요했기 때문이다). 에리카는 한 번도 클레멘타인을 초대하지 않았다. 공평함이란 미덕을 누구보다 잘 발달시키고 있던 클레멘타인이 생각하기에 그건 옳지 않은 일이었다. 더구나 클레멘타인은 다른 애들 집에 가는 건 아주 즐거운 일이라고 생각했다. 친구네 집에 간다는 건 자기 집에선 못 먹는 간식을 먹을 수도 있단 뜻이니까. 클레멘타인이 생각하기에 에리카가 자기 집에 초대하지 않는 건 이상한 일이기도 했고 쓸데없이 비밀을 많이 만드는 일이기도 했다. 솔직히 말하면, 너무 이기적인 것 같았다.

그런데 어느 날, 엄마가 학교 소풍 장소에 클레멘타인과 에리카를 데려다주려고 가다가 다시 에리카의 집으로 돌아갔다. 모자였던가? 정확히 에리카가 뭘 두고 왔는지는 기억나지 않았다. 클레멘타인이 기억하는 건, 에리카가 집안으로 들어가는 것을 보고 차에서 훌쩍 뛰어내려 그 뒤를 따라갔다는 것뿐이다. 에리카에게 점점 추워지니까 위에 걸칠 것도 하나 가져오라고 말하기 위해서였지만, 복도에 들어서자마자 클레멘타인은 그 자리에서 얼어버렸다. 에리카네 집은 현관문이 활짝 열리지도 않았다. 에리카가 집으로 들어가려면 몸을 옆으로 돌려야 할 게 분명했다. 현관문은 천장까지 쌓인 마분지 상자에 막혀 있었다.

그때 복도에 나타난 에리카가 소리를 질렀다.

"당장 나가! 여긴 왜 들어온 거야?"

분노라는 기이한 가면을 쓴 에리카의 얼굴은 무시무시했다. 클레멘타인은 그 순간 펄쩍 뛰어서 집 밖으로 나왔지만, 에리카네 복도에서 본 장면은 절대 잊히지 않았다.

에리카의 집은 깨끗한 교외 동네에 생뚱맞게 존재하는 빈민가 같았다. 그 물건들이라니. 하늘 높이 솟은 오래된 신문지 더미, 마구 뒤엉켜 있는 옷걸이랑 겨울 코트랑 신발들, 구슬 목걸이가 가득 들어 있던 프라이팬, 뭔가를 가득 담아 울퉁불퉁해져 있던 비닐봉지들. 그건 마치 한 사람의 인생이 폭발해버린 것 같았다. 그리고 그 냄새. 부패하고 썩어들어가는 곰팡이 냄새.

에리카의 엄마 실비아는 간호사였으니까 분명 능력은 있는 사람이었다. 은퇴하기 전까진 오랫동안 양로원에서 일했다. 그렇게 엉망인 삶을 사는 사람이 위생과 청결과 질서가 정말로 중요한 건강을 돌보는 기관에서 일할 수 있다니. 이젠 다른 사람들에게 자기 엄마의 병적인 수집벽을 자유롭게 얘기하게 된 에리카는 사실 전혀 이상한 게 아니라고 했다. 하지만 클레멘타인에겐 너무나 이상하게 느껴졌다. 에리카는 실제로 의료기관에서 근무하는 사람 가운데 수집벽이 심한 사람이 많다고 했다.

"그런 사람들은 자기는 다른 사람을 돌봐야 하니까 자기 자신은 돌볼 수가 없다고 말해."

에리카는 덧붙여 말했다.

"자기 애도 돌볼 수 없고 말이야."

오랫동안 실비아의 문제를 얘기할 땐 모두 조금은 고상하면서도 간접적인 표현을 찾아 썼다. 그런 사람들 얘기를 다룬 텔레비전 방송에서도 그랬다. 그러다가 갑자기 너무나 무시무시한 단어가 생겨나버렸다. 병적인 수집벽. 에리카의 엄마는 '병적인 수집벽'을 가진 사람이었던 거다. 병적인 수집벽은 한 사람이 외부로 나타내는 그 사람의 상태라고 할 수 있다. 하지만 에리카가 소리 내서 '수집벽'이란 말을 하게 되고, 자기 엄마의 수집벽은 깊숙이 숨어 있던 어두운 비밀이었던 적이 한 번도 없었던 것처럼 딱 부러지는 태도로 수집벽 이면의 심리 상태를 언급하게 된 건, 일 년 전쯤에 '사랑스러운 정신과 상담의'를 만나면서부터였다.

에리카의 집을 본 뒤로 클레멘타인은 절대 자기 집을, 그리고 자기 인생을 에리카와 함께 나누는 걸 아까워하면 안 된다고 생각했다. 에리카와 나누는 건 당연했다. 하지만 사실은 너무나도 아까웠다.

지금도 역시 그랬다. 클레멘타인은 좋은 사람은 못 되는 거다. 친구가 정말로 소망하는 일을 돕는 일이라고 생각하려고 해도 전혀 기쁘지 않았다. 에리카 부부가 처음 난자를 기증해달라고 했을 때 느꼈던 엄청난 불쾌함을 지금도 느끼고 있었다. 하지만 다른 점이 있었다. 지금은 그 불쾌함을 *즐기게* 됐다는 거. 클레멘타인은 의사들이 자기 몸을 가르길 바랐다. 자기 몸의 일부를 떼어내 에리카에게 건네주길 바랐다. *자, 가져. 이제 균형을 맞춰야지.*

클레멘타인은 불을 끄고 다른 걸, 그날이 아닌 다른 걸 생각하려 노력했다. 그러니까 '평범했던 그날' 말고 다른 걸 생각하려고 애쓰면서 침대 가운데로 또르르 굴러갔다.

. 22 .

바비큐 파티 날

에리카가 부글부글 끓어오르며 병 밖으로 탈출하는 모엣을 구출
하려 애쓰는 클레멘타인을 보는 동안, 비드는 넓은 주방 한가운데
서서 포뮬러 원에서 우승한 카레이서가 사진을 찍으려고 트로피를
번쩍 들어올린 것처럼 의기양양하게 웃으며 샴페인 병을 번쩍 들고
있었다. 클레멘타인은 지금 아주 재밌는 상황에 처해 있다는 듯, 비
싼 샴페인이 흘러내리는 건 중요한 문제가 아니라는 듯 깔깔거리고
있었고.

클레멘타인은 저렇게 비싼 샴페인에 돈을 쓰지 말아야 했다. 뒤
뜰에서 하는 바비큐 파티에 비싼 프랑스 샴페인이 다 뭐람. 클레멘
타인과 샘은 분수에 넘치는 삶을 살고 있었다. 그 축축하고 좁고 비
싼 곳에 있는 집을 대출까지 받아 사다니! 두 사람이 대출한 액수를
말했을 때, 에리카와 올리버는 믿을 수가 없었다. 작년엔 애들을 데
리고 이탈리아 여행도 갔잖아. 이건 '재정적 광기'야. 애들은 한 시
간만 차를 타고 가면 되는 센트럴 코스트에서도 충분히 즐거울 텐
데 해외여행을 간다고 신용카드를 그렇게 많이 긋는단 말이야? 토
스카나 여행은 순전히 샘과 클레멘타인을 위한 여행인 거잖아.

그게 바로 클레멘타인한테 상임단원 자리가 필요한 진짜 이유였

다. 클레멘타인은 오디션이 있다는 소리만 들으면 즉시 달려들지만, 갑자기 자기한테 재능이 없다고 좌절했다. 에리카는 확신이 없으면서도 어쨌거나 해나가는 직업이 있다는 걸 도저히 이해할 수 없었다. 에리카의 세계에선 일정한 자격을 갖춘 사람만 직업을 얻었고, 자격이 없는 사람은 당연히 배제됐으니까.

어쩌면 에리카는 클레멘타인의 표정을 잘못 읽은 건지도 몰랐다. 난자를 기증하기 싫어서 아까 그런 표정을 지었던 건 아닐지 몰랐다. 그저 너무 많은 생각이 떠올랐기 때문인지도 몰랐다. 오디션이 끝난 뒤에 물어봤어야 했던 걸까? 하지만 그럼 몇 달을 기다려야 했다. 만약 오디션에 통과하면 클레멘타인은 새로운 일을 시작하느라 바쁠 테고, 반대로 떨어지면 다른 생각은 하고 싶지도 않을 거다. 그러니까 지금이 아니면 기회는 없었던 거다.

아니, 기회는 처음부터 없었는지도 몰라. 혹시 신경안정제 때문에 균형감각을 잃은 게 아닐까? 아니, 그럴 리 없어. 난 괜찮아.

"자, 여기."

클레멘타인은 에리카의 눈을 보지도 않으면서 샴페인 잔을 내밀었다.

"나도 한 잔 마셔야겠군요."

올리버가 말했다. 클레멘타인 부부와의 회담이 실패로 끝났다는 생각에 실망한 채, 입술을 옆으로 잔뜩 늘어뜨리고 있는 올리버는 슬픈 어릿광대처럼 보였다. 분명히 오늘 무척 기대를 했을 텐데 말이다. 어제 저녁엔 에리카와 함께 텔레비전을 보다가 불쑥 말하기도 했다.

"클레멘타인이 승낙할 거 같아?"

올리버의 목소리에 잔뜩 묻어 있는 열망을 참을 수 없어서 에리카는 퉁명스러운 목소리가 나오지 않기만을 바라야 했다.

"그걸 내가 어떻게 알아?"

에리카는 그렇게 대답했다.

"아, 저도 한 잔 마셔야겠습니다."

샘이 말했다. 모두 죽을 만큼 목이 타는 것 같았다. 집에서 레몬을 넣은 스파클링 미네랄워터를 잔뜩 *마시고* 왔는데도 에리카는 목이 말랐다. 에리카는 샴페인을 한 모금 꿀꺽 마셨다. 샴페인은 정말 별로야. 다들 샴페인을 좋아하는 체하는 건 아니겠지?

"음, 별로 품위 없다는 건 알지만, 난 맥주를 마실래요."

티파니는 거대한 스테인리스 냉장고 앞으로 가더니 비스듬한 각도로 엉덩이를 내밀고 그 앞에 섰다. 티파니는 흰색으로 보일 만큼 빛이 바래고 무릎이 찢어진 청바지를 입고 있었다(정말 적절하게 찢어진 청바지였기 때문에 에리카는 티파니를 용납할 수 있을 것 같았다). 위엔 평범한 흰 셔츠를 입고 있었고, 긴 금발은 이제 막 해변에 도착한 영화배우 같은 모습을 하고 있었다. 에리카도 티파니를 보면 섹스가 생각나는데 남자들은 어떨지 안 봐도 빤했다. 에리카가 흘끗 쳐다보니 올리버는 아기 생각에 푹 빠져 멍하니 창밖을 내다보고 있었지만. 올리버는 정말 완벽한 남편이야. 완벽한 아내만 있었다면 정말 좋았을 텐데.

"저도 맥주를 마시고 싶군요. 혹시 있다면요."

샘이 아일랜드 벤치에 샴페인 잔을 내려놓으며 말했다.

"오븐에 슈트루델이 들어 있어요. 오 분이면 완성될 겁니다."

비드는 오븐 안을 들여다봤다.

"아주 맛있는 치즈 슈트루델이에요. 슬로베니아 음식이죠. 우리 집안에서 오래전부터 해먹던 전통 요리입니다. 사실, 그건 거짓말입니다. 인터넷에서 찾은 음식이죠."

비드는 큰 소리로 웃음을 터트렸다.

"우리 이모가 하셨던 음식인데, 엄마한테 요리법을 물어보니까 '그걸 내가 어떻게 알아?' 하시더군요. 우리 엄마는 요리를 하는 사람이 아니었으니까요. 나요? 나야 위대한 요리사죠."

"정말로 위대한 요리사예요. 정말 겸손한 사람이라니까."

티파니는 럭비 광고에 나오는 섹시한 모델처럼 가슴을 쭉 내민 채 고개를 젖히고 꿀꺽꿀꺽 맥주를 마셨다. 에리카는 그 모습에서 시선을 뗄 수가 없었다. 무슨 목적이 있어서 저러는 걸까? 에리카는 이해할 수가 없었다. 문득 에리카와 클레멘타인의 시선이 마주쳤다. 그 순간 클레멘타인은 한쪽 눈썹을 치켜올렸고, 에리카는 웃지 않으려고 애써야 했다. 에리카만 볼 수 있도록 은밀하게 치켜올린 눈썹엔 에리카가 클레멘타인과의 우정에서 추구하는 모든 것이 들어 있었다.

"요리할 줄 아는 남편을 만나면 정말 좋을 거예요. 대체 어디서 데려오신 거예요?"

클레멘타인이 티파니에게 물었다.

"안 가르쳐줄래요."

티파니가 장난스럽게 대답했다.

이런, 이건 정말 에리카로서는 도통 이해할 수가 없는 대화법이었다. 너무 부적절하지 않나? 게다가 클레멘타인하고 티파니는 아주 친한 사람처럼 말하고 있었다. 둘이 오랜 친구 사이고 에리카가 이방인인 것처럼 말하고 있었다.

"어, 나도 요리하잖아."

샘이 클레멘타인의 어깨를 툭 치며 말했다.

"아야! 사실은요, 우린 둘 다 요리를 하지만 소질은 없어요."

클레멘타인이 비드와 티파니를 보며 말했다.

"그게 무슨 말이야? 내 특별 요리는 어쩌고?"

"당신의 셰퍼드 파이(shepherd pie, 으깬 감자 안에 다진 고기를 넣어 만든 파이─옮긴이)는 정말 놀랍지. 아주 강렬해. 믹스 상자에 써 있는 레시피를 그대로 따라하잖아."

클레멘타인은 샘의 허리를 한 손으로 감싸안았다. 또 저러네. 우리 집에 있을 땐 분위기가 심각했잖아. 그런데 어떻게 저렇게 다정하게 행동할 수 있지?

시작은 에리카 때문이었지만, 사실 클레멘타인과 샘한테 정말로 문제가 된 건 셋째를 가질지 말지 하는 문제였다. 그런 건 진지하게 얘기해야 하는 심각한 문제인 거다. 클레멘타인은 사람들한테 자기 눈을 뽑아버릴 거란 얘기를 하고 돌아다니면 안 되는 거다. 사람들이야 당연히 그 말을 *믿을 테니까.*

혹시 비드랑 티파니 때문에 저렇게 사랑스런 농담을 하는 걸까? 에리카와 올리버는 서로 시시덕거리는 부부는 아니었다. 다른 사람이 있을 때 올리버는 아내가 아니라 이모라도 되는 것처럼 에리카를 정중하게 대했다. 사람들은 두 사람의 결혼생활이 아주 엉망이라고 생각할 거다.

"가득 채워줄게요."

티파니가 샴페인 병을 들고 에리카에게 말했다.

"이런. 왜 이렇게 빨리 사라졌을까요."

에리카는 약간 당황해하면서 텅 빈 잔을 내려다봤다.

"애들이 뭘 하나 보고 와야 하는 거 아닌지 모르겠군요. 너무 조용한데요."

샘이 위층을 올려다보며 말했다.

"아이고, 괜찮습니다. 걱정할 거 없어요. 다코타가 함께 있으니까요."

"샘은 걱정이 많아요."

비드의 말에 클레멘타인이 대꾸했다.

"맞습니다. 클레멘타인은 방목형 양육 방식을 선호하죠. 쇼핑센터에 가도 애들을 안 봐요. 경비원이 돌봐줄 테니까요."

"샘, *한 번* 그런 거잖아. 제이비하이파이(J.B Hi-Fi, 오스트레일리아 가전제품 유통센터—옮긴이)에 갔을 때 홀리한테서 딱 일 초 눈을 뗀 거예요."

에리카도 처음 듣는 얘기였는데 클레멘타인은 에리카가 아니라 비드와 티파니에게 말하고 있었다.

"그런데 홀리가 바비 DVD인가 뭔가를 찾겠다고 도망가버린 거예요. 그러곤 길을 잃고 헤매다 쇼핑센터 밖으로 나가버렸고, 정말 끔찍했어요."

"그랬지. 그러니까 애들한테선 눈을 떼는 게 아냐."

"네, 알았어요. 살면서 절대 실수를 저지르지 않는 남편님."

클레멘타인이 샘을 얄밉다는 듯이 살짝 노려봤다.

"그건 아무것도 아닙니다. 난 해변에서 다코타를 잃어버린 적도 있는걸요."

비드가 말하는 순간, 에리카와 올리버의 눈이 마주쳤다. 이 사람들, 지금 누가 세상에서 가장 무능하고 무책임한 부모인지 시합하는 거야? 올리버와 에리카가 부모가 된다면, 단 한 순간도 무책임하게 행동하지 않을 거다. 모든 상황마다 제대로 위험을 평가해서 대처할 거다. 두 사람의 부모가 주지 못했던 관심을 애한테 쏟아줄 거다. 두 사람의 부모가 잘못했던 모든 일을 제대로 해낼 거다.

"그날만큼 살면서 무서웠던 적은 없을 거예요. 정말로 이 사람을 죽여버리고 싶었다니까요. 진짜로 다코타한테 무슨 일이 생기면 이 남자를 죽여버릴 거라고 생각했어요. 말 그대로 진짜 죽여버릴 거라고요. 절대로 용서할 수 없었을 테니까요."

"하지만 보세요. 난 아직 살아있잖습니까? 우린 아일 찾았으니까요. 그러니까 모든 게 다 잘 마무리된 겁니다. 애들은 늘 잃어버리게 마련이에요. 그게 인생이죠."

아니, 아냐. 에리카는 생각했다.

"그건 아니지. 반드시 일어나야 할 일은 아니란 말이야."

티파니가 에리카의 생각을 정확하게 소리로 만들어 입 밖으로 냈다.

"저도 그렇게 생각합니다. 진짜 무책임한 부모들이죠."

샘이 티파니의 맥주병에 자기 맥주병을 챙, 부딪쳤다.

"당신하고 내 얘기 같군요. 우리가 무책임한 부모들인 거죠."

비드는 상당히 즐기는 말투로 클레멘타인한테 말했다.

"여유 있는 부모인 거죠. 아무튼, 그건 딱 한 번 일어난 일이고 지금은 매처럼 애들을 지켜봐요."

클레멘타인이 말했다.

"두 분은 어떨까나요?"

비드가 에리카와 올리버에게 물었다. 두 사람이 아무 말도 않고 있다는 걸 눈치 챈 거다.

"난 에리카를 매처럼 지켜보고 있죠. 에리카를 잃어버린 적은 한 번도 없습니다."

그 말을 듣고 모두 큰 소리로 웃었고, 올리버는 의기양양해졌다. 재치 있게 응수하는 건 사실 올리버의 재능이 아닌데. 이제 됐어, 내 사랑. 더 말을 해서 망치면 안 돼. 올리버의 입술이 또 다른 말을 내뱉으려고 준비하는 걸 보고 에리카는 생각했다. 거기서 멈춰! 더 큰 웃음을 유발하려고 같은 말을 다르게 표현해서 말하면 안 되는 거야.

"하지만 애들은 어쩔 겁니까? 애를 가질 생각은 있어요?"

비드의 말에, 잠시 침묵이 흘렀다. 마치 모든 사람이 숨을 멈춘 것처럼 팽팽한 긴장감이 느껴졌다.

"비드, 그런 질문은 하면 안 돼. 사적인 문제잖아."

"뭐라고? 왜 안 되는데? 애 얘기가 사적인 문제란 말이야?"

"우린 애를 원합니다."

올리버의 얼굴은 터진 풍선처럼 안쪽으로 무너져버렸다. 불쌍한 올리버. 이제 막 사교생활에서 작은 업적을 세웠는데, 벌써 그 업적이 사라지다니.

"언젠가는요."

에리카가 말했다. 상대방의 치아에 음식 찌꺼기가 낀 걸 못 본 체하느라 고개를 돌리는 사람들처럼, 다들 일부러 에리카를 보지 않으려 하는 것 같았다. 아니면 정말로 에리카의 이에 크래커에 박혀 있던 참깨가 끼어 있거나. 에리카는 손톱으로 이를 긁었다. 이제 아주 낙관적이고 밝은 말투로 얘기해야 해.

"되도록 빨리요."

"그렇군요. 너무 오래 미루면 안 돼요."

"세상에, 비드!"

그때, 위층에서 날카로운 비명소리가 들려왔다.

. 23 .

"클레멘타인이야."

빗소리가 너무 커서 에리카는 휴대전화 너머에서 말하는 사람이 클레멘타인이라는 정도만 간신히 알 수 있었다.

"좀 크게 말해."

"미안. 나야, 클레멘타인. 좋은 아침이야. 잘 지내지?"

"응. 안녕. 너도 잘 지내지?"

에리카는 차고로 옮길 물건을 들려고 어깨를 들어 휴대전화를 지탱했다.

"너 일 끝난 뒤 한잔할 수 있을까 해서 전화했어. 오늘 봐도 되고 다른 날 봐도 되고."

"오늘 일하러 안 갔어. 월차 냈거든. 오늘은 엄마 집에 갈 거야."

사무실에 전화해서 비서한테 오늘 못 나간다고 했을 때 에리카가 내세운 변명은 엄마가 아파서 간호를 해야 한다는 거였다. 사실 그건 기술적으로는 틀린 말도 아니었다.

클레멘타인은 잠시 아무 말도 않다가 "아!"라고만 했다. 에리카 엄마 얘기를 할 때면 클레멘타인의 목소리는 늘 바뀌었다. 말기 환자에 관해 말하는 것처럼 머뭇거리면서 부드럽게 말하는 거다.

"우리 엄마가 어제 너한테 전화했다고 하더라."

"응, 맞아."

클레멘타인과 클레멘타인 엄마가 조용한 목소리로 에리카 얘기를, 가엾고도 가여운 에리카 얘기를 하는 모습을 떠올리자 에리카는 갑자기 화가 좀 났다. 두 사람은 에리카가 어렸을 때부터 그랬을 거야.

"저녁에 볼까?"

"좋아."

그건 좋지 않다는 뜻이었다. 좋았다면 클레멘타인은 엄청난 양념을 치면서 이런저런 얘기들을 열광적으로 했을 테니까.

나한테 너희 부부 얘긴 하지 마, 클레멘타인. 너희 두 사람의 결혼생활이 끝장나건 말건 난 신경 안 쓰니까. 네 완벽한 인생이 요즘엔 완벽하지 않아도 아무 상관없어. 다른 사람들 사는 것 좀 보라고.

"엄마 집으로 가야 하는구나. 어, 청소 도와주러."

클레멘타인이 말했다.

"최선을 다해야지."

에리카는 3리터짜리 소독약 통을 집어들었다가 다시 놓았다. 전화를 하면서 한 손으로 옮기기엔 너무 무거웠기 때문이다. 그 대신 대걸레를 두 개 집어들고 차고로 연결된 문으로 나가며 불을 켰다. 차고엔 티끌 한 점 없었다. 티끌 한 점 없는 에리카의 스테이츠맨을 전시하는 쇼룸 같았다.

"올리버도 오늘 쉬어?"

올리버도 늘 에리카와 함께 실비아의 집으로 간다는 걸 아는 클레멘타인이 물었다. 에리카는 올리버가 엄마네 집에 함께 가서 청소하는 걸 도와준단 말을 처음 했을 때, 불평 한마디 없이 묵묵히 청소하는 올리버가 얼마나 근사한지 모른다고 했을 때, 클레멘타인이 그 얘기를 들으면서 정말로 감동적이라는 듯 울 것 같은 표정을 지었던 걸, 그런 클레멘타인을 보고 기분이 나빠졌던 걸 기억했다.

자신을 도와주는 올리버가 있다는 게 얼마나 행운인지 잘 알고 올리버에게 고마워하고 있던 에리카가 기분이 나빴던 건, 클레멘타인의 반응이 에리카를 부끄럽게 만들었기 때문이다. 클레멘타인은 마치 올리버는 다른 남편들은 안 하는 엄청난 일을 했고, 에리카는 그 호의를 받을 자격이 없다고 말하는 것 같았기 때문이다.

"올리버도 집에 있어. 하지만 아파."

에리카는 자동차 트렁크를 열고 대걸레를 넣었다.

"그럼 오늘은 내가 같이 가줄까? 나 갈 수 있어. 좀 있다 결혼식에 가서 연주해야 하지만, 애들 학교 끝날 때까진 시간 있어."

에리카는 눈을 감았다. 클레멘타인의 목소리에 담겨 있는 희망과 공포를 느낄 수 있었으니까. 에리카는 어렸을 때, 에리카가 사는 모습을 처음으로 목격한 클레멘타인을 기억했다. 도자기같이 하얀 피부, 맑고 파란 눈, 깨끗하고 사랑스런 삶을 누리고 있던 귀엽고 작은 클레멘타인은 안 그래도 큰 눈을 더 크게 뜨고 에리카네 현관에 서 있었다.

"물릴 거야. 벼룩 있거든."

에리카는 직설적으로 말했다. 클레멘타인의 도자기 같은 피부는 늘 누구보다 먼저 모기를 끌어당겼다. 곤충한테 클레멘타인은 먹음직스럽게 보이는 게 분명했다.

"약을 치면 되지."

클레멘타인은 진심으로 가고 싶다는 듯이 열정적으로 말했다.

"아냐, 아냐, 괜찮아. 고맙지만 넌 오디션 연습을 해야지."

"아, 그 말이 맞는 거 같아."

클레멘타인은 한숨을 내쉬는 것처럼 말했다.

"도대체 누가 수요일 아침에 결혼하는 거야? 하객들이 일도 안 하고 결혼식에 올 순 없을 텐데?"

왠지 듣고 싶지 않은 말이 튀어나올 것 같아서 에리카는 서둘러 화제를 돌렸다.

"돈을 아끼고 싶은 사람들이지 뭐."

클레멘타인은 약간 모호하게 말했다.

"야외 결혼식이야. 비가 오면 어떻게 할지 대비도 안 했더라. 그런데 할 말이 있어. 전화로 하고 싶진 않았지만, 아무튼……."

그래, 드디어 때가 된 거야. 우리가 한 제안. 이건 시간문제일 뿐이었어. 에리카는 다시 집으로 들어가 소독약 통을 물끄러미 바라봤다.

"바비큐 파티 때부터, 이 얘기를 다시 꺼내는 게 쉽지 않았을 거 알아. 너무 오래 걸려서 미안해."

클레멘타인답지 않게 정말 정중한 말투였다.

"하지만 다른 이유 때문이라곤 생각하지 않았으면 좋겠어. 사실 샘하고 내가 요즘엔 제대로 생각하는 게 쉽지 않아서……."

클레멘타인의 목소리가 바르르 떨렸다.

"클레멘타인, 굳이 그러지 않아도……."

"아니, 하고 싶어. 내 난자를 줄게. 그럴 거야. 네가 아길 낳을 수 있도록 도울 거야. 정말로 돕고 싶어. 난 준비가 됐으니까 이제 진행하면 돼."

'진행하면 돼'라는 말이 이제 막 배운 외국어라도 되는 듯 클레멘타인은 멋쩍게 헛기침을 했다.

"난 기분이 아주 좋아."

에리카는 한 마디도 대꾸할 수 없었다. 에리카는 뚱뚱한 아기를 안는 것처럼 소독약 통을 배 위에 걸치곤 비틀거리며 차고로 갔다.

"내가 이런 결정을 한 건, 그때 일이랑 아무 관계가 없다는 걸 알 아줬으면 좋겠어. 어쨌든 난 하겠다고 했을 거야."

클레멘타인이 말했다.

에리카는 끙, 앓는 소리를 내면서 자동차 문을 열고 조수석 위에 소독약 통을 퉁, 하고 떨어뜨렸다.

"오, 클레멘타인."

에리카는 자기 입에서 갑자기 아주 솔직한 목소리가 튀어나왔단 걸 알았다. 지금까진 줄곧 가짜 목소리로 말했던 것처럼 솔직한 목소리가 튀어나왔다. 이건 에리카의 진짜 목소리였다. 에리카의 진짜 목소리가 차고에 울려퍼진 거다. 이건 한밤중에 올리버한테나 들려주는 목소리였다. 두 사람이 부끄러운 어린 시절의 가장 부끄러운 비밀을 서로에게 털어놓을 때나 나오는 목소리였다.

"그 말 거짓말인 거, 우리 둘 다 잘 알잖아."

에리카가 말했다.

. 24 .

바비큐 파티 날

"홀리 목소리 같은데?"

맥주병을 내려놓으며 샘이 일어섰다.

"가봐야겠어요."

"저런. 함께 가요."

티파니가 말했다.

"엄마!"

위층에서 홀리가 새된 목소리로 고함을 질렀다.

"엄마! 엄마! 엄마!"

"나도 가봐야겠어요."

클레멘타인은 눈에 띄게 안도하며 말했다.

에리카도 홀리가 괜찮은지 올라가서 확인하고 싶었지만, 엄마랑 아빠가 모두 가는데 굳이 가는 건 부적절해 보였다. 주제넘게 나서 봐야 클레멘타인은 짜증난다는 듯 한숨만 쉴 거다. 그래서 거실엔 에리카랑 올리버랑 비드만 남았다. 그리고 이런 특별한 조합은 아무리 비드가 재기발랄하게 분위기를 띄워보려 애써도 전혀 효과가 없단 걸 세 사람이 거실을 떠난 즉시 알 수 있었다.

올리버는 침울하게 샴페인 잔만 내려다봤고, 비드는 오븐을 열고 슈트루델이 얼마나 구워졌는지 살펴본 뒤 다시 문을 닫았다. 에리카는 적절한 화젯거리가 없는지 찾으려고 주위를 둘러봤다. 아일랜드 벤치 한가운데 크기와 빛깔이 다른 유리 조각들이 잔뜩 담긴 커다란 유리 그릇이 보였다.

"예쁘네요."

에리카는 유리 조각들을 살펴보려고 그릇을 앞으로 잡아당겼다.

"티파니 겁니다. 티파니는 그걸 바다 유리라고 불러요. 난 쓰레기라고 부르죠."

비드가 긴 타원형의 짙은 초록 유리 조각을 집어들며 대답했다.

"이것 좀 보세요. 티파니한테 어이, 아줌마, 이거 깨진 하이네켄 맥주병이잖아, 하고 말했거든요. 어떤 술 취한 인간이 해변에 버리고 간 쓰레기를 주워온 거라고 말이에요. 그래도 티파니는 계속 바다가 광을 낸 보물이란 말만 해요."

"근사한 장식품인 거 같은데요."

에리카는 사실 비드의 의견에 동의했지만 그렇게 말했다. 그래, 이 유리 조각들은 그냥 쓰레기들이야.

"수집벽이에요, 우리 아내 말이에요. 나 아니면 티파니는 텔레비전에 나왔을 거예요. 거 왜, 알죠? 현관문도 못 열 만큼 물건을 쌓아놓는 사람들 말이에요."

"티파니는 수집벽이 아니에요."

에리카가 말했고, 올리버는 헛기침을 했다. 더는 말하지 말라는 경고였다.

"아니, 정말로, 정말로 수집벽이 있어요. 옷장을 보셔야 하는데. 신발장도요. 이멜다 마르코스 뺨친다니까요."

"하지만 수집벽은 아니에요."

올리버의 시선을 피하며 에리카가 말했다.

"우리 엄마가 정말 수집벽이 있거든요."

올리버는 종업원에게 음료를 더 따를 필요 없다고 말하는 사람처럼 손바닥을 밑으로 하고 에리카 앞으로 손을 쭉 뻗었다. *와인 더 필요 없어요*, 가 아니라 *더 말하지 마*, 라는 뜻인 거다. 올리버의 세계에선 누구한테도 가족 얘기를 안 했다. 가족은 사적인 영역이니까. 가족은 부끄러운 거니까. 그건 에리카도 마찬가지였다. 올리버와 다른 점이 있다면 에리카는 더 이상 부끄럽고 싶지 않다는 것뿐이었다.

"정말로요? 텔레비전에 나오는 사람처럼?"

그래, 텔레비전에 나오는 사람처럼. 에리카는 텔레비전을 켰다가 화면에 나오는 엄마 집 복도를 보고, 모든 사람이 엄마가 이룩한 구역질나는 업적을 보고 있다는 사실을 깨닫고, 총 맞은 사람처럼 두 손으로 가슴을 누르며 뒤로 펄쩍 뛰었던 일을 기억했다. 그건 정말 악몽 같은 기억이었다. 에리카는 자기의 적이 그녀의 더러운 비밀을 몰래 촬영해서 방송에 내보냈다고 생각했다. 하지만 곧 에리카의 이성이 제대로 생각을 해냈다. *맞아. 저건 우리 엄마 집이 아냐. 저건 이 세상 반대편에 있는 늙은 웨일스 사람 집이야.* 하지만 그렇게 해도 에리카는 들켰단 기분이 사라지지 않았다. 공개적으로 망신을 당했단 기분은 사라지지 않았다. 그래서 에리카는 남의 얼굴을 강하게 후려치듯 텔레비전을 세게 꺼버렸다. 그 뒤로 에리카는 병적인 수집벽을 다룬 텔레비전 프로그램을 끝까지 본 적이 없었다. 말만 번지르르하고 잔뜩 꾸민 동정 따위 듣고 싶지 않았다.

"맞아요. 정말이에요. 텔레비전에 나오는 사람 같아요."

"와우."

"무생물에 집착하는 병적인 경향이 있는 거예요."

에리카는 자기 목소리를 들을 수 있었고, 올리버는 한숨을 내쉬었다.

"엄마는 세상으로부터 자신을 보호하려고 물건들을 모으는 거예요."

에리카는 계속 말했다. 멈출 수가 없었다.

지금까지 에리카는 반드시 필요할 때가 아니라면 엄마의 '습관'을 분석하는 일은 피해왔다. 생각하는 것조차 싫었다. 엄마한테 있는 게 수집벽이 아니라 사회가 용납 못하는 페티시(fetish, 특정 물건을 통해 성적 쾌감을 얻는 것—옮긴이)인 것처럼 행동했다. 일단 엄마 집에서 나온 뒤로 에리카는 훨씬 더 엄마에 대해 초월할 수 있었다.

하지만 일 년쯤 전인 어느 날 밤, 에리카는 인터넷에 '수집벽'이란 단어를 검색했고 그 뒤부턴 미친 듯이 정보를 긁어모으기 시작했다. 에리카는 전문서적을 읽었고 신문기사를 읽었고 사례를 읽었다. 처음에는 불법을 저지르는 것처럼 심장이 마구 뛰었지만, 사실이 쌓이고 통계와 '무생물에 집착하는 병적인 경향' 같은 전문용어가 쌓이면서 에리카의 심장은 차분해졌다. 왜냐하면 에리카는 혼자가 아니라는 걸 알았으니까. 에리카는 특별한 사람이 아니었으니까. 인터넷에는 에리카와 똑같은 좌절을 겪은 사람들이 서로의 얘기를 공유하는 '수집벽의 아이들'이란 사이트까지 있었다. 숨겨야 할 더럽고 수치스런 어린 시절이 사실은 그저 병의 범주, 유형, 체크해야 할 진단표였던 것뿐이다.

에리카가 상담을 받아야겠다고 결심한 건 모두 수집벽을 조사해 봤기 때문이었다. 정신과 상담의를 만난 첫 시간에, 에리카는 의자에 앉자마자 가정의한테 "기침이 아주 심해요"라고 말하는 것처럼 아주 차분하게 "우리 엄마는 수집벽이에요"라고 말했다. 그건 마치 고소공포증이 있었던 사람이 공포를 극복하고 스카이 다이빙을 즐기는 것 같은 신나는 기분이었다.

에리카는 이제 '수집벽'에 관해 얘기를 한다. 이제 조언을 듣고 기술을 배울 거다. 망가진 가전제품을 고치듯이 에리카는 스스로 고쳐나갈 거다. 아주 새것처럼 좋아질 거다. 엄마 집에 가야 한다는 생각만으로도 불안해지는 건 이제 사라지는 거다. 어린 시절을 떠오르게 하는 냄새, 단어, 생각이 스치고 지나도 더는 공포에 질리지 않는 거다. 이젠 잘 처리할 수 있는 거다.

신나는 기분은 보수 과정이 생각만큼 빠르지도 체계적이지도 않다는 사실이 드러나면서 좀 줄어들긴 했지만, 에리카는 여전히 긍정적이었다. 엄마 문제를 자유롭게 말하게 된 지금, 에리카는 정신이 건강해지고 있는 조짐을 느꼈다.

"그건 정신이 건강해지고 있다는 조짐이 아니라고. 그건 그냥 당신이 이상해 보일 뿐이란 뜻이야."

에리카가 계산을 하려고 줄을 서 있다가 어떤 노부인한테 자기가 튼튼한 쓰레기봉투를 구입하는 이유를 설명하기 시작했을 때, 올리버는 그답지 않게 화를 버럭 내며 말했다. 그러니까 올리버는 에리카가 *엄마 얘기*를 할 때마다 이상하고도 놀라운 기쁨을 느낀다는 걸 이해 못하는 거다. 엄마, 난 더는 엄마의 비밀을 못 지키겠어. 난 쇼핑센터에서 만난 이 친절한 노부인한테 엄마 얘기를 하고 있는 중이야. 들어주는 사람한텐 누구라도 다 말해줄 거야.

비드는 에리카의 얘기에 관심을 보였다. 무척 흥미롭게 느끼는 것 같았다.

"와우. 그러니까 어머니는 어떤 것도 못 버린단 말이죠, 에? 텔레비전에서 본 사람이 있는데, 그 사람은 신문을 못 버리더군요. 신문을 잔뜩 쌓아놓더라고요. 그걸 보면서 내가 뭐랬는지 알아요? 이봐요, 친구. 지금 뭐하고 있는 겁니까. 그 신문 읽지도 않을 거 아뇨. 빨리 가져가서 버려버려요, 라고 했어요."

"그렇군요."

에리카가 대답했다.

"버리다니, 뭘?"

티파니가 다코타랑—무척 강렬한 엄마 옆에 있으니까 다코타는 무색무취의 평범한 애처럼 보였다—그렇게나 끔찍하게 비명을 질러놓고서 이젠 아주 기운차 보이는 홀리를 데리고 거실로 내려오며 물었다. 그러니까 홀리는 별 것도 아닌 걸로 호들갑을 떤 거다.

"모두 괜찮아요?"

에리카가 물었다.

"괜찮아요. 좋아요. 홀리가 닌텐도로 테니스를 하다 부딪친 거예요."

"홀리, 테니스공에 코를 맞았니?"

애들한테 얘기를 할 때 올리버는 얼굴의 구조도 조직도 완전히 바뀌었다. 꼭 다물고 있던 턱에서 힘을 슬쩍 풀어버린 사람처럼 바뀌는 거다.

"어, 올리버 아저씨. 그 테니스공은 기술적으로 말해서 '진짜' 가 아니에요."

홀리는 '진짜'라는 말에서 인용부호를 만들었다.

올리버는 손으로 자기 머리를 탁 쳤다.

"이런, 내가 바보구나."

"루비가 내 코에 머리를 쾅 박은 거란 말이에요. 진짜 돌머리야."

생각하니 또 화가 난다는 듯이 홀리는 코를 문질렀다.

"아이코."

올리버가 말했다.

"다코타가 홀리를 데려가서 바니가 자는 작은 집을 보여줄 거예요."

티파니가 말했다.

"나도 생일 선물로 강아지 갖고 싶어요. 완전히 바니랑 똑같은 강아지."

"홀리, 우리가 바니 줄게. 진짜 장난꾸러기잖아."

비드가 대답했다.

"정말요? 정말 데려가도 돼요?"

"안 돼. 아빠가 너 놀린 거야."

"아!"

다코타의 말에 홀리가 못됐어, 하는 표정으로 비드를 살짝 노려봤다.

홀리 생일에 강아지를 선물로 주면 되겠구나. 에리카는 생각했다. 빨간 리본 목걸이를 채워서 주면 홀리는 분명히 나를 덥석 안아줄 거야. 클레멘타인은 아주 좋아서 활짝 웃겠지? (지금 나 취한 걸까? 에리카의 생각은 온갖 히스테릭한 방향으로 미끄러지는 것 같았다.)

"저런, 얘. 잘 알았어. 내가 너희 엄마 아빠랑 잘 상의해볼게."

티파니는 티셔츠를 들어올리고 짙게 그을린 납작한 배를 긁었다.

"그런데 우리 오두막으로 가는 게 어때, 비드? 안에만 있기엔 날씨가 너무 좋잖아. 슈트루델 다 됐어?"

"클레멘타인하고 샘은 위에서 뭐해?"

"루비가 엄마랑 아빠랑 닌텐도를 하고 싶다고 해서. 하지만 루비가 하기엔 너무 어렵잖아. 분명히 시작하자마자 루비는 까맣게 잊어버리고 둘이 신나게 하고 있을 거야."

"루비 기저귀 갈아야 돼요."

홀리가 한 손을 코앞에 대고 흔들며 에리카한테 말했다.

"그럼 기저귀 가방이 필요하겠구나."

에리카는 기저귀 가방을 집어들며 말했다. 애 기저귀를 갈아야 할 때 컴퓨터 게임을 시작하다니, 거의 알지도 못하는 사람 집에 놀러 와서 말이야. 정말 클레멘타인하고 샘다운 일이라고 에리카는 생각했다. 두 사람은 가끔 십대 애들처럼 굴 때가 있다니까.

"내가 갖고 가야겠다."

"복도 맨 끝에 있는 방이에요."

티파니는 에리카한테 방을 가르쳐주다가 다급하게 소리쳤다.

"대리석 위에 놓으면 안 돼!"

비드가 뜨거운 베이킹 접시를 아일랜드 벤치 위에 털썩 내려놓기 전에, 티파니는 다시 오븐이 있는 쪽으로 비드를 잡아끌었다.

에리카는 기저귀 가방을 메고 부드러운 카펫이 깔린 나선형 계단을 올라갔다. 계단 끝까지 올라가니 마치 카펫이 깔린 들판처럼 텅빈, 가구 하나 없는 넓은 층계참이 나타났다. 에리카는 층계참에 멈쳐 서서 자기 안의 다섯 살짜리가 이 공간을 마음껏 느끼고 즐기게 내버려뒀다. 두 팔이 옆으로 동동 떠오르게 내버려뒀다.

층계참 한쪽 벽엔 어마어마하게 큰 눈 그림이 걸려 있었다. 그 눈동자 속에선 우웃병을 뒤집어놓은 것처럼 생긴 전등이 기둥이 높고 캐노피가 달린 침대를 비추고 있었다(정말 말도 안 되는 설정이었다). 층계참은 마치 현대미술 전시관 같았다. 에리카의 엄마가 이런 '공간'을 쓰레기로 채우는 데는 얼마만큼의 시간이 필요할까?

에리카는 복도 맨 끝에 있는 방으로 걸어갔다. 방에서 조용히 얘기를 나누는 소리가 들렸다. 카펫이 아주 두툼해서 에리카는 우주비행사처럼 통통 튀어오르며 걸었다. 아이코. 균형을 잃는 바람에 에리카의 어깨가 벽에 살짝 스쳤다.

"나한테만 은밀하게 물어봤어야 해."

조용하지만 또렷한 클레멘타인의 목소리가 들렸다.

"우리 넷이 함께 있을 때가 아니라 말이야. 치즈랑 크래커라니, 세상에. 그 쪼그만 치즈 봤지? 정말 이상하지 않았어? 정말 이상했지?"

에리카는 그 자리에 얼어붙었다. 하지만 곧 두사람의 그림자를 볼 수 있을 정도로 가까이 다가갔다. 에리카는 방문에서 멀찌감치 떨어진 복도 벽에 몸을 기대고 섰다.

"우리 네 사람 모두와 관련된 문제라고 생각했겠지."

샘이 말했다.

"알아."

"하고 싶어?"

"아니, 하고 싶지 않아. 내 말은, 그게 내가 처음 느낀 감정이란 거야. 끔찍하게 들리겠지만, 난 그냥…… 그래야 한다고 생각하니까 너무 싫었어. 왠지…… 구역질이 날 것 같았어. 이런, 세상에. 아니, 그건 아냐. 그저 정말로 *하고 싶지 않았을* 뿐이야.”

구역질이 날 것 같았다고?

에리카는 눈을 감았다. 아무리 많은 시간 치료를 받고 아무리 뜨거운 물로 샤워를 해도 에리카는 충분히 깨끗해지지 못한 거다. 여전히 벼룩에 물리는 더러운 애인 거다.

“꼭 해야 하는 건 아니잖아. 두 사람도 당신한테 생각해보라고 했잖아. 반드시 승낙할 필욘 없다고 했잖아.”

“하지만 에리카한텐 아무도 없단 말이야. 나뿐이야. 항상 나뿐이었다고. 그앤 다른 친구도 없어. 그앤 언제나 내 걸 조금이라도 갖고 싶어 했단 말이야.”

클레멘타인의 목소리가 커졌다.

“쉿.”

샘이 말했다.

“안 들릴 텐데 뭐.”

말은 그렇게 했지만 클레멘타인이 다시 목소리를 낮췄기 때문에 에리카는 온 신경을 집중해야 했다.

“난 그애가 내 아기 같을 거라고 생각했단 말이야. 두 사람이 내 아길 가져간 것처럼 느낄 거란 말이야. 그애가 홀리랑 루비를 닮으면 어떻게 해?”

“그건 그렇게 걱정할 필요가 없을 거 같은데. 왜냐하면 당신은 두 눈을 포크로 찌를 각오까지…….”

“그건 농담이었어. 에리카는 그런 말을 하면 안 되는 거였어. 난 결코 그런 뜻으로 한 말이 아니…….”

클레멘타인의 목소리가 다시 커졌다.

"그래, 알았어. 아무튼 그 얘긴 일단 넘어가자고. 집에 가서 다시 얘기해."

"아빠!"

루비의 작은 목소리가 들려왔다.

"다시 게임해. 지금 당장. 빨리, 빨리, 빨리."

"이제 됐어, 루비. 모두 내려가야지."

클레멘타인이 말했다.

"기저귀 갈아줘야지. 그게 우리가 지금 해야 할 일이야. 기저귀 가방 어디 있지?"

샘이 다소 비난조로 말했다.

"당연히 아래층에 있지. 그걸 내가 허리에 매달고 다녔어야 한단 말이야?"

"저런, 그렇게 날카롭게 말하지 마. 내가 가져올게."

방을 나서던 샘은 그 자리에 멈춰 섰고, 소리를 질렀다.

"에리카!"

불법침입자를 보기라도 한 듯 샘은 겁에 질린 두 눈을 크게 뜨고 아주 우스꽝스런 자세로 뒷걸음질 쳤다.

. 25 .

티파니는 알라나 힐(Alannah Hill, 오스트레일리아 유명 디자이너—옮긴이) 카디건을 찾으려고 다코타의 서랍장 맨 아래 칸을 뒤지고 있었다. 어깨에 하얀 진주가 박혀 있는 카디건인데, 사립학교에 애를 보내는 엄마라면 '의무적' 으로 참석해야 하는 학교 설명회엔 그런 옷을 입고 가야 한단 생각이 문득 들었기 때문이다.

그 카디건을 마지막으로 본 건 비드의 사촌이 낳은 아기 세례식에 갔을 때라고 티파니는 확신했다. 그때 갑자기 날씨가 추워져서 티파니가 가방에서 카디건을 꺼내 다코타에게 입혔으니까. 카디건 소매가 길어서 다코타의 손이 안 보일 정도였지만, 다코타는 옷에 신경을 쓰는 애는 아니었다. 다코타의 성격을 생각하면, 집에 오자마자 카디건을 서랍에 우겨넣은 게 분명했다. 그러니까 카디건을 찾는다 해도 세탁을 해야 할 상태일 수도 있었지만, 티파니는 그 카디건이야말로 훨씬 복잡한 문제를 풀어줄 해답이기라도 한 것처럼 카디건을 찾는 일에 집착했다.

티파니는 서랍에 있는 물건을 전부 꺼내서 자기 옆에 쌓았다. 그러고 서랍 뒤쪽에 껴 있는 책 한 권을 발견했다. 티파니는 책을 꺼내 바닥에 내려놓다가 책이 절반밖에 남지 않았다는 걸 깨달았다. 책 표지는 사라지고 없었고, 책은 반으로 갈라져 있었다. 거의 모든 페이지마다 화가 난 것처럼 검은색 마커로 낙서가 돼 있었고, 심하게 구멍이 난 곳도 있었다.

티파니는 쭈그리고 앉아서 가쁜 숨을 몰아쉬며 책을 들여다봤다. 맨 앞 장엔 《헝거 게임》이라고 적혀 있었다. 이거, 카렌 언니가 다코타가 보기엔 아직 이른 책이라고 했던 거 같은데? "넌 다코타가 뭘 읽는지 알고 있어야 한다니까. 이 책이 얼마나 잔인한지 모르지?" 카렌 언니는 그렇게 말했다. 하지만 티파니는 다코타가 읽는 책을 검열하고 싶진 않았다. 포르노 소설도 아니고 그냥 청소년 소설이 잖아. 티파니도 《헝거 게임》이 어떤 책인지는 알았다(유튜브로 영화 예고편을 봤으니까). 사실 동화도 아주 잔인하잖아. 《헨젤과 그레텔》 봐봐. 다코타는 늘 무시무시하게 소름끼치는 동화를 좋아했다고.

이렇게 망가뜨릴 만큼 다코타는 이 책이 끔찍했던 걸까? 꼭 공공 기물 파손하듯 해놨잖아. 티파니는 옷을 더 꺼내 《헝거 게임》의 나머지 반도 찾아냈다.

다코타는 자기 책을 정말 사랑했다. 늘 애지중지하며 아꼈고 책장도 정말 질서정연하고 아름답게 관리했다. 책 귀퉁이를 접는 것도 끔찍하게 싫어했다. 늘 책갈피를 쓰는 애라고! 그런데 이렇게 책을 찢어서 숨겨놓는다고? 말이 안 돼. 독서야말로 다코타가 제일 사랑하는 일인데?

티파니는 천장을 올려다봤다. 그런데, 다코타가 요즘도 책 읽는 걸 좋아하나? 물론 숙제를 해야 하니까 책을 읽긴 했다. 다코타는 잔소리를 안 해도, 굳이 잘하는지 들여다보지 않아도 성실하게 책상에 앉아서 숙제를 한다. 하지만 재미로 책을 읽는 건?

침대나 창가 의자에서 책을 읽는 다코타를 마지막으로 본 게 언제였지? 티파니는 생각이 나지 않았다. 세상에, 이 책 때문에 너무 괴로워서 *더는 다른 책을 읽을 수 없게 된 걸까?* 어쩜 이렇게 무심했던 걸까? 난 끔찍한 엄마야. 끔찍한 이웃이고, 끔찍한 여자야.

"비드, 신발 다 닦았어? 늦게 출발하면 안 돼! 비가 와서 차가 막힐 거란 말이야!"

앞 베란다에 있을 비드에게 티파니가 소리쳤다.

티파니는 《헝거 게임》도 꺼낸 옷들도 모두 서랍에 다시 넣었다. 지금은 다코타에게 아무것도 묻지 못할 테니까. 곧 학교 설명회 때문에 집을 나서야 하니까. 그때 물어볼 순 없을 테니까.

일단은 마음속에 집어넣어둬야 해.

. 26 .

바비큐 파티 날

"에리카!"

샘이 외쳤다. 클레멘타인은 자기가 한 말을 도로 주워 담으려는 듯이 손으로 입을 팍, 쳤다가 그 손이 범죄 증거라도 되는 것처럼 재빨리 밑으로 내렸다. 이렇게 바보 같고 생각이 없다니, 믿을 수가 없어.

"아, 안녕, 고마워."

클레멘타인은 에리카가 내미는 기저귀 가방을 받아들었다.

"이게 필요한지 어떻게 알았어? 홀리는 괜찮아?"

클레멘타인은 샘과 주고받은 대화를 미친 듯이 다시 생각해봤다. 에리카가 들은 게 아닐까? 무슨 말을 들었을까? 처음부터 다 들었나? 이런, '구역질이 날 것 같다'란 말은 못 들었겠지? 그때 말투는 아주 끔찍했는데. 잔뜩 비아냥거리는 말투였잖아.

클레멘타인은 새로운 말들로 자기가 한 말을 덮어버릴 수 있다는 것처럼 계속 말하고 또 말했다.

"다코타가 홀리한테 개 사육장인가 뭔가 보여준다며 데려갔는데. 홀리가 갑자기 생일 선물로 강아지를 사달래. 그러니까 홀리한테 갑자기 강아지 선물하면 안 돼, 알았지? 그냥 농담이란 말이야. 절대로 안 그럴 거지? 이 집 굉장하지 않아? 아마 개집도 별 다섯 개짜리일걸."

에리카 뒤에선 샘이 두 눈을 크게 뜨고 자기 목을 긁고 있었다.

"티파니가 모두 오두막으로 가재."

에리카의 말투는 평소처럼 아무 감정 없이 건조했다. 그러니까 에리카는 아무것도 못 들은 건지도 몰랐다.

"클레멘타인, 내려가서 홀리를 살펴볼게. 당신이 루비 데리고 와."

"알았어. 루비는 내가 맡을게."

샘은 클레멘타인한테 반드시 애를 돌보겠다는 약속을 받아내야 맘이 놓인다는 듯, 클레멘타인 곁에 애를 두고 갈 땐 늘 저렇게 말했다.

"기저귀 어디서 갈지?"

에리카가 방을 둘러보며 말했다. 이 방은 부자들이 미디어룸이라고 부르는 곳이었다. 벽에 터무니없이 큰 스크린을 설치하고 그 앞에 가죽 소파를 놓은 곳 말이다. 샘은 이 방을 보자마자 질투 때문에 완전히 이성을 잃을 뻔했다.

"아, 맞아. 모르겠네. 그냥 바닥에서 가는 게 좋을 거 같아. 여긴 뭐든지 다 비싸 보여."

클레멘타인은 기저귀 매트를 펼쳤다.

"엄마, 나 냄새나."

루비는 냄새나는 게 아주 자랑스러운 일이라도 되는 듯 고개를 매혹적으로 살짝 옆으로 기울였다.

"맞아. 너 냄새나."

클레멘타인이 대답했다.

"홀리는 이 나이 때 기저귀 떼지 않았어?"

"맞아. 우리가 아직 미루고 있어서 그래."

클레멘타인은 에리카의 말을 그대로 인정했다. 평소라면 비난하는 듯한 에리카의 말에 짜증을 냈겠지만, 그냥 인정을 하면 자기 입에서 튀어나왔던 끔찍한 말들을 용서받을 수 있다고 생각하는 것처럼 말이다. 클레멘타인은 지금은 무조건 실수를 인정해야 한다는 욕망에 사로잡혀 있었다(세상에, 치즈 크기에도 불평을 늘어놓았다).

"기저귀를 떼려면 일단 집에서 나갈 수가 없거든. 어딜 갈 수가 없어. 음, 갈 순 있지만 진짜 힘들어……. 음, 하지만 만반의 준비는 돼 있어. 큰 애들이 입는 속옷도 사왔는걸. 그치, 루비? 우린 일단 내 오디션 끝나고, 홀리 생일 파티를 하고, 샘 부모님 결혼 40주년 기념일이 지나면 그때 시작하려고 했어."

제발 그만. 그만 말하란 말이야. 하지만 멈출 수가 없었다.

"알았어."

평소라면 반대 의견을 줄줄이 늘어놓았을 에리카는 그렇게만 말하고 입을 다물었다. 루비와 홀리가 갓난아기였을 때부터 에리카는 애들 연령에 맞는 양육 기사를 읽고 와선 각 '단계'에 맞는 양육 방법을 알려줬다. 클레멘타인은 그게 에리카가 클레멘타인의 인생에 강박적으로 매달려 있는 증거라고 생각했다. 그래서 자기 애를 갖는 일엔 흥미가 없는 거라고 믿었던 거다. 세상에, 그러니까 클레멘타인은 너무 자기중심적으로 생각한 거다.

"일어날래!"

기저귀를 갈자마자 루비가 말했다. 루비는 에리카에게 두 팔을 쭉 뻗었고, 에리카는 루비를 안아올렸다.

"저기 가요."

다루기 힘든 거친 말을 타는 사람처럼 루비는 다리를 쫙 벌리고 에리카가 그쪽으로 갈 수 있도록 몸을 한껏 옆으로 기울였다.

"우와, 꼬마 두목이구나."

에리카는 루비가 이끄는 대로 책장으로 다가갔다. 클레멘타인은 루비가 손에 잡으려고 펄쩍펄쩍 뛰는 곳을 쳐다봤다. 거기엔 도자기 인형이 있었다.

"아, 저거 갖고 싶어서 그러는구나? 이모 생각엔 만지면 안 될 거 같은데."

에리카는 루비가 도자기 인형을 만지지 못하게 몸을 돌렸다. 그 순간 루비의 머리 너머로 에리카의 눈과 클레멘타인의 눈이 마주쳤다. 클레멘타인을 보는 에리카의 눈빛엔 어딘지 모르게 이상한 점이 있었다. 클레멘타인은 그게 상처를 받은 눈빛인지 화가 난 눈빛인지 알 수 없었다. 에리카가 들었을 리 없다. 클레멘타인이 하는 말을 들으려고 문 밖에 숨어 있었을 리 없다. 그건 에리카 방식이 아니었다. 에리카라면 자기가 클레멘타인 부부보다 얼마나 나은 사람인지 보여주려고, 두 사람이 얼마나 무능한 부모인지 보여주려고 기저귀 가방을 높이 들고 곧바로 방으로 들어왔을 거다.

에리카가 자기 이마를 숙여 부드럽게 루비의 이마에 대는 모습을 보면서, 클레멘타인은 죄의식 때문에 숨이 막혀 죽을 것만 같았다. 하지만 에리카 부부가 부탁한 일은 여전히 할 수 없을 것만 같았다. 하지 않을 것만 같았다. 하고 싶지 않아. 하고 싶지 않다고.

기저귀 매트를 다시 가방에 넣으려고 몸을 숙이다 클레멘타인은 깨달았다. 자기가 마음속으로 말을 걸고 있는 사람은 에리카가 아니라는 걸. 엄마한테 말하고 있다는 걸. *난 친절했잖아. 좋은 사람으로 살았다고. 하지만 이젠 충분해. 그것까지 하게 만들지 말란 말이야.*

. 27 .

"올리버?"

아직도 자고 있을지 모른다는 생각에 에리카는 조용히 올리버를 불렀다. 침대 끝에 서서 내려다본 올리버는 멋들어진 삼두박근이 드러나 보이는 각도로 이불 밖에 내민 팔을 꺾고 있었다. 말랐다고 할 수 있을 만큼 호리호리했지만 올리버는 아주 탄탄했다. (에리카와 올리버가 사귀기 시작할 무렵에 클레멘타인네랑 같이 해변에 간 적이 있었다. 그때 클레멘타인은 에리카 귀에 대고 "네 새 남자친구 은근 몸짱이다, 그치?"라고 속삭였다. 에리카는 스스로 인정하고 싶은 것보다도 훨씬 기분이 좋았다.)

"으음?"

몸을 똑바로 돌리고 눈을 뜨면서 올리버가 대답했다.

"엄마 집에 갈 준비 끝났어."

올리버는 하품을 하고 눈을 비비면서 협탁 위의 안경을 집어들더니 여전히 폭우가 쏟아지는 창밖을 흘끗 봤다.

"비가 좀 잦아들 때까지 기다리는 게 좋지 않겠어?"

"하루 종일 기다렸는걸."

에리카는 침대를 덮고 있는 눈처럼 하얗고 바삭바삭한 리넨 천을 봤다. 올리버는 매일같이 병원 침대 시트처럼 시트를 팽팽하게 당겨 가장자리를 집어넣었다. 자기가 얼마나 간절히 옷을 벗고 다시 침대로 들어가 올리버 옆에 누워서 모든 걸 잊고 싶어 하는지를 깨닫고 에리카는 깜짝 놀랐다. 낮잠을 자는 사람이 아닌데도, 에리카는 그런 생각을 한 거다.

"몸은 어때?"

"괜찮아진 거 같아."

올리버는 눈 밑을 툭툭 치면서 부비강(두개골 안에서 코 안쪽으로 이어지는 구멍—옮긴이)을 점검했다.

"괜찮은 거 같아. 오, 안 돼, 일하러 갔어야 하는데."

이 불쌍한 남자는 아파서 쉴 때마다 집요할 만큼 끊임없이 자기 건강을 점검했다. 자기가 병가를 남용하고 있는 게 아닌가 걱정이 됐기 때문이다.

"아니면 장모님 집 청소하는 걸 도울 수 있을 거 같아."

올리버는 침대에서 몸을 굴려 바닥에 발을 내려놓았다.

"이제 병가를 개인 시간(personal time, 휴가나 병으로 인한 결근으로 처리되지 않는 유급 시간—옮긴이)으로 바꿔야겠어."

"하루 더 쉬어야 해. 그리고 아플 땐 우리 엄마 집에 가면 안 돼."

"사실 좀 어지러운 거 같긴 해."

올리버는 안심하며 말했다.

"맞아. 어지러운 게 틀림없어. 회계감사 회의는 주관할 수 없겠어. 절대 못해."

"당연히 회계감사 회의는 못하지. 다시 누워 있어. 가기 전에 차랑 토스트 만들어줄게."

"당신은 정말 근사해."

올리버는 아파서 간호를 받을 때마다 애처로울 만큼 고마움을 표시했다. 열 살 무렵부턴 직접 병원에 가서 예약을 해야 했던 올리버였으니까. 그러니까 건강염려증 환자가 된 것도 이상한 게 아니었다. 에리카 역시 엄마가 간호사였어도 간호를 받아본 적이 별로 없었다. 하지만 그렇다고 코를 훌쩍이며 눈물 짓지는 않았다(팸은 클레멘타인이 아프면 닭고기 수프를 쟁반에 받쳐왔는데). 인생에서 몇 번 없는 일이었지만, 에리카가 정말로 아프면 엄마는 간호를 해줬다. 마침내 딸한테 흥미가 생긴 것처럼 제대로 간호해줬다.

"아까 누구랑 전화하는 거 같던데?"

에리카가 방을 나설 때 올리버가 말했다.

"클레멘타인이랑."

에리카는 주저하며 말했다. 클레멘타인이 승낙했단 말을 올리버한테 하고 싶지는 않았다. 얼굴에 갑자기 화색이 돌며 침대에서 벌떡 일어나 앉는 올리버를 보고 싶지는 않았으니까.

"대답했어?"

올리버는 눈을 뜨지 않고 물었다.

"아니, 안 했어."

에리카는 사실대로 대답하지 않았다. 에리카에겐 그저 생각할 시간이 필요했다. 오늘 에리카는 정신과 상담의와 '긴급' 상담을 할 거다. 그러면 훨씬 선명하게 생각할 수 있을 거다. 오늘은 상담할 게 너무 많았다. 목록을 작성해가야 하는 건지도 몰랐다. 목록을 작성한다고 A형 성격(적대적이고 경쟁적이며 다양한 대상에 관심을 갖고 그것을 획득하려는 성급한 성격―옮긴이)처럼 보이지는 않을 거다. 물론 에리카는 자신의 A형 성격 때문에 고민하지는 않았다. A형 외에 다른 성격이 되고 싶은 마음은 전혀 없었으니까.

올리버에게 줄 차와 토스트를 만들면서 에리카는 시험관아기 시술을 하는 의사가 에리카의 난자는 쓸 수 없다고 말했던 순간을 떠올렸다.

"난자를 기증해줄 사람에게 돈을 주면 되는 거죠? 맞죠?"

그때 에리카는 그렇게 말했다. 그리고 거의 안심할 뻔했다. 이제 더는 수많은 유전적 결함을 2세에게 물려주게 될지 모른다는, 은밀하게 품고 있던 두려움을 잊을 수 있게 됐으니까. 에리카는 자기 눈을 닮은 아기, 자기 머리칼을 닮은 아기, 자기의 많은 특성을 닮은 아기를 상상할 때마다 한 번도 행복했던 적이 없었다. 도대체 누가 자기 애한테 푸석푸석한 머리칼을 물려주고 싶겠어? 무릎이 툭 튀어나온 가느다란 다리는 또 어떻고? 애가 병적인 수집벽을 타고나면 어떻게 해? 생물학적으론 에리카의 애가 아닌 게 더 좋은 거였다. 에리카는 의사의 말을 듣자마자 다음 단계로 넘어갈 준비를 했다.

하지만 올리버는 진심으로 슬퍼했는데, 그건 정말 이상한 일이었다. 올리버의 반응은 감동적이긴 했지만 당혹스러웠다. 올리버가 에리카를 사랑한다는 건 알았다. 그게 에리카의 인생에서 가장 경이로운 일이었으니까. 하지만 에리카를 닮은 애를, 에리카처럼 행동하는 애를, 육체적으로 또 정신적으로 에리카와 특징을 공유한 애를 원하다니? 세상에, 그건 너무 지나친 거다.

어쨌거나 두 사람에겐 돈이 있었다. 난자 기증자한테 줄 돈이 있었다. 이번에는 반드시, 한 번에 해내고 말 거다. 하지만 일은 그렇게 쉽지 않았다.

"음, 아닙니다. 여기선 불법입니다."

미국 사람인 의사는 그렇게 대답했다.

"기증자에게 시간을 보상하고 시술 비용을 줄 순 있지만, 더는 안 됩니다. 어린 대학생들이 돈 때문에 난자를 기증할 수도 있으니까요. 그래서 오스트레일리아에선 난자를 기증하는 사람이 많지 않아요."

의사는 자기도 유감이라는 듯 슬픈 목소리로 말했다. 그러니까 의사는 그런 얘기를 수십 번도 넘게 해본 것이 분명했다.

"선의로 난자를 기증해줄 사람을 찾아보는 게 어떨까요? 모르는 사람한테 난자를 기꺼이 나눠주는 여성들도 *있긴 있어요.* 하지만 찾기가 쉽진 않죠. 가장 복잡하지 않은 방법은, 두 분을 기꺼이 도와줄 좋은 친구나 친척을 찾는 거예요."

"아, 그게 좋겠군요. 낯선 사람에게 난자를 받고 싶진 않습니다."

올리버는 즉시 대답했지만, 에리카는 의아했다. 정말로? 대체 왜?

"우린 예비 부품으로 애를 만들고 싶지 않습니다."

의사는 아무 표정 없이 전문가다운 자세로 올리버의 말을 듣고 있었다. 어쨌거나 애를 만드는 게 의사가 할 일이었으니까.

"우린 사랑이 넘치는 장소에서 온 애를 원하니까요."

올리버가 감상에 젖어 몸을 부르르 떨면서 얘기하는 동안 에리카는 얼굴이 붉어졌다. 사랑이 넘치는 장소라니, 대체 무슨 말을 하는 거야? 에리카는 배란이나 생리주기, 여포 같은 말은 의사 앞에서 얼마든지 할 수 있었지만 사랑은 아니었다. 사랑은 너무나 개인적인 얘기니까.

차를 타고 집으로 오는 동안 클레멘타인 얘기를 꺼낸 건 올리버였다. 그 말을 듣는 순간 에리카는 반사적으로 움찔했다. 아니, 그건 안 돼. 클레멘타인은 바늘을 싫어한단 말이야. 클레멘타인은 자기 일이랑 가족만으로도 정신이 없는걸. 에리카는 클레멘타인이 자기를 위해 뭔가를 하는 건 싫었다. 에리카가 클레멘타인을 위해 뭔가를 해야 하는 거다.

하지만 그때 갑자기 홀리랑 루비가 생각났다. 그 즉시 에리카는 가장 이상한 소망에 사로잡히고 말았다. 나만의 홀리와 루비라니. 아주 오랫동안 천천히 형성돼온 추상적인 생각이 갑자기 현실이 돼버렸다. 올리버의 짙은 머리칼과 루비의 아름다운 파란 눈을 가진 애가 태어나는 거야. 올리버의 코와 홀리의 장미꽃봉오리 같은 입술을 가진 애가 태어나는 거라고. 시험관아기 시술을 시작한 후 에리카는 처음으로 간절하게 애를 낳고 싶었다. 그애라면 정말로 원해! 에리카는 올리버만큼이나 애를 원하게 됐다. 에리카가 원하는 건 자기 애가 아니라 클레멘타인의 애라는 생각이 들 만큼 그애를 원했다.

물주전자가 부글부글 끓는 소리를 들으면서 에리카는 티파니네 집에서 부드러운 카펫 위를 통통 뛰면서 걸었던 자신을 생각했다. 왠지 거품에 둘러싸인 것처럼 모든 게 현실로 느껴지지 않을 때, 클레멘타인의 목소리만 뚜렷하게 들리던 순간을 생각했다. *구역질이 날 것 같았어. 이런, 세상에. 아니, 그건 아냐. 그저 정말로 하고 싶지 않았을 뿐이야.*

어째서 그날 오후의 일은 이 부분만 이토록 선명하게 기억나는 걸까? 기억에서 사라져버린 부분이 클레멘타인이 한 말들이었다면 좋았을 텐데. 하지만 이 기억은 너무나 깨끗하고 맑게 남아 있었다. 신경안정제랑 샴페인 첫 잔이 화학작용을 일으켜 모든 기억을 삼켜버리기 전에 첫 기억을 선명하게 각인시켜버린 것 같았다. 이 기억은 다른 기억들보다 훨씬 뚜렷하게 남아 있었다.

에리카는 클레멘타인이 하는 말을 들었다. *그애가 홀리랑 루비를 닮으면 어떻게 해?* 두 달이 지났는데도 그 말을 떠올릴 때마다 에리카는 얼굴이 불에 타서 없어질 것만 같았다. 에리카가 가장 소망하는 비밀을, 클레멘타인이 경멸을 잔뜩 담아 입 밖으로 냈으니까.

에리카는 방으로 들어갔을 때 본 클레멘타인의 표정을 기억했다. 자기가 한 말을 에리카가 들었을까봐 정말로 두려워하던 클레멘타인의 표정을 기억했다.

루비를 안고 아래층으로 내려오는 동안 에리카는 혈관을 따라 세균처럼 흐르는 분노와 통증을 느꼈다. 그건 올리버를 향한 분노와 통증이었다. 순진하게도 클레멘타인한테 난자를 기증해달라고 부탁만 하면 '사랑이 넘치는 장소'에서 아기가 올 거라고 믿으며 기뻐하는 올리버한테 느끼는 감정이었다. 사랑이 넘치는 장소라니 그게 무슨 터무니없는 말이야?

사람들은 모두 그 터무니없던 뒤뜰로 나갔다. 그곳에서 티파니는 에리카한테 와인을 따라줬다. 아주 좋은 와인을 준 거다. 에리카는 한 번도 그래본 적 없는 속도로 빠르게 와인을 마셨다. 그러고 매 순간 클레멘타인을 보면서 깔깔 웃으며 떠들어댔다. 인생에서 가장 즐거운 시간을 보내며 속으로 소리쳤다. *그 망할 난자, 너나 가져!*

바로 그 순간이었다. 그 오후에 있었던 모든 일들이 느슨해지면서 기억이 파편들로 바스라진 건 바로 그때부터였다.

. 28 .

바비큐 파티 날

"여기가 뒤뜰이군요."

샘이 말했다.

"와…… 놀라워요."

클레멘타인도 감탄했다.

비드와 티파니의 집은 어디나 강렬했다. 하지만 분수가 솟아오르고 인공폭포가 흐르는, 대리석 조각상과 향초와 호화로운 장비를 갖춘 오두막이 있는 이 뒤뜰은, 전혀 차원이 달랐다. 구운 고기 냄새가 가득한 뒤뜰에서 클레멘타인은 디즈니랜드로 들어간 아이처럼 큰 소리로 깔깔 웃고 싶었다. 뒤뜰의 화려함이 클레멘타인에게 마법을 걸었다. 더구나 꼭 필요한 물건만 엄격하게 갖춘 가여운 에리카네 집에서 온 터라 그 풍요로움과 쾌락적인 분위기에 흠뻑 빠져들었다. 물론 에리카가 왜 그토록 지독하게 미니멀리즘에 집착하는지는 잘 알았다. 클레멘타인은 그렇게 둔감한 인간은 아니었다.

"맞아요. 뒤뜰은 모두 비드 거예요. 비드는 절제된 모습을 선호하거든요."

클레멘타인에게 의자를 가리키며 말한 뒤, 티파니는 샴페인을 한 잔 더 따라주고 이제 막 구운 슈트루델이 담긴 접시를 내밀었다. 클레멘타인은 티파니가 접대업에 종사한 적이 있을지도 모른다는 생각을 했다. 허리를 숙이고 와인을 따를 때 티파니는 한 팔을 자연스럽게 등 뒤에 두르고 있었으니까.

클레멘타인이 있는 곳에선 화려한 석조 기둥을 세우고 연철로 지붕을 올린 정자가 보였다. 정자 옆의 네모난 잔디밭에서는 애들이 바니를 위해 테니스공을 던져주며 놀고 있었다. 루비는 머리 위로 테니스공을 한껏 들어올리고 있었고, 기대에 차서 몸을 부르르 떨고 있는 바니는 곧바로 튀어오를 자세로 루비 앞에 앉아 있었다.

"애들하고 노는 게 지겨워지면 언제라도 알려달라고 다코타한테 말해주세요."

그 순간이 빨리 오진 않았으면 좋겠다고 생각하면서 클레멘타인이 말했다.

"진짜 즐겁게 놀고 있는걸요. 그런 걱정 말고 저기 있는 트레비 분수나 편히 감상해요. 그게 우리 언니들이 부르는 분수 이름이에요."

티파니는 고갯짓으로 가장 크고 화려한 분수를 가리켰다. 분수 위에는 웨딩케이크처럼 날개 달린 천사들이 있었다. 돌을 깎아 만들었고 둘이 공중에서 교차하도록 입에서 물을 내뿜고 있었다는 것만이 웨딩케이크 위의 천사들과 다른 점이었다.

"처형들은 틀렸어요. 나한테 영감을 준 건 베르사유 궁전입니다. 이곳을 만들려고 내가 책도 읽고 사진도 보면서 공부했죠. 모두 내가 디자인한 겁니다. 거 왜, 알죠? 내가 계획하고 정한 거예요. 정자도 분수도, 모두 말입니다. 내가 생각한 모양을 친구들한테 부탁해서 직접 만들었어요. 친구 중에 장인이 많거든요. 하지만 처형들은 말이에요."

비드는 엄지손가락으로 티파니를 가리키면서 말했다.

"여길 보자마자 그냥 웃었어요. 그냥 웃었다니까요. 팬티가 젖을 정도로 심하게 웃었어요."

하지만 개의치 않는다는 듯 어깨를 으쓱했다.

"그래서 말해줬죠. 내 작품이 처형들한테 즐거움을 줬으니 됐군요, 하고 말이에요."

"여긴 정말 놀라워요."

클레멘타인이 말했다.

"수영장은 없네요. 공간도 충분한데요."

형제들과 함께 뒤뜰 수영장에서 물놀이를 하며 자란 샘이 말했다.

샘은 뒤뜰을 다시 설계하려는 사람처럼 주위를 둘러봤고, 클레멘타인은 샘의 마음이 정확히 어디로 향하고 있는지 알 수 있었다. 샘은 지금 사는 집을 팔고 마당이 있는 고풍스런 집으로 이사하고 싶단 말을 가끔 했으니까. 수영장도 있고 트램펄린도 있고 닭장이 있고 채소밭이 있는 작고 아늑한 집에서 살고 싶다고 했으니까. 바로 자기가 어린 시절을 보냈던 집에서 살고 싶은 거다. 이제 그런 어린 시절을 보내는 애들은 아무도 없고, 샘은 클레멘타인보다 더 도시적인 사람이라 걸어서 갈 수 있는 곳에 다양한 식당과 술집과 여객선 선착장이 있어야 하면서도 말이다.

에리카 부부의 부탁 때문에 샘의 마음 맨 앞으로 나온 셋째 아이가 샘이 꿈꾸는 교외 주택에 있을 생각을 하니 클레멘타인은 몸서리가 쳐졌다. 세상에, 샘이 생각하는 상상의 뒤뜰에선 *넷째*도 뛰어놀고 있을지 몰랐다.

"수영장은 싫습니다. 염소 소독제는 끔찍해요. 너무 인공적이에요."

비드는 번쩍이는 대리석과 콘크리트는 아주 자연적이라는 듯이 말했다.

"여긴 정말 놀라워요."

샘의 말이 비평하는 것처럼 들리지 않게 하려고 클레멘타인은 또다시 말했다.

"저쪽 모퉁이에 있는 게 미로인가요? 연인들이 밀회할 수 있는?"

이런, 무슨 생각으로 '연인들의 밀회'라는 말을 썼을까? 진짜 별소릴 다 하네. 지금까지 '밀회'라는 말을 해본 적이 있었나? 도대체 밀회는 어떨 때 쓰는 단어야?

"맞아요. 그리고 다코타랑 조카들이 부활절 달걀 찾기 시합을 할 때도 쓰고요."

티파니가 대답했다.

"울타리를 저렇게 가꾸려면 시간을 제법 들여야겠는데요."

올리버가 조각처럼 꾸며놓은 생울타리를 보며 말했다.

"아주 좋은 친구가 있습니다. 거 왜, 알죠? 그 친구가 관리해줍니다."

비드는 커다란 정원가위를 잡고 울타리를 다듬는 사람처럼 두 손을 크게 움직였다.

오후의 햇살이 쏟아져들어왔다. 말도 안 되게 멋진 분수에서 모락모락 피어오르는 물안개가 무지개를 만들고 있었다. 그 순간 클레멘타인은 갑자기 아주 긍정적이 됐다. 에리카는 클레멘타인이 한 말을 듣지 못한 게 분명했다. 그렇다면 클레멘타인은 이미 수십 번 그랬던 것처럼 제대로 처리할 수 있었다. 난자를 기증할 수 없는 이유를 친절하고 조심스럽게 설명할 수 있는 방법을 찾을 수 있을 거다. 모든 걸 고려해봤을 때 모르는 사람의 난자를 받는 게 좋겠다고 얘기하는 거다. 그런 사람들 있잖아. 아닌가? 사람들은 언제나 기증받은 난자로 임신을 하잖아. 유명인들만 그런 걸까? 아무튼.

샘도 셋째를 정말로 원하는 건 아닐 거다. 그건 아빠처럼 장인이 되고 싶었다고 말하는 거랑 다르지 않은 거다. 가끔 자긴 손으로 하는 일을 했어야 한다는 말을 하잖아. 직장에서 좌절하고 온 날이면 자기가 이쪽 일에 맞는 사람이 아니라고 계속 얘기하잖아. 하지만 곧바로 자기가 만든 텔레비전 광고 얘기를 하면서 신나하는걸. 사람은 누구나 다른 삶을 살면 행복해질 거라고 믿잖아. 만약 샘이 늘 집에 있으면서 모든 물건을 완벽하게 정리하는 가정적인 아내와 럭비를 하는 건장한 아들 다섯 명이랑 같이 사는 배관공이었다면, 아마 회사생활을 꿈꿨을지 몰라. 시드니 항 근처의 멋진 교외에서 첼로를 연주하는 아내와 아주 예쁜 두 딸과 함께 사는 인생을 꿈꿨을 거다. 그런 게 인생이니까.

클레멘타인은 비드가 만든 슈트루델을 한 입 베어물었다. 이미 반쯤 먹은 샘이 그 모습을 보고 크게 웃었다.

"그걸 맛보면 당신이 정말 황홀해할 줄 알았다니까."

"진짜 굉장해."

"예, 나쁘지 않죠, 어디 한번 맞춰봐요. 어떤 향이 느껴지지 않나요? 거 왜, 알죠? 어떤 근사한 냄새가 날 겁니다. 콕 집어 말할 순 없는 어떤 맛이 날 거예요."

"세이지요."

비드의 말에 클레멘타인이 대답했다.

"맞습니다, 세이지!"

비드가 소리쳤다.

"우리 아내가 참 세이지(sage에는 '샐비어의 잎' 외에도 '현명한', '현학적인' 같은 뜻이 있다—옮긴이)하죠."

샘의 말에 티파니는 낄낄거렸고, 클레멘타인은 화끈한 여자를 웃겼다는 사실에 기쁨으로 빛나는 샘의 얼굴을 봤다.

"제발 시시한 아재 개그를 부추기지 마요, 티파니."

"미안해요."

클레멘타인의 말에 티파니는 씩 웃었다. 클레멘타인도 티파니를 보고 웃었고, 자연스럽게 티파니의 가슴에서 움푹 파인 부분을 쳐다봤다. 티파니의 가슴골은 꼭 원더브라 광고에 나오는 사진 같았다. 저 가슴은 진짜일까? 그런 문제는 클레멘타인의 친구 에멀린이 잘 아는데. 에멀린은 절대음감의 소유자였고, 수술한 가슴을 기가 막히게 알아냈다. 저 대단한 가슴은 이 뒤뜰처럼 인공적인 것이어야 해. 티파니가 갑자기 티셔츠를 매만졌다. 세상에, 클레멘타인이 너무 오래 보고 있었던 게 분명했다. 클레멘타인은 재빨리 시선을 다시 애들에게 돌렸다.

"슈트루델이 정말 맛있습니다."

올리버가 입가에 묻은 빵 부스러기를 털어내며 올리버답게 정중하게 말했다.

"네, 정말 훌륭해요."

에리카도 말했다. 그 말에 클레멘타인은 재빨리 고개를 돌려 에리카를 쳐다봤다. 에리카는 '훌륭해요'를 좀 부정확하게 발음했다. 에리카는 아주 분명하게 발음하는 사람인데? 모음 하나까지 정확하게 발음하는 사람인데? 그런 에리카가 술에 취한 건가? 그렇다면, 에리카는 처음 취해보는 거야. 에리카는 통제력을 잃는 걸 언제나 싫어했으니까. 올리버도 그렇고. 에리카 부부가 서로에게 끌린 데는 그 이유도 있을 거야.

"그럼 이제 테스트 하나는 통과했군요. 또 다른 테스트를 내죠."

비드가 말했다.

"제가 이길 겁니다. 빨리 내보세요. 스포츠 어떻습니까? 림보 같은 거요. 저 림보 아주 잘합니다."

샘이 말했다.

"샘은 림보를 정말 잘해요."

클레멘타인이 고개를 끄덕였다.

"와, 나도 잘하는데. 아니, 옛날엔 잘했다는 거예요. 지금은 옛날처럼 유연하진 않지만요."

티파니는 음료를 내려놓더니 아주 놀라운 각도로 몸을 젖혔다. 그 바람에 티셔츠는 위로 봉긋 솟아올랐고 골반을 볼록해졌다. 청바지 허리밴드 위로 보이는 건 문신 아냐? 티파니를 보고 있던 클레멘타인은 거북해졌다. 그러거나 말거나 티파니는 노래를 흥얼거리면서 보이지 않는 장대 밑을 통과하는 시늉을 하더니 다시 몸을 펴고 허리를 손으로 꾹 누르면서 말했다.

"아오, 나이가 들었어."

"이런, 막강한 경쟁자인데요."

샘이 조금 쉰 목소리로 말했다. 클레멘타인은 피식 웃고 싶은 걸 간신히 참았다. 맞아, 달링. 티파니는 아주 강력한 경쟁자일 거야.

"참, 애들 어디 있지?"

샘은 갑자기 현실로 돌아온 것처럼 물었다.

"저기 있어. 내가 잘 지켜보고 있어."

클레멘타인은 여전히 바니와 놀고 있는 다코타와 두 딸을 가리켰다.

"요가하셨어요? 정말 유연한데요."

올리버가 티파니에게 말했다.

"정말 유연해요."

샘은 말했고, 클레멘타인은 손을 뻗어 있는 힘껏 샘의 무릎을 꼬집었다.

"아야!"

샘은 황급히 클레멘타인의 손을 움켜잡았다.

"왜 그래요, 친구?"

올리버가 물었다.

"이번 테스트는 림보, 아닙니다. 음악 문제입니다. 내가 가장 좋아하는 클래식 음악 문제를 낼 겁니다. 음, 사실 클래식 음악은 몰라요, 아무것도 모릅니다. 나야 전기 기술자니까요. 단순한 전기 기술자가 클래식 음악을 어떻게 알겠어요? 나야 농부 집안에서 자랐는걸요. 우리 가족은 농부였어요. 단순한 농부였죠."

"또 단순한 농부 타령이야?"

티파니가 비드를 노려보며 말했지만 비드는 아내의 말을 무시하고 계속 말했다.

"하지만 난 클래식 음악을 좋아합니다. 정말 좋아해요. 그래서 CD를 아주 많이 삽니다. 뭘 알고 사는 건 아니에요. 그냥 진열장에 있는 걸 집어오는 거예요. 요즘은 CD를 사는 사람이 없잖습니까?

하지만 난 삽니다. 오늘도 하나 샀어요. 거 왜, 알죠? 쇼핑센터에서요. 집에 오는 길에 차에서 CD를 틀었는데, 음악이 나오자마자 차를 길 한쪽에 댈 수밖에 없었어요. 왜냐하면 그건 마치…… 마치, 푹 빠져버린 것 같았거든요. 어떤 감정에 푹 빠져버린 겁니다. 그래서 울었어요. 거 왜, 알죠? 애처럼 울어버렸다니까요. 첼리스트는 이게 무슨 감정인지 알 겁니다."

"물론이에요."

클레멘타인이 대답했다.

"자, 그럼 음악 제목을 맞춰보십시오, 알았죠? 아마 아주 좋은 음악은 아닌지도 모릅니다. 내가 어찌 알겠어요?"

비드는 휴대전화를 만지작거렸다. 오두막엔 당연히 비드가 휴대전화로 조작할 수 있는 사운드 시스템이 갖춰져 있었다.

"누가 첼리스트만 음악 문제를 풀 수 있다고 했습니까? 마케팅 매니저도 참가할 수 있는 거죠, 에?"

샘은 저도 모르게 비드의 말투를 따라 하고 있었다. 샘이 저런 행동을 할 때마다 클레멘타인은 당혹스러웠다. 샘은 식당에 가면 종업원 말투를 흉내 내거나 인도 사람이나 중국 사람이 들어오면 그 말투를 흉내 내는 사람이었다.

"회계사는 안 됩니까?"

올리버가 지나치게 명랑한 말투로 물었다.

에리카는 아무 말도 하지 않은 채, 그저 의자 팔걸이에 다소곳이 팔을 올려놓고 먼 곳을 응시하고 있었다. 에리카가 이런 대화에 전혀 껴들지 않다니, 그 또한 이상한 일이었다. 이런 잡담을 할 때면 마치 그 얘기를 듣고 나중에 퀴즈를 풀어야 하는 사람처럼 귀를 기울이는 게 에리카인데.

"누구든 참가할 수 있죠. 자, 조용!"

비드가 소리를 질렀다. 그러곤 휴대전화를 지휘봉처럼 높이 들어 올렸다가 갑자기 휙 떨어뜨렸지만 아무 일도 일어나지 않았다. 비드는 욕설을 내뱉으며 휴대전화 화면을 계속 두드렸다.

"이리 줘봐."

비드한테서 전화를 빼앗은 티파니가 어떤 아이콘을 눌렀다. 그러자 포레의 〈꿈꾼 뒤에〉의 아름다운 도입부가 청명하게 울려나왔다.

클레멘타인은 몸을 똑바로 세웠다. 비드가 선택할 수 있었던 그 많은 음악 가운데 이 음악을 택했다는 건 왠지 마술처럼 느껴졌다. 클레멘타인은 '감정에 푹 빠져버린 것 같았다'는 비드의 말이 무슨 뜻인지 정확히 알았다. 클레멘타인도 열다섯 살 때, 따분한 부모와 함께 오페라하우스에 앉아 이 음악을 들었을 때 정확히 같은 느낌을 받았으니까(그때 클레멘타인의 아빠는 깜빡 잠이 든 것처럼 계속 고개를 끄덕이고 있었다). 완전히 푹 빠져버린 것 같은 이상한 감정이었다. 아주 멋진 것에 흠뻑 젖은 것만 같은 신기한 감정이었다.

"소리를 키워. 이건 크게 들어야 해."

티파니는 볼륨을 높였다. 클레멘타인 옆에서 샘은 반사적으로 자세를 고쳐 앉았다. 하지만 '나는 클래식 음악을 듣고 있어. 그러니까 빨리 끝났으면 좋겠어'라고 말하는 듯한 정중한 표정이었다. 티파니는 음악에 별다른 반응을 하지 않고 잔에 음료를 따르고 있었고, 에리카는 여전히 먼 곳을 멍하니 보고 있었고, 올리버는 이마에 주름이 잡힐 만큼 음악에 집중하고 있었다.

올리버라면 작곡가 이름을 알지도 몰랐다. 많은 교양을 쌓게 하는 사립학교를 나와 많은 걸 알고 있는 유식한 남자였으니까. 하지만 음악을 느끼는 사람은 아니었다. 음악을 느끼는 사람은 클레멘타인과 비드, 둘뿐이었다.

그 순간 클레멘타인과 비드의 눈이 마주쳤다. 비드는 클레멘타인을 향해 잔을 들어 보이며 슬쩍 고개를 숙였고 알아요, *나도 압니다*, 라는 듯 윙크를 했다.

. 29 .

학교 설명회에서 영리하게 보이라고, 비드는 앞 베란다 탁자에 신문지를 펼쳐놓고 다코타가 신고 갈 구두를 닦고 있었다. 비드는 다른 세 딸들이 학교에 갔을 때 구두를 어떻게 닦았는지 기억했다. 이제 검은 구두 세 켤레는 다 작아졌고, 세 딸들은 모두 뾰족한 하이 힐을 신고 다녔지만.

오늘은 다른 세 번의 입학식 날과는 다르게 왠지 아주 우울했다. 도대체 왜 이런 기분이 드는지 몰랐기 때문에 비드는 화가 났다. 어 쩌면 날씨 때문이었다. 라디오에 전문가가 나와서 시드니에 해가 뜨지 않아 사람들 정신건강에 나쁜 영향을 미치고 있다고 했으니 까. 세로토닌 수치가 떨어져서 우울증 수치가 높아진다고. 그러자 한 영국 녀석이 전화를 했지. 그 녀석은 "그게 무슨 헛소리예요? 이 건 아무것도 아니에요. 오스트레일리아 사람들은 정말 약하다니까. 영국에 와봐요. 진짜 비가 뭔지 보여줄 테니까"라고 했어.

비드는 자기가 날씨가 좀 안 좋다고 걱정할 만큼 약한 사람은 아 니라고 생각했다. 길모퉁이에서 들리는 자동차 소리에 비드는 고개 를 들었다. 에리카가 파란 스테이츠맨을 몰고 차고에서 나오는 게 보였다. 에리카는 최근 클레멘타인을 본 적이 있을까? 비드는 검은 구두약에 구둣솔을 대고 빙글빙글 돌렸다.

며칠 전 클레멘타인의 공연을 보고 왔단 말을 비드는 아무에게도 하지 않았다. 사실 비밀로 할 이유가 전혀 없는데도 말이다. 어쩌면 클레멘타인 공연을 보고 온 건 좀 이상한 일인지도 몰랐다. 하지만 그게 왜 이상한 거지? 여긴 자유국가잖아? 누구든 클레멘타인이 공연하는 걸 볼 자유가 있지 않나?

"안 그러냐, 바니? 여긴 자유국가잖아."

주인을 지키겠다는 듯, 비드의 발치에서 몸을 바짝 세우고 경계하고 있던 바니가 걱정스러운 듯 비드를 쳐다봤다. 그러곤 갑자기 비드를 위해선 할 일이 없으니 다른 가족을 살펴보는 게 낫겠다고 결정한 것처럼 재빨리 가버렸다.

비드는 다코타의 구두 옆면을 세심하게 닦았다. 여자들은 신발을 닦을 수 없어. 참을성이 없고 대충대충이니까. 여자들은 절대 신발을 제대로 닦을 수 없을 거야. 클레멘타인은 신발을 닦을 수 있나? 비드는 그걸 물어보고 싶었다. 클레멘타인의 대답을 듣고 싶었다. 클레멘타인하고 우리는 여전히 친구잖아, 안 그런가? 그런데 왜 전화를 안 하는 거지? 원하는 건 그냥 잘 지내냐고 인사하고 서로 안부를 묻는 것뿐인데? 비드는 메시지 보내는 걸 싫어하는데도 클레멘타인한테 문자 메시지까지 보냈다. 비드는 부재 중 전화가 와 있으면 곧바로 전화를 거는 사람을 좋아했다. 지금쯤이면 클레멘타인도 전화기에 비드의 번호를 입력해놓았을 법도 한데. 비드는 맘이 이상했다. 지금까지 비드의 전화를 무시한 사람은 아무도 없었다. 심지어 전처도 비드가 부재 중 전화를 남기면 곧바로 전화를 걸어왔다.

비드는 구두를 치켜들고 제대로 닦았는지 점검했다. 그러면서 너무나 경이롭고 아름답던 음악을 생각했다. 그건 충동적인 결정이었다. 비드가 오페라 바에 간 건 좋은 친구를 만나기로 했기 때문이다. 그런데 그 친구의 엄마가 병이 나는 바람에 약속 시간이 다 돼서야 만날 수 없단 연락이 온 거다. 그래서 그냥 비드는 오페라하우스에 들어간 거다. 거기서 매표소에 있는 아가씨랑 오랫동안 즐거운 대화를 나눴다. 비드는 교향악 연주를 듣고 싶다고 했고, 아가씨는 〈차라투스트라는 이렇게 말했다〉는 표가 많이 남아 있으니까 관람에 아무 문제가 없다고 했다. 처음엔 전혀 모르는 음악이라고 생각했다. 하지만 매표소 아가씨가 〈차라투스트라는 이렇게 말했다〉엔 〈2001 스페이스 오디세이〉에 나오는 음악이 몇 곡 있다고 알려줬다. 당연히 〈2001 스페이스 오디세이〉는 비드도 본 영화였다.

클레멘타인이 공연에 나올 거라고 기대한 건 아니었다. 클레멘타인이 오페라하우스 교향악단의 상임단원이 아니란 건 알고 있었으니까. 교향악단에서 필요할 때만 참여한단 걸 알고 있었으니까. 클레멘타인은 하도급자니까. 더구나 간절히 원하는 상임단원이 되려고 오디션 준비를 해야 한다는 사실도 비드는 알고 있었으니까. 에리카에게 물어본 바로는 아직 오디션이 끝나지 않았다고 했으니까.

그래서 비드는 클레멘타인이 연주하는 걸 보게 될 가능성은 아주 낮다는 걸 알았다. 하지만 비드는 늘 운이 좋았다. 세상에는 운이 좋은 사람도 있고 나쁜 사람도 있지만, 비드는 운이 좋은 사람이었다. 늘 좋은 사람이었다(물론 바비큐 파티 때 일어난 일은 그렇다고 할 수 없었지만, 그건 운이 좋은 비드의 인생에서 정말 딱 한 번 일어난 예외였을 뿐이다).

그날 밤에도 비드는 운이 좋았다. 무대에 클레멘타인이 있었으니까. 길고 검은 드레스를 입은 클레멘타인이 어깨에 아름답고 빛나는 악기를 받친 채, 버스를 기다리는 사람들처럼 아주 조용하게 옆에 앉은 연주자와 얘기하고 있었다.

자기 자리를 찾아 앉은 비드는 옆에 있는 남자와 얘기를 했다. 이름이 에스라인 그 남잔 크로아티아 사람이었다. 공연은 아내와 함께 보러 왔고, 자기들은 정기관람 회원이라고 했다(이젠 비드도 정기관람 회원이다). 비드는 에스라한테 자기는 교향악단이 공연하는 걸 한 번도 본 적이 없지만 클래식 음악을 사랑한다고 했다. 그러고 저기 앉아 있는 첼리스트를 안다면서 클레멘타인을 위해 열렬하게 박수를 칠 생각이라고 했다. 그러자 에스라는 악장이 끝날 땐 박수를 치는 게 아니니까 다른 사람이 박수를 치면 그때 따라 치라고 했다. 하지만 에스라의 아내 우르술라는 몸을 젖혀 비드를 보면서 말했다. "치고 싶을 때 맘껏 치면 돼요." (비드는 빠른 시일 내에 에스라랑 우르술라와 저녁을 먹을 생각이다. 전화번호를 받아왔으니까. 정말 좋은 사람들이었다.)

비드는 교향악단 공연을 보는 것도 쇼를 보거나 영화를 보는 거랑 비슷할 거라고 생각했다. 당연히 불을 끌 거라고 생각했는데, 불은 꺼지지 않았다. 그래서 공연하는 내내 클레멘타인을 볼 수 있었다. 한 번은 클레멘타인이 비드를 똑바로 쳐다본 것 같았는데, 확신할 순 없었다. 클레멘타인은 뛰어난 첼리스트임이 분명했다. 그건 바보라도 알 수 있는 일이었다. 비드는 현 위에서 격렬하게 떨리는 손가락에서, 다른 연주자들의 활과 일사분란하게 같이 움직이는 활에서, 목을 드러낸 채 뒤로 젖힌 머리에서 시선을 뗄 수 없었다. 비드는 그 순간 경험하는 모든 것에서 눈을 뗄 수 없었다. (에스라 말이 맞았다. 비드로선 박수치는 게 옳다고 생각하는 순간에도 박수치는 사람이 없었다. 사람들은 그저 기침을 했다. 교향악단이 연주를 멈출 때마다 사람들은 또 다른 교향악단이라도 되는 것처럼 기침들을 했다. 비드는 꼭 교회에 와 있는 것 같다고 생각했다.)

티파니가 기다리고 있었기 때문에 비드는 인터미션 시간에 공연장을 나와야 했다. 에스랑 우르술라는 어쨌거나 항상 1부 공연이 2부보다 훨씬 좋다고 말해줬다. 그리고 집으로 가는 동안에도 비드는 환각제를 먹은 것처럼 음악에 취해 있었다. 가슴속엔 너무나 많은 감정이 들어차 있었기 때문에 감정이 가라앉길 기다리면서 밭은 숨을 내쉬어야 했다.

비드는 클레멘타인에게 전화하고 싶었다. 그 무대에서 최고의 연주자는 바로 클레멘타인이었다고 말해주고 싶었다. 하지만 비드는 뒤뜰에서 마지막으로 본 클레멘타인의 얼굴도 똑똑히 기억하고 있었다. 다신 그날 일을 떠올리고 싶지 않을 수 있다는 걸 비드는 이해했다. 비드도 그날 일은 다시 떠올리고 싶지 않았으니까. 하지만 여전히 비드는 원했다. 정확히 클레멘타인을 원하는 건 아냐. 그래, 정확히 클레멘타인은 아냐. 성적인 이유로 클레멘타인을 원하는 건 정말로 아니었다. 하지만 비드는 뭔가를 간절히 원했다. 그걸 줄 수 있는 사람은 클레멘타인밖에 없는 것처럼 느껴졌다.

* * *

학교 설명회에 가려고 차를 출발했을 때, 해리의 집 진입로로 경찰차가 들어가고 있었다.

"가봐야 하는 거 아냐?"

티파니가 말했다. 맞아, 경찰서에 끌려가서 나는 벌을 받아야 해. 난 어린 딸이 《헝거 게임》을 읽게 내버려뒀어요, 경찰관님. 전 이웃이 죽는 것도 몰랐는걸요. 비열하게 행동한 거예요.

비드는 그냥 가속 페달을 밟았다.

"무슨 소리야? 안 돼."

렉서스는 고분고분하게 거리로 나섰다.

"이미 경찰한테 할 얘긴 다 했잖아. 알고 있는 걸 다 말했으면서 왜 그래. 더는 할 말도 없잖아. 그냥 보고서를 작성하려고 온 거야. 거 왜, 알잖아. 국민들 세금 낭비하려고 저러는 거."

"해리한테 식사 대접을 해야 했어. 좋은 이웃이라면 그렇게 하잖아. 왜 한 번도 초대하지 않았을까?"

"그런 걸 경찰이 물어볼 거라고 생각해? '왜 그분한테, 그 형편없는 이웃한테 밥 한 끼 대접하지 않은 겁니까?' 그럼 이렇게 말해야 하잖아. '그게요, 경찰관님. 왜 그랬냐면요, 내가 먹을 걸 가져가면 그분이 내 얼굴에 그걸 던져버릴 거라서 그랬어요. 거 왜, 알죠? 크림 파이처럼요.'"

"좋은 사람들한테만 친절해야 하는 건 아니잖아."

차창을 스쳐지나가는 벽돌집들을 보면서 티파니가 말했다. 우뚝 솟은 나무들 아래 잘 가꾼 잔디밭이 펼쳐져 있는 근사한 집들이었다. 티파니는 생각했다. 나도 저런 부류가 되어가는 걸까? 정작 인생은 즐기지 못하는 사람? 집을 꾸미느라 너무 바빠서?

"당연히 좋은 사람들한테만 친절해야지. 들었지, 다코타? 좋은 사람들이 아니라면 시간낭비할 필요 없어."

다코타는 지금 다니는 학교 교복을 입고 창백한 얼굴로 똑바로 앉아 있었다(학교 설명회가 끝나면 다코타를 지금 다니는 학교에 데려다줄 거다). 다른 사람이 탈 수 있게 자리를 만들어주려는 것처럼 문 쪽에 몸을 꼭 붙이고 있는 다코타를 보며 티파니는 속으로 물었다. *다코타, 책은 왜 그렇게 찢은 거야?*

"엄마가 해리 할아버지한테 키시(quiche, 달걀·우유·고기·채소·치즈 등을 넣어 만든 파이—옮긴이) 갖다준 적 있었어. 맞아, 버섯 키시였어."

다코타가 엄마를 보지도 않고 말했다.

"정말? 잠깐만. 맞아, 그랬어."

그 기억이 떠오르자 티파니는 신이 났다. 집에서 크리스마스 파티를 하던 날 가지고 갔었다.

"그때 해리가 버섯을 싫어한다고 했어."

티파니가 말했다.

"그거 보라니까."

비드가 싱긋 웃었다.

"버섯을 싫어하는 게 해리 잘못은 아니잖아. 또 시도해봤어야 하는데."

"그래도 무례한 건 맞잖아, 안 그래?"

키시를 가져갔을 때 해리는 정말 무례했다. 너무 세게 문을 닫는 바람에 티파니는 손가락이 문에 끼지 않도록 펄쩍 뛰어서 뒤로 물러나야 했다. 하지만 티파니는 해리의 아내와 하나뿐인 자식이 오래전 죽었다는 걸 알고 있었다. 해리는 불행하고 외로운 노인네였다. 좀 더 노력해봤어야 했다.

"비드, 당신은 조금도 안 슬퍼? 전혀?"

비드는 그 큰 어깨를 으쓱하면서, 손가락으로 거의 건드리기만 하면서 핸들을 돌렸다.

"혼자 죽은 건 안타깝지. 하지만 거 왜, 알잖아. 이미 끝난 일인데 어쩌라고. 게다가 해리는 우리 예쁜 다코타한테 침까지 뱉었다고."

"나한테 뱉은 거 아냐. 그냥 날 보자마자 바닥에 침을 뱉은 것뿐이야. 날 보니까 침을 뱉고 싶었나보지."

다코타가 말했다.

"그땐 진짜 죽여버리고 싶었다니까."

핸들 위에서 손가락을 펴며 비드가 말했다.

"이미 완전히 죽어버렸는걸 뭐."

말을 하면서 티파니는 올리버가 해리 집 문을 열었을 때 덮쳐왔던 지독한 악취를 떠올렸다. 그 냄새를 맡자마자 티파니는 해리가 죽었다는 걸 알 수 있었다.

"난 그냥……."

"엄마는 *애석한 거야*."

다코타가 뒷좌석에서 덤덤하게 말했다. 티파니는 고개를 돌려 다코타를 봤다. 다코타는 자기의 어휘력을 시험해볼 때, 생각을 점검해보려 할 때, 이 세상이 돌아가는 방식을 정확히 이해하려 할 때 늘 저런 식으로 말했다.

"맞아. 애석한 거."

티파니는 다코타와 늘 나누던 대화를 또다시 하고 싶다는 열망에 사로잡혀 다코타를 쳐다봤다. 딸애의 기발함과 현명함과 뛰어난 관찰력에 감탄하고 흐뭇해하던 걸 다시 한 번 느껴보고 싶었다. 하지만 다코타는 화난 것처럼 입을 꼭 다물고 창밖만 바라봤고, 곧 티파니도 포기하고 고개를 돌렸다.

결국 차를 타고 가는 동안 말을 한 건 비드뿐이었다. 비드는 자기

고객 몇 명이 다녀왔다는 일식당 얘기를 했고, 그곳이 시드니에서, 아니 세상에서, 어쩌면 우주에서 가장 맛있는 튀김을 파는 곳이라고 열변을 토했다.

"다 왔다. 저기 봐. 새 학교야, 다코타."

거대한 철문으로 다가가며 비드가 말했다. 티파니는 고개를 돌려 웃으면서 다코타를 쳐다봤지만, 다코타는 기절한 것처럼 이마를 창문에 바짝 대고 눈을 감고 있었다.

"다코타!"

티파니가 놀라서 소리를 질렀다.

"왜?"

다코타는 눈을 떴다.

"저거 봐. 어떠니?"

티파니가 주위를 둘러보라는 몸짓을 해 보였다.

"괜찮네."

"괜찮아?!"

'괜찮다'고? 티파니는 나무가 무성한 학교 부지와 화려한 학교 건물을 쳐다봤다. 저 멀리로 진짜 콜로세움처럼 보이는 거대한 체육관도 있었다.

"미국 드라마 〈다운타운 애비〉에 나오는 거기 같은데?"

티파니가 말했다.

"이 냄새, 맡아져?"

비드가 차창을 조금 내리면서 말했다.

"무슨 냄새?"

티파니는 코를 킁킁댔다. 비료 냄새? 축축한 흙냄새?

"돈 냄새 말이야."

비드는 돈 세는 시늉을 하며 말했다. 비드는 호화로운 호텔 로비에 들어갈 때도 저런 표정을 지었다. 그냥 재미로 그러는 거다. 비드는 돈이 있으니까. 비드는 최고를 사서 즐길 수 있었다. 비드와 돈의 관계는 조금도 복잡하지 않았다.

티파니는 콘크리트 벽에 낙서가 한가득이던 서부 교외의 자기 고등학교를 떠올렸다. 여기 여자애들도 화장실에서 담배를 피울까? 대리석 욕실에서 최고급 코카인을 줄줄이 피워대는 건 아니겠지?

비드는 주차장에 차를 댔다. 주차장은 곧 번쩍이는 최고급 차들로 가득 찼다. 그 차들을 보면서 티파니는 입술을 삐죽였다. 그건 어릴 때 생긴 버릇으로, 식구들이 부자는 누구나 비윤리적인 면이 있는 것처럼 부자를 향해 콧방귀를 뀌었기 때문에 생긴 버릇이었다. 그 버릇이 여전히 남아서 여전히 입을 삐죽거리는 거다. 티파니가 타고 있는 차도 다른 차들 못지않게 화려했고, 사실 그 차를 산 것도 티파니 자신이었는데 말이다. 나는 뼈 빠지게 번 돈으로 이걸 산 거라고!

부모와 딸 들이 대강당을 향해 걸어가는 동안에도 그 느낌은 약해지지 않았다. 양복을 입고 넥타이를 맨 아빠들과 멋진 봄옷을 자연스럽게 걸치고 있는 엄마들 때문에 고급 향수와 코롱 냄새가 진동했다. 부자들만 할 수 있는 얘기들을 친근하고 다정하게 주고받는 걸로 보아 그들의 큰 딸들도 이곳에 다니는 게 분명했다.

"일본은 어땠어?"

"진짜 좋았어. 아스펜(Aspen, 미국 콜로라도 주에 있는 휴양지 ― 옮긴이)은 어땠어?"

"글쎄, 애들이 한 번도 아스펜에 가본 적이 없잖아. 그래서……."

티파니 옆엔 검은 곱슬머리 여자가 앉아 있었다.

"스냅(Snap, '찌찌뽕'과 비슷한 상황에서 쓰는 말로, 원래는 카드 게임에서 비슷한 카드 두 장이 나오면 동시에 "스냅" 하고 외친다—옮긴이)!"

검은 곱슬머리 여자가 자신과 티파니의 스텔라 매카트니 실크 스커트를 가리키며 말했다. 그 여잔 티파니가 다코타의 서랍장에서 열심히 찾던 그 흰색 카디건을 입고 있었다.

"난 세일할 때 샀어요. 사십 퍼센트 할인해줄 때요."

여자는 티파니한테 몸을 기울이고 손으로 입을 가리면서 말했다.

"난 오십 퍼센트예요."

티파니도 조용히 속삭였다. 물론 완전히 거짓말이었지만. 티파니는 제 돈 주고 사왔다. 하지만 부유한 남편을 둔 주부들은 디자이너 의상을 세일할 때 샀다는 게 큰 자랑이자 경쟁이니까 그렇게 말해야 했다. 할인을 많이 받는 것이 자기가 가정경제에 이바지하고 있다는 증거라고 생각했으니까.

"젠장."

그 여자가 너무나 멋지게 웃었기 때문에 티파니는 진실을 말하고 싶을 정도였다.

"리사예요. 여긴 처음이신가봐요."

"의붓딸들이 다녔어요."

이 말을 들었다면 의붓딸들이 죽으려고 할 거라고 생각하면서 티파니가 말했다. 의붓딸들은 몇 년 전에 그게 자기들의 권리라면서 엄마에게 충성을 보이는 가장 좋은 방법은 티파니가 존재하지도 않는 것처럼 행동하는 거라고 결정했다. 의붓딸들은 티파니가 말을 하면 꼭 화분에 심은 식물이 대화에 껴들기라도 한 것처럼 움찔했다. 하지만 의붓딸들은 티파니를 좋아했다. 중요한 건 그거였다.

"우린 딸 둘이 다녀요. 카라는 막내예요."

리사는 옆에 앉아 다리를 흔들면서 껌을 씹고 있는 작은 여자애를 가리키며 말했다.

"어머나, 세상에. 카라! 엄마가 학교 들어오기 전에 껌 뱉으라고 했잖아. 아우, 창피해. 여긴 남편 앤드류예요."

리사의 남편은 몸을 앞으로 살짝 숙여서 티파니에게 인사했다. 백발이 아주 풍성한 오십대 후반의 남자였고(저 남자도 비드처럼 자기 머리를 자랑스러워할 거다), 의료계나 법조계에서 성공했기 때문에 갖게 된 유명한 정치가 같은 자신감을 드러내고 있었다. 남자의 신비롭고 투명한 적갈색 동공은 짙은 홍채에 감싸여 있었다. 그 눈을 보면서 티파니는 꿈속으로 걸어들어간 것처럼 심장이 떨리기 시작했다.

"안녕하세요, 앤드류."

티파니는 인사를 건넸다.

· 30 ·

바비큐 파티 날

"으음. 이제 배가 꽉 찼군요."

비드가 배를 두드리며 말했다. 티파니는 남편이 왜 그런 말을 했는지 알았다. 위장이 꽉 찼으니 문명인이라면 한때 그랬던 것처럼 이제 자신은 담배를 피워야겠다는 뜻이었다.

"하나 더 드실 분 있어요? 두 개 더 드셔도 되는데?"

티파니는 모두 만족스런 한숨을 내쉬고 음식을 칭찬하면서 접시를 앞으로 밀어내는 모습을 지켜봤다.

비드는 식탁 상석에 앉아 충성스런 신하들을 굽어살피는 관대한 왕처럼 의자에 등을 한껏 기대고 손가락으로 팔걸이를 톡톡 치고 있었다. 비드의 궁전에선 왕은 요리를 하고 신하들은 고기가 부드럽다느니, 음식이 훌륭하다느니 하는 말로 끊임없이 왕의 요리 솜씨를 칭찬하는 게 다른 궁전하곤 달랐지만. 가장 거하게 칭찬을 하는 신하는 클레멘타인이었다.

비드와 클레멘타인은 정말 빠른 속도로 친해졌다. 처음에 둘은 십 분 동안이나 쉬지 않고 올리브유로 노릇노릇하게 구운 양파 얘기를 했다. 티파니는 클레멘타인의 남편이랑 럭비 얘기를 하는 걸로 두 사람한테 복수했고.

"정말로 스포츠에 관심이 많군요, 티파니. 그냥 예의 때문에 그런 체하는 게 아니네요."

샘이 말했다.

"아, 저는 그런 체한 적은 없어요."

티파니가 대답했다.

"저 사람이야 그럴 이유가 없죠."

자신의 기가 막힌 체격을 자랑하려는 사람처럼 비드는 두 손을 번쩍 들어올렸다. 그 모습을 보고 모두 웃었다. 올리버와 에리카는 웃는다기보단 얼굴을 찡그렸다고 보는 편이 옳았지만.

티파니는 사람들이 어차피 들리지도 않을 곳에 있는 애들을 신경 쓰며 쳐다보는 걸 보고 야한 농담은 되도록 피해야겠다고 생각했다. 다코타는 오두막 뒤쪽의 흔들리는 달걀의자에 꼬마 동생들을 양옆에 두고 앉아서 아이패드로 뭔가를 보여주고 있었다. 다코타는 결코 가질 수 없는 꿈의 동생들인 것처럼 두 아인 다코타 옆에 바짝 붙어서 다코타가 보여주는 것에 흠뻑 빠져 있었다(협상은 협상이었다. 하지만 그래도 저런 모습을 보면서 마음이 아픈 건 어쩔 수 없는 거였다). 사람들 머리가 폭발하는 모습 같은 건 아니었으면 좋겠는데. 바니는 한참 떨어진 뒤뜰 구석에서 만족스러운 듯이 은밀하게 구멍을 파는 작업에 몰두하고 있었고, 가끔씩 아무도 못 봤다는 걸 확인하려는 듯이 뒤를 돌아봤다. 티파니는 그 모습을 못 본 체해주기로 했다.

"불쌍한 올리버는 우리랑 있을 땐 스포츠를 좋아하는 체해야 돼요. 샘이 '어젯밤에 시합 봤어요?'라고 하면 올리버가 '무슨 시합 말하는 거지?' 하고 생각하는 게 다 보인다니까요."

클레멘타인이 말했다.

"테니스 시합이라면 좀 볼 수 있습니다."

"올리버는 스포츠를 직접 하는 사람이죠. 그게 나와 올리버의 차이예요. 난 화면 앞에서 소리를 질러야 심장박동수가 올라가는 사람이고요."

"올리버랑 에리카는 사실 스쿼시장에서 만났어요. 둘 다 완전 선수들이에요."

클레멘타인이 에리카 부부를 얘기하는 태도엔 좀 지나친 부분이 있었다. 마치 이제 막 고용된 홍보 담당자처럼 에리카 부부를 띄워줘야 한다고 생각하는 것 같았다.

"서로 시합도 해요?"

티파니는 에리카의 잔에 다시 와인을 따라주며 물었다. 티파니는 에리카를 술고래라고 생각하고 싶지는 않았다. 에리카가 얼마를 마시든 그건 티파니가 상관할 일이 아니었다. 더구나 에리카는 운전할 필요도 없었다. 걸어가면 되는 곳에 집이 있으니까.

"우린 같은 회계사무소에서 일해요. 목요일 밤마다 직원 몇 사람이 스쿼시 시합을 하거든요. 올리버와 내가 시합에 나가겠다고 자원한 거예요."

에리카가 말했다.

"우린 스프레드시트도 사랑합니다."

올리버는 스프레드시트에 두 사람만 아는 은밀한 추억이 있다는 듯 에리카를 보고 웃었다.

"나도 좋은 스프레드시트는 사랑해요."

티파니가 말했다.

"그래요?"

클레멘타인이 고개를 돌려 티파니를 쳐다봤다.

"무슨 일로 스프레드시트를 쓰세요?"

클레멘타인은 '무슨 일로'라는 말을 은근히 강조하면서 물었다.

"내 일 때문에요."

티파니는 '내 일'이라는 말을 은근히 강조하면서 대답했고.

"아! 그렇…… 군요. 무슨 일을 하시는데요?"

"수리를 해야 하는 건물을 사들여서 보수를 한 다음에 다시 파는 거죠."

"뒤집어엎는 거군요?"

샘이 말했다.

"그렇죠. 뒤집어엎는 거예요. 팬케이크처럼."

"그냥 뒤집어엎는 게 아니죠. 우리 아내는 거물 부동산업자예요."

"그렇지 않아요. 그저 좀 크게 해보려고 노력할 뿐이에요. 지금은 작은 아파트 건물을 손보고 있어요. 방 두 개짜리 아파트가 여섯 채 있는 건물이죠."

"그럼요. 티파니는 도널드 트럼프 같다니까요. 우리 아내는 진짜 엄청난 돈을 법니다. 사람들은 이 빌어먹게 큰 집이, 아, 욕한 건 용서해주세요. 아무튼, 내 돈으로 지은 거라고 생각합니다. 우리 집에 있는 이 많은 걸작들이 다 내 돈으로 지은 거라고 생각하죠."

아이고, 비드. 비드 입에서 나올 말은 빤했다. '난 그냥 전기 기술자인데 말입니다.'

"난 그냥 전기 기술자인데 말입니다. 진짜 결혼 하난 끝내주게 잘 했죠."

그래, 직원이 서른 명이나 되는 그냥 전기 기술자지. 티파니는 생각했다. 하지만 비드, 당신 인생을 위해 우리 돈은 모두 내가 번 걸로 해줄게.

"그래도 걸작은 아니지."

티파니가 말했다.

"그런데 두 분은 어떻게 만나신 겁니까?"

올리버가 올리버답게 정중하게 물었다. 티파니는 그런 올리버를 일요일 미사를 끝내고 교구민과 얘기를 나누는 사제 같다고 생각했다.

"부동산 경매장에서 만났어요. 시드니에 있는 원룸이 매물이었는데, 내가 처음 투자한 곳이에요."

비드가 입을 열기 전에 티파니가 말했다.

"아, 그렇지만 그 전에도 만난 적이 있죠."

비드는 이제부터 야한 농담을 할 거라고 암시하는 사람 같은 말투로 말했다.

"비드."

티파니가 경고했다. 티파니는 식탁 너머에 있는 비드의 눈을 똑바로 쳐다봤다. 세상에, 대책 없는 남자야. 저건 클레멘타인하고 샘을 좋아하기 때문이야. 비드는 정말로 좋아하는 사람을 만났다고 생각하면 꼭 그 얘기를 해주고 싶어 하니까. 새로 생긴 친구한테 자기가 아는 가장 야한 얘기를 해주고 싶어서 안달하는 큰 꼬마라니까.

비드는 잔뜩 실망한 얼굴로 티파니를 쳐다보더니 어깨를 으쓱하면서 졌다는 듯이 두 손을 올렸다.

"뭐, 다음 기회가 있겠죠."

"아주 궁금해져버렸어요."

비드의 말에 클레멘타인이 말했다.

"그래서, 경매에서 서로 맞붙은 건가요?"

샘이 물었고.

"내가 포기했죠. 티파니가 간절히 원하는 것 같아서요."

"거짓말. 내가 정정당당하게 싸워서 이긴 거예요."

비드의 말에 티파니가 발끈했다. 그때 구입한 매물로 티파니는 반년도 안 돼 20만 달러의 이득을 봤다. 처음으로 큰돈을 번 거다. 아니, 어쩌면 처음으로 큰돈을 번 건 그때가 아닌지도 몰랐다. 그땐 두 번째로 큰돈을 번 건지도 몰랐다.

"하지만 경매 전에도 만난 적이 있었다면서요."

"아내는 호기심이 많습니다. 물론 캐묻길 좋아한단 말을 직접 할 순 없으니까요."

"샘, 당신도 궁금하잖아. 아닌 체하지 마. 이런 얘긴 이 사람이 나보다 더 좋아해요."

말하고 난 뒤 클레멘타인은 티파니를 쳐다봤다.

"하지만 이제 안 물어볼게요. 미안해요. 그냥 궁금했어요."

아이고, 될 대로 되라지. 티파니는 목소리를 내리깔고 말을 하기 시작했다.

"어떻게 만난 거냐면요……."

모두 티파니한테 좀 더 가까이 몸을 숙였다.

· 31 ·

쏟아지는 빗속에서 에리카는 한 손엔 우산을, 다른 한 손엔 청소 도구를 가득 담은 양동이를 들고 어린 시절을 보냈던 집 앞에 서 있었다. 에리카는 움직이지 않았다. 오직 에리카의 눈만이 움직이면서 논쟁하고 애원하고 간청하고 줄다리기를 해야 할 일들과 그 일을 해내는 데 걸리는 시간을 측정하고 있었다.

클레멘타인의 엄마가 전화를 걸어 "아주 나빠"라고 말했다면 그건 절대로 과장일 리 없었다. 에리카가 어렸을 땐 엄마 물건이 현관 밖으로 나간 적은 없었다. 늘 블라인드가 내려가 있고 식물이 말라 비틀어진 정원이 있는 집은 음침하고 수상해 보였다. 그렇다고 지나가는 사람들이 고개를 돌려 뚫어지게 보는 집은 아니었다. 모든 비밀은 잘 열리지도 않는 현관문 안쪽에 존재했으니까.

가장 무서운 건 누군가가 현관문을 두드리는 거였다. 그럴 때면 에리카의 엄마는 그 즉시 저격수의 공격을 받는 것처럼 행동했다. 창문으로 내부를 들여다보는 스파이의 눈을 피해 몸을 낮추는 거다. *감히 남의 집 현관문을 두드릴 만큼 참견하기 좋아하는 무례한* 사람이, 에리카와 에리카 엄마가 살아가는 추한 방식을 결코 보지도 못하고 알아내지도 못한 채, 마침내 이성을 되찾고 가버릴 때까지 꼼짝도 않고 조용히 기다려야 하는 거다.

버섯의 세포에서 증식하던 바이러스가 세포를 뚫고 나오는 것처

럼 엄마의 물건들이 마침내 현관 밖으로 터져나온 건 불과 몇 년 전
부터였다.

　오늘은 벽돌 운반대, 지저분한 가짜 크리스마스트리와 키가 크리
스마스트리만 한 커다란 선풍기, 높이 쌓여 있는 불룩한 쓰레기봉
투들, 연달아 내린 비에 마분지가 부드러운 펄프처럼 변해버린 열
지도 않은 택배 상자들, 십대 애들의 방에서 떼어온 것 같은 액자들
(에리카 건 아니었다), 이제 막 학살된 사람들처럼 팔과 다리를 아무렇
게나 널브러뜨린 여자 옷들이었다.

　문제는 이제 에리카의 엄마에겐 시간도 돈도 너무 많다는 거였
다. 에리카가 어렸을 때 엄마는 간호사로 일했고, 그땐 영국으로 건
너가 한층 업그레이드된 가족과 살고 있던 아빠가 간간이 돈을 보
내줬다. 그래서 에리카와 엄마에겐 돈이 있었다. 하지만 엄마가 아
무리 맹렬하게 사들인다 해도 새 물건을 집 안에 쌓아두는 덴 한계
가 있었다. 그런데 에리카의 외할아버지가 사망하면서 딸한테 많은
유산을 남긴 거다. 엄마에겐 수집벽에 쏟아부을 수 있는 엄청난 자
금이 생긴 거다. 고마워요, 할아버지.

　게다가 이젠 온라인 쇼핑도 할 수 있었다. 엄마는 컴퓨터 사용법
을 배웠고, 언제나 인터넷을 쓸 수 있게 해놓았다. 더구나 에리카가
자동이체로 요금이 납부되게 해놓았기 때문에 에리카가 어렸을 때
처럼 고지서가 심연 속으로 사라지는 바람에 전기가 끊길 일도 없
었다.

　앞뜰이 이 정도라면 집 안은 어마어마하게 끔찍할 게 분명했다.
에리카의 심장은 질주하기 시작했다. 그건 마치 에리카가 들어올릴
수 없는 거대한 뭔가를 들어올려서 사람을 구해야 하는 책임을 진

기분이었다. 당연히 내가 할 수 있는 일이 아냐. 혼자선 할 수 없어. 이 비를 맞으면서 할 순 없단 말이야. 체계적이고 이성적으로 해결 방법을 찾으면서, 우리 함께 해결해나가자는 느낌을 목소리에 가득 담아, 엄마한테 논리적으로 설명할 수 있는 올리버가 없으면 할 수 없는 일이야.

올리버는 에리카와 달리 에리카 엄마의 반대를 자신에 대한 반대로 받아들이지 않았다. 하지만 에리카에겐 엄마가 물건을 버리길 거부하는 건 자기를 반대하는 행위였다. 그건 엄마가 딸인 에리카보다 아무데서나 주워온 허섭스레기들을 사랑한단 증거였으니까. 그래, 틀림없어. 엄마는 그 물건들을 위해 딸하고 싸우고 딸한테 소리 지르고, 그 물건들 밑에 자기의 유일한 딸을 묻어버릴 준비가 완벽하게 돼 있는 거야. 그렇기 때문에 에리카는 엄마가 쓰레기를 버리길 거부할 때마다 절망에 사로잡혀서 속으로 '나보다 이게 더 중요하단 말이지?' 하고 외치는 거다.

올리버가 나을 때까지 기다리는 게 좋았을 텐데. 아니면 신경안정제라도 먹고 오든가. 신경안정제를 처방받은 게 바로 이거 때문이잖아. 이런 순간에 침착해지려고 처방받은 거잖아. 하지만 에리카는 바비큐 파티 뒤로 신경안정제를 먹지 않았다. 신경안정제 상자조차 쳐다보지 않았다. 또다시 기억이 사라지는 끔찍한 일은 겪고 싶지 않았으니까.

"에리카. 만나서 반가워요. 어머, 놀라게 했나봐요. 미안."

지난 오 년간 엄마 옆집에 사는 여자였다. 한참 동안 엄마는 이 여자를 좋아했는데. 엄마로선 아주 긴 시간이었지. 아마 반년쯤이었던 것 같은데. 그러다 옆집 여자가 당연히 엄마한테 죄를 저질렀고 '진짜 끝내주는 사람'에서 '그 여편네'로 바뀌어버렸지.

"안녕하세요."

에리카는 옆집 여자의 이름을 기억할 수 없었다. 왜냐하면 기억하고 싶지 않았으니까. 그런 걸 기억하면 왠지 책임감만 더 늘어나는 기분이 들었으니까.

"정말 날씨 끔찍하죠. 양동이로 들이붓는 것 같아요."

화제로 전혀 가치가 없는 게 분명한데도 사람들은 왜 늘 이놈의 비 얘기를 하는 걸까?

"네, 엄청 쏟아지네요. 정말로 개와 고양이가 하늘에서 싸우고 있나봐요."

"음, 그렇죠. 사실, 오늘 에리카를 만나 정말 다행이에요."

옆집 여자는 투명한 어린이 우산을 머리 위에 꼭 붙인 채 쓰고 있는 바람에 나머지 부분은 그냥 비를 맞고 있었다. 여자는 엄마의 앞뜰을 난처한 표정으로 잠깐 쳐다봤다.

"그게, 우리가 집을 내놓았다는 걸 말해주고 싶어서요."

"아."

에리카의 어금니가 으드득 갈리면서 턱이 탁, 하고 부딪쳤다. 옆집 여자가 끔찍한 이웃이었다면 이 상황을 처리하는 게 훨씬 쉬웠을 텐데. 자기 집 창문에 '예수님은 당신을 사랑하십니다' 같은 스티커를 붙여놓고 실비아의 상태를 불평하면서 복지부에 주기적으로 민원을 넣는 이웃이나 늘 고소하겠다고 협박하는 건너편 집의 오만한 이웃이었다면 훨씬 쉬웠을 거야. 하지만 이 사람은 늘 친절하고 엄마의 상황을 이해해줬는걸. 미셸. 젠장. 에리카는 갑자기 옆집 여자 이름이 생각났다.

미셸은 애원하는 것처럼 두 손을 모으고 말했다.

"사실, 어머니 상태를 내가 알잖아요. 이런, 왜 이런 말을 하는지 이해해주면 좋겠어요. 나도 가족이 정신적인 문제를 겪고 있거든요. 뭐라고 해야 하나, 내 말이 기분 나쁘지 않으면 좋겠는데, 그냥 난……."

에리카는 깊이 숨을 들이마셨다.

"괜찮아요. 이해해요. 엄마 때문에 집값이 떨어질 거라고 말하고 싶은 거죠?"

"부동산업자 말이 10만 달러는 더 떨어질 거래요."

미셸은 애원하는 것처럼 말했다.

부동산업자는 손실률을 너무 적게 잡은 거야. 에리카는 그보다 훨씬 떨어질 거라고 생각했다. 이렇게 멋진 중산층 주택가에서 굳이 쓰레기통 옆에 살고 싶은 사람이 누가 있겠어?

"제가 처리할게요."

자녀는 부모의 생활환경에 책임을 지지 않아도 된다. 그게 수집벽이 있는 사람들의 자녀가 듣는 말이다. 하지만 이렇게 불쌍한 여인이 희망은 자녀밖에 없다고 생각하는데, 어떻게 외면할 수 있을까? 에리카가 나서야만 누군가의 재산을 지킬 수가 있는데? 에리카한테 재정 문제는 아주 중요했다. 그러니까 당연히 에리카가 책임을 져야 하는 거다.

엄마 집 창문의 블라인드 하나가 까딱, 하고 움직였다. 엄마가 밖을 내다보고 있는 거야. 분명히 혼자 중얼거리고 있을 거야.

"어려운 일인 거 알아요. 병 때문에 그런 거니까요. 텔레비전 다큐멘터리에서 봤어요."

이런, 세상에. 또 텔레비전 다큐멘터리 얘기야. 늘 텔레비전 다큐멘터리 얘기를 하는 거야. 깔끔하게 편집한—끔찍한 쓰레기 더미가 나오고, 곧 현명한 조언자가 나타나면 깨끗해지고 행복해진 수집벽 환자가 몇 년 만에 처음으로 자기 집 바닥을 보고……, 그러면 모든 게 다 해결되는—방송을 삼십 분만 보면 누구나 전문가가 되는 거야. 쓰레기를 치우는 건 그저 증상을 완화하는 거지 근본적으로 병을 치료하는 게 아닌데도 텔레비전에 나오는 사람들은 '그 뒤로 영원히 행복하게 살았다'는 인상을 심어주지.

몇 년 전까지 에리카도 엄마를 전문가한테 데려갈 수만 있다면 치료가 가능하단 희망을 품었다. 약물도 있고 인지행동치료법도 있고 상담치료도 있으니까. 그저 엄마가 누군가한테 남편이 떠났던 날을 얘기하고, 그 뒤로 잠복해 있던 광기가 어떻게 표출됐는지만 얘기한다면 괜찮아질 거라고 생각했다.

엄마는 늘 강박적으로 쇼핑을 했고, 정신이 좀 나간 현명하고 아름다운 여자였고, 성실한 직장인이었고, 파티를 좋아하는 사람이었다. 하지만 냉장고 위에 아빠가 남기고 간 '미안해, 실비아'란 쪽지를 본 뒤론 늘 정신이 나간 쪽으로만 살아왔다. 아빠는 에리카에 대해선 아무 말도 남기지 않았다. 아빠에게 에리카는 아무 의미가 없었던 거다.

그리고 그날, 모든 일이 시작됐다. 아빠가 떠난 날, 엄마는 쇼핑을 하러 갔고 가방을 잔뜩 들고 왔다. 크리스마스가 될 무렵엔 쌓인 물건들 때문에 거실에 깐 자주색 꽃무늬 카펫이 사라져버렸고, 지금까지도 모습을 드러내지 않고 있었다. 하지만 가끔은 고대인이 남긴 유물처럼 물건들 사이로 희미하게 꽃잎이 보일 때가 있었다.

그럴 때면 한땐 이 집도 평범했다는 생각을 하게 되는 거다.

이제 에리카는 치료 방법은 없다는 걸 받아들였다. 실비아가 죽기 전까지는 끝나지 않을 일인 거다. 그때까지 에리카는 쓰레기와 전투를 벌여야 하는 거다.

"전 들어가보는 게……."

에리카는 대걸레로 엄마 집을 가리키며 말했다.

"처음 이사 왔을 땐 어머니랑 잘 지냈거든요. 그런데 내가 화가 나시게 한 거 같아요. 사실 무슨 잘못을 한 건지 잘 모르겠어요."

"미셸이 잘못한 건 없어요. 그냥 엄마가 그런 거예요. 병 때문에요."

"맞아요. 음…… 고마워요."

미셸은 미안한 듯 웃었고, 잘 가라고 인사하듯 손을 흔들었다. 자기주장을 하기엔 너무 착한 거다.

에리카가 현관에 도착하자마자 문이 열렸다.

"빨리 들어와. 저 여자랑 무슨 말을 했니?"

엄마는 공격을 받는 사람처럼 두 눈을 휘둥그레 뜨고 있었다. 에리카는 몸을 옆으로 돌려서 집 안으로 들어갔다. 가끔은 다른 집에 가서도 현관에 들어갈 땐 반사적으로 몸을 옆으로 돌리는 에리카였다.

에리카는 잡지, 책, 신문 더미들, 잡동사니가 들어 있는 마분지 상자들, 그릇이 가득 들어찬 책장, 뚜껑이 열려 있는 세탁기, 여기저기 굴러다니는 불룩한 비닐봉지들, 장식품들, 화병들, 신발들, 빗자루들을 피해가며 조금씩 걸어갔다. 에리카는 빗자루를 볼 때마다 웃음이 나왔다. 쓸 바닥이 어디 있다고 저렇게 빗자루를 두는 걸까?

"왜 왔어? 이건 '규칙' 위반 아니니?"

엄마는 '규칙'이란 말을 할 때 손가락을 구부려 인용부호를 만들었다. 꼭 홀리처럼.

"엄마, 지금 뭐 입고 있는 거야?"

에리카는 엄마를 보고 웃어야 할지 울어야 할지 몰랐다. 엄마는 1920년대 스타일로 만든 스팽글 달린 드레스를 입고 머리엔 깃털 달린 헤드밴드를 두르고 있었다. 드레스는 마른 엄마 몸에 너무 컸고, 헤드밴드는 너무 낮게 둘러서 눈으로 흘러내리지 않도록 계속 눈을 치켜떠야 했다. 엄마는 엉덩이를 뒤로 쭉 빼고 레드카펫 위를 걷는 여배우 같은 포즈를 취했다.

"예쁘지? 인터넷에서 샀어. 너, 나 자랑스러워해야 해. 정말 싸게 샀거든. 나, 파티에 초대받았다. *위대한 개츠비 파티!*"

"무슨 파티라고?"

에리카는 복도를 따라 거실로 가면서 집 안을 살펴봤다. 특별히 더 나빠진 건 없었다. 화재가 날 만한 위험이 있는 건 여기저기 놓여 있었지만, 특별히 썩는다거나 상한 냄새가 나진 않았다. 앞뜰에 너무 신경을 쓰고 있어서 미처 모르는 걸까? 아니면 폭우가 가랑비로 바뀌어서 그런 걸까?

"예순 번째 생일 파티야. 내가 얼마나 기대하고 있다고. 잘 지냈지? 너 좀 피곤한 거 같아. 혹시 내가 무슨 해치워야 할 일거리라도 되는 것처럼 *장비*를 들고 온 건 아니지?"

"엄마는 내가 해치워야 할 일거리 맞아."

"그게 무슨 바보 같은 말이야. 난 그냥 너랑 얘기나 하면 좋겠어. 네가 뭘 할지도 듣고 싶고. 네가 오는 거 알았으면 새로 산 요리책 보고 음식을 좀 해뒀을 텐데. 내가 왜 그, 날씨가 지독하던 날 너한테 말했던 책 있지?"

"알아. 그런데 누가 예순 살이 되는 거야?"

에리카는 엄마가 생일 파티에 초대됐을 것 같지 않았다. 양로원 일을 그만둔 뒤 엄마는 친구들과 연락이 끊어졌다. 가장 인내심이 강한 친구들도 엄마한테 연락하지 않았다. 엄마가 버린 건지도 모르지만. 엄마에게 친구를 수집하는 버릇은 없었으니까.

주방으로 들어가는 순간, 에리카의 심장은 철렁 내려앉았다. 앞뜰은 기다려야 해. 오늘 처리해야 할 곳은 주방이야. 핫플레이트 위엔 종이 접시가 잔뜩 쌓여 있었다. 반쯤 비운 음식 용기엔 초록색 곰팡이가 피어 있었고, 2주 뒤에나 왔어야 하는 건데. 앞뜰 문제만 아니었다면 여길 보는 일은 없었을 텐데. 하지만 이미 봤으니 도망갈 방법은 없었다. 건강에 해로워. 이건 인간의 품위를 해치는 거라고. 에리카는 양동이를 내려놓고 일회용 장갑을 꺼냈다.

"펠리시티 호건이 예순 살이 되는 거야."

엄마가 한숨을 내쉬며 말했다. 에리카 때문에 파티를 여는 사람을 떠올리곤 김이 샜다는 듯이 '펠리시티'라고 말할 땐 콧구멍을 벌름거리기까지 했다.

"오, 너 좀 봐. 장갑을 끼니까 꼭 수술하려는 사람 같아."

"엄마. 펠리시티 아줌마는 작년에 예순 살이었어. 아니, 사실은 재작년에 예순 살이었잖아. 엄마는 파티에 안 갔잖아. 엄마가 *위대한 개츠비* 파티는 싸구려라고 했잖아."

"뭐?"

엄마는 완전히 실망한 표정을 지으며 이마 위로 헤드밴드를 밀어올렸다. 그 바람에 머리카락이 삐죽 올라가서 마치 불안한 테니스

선수처럼 보였다.

"넌 네가 항상 똑똑하고 옳기만 한 거 같지? 하지만 아냐. 너 틀렸어, 에리카."

실망감 때문에 엄마 목소리는 날카롭게 변했다. 포송포송한 모성애 밑엔 항상 이렇게 날카로움이 숨어 있었다.

"널 위해 초댈 받아들이는 거야. 내가 왜 재작년 파티 초대장을 갖고 있었던 거 같아, 어? 왜? 대답해봐, 이 똑똑아!"

에리카는 비통하게 웃었다.

"지금 농담해? 진심이야? 왜냐고? 엄마, 그건 엄마가 아무것도 안 버리니까 그런 거잖아."

엄마는 헤드밴드를 던져버렸다. 엄마의 목소리는 완전히 바뀌어 있었다.

"나도 나한테 문제 있다는 거 알아. 넌 내가 모를 거 같지? 나도 바보 아냐. 넌 내가 감당을 할 수 없으니까, 수납장도 충분하고 찬장도 많은 크고 좋은 집은 내가 싫어할 거라고 생각하지? 너희 아빠가 우릴 두고 떠나지 않으면 나도 하루 종일 집에 있으면서 집을 가꿨을 거야. 네 그 소중한 클레멘타인 엄마처럼, 팸처럼, 그래, 진짜 완벽한 엄마인 팸처럼 부자 남편이랑 완벽한 집만 있었으면 나도 그랬을 거야."

"팸 아줌마는 일하잖아. 사회복지사인 거 기억 안 나?"

에리카는 짧게 말하고, 비닐봉지 롤에서 비닐봉지를 한 장 뜯어 그 안에 음식 용기들을 집어넣기 시작했다.

"*시간제 근무잖아.* 당연히 기억해. 내가 어떻게 잊어? 부업으로 널 돌보는 게 팸의 작은 사회사업 프로젝트였잖아. 그래서 클레멘타인을 네 친구로 만들어준 거잖아. 네가 놀러 갈 때마다 너한테 황금 별 스티커를 줬잖아."

그런 말은 상처도 안 됐다. 엄마는 지금 자신이 엄청나게 놀라운
사실을 폭로하고 있다고 생각하는 걸까?

"그랬어. 팸 아줌마는 우리 집 상황이 '적절하지' 않다는 걸 알고
있었으니까."

"상황이 '적절하지' 않았다고? 하, 멜로드라마 찍어? 난 최선을
다했어. 필요한 건 다 사줬어. 옷도 내가 입혀줬잖아."

"일 년 동안 온수도 안 나왔어. 돈이 없어서 온수가 끊긴 게 아니
었잖아. 보일러 고치는 사람이 오는 게 부끄러워서 안 고친 거잖아."

"안 부끄러웠어!"

엄마는 목의 힘줄이 튀어나오고 얼굴이 빨개질 만큼 힘을 주면서
고함을 질렀다.

"엄만 부끄러워했어야 해."

에리카는 차분히 말했다. 가끔 에리카는 자신이 이상할 만큼 차
분해진다고 느낄 때가 있었다. 그러다 몇 시간이 지난 뒤, 심지어 며
칠이 지난 뒤, 혼자 있을 때, 차 안에 있거나 샤워를 하다가 갑자기
비명을 질러댔다. 뒤늦게 반응을 하는 거였다.

"맞아. 사람들이 널 데려갈까봐 좀 과대망상증 환자처럼 군 건 사
실이야."

엄마는 애처로운 표정으로 에리카를 쳐다봤다.

"난 항상 팸이 그 공상적 박애주의자다운 좌파적 머리로 내가 굽
도리널 같은 델 닦지 않는다고 복지부에 민원을 넣을 거 같았단 말
이야."

"굽도리널이라니, 이 집에 그런 게 어디 있어?"

에리카의 말에 엄마는 멋진 유머라도 들은 것처럼 명랑하게 웃기 시작했다. 엄마는 늘 무도회에 참석한 소녀처럼 아주 예쁘게 웃었다. ("혹시 장모님 조울증이야?" 에리카 엄마에겐 스위치를 켰다 끄는 것처럼 기분을 바꾸는 엄청난 능력이 있다는 사실을 처음 목격했을 때, 올리버는 그렇게 물었다. 그래서 에리카는 조울증이 있는 사람들은 자신의 행동은 못 바꿀 거라고 말해줬다. 에리카의 엄마는 미쳤다. 당연히 미쳤다. 하지만 언제 어떻게 미칠지를 스스로 결정할 수 있는 사람이었다.)

"우리 집엔 쥐도 있었어. 그런 상황에서 굽도리널이 더럽다고 걱정할 사람이 어디 있어?"

"쥐라니? 얘 좀 봐. 우리 집엔 쥐 없었어. 생쥐는 있었겠지. 작고 예쁜 생쥐."

아니, 정말로 쥐가 있었다. 쥐는 아니라 해도 어쨌거나 설치류는 있었다. 설치류가 죽으면 정말로 참기 힘든 끔찍한 냄새가 났다. 하지만 물건들이 꽉 차 있는 방에서 죽은 설치류를 찾을 순 없었다. 그저 냄새가 사라지길 기다리는 수밖에 없었다. 그 냄새는 절정에 달하면 결국엔 사라졌다. 문제는 완벽하게 사라지진 않았단 거지만. 그 냄새는 에리카에게 스며들었다.

"그리고, 클레멘타인의 아빠는 부자가 아냐. 그냥 평범한 직업을 가진 평범한 아빠라고."

"무슨 건설 일을 한다고 하지 않았니?"

에리카의 엄마가 마치 칵테일 파티에 온 손님처럼 한껏 친근하게 물었다.

"건축회사에서 일했어."

에리카도 클레멘타인의 아빠가 정확히 무슨 일을 했는지는 몰랐다. 지금은 은퇴했다는 거랑 프랑스 요리를 배운다는데 아주 잘한다는 것밖에 몰랐다.

에리카가 열네 살 때였다. 엄마가 일하러 갔을 때, 클레멘타인의 아빠가 에리카네 집으로 와서 엄마의 쓰레기가 에리카의 방으로 못 들어가도록 에리카의 방문에 자물쇠를 달아줬다. 자물쇠를 달자는 생각은 클레멘타인의 아빠가 한 거였다. 클레멘타인의 아빠는 에리카의 집 상태에 대해선 한 마디도 하지 않았다. 자물쇠를 달고 난 뒤엔 공구상자를 집어들고 에리카한테 소중한 열쇠를 건네줬다. 그러곤 아주 짧게 에리카의 어깨에 손을 얹었다가 뗐다. 클레멘타인 아빠의 침묵은 잔혹하고, 친절하고, 부드럽고, 날카로운 언어의 범람에 휩싸여 자라는 에리카에겐 엄청난 깨달음이었다.

다른 사람의 아빠가 자기 어깨에 전해준 조용하고도 묵직했던 무게감. 그것이 에리카가 경험한 아빠의 정이었다. 올리버도 그런 아빠가 될 거다. 말이 아니라 묵묵하게 행동으로 사랑을 표현하는 아빠가 될 거다.

"뭐, 남편이 부자가 아니었을 수도 있지. 하지만 나처럼 싱글맘은 아니잖아, 안 그래? 팸은 도와주는 사람이 있었잖아. 난 없었다고. 난 나 혼자뿐이었어. 넌 그게 어떤 건지 모를 거야. 애를 낳아봤어야 알지."

에리카는 기계적으로 쓰레기봉투만 계속 채웠다. 하지만 포식자를 감지한 동물처럼 바짝 긴장하게 하는 고요함이 느껴졌다. 몇 년 전 에리카는 절대로 애를 안 낳겠다고 말했고, 에리카의 엄마는 잔혹하고 무자비하게 "그래, 네가 엄마가 되는 걸 내가 볼 수 있을 리가 없지"라고 말했다.

당연히 에리카는 애를 가지려 노력한단 얘기를 하지 않았다. 해야 한다는 생각조차 들지 않았다.

"아, 맞다. 어차피 넌 애 가질 생각도 없지, 그치? 그 잘난 일을 하
느라 너무 바빠서 애 생각은 전혀 없잖아. 나처럼 불행한 사람이 또
어딨니? 할머니가 될 수 없단 거잖아."

엄마는 의기양양한 얼굴로 에리카를 봤다.

"그래도 어쩌겠니? 내가 참아야지, 안 그래? 이 세상에 손자가 없
는 사람이 어딨니? 하지만 난, 우리 딸이 시드니에서 아주 중요한
일을 하는 중요한 커리어 우먼이니까, 우리 딸이, 야!"

말을 하다 말고 엄마는 에리카의 팔을 움켜잡았다.

"지금 뭐 하니? 그거 버리지 마."

"뭘?"

에리카는 장갑을 낀 손에 들고 있는 물건을 내려다봤다. 바나나
껍질, 반만 먹은 참치 샌드위치, 기름 묻은 종이.

엄마는 기름이 묻은 종이를 에리카의 손에서 확 잡아챘다. 공책
을 찢은 종이였다.

"이거 봐. 이거 보란 말이야. 여기다 중요한 거 적어놨었어. 책인
가 DVD 제목인가였는데. 라디오에서 나오는 걸 적어놨단 말이야."

엄마는 종이를 들어올려 전등불에 비춰봤다.

"봐봐. 완전히 사라졌잖아. 읽을 수가 없잖아."

에리카는 아무 말도 하지 않았다. 이제 에리카는 수동적으로 저
항을 했다. 엄마하곤 절대로 논쟁을 벌이지 않았다. 줄이 다 끊어진
테니스 라켓을 두고 십 분 동안 엄마랑 터무니없는 승강이를 했을
때부터, 엄마가 "이베이에서 팔 거란 말이야!"라고 소리를 질렀을
때부터, 에리카는 엄마와 말다툼을 하지 않았다. 물론 그때도 진 쪽

은 에리카였다. 테니스 라켓은 결국 엄마 옆에 머물렀고, 이베이엔 올리지 않았다. 엄마는 이베이에서 물건을 파는 법을 몰랐으니까.

엄마는 에리카의 눈앞에 대고 종이를 흔들어댔다.

"아주 의기양양하게 들어왔지? 이 똑똑이 딸. 그런데 봐, 지금 내 물건을 엉망으로 만들고 있잖아. 넌 나한테 아주 큰일을 해주고 있다고 생각하지? 하지만 네가 하는 일 좀 봐. 더 엉망으로 만들고 있잖아. 너한테 애가 없는 게 얼마나 다행이니. 넌 애들 장난감도 모두 버렸을 거야. 안 그러니? 아주 소중한 애들 물건도 뺏어서 쓰레기통에 버려버릴 거라고. 넌 진짜 멋진 엄마가 됐을 거야."

에리카는 엄마를 상대하지 않았다. 그저 가득 찬 쓰레기봉투를 들어올렸다가 바닥을 탁, 치고, 봉투 입구를 두 번 묶어 뒷문으로 가져갔다. 그리고 클레멘타인의 전화를 생각했다. "네가 아길 낳을 수 있도록 도울 거야." 클레멘타인의 목소린 이상하게 높았다. 마치 정말로 돕고 싶어 하는 거 같은 말투였다. 정말로 돕고 싶어 하기 때문에 나올 수 있는 말투였다. 클레멘타인은 간절히 소망하는 거야. 그거야말로 그 즉시 구원받을 수 있는 방법이니까. 에리카는 클레멘타인의 결정을 전하면 환하게 밝아질 올리버의 표정을 생각했다.

옳은 이유가 아닌데도 에리카는 클레멘타인의 호의를 받아들여야 하는 걸까? 과정이 어떻든 결과만 좋으면 그뿐인 건가? 아니, 에리카에게 아길 낳을 생각이 아직 있긴 한 걸까?

에리카는 왼손으로 쓰레기봉투를 잡고 오른손으론 뒷문 손잡이를 잡았다. 그때 쓰레기봉투가 찢어지면서 안에 있던 쓰레기들이 끝없이 밖으로 쏟아져나왔다.

에리카의 엄마는 무릎을 치면서 웃었다. 정말로 예쁘게 웃었다.

. 32 .

바비큐 파티 날

다코타는 어른들이 앉아 있는 식탁을 쳐다봤다. 다코타 엄마는 사람들한테 비밀스런 얘기를 하려는 것처럼 다코타를 흘끗 쳐다본 뒤 식탁 위로 몸을 숙였다.

홀리와 루비를 양쪽에 앉힌 비좁은 달걀의자에서 다코타는 '덕 송 게임(Duck Song Game)' 앱을 보여주고 있었다. 두 아이 모두 덕 송 게임을 좋아했다. 둘 다 정말 귀엽고 정말 좋았지만, 이만하면 충분히 친절을 베푼 것 같았다. 다코타는 이제 자기 방으로 돌아가 책을 읽고 싶었다.

어른들은 상스러운 농담을 하는 십대들처럼 낄낄대면서도 조용히 소곤거리고 있었고, 그 모습을 보면서 다코타는 짜증이 났다. 어른들은 가끔 저러더라. 다코타도 그 얘기가 엄마랑 아빠가 처음 만난 일과 관계가 있고, 저속하고 바보 같은 얘기라는 건 드문드문 들어서 알고 있었다. 하지만 다코타가 두 사람이 어떻게 만났는지 물어보면, 엄마랑 아빠는 늘 경매장에서 같은 집을 두고 경쟁하다가 만났다고 말한 뒤, 다코타는 너무 바보 같아서 눈치 못 챌 거라는 듯 두 눈을 반짝이며 서로를 쳐다봤다.

의붓언니들은 엄마랑 아빠가 숨기는 게 어떤 얘긴지 안다고 했다. 그건 아빠가 안젤리나 아줌마랑 결혼한 상태에서 엄마랑 불륜을 저지른 얘기라고 했다. 안젤리나 아줌마는 아빠의 첫 번째 부인이다. 그러니까 다코타의 상상력이 아주 뛰어나다 해도 그런 일은 도무지 상상할 수가 없었다. 게다가 엄마는 아빠가 절대로 불륜을 저지르지 않았다고 했고, 다코타는 그 말을 믿었다.

다코타는 무슨 일이든 감당할 수 있을 만큼 다 컸는데 엄마가 비밀을 말해주지 않는 건 정말 실망스러웠다. 다코타가 청소년 관람불가 영화를 한 번도 못 본 건 사실이었다. 하지만 뉴스도 봤고, 섹스랑 살해랑 ISIS랑 소아성애병자가 뭔지도 알았다. 그런데 내가 알면 안 되는 게 *어디* 있어? 사실, 섹스에 관해서라면 엄마 아빠보다 더 많이 아는걸.

학교에서 학부모도 참석해야 하는 성교육 수업을 한 적이 있었다. 그때 성교육 선생님은 "아마, 어떤 장면에선 키득키득 웃고 싶을 거야. 자연스러운 거니까 조금은 웃어도 돼. 하지만 수업은 계속할 거야"라고 했다. 그 말은 *아이들한테* 한 거였지만, 사실 웃음을 참지 못하는 건 어른들이었다. 오랫동안 조용히 있는 건 절대로 못하는 아빠는(아빠가 말을 하지 않을 땐 잠잘 때랑 가끔 클래식 음악을 들을 때뿐이었다. 아빠랑은 영화를 볼 수 없었다) 아쇼크 아빠랑 계속 소곤소곤 떠들더니, 결국은 두 아빠 모두 너무 심하게 코를 흥흥대서 교실을 나가야 했다. 교실에서 나간 뒤에 두 사람은 정말 큰 소리로 웃었다.

어쩌면 다코타한테 들려주지 않는 비밀이라는 건 아무것도 아닌지도 몰랐다.

"그게 다야?"

만약 비밀을 들으면, 다코타는 그렇게 말하며 눈을 굴려서 엄마랑 아빠를 당황하게 만들지도 몰랐다.

홀리랑 루비가 아이패드를 잡아당기면서 다투기 시작했다.

"내 차례야."

"아니거든. 내 차례거든."

"사이좋게 놀아야지."

다코타는 자기 목소리를 들을 수 있었다. 다코타는 생각했다. 다른 사람이 지금 내 말을 들었다면 뭐라고 할까? 말한 사람이 아마 마흔 살은 됐을 거라고 생각할 거야. 진짜로.

· 33 ·

앤드류의 눈가엔 깊은 주름이 생겨나 있었지만, 그것만 빼면 하나도 변한 게 없었다. 학교 행사에 온 같은 학부모에게 보여야 할 적절하고 정중한 미소를 짓고 있었지만, 그 투명한 눈동자엔 티파니를 알아본 것 같은 기미가 분명히 있었다. 그 눈동자 속에 두려움도 있었을까? 어쩌면 즐거워했거나 당황했는지도 몰랐다. 어쩌면 티파니가 누군지 기억해내려 애썼던 건지도 몰랐다. 내가 어떻게 알아? 그걸 어떻게 아냐고?

티파니는 그걸 알아볼 기회를 놓쳤다. 왜냐하면 그 순간 우아한 정장을 입은 은발의 숙녀가 단상 위에 미끄러지듯 나타났고, 모두들 조용해졌으니까. 그 은발 숙녀는 교장인 로빈 번이었다. 지역 신문에 매주 한 번씩 여학생들 교육에 관한 글을 쓰는 사람이었다.

"안녕하세요, 어머님, 아버님, 학생 여러분."

번 교장은 분명 대답을 기대한다는 말투로 말했고, 당연히 다들 반사적으로, 녹음 테이프를 트는 것처럼 박자를 맞춰 "안녕하세요, 번 선생님" 하고 대답했다. 그 뒤로는 최고경영자, 법정 변호사, 코·귀·목 전문의인 자기들이 학생처럼 반응했다는 사실을 깨닫곤 무안해서 웃는 소리가 여기저기에서 들려왔다.

티파니는 비드와 다코타를 쳐다봤다. 비드는 다코타를 데리고 위글스 어린이 공연장에라도 온 사람처럼 바보 같은 얼굴로 웃으며 딸을 쳐다보고 있었고, 다코타는 긴장성분열증을 앓고 있는 사람 같은 표정을 짓고서 꼼짝도 않은 채 앉아 있었다.

"세인트 아나스타샤 학교에 오신 것을 진심으로 환영합니다."

번 교장이 말했다. 진심으로 환영하는 건 치명적인 수업료겠지.

"이런 끔찍한 날씨에도 수고를 마다 않고 와주셔서 감사합니다."

번 교장은 발레리나처럼 하늘을 향해 두 손을 들어올렸고, 사람들은 모두 고개를 들어 비를 막아주는 높은 천장을 올려다봤다.

그 순간 티파니는 또다시 앤드류를 흘끔 쳐다봤다. 앤드류는 다리를 꼬고 롤렉스 시계를 찬 손을 한쪽 무릎에 다소곳이 올려둔 채 천장 대신 번 교장을 뚫어지게 쳐다보고 있었다. 저 오싹한 눈 때문에 오해하기 쉽지만 좋은 남자야. 티파니는 저 눈이 웃음으로 가득 차던 모습을 기억했다.

"따님들은 자신만만하고 실패를 해도 회복할 수 있는 젊은 여성이 되어 이 학교를 나설 것입니다."

대체 무슨 소릴 하는 거야? 버킹엄 궁전같이 생긴 이런 지랄 맞은 곳을 학교라고 다닌 애들이 '실패를 해도 회복할 수 있는' 사람이 돼서 나간다는 거야? 저 교장은 솔직해져야 해. '당신 딸은 자기는 대접받으며 살아야 한다는 대단한 특권의식을 갖고 이 학교를 나가게 될 것입니다. 그 의식은 특히 시드니 도로에서 유용하다는 걸 알게 될 테지요'라고 했어야 해.

번 교장은 이제 자신이 수장인 사립학교의 교칙을 설명해나가기 시작했고, 티파니는 다시 왼쪽을 봤다. 다코타는 여전히 앞을 보지 않고 있었다. 다코타 옆에 앉은 비드는 문자 메시지라도 확인하는지 그 두꺼운 손가락으로 휴대전화 화면을 쓱쓱 문지르고 있었다.

도대체 예절은 어디다 버리고 온 거야? 사람들이 뭐라고 생각하겠어? 맞아, 티파니. 사람들이 뭐라고 생각하겠어? 앤드류가 자기 아내한테 티파니를 안다고 말하면 사람들이 뭐라고 생각하겠냐고? 하지만 앤드류가 굳이 그럴 이유가 없잖아. 아, 여보. 웃긴 얘기 하나 해줄까? 오늘 아침에 당신 옆에 앉은 여자, 사실 옛날에 나랑 친구였어. 이렇게 말할 이유가 없잖아.

맞아, 옛날 친구지. 그래도 앤드류가 아내한테 그 얘기를 한다면, 그리고 그 아내가 다른 엄마들한테 말한다면, 아니, 다른 엄마들한테 말하지 않곤 못 배기는 엄마 한 명한테만 말한다 해도, 결국 나중엔 딸들도 그 사실을 알게 될 거야. 그렇게 되면 우리 다코타가 학교에서 어떤 대우를 받겠어? 그런 대우를 받으면 '실패를 해도 회복할 수 있는' 젊은 여성이 될 수 있을까? 그래, 그건 가능할 거야. 소속 집단에서 배척되는 건 사람을 아주 강하게 만드는 법이니까.

티파니는 잠깐 눈을 감았다 떴다. 무너지면 안 된다. 티파니는 지난 몇 년간 계속 "어떻게 그럴 수 있니, 티파니?"란 말을 하던 언니들을 생각했다. 티파니는 부끄럽지 않았다. 한 번도 부끄럽지 않았다. 그런데 왜 지금은 이렇게 부끄러움에 젖어 앉아 있는 걸까?

티파니는 그 이유를 알았다. 정확히 알고 있었다. 그건 바비큐 파티 이후 모든 균형이 무너진 것처럼 느껴졌기 때문이다. 티파니와 비드는 파티를 연 사람들이었다. 그곳은 두 사람의 집이었다. 두 사람 집에서 일어난 일이다. 하지만 그게 다가 아니었다. 두 사람이 그 일을 부추긴 거였다. 두 사람에게는 기여 과실이 있는 거다. 그러니까 티파니는 무죄를 주장할 수 없었다. 비드도 마찬가지다.

모두 티파니가 책임을 져야 한다면 어떻게 하지? 해리가 자기 집

바닥에 누워 작은 목소리로 결코 오지 않을 도움을 청한 게 티파니 책임이라면? 그저 아주 즐거워서, 전혀 악의 없이 석양 속에서 클레멘타인의 눈이 반짝인 것도 티파니 책임이라면? 부모라고 해서 사람이 아닌 건 아니잖아? 한 번, 딱 한 번뿐이었다 해도 선을 넘은 게 티파니 책임이라면?

번 교장은 손가락 끝을 맞부딪치는 방식으로 우아하게 손뼉을 치며 단상으로 올라오는 세 여학생을 큰 소리로 소개했다. 교복을 입은 여학생들은 악기를 들고 있었다. 번쩍이는 황금색 악기, 완벽하게 머리를 하나로 묶고 있는 빨간 학교 리본, 우아하게 재단한 최고급 학교 코트. 그 모든 걸 보는 순간, 앤드류가 티파니를 어떻게 아는지 말하는 순간, 무슨 일이 벌어질지 티파니는 분명히 알 수 있었다. 못된 말이나 잔인한 행동을 드러내놓고 하진 않을 거다. 하지만 초록 코트를 입고 빨간 리본을 맨 소녀들은 낄낄대며 조용히 속닥이고, SNS에 수수께끼 같은 말을 남기고, 가짜 웃음을 지으면서 다코타를 비참하게 만들 거다. 대가는 다코타가 치러야 하는 거다.

단상에 올라간 소녀들은 동시에 활을 들었다. 음악이 강당을 가득 메웠다. 또 다른 세상의 음악이었다. 클레멘타인 세상의 음악인 거다. 티파니의 세상에 있는 베이스의 울림과는 다른 음악인 거다.

티파니는 고개를 돌려 다코타의 아름답고 어린 옆모습을 봤다. 티파니는 딸의 얼굴에 엄청난 슬픔이 스치는 걸 놓치지 않았다. 어린 딸은 어마어마한 비탄에 잠겨 있는 것만 같았다. 티파니가 예상한 최악의 상황들이 벌써 다코타를 덮쳐버린 것만 같았다.

"엄마."

다코타가 갑자기 티파니를 쳐다보며 말했다.

"나 토할 거 같아."

티파니는 엄청난 안도감과 모성애를 동시에 느꼈다. 그러니까 비탄이 아니었던 거다. 그냥 속이 메스꺼운 것뿐이었다. 그런 거라면 얼마든지 처리할 수 있었다. 식은 죽 먹기였다.

"가자."

티파니는 다코타에게 조용히 말하고 일어서서 비드에게 급하단 몸짓을 해 보였다. 그리고 스텔라 매카트니 스커트를 입은 새로 사귄 친구와, 그 친구의 딸과, 정중하게 고개를 끄덕였지만 입을 굳게 다물고 있는—이건 그저 티파니의 상상에 지나지 않을 수도 있지만—앤드류를 지나쳐갔다. 강당에서 나온 다코타는 화장실엔 안 가고 싶다고 했다. 그냥 집으로 가자고, 지금 당장 가자고 애원하는 다코타의 얼굴은 백짓장처럼 창백했다.

비드는 타의 추종을 불허하는 자기만의 방식으로 행사 진행자란 명찰을 단 여자를 찾아 지금 가야 하는 상황을 설명하고, 학교 안내서와 이해한다는 미소를 받으며 걸어왔다. 어떤 상황에서도 비드는 평온했다. 가든 파티든 케이지 파이팅이든 비드에겐 전혀 다르지 않았다. 그냥 모두 *재밌는* 상황일 뿐이었다.

티파니가 앤드류와 안다는 사실도 재밌으려나?

다코타가 먼저 차 뒷좌석에 탔다.

"앞좌석에 탈래?"

티파니 물음에 다코타는 말없이 고개만 저었다.

"그럼 가운데 앉아. 그래야 앞이 보이지. 앞을 보면 속이 훨씬 편해질 거야."

다코타는 가운데로 옮겨갔고, 비드와 티파니는 앞에 탔다. 학교 운동장을 빠져나와 집으로 가고 있을 때, 다코타가 토하지 않을 거라는 게 어느 정도는 분명해졌을 때, 비드는 담배에 불을 붙이고 말을 시작했다.

"아주 예쁜 학교지, 안 그러냐? 네 생각은 어떠니? 음악 연주하던 애들 괜찮았지? 너도 첼로를 배우는 게 어때? 클레멘타인처럼 말이야. 클레멘타인한테 배워도 되잖아."

"비드."

세상에, 지금 무슨 소릴 하고 있는 거야? 그런 일이 있었는데 클레멘타인이 우릴 다시 만나려고 하겠어? 클레멘타인은 다코타를 가르치지 않아도 되는 온갖 이유를 찾아낼 거야. 게다가 클레멘타인은 사는 곳도 너무 멀잖아. 다코타한테 음악을 가르치고 싶다면 근처 교습소를 찾아야지.

"클레멘타인은 다코타를 가르치지 않을 거야."

그 순간 뒷좌석에서 이상한 소리가 들렸다.

"토할 거 같아?"

티파니가 고개를 뒤로 돌렸을 때, 다코타는 티파니의 눈을 똑바로 쳐다보고 있었다. 그 눈은 다코타가 자기 몸에 갇혀버렸다고, 도와달라고 절망적으로 외치고 있었다.

"숨을 못 쉬겠어? 다코타, 숨이 안 쉬어지니? 숨 막혀?"

티파니가 다급히 말했다.

"다코타?"

비드는 비 내리는 창밖으로 담배를 내던지고 핸들을 왼쪽으로 홱 꺾으면서 급히 브레이크를 밟았다. 비드의 자동차는 끼익, 하는 비명 소리를 내질렀고, 비드 뒤를 쫓아오던 자동차는 화가 나서 날카롭게 경적을 울렸다.

티파니와 비드는 재빨리 차에서 내려 뒷좌석에 올라탔다. 두 사람은 다코타를 가운데 두고 앉았다.

"왜 그래? 왜 그래?"

"엄마…… 엄마……."

다코타는 가슴을 들썩거리며 제대로 말을 하지 못했다. 눈물이 다코타의 얼굴을 타고 마구 흘러내렸다. 티파니는 심장이 내려앉는 것만 같았다. 도대체 우리 애한테 무슨 일이 생긴 거지? 끔찍한 일이면 어떻게 해? 혹시 성폭력을 당했을까? 누군가가 내 딸을 건드린 걸까? 누군가가 내 딸한테 해코지를 한 걸까?

"다코타. 다코타. 우리 천사. 숨을 깊이 들이마셔봐, 알았지? 그리고 무슨 일인지 엄마 아빠한테 말해봐."

목소리가 마구 떨리는 걸로 보아 비드도 티파니와 비슷한 생각을 하는 게 분명했다.

다코타는 부들부들 떨리는 숨을 깊이 들이마셨다. 그리고 마침내 조용히 말했다.

"클레멘타인 아줌마."

"클레멘타인이 왜?"

티파니가 물었다.

"아줌마가 날 미워해."

"안 그래."

'미워한다'란 금지어에 티파니는 본능적이고 즉각적으로 반응했다.

"내가 클레멘타인이 널 가르치지 않을 거라고 말한 건, 클레멘타인은 첼로 레슨을 하는 사람이 아니라서 그런 거야. 그 아줌마는 곧 교향악단에 들어가야 하잖아."

"아냐, 날 미워한단 말이야!"

다코타는 버럭 소리를 질렀다. 열 살짜리 애가 보이는 전형적인 반응이라 티파니는 오히려 안심이 됐다.

"왜 클레멘타인이 널 싫어한다고 생각하는데?"

비드가 물었고, 다코타는 아빠 품으로 파고들었다. 비드는 다코타를 끌어안고 영문을 모르겠다는 표정으로 티파니를 쳐다봤다.

"이런, 다코타. 우리 딸. 아냐. 아냐."

티파니는 웅크린 다코타의 등에 뺨을 대고, 볼록 튀어나온 등뼈에 손을 올렸다. 티파니의 마음은 다코타 때문에 찢어지는 것 같았다. 다코타가 무슨 말을 하는 건지, 티파니는 정확히 알았으니까.

. 34 .

결혼식장은 다행히 클레멘타인의 집에서 차로 십 분만 가면 되는 곳이었다. 더구나 클레멘타인도 잘 아는 곳이라 길을 잃을 염려도 없었다. 프리랜서 연주자로 살아가면서 가장 곤란한 일은 모르는 곳까지 운전해서 가야 한다는 거다.

항상 길을 잘못 들 경우를 대비해 일찍 출발했기 때문에 클레멘타인은 한 번도 늦은 적이 없었다. 이런, 이런 말을 했다고 부정 타지 않길!

결혼식은 커다란 오스트레일리아 무화과나무들이 자라고 낡은 연주대가 있는 공원에서 열릴 거다. 시드니 항의 작은 만에 있는 공원에서. 클레멘타인은 야외 연주는 좋아하지 않았다. 적당한 장소를 찾으려고 첼로랑 악보대를 끌고 다녀야 하는 것도 싫었고, 아무리 단단히 고정해놓아도 바람만 불면 악보가 펄럭이는 것도 싫었고, 추운 날이면 손가락에 감각이 없어지는 것도 싫었고, 더운 날이면 화장이 무너져내리는 것도 싫었고, 음향 장치가 없어서 연주 소리가 바람에 흩어져버리는 것도 싫었다. 하지만 왠지 그 공원은 연주자들한테 친절했다. 연주자들이 만들어내는 음악은 파랗게 반짝이는 바다를 따라 흘러갔고, 성실한 신부들은 신혼여행에서 돌아오면 어김없이 SNS에 결혼식 연주를 극찬하는 글을 올렸다.

하지만 오늘은 아닐 거야. 오늘은 끔찍할 거야. 오늘은 어떻게 해도 시드니 만이 보이지 않을 테니까. 클레멘타인은 하늘을 억누르고 있는 두툼한 회색 구름을 쳐다봤다. 세상은 좁게만 느껴졌다. 시드니 하늘 밑에서 사람들은 모두 몸을 웅크리고 걸어다녔다. 지금은 가랑비로 바뀌긴 했지만, 오전 내내 비가 왔고 언제라도 다시 폭우가 쏟아질 수 있었다.

"여전히 야외 결혼식을 할 거래?"

오늘 아침 클레멘타인은 사중주단 패싱노티스의 수석 바이올리니스트이자 매니저인 킴에게 전화를 걸어 물어봤다.

"우릴 위해 큰 천막을 세워준대. 손님들은 우산을 가져와야 할 거고. 오늘 아침에 신부가 얼마나 울던지. 이렇게 비가 오래 올지 몰랐대. 처음에 내가 우천 시엔 어떻게 할 거냐고 물었거든. 그랬더니 비가 안 올 거래. 그거 분명히 기억해. 신부들은 왜 만날 그러는 거야? 도대체 왜 그런 착각을 하는 거지?"

킴은 지금 끔찍한 이혼 절차를 밟고 있었다. 클레멘타인은 자신도 결국 끔찍한 이혼 절차를 밟게 될지 궁금했다. 오늘, 샘이 집을 나설 때 '일 잘하고 와'라고 말한다면, 샘은 평생 그런 미친 말은 들어본 적이 없다는 듯, 자기가 직장에서 잘 지내길 원치 않을 유일한 사람이 바로 클레멘타인이라는 듯이 클레멘타인을 노려볼 거란 생각이 들었다. 그런 생각을 하니 너무나 가슴이 아팠다. 꼭 문책을 받는 것처럼 느껴졌다. 악기 소리를 점검하려고 고개를 숙였을 때 C현이 끊어지면서 클레멘타인의 볼을 후려쳤을 때도 그런 느낌이었다. 지금까지 첼로 줄에 다친 적은 한 번도 없었다. 그런 일이 가능하단 것조차 생각해본 적이 없었다. 너무 팽팽하게 긴장해서 첼로를 켰나봐. 내 몸이 너무 긴장하고 있나봐. 첼로 줄이 일부러 공격한 것만 같아서, 클레멘타인은 손으로 뺨도 한 번 어루만지지 않고 새벽의 어둠 속에 멍하니 앉아 있었다.

클레멘타인은 주차장 입구에서 가까운 곳에 차를 댔다. 혹시라도 늦을지 몰라 이십 분 먼저 출발한 클레멘타인은 정확히 이십 분 먼저 도착했다. 클레멘타인은 하품을 하면서 창밖을 내다봤다. *어쩌면 결혼식이 끝날 때까진 폭우가 쏟아지지 않겠어. 신부가 운이 좋다면.* 클레멘타인은 등받이에 머리를 대고 눈을 감았다.

오늘 클레멘타인은 새벽 다섯 시에 일어나 메트로놈을 켜고 베토벤을 연습했다. "내면을 울림으로 가득 채워야 해." 마리안 선생님은 늘 그렇게 말했다. 그러다 갑자기 "너무 일렁이잖아. 너무 일렁여!"라고 소리를 지르긴 했지만.

클레멘타인은 아픈 어깨를 주물렀다. 처음 첼로를 가르쳐준 윈터바텀 선생님은—클레멘타인의 오빠들이랑 아빠는 윈터바텀을 윈터범(winter-bum, 겨울 놈팡이—옮긴이)라고 불렀는데—클레멘타인이 아픈 데가 있다고 하면 "고통 없이 연주하는 사람은 없어"라고 했다. 하지만 클레멘타인의 엄마는 그런 식의 조언을 전혀 좋아하지 않았다. 팸은 알렉산더 테크닉(Alexander Technique, 오스트레일리아 연극배우 프레더릭 마티아스 알렉산더가 창안한 명상적인 춤 수련법—옮긴이)을 알아왔고, 클레멘타인은 그 동작을 떠올리고 자세를 가다듬을 때마다 통증을 가라앉힐 수 있었다.

윈터바텀은 활로 클레멘타인의 무릎을 톡톡 치면서 말하곤 했다.

"더 많이 연습해, 아가씨. 재능에 의지하려 하지 마. 내가 보기엔 그렇게 재능이 많은 것도 아니니까. 음악에 감동을 담는 게 쉽지 않을 거야. 너무 어려서 사실 아무것도 못 느낄 테니까. 넌 심장이 부서져봐야 해."

클레멘타인이 열여섯 살이 됐을 때, 윈터바텀은 "뽑힐 거란 희망은 갖지 마라. 넌 그렇게 잘하는 애가 아니니까. 하지만 좋은 경험이 될 거다"라고 말하면서 클레멘타인을 시드니 청소년 오케스트라 오디션에 내보냈다. 오디션장엔 심사위원을 숨기는 스크린도 없었고 심사위원들은 모두 상냥하게 웃고 있었지만, 첼로를 놓고 앉는 순간 생각지도 못했던 공포가 밀려와 클레멘타인은 활을 첼로 줄에 댈 수도 없었다. 마치 갑자기 무시무시한 질병이 클레멘타인을 덮쳐버린 것만 같았다. 클레멘타인은 한 음도 연주하지 못하고 그냥 일어서서 걸어나왔다. 다른 선택지는 없다는 생각이 들었으니까. 윈터바텀은 오랫동안 엄청나게 많은 학생들을 가르쳐오면서 학생 때문에 이렇게 창피해보긴 처음이라고 했다. 그의 집엔 하루 종일 첼로 케이스를 들고 오는 애들이 넘쳐났다. 그애들은 모두 자신을 혐오하게 되는 첼리스트를 만드는 긴 생산 라인에 올라탄 거였다.

오디션장에서의 대참사 뒤에 클레멘타인의 엄마는 새로운 첼로 선생님을 찾았다. 클레멘타인이 사랑하는 마리안 선생님은 처음 만난 날 오디션을 전혀 자연스럽지 않은 무시무시한 과정이라고 했고, 자신도 오디션을 끔찍하게 싫어한다고 했다. 그러니까 클레멘타인이 적절한 준비가 돼 있지 않으면 절대로 오디션에 내보내지 않겠다고 했다.

어째서 암은 그 잔혹하고 무자비한 손으로 끔찍한 윈터범이 아니라 마리안을 지목할 걸까? 어째서 윈터범은 지금도 아주 잘 살면서 신경과민 음악가들을 만들어내고 있는 걸까?

클레멘타인은 눈을 뜨고 한숨을 내쉬었다. 작은 빗방울들이 창문에 부딪치면서 흐트러지고 있었다. 폭우가 쏟아지기 전에 워밍업을 하는 것 같았다. 클레멘타인은 라디오를 켰다. 라디오에서 아나운서의 목소리가 흘러나왔다.

"시드니 전역에 폭우가 계속되고 있으니 시민 여러분은 배수관이나 물가에 가까이 가지 마십시오."

갑자기 전화벨 소리가 들렸다. 클레멘타인은 조수석에 있는 휴대전화를 재빨리 들어 화면을 봤다. 발신자 이름은 안 나왔지만 아는 번호였다.

비드였다.

바비큐 파티 이후로 비드는 여러 번 전화를 했기 때문에 클레멘타인은 번호를 알아볼 수 있었다. 하지만 번호를 저장하는 않았다. 왜냐하면 비드는 친구가 아니니까. 그냥 아는 사람이니까. 친구의 이웃이고 사실은 다시 보고 싶지 않은 사람이니까. 에리카는 비드한테 클레멘타인의 전화번호를 알려줄 권리가 없었다. 비드나 티파니가 클레멘타인한테 전할 말이 있다면 에리카한테 하면 되는 거다. 도대체 비드가 *원하는* 게 뭐지?

클레멘타인은 비드가 그 큰 손으로 전화기를 들고 있는 모습을 상상해보려 애쓰면서 화면을 응시했다. 비드는 그날 "당신하고 내 얘기 같군요. 우리가 무책임한 부모들인 거죠"라고 했다. 무책임한 사람들. 클레멘타인은 눈을 감았다. 순간 배가 강하게 조여왔다. 결국은 위궤양에 걸린 걸까? 위궤양은 왜 걸리는 걸까? 담즙이 후회로 가득 차면 걸리는 걸까?

전화벨이 멈췄다. 클레멘타인은 비드가 또다시 문자 메시지로는 아무 말도 하지 않겠다고 전하는 문자 메시지가 오길 기다렸다. 비드는 딱 두 번, 아주 주저하는 게 분명한 말투로 '클레멘타인? 비드입니다. 잘 지내죠? 다시 전화할게요' 라고 문자를 보냈다. 그러니까 비드는 문자 메세지를 남기는 걸 싫어하는 사람인 거다. 상대방이 자기한테 전화하길 바라는 사람인 거다. 클레멘타인의 아빠처럼 말이다.

곧바로 다시 전화벨이 울렸다. 또 비드일 거라고 생각했지만, 아니었다. 모르는 번호였다. 혹시 전화를 안 받으니까 다른 번호로 건 걸까? 하지만 비드가 아니었다. 에리카의 불임치료 병원에서 건 전화였다. 난자 기증 때문에 상담을 받고 싶다고 미리 전화를 해둔 클레멘타인과 상담 날짜를 잡으려고 건 전화였다.

클레멘타인은 오디션 바로 전날 의사를 만나기로 약속하면서 핸드백에서 다이어리를 꺼내 무릎에 펼쳤다. 불임치료 병원은 시드니에 있었다. 그러니까 그날 상담을 받고 와도—아홉 살이고 5학년인—무시무시하게 재능이 뛰어난 웬디 창의 레슨 시간에 늦지 않을 거다.

상담 약속을 잡으려고 전화한 여자는 정말 사랑스러웠다. 아주 친절했고. 그 여자는 일단 혈액검사를 해야 하는데, 지금 할지 나중에 할진 전적으로 클레멘타인의 마음이라고 했다. 그 여자는 클레멘타인이 아주 친절하고 이타적인 사람이라고 생각하는 것 같았다. 의무감 때문이 아니라 선의로, 자발적으로 난자를 기증하는 거라고 생각하는 거 같았다.

클레멘타인은 아침에 들었던, 체념하는 듯한 에리카의 목소리가 생각났다.

"거짓말인 거, 우리 둘 다 잘 알잖아."

하지만 에리카는 곧바로 자기 할 일을 했다. 거짓말이든 아니든 상관없다는 듯 병원 전화번호를 알려준 거다. 에리카는 클레멘타인의 동기 따윈 상관없는 거였다. 그냥 난자가 필요한 것뿐이었다.

도대체 난 뭘 기대한 걸까? 감사하고 행복해하는 모습? 우와, 정말 고마워, 클레멘타인. 넌 정말 좋은 친구야.

누군가가 갑자기 차창을 통통 두드리는 바람에 클레멘타인은 펄쩍 뛸 만큼 놀랐다. 킴이었다. 한 손에 바이올린을 들고 커다란 우산을 쓰고 있는 킴은 비참해 보였다. 클레멘타인은 창문을 내렸다.

"진짜 재밌지 않아?"

킴이 심드렁하게 말했다.

* * *

천막은 사중주단의 사기를 조금도 높여주지 못했다. 천막은 꼭 2달러샵에서 사온 것처럼 부실해 보였다.

"버틸 수 있을 거 같지 않은데."

조잡한 흰색 천을 이리저리 살펴보던 비올라니스트 낸시가 말했다. 천막엔 이미 여기저기 물이 고여 축 쳐진 곳이 있었다. 머리 위에 만들어진 물웅덩이에선 둥둥 떠다니는 낙엽까지 보였다.

"아직까진 완벽하게 마른 상태야."

킴은 걱정스러운 듯 말했다. 계약서엔 연주자들에게 식사를 제공하고 악기를 젖게 하지 않는다는 조항이 명시돼 있었다. 따라서 비가 오면 악기를 챙겨서 떠나도 되지만, 아직 그랬던 적은 한 번도 없었다.

"분명히 괜찮을 거야."

늘 낙천가 역할을 담당하는 제2바이올리니스트 인디라가 말했다. 인디라는 연주자들이 식사를 할 수 있게 책임지는 역할도 맡고 있었다. 인디라는 연주 도중에도 웨이터가 맛있는 걸 갖고 지나가면 바이올린을 내려놓을 때가 있는데, 그건 정말 당혹스러웠다.

"연습은 어떻게 돼가?"

비올라를 조율하며 낸시가 물었다. 클레멘타인은 속으로 한숨을 쉬었다. 드디어 나왔군.

"잘돼가."

"불쌍한 샘이 이젠 연주 투어가 있는 동안 애들을 전적으로 책임져야 하는구나."

"낸시, 난 될 것 같지 않아."

"진짜 될 거 같은데."

사실 낸시는 클레멘타인이 오케스트라 상임단원이 되는 걸 원치 않았다. 클레멘타인이 사중주단을 그만두면 안 되기 때문이었다. 낸시를 볼 때마다 클레멘타인은 고어 비달(Gore Vidal, 미국 소설가 겸 극작가—옮긴이)의 책에 나오는 말이 생각났다. '친구가 성공할 때마다 나는 조금씩 죽어간다.'

낸시는 날씬한 여자만 지나가면 클레멘타인에게 저길 좀 보라고 하는 친구였다.

"저 가는 허리 좀 봐봐. 저 긴 다리 좀 봐봐. 저 탱탱한 엉덩이 좀 봐봐. 저런 사람을 보면 기분이 *좋아*, 아니면 기분이 *나빠*? 우울해지지, 그치?" (그러니까 우울해져야 한다는 식으로 말하는 거다.)

"아, 하긴 상임단원이 안 되면 오케스트라 내부 정치에 휩쓸릴 필요도 없잖아. 오케스트라는 큰 회사 같잖아. 회의도 해야 하고 정치도 해야 하고. 나 같으면 그런 거 못 견딜 거야. 뭐, 난 그렇단 얘기야."

낸시가 말했다.

"좋아하게 될 거야, 클레멘타인. 동료애, 여행, 돈을 생각해봐!"

인디라가 명랑하게 말했다.

"샘이 그 많은 음악가들이랑 어울릴 수 있을 거 같아?"

낸시는 기회가 있을 때마다 샘은 음악가가 아니라는 사실을 언급했다. 그게 클레멘타인의 약점이라는 듯이 계속 꾹꾹 누르는 거다. "난 음악가 아닌 사람하곤 절대 결혼하지 않을 거야. 뭐, 난 그렇단 거야"라고 말한 적도 있었다.

"샘은 누구하고든 잘 어울리니까."

클레멘타인은 간단하게 대답했다.

"내 말은, 그냥 샘의 영역이 아닌 거 같아서. 샘은 강한 아웃도어 타입 아닌가 싶어서."

"샘은 아웃도어 타입 아니거든."

클레멘타인은 콧방귀를 뀌었다. 입 다물어, 낸시. 낸시는 전형적인 동부 교외의 진상 공주님 스타일이었다. 하긴, 아빠가 판사잖아.

"왜, 네가 샘이 음감이 없다고 했잖아."

낸시가 말했다.

"그런 *체하는* 것뿐이야. 그렇게 말하면 재밌을 거라고 생각하거든."

"샘은 1980년대 록음악 좋아해."

킴이 애정을 듬뿍 담아 말했다.

"우와, 킴. 그 바지 입으니까 다리 진짜 멋져 보여. 넌 킴이 진짜 싫겠다, 클레멘타인."

낸시가 말했다.

"난 진짜로 킴을 좋아하거든."

클레멘타인이 대답했고.

"뭐, 아무튼. 참, 말하는 거 잊을 뻔했다. 레미 뷰챔프도 오디션 볼 거래."

낸시는 비장의 카드를 내밀었다.

"레미는 시카고에 있다고 생각했는데?"

클레멘타인은 자신이 이미 낸시의 말을 사실로 받아들이고 있다는 걸 알았다. 레미와는 수년간 알고 지낸 사이였고, 흠 하나 없이 정확한 연주를 들을 때면 늘 감탄을 해야 했다. 어찌어찌 해서 1차 심사를 통과한다 해도 결국 최종 통과자는 레미일 수밖에 없게 된 거다.

"돌아왔대."

낸시는 입술을 아래로 축 내려 슬픈 표정을 지었는데, 그런 시도는 끔찍한 결과를 낳았다. 낸시는 꼭 〈배트맨〉에 나오는 조커처럼 보였다.

"하지만 너한테도 충분히 기회가 있다고 생각해."

낸시가 말했다.

"손님들이 도착하고 있어. 비발디부터 시작할까?"

킴의 말에 다들 악보를 펴고 연주할 자세를 취했다. 킴이 어깨에 바이올린을 괴고 세 사람을 향해 고개를 끄덕였다. 연주가 시작됐다. 킴과 클레멘타인의 눈이 마주쳤고, 킴은 클레멘타인이 볼 수 있을 만큼만 한 발을 뒤로 빼곤 낸시 뒤통수에 대고 가운뎃손가락을 치켜올렸다. 워낙 순식간에 취한 행동이라 다른 사람들은 그저 바이올린을 연주하는 거라고 생각했을 거다.

연주하는 동안 클레멘타인은 맘이 떠돌아다니게 내버려뒀다. 생각을 할 필요가 없었으니까. 네 사람은 홀리가 갓난아기였을 때부터 함께 사중주를 했다. 그러니까 모두 서로에게 익숙했다.

사중주단은 이제 바흐의 《G선상의 아리아》를 연주하기 시작했고, 클레멘타인은 우울한 얼굴로 우산을 높이 들고 질퍽한 풀숲에 하이힐을 푹푹 빠뜨려가며 절망적으로 자리를 찾아 배회하는 불쌍한 하객들을 바라봤다.

"저기 신부가 와요!"

갑자기 작은 모자를 쓴 여자가 다가와 말했고, 클레멘타인은 그 여자가 꼭 미스터 포테이토 헤드를 닮았다고 생각했다.

"빨리 신부 입장곡을 시작해요. 어서, 빨리요."

지휘자처럼 두 손을 흔들어대는 그 여자는 이미 샴페인을 한두 잔 마신 것처럼 보였다.

킴은 늘 신부가 도착하면 신부 입장곡을 연주할 수 있도록 신호를 보내줄 사람을 섭외해뒀다. 그런데 무슨 일인지 꼭 자발적으로 나서서 그 일은 맡는 손님이 생기는 거다(그 손님은 여자였다. 늘 여자였다). 그런 손님 때문에 사중주단은 너무 빨리 음악을 연주할 때가 많았다. 신부가 도착하기 전에 열 번이나 연주했던 적도 있었다.

"어머, 죄송해요. 아니었네."

그 감자머리 숙녀는 한껏 미안해하는 얼굴로 말했다. 신부가 일찍 도착하는 경우는 거의 없었다. 한 번은 신부가 한 시간이나 늦게 도착하는 바람에 사중주단은 다음 약속을 위해 그냥 떠나와야 했던 적도 있었다.

에리카는 자기 결혼식에 아주 빨리 갔는데.

"너무 빨리 가면 안 돼. 아직 손님도 안 왔을 거야."

유일한 신부 들러리였던 클레멘타인이 그렇게 말했을 때 에리카는 이렇게 대답했다.

"올리버가 거기 있잖아."

에리카는 머리를 모두 이마 위로 올렸고, 짙은 스모키 아이섀도를 잔뜩 바르고 있었다. 에리카는 완전히 다른 사람처럼 보였다.

"내가 신경 쓰는 건 올리버밖에 없어."

그때가 살면서 에리카가 예절 상식을 기꺼이 어길 준비가 됐던 몇 번 안 되는 경우 가운데 하나였다.

그 말을 듣고 클레멘타인은 진짜 질투를 느낀 건 아니지만 그 비슷한 걸 느끼긴 했다. 왜냐하면 에리카는 결혼식이 아니라 결혼에 대해서 생각하고 있는 거였으니까. 드레스도 머리 모양도 음악도 심지어 손님조차도 에리카에겐 중요하지 않았으니까. 에리카에게 중요한 건 올리버밖에 없었으니까. 결혼할 때 클레멘타인은 아주 자잘한 문제 *하나까지도* 모두 신경을 썼다(예를 들어 헤어디자이너가 망친 머리 같은 거 말이다. 결혼식 때 클레멘타인은 〈아담스 패밀리〉에 나오는 엄마 같았다). 클레멘타인과 샘은 결혼식 내내 거의 보지도 못했다. 둘 다 해외에서 오거나 다른 주에서 온 친구들과 친척들을 상대하느라 바빴으니까. 하지만 에리카와 올리버는 오직 서로만 쳐다봤다. 진짜로 질투가 날 만큼 짜증나는 모습이었다. 진짜로 사랑스런 모습이었고.

천막이 휘청거렸고, 클레멘타인은 얼굴이 축축해지는 걸 느꼈다. 이거, 눈물일까, 빗물일까?

"천막이 새고 있어. 심하게 새는데?"

낸시가 위를 올려다보며 말했고, 갑자기 비가 세차게 내리기 시작했다.

"안 좋은데."

가장 비싼 악기를 갖고 있는 인디라가 말했다. 인디라의 바이올린은 은퇴한 바이올리니스트한테서 빌려온 거였다.

"가야겠어."

킴은 바이올린을 밑으로 내리며 말했다.

"모두 짐 싸."

* * *

클레멘타인은 차로 돌아왔다. 자동차 열쇠를 꽂을 때 전화벨이 울렸다. 재빨리 집어든 휴대전화엔 '학교'라고 발신자 표시가 떠 있었다.

"헬렌?"

이런저런 인사를 다 생략하고 클레멘타인은 곧바로 이름을 불렀다. 학교에서 오는 전화는 대부분 학교 비서인 헬렌이 거는 거니까.

클레멘타인의 심장은 두방망이질 쳤다. 사방에서 재앙이 쏟아지는 것만 같았다.

"아무 일 없어요, 클레멘타인."

헬렌이 재빨리 말했다.

"그저 홀리가 또 배가 아프다고 해서요. 다른 생각을 하게 하려고 했지만, 무슨 방법을 써도 소용이 없어서 걱정이에요. 학교로서도 어쩔 줄 모르겠어요. 홀리 때문에 수업을 제대로 못하고 있는데, 그게…… 홀리는 정말로 배가 아픈 거 같아서요. 이게 양치기 소년 같은 경우가 아니어야 할 텐데요."

클레멘타인은 한숨을 내쉬었다. 지난주에도 같은 일이 있었다. 지난주에도 홀리는 배가 아팠지만 집에 데려오자마자 씻은 듯이 나았다.

"홀리가 오늘 어떻게 행동했나요?"

클레멘타인이 물었다. 사랑스럽고 어느 정도는 미친 홀리의 선생님 트렌트 말에 따르면, 홀리는 학교에서 '자신을 제어할 수 없을' 때가 가끔 있어서 그 결과 언제나 '옳은 결정'을 하는 건 아니라고 했다. 확실히 집에서도 홀리가 근사하게 행동한다고 할 순 없었다. 지금 홀리는 한창 버릇없이 굴고 불만이 많은 시기를 지나고 있었다. 게다가 예전엔 그저 '싫어'라고 했던 일도 이젠 갈매기처럼 깍깍 울어대는 완전히 새로운 기술도 익혔다. 그때마다 클레멘타인은 너무나 불쾌해서 이를 악물어야 했다.

"아주 나쁜 건 아니에요. 비 때문에 더 그런 거 같아요. 애들 모두 우울해졌어요. 어른들도 그렇잖아요. 비가 적어도 한 주는 더 내릴 거라던데, 이게 가능한 일이에요?"

헬렌은 조심스럽게 말했다. 클레멘타인은 공원에서 진행되고 있는 결혼식을 바라봤다. 신부와 신랑은 마주 본 채 손을 잡고 있었고 하객들은 모두 머리 위로 우산을 쓰고 있었다. 신부는 서 있지도 못할 만큼 마구 웃고 있었고, 그런 신부를 붙잡아 지탱하고 있는 신랑도 크게 웃고 있었다. 사람들은 사라진 사중주단은 신경도 안 쓰는 것 같았다.

샘과 클레멘타인도 결혼식 내내 정말 많이 웃었다. 여자였던 주례가 신랄하게 "이렇게 많이 웃는 신랑과 신부는 내 평생 보질 못했습니다"라고 할 정도였다. 주례는 두 사람이 결혼식을 진지하게 생각하지 않는다고 나무라는 것 같았다. 샘이 미친 듯이 웃은 건 클레멘타인의 머리가 〈아담스 패밀리〉의 엄마 같았기 때문이다. 샘이 웃으니까 클레멘타인도 함께 웃게 됐고, 그때부터 머리 모양은 아무 문제가 되지 않았다.

하지만 언제까지나 웃을 순 없는 거였다. 두 사람은 팔 년 동안 웃었다. 충분히 웃은 거다. 두 사람은 기쁠 때나 슬플 때나 함께한다고 맹세했다. 그 맹세를 할 땐 웃고 있었다. 모든 게 다 웃겼기 때문이다. 두 사람은 인생에서 가장 나쁜 건 엉망진창인 머리 모양밖에 없다고 생각했다. 주례는 그때 화를 냈어야 했다. 두 사람의 멱살을 잡고 소리쳤어야 했다. '좀 심각해져봐. 인생은 심각한 거야. 왜 집중하지 않는 거야!' 라고 고함을 질렀어야 했다.

"십 분 안에 갈게요."

클레멘타인이 헬렌에게 말했다.

. 35 .

바비큐 파티 날

"비드는 이미 날 알고 있었어요. 내가 공연하는 걸 본 적이 있었거든요."

티파니가 클레멘타인한테 말했다.

"엄마! 와서 이것 좀 봐봐!"

달걀의자에서 홀리가 소리쳤다.

"잠깐만 기다려!"

클레멘타인은 티파니한테서 눈을 떼지 않았다.

"공연을 했다고요?"

"당신처럼 티파니도 공연하는 사람이에요!"

비드가 쾌활하게 말했다.

"클레멘타인처럼은 아니지."

티파니가 콧방귀를 뀌었다.

"엄마!"

이번엔 루비가 소리쳤다.

"*잠깐만 기다려!*"

클레멘타인도 다시 소리쳤고, 다시 티파니를 봤다.

"당신도 음악가예요?"

"아니, 아니, 아니에요. 난 댄서였어요."

티파니는 빈 접시들을 쌓기 시작했다.

"아주 *유명한* 댄서였습니다."

"유명하진 않았어."

물론 특정 집단에선 아주 유명했지만. 티파니는 생각했다.

"유명한 림보 댄서였나요?"

샘이 두 눈을 반짝이며 물었다.

"아니에요. 가끔 장대가 등장하긴 했지만요."

티파니 역시 두 눈을 반짝이며 샘을 봤다. 잠시 침묵이 흘렀다. 비드는 활짝 웃었고.

"그러니까 봉춤 추는 사람이었단 거예요? 그러니까…… 스트리퍼처럼요?"

클레멘타인이 목소리를 낮추고 물었다.

"클레멘타인. 스트리퍼였을 리가 없잖아."

에리카가 말했다.

"글쎄요."

티파니가 말했고, 또다시 침묵이 흘렀다.

"아, 미안해요. 제 말은 그런 뜻이……."

에리카가는 당황하는 것 같았다.

"확실히 그런 몸매를 갖고 있긴 해요."

클레멘타인이 말했다.

"글쎄요."

바로 이런 게 어려운 거야. 여기서 내가 '맞아요, 내 몸매 근사해요'라고 말할 순 없다는 거 말이야. 몸매는 스스로 자랑스러워하는

터를 내면 안 되는 대상이야. 사람들은 이런 주제엔 겸손해야 한다고 생각하니까.

"열아홉 살 때였어요."

"좋았어요?"

샘이 티파니한테 물었다. 클레멘타인은 재빨리 샘을 봤고.

"무슨 말이야?"

클레멘타인이 물었고, 샘은 손을 높이 들었다.

"난 그냥 예전 직업을 좋아했냐고 물어보는 거야. 그런 질문은 해도 되잖아."

"내 직업을 사랑했어요. 대부분은요. 그냥 다른 직업이랑 비슷해요. 좋은 면도 있고 나쁜 면도 있죠. 하지만 대부분은 좋아했어요."

"벌이는 좋았고요?"

샘이 계속 물었다.

"엄청났죠. 그래서 그 일을 한 거니까. 그래서 학위를 받을 수 있었던 거예요. 계산원보다 훨씬 더 많이 버니까."

"난 계산원이었는데. 혹시 나한테 물어본다면 그 일을 그렇게 사랑하진 않았다고 대답해야겠어요."

클레멘타인이 말했다.

"이런, 안됐어. 당신은 멋진 스트리퍼가 될 수 있었을 텐데, 달링."

"고마워, 여보."

샘의 말에 클레멘타인이 무덤덤하게 대답했다.

"봉을 잡고 돌면서 첼로를 켜는 것 같은 표정을 짓는 거지. 그럼 정말 팁을 많이 받았을 텐데."

샘은 고개를 젖히고 눈을 감더니 눈썹을 위아래로 찡긋거리며 첼로를 켜는 클레멘타인의 표정을 흉내 냈다. 클레멘타인은 고개를 숙이고 식탁을 내려다보며 손으로 이마를 짚었다. 클레멘타인의 몸은 마구 떨리고 있었다. 티파니는 그 모습을 보며 생각했다. 지금 우는 건가?

"웃고 있는 거예요. 앞으로 몇 분은 저 상태에서 못 벗어날걸요."

딱하다는 듯 에리카가 말했다.

"며칠 전 봉춤을 올림픽 정식 종목으로 채택하자는 주장이 나왔단 기사를 읽었습니다. 봉춤은 좋은 운동이라더군요. 중심근력이 있어야 한다고요."

어떻게든 화제를 중산층 부부들이 파티에서 나눌 만한 내용으로 되돌리려 애쓰는 불쌍한 올리버를 보며 티파니는 웃지 않을 수 없었다.

"아, 그렇죠, 올리버. 정말로 좋은 운동입니다."

비드가 의미심장하게 대답하며 한쪽 눈썹을 찡긋 올렸고, 클레멘타인은 또다시 무너져내릴 수밖에 없었다.

티파니는 세상사람 모두가 비드처럼 어린애 같은 방식으로 섹스에 접근하면 이 세상이 얼마나 단순해질까, 하고 생각했다. 비드에게 섹스는 클래식 음악이나 블루 치즈나 빠른 자동차와 다르지 않았다. 비드는 모두 같은 방식으로 좋아했다. 모두 삶을 즐겁게 만드는 요소들일 뿐이었다. 그저 클럽에서 벌거벗고 춤을 추던 예쁜 여자들일 뿐이었다. 그건 전혀 큰일이 아니었던 거다.

에리카는 의자에서 몸을 틀더니 어깨너머로 애들을 봤다.

"그럼 다코타는……."

"내가 댄서였던 건 알아요."

티파니는 턱을 치켜들며 말했다. *내 양육 방식에 이래라 저래라 간섭하지 말란 말이야.*

"좀 더 크면 자세히 말해줄 거예요."

의붓딸들이랑 비드의 전처는 그 사실을 몰랐다. 그걸 알면, 자기들은 미국 모델 카다시안처럼 입고 다니는 주제에 수녀한테도 존경을 받겠다는 듯이 세상에서 가장 도덕적인 것처럼 구는 의붓딸들이 비난을 퍼부을 거다. 티파니의 비밀을 알면 미친개처럼 덤벼들 거다.

"맞아요. 그럼요."

에리카가 말했다.

클레멘타인은 고개를 들고 손가락으로 눈 밑을 두드리며 떨리는 목소리로 말했다.

"아이 참, 미안해요. 그냥, 내가, 너무 *평범하게* 살아온 거 같아서요."

"그게 무슨 소린지 모르겠는데. 무슨 말을 하는 거야? 내가 《그레이의 50가지 그림자》를 읽었거든. 아주 자세히 읽었어. 난 우리 서재를 '고통의 붉은 방'으로 만들려고 했어."

샘의 말에 클레멘타인은 팔꿈치로 샘을 쿡 찔렀다.

"진짜 만들려던 건 아냐. 그런데 혹시…… 음, 어떻게 말해야 할지 잘 모르겠어요. 혹시, 좀 추잡하게, 보는 남잔 없었어요?"

"당연히 그런 사람이 있었죠. 하지만 대부분은 그냥 평범한 남자들이었어요."

"난 추잡하지 않았어요. 어쩌면, 음, 좀 추잡했는지도 모르지만. 아마 좋은 쪽으로 추잡했을 거예요!"

"그러니까, 그런 데 자주 다니셨어요?"

클레멘타인이 비드한테 물었다. 티파니는 클레멘타인이 최대한 비난하는 말투를 쓰지 않으려 애쓴다는 걸 알 수 있었다.

비드가 절대 이해하지 못하고 티파니가 항상 잊어버리는 게 바로 이거였다. 사람들은 티파니가 댄서였다는 말을 들으면 복잡한 감정을 품는다는 거. 사람들은 언제나 섹스에 관해 자기가 품고 있는— 대부분의 사람들에겐 수치심이나 계층이나 도덕성과 떼려야 뗄 수 없는—감정과 티파니의 옛 직업을 연결해서 생각했다(그래서 티파니가 죄를 저지른 걸 고백했다고 생각하는 사람도 있는 거다). 여자들한테 이 문제는 몸매랑 질투랑 불안함의 문제였고, 남자들한텐 정말로 흥미가 있지만 되도록 흥미가 없는 체해야 하는 문제였다. 티파니가 자기의 약점을 드러내려고 속임수를 쓰고 있다는 듯 화를 내며 자기를 방어하려는 표정을 짓는 남자도 있었다. 그리고 대부분은 남자든 여자든 십대처럼 낄낄대며 웃고 싶은데 과연 그래도 되는지 몰라 혼란스러워했다. 그러니까 이건 빌어먹을 지뢰밭을 걷는 것과 같은 문제인 거야. 그러니까 비드, 다시는, 다시는, 이런 얘긴 하지 말라고!

"당연히 엄청 많이 갔죠. 결혼이 깨졌을 때, 친구들이 날 자꾸 밖으로 불러내려 했거든요. 거 왜, 알죠? 남자들은 교향곡 들으러 가진 않잖아요. 거 왜, 알죠? 그래서 클럽에 갔죠. 거기서 이 여인이 춤추는 걸 봤어요. 우와, 그때 이 여인이 내 맘을 날려버렸어요. 진짜 날려버렸죠."

비드는 손가락을 권총처럼 만들어 자기 머리에 대더니 탕, 하고 쐈다.

"그래서 경매장에서 한눈에 알아본 겁니다. 그땐 옷도 입고 있었는데 말이에요."

비드는 무릎을 치면서 껄껄 웃었다. 클레멘타인과 샘은 조금은 끔찍하게 낄낄댔고, 에리카는 얼굴을 찡그렸고, 가여운 올리버는 얼굴이 빨개졌다.

"그 얘긴 이제 됐어요."

티파니가 말했다.

그때 갑자기 날카롭게 울부짖는 소리가 들렸다.

"엄마!"

. 36 .

비가 너무 세차게 내려서 클레멘타인은 현관문이 열리는 소리를
못 들었다. 그래서 홀리 방 앞의 복도에 서 있는 샘을 봤을 때 펄쩍
뛸 만큼 놀랐다. 파란색과 흰색 줄이 섞인 샘의 셔츠는 속이 다 비칠
정도로 흠뻑 젖어 있었다.

"놀라서 죽을 뻔했잖아."

클레멘타인이 가슴에 손을 얹으며 말했다.

"왜 이렇게 빨리 온 거야?"

클레멘타인도 자기 말이 비난처럼 들린다는 걸 알았다. '우와, 깜
짝이야!'라고 말해야 했는지도 몰랐다. 그러곤 자연스럽고 다정하게
'왜 이렇게 일찍 왔어, 하니?'라고 말해야 했던 거다. 물론 지금까
지 클레멘타인은 샘을 '하니'라고 부른 적이 한 번도 없었지만.

샘은 흠뻑 젖은 셔츠를 잡아당겼다.

"여기서 뭐 해?"

"뭘 찾고 있어. 늘 그렇지 뭐."

클레멘타인은 옷을 잔뜩 쌓아둔 채 홀리의 침대에 앉아 있었다.
홀리의 '딸기 옷'을 찾고 있는 거다. 커다란 딸기가 그려진 하얀 민
소매 셔츠인데, 홀리가 다시 행복해지려면 지금 당장 그 옷이 필요
했다. 하지만 당연히, 딸기 옷은 어디에서도 보이지 않았다.

클레멘타인은 이상하게 겸연쩍은 느낌이 들었다. 혹시 나, 원래

는 샘을 보자마자 벌떡 일어나서 샘한테 입을 맞추는 아내였나? 클레멘타인은 기억이 나지 않았다. 사실 이런 고민을 해야 한다는 게 너무 이상하게 느껴졌다. 남편을 맞이하는 제대로 된 방식이라니.

하지만 저렇게 젖어 있는 남편을 굳이 안고 싶은 마음은 없었다. 시드니 사람이라면 이제 비가 오는 게 더는 놀랍지 않았다. 우산 값도 사십 퍼센트나 올랐다. 비를 맞고 다니는 사람은 그냥 바보인 거다. 그건 누구나 하는 말이었다. 그런데도 비가 오기 시작한 뒤 샘은 매일 우산도 없이, 우비도 안 입고 여객선을 타러 갔다. 매일 아침, 주방 창문에서 서류가방을 머리 위로 들고 비를 맞으며 뛰어가는 샘을 볼 때마다, 흔들리며 멀리 사라지는 남편의 모습을 볼 때마다, 클레멘타인은 자신이 웃고 싶은 건지 울고 싶은 건지 알 수 없었다. 샘의 행동은 일종의 자기 학대 같았다. 샘은 자기는 우산을 쓸 자격이 없다고 생각하는 게 분명했다. 샘은 클레멘타인도 그럴 자격이 없다고 생각하는 것 같았다.

"왜 이렇게 빨리 온 거야?"

클레멘타인이 또 물었다.

"그게, 나한테 문자 보냈잖아. 그래서 일찍 나왔어."

걱정스런 샘의 얼굴엔 수동적인 공격 의지 또한 엿보이고 있었다.

"홀리는 완벽하게 괜찮단 문자 말이야? 걱정할 거 하나도 없다고 했잖아."

"배가 아픈 게 벌써 두 번째잖아."

"거실에서 홀리 봤지? 세상엔 걱정할 게 없다는 듯 행복하게 아이패드 갖고 노는 거?"

"그래도 검사는 해봐야 할 거 같아. 맹장염 같은 거면 어떻게 해?

그건 아팠다가 나았다가 하잖아."

"알아. 학교에 가면 아프고 집에 와서 아이패드를 하면 낫잖아. 홀리가 우릴 갖고 노는 거야. 학교에서 나와 차만 타면 괜찮아지는 걸 뭐. 집에 오는 내내 생일 파티 얘기만 했어. 생일 파티에 다코타를 초대하고 싶대."

클레멘타인은 마지막 말은 샘을 쳐다보지 않은 채 재빨리 내뱉었다.

"다코타? 그 다코타?"

샘은 위험을 감지한 사람처럼 몸을 쭉 폈다.

"맞아. 그 다코타."

"그앨 초대할 순 없어. 절대 안 돼. 이런, 세상에."

"다코타는 여섯 살짜리 생일 파티에 오기엔 너무 크다고 말해줬어. 그러니까 완전히 난리가 났었어. 우리가 홀리한테 부르고 싶은 사람은 다 부르라고 했지 않고. 사실 진짜 그렇게 말했잖아. 우리가 한 약속을 지켜야 해."

"그래. 하지만 그건 다코타를 제외한 모든 사람을 의미하는 거였다고."

"너무 슬퍼했는걸."

"홀리는 다코타를 제대로 알지도 못하잖아."

샘은 셔츠를 바지에서 빼 비틀어 짜면서 말했다.

"딱 한 번밖에 안 봤잖아. 당신 말처럼 나이도 너무 많고. 다코타가 홀리 생일 파티에 오고 싶어 할 리가 없잖아."

"아무튼 난 항복했어. 오죽 난리를 쳐야지. 정말 무서울 정도였다니까."

"당신도 홀리가 배가 아프다고 속인다고 했잖아. 다코타도 마찬가지야. 다코타를 갖고 당신을 속이는 거라고, 클레멘타인."

샘은 비웃으며 말했다. 항상 짓궂게 놀리는 사람이긴 하지만, 샘이 클레멘타인을 비웃은 건 처음이었다.

"난 그렇게 생각 안 해. 봐, 홀리가 다코타를 초대하고 싶어 하고, 이건 홀리의 생일 파티잖아. 지금 홀리는 힘든 시기를 보내고 있고. 그러니까 홀리가 다코타를 초대하고 싶다면 초대해야 해. 큰일도 아닌데 뭐."

"다코타는 안 올 거야."

샘은 입을 앙다물었다.

"올 거야."

클레멘타인은 두 손을 번쩍 들어올렸다.

두 사람은 서로를 응시했다. 이 상황을 어떻게 빠져나가야 할까? 타협할 가능성은 전혀 없고 누구 하나 항복해야만 하는 상황에서, 부부라면 이런 문제를 어떻게 풀어야 하는 거지? 아무도 항복하지 않으면 어떻게 되는 거야?

"오늘 에리카한테 전화했어. 난자 기증하겠다고 했어."

클레멘타인은 화제를 바꿨다.

"그래."

샘은 셔츠를 벗기 시작했다. 클레멘타인은 자기가 다른 사람의 남편이 셔츠를 벗고 있는 걸 보는 사람처럼 슬며시 고개를 돌렸다는 걸 깨달았다.

"에리카가 좀 이상한 거 같아. 난 그날 이층에서 우리가 하는 말을 에리카가 들었다고 생각해. 내가 했던 끔찍한 말들 말이야."

"갈아입어야겠어."

샘은 클레멘타인 때문에 지겨워 죽겠다는 듯 말했다.

"그러니까, 당신은 내가 난자를 기증해도 된다고?"

하찮은 질문을 하고 있다는 듯, 클레멘타인은 샘과 눈도 마주치지 않고 물었다.

"당신 결정이잖아. 당신 친구고. 나하곤 상관없어."

샘의 무관심 때문에 클레멘타인은 격렬한 통증을 느꼈다. 종기를 짜내려고 살을 쨀 때 느끼는 고통과 비슷한 통증이었다.

"그러니까, 셋째는 갖고 싶지 않다는 거야?"

또 시작인 거야. 어제 저녁 식당에서 그랬던 것처럼 샘을 몰아붙이고 싶은 거야. 두 사람이 꼼짝도 못하고 갇혀 있는 벼랑에서 샘을 *밀어버리고* 싶은 거야.

"셋째?"

샘은 젖은 셔츠를 홀리의 방문 손잡이에 걸면서 말했다.

"우리가? 셋째를? 지금 농담해?"

"아, 그렇지."

클레멘타인은 꺼낸 옷들을 차곡차곡 개어 쌓기 시작했다.

"혹시 홀리 딸기 옷 못 봤어? 그게 사라졌네."

절망감에 사로잡힌 클레멘타인은 울지 않으려고 주위를 다급히 둘러봤다.

"아, 진짜 못 참겠어. 대체 왜 다들 *사라지고* 마는 거야?"

· 37 ·

바비큐 파티 날

"엄마!"

그렇게 소리칠 수 있는 건 엄마의 주의를 끌려는 홀리뿐이었다.

"홀리. 너 때문에 간 떨어질 뻔했잖아. 그렇게 죽을 것처럼 소리 질러댈 거야, 정말?"

클레멘타인은 샘과 눈이 마주치는 걸 조심스럽게 피하면서 의자에서 일어나 걸어갔다. 빨리 샘과 집으로 돌아가면서 오늘 있었던 일들을 얘기하고 싶었다. 오늘 있었던 일은 분명 쉬지 않고 얘기하게 될 거야. 점점 더 신기해지겠지. 이건 꼭 이상한 나라의 앨리스처럼 토끼 굴에 떨어진 거 같잖아. 애를 안 갖겠다던 에리카가 이젠 애를 원해. 올리버는 클레멘타인의 난자를 원하고. 파티를 주최한 사람은 스트리퍼였어.

"혹시 늑대가 왔다고 소리치는 남자애 얘기 들어봤어?"

클레멘타인이 홀리한테 핀잔을 주었다.

"몰라, 못 들어봤어. 내가 엄마한테 이리 오라고 계속 말했잖아. 수백 번도 더 말했단 말이야."

달걀의자에서 다코타 옆에 앉아 있던 홀리가 나무라듯 말하며 클레멘타인을 올려다봤다.

"미안해. 왜 부른 거야?"

"엄마 얼굴 왜 빨개?"

"모르겠는데."

클레멘타인은 차가운 손가락으로 뜨거운 얼굴을 꾹 눌렀다. 공기가 점점 서늘해지고 있었다.

"너희들, 안 추워?"

"안 추워. 다코타 언니가 가르쳐준 게임이야. 진짜 재밌어."

홀리는 다코타가 들고 있는 아이패드를 가리키며 말했다. 화면에 나오는 게임은 화려했고 역동적이었다.

"우와, 멋지다."

클레멘타인은 게임을 제대로 들여다보지도 않고 말했다.

"애들 잘 돌봐줘서 고마워. 힘들면 언제든지 말해줘. 애들 보는 게 지겨워지면."

클레멘타인이 다코타한테 말했다.

"루비랑 난 지겹지 않거든!"

클레멘타인이 다코타에게 하는 말을 듣고 홀리가 발끈했다.

다코타는 속을 알 수 없는 얼굴로 클레멘타인을 보고 웃었다. 진지하고 착한 아이야. 비드하고 티파니의 딸이라니 믿을 수가 없을 정도야. 클레멘타인은 생각했다.

"잘 있는 거야? 우리 딸들, 착하게 행동하나?"

샘이 클레멘타인 옆에 와 서며 말했다. 살짝 고개를 들던 클레멘타인은 샘과 눈이 마주쳤다. 그리고 두 사람의 눈에서 번쩍 불꽃이 일었다. 한동안 볼 수 없던 불꽃이었다. 어쩌면 우리, 오늘 멋진 사랑을 나누게 될지도 몰라. 정말로 좋은 섹스. 예전엔 했던 섹스. 빨리 해치워버리자는 듯 이상하게도 불편했던 섹스하곤 거리가 먼 섹스를 하게 될지도 몰라. 루비를 낳고 나서 클레멘타인과 샘의 성생활은 뭔가 잘못돼버렸다. 아니, 클레멘타인만 그런 건지도 모르지만, 클레멘타인은 가끔 상실감을 느꼈다. 정말로 성생활이 사라져버린 것 같아서 너무나 슬펐다. 그런 상실감은 자기 머릿속에만 있는 건 아닌지 어떨 땐 궁금하기도 했다. 식상해지는 건 당연한 일인데, 그게 결혼이라는 건데, 누구나 겪는 일인데, 자연스럽고 어쩔 수 없는 일을 자기 혼자만 크게 부풀려 슬퍼하는 건 아닌지 궁금했다.

가끔은 샘과 섹스를 하는 동안 꼭 근친상간을 하는 것 같다는 부적절한 생각에 사로잡히기도 했다. 사실 샘과 클레멘타인은 오랫동안 알고 지낸 친한 친구인데, 종교나 법이나 의학적인 이유로 어쩔 수 없이 몇 주에 한 번씩 공정한 관찰자들 앞에서 섹스를 하고 있단 기분이 들기도 했다. 매력적인 오랜 친구랑 섹스를 하는 건 아주 불쾌한 기분은 아니었지만, 너무 기분이 이상해서 다 끝나면 안심하게 되는 거다.

물론 이런 말을 샘한테 할 순 없었다. 무슨 말을 하겠어? '우리가 하는 섹스는 가끔 근친상간처럼 느껴져. 너무 종교적이고 좀 역겨운 거 같아. 샘, 당신은 안 그래? 당신 생각은 어때?' 라고 한단 말이야?

클레멘타인이 할 수 있는 말은 없었다. 더구나 클레멘타인은 섹스 얘기를 하는 게 싫었다. 섹스 얘기를 할 때면 엄마랑, 너무나 이상하지만, 에리카 생각이 났으니까. 두 사람이 차 안에서 아무 거리낌 없이 '피임'이니 '자존감'이니 하는 말을 해댔기 때문일 거다.

클레멘타인은 잠을 푹 자지 않는 애들도 어느 정도는 문제라는 걸 알았다. 애들이 푹 자지 않는다는 건 클레멘타인과 샘이 밤새 언제라도 하던 일을 멈추게 할 날카로운 고함 소리에 귀를 기울이느라 계속 신경을 곤두세워야 한다는 뜻이니까. 시간이 한정돼 있으니까 느긋하게 즐길 수가 없는 거다. 일에 착수하면 확실히 증명된 자세를 잡고 늘 하던 행동을 해야지, 새로운 걸 시도했다간 '미션 실패'로 끝날 가능성도 있으니까. 그 때문에 빨리빨리 절차를 진행해야 한다는 긴장감이 쌓이는 거다(클레멘타인은 '빨리 해, 빨리 해'라고 생각하다가 흠칫할 때도 있었다). 더구나 애들이 자주 깬다는 건 두 사람이 '엄마'와 '아빠'가 아닌 순간은 없다는 뜻이었다. 그러니까 애들이 자고 있을 때 재빨리 엉큼하게 섹스를 하는 건 지저분하고 평범하고 조금도 매력적이지 않은 행위가 되는 거다.

요즘은 샘이 섹스하자는 요구를 많이 안 했고, 그것 때문에 클레멘타인은 상처를 받은 것 같았다. 클레멘타인은 샘이 여전히 자기를 매력적으로 느낀다고 *생각했다*. 사실—언제든 클레멘타인을 밀어내려고 벼르고 있는 세상에서—클레멘타인은 육체를 혐오하는 심연으로 떨어지는 게 훨씬 쉬울 테지만, 지금은 일단 굳건히 버티고 있었다. 그러면서도 클레멘타인은 두 사람이 등을 돌리고 누우면 안심할 때가 많았다. 솔직히 신경이 쓰이니까.

클레멘타인은 샘 역시 상처받으면서도 안심하고 있다는 느낌이 들었다. 샘이 클레멘타인과 섹스를 하지 않아 안심하고 있을지도 모른다는 생각을 하면, 자신도 똑같은 마음이면서 클레멘타인은 훨씬 가슴이 아팠다. 그리고 그런 상황은 지금까지 계속되고 있었다.

그런데 지금, 불꽃이 인 거다. 클레멘타인은 너무나 기뻤고 안심이 됐다. 그래, 우리한테 필요한 건 *이거였어*. 친절한 전직 스트리퍼랑 음악을 감상할 줄 아는 토니 소프라노를 닮은 전기 기술자랑 함께하는 바비큐 파티 말이야. 클레멘타인은 늘 토니 소프라노가 좋았다.

"엄마, 왜 웃어?"

홀리가 물었다.

"엄마가 웃었어? 그냥 미소 지은 거야. 기뻐서."

클레멘타인은 미심쩍은 얼굴로 자신을 쳐다보는 다코타를 보고 냉정을 되찾았다.

"아빠도 온통 빨개."

홀리가 말했다.

"분홍색이야. 아빠는 분홍색."

루비가 입에서 엄지손가락을 빼고 말했다.

"그래, 분홍색."

홀리도 인정했다.

"아빠는 왠지 안절부절못하고 있는 것 같은데?"

클레멘타인이 말했다.

"왜?"

홀리가 물었다.

"찬물로 샤워를 해야 할 거 같아."

샘은 클레멘타인의 팔을 살짝 꼬집었다.

"저 분수 안에 들어가야 할 거 같아, 진짜로."

"바보 아빠."

루비가 말했다.

. 38 .

바비큐 파티 날

"괜찮아?"

올리버는 에리카의 팔을 잡으며 조용히 물었다.

에리카는 갑자기 짜증이 확 밀려왔다.

"괜찮아. 왜? 안 괜찮아 보여?"

혹시 눈을 가늘게 뜨고 있었나? 그건 내 잘못이 아닌걸. 오후의 햇살 때문에 다 뿌옇게 보인단 말이야. 잘 안 보이는 눈이 균형감각에 영향을 미친 게 분명해. 몸이 앞뒤로 자꾸 흔들려서 가만히 있으려면 식탁을 움켜잡아야 했어.

오두막에서 흘러나오는 음악은 이제 너무 커져서 에리카는 머리가 쿵쿵 울렸다. 티파니는 〈노벰버 레인〉을 틀었다. 어쩐지 티파니한테 중요한 의미가 있을 것 같은 노래, 부도덕한 과거와 관계가 있는 노래일 거다. 에리카는 그게 뭔지는 알고 싶지 않았다.

"그냥 평소보다 많이 마신 거 같아서."

올리버 말에 에리카는 잠시 화가 엄청나게 났다. 어떤 파티든지 가장 멀쩡한 사람은 언제나, 항상, 에리카였으니까. 에리카는 술을 전혀 안 마실 때도 있었다. 술은 어쨌든 맛이 별로 없잖아. 하지만 오늘 마신 술은 좋은 것 같아. 부드럽고 맛도 있는 게, 아마 엄청나게 비싼 걸 거야.

"아냐, 많이 안 마셨어."

"미안."

그 순간 에리카의 분노는 사라져버렸다. 올리버의 부모가 알코올 중독자인 건 올리버 잘못이 아니니까.

"나 괜찮아."

에리카는 올리버를 안아줘야겠다는 생각에 올리버 쪽으로 몸을 기울였다. 에리카는 올리버를 안고 그의 어린 시절을 위로해주고 싶었다. 수학시험을 보는 날, 학교에 데려다달라고 술에 곯아떨어진 엄마 아빠를 깨우려 했지만 깨울 수 없었던 일곱 살짜리 올리버를 위로해주고 싶었다. 절망에 빠져 침대 끝에 앉아 울던 아들을 지금은 놀리는 얘기로 활용하는 부모를 둔 올리버를 위로해주고 싶었다. 올리버의 부모는 기회만 되면 *"올리버는 수학시험을 못 봤다고 울었다니까. 그때부터 회계사가 될 조짐이 있었던 거지"*라고 말했다. 그 말을 들을 때마다 올리버는 낄낄 웃었지만, 그 눈은 세상 누구보다 슬퍼 보였다.

에리카가 자기 쪽으로 몸을 기울이자, 올리버는 에리카가 자신을 구경거리로 만드는 장관을 연출하기라도 할 것처럼 당혹스러워하는 얼굴로 에리카한테 손을 뻗었다. 에리카는 '츳' 소리를 내며 다시 몸을 똑바로 세웠다. 에리카는 남편을 안아주지도 못하는데, 티파니는 가족 모임에서도 자기가 스트리퍼였다는 말을, 봉춤을 추는 댄서였다는 말을 아무렇지도 않게 할 수 있는 거다. 역시 그렇지 뭐.

클레멘타인과 샘은 저쪽에서 키득대고 있었다. 클레멘타인의 얼굴은 빛이 나고 있었고. 클레멘타인은 쉽게 흥분하고 신나했다. 십대 시절, 클레멘타인은 파티에만 가면 흥분하곤 했다. 칵테일 때문에 흥분할 때도 있었고 음악 때문에 흥분할 때도 있었다. 클레멘타인을 취하게 만든 게 음악인지 술인지 분명히 알 수 있는 사람은 없을 거였다. 언제나 운전 담당이었던 에리카가 남자들한테서 클레멘타인을 떼어내야 했던 게 한두 번이 아니었다. 어떨 땐 아주 공격적인 남자를 상대해야 했다. 다음 날이면 클레멘타인은 에리카한테 고맙다고 했다. 그 남자랑 자는 걸 막아줘서 정말 고마워. 그럴 때면 에리카는 영화에 나오는 절친처럼 뿌듯한 만족감을 느꼈다. 하지만 둘은 영화에 나오는 그런 절친은 아니다. 안 그래? 클레멘타인이 정확히 뭐라고 했더라? *그앤 언제나 내 걸 조금이라도 갖고 싶어 했단 말이야?*

수치심이 증오처럼 솟아올랐다. 에리카는 빈 와인 잔을 식탁에 탁, 내려놨다. 당연히 티파니는 에리카의 잔을 채워주려고 와인 병을 집어들었고. 티파니는 스트리퍼 말고도 웨이트리스 일도 했을 거야. 에리카는 생각했다. 상의를 벗고 다니는 웨이트리스였을 거야. 왜 아니겠어? 엄청 멋있었을 텐데. 진짜 흥미롭다. 정말 재밌어.

"전화 오는데, 비드?"

에리카의 잔에 와인을 따르며 티파니가 말했다.

전화기를 들고 화면을 본 비드의 얼굴이 일그러졌다.

"우리 친구 해리군. 옆집 사는 해리 말이야. 분명 음악 때문에 전화했을 거야. 거 왜, 알지? 화가 났을 테니까. 다른 사람이 행복해하면 화를 내는 사람이잖아."

"받아봐."

"오늘 아침에 우리 개를 발로 찼단 말이야. 받지 않을 거야. 못되기야 늘 못된 사람이지만, 아무 죄 없는 개를 차다니. 거 왜, 알지?
이젠 진짜 참을 수가 없어."

"해리가 정말로 바니를 찼습니까?"

올리버가 물었다.

"그냥 그렇지 않을까 생각하는 거예요. 증거는 없어요."

티파니는 비드한테서 전화기를 뺏어들었다.

"안녕하세요, 해리. 우리가 너무 시끄러웠나요?"

"전혀 시끄럽지 않거든. 아직 *낮이라고*."

비드가 말했다.

"네, 알겠어요. 아니에요. 괜찮아요. 소리를 줄일게요. 시끄럽게
해서 죄송해요."

티파니는 비드에게 전화기를 주고 음악 소리를 낮췄다.

"어어어. 소리 다시 키워."

"우리가 좀 시끄러웠는지도 몰라. 노인이잖아. 존중해드려야지."

"그쪽이 우릴 존중하지 않는데, 뭘 그래."

비드는 투덜거리며 클레멘타인 쪽으로 몸을 돌렸다. 비드는 클레
멘타인한테 홀딱 반한 게 틀림없었다.

"아, 맞다. 혹시 결혼식 같은 데서도 첼로를 연주해줍니까? 우리
큰딸이 봄에 결혼을 해서요. 거 왜, 알죠?"

"전 현악 사중주단 활동을 해요. 우리 팀 이름은 패싱노티스예요.
원하시면 예약해드릴게요. 음식은 맛있겠죠?"

"음식이 맛있냐고요? 당연히 음식은 맛있어야죠. 음식은 참으로
굉장할 겁니다."

"클레멘타인과 저도 그렇게 만났습니다. 클레멘타인이 제 친구

결혼식에서 연주를 했죠."

"아, 물론 이렇게 생각했겠군요. 와, 저 첼리스트 예쁘다."

비드는 자신도 그곳에 있었던 것처럼 말했다.

"맞아요. 그거예요."

샘이 맞장구치자 클레멘타인은 자기 머리를 쓰다듬는 체했다.

"작업 멘트가 뭐였어요?"

티파니가 샘한테 물었다.

플루트 연주를 할 걸 그랬죠? 와인 잔을 비우며, 우울한 에리카는
생각했다. 네 사람만 놔두고 에리카와 올리버는 집으로 돌아가는
게 나을지 모르겠단 생각이 들었다. 네 사람 모두 서로 시시덕대고
서로 매료되느라 정신이 없었으니까.

"일단 연주가 다 끝날 때까지 기다렸죠. 연주자들이 악기를 챙기
고 있을 때, 아시겠지만, 클레멘타인은 키가 크지 않잖아요. 첼로가
클레멘타인만큼 크잖습니까. 그래서 내 나름대론 아주 재치 있다고
생각한 말을 했어요. '플루트 연주를 할 걸 그랬죠?'"

"우와, 천재군요."

비드가 감탄하며 자기 다리를 세게 내리쳤다.

"아니, 전혀 아니었어요. 사람들은 첼리스트한테 늘 그렇게 말하
잖아요. 내가 내뱉을 수 있었던 최악의 멘트였던 거죠, 그건."

"아니, 절대 아닌데요. 난 그런 말을 할 생각을 절대 못했을 겁
니다."

"어쨌든 클레멘타인이 절 가엾게 여겨줬죠."

비드의 말에 샘이 대꾸했다.

"엄마, 나 추워."

루비가 위스크를 테디베어 인형처럼 겨드랑이에 끼고 클레멘타인 옆으로 다가왔다.

"할머니가 새로 사주신 멋진 코트를 입으면 되지 않을까?"

클레멘타인이 말했다. 클레멘타인의 엄마는 데이비드 존스 백화점에서 특가로 판매하는 아동 코트를 보고 두 손녀를 위해 한 벌씩 사왔다. 에리카도 그 사실을 알았다. 팸이 쇼핑을 할 때 함께 있었으니까. 에리카는 팸과 함께 쇼핑을 다니는 게 좋았다. 왜냐하면 팸은 가끔 살 때가 있다고 해도, 사실상 거의 사는 게 없기 때문이다. 클레멘타인은 못 참아 했지만, 에리카는 팸이 얼굴을 잔뜩 찡그린 채 옷을 이리저리 돌려보며 안감의 질을 살펴본 뒤, 핸드백에서 돋보기를 꺼내 가격표를 오랫동안 뚫어지게 보고 한참을 망설이다가 결국은 "아냐"라고 하는 모습을 지켜보는 게 좋았다.

하지만 토글(toggle, 외투에 다는 짤막한 막대 단추—옮긴이)과 모자가 달린 이 작고 귀여운 모직 코트를 팸은 거부할 수가 없었다. 시드니 날씨를 생각하면 좀 과한 옷이었지만 에리카도 꼭 사야 한다는 데 동의했다.

클레멘타인이 요정 날개를 떼고 루비한테 분홍 코트를 입혀주는 동안(홀리의 코트는 녹색이었다) 에리카는 코트를 팸과 함께 샀단 얘기는 한 마디도 하지 않았다. 수년간의 경험으로 클레멘타인은 에리카가 팸과 함께 쇼핑했단 얘기를 듣는 건 그다지 좋아하지 않는다는 걸 잘 알았으니까. 물론 클레멘타인이 특별히 무슨 말을 한 건 아니었다. 그저 표정에 잠깐 나타나는 것뿐이었다. *우리 엄마 훔쳐가지 마. 너도 너희 엄마 있잖아!*

에리카는 루비한테 완벽하게 맞는 분홍 코트를 보고 흐뭇했다.

에리카는 팸한테 더 큰 사이즈를 사라고 했으니까.

"와, 꼭 작은 분홍 모자 아이 같아."

분홍 코트를 입고 빙글빙글 도는 루비한테 올리버가 말했다. 그 말을 듣고 루비가 키득키득 웃었다. 빨간 모자 얘기를 한다는 걸 아는 거다. 루비는 정말 영리한 아기였다. 루비는 엄마 무릎 위로 올라가, 엄마가 자기가 좋아하는 소파라도 되는 듯 바짝 다가붙더니 엄지손가락을 입에 쏙 넣었다.

"그러니까, 위스크는…… 거품기네요?"

티파니가 클레멘타인한테 말했다.

"맞아요. 거품기가 위스크가 된 뒤로 우리 루비가 하찮은 일은 시키지 않고 있답니다. 더는 거품 만드는 일을 하지 않아요."

클레멘타인이 대답했다.

"쉿. 위스크 잘 거야."

루비가 엄지손가락을 빼고 말했다. 루비는 위스크를 아기처럼 어루만졌고, 그 모습을 보며 모두 웃었다. 루비는 어른들이 어떤 반응을 보일지 알고 있었던 거다. 다시 엄지손가락을 입에 물고 싱글싱글 웃었으니까.

"루비랑 위스크가 아주 피곤할 거 같아요. 곧 출발해야겠어요."

클레멘타인이 말했다.

"하지만 디저트는 반드시 먹고 가야 합니다. 내가 크렘슈니테를 만들었습니다. 인터넷에서 찾은 또 다른 우리 집 전통 레시피로 만들었죠."

비드가 단호하게 말했다.

"바닐라 커스터드 케이크예요. 정말 맛있어요."

티파니가 거들었다.

"음, 그래도 우린 곧 가는 게 좋을 거 같아요."

클레멘타인이 말했다.

"에리카가 가져온 맛있는 초콜릿 너트도 먹을 거예요. 나 그거 정말 사랑해요. 우리 할아버지가 크리스마스 때마다 사오셨거든요. 그걸 보면 추억이 떠올라요."

티파니의 말에 에리카는 티파니를 보고 살며시 웃었다. 맞아. 초콜릿 너트는 추억을 불러일으켜. 초콜릿 너트는 정말 맛있는, 망할 크렘슈니테랑 정말 잘 어울릴 거야.

"우와, 저거 봐, 얘들아."

올리버가 갑자기 신이 나서 정원 뒤쪽에 있는 나무를 가리켰다.

"저거, 주머니쥐 아냐?"

· 39 ·

망할 비가 또 거세지고 있었다. 이제 티파니는 화가 나기 시작했다. 하루 종일 집에 있으려고 모든 약속을 취소한 비드와 티파니는 주방에서 커피를 마시고 있었고, 다코타는 주방 옆에 있는 방에서 텔레비전을 보고 있었고, 바니는 다코타 옆에 있는 소파 위에 엎드려 있었다. 비드와 티파니는 당연히 다코타를 학교에 안 보냈다. "다른 애들이 다코타를 따라잡을 수 있는 기회를 줘야지." 비드는 그렇게 말했다.

길가에 차를 세우고 뒷좌석으로 갔을 때, 울면서 고백하던 다코타가 생각나서 티파니는 여전히 맘이 심란했다. 별 일 아냐. 아니, 큰일이지. 눈먼 프레디(Blind Fredd, 가장 무능한 상상의 인물, 천치—옮긴이)도 알 수 있었을 사실을 티파니는 영원히 모를 수도 있는 거였다. 비드가 클레멘타인한테 다코타의 첼로를 가르쳐달라고 부탁하자는 말을 안 했다면 다코타는 무너지지 않았을 거고, 두 사람은 절대로 진실을 알 수 없었을 거다.

티파니와 비드는 하루 종일 다코타 옆에 있을 준비가 돼 있었다. 다코타와 대화를 할 준비도 돼 있었고, 말없이 그저 옆에 앉아 있어줄 준비도 돼 있었다. 하지만 다코타는 마침내 이렇게 말했다.

"음, 여러분? 기분 나쁘라고 하는 말은 아닌데, 나한테 공간을 좀 주면 안 돼?"

그러곤 자기한테 필요한 공간을 표시하려는 듯 손으로 크게 원을 그렸다. 다코타는 벌써 원래 모습으로 꽤 돌아온 것 같았다. 다코타를 감싸고 있던 유리 거품이 많이 얇아지고 금이 가고 있는 것 같았다.

이젠 저녁 고민을 해야 할 시간이지만, 티파니는 갑자기 커피랑 초콜릿이 먹고 싶어졌다. 티파니는 식품저장실 안에 둔 초콜릿 너트 생각이 났다.

뚜껑을 열려고 힘을 주면서 비드는 끙, 소리를 냈다.

"이거 왜 이래?"

비드는 얼굴까지 빨개졌다. 지금까지 비드가 못 여는 뚜껑은 없었다. 비드는 초콜릿 병을 높이 들고 라벨을 살폈다.

"이거 어디서 사온 거야?"

"바비큐 파티 때 에리카가 가져온 거야."

순간 비드의 얼굴이 침울해졌다. 이젠 더 생각하지 않는다고 말했으면서 두 달이나 지난 일 때문에 여전히 영향을 받고 있는 비드를 보는 건, 티파니에겐 너무나 놀라운 일이었다. 비드가 하는 말을 액면 그대로 믿다니 정말 바보였다. 비드는 늘 속이는 사람이란 말이야. 정말로 괴로울 땐 오히려 농담을 해대는 사람이란 말이야.

"내 생각엔, 이거 초강력 접착제로 붙여놓은 거 같아. 정말로."

비드는 마지막으로 뚜껑을 돌려보며 말했다.

"아이 씨. 나 정말 먹고 싶단 말이야."

티파니는 비드한테서 초콜릿 병을 받아 티파니의 엄마가 그랬던 것처럼 버터 나이프로 뚜껑 가장자리를 따라 톡톡 두드렸다.

"그래선 소용없어. 줘봐. 다시 해보게."

"클레멘타인이 아직 전화 안 해?"

"응."

"정확히 문자 남겼어? 혹시 그냥 끊은 건 아니지?"

"문자 안 했어. 그래도 왜 전화를 안 하는 거지? 날 좋아한다고 생각했는데."

두 사람은 클레멘타인이 다코타와 직접 얘기하고 오해를 풀어줬으면 했다.

"당신을 좋아했지. 많이 좋아했다고. 그것도 문제였던 거야."

티파니가 말했다. 비드는 티파니한테서 다시 초콜릿 병을 받아 끙끙대고 욕을 하며 뚜껑을 돌리기 시작했다.

"젠장. 열려라, 이 망할 뚜껑 녀석. 내 생각엔…… 우린 그냥…… 모두 다시 만나야 해. 그래야 훨씬 기분이 좋아질 거야. 내 생각엔 이런 식으로…… 입을 다물고 있으면, 모든 게…… 더 심각해지고 더 나빠지는 거야…… 아, 진짜, 이거 왜 이래?"

뚜껑을 너무 세게 돌리는 바람에, 비드는 병을 놓쳐버렸다. 비드의 손에서 빠져나간 초콜릿 병은 그대로 바닥에 부딪쳤고, 산산조각이 나면서 초콜릿 너트와 유리 조각이 사방으로 흩어졌다.

"됐네. 열렸네."

비드가 씁쓸하게 말했다.

. 40 .

바비큐 파티 날

"봤니? 잘 찾아봐."

올리버는 나무 밑에서 두 손으로 홀리의 종아리를 잡고 서커스 공연자처럼 홀리를 높이 들어올리고 있었다. 갑자기 나뭇잎이 흔들리더니 놀란 눈을 동그랗게 뜬 주머니쥐가 나타났다.

"저기 있다!"

홀리가 꺅, 소리를 질렀다.

"반지꼬리주머니쥐야. 꼬리 끝에 하얀 부분 있지? 아저씨가 신기한 얘기 해줄까? 반지꼬리주머니쥐 앞발엔 엄지발가락이 두 개 있대. 잘 기어오르려고 그렇대. 엄지발가락이 두 개라니 신기하지?"

이런, 올리버는 정말 멋진 아빠가 될 거야. 클레멘타인은 루비의 머리에 입을 맞추며 생각했다. 그래, 어쩌면 할 수 있을 거 같아. 난자를 주는 거 말이야. 혈액을 기증할 수 있는데, 난자는 왜 안 되겠어? 그냥 그애가 생물학적으론 내 아이라는 것만 잊어버리면 되잖아. 모두 마음먹기 나름이라고.

관대해져지, 클레멘타인. 친절해야 해. 누구나 너처럼 행운을 타고나는 건 아니니까. 클레멘타인은 엄마가 해변에서 함께 휴가를 보내자며 에리카를 초대했던 열세 살 때를 떠올렸다. 클레멘타인은

매일 학교에서 느껴야 하는 수치스럽고 불쾌한 감정을 느끼지 않아도 된다는 생각에 그 2주간의 휴가를 간절히 바라고 있었다. 점심시간마다 클레멘타인한테 헐레벌떡 뛰어와선 친근하게 "저기 가서 점심 먹자. 애들 없는 데서"라고 속삭이는 에리카를 안 봐도 된다는 생각에 휴가만 간절히 바라고 있었다.

클레멘타인은 그저 어린애였다. 꼭 해야 하는 협상도 엄마가 제일 강조하는 친절의 범위 안에서만 할 수 있다는 건 당연히 복잡한 심경을 낳을 수밖에 없었다. 가끔은 에리카한테 점심시간의 절반 동안만 함께 있겠다고 말해야 했다. 가끔은 에리카한테 다른 친구들과 함께 있자고도 말해야 했다. 하지만 에리카는 둘만 있을 때 가장 행복해했다. 클레멘타인에겐 쌓아가고 싶은 평범하고 쉬운, 또 다른 우정도 있었다. 클레멘타인은 매일 선택을 해야 한다고 느꼈다. 내 행복을 우선할 것이냐, 에리카의 행복을 우선할 것이냐.

클레멘타인은 그저 오빠들과 함께 휴가를 가서 오빠들이 하는 모험에 동참하고 싶었다. 하지만 현실은 남자애들은 남자애들끼리만 놀고 여자애들은 여자애들끼리만 노는 휴가였다. 매일같이 클레멘타인은 분노를 억눌러야 했고 자신의 이기심을 감춰야 했다. 불쌍한 에리카는 이런 가족여행을 다녀본 적이 없으니까 클레멘타인은 자기 것을 기꺼이 나눠야 했다.

클레멘타인은 의자에 맥없이 앉아 와인 잔을 노려보는 에리카를 쳐다봤다. 의심의 여지가 없었다. 에리카는 취해 있었다. 에리카답지 않게 많이 마신 건 클레멘타인의 끔찍한 말을 들었기 때문일까? 클레멘타인은 루비 너머로 손을 뻗어 자기 와인 잔을 집어들었다.

비드와 티파니는 차곡차곡 쌓은 접시들을 들고 안으로 가려 했다.

"이건 제가 할게요. 좀 쉬세요."

샘이 일어나서 접시들을 잡으려고 손을 뻗었다.

"좋아요. 나한테는 두 번 물어볼 필요도 없어요."

티파니는 샘한테 접시들을 건네주고 의자에 털썩 주저앉았다.

"애들 좀 봐."

비드를 따라 집으로 들어가면서 샘이 어깨너머로 클레멘타인한테 말했다.

"알아. 내가 보고 있어."

클레멘타인은 무릎에 앉아 있는 루비랑 올리버와 함께 주머니쥐를 구경하는 홀리를 가리키며 말했다.

"다코타는 책 읽으려고 들어갔나봐요. 미안해요. 우리 앤 가끔 말도 없이 사라져요. 찾아보면 꼭 침대에서 책을 읽고 있다니까요."

티파니가 주위를 둘러보며 말했다.

"아니에요. 전혀 문제없어요. 애들이랑 오래 놀아줘서 정말 고마운걸요."

클레멘타인이 대답했다.

"다코타는 요즘 책만 읽어요."

클레멘타인은 티파니의 입꼬리가 뿌듯함을 감추려는 듯 살짝 밑으로 내려가는 걸 봤다.

"내가 어렸을 땐 화장이랑 옷이랑 남자들한테만 관심이 있었는데."

알아요. 남자들이 당신한테 관심이 아주 많았겠죠. 티파니의 말에 클레멘타인은 생각했다.

"당신은 음악에만 관심이 있었겠죠?"

티파니는 입술에 달라붙은 머리칼을 떼어내며 말했다. 티파니가 하는 행동은 말 그대로 모두 관능적이었다. 티파니는 어떤 할머니가 될까? 늙은 티파니는 도무지 상상이 되지 않았다. 인상을 쓰고 먼 곳을 매섭게 노려보고 있는 에리카는 어떤 할머니가 될지 알겠어. 저 미간에 잡힌 주름은 깊은 고랑이 될 테고 지금은 살짝 굽어 있는 등은 완전히 굽어버릴 거야.

에리카가 불만투성이에 잔소리 많은 심술쟁이 할머니가 될 걸 생각하니 괜히 에리카한테 애정이 느껴졌다. 할머니가 되면 왜 시작했는지 통 모를 무언의 싸움이 끝나고, 둘 사이엔 휴전이 성립될 거다. 둘 다 타고난 심술궂음을 포기하게 될 거다. 그런 생각을 하니 클레멘타인은 기분이 좋았고 안심이 됐다.

"음악은 나한테 중요하다고 생각했어요."

클레멘타인에게 음악은 유일한 관심거리가 아니라 도피처였다. 그 세계는 에리카와 나누지 않아도 됐으니까. 에리카가 공연을 보러 오긴 했지만 둘 사이엔 물리적으로나 비유적으로나 충분히 넉넉한 공간이 놓여 있었으니까.

"부모님도 음악가예요?"

티파니가 물었다.

"아뇨. 전 비음악가들한테 둘러싸여 있어요. 엄마, 아빠, 샘, 애들이요."

"그래서 곤란해요?"

"곤란하냐고요?"

정말 재밌는 단어 선택이야. 비음악가들한테 둘러싸여 있어서 곤란하냐고?

클레멘타인의 부모가 클레멘타인을 지원해주지 않았다고 비난할 수 있는 사람은 없을 거다. 클레멘타인이 아름다운 비엔나 첼로를 살 때도 도움을 줬으니까(그 첼로 값은 반 조금 넘게 갚았다. 루비가 태어난 뒤엔 아빠가 남은 돈은 걱정하지 말라며 그 돈은 유산에서 제하겠다고 했고). 비엔나 첼로는 결혼생활만큼이나 복잡한 감정을 불러일으킬 때가 있었다. 클레멘타인의 아빠는 약간의 거리감을 둔 채 경이로워했고 딸을 자랑스러워했다. 언젠가 클레멘타인은 소파에 앉아 테니스 경기를 보는 아빠 옆에 《바보들을 위한 클래식 음악》이 펼쳐진 채로 엎어져 있는 걸 보고 감동받은 적도 있었다. 하지만 아빠가 클레멘타인의 연주에 조니 캐시의 컨트리송에서 받는 감동에 비견할 만한 감동을 받은 적은 단 한 번도 없다는 걸, 클레멘타인은 잘 알았다.

클레멘타인의 엄마도 딸을 충분히 지원해줬다. 불평 한 번 없이 클레멘타인을 레슨에, 오디션에, 공연장에 데려다줬으니까. 하지만 오랜 세월 동안 클레멘타인은 엄마가 클레멘타인이 하는 음악에 복잡한 감정을 갖고 있다고 느꼈다. 못마땅하게 생각하는 건 아니었다. 그럴 이유가 없었다. 하지만 그렇게 느껴지는 때가 너무 많았다.

팸이 클레멘타인의 직업을 경박하다고 생각하는 건 아닌지, 직업이라기보단 취미에 가깝다고 생각하는 건 아닌지, 특히 실용적이고 탄탄한 에리카의 직업과 비교하면서 그런 생각을 하는 건 아닌지, 클레멘타인은 궁금해질 때가 있었다. 팸은 에리카와 함께 일 얘기를 할 때면 존중한다는 듯이 고개를 끄덕였지만, 클레멘타인이 일 얘기를 할 때면 재밌다는 듯이, 조금은 이상하다는 듯이 생각하는 거 같았으니까. 그런 느낌이 든다고 할 때마다 샘은 "그건 그냥 당신 상상이야"라고 했다. 클레멘타인의 엄마가 에리카를 가족의 일원으로 만들고 클레멘타인한테 우정을 강요했기 때문에 억울해서

드는 감정이라고 했다.

"아마도 에리카가 당신을 대신하고 있다고 생각해서 그럴 거야."

한 번은 그렇게도 말했다.

"아냐. 난 그냥 에리카가 자기 집에 갔으면 했을 뿐이야."

"내 말이 그 말이야."

샘은 그게 바로 자기 말을 입증하는 증거라는 듯 말했다.

그렇다면 샘은 어떨까? 자기가 음악가가 아니라서 '곤란' 할까? 가끔, 공연이 끝나고 샘이 공연은 어땠는지 물어볼 때가 있다. 클레멘타인이 "좋았어"라고 대답하면 샘은 그저 "잘했어"라고 했다. 그럴 때면 클레멘타인은 샘이 같은 음악가였으면 훨씬 많은 걸 공유할 수 있을 텐데 하는 맘이 들어 아쉬웠다. 클레멘타인은 오케스트라에서 함께 일하면서 끊임없이 일 얘기를 하는 부부를 많이 알았다. 예를 들어, 아인슬리하고 후는 일 얘긴 안작 브리지를 건너기 전까지만 한다는 협정을 맺었다. 안 그랬다간 대화가 너무 거칠어질 수도 있으니까. 클레멘타인으로선 상상도 할 수 없는 일이었다. 샘이랑 클레멘타인은 다른 얘기를 했으니까. 애들이나 〈왕좌의 게임〉이나 가족 얘기. 두 사람은 음악 얘기를 할 이유가 없었다. 그건 중요한 문제가 아니었다.

"클레멘타인이 난생 처음 첼로 연주를 들었을 때 나도 거기 있었어요."

정신을 차리려는 듯 등을 곧게 펴며 말했지만, 에리카의 발음은 확실히 풀려 있었다.

"우리 반 남자애 엄마가 첼로리스트였거든요. 그분이 어느 날 우리 반에 와서 첼로를 연주해줬어요. 난 그냥 멋있네, 하고 생각했는데 클레멘타인을 보니까 완전히 낙원을 찾은 거 같은 얼굴을 하고 있었어요."

클레멘타인도 감미로웠던 그 첼로 소리를 기억했다. 이 세상에서 그런 소리가 날 수 있다곤 생각해본 적이 없었다. 평범해 보이는 엄마가 그런 능력이 있을 수 있단 것도 생각해본 적이 없었다. 부모님께 말해서 첼로 레슨을 받으라고 권한 사람이 바로 에리카였다. 그래서 가끔 클레멘타인은 생각해봤다. 에리카한테 그 말을 안 들었어도 나는 첼로를 가르쳐달라고 했을까? 아마 아니었을 거다. 아마 첼로 연주를 다시 들을 수 있는 방법을 찾으려고 노력했겠지만, 연주자가 될 생각은 못했을 거다. 클레멘타인의 집안엔 먼 친척까지 다 뒤져봐도 현악기를 연주하는 사람은 없었으니까.

에리카는 자기가 클레멘타인한테 첼로를 배우게 한 사람임을 잊은 게 분명했다. 그렇지 않다면 기회 있을 때마다 그 얘기를 하며 클레멘타인이 첼리스트가 된 건 자기 덕분이라고 말했을 테니까.

"그러니까 두 사람은 어릴 때부터 친구였군요. 그렇게 오래 우정을 유지하다니, 대단해요."

"그건 클레멘타인의 엄마가 날 입양 비슷한 걸 했기 때문이에요. 우리 집은 좋은 '환경'은 아니었거든요."

'환경'이라고 말할 때 에리카는 허공에 대고 인용부호를 그렸다.

"그러니까 우리의 우정은 클레멘타인이 선택할 수 있는 문제가 아니었던 거예요. 맞지, 클레멘타인?"

. 41 .

"오늘 상담 예약을 받아주셔서 고마워요."

에리카는 등받이가 젖혀지는 푸른색 가죽 안락의자에 앉으며 말했다. 에리카가 토크쇼에 나온 게스트처럼 보일 만한 각도에서 정신과 상담의는 안락의자와 어울리는 일인용 의자에 앉아 있었다. 그들 사이엔 크고 둥근 오토만(Ottoman, 쿠션을 댄 스툴—옮긴이)이 놓여 있었는데, 그 위엔 오토만이 커피 테이블이라도 되는 듯 휴지곽이 놓여 있었다(이건 좀 짜증났다. 그냥 커피 테이블을 갖다두면 안 되나).

"전혀 문제없어요. 요즘 비 때문에 예약을 취소하는 분이 많거든요. 방송에서 되도록 길거리에 나가지 말라고 하잖아요."

정신과 상담의 이름은 '메릴린'이라고 했다. 그게 정신과 상담의가 처음 인사할 때 말한 이름이고, 그녀의 개인 양식에 적혀 있는 이름이었다. 하지만 에리카 생각에 그건 정말 판단 착오였다. 메릴린이란 이름은 정신과 상담의한텐 정말로 어울리지 않았으니까. 메릴린처럼 보이는 부분이 하나도 없었으니까. 정신과 상담의는 팻처럼 보였다.

메릴린은 수년간 에리카를 위해 일했던 비서랑 놀라울 만큼 닮았다. 그 비서의 이름은 자기 이미지랑 꼭 맞는 팻이었다. 그래서 혈색 좋은 둥근 얼굴이랑 팻이라는 이름은 완벽하게 하나가 돼 에리카의 무의식에 남아버렸고, 에리카는 정신과 상담의를 볼 때마다 앞에 있는 사람은 '팻이 아니라는' 사실을 떠올려야 했다.

"이번 비는 정말 이상하게 오죠, 안 그래요?"

팻이 아닌 사람이 창밖을 내다보며 말했다. 하지만 에리카에겐 날씨 얘기나 하며 낭비할 시간이 없었다. 그래서 어리석은 질문은 무시하고 곧바로 용건을 말했다.

"사람들이 초대를 하면 난 늘 초콜릿 너트를 가져가요. 초콜릿 아몬드요."

"먹고 싶어요."

팻이 아닌 사람이 명랑하게 말했다.

"난 초콜릿 너트는 별로 안 좋아해요."

에리카의 말에 팻이 아닌 사람은 고개를 갸웃했다.

"그럼 왜 가져가는 거죠?"

"클레멘타인의 엄마가 다른 집에 갈 때마다 가져갔거든요. 대량으로 사놓는 거 같았어요. 돈을 아끼려고요."

"클레멘타인의 어머니는 에리카의 역할 모델 같은 분이죠?"

팻이 아닌 사람이 물었다.

"클레멘타인 가족은 날 초대해줬어요. 바비큐 파티를 하거나……다른 일이 있어도요. 난 항상 가겠다고 했어요. 우리 집에서 나가는 게 정말 좋았으니까요."

"충분히 이해해요."

팻이 아닌 사람은 호기심 가득한 눈으로 에리카를 봤다.

"지금 우리 엄마가 얘기할 때 하는 행동을 내가 하는 거 같아요. 엄마는 얘기할 때 횡설수설하거든요. 말에 요점이 없어요. 그게 수집벽이 있는 사람들 특징이라면서요. 집을 정리하지 못하는 것처럼 말을 할 때도 정리를 못하는 거예요."

"횡설수설하는 건 괜찮아요. 난 에리카가 말을 빙빙 돌리고 있는 거 같은데요. 뭔가 하고 싶은 말이 있는 거 같아요."

"음, 알겠지만, 초콜릿 너트는 사실 초대받은 집에 가져갈 만한 선물은 아니잖아요. 알레르기 때문에요. 요즘은 누구나 알레르기가 있잖아요. 클레멘타인이 초콜릿 너트 병을 보고 '이걸 보면 너한테 애가 없는 걸 누구나 알겠다' 라고 한 적도 있어요."

"그래서 화가 났어요?"

"특별히 화가 나진 않았어요."

에리카는 곰곰이 생각해보며 말했다.

"화가 났어야 할지도 몰라요. 그날은 시험관아기 시술에 또다시 실패한 날이었으니까요. 클레멘타인은 당연히 그 사실을 몰랐죠. 알았다면 그렇게 말한 걸 끔찍해했을 거예요."

팻이 아닌 사람은 디즈니 만화에 나오는 귀여운 다람쥐가 숲에서 들리는 소리에 귀를 기울일 때 그러는 것처럼 고개를 좀 더 옆으로 기울였다.

"시험관아기 시술을 했군요. 지금도 하고 계신 건가요?"

"지금까지 말 안 한 거, 이상하다는 거 알아요."

에리카가 방어적으로 말했다.

"전혀 이상하지 않아요. 하지만 궁금한데요."

"두 달쯤 전에, 옆집 바비큐 파티에 갔었어요."

"좋아요."

"어제 남편이 시체를 발견했어요."

나, 지금 빙글빙글 말 돌리는 거 맞죠, 팻이 아닌 사람님?

에리카는 자기가 일부러 이러는지 궁금했다. 이런 건 엄마가 해야 하는 일인데. 사람들이 휘청거리는 걸 보려고 평정심을 잃게 하는 거야. 그냥 재미로. 팻이 아닌 사람은 정말로 휘청거렸다. 이젠 에리카를 봐주기로 한 걸 분명 후회할 거다.

"음, 바비큐 파티를 했던 사람인가요?"

"아뇨. 그 옆집 사람이에요. 노인인데, 그렇게 좋은 사람은 아니었어요. 친구도 가족도 없는 사람이었어요. 시체가 몇 주나 방치돼 있었단 거에 다들 끔찍해해요. 난 그렇게 끔찍하진 않지만요."

"왜 그런 거 같아요?"

"난 끔찍하고 싶지 않거든요."

에리카는 서둘러 대답했다.

"난 끔찍해할 시간이 없어요. 난 끔찍해할 공간이…… 머릿속에 없거든요. 내가 왜 이런 말을 하는 걸까요? 전혀 상관없는 일인데. 이제 시험관아기 시술은 그만뒀어요. 내 난자가 쓸모가 없대요. 바비큐 파티에 가기 전에, 우린, 클레멘타인한테 난자를 기증해줄 수 있는지 물었어요. 우리한테요."

팻이 아닌 사람은 씩씩하게 고개를 끄덕였다.

"클레멘타인의 반응은 어땠던가요?"

"바비큐 파티 때 일이 있었어요."

"무슨 일이죠?"

가여운 팻이 아닌 사람은 이제 식은땀이 나는 거 같았다.

"그 일이 있기 전에 내가 선생님이 처방해주신 약을 먹었거든요. 한 알을 몽땅요. 선생님이 반이나 4분의 1만 먹어보라고 하셨던 거 기억하지만, 하나 다 먹었어요. 쪼개지지가 않았거든요. 그리고, 바비큐 파티에 갔을 때, 평소보다 훨씬 많이 마신 거 같아요."

에리카는 흘러넘치는 샴페인을 잔에 담으려고 팔짝팔짝 뛰어다니던 클레멘타인을 떠올렸다.

"오, 저런."

팻이 아닌 사람은 너무 얼굴을 찡그려서 우스꽝스럽게 보일 정도였다.

"아시겠지만, 약병에 경고문이 크게 적혀 있잖아요. 약을 먹으면 알코올 효과가 높아질 수 있다고요. 하지만 난 *절대* 술을 많이 안 마시는데 뭐, 하고 생각했다니까요. 난 괜찮을 거라고 생각했어요. 그런데 샴페인을 한 잔 마셨는데, 너무 빨리 마셨나봐요. 왠지 되게 스트레스를 받았던 거 같아요. 아무튼, 정말로 취했던 거 같아요. 지금까지 취해본 적이 한 번도 없었거든요. 그런데 그날 밤은 기억이 사라졌어요. 왜, 필름이 끊겼다고 하잖아요. 기억이 안 나는 부분이 있는 거예요."

"아마 정전이랑 비슷하지 않을까 싶은데요. 알코올은 단기 기억을 장기 기억으로 바꾸는 능력에 영향을 미치거든요."

"영원히 생각 안 나면 어쩌죠?"

에리카의 말에 팻이 아닌 사람은 어깨를 으쓱했고, 에리카는 팻이 아닌 사람을 뚫어지게 쳐다봤다. 난 당신이 *어깨나 으쓱하라고* 진료비를 내는 게 아냐.

"어쩌면 어떤 계기로 기억이 살아날 수도 있어요. 맛이나 냄새가 자극제가 될 수도 있고, 사람들이 하는 말이 자극제가 돼서 생각날 수도 있어요. 그 장소에 가면 생각날 수도 있고요. 그러니까 '범죄 현장에 가면' 기억이 날 수도 있는 거죠."

팻이 아닌 사람은 '범죄 현장에 가면'이라고 하면서 살짝 웃었지만 에리카는 웃지 않았다. 팻이 아닌 사람은 황급히 웃음을 거뒀다.

"알겠어요."

그 문제는 나중에 다시 생각해봐야겠다.

"아무튼, 바비큐 파티에도 초콜릿 너트를 가져갔어요. 늘 그러니까요."

팻이 아닌 사람은 다음 말을 기다렸다.

"아마 클레멘타인의 엄마가 날 데리고 갔던 가족 모임을 생각해서 그런 걸 거예요. 클레멘타인네 가족 모임에 갈 땐 클레멘타인 아빠가 운전을 하고, 클레멘타인 엄마는 무릎에 초콜릿 너트 병을 놓고 가는 거예요. 난 클레멘타인하고 뒷좌석에 앉고요. 클레멘타인 오빠들은 자기 일들이 있어서 같이 안 갈 때가 많았어요. 우리 둘밖에 없는 거예요. 얼마나 행복했는지 몰라요. 너무 행복해서, 클레멘타인이랑 내가 진짜 자매라고 생각하는 거예요. 클레멘타인의 부모님은 진짜 내 부모님이라고 생각하고요."

에리카는 자신이 말을 빙빙 돌렸던 이유가 바로 이 말을 하고 싶어서라는 걸, 올리버라면 조금도 충격받을 이유 없는 사소한 진실이라고 할 만한 얘기를 하고 싶어서라는 걸 깨닫고 깜짝 놀랐다.

"클레멘타인은 우리가 자매인 체하며 즐거워하지 않았어요. 사실은 내가 거기 없었으면 했죠."

"아."

"당연히 클레멘타인이 어떻게 생각할지 알았어요. 내 마음 깊은 곳에선 알고 있었어요. 하지만 클레멘타인의 입장이 돼서 생각해본 건 최근 일이에요. 가짜 딸이 주변에서 늘 어슬렁거리면 진짜 딸은……."

에리카는 폭신한 플러시 천으로 덮인 오트만을 멍하니 바라봤다.

"어떤 기분이 들지를요."

. 42 .

바비큐 파티 날

에리카는 곧 비밀을 터트리려는 술 취한 사람처럼 위험하고 조금
은 공격적인 표정을 지었다. 클레멘타인은 위장이 조여왔다.

"우린 여전히 친구잖아, 안 그러니?"

클레멘타인이 부드럽게 말했다. 에리카는 거의 실소를 터트릴 뻔
했다. 세상에, 고통스러울 만큼 복잡한 클레멘타인과 에리카의 우
정은 티파니가 스트리퍼였다는 얘기보다 훨씬 더 은밀하고 사회적
으로 용납될 수 없는 문제처럼 느껴졌다.

티파니는 헛기침을 했고, 클레멘타인은 티파니가 와인 병을 살짝
움직여서 에리카로부터 멀리 옮겨놓는 모습을 지켜봤다.

"실례할게요."

에리카가 자리에서 일어섰다. 이리저리 비틀거리진 않았지만 에
리카는 언제라도 땅이 움직일 수 있다는 걸 알고 있는 사람처럼, 배
를 처음 타보는 승객처럼 아주 조심스럽게 서 있었다.

"욕실에 다녀와야겠어요. 잠깐만요."

에리카는 눈을 아주 빨리 깜빡였다.

"아, 바로 저기 있어요."

티파니는 오두막 뒤의 문을 가리키며 말했다. 그래, 당연히 저기

있겠지. 클레멘타인네라면 온 가족이 행복하게 오두막 안으로 들어 갔을 텐데. 하지만 에리카는 집 쪽으로 걸어가고 있었다.

"살짝 취한 거 같아요."

클레멘타인은 약간 사과하는 것처럼 말했다. 에리카가 저렇게 이 상하게 행동하는 건 분명 클레멘타인 때문일 테니까. 클레멘타인은 젊은 시절 술에 취한 자기를 돌봐주고 택시를 잡고 커피를 타주던 에리카를 생각했다. 그런데 이제 에리카 때문에 내가 사과를 해야 하다니, 클레멘타인은 이상한 기분이 들었다.

"계속 잔을 채워준 내 잘못인지도 몰라요. 주류취급면허가 취소 될지도 모르겠어요."

"아, 주류취급면허증 있으세요?"

스트리퍼는 주류취급면허증을 따야 하나보구나, 생각하며 클레 멘타인이 물었다.

"아뇨. 그냥 농담인데요."

티파니가 살짝 웃었다.

클레멘타인은 팔이 저려서 좀 더 편히 앉으려고 루비를 살짝 움 직였다. 요란하게 손가락을 빠는 걸로 봐서 루비는 곧 잠이 들게 분 명했다. 하지만 클레멘타인이 움직이자마자 루비는 갑자기 고개를 번쩍 들더니 손가락도 빼지 않고 웅얼거렸다.

"언니는?"

"저기 있어."

클레멘타인은 여전히 주머니쥐를 찾고 있는 올리버와 홀리를 가 리켰다. 루비는 클레멘타인의 무릎에서 미끄러지듯 내려와 "안녕" 하고 말하더니 위스크를 흔들면서 홀리 쪽으로 아장아장 걸어갔다.

"저 분홍 코트 입으니까 정말 사랑스러워요."

올리버가 루비를 들어올리려 몸을 숙이는 모습을 클레멘타인과 함께 보면서 티파니가 말했다.

"좀 있으면 너무 덥다고 징징댈 거예요. 무게가 1톤은 되거든요."

클레멘타인은 목 옆부분을 긁고 있는 티파니를 봤다. 티파니가 하는 행동은 뭐든 에로틱해 보였다. 저런 몸을 갖고 있으면 어떤 기분이 들까? 그냥 자동적으로 성적 모험을 즐기는 사람이 되는 걸까? 그냥 거울만 봐도 몸이 후끈 달아오르니까? 그러니까 결국 스트리퍼가 될 운명인 거야? 저런 몸을 가진 사람도 사서가 될 수 있을까? 당연하지. 포르노 영화를 보면 꼭 저렇게 생긴 사람이 도서관 사서로 나오잖아.

클레멘타인은 티파니 때문에 흥미가 생겼고, 자극을 받았다. 클레멘타인은 와인을 한 입 가득 마시고 탁자 위로 몸을 숙였다.

"뭐 하나 물어봐도 돼요?"

"그럼요."

"춤출 때, 구경하는 사람들 말이에요. 결혼한 남자도 많겠죠?"

"음, 출입문에서 호구조사를 하는 건 아니지만, 아마 그렇겠죠."

"그럼, 끝내주는 열아홉 살짜리 스트리퍼가 춤추는 걸 보며 욕망을 느끼는 건, 애들과 집에 있는 중년의 아내를 배반하는 거 아닐까요? 사실 부정을 저지른 거 아니에요?"

"그 중년 부인도 집에서 《그레이의 50가지 그림자》를 읽을 텐데요 뭐. 멋진 남자가 나오는 영화를 보거나."

"그건 현실이 아니잖아요."

"나도 현실이 아니죠."

"그렇군요."

클레멘타인은 그다지 수긍하지 않는다는 투로 말했다. 아니, 당신은 현실이야.

"하지만 티파니는…… 우와!"

갑자기 작은 전구 수백 개가 파르르 깜빡이더니 생명을 찾았고, 뒤뜰은 마법처럼 반짝이는 요정의 나라로 바뀌었다. 뒤뜰은 마치 연극을 하려고 꾸민 무대 장치처럼 보였다.

"이게 미친 전기 기술자랑 결혼하면 감당해야 하는 일이에요. 이 계절에, 아직 다섯 시 삼십 분밖에 안 됐는데 벌써 꼬마전구가 켜지잖아요. 너무 빨리 설치한 거 같아요. 아, 저기, 애들 좀 봐요."

홀리와 루비는 완전히 마음을 빼앗겨버렸다. 두 아인 웃고 손짓을 하면서 신나게 뒤뜰을 뛰어다녔다. 환하게 빛나는 얼굴로, 반짝이는 빛들이 비눗방울이라도 되는 것처럼 팔짝팔짝 뛰면서 잡으려고 했다. 바니도 꼬리를 마구 흔들고 즐겁게 짖으며 아이들을 따라 뛰었다. 올리버는 정말 환하게 웃으면서 주머니에 손을 넣은 채 두 아이를 지켜봤고.

비드와 샘이 음식을 가득 담은 쟁반을 들고 집에서 나왔다. 티파니와 클레멘타인은 두 남자를 도우려고 일어섰다.

"꼬마전구군요. 비드를 초대해서 우리 불쌍한 뒤뜰에도 뭔가 조치를 취해야겠는데요. 우리 꼬맹이들, 지금까지 한 번도 전기를 본 적이 없는 것처럼 신났네요."

샘이 말했다.

"이게 아까 말씀하셨던 음식이군요, 비드. 이름이 뭐라고 했죠?"

식탁으로 다가온 올리버가 올리버답게 어색하면서도 성실한 말투로 질문했다.

"크렘슈니테죠. 기다려봐요. 잠시만 기다려보세요."

비드가 대답했다.

"접시는 안 가져왔어?"

티파니가 비드에게 물었다.

"에리카가 당신이 아끼는 그 훌륭한 파란 접시들을 가지고 올 거야. 바로 나올 거야. 꼬마 아가씨들이 이 디저트를 싫다고 하면, 냉장고에 아이스크림도 있습니다. 물론 싫다고 할 리가 없지만요."

"티파니. 저기 화장실 있다고 하지 않았나요?"

올리버가 오두막을 가리키면서 말했다.

"맞아요. 그랬죠."

올리버는 재빨리 오두막 쪽으로 걸어갔고, 나머지 네 사람은 식탁 끝에 모였다.

"그럼 디저트에 어울리는 음악을 틀어야겠군요."

비드가 다시 전화기를 집어들며 말했다.

"이제 우리 아내가 좋아하는 정신없는 음악은 끄자고요. 클레멘타인, 요요마란 사람 들어봤어요? 정말 괜찮은 거 같던데."

비드는 요요마를 아주 똑똑히 발음했다. 클레멘타인은 비드를 보며 웃었다. 정말 사랑스런 사람이라니까.

"그럼요, 비드. 요요마 알아요. 정말 좋아요."

"좋아요. 아무튼 이거 요요마 곡 맞죠? 이 음악은 정말 내 크렘슈니테 맛이랑 진짜 잘 어울리는 소리를 내거든요."

엘가의 〈첼로 협주곡〉을 연주하는 요요마의 아름다운 첼로 소리가 사방을 가득 채웠다. 클레멘타인은 부르르 몸을 떨었다. 정말 아름다워.

"에리카가 가져온 초콜릿 너트 열까요?"

샘이 물었고,

"열어줘요, 제발요. 그게 정말 내가 원하는 거예요."

티파니가 대답했다.

"당신의 너트(nut에는 '남성의 성기'라는 뜻도 있다—옮긴이)처럼 말인가요?"

"난 달콤한 맛이 나는 너트를 사랑해요."

"그런가요?"

샘이 병뚜껑에 손을 대면서 말했다.

"아이, 그만해요. 두 사람 다 예의가 없어요."

클레멘타인은 가슴이 뜨거워졌다. 이미 모습을 드러내고 있는 네 사람의 우정이 재밌고 야할 거라는 기대 때문이었다. 네 사람의 우정은 좋은 음식과 와인과 음악이 있고 매 순간 성적으로 흥분하는 시간들로 채워질 거다. 신은 클레멘타인한테 어느 정도는 성적 전율이 필요하단 걸 아는 거다.

(샘과 마지막으로 사랑을 *나눈* 게 언제였더라? 지난주였나? 아냐, 지지난주였어. 그때 끝까지 했나? 아니, 못했어. 홀리가 "엄마, 무울…… 좀 주세요!"라고 소리쳤으니까. 홀리가 엄마 아빠를 찾는 시간은 정말 오싹할 만큼 절묘하고 웃길 만큼 정확하다니까.)

올리버랑 에리카하고만 있는 고통스런 4인조 모임이 아니라 신나는 6인조 모임을 만드는 거다. 비드하고 티파니가 완충재 역할을 해줄 테니 올리버랑 에리카와 함께 있는 것도 훨씬 수월해질 거다. 비드와 티파니는 클레멘타인하고 샘이 알고 있는 친절하고 평범한 중산층 친구들보다 훨씬 독특하고 솔직했다(더 부자고). 비드와 티파니는 가능성을 열어줄 거다. 음, 무슨 가능성? 그게 정확히 뭔지는 클레멘타인도 알지 못했다. 하지만 상관없었다. 비드랑 티파니와 친구가 된다는 건, 십대들이 느끼는 것 같은 기대감을 품게 했다.

"이 크렘슈니테가 아까 먹은 슈트루델보다 더 맛있단 거죠? 그게 가능해요?"

음악이 클레멘타인의 주위를 돌아 활짝 꽃을 피울 때 클레멘타인이 말했다. 비드는 찡긋, 눈썹을 치켜올렸다.

"아, 클레멘타인. 거 왜, 알겠지만, 내가 자화자찬하는 사람이 아닌 건 알죠? 하하하. 아니, 난 그런 사람입니다. 자화자찬을 사랑하는 사람이죠. 하하. 난 날 위해서 팡파르를 엄청 크게 불 수 있는 사람이에요. 폐활량이 아주 크거든요."

비드는 킹콩처럼 자기 가슴을 쿵쿵 쳤다.

"트럼펫 주자로 정말 손색이 없는 자질을 지니셨어요."

"그 사람 우쭐대게 만들지 말아요."

클레멘타인의 칭찬에 티파니가 말했다.

"전구를 갈려면 트럼펫 주자가 몇 명 필요한지 알아요?"

클레멘타인이 물었다.

"몇 명 필요한데요?"

"다섯 명이요. 전구 가는 사람 한 명이랑 그 사람을 둘러싸고 '내가 갈면 이것보다 훨씬 잘해'라고 말하는 사람 네 명이 필요해요."

"그럼 전구를 갈려면 전기 기술자가 몇 명 필요한지 압니까?"

비드가 물었다.

"몇 명 필요한데요?"

"한 명이죠."

"한 명이요?"

"넵. 한 명이에요. 내가 바로 그 한 명이죠."

비드는 어깨를 으쓱했다. 클레멘타인은 깔깔 웃었고.

"하나도 안 재밌어요."

"하지만 웃었잖아요, 안 그래요? 아무튼, 자, 클레멘타인, 어디 한 번 판결을 내려봐요."

비드는 퇴폐적인 디저트를 한 스푼 크게 떠서 클레멘타인의 입 앞에 들이밀었다.

"먹어봐요."

클레멘타인은 한 입 크게 받아먹었다. 정말 맛있어. 이 남잔 꼭 꿈처럼 요리를 해. 클레멘타인은 손으로 이마를 짚고 기절하는 시늉을 했다. 비드 쪽으로 휘청거리면서 쓰러지자 비드는 클레멘타인의 몸을 잡아 지탱했다. 비드에게선 맛있는 담배 냄새와 술 냄새가 났다. 비드에게선 비싼 술집 냄새가 났다.

"이런, 뚜껑이 너무 세게 닫혀 있어요."

샘은 초콜릿 너트 병을 럭비공처럼 팔로 붙잡곤 이를 악물고 안간힘을 썼다.

"제발요, 근육남 씨."

티파니가 말했다.

"들어봐요."

〈첼로 협주곡〉 2악장이 시작됐을 때, 비드가 고개를 한쪽으로 기울이며 말했다.

"하지만 이런 음악으론 제대로 춤을 출 수 없죠, 안 그래요?"

티파니가 말했다.

클레멘타인은 천장에 번쩍이는 미러볼이 달려 있고 담배 연기가 자욱한 어두운 홀에서 춤을 추는 티파니의 모습을 떠올렸다. 대체 이런 생각은 어떻게 하는 거지? 그런 곳엔 가본 적도 없으면서. 클레멘타인이 아는 건 모두 텔레비전에서 본 거였다. 클레멘타인은 주위를 둘러봤다. 분명 반대할 에리카와 올리버는 옆에 없었다. 그러니까 지금이 좀 더 알아볼 기회인 거다. 클레멘타인은 자기가 좀 취한 걸 알았지만, 이건 흥미롭고 재밌는 문제였다. 클레멘타인은 새로 사귄 친구들이랑 재밌고 야한 얘기를 나누고 싶었다. 클레멘타인은 티파니한테 가까이 다가가며 목소리를 낮추고 말했다.

"그것도 했어요? 뭐라고 하더라, 그거 왜……."

클레멘타인은 그게 뭔지 정확하게 알았다.

"랩댄스(lapdance, 댄서가 관객 무릎에 앉아 추는 춤—옮긴이)요."

그 말에 티파니는 클레멘타인을 평가하는 듯이 쳐다봤다.

"그럼요. 왜요? 한번 해줘요?"

티파니가 말했다.

· 43 ·

"물건이 너무 많으니까 찾을 수가 없지. 정기적으로 정리해서 버려야 해. 집 정리를 해야 한다고."

샘은 그렇게 말하더니 서랍장으로 다가와 서랍 하나를 통째로 꺼내고 안에 든 옷을 홀리의 침대 위에 쏟아부었다. 옷 더미 속에서 샘은 셔츠 한 장을 끄집어냈다.

"봐. 홀리는 이거 입지도 않는다고. 홀리가 이거 입으면 가려워서 싫다고 했잖아."

"그래놓으면 딸기 옷 찾는 것만 더 힘들어지잖아. 그렇게 해놓으면 더 어질러지기만 한단 말이야."

쌓인 옷들을 보니 클레멘타인은 에리카의 엄마가 생각났다. 물건을 제대로 관리하지 않으면 결국 어디서 어떻게 정리를 시작해야 할지 모를 만큼 난감해지는 거다.

샘은 다른 서랍도 빼내려고 했지만, 속에서 걸렸는지 서랍은 나오지 않았다. 샘은 욕설을 내뱉었다. 서랍은 덜거덕거리며 흔들렸다. 상의는 벗고 양복바지만 입은 채 이를 악물고 작고 하얀 서랍을 있는 힘껏 흔드는 샘의 모습은 충격적이었다. 세상에, 왜 저러는 거야?

"그만해. 망가지겠어."

하지만 샘은 클레멘타인을 무시하고 더 거칠게 서랍을 잡아당겼다. 이번엔 서랍이 쑥 빠졌다. 샘은 서랍에 들어 있는 옷들을 또 침대에 쏟아부었다.

"내가 뭘 했는지 알지? 그 일이 일어나기 전에 말이야."

샘은 텅 빈 서랍을 양손으로 들고 불쑥 말했다.

이런, 세상에.

"초콜릿 너트 병 열려고 했잖아."

클레멘타인은 멍하니 대답했다. 그건 클레멘타인도 알았다. 전에도 샘이 말했으니까. 클레멘타인이 도무지 알 수 없는 건 샘이 왜 초콜릿 너트 병 얘기를 자꾸 하는지였다. 그건 아무 상관도 없는데.

"난 *필사적으로* 그 망할 병을 열려고 했어. 이마에 땀이 날 만큼 힘을 줬단 말이야. 왜냐하면, 내가 못 열면, 비드가 그걸 뺏어가서 그 두툼한 손으로 단번에 열어버릴 테니까. 그럼 당신이 비드한테서 절대 눈을 떼지 못할 테니까."

"*뭐?*"

이건 또 무슨 소리야?

"*나* 때문이라고 하지 마. 그건 나 때문이 아니잖아. 그 사람 때문이지. 당신은 티파니한테 잘 보이고 싶었던 거잖아."

"하, 그래. 그럼 당신은 뭐 하고 있었는데? 말해봐. *뭐* 하고 있었냐고?"

샘은 서랍으로 침대를 거칠게 내리치더니 앞으로 걸어와 클레멘타인을 내려다보며 섰고, 클레멘타인은 얼굴로 떨어지는 침방울을 느꼈다.

날 때릴 거야. 클레멘타인은 생각했다. 클레멘타인은 얼굴을 들었다. 왠지 적절한 상황이란 생각이 들었다. 이제 뭔가가 시작될 거야. 그리고 끝이 나겠지. 그래, 제발, 제발, 날 때려. 하지만 샘은 갑자기 뒤로 물러나더니 술집에서 싸움이 났는데 자긴 빠지겠다고 선언하는 사람처럼 두 손을 번쩍 들었다.

"우리가 모두 한 거잖아. 우리 넷이 모두!"

클레멘타인은 고함을 질렀다.

. 44 .

바비큐 파티 날

"왜요? 한번 해줘요?"

티파니는 참을 수가 없었다. 이 사람들은 정말 지독하게 귀엽고 너무 쉽게 충격을 받는다니까.

"랩댄스요? 아뇨."

클레멘타인의 눈이 반짝 빛났다. 티파니는 클레멘타인이 충분히 취했다는 걸 알았다. 그래, 충분히. 정말 완벽한 목표물이라니까.

"아니긴요. 랩댄스 해줄게요."

이런, 세상에. 티파니는 자신이 랩댄스를 정말 즐겼다는 걸 잊고 있었다. 코카인을 연달아 피운 것처럼, 짜릿한 성욕이 머릿속으로 곧바로 밀려들어가는 굉장한 감각을 정말 오래 잊고 산 거다.

"깎아주실 겁니까?"

샘이 물었다.

"집이니까 공짜로 해줄게요."

"우리 아내 랩댄스를 즐겨봐요. 그건 꼭 봐야 해요."

비드가 의자를 끌어당기며 말했다.

"아이, 참, 그만하세요."

클레멘타인이 키득거렸다.

"게다가, 음악도 너무 안 어울리잖아요. 어떻게 랩댄스를 〈첼로 협주곡〉에 맞춰 춰요?"

"한번 해보죠 뭐."

티파니가 말했다. 당연히 이웃의 친구들 앞에서 랩댄스를 출 생각은 없었다. 그냥 농담이었다. 모두 웃자고 하는 농담.

"티파니는 어쨌든 해낼 겁니다."

비드가 말했다.

"친절한 말씀은 감사해요. 하지만 정말로 랩댄스를 보고 싶진 않아요. 아무튼 고마워요."

클레멘타인의 목소리는 허스키했다. 그 사실을 아는지 클레멘타인은 헛기침을 했다.

"난 당신이 원할 거라고 생각했는데."

"샘."

티파니는 샘과 클레멘타인이 서로를 쳐다보는 모습을 지켜봤다. 두 사람 모두 얼굴이 상기돼 있었고 동공은 커져 있었다. 어쩌면 이건 친절을 베푸는 걸 수도 있겠어. 일종의 공공 서비스지. 티파니는 두 사람의 성생활이 정확히 어떤 상태인지 알 수 있었다. 두 사람은 어린애들을 기르는 피곤에 절은 부모인 거야. 두 사람은 모두 끝났다고 생각하겠지만, 절대 그렇지 않아. 두 사람한텐 불륜도 필요 없고 중년의 위기도 필요 없어. 아직 그 안에 그대로 들어 있으니까. 두 사람 모두 서로에게 아직도 끌리고 있으니까. 두 사람한테 필요한 건 장치를 돌아가게 할 약간의 전기 충격이야. 조금 자극을 주는 거지. 성인 장난감이나 저급하지 않은 가벼운 포르노 같은 것만 있으면 돼. 그래, 내가 저 사람들한테 그런 역할을 해줄 수도 있겠지.

티파니는 비드와 눈이 마주쳤다. 비드는 살짝 눈썹을 치켜올렸다. 그래, 비드는 당연히 이 상황을 즐기겠지. 비드의 턱이 조금 씰룩거렸다. 그건 *빨리 해, 이 순진한 교외 사람들을 뿅 가게 해버려,* 란 뜻이었다.

샘은 클레멘타인의 뒤에 서서 클레멘타인의 어깨를 눌러 의자에 앉혔다. 그리고 티파니의 눈을 똑바로 쳐다봤다. 난 저런 손님이 좋더라. 즐길 줄 알면서 호의적인 사람. 너무 심각하겐 받아들이지 않지만 충분히 심각하겐 받아들이는 사람 말이야. 저런 사람은 팁도 정말 많이 주는데. 샘은 정말로 아내가 랩댄스를 즐기는 걸 보고 싶은 거야. 당연히 그렇겠지. 저 남자도 그저 사람이니까.

티파니는 너무 웃어서 힘이 빠진 채 간신히 의자에 앉아 있는 클레멘타인을 봤다(클레멘타인은 모르겠지만, 티파니는 클레멘타인이 품고 있는 욕망을 느낄 수 있었다). 당연히 진짜 랩댄스를 출 순 없었다. 어린애들과 같이 있는 뒤뜰에서 진짜 랩댄스는 출 수 없는 거다. 하지만 장난으로라면 괜찮아. 티파니는 망할 〈첼로 협주곡〉에 맞춰서 천천히 몸을 움직였다(맞아. 당연히 〈첼로 협주곡〉에 맞춰서도 랩댄스를 출 수 있다고. 전혀 문제없어). 조금 우스꽝스럽게 움직였지만, 아주 우스꽝스럽게 움직이진 않았다. 티파니는 여전히 댄서로서의 자부심이 있었고, 정말 뛰어난 댄서였으니까. 그저 돈 때문에 춤을 춘 게 아니니까. 춤은 관계인 거야. 춤으로 사람들하고 관계를 맺는 거야. 연극과 현실과 시를 적절히 배합해야만 춤을 출 수 있는 거야.

비드가 휘익, 휘파람을 불었다. 클레멘타인은 두 손으로 얼굴을 가리고 손가락 사이로 티파니를 봤다.

그때 접시가 깨지는 요란한 소리가 들려왔고, 엄청난 비명소리가 밤하늘을 갈랐다.

"클레멘타인!"

. 45 .

"빨리 나으시길 바랍니다."

올리버가 현관에서 두 경찰관을 배웅할 때, 한 경찰관이 말했다.

"정말 감사합니다."

올리버가 대답했다. 그 경찰관이 문득 뭔가를 잊은 것처럼 올리버를 재빨리 보는 걸로 봐서 지나치게 고마워한 건지도 몰랐다. 하지만 굳이 시간을 내서 자기 건강을 염려해준다는 사실이 올리버는 너무나 감동적이었다. 혹시 너무 고마워서 의심을 산 걸까? 내가 범인이라고 생각하는 거 아냐?

올리버는 지나가는 경찰차를 보고 죄지은 것도 없이 괜히 두려워하는 사람이 아니었다. 올리버는 양심에 거리낄 게 없이 사는 사람이니까. 사람들이 제한 속도를 시속 10킬로미터 이상 초과해서 달릴 때도 올리버는 시속 5킬로미터 이상으로만 달리는 사람이니까.

경찰들은 해리의 사인을 좀 더 자세히 알아보려고 왔던 거다. 아직 해리와 가장 가까운 친척은 찾지 못했다고 했다. 내가 좀 더 도움이 됐어야 하는데. 하지만 올리버는 자신이 해리와 사적인 얘기는 하지 않았다는 걸 잘 알았다. 두 사람은 날씨랑 정원이랑 누가 버리고 간 자동차 얘기 같은 것만 했다. 옳은 생각인지 그른 생각인지는 모르겠지만 왠지 올리버는 해리가 사적인 질문은 용납하지 않을 것만 같았다.

경찰관은 올리버가 해리를 마지막으로 본 날짜가 언제인지 정확하게 말해주길 원했다. 올리버는 바비큐 파티 전날 해리를 봤다고 대답했다. 그날 본 해리는 건강했던 것 같다고. 하지만 해리가 비드의 개에 대해서 불만을 터트렸단 말은 안 했다. 그건 상관없는 일 같았으니까. 더구나 해리를 나쁘게 묘사하고 싶은 생각은 전혀 없었으니까.

"그날을 정확하게 기억하고 계신 것 같군요."

친절한 여자 경찰관이 말했다.

"네, 그렇습니다. 왜냐하면 그다음 날…… 사건이 있었거든요. 옆집에서요."

여자 경찰관이 눈썹을 치켜올렸기 때문에 올리버는 있었던 일을 짧게 말해줬다. 얘기를 하는 동안 이상하게도 숨이 막힌다는 사실을 깨닫고 올리버는 깜짝 놀랐다. 얘기를 다 들은 뒤에도 여자 경찰관은 아무 말도 하지 않았다. 어쩌면 이미 들은 얘긴지도 몰랐다. 경찰 보고서에 이미 적혀 있는 내용인지도 모르는 거다.

당연히 경찰은 바비큐 파티와 해리의 죽음은 아무 관계가 없다고, 서로 참조할 내용이 없다고 생각할 거다. 하지만 현관문을 닫고 물을 끓여서 레몬과 꿀을 타 먹어야겠다고 생각하고 주방으로 걸어가는 동안, 올리버는 자신이 그 이 분을 생각하고 있다는 사실을 깨달았다.

올리버는 그건 이 분 정도였을 거라고 생각했다. 자기 연민에 빠진 이 분. 이 분이면 모든 게 바뀔 수 있는 시간이다. 그때 밖에 있었다면 벌어지고 있던 일을 지켜볼 수 있었을 텐데. 당연히 볼 수 있었을 텐데.

아냐. 그건 과장이야. 너무 과하게 생각한 거라고. 내가 무대의 중심에 있다고 생각하는 거야.

"네가 이 세상 전부를 책임질 순 없는 거야."

언젠가 올리버의 엄마는 그렇게 말했다. 맨 정신으로 한 얘긴지 술에 취했을 때 한 얘긴지 모르겠지만, 사실 뭐, 크게 다를 건 없었다.

올리버는 전기주전자 스위치를 켰다.

하지만 과장이 아냐. 바비큐 파티 때 생긴 일이 운석처럼 날아와 그들의 삶을 박살내지 않았다면, 올리버의 정신을 그렇게 심란하게 만들지 않았다면, 늘 예측할 수 있는 평범한 삶을 살 수만 있었다면, 분명히 해리가 보이지 않는다는 걸 훨씬 빨리 알아챘을 거다. 훨씬 빨리 해리 집 현관문을 두드렸을 거다.

그렇다 해도 해리는 이미 죽어 있었을 수도 있다. 하지만 이렇게 끔찍하게, 용서하지 못할 만큼 오래 그곳에 누워 있진 않았어도 됐을 거다.

아냐, 어쩌면 살릴 수 있었을지도 모르잖아.

물이 뜨거워지고 부글부글 끓어오르면서 전기주전자가 날카로운 소리를 냈다. 올리버는 오두막 뒤쪽에 있는 아담하고도 화려한 화장실에서 아무 의미 없이 뜨거운 물을 손 위로 흘려보내던 그 시간을 떠올렸다. 바보 같고 슬픈 자기 얼굴을 멍하니 바라보던 순간을 생각했다.

. 46 .

바비큐 파티 날

올리버는 오두막에 있는 화장실에 서서 손을 씻었다. 화려하고 향기 나는 화장실이었다. 샹들리에를 흉내 낸 조명이 은은하게 반짝이고 있었다. 올리버의 엄마가 여기 바비큐 파티에 왔다면, 만취 상태를 향해 계속 달려가는 끔찍한 단계에 접어들었다면, 올리버 귀에 대고 '너무 엉성하지 않니?'라고 속삭였을 거다. 다른 사람한테 들릴까봐 끔찍하게 걱정될 만큼 큰 소리로 속삭였을 거다.

올리버는 계속해서 아무 의미 없이 손 위로 물을 흘려보냈다. 밖으로 돌아갈 시간을 자꾸만 미루고 있었던 거다. 솔직히, 이젠 충분했다. 여기 모인 사람들은 모두 아주 좋은 사람들이기는 했다. 하지만 사교생활은 정신적으로나 육체적으로 올리버를 너무나 지치게 했고 기진맥진하게 했다. 이건 기분 좋게 피곤한 느낌이 아니야. 힘든 운동을 하고 났을 때 근육에 쌓인 젖산 때문에 생기는 피곤함하곤 전혀 달라.

밖에서 천둥이 울리는 듯한 비드의 웃음소리가 들렸다. 올리버는 다시 농담을 주고받을 준비를 하면서 활짝 웃는 연습을 했다. 하하. 아주 좋아. 뭐가 됐든 말이야. 정말로 재밌을 것 같진 않았지만.

에리카는 술에 취했다. 올리버는 에리카를 데리고 집으로 가서 아기처럼 침대에 눕혀주고 싶었다. 아침이면 다시 사랑스런 아내가 되어 돌아올 에리카를 기다리고 싶었다. 지금까지 올리버는 에리카가 발음을 제대로 못하는 모습도, 초점 없이 멍한 눈으로 자신을 바라보는 모습도 본 적이 없었다. 그렇다고 화를 낼 문제는 아니었다. 술에 취해 넘어졌다거나 물건을 떨어뜨렸다거나 정원에 토한 건 아니까. 그냥 평범하게 취한 것뿐이었다. 주말마다 그렇게 취하는 사람들도 있었으니까. 클레멘타인 역시 '약간 명랑해진' 것 같았다. 뺨에도 붉은 반점이 잔뜩 생겼고. 하지만 올리버는 클레멘타인의 상태에는 조금도 신경이 쓰이지 않았다.

어렸을 때 올리버는 엄마 아빠가 취할 때마다 어쩐지 그들이 사라져버리는 것 같았다. 술잔에서 술이 사라져갈 때마다 올리버는 엄마 아빠가 멀어져간다고 느꼈다. 오도 가도 못하는 해변에 올리버만 남겨둔 채 둘이서만 보트를 타고 천천히 멀어져가는 것처럼 느꼈다. 올리버 혼자만, 따분하고 합리적인 올리버만 해변에 남는 것처럼 느꼈다. 그때마다 올리버는 생각했다. 가지 말아요. 여기서 나와 함께 있어줘요. 왜냐하면 올리버의 진짜 엄마는 재밌었고 진짜 아빠는 똑똑했으니까. 하지만 그들은 언제나 떠나갔다. 그러고 나면 제일 먼저 바보 같은 아빠랑 피식피식 웃기만 하는 엄마가 오는 거다. 그리고 그다음엔 심술궂은 엄마랑 화가 난 아빠가 오는 거다. 그때가 되면 이제 해변에 머무는 건 아무 의미가 없어지는 거다. 그때가 되면 올리버는 자기 방으로 들어가서 영화를 봐야 했다. 올리버의 방엔 비디오가 있었다. 올리버는 특권을 누리며 자라는 아이였으니까, 다른 걸 원한 적은 한 번도 없었다.

올리버는 거울에 비치는 자기 눈을 들여다봤다. 자, 기운을 내.

다시 돌아가야지. 오늘은 결혼 이후 에리카가 처음으로 술에 취한 날이 아냐. 오늘은 우리가 클레멘타인한테 부탁을 한 날이야. 그리고, 어쩌면—현실적으로 가능하지 않을 거라는 걸 잘 알고 있지만—클레멘타인이 우리한테……. 올리버가 희망을 품고 이런 생각을 하고 있을 때 갑자기 에리카가 비명을 지르는 소리가 들렸다.

"클레멘타인!"

올리버는 수돗물을 잠그지도 않고 밖으로 뛰어나갔다.

. 47 .

바비큐 파티 날

공기가 클레멘타인의 폐 밖으로 밀려나갔다. 그 뒤부턴 흔한 표현처럼, '모든 일이 눈 깜짝할 사이에 일어났다'. 하지만 그 모든 일은 아주 빠르게 일어나는 동시에 아주 느리게 일어나기도 했기 때문에, 황금색 꼬마전구들이 빛을 밝히던 그 순간의 모습들은 총천연색 정지 화면처럼 잊히지가 않았다.

클레멘타인은 의자가 뒤로 쓰러질 만큼 다급하게 일어났다. 무슨 일이야? 어디서 나는 소리야? 누가 소리를 지르는 거야?

제일 먼저 든 생각은 애들이 다쳤는지도 모른다는 거였다. 그것도 아주 심하게. 피를 흘리면서. 그래, 피가 난 건지도 몰라. 클레멘타인은 피는 참을 수가 없었다. 꿰매야 하는 거면 어떻게 하지? 혹시 뼈가 부러져서 살을 뚫고 나온 거 아냐? 이가 다쳤나? 이가 부러진 건가? 홀리가 다친 거야, 루비가 다친 거야? 홀리일 거야.

뒤뜰이 화려한 색으로 소용돌이치며 클레멘타인을 감쌌다. 우는 소리는 들리지 않았다. 어디서 울고 있는 거지? 둘 다 다쳤다면 큰 소리로 울 텐데. 홀리는 다치면 엄청나게 화를 내. 루비가 다치면 그 즉시 조치를 취해야 하는 이유를 제대로 설명해줘야 하고.

클레멘타인은 홀리를 먼저 봤다. 정자 옆에서 파란 스팽글 핸드백을 들고 있는 홀리는 완벽하게 괜찮아 보였다. 홀리는 뭔가를 덤덤히 보고 있었는데, 뭘 보고 있는 거지?

달리는 에리카. 홀리는 달리는 에리카를 보고 있었다.

에리카는 분수로 달려가고 있었다. 비드의 '트레비 분수'로. 도대체 뭐 하는 거지? 에리카는 분수로 뛰어들려는 거 같았다. 에리카가 정신이 나간 거야. 에리카는 신경쇠약에 걸려 있잖아. 그건 일종의 정신병이잖아. 에리카는 오늘 상태가 안 좋아. 술을 마시면 안 되는 거였는데. 왜 저렇게 이상하게 행동하는 거야. 이건 모두 나 때문이야.

에리카는 풀쩍 뛰어서 운동선수처럼 단번에 분수로 내려앉았다. 물은 에리카의 허리까지 찼다. 에리카는 거의 엎어질 만큼 미끄러지면서 휘청거렸지만, 다시 몸을 일으켜 세우고 물을 헤치면서 분수 한가운데로 걸어갔다. 왜 저러지? 클레멘타인은 당혹스러워서 얼굴이 화끈거렸다.

그때 올리버가 오두막에서 뛰어나와 에리카를 끌어내리려고 분수를 향해 달려갔다. 제발 창피한 일 좀 하지 마. 클레멘타인은 생각했다. 올리버는 분수에 도달해서도 한 번도 멈추지 않고 요란한 소리를 내며 분수로 뛰어들었다.

올리버와 에리카는 비틀대며 분수 양옆에서 가운데를 향해 어기적거리며 걸어갔다. 오랫동안 만나지 못하다가 마침내 만난 연인들이 영화 속에서 하는 것처럼 걸어갔다. 가운데에서 만난 두 사람은, 하지만 서로를 끌어안지 않았다. 두 사람은, 물속에 축 늘어져 있는 루비를 번쩍 들어올렸다.

. 48 .

바비큐 파티 날

루비는 고개를 옆으로 축 늘어뜨리고 있었다. 루비의 몸에선 물이 뚝뚝 떨어지고 있었다. 작은 분홍 코트는 물에 흠뻑 젖어 너무나 무거웠고, 루비의 팔은 헝겊 인형처럼 달랑달랑 매달려 있었다.

추울 거야. 많이 추울 텐데. 클레멘타인은 생각했다.

루비는 추위를 싫어했다. 추우면 태엽을 감는 인형처럼 이가 바들바들 떨렸는걸. 한여름의 수영장도 루비에겐 춥기만 한 곳이었다. 루비는 항상 "추워. 춥단 말이야" 하고 울었다.

클레멘타인은 루비에게 달려갔다. 올리버한테서 루비를 빼앗아 가슴에 품고 따뜻하게 해주고 싶었다. 이미 루비의 젖은 몸이 클레멘타인의 옷을 축축하게 적시는 느낌이었다. 클레멘타인은 분숫가에 서서 올리버한테 손을 내밀었다. 하지만 올리버는 클레멘타인을 무시한 채 루비를 안고 분수 밖으로 나왔다.

"나요."

클레멘타인은 멍청하게 말했다. '나한테 줘요'라고 말하려고 했던 거다.

올리버는 루비를 딱딱하고 불편한 점토 타일 바닥 위에 눕혔다.

"루비!"

올리버는 루비가 큰일에 처하기라도 한 것처럼 소리를 지르면서 루비의 어깨를 흔들었다. 아주 거칠게 흔들었다.

"루비! 일어나, 루비!"

올리버는 화가 난 것 같았다. 올리버가 화를 내며 말하는 거 처음 봐. 클레멘타인은 올리버 옆으로 쿵, 무릎을 찧으며 주저앉았다.

"나한테 줘요."

클레멘타인은 필사적으로 애원했지만 루비 곁엔 가까이도 가지 못했다. 그 자리는 올리버와 에리카가 차지하고 있었다.

루비의 피부는 핏기 없이 하얬고 입술은 보랏빛이었다. 목에는 힘이 하나도 없고, 눈은 멍하니 허공을 보고 있고, 이도 떨리지 않았다. 올리버는 한 손으로 루비의 목 뒤를 잡고 다른 한 손으론 루비의 이마를 잡더니, 하늘을 보라는 것처럼 루비의 목을 뒤로 젖혔다. 엄지로 턱을 잡더니 루비의 입을 벌리고, 뭔가를 꺼내려는 것처럼 루비 입에 두 손가락을 집어넣었다.

"올리버, 나한테 줘요."

클레멘타인이 이번엔 강력히 요구했다. 엄마가 안아주기만 하면 루비는 괜찮아질 거야.

올리버는 루비의 얼굴 가까이 고개를 숙이더니 귓속말을 들으려는 사람처럼 루비의 입에 귀를 댔다. 그러곤 에리카를 보면서 고개를 저었다. 그 몸짓은 '없어'라고 말하고 있었다. 올리버는 분홍 코트의 토글을 풀기 시작했다.

클레멘타인이 눈앞에서 벌어지고 있는 일을 온몸으로 이해하기 시작했을 때, 갑자기 음악 소리가 멈췄다. 잠시, 기이하면서도 완벽한 침묵이 뒤뜰을 감쌌고, 곧 샘이 누군가와 격렬하게 토론을 벌이는 것처럼 소리를 지르기 시작했다.

"구급차를 불러야 해!"

샘은 바보처럼, 정신없이 이리저리 뛰어다니며 주머니를 마구 두드렸다.

"전화기 어디 갔지? 내 전화기 본 사람? 전화기 어디 간 거야?"

비드가 조용히 말했다.

"내가 지금 전화를 하고 있습니다, 샘."

비드는 샘을 보며 귀에서 뗀 전화기를 살짝 위로 올렸다.

"신호가 갑니다. 곧 받을 거예요."

"루비가 숨을 안 쉰다고 말해야 해요. 숨을 안 쉰다는 걸 알아야 해요. 그게 중요해요."

에리카는 그렇게 말하면서 올리버가 앉아 있는 루비 옆에 나란히 앉았다.

"엄마, 루비한테 무슨 일 생겼어?"

홀리가 클레멘타인 옆으로 와서 소매를 잡아당기며 물었다. 대답해주고 싶었지만, 클레멘타인은 가슴이 너무 조여서 아무 말도 할 수 없었다.

"위스크 줄까? 여기 위스크 있는데. 엄마, 루비한테 빨리 위스크 줘. 그럼 괜찮아질 거야."

클레멘타인은 위스크를 받아서 금속으로 된 둥근 부분을 감싸쥐었다. 위스크는 너무나도 차가웠다.

"홀리는 아줌마랑 있자."

티파니가 홀리의 손을 잡고 뒤로 데려갔다.

"열다섯 번하고 두 번, 알았지?"

올리버가 에리카한테 말했다. 올리버의 얼굴은 시체처럼 창백했다. 안경알엔 빗방울처럼 물방울이 맺혀 있었고, 얼굴엔 땀방울처럼 물이 흘러내리고 있었다. 올리버는 그곳에 두 사람밖에 없다는 듯 에리카를 뚫어지게 쳐다봤다.

"알아. 열다섯 번하고 두 번."

에리카는 눈에서 젖은 머리칼을 치웠다. 올리버는 두 손을 깍지 끼고 그 큰 손을 루비의 가슴에 얹었다.

"이런, 세상에. 이런, 세상에."

샘은 두 손으로 뒷목을 잡은 채 날아오는 주먹을 막으려는 사람처럼 고개를 숙이고 같은 자리를 계속 맴돌았다.

올리버는 규칙적으로 몸을 움직이면서 루비의 가슴에 압력을 가하며 숫자를 셌다.

"하나, 둘, 셋, 넷, 다섯."

"올리버 아저씨가 루비한테 나쁜 짓 해요!"

홀리가 울부짖었다.

"아냐. 아저씨는 루비한테 나쁜 짓 하는 게 아냐. 루비를 도와주고 있는 거야. 아저씨랑 에리카 이모가 옳은 일을 하는 거야. 루비를 도와주는 거야."

티파니의 목소리는 떨렸다.

"열둘, 열셋, 열넷, 열다섯. 자, 하나, 둘."

올리버가 열다섯을 셀 때마다 에리카는 마치 사랑하는 사람한테 키스를 하는 것처럼, 관능적이고 은밀하게, 끔찍하게 나쁜 짓을 하는 사람처럼, 너무나 충격적인 모습으로, 루비의 코를 잡고 고개를 숙인 채 입을 벌리고 다가갔다. 그게 바로 누구나 해야 하는 일이었다. 그게 누구나 생명을 구하려면 해야 하는 일인 걸 잘 알고 있지만, 한 번도 실제로 본 적은 없는, 현실에선 본 적이 없는, 누군가의 뒤뜰에선 본 적이 없는, 조금 전까지만 해도 빛을 잡겠다고 뛰어다니던 *자기* 애한테 하는 건 본 적이 없는 일인 거다.

그리고 아무 일도 일어나지 않았다.

에리카는 한 번 더 루비의 입에 숨을 불어넣었고, 올리버는 또다시 몸을 움직이면서 숫자를 세기 시작했다.

"하나, 둘, 셋, 넷, 다섯."

클레멘타인은 올리버의 움직임에 맞춰 자기 몸도 흔들리고 있다는 걸 깨달았다. 입속으로 계속 제발제발제발제발제발을 웅얼거리고 있다는 것도. 그래, 바로 이런 일이 벌어지는 거야. 바로 이런 느낌이 드는 거라고. 몸을 흔들고 애원을 하면서도 클레멘타인은 생각했다. 삶을 바꿀 순 없는 거야. 평범한 인생에서 보이지 않는 선을 넘어 비극이 일어나는 평행우주로 들어가는 걸 막아줄 특별한 보호 장치는 없는 거야. 모든 게 이런 식으로 일어나는 거야. 다른 사람이 되는 게 아냐. 그저 똑같은 사람으로 이런 일을 겪는 거야. 주위를 둘러싼 모든 것들은 냄새도 생김새도 느낌도 전혀 다르지 않았다. 입에서는 여전히 비드가 만든 디저트 맛이 났다. 지금도 구운 고기 냄새가 났다. 지금도 바니는 끝없이 짖어대고 있었고, 점토 타일 바닥에 부딪친 무릎에서 배어나오는 피는 정강이를 따라 가느다란 줄을 만들며 흘러내리고 있었다.

"오, 제발. 세상에, 신이시여, 제발."

샘은 필사적으로 무기력하게 중얼거리고 있었다. 샘은 신을 믿지 않는 사람이었다. 무신론자였다. 샘의 공포는 클레멘타인의 공포와 조금도 다르지 않을 거였다. 하지만 클레멘타인은 샘이 공포에 질려 있다는 걸 알고 싶지 않았다. 클레멘타인은 화가 나서 속으로 소리 질렀다. 입 다물어, 샘. 그냥 입 좀 다물어!

"애가 지금 숨을 안 쉰단 말입니다. 무슨 말인지 알아들었어요? 숨을 안 쉰다고요. *지금 당장 와야 해요.* *지금 당장 구급차를 보내란* 말입니다."

순간 클레멘타인은 비드한테 강한 반감이 들었다. 그런 말을 하는 비드한테, 루비에 관해 끔찍한 말을 하는 비드한테, 루비가 숨을 안 쉰다고 말함으로써 루비가 숨을 못 쉬게 만들고 있는 것처럼 클레멘타인은 비드한테 반감이 들었다.

"우리가 최우선 순위가 돼야 합니다. 누구보다 먼저 구급차를 보내야 합니다. 추가 비용이 들어도 괜찮습니다. 지불해야 하는 건 뭐든 지불할 수 있어요."

정말로 비드는 돈을 *더* 주면 구급차를 더 빨리 보내줄 거라고 생각하는 걸까? 아니면 부자들은 구급차도 특별 서비스를 받는단 말이야?

"아홉, 열, 열하나, 열둘, 열셋, 열넷, 열다섯."

에리카가 다시 고개를 숙였다.

샘이 클레멘타인 옆에 웅크리고 앉아 아내의 손을 꼭 잡았다. 클레멘타인도 남편의 손을 움켜잡았다. 샘이 자신을 뒤로 돌려보내줄 거라는 듯이, 불과 몇 분 전의 과거로 돌려보내줄 거라는 듯이 그 손을 움켜잡았다.

어떻게 고작 그 정도 시간에 이런 일이 일어날 수 있어? 고작 그 정도로? 방금 전 일이잖아. 분명 클레멘타인이 애들한테서 눈을 뗀 시간은 일 분도 안 된단 말이야. 일 분도 안 되는 시간에 어떻게 이런 일이 벌어져?

"구급차가 오고 있어요. 내가 나가서 기다리겠습니다. 길 안내를 해야죠."

"함께 갈게요. 홀리, 우리도 가서 구급차가 올 수 있게 도와주자."

비드와 티파니가 말했다. 홀리는 어떤 불만도 터트리지 않고, 뒤도 돌아보지 않고, 티파니가 애완동물을 보러 가자고 말하기라도 한 것처럼 티파니의 손을 꼭 잡고 따라갔다.

그래, 일 분이면 충분하지. 애들한테선 잠시도 눈을 떼면 안 되는 거야. 절대 안 되는 거야. 모든 일은 정말 빨리 일어나니까. 일 초 만에도 일어날 수 있는 거라고. 뉴스에 늘 나오는 얘기잖아. 부모들은 다 그렇게 말하잖아. 클레멘타인도 모두 읽은 실수들이잖아. 애들은 뒤뜰에서 익사하고 울타리가 없는 웅덩이에 빠져 죽고 아무도 없는 욕조에서 사고가 나잖아. 그런 애들한텐 멍청하고 바보 같고 무책임한 부모들이 있는 거잖아. 애들은 책임감 없는 어른들한테 둘러싸여 있을 때 죽는 거야.

그런 뉴스를 들을 때마다 클레멘타인은 부모들을 탓하지 않는 체했지만 마음 깊은 곳에선 늘 생각했다. *난 안 그래. 난 절대 저런 일이 일어나게 하지 않을 거야.*

두 번째 인공호흡을 하고 에리카가 고개를 들었다. 클레멘타인과 마주친 에리카의 눈엔 말로는 도저히 표현할 수 없는 절망이 들어 있었다. 에리카의 속눈썹엔 물방울이 맺혀 있었고, 에리카의 입술은, 루비의 입술에 닿았던 에리카의 입술은 갈라져 있었다.

"하나, 둘, 셋, 넷, 다섯."

하지만 올리버의 목소리는 바뀌지 않았다.

· 49 ·

바비큐 파티 날

"여섯, 일곱, 여덟, 아홉, 열."

에리카는 신호를 기다리면서 올리버가 숫자를 세는 소리에 귀를 기울였다. 열다섯을 세는 순간을 기다리는 거다. 에리카가 입고 있는 셔츠는 몸에 착 달라붙었고, 젖은 청바지 때문에 넓적다리는 축축했다. 클레멘타인의 얼굴은 해골처럼 보였다. 모든 피부가 두개골에 바짝 달라붙어버린 것만 같았다. 관대한 처분을 호소하는 사람처럼 에리카를 쳐다보는 클레멘타인의 얼굴은 마치 외계인 같았다.

루비는 전혀 반응하지 않았다. 정확하게 하고 있는데도 아무 소용이 없었다. 열다섯 번 압박을 가하고 두 번 숨을 불어넣고. 하지만 *압박을 가하는 건 멈추지 않는다*. 두 사람은 심폐소생술 과정을 한 세트 끝낸 다음 규칙을 바꿨다. 지금은 압박을 가하는 걸 멈추지 않았다. 에리카는 자신들이 옳게 하고 있다는 걸 알았다.

에리카와 올리버는 지난 3월에 응급처치 재교육을 받았다. 올리버의 직장에서 무료로 수강할 수 있게 해주는 강좌였다. 올리버가 새로 들어간 회계사무소의 매니징 파트너는 응급처치 교육에 엄청난 열의를 보이는 사람이었다. 그는 회의를 하다가도 아무나 불쑥 가리키며 "산지브한테 심장마비가 왔나봐!" 하고 외쳤다. 그러면 산지브는 기꺼이 가슴을 움켜잡고 심장마비가 온 양 행동했고, 매니징 파트너는 의자를 빙글 돌려서 다른 사람을 가리키며—그 사람은 장난이라는 사실을 추호도 모르는 인턴일 경우가 많은데—"이봐, 거기. 지금 뭐 하는 거야? 산지브를 살려야지!"라고 소리쳤다. 그런 다음엔 산지브가 결국은 죽어버려서 다시는 살릴 수 없는 지경이 될 때까지 숫자를 셌다.

응급처치 수업은 재밌었다. 에리카와 올리버는 우수한 학생이었다. 전에도 응급처치 수업을 들은 적이 있었다. 당연히 들었다. 두 사람에게는 동메달도 있고 긴급구조 잠수 자격증도 있었다. 두 사람은 응급처치 수업은 들을 가치가 있다고 생각하는 사람들이었고, 어쨌거나 어떤 과목이든 늘 우등생인 사람들이었다. 그 과목이 죽고 사는 문제랑은 전혀 상관없다고 해도 두 사람은 분명 진지하게 수업을 들었을 거다.

에리카의 눈앞에 응급처치법을 가르쳐줬던 폴이 나타났다. 얼굴이 불그스름하고, 자기 자신이 심장마비에 걸릴 위험이 큰 것처럼 가쁘게 숨을 내쉬던 폴이 보였다. 폴은 에리카와 올리버가 제대로 해낼 때마다 손가락으로 딱, 소리를 내며 "두 분은 이해가 빠르군요"라고 했다.

열다섯 번 압박을 가하고 두 번 숨을 불어넣는 거야. 제대로 하고 있다고. 정말로 제대로 하고 있는 거야. 하라는 대로 제대로 하고 있단 말이야. 그런데 폴, 왜 루비는 그냥 누워만 있는 거죠? 왜 아무 반응이 없는 거예요? 폴? 이 밉살맞은 바보, 빨간 얼굴 폴, 손가락만 튕기지 말고 대답을 해보란 말이에요!

"열셋, 열넷, 열다섯, 자, 하나……."

"구급차는 언제 오는 거야? 왜 사이렌 소리가 안 들리지? 대체 왜 사이렌 소리가 안 들리냐고."

샘이 초조하게 말했다.

에리카는 루비의 코를 잡고 다시 고개를 숙이며 루비의 몸에 소리 없는 분노를 쏟아부었다. *내가 하라는 대로 해, 루비. 숨을 쉬란 말이야.* 그건 에리카 엄마의 목소리였다. 가장 무섭고 포악하고 미친 것 같은 목소리였다. 물건을 버리려 할 때마다 에리카를 붙잡고 내지르는 엄마의 목소리였다. *지금 당장 숨을 쉬어, 루비. 감히 날 무시해? 빨리 숨을 쉬란 말이야. 지금 당장!*

에리카는 고개를 들었다. 순간 루비의 가슴이 크게 들썩이면서 입에서 물이 쏟아져나왔다. 올리버는 강아지가 낑낑댈 때 내는 것처럼 이상한 소리를 내면서 두 손을 번쩍 들었다.

"이해가 빠르군요."

에리카의 머릿속에서 폴이 손가락을 튕기며 말했다. 응급처치 수업 때 고무 마네킹한테 그랬듯이 에리카는 루비의 머리를 옆으로 돌렸다. 루비는 물을 토해내고 또 토해냈다. 클레멘타인도 루비처럼 토하듯이 온몸을 들썩이면서 흐느껴 울었다. 멀리서 들려오는 길고 가느다란 사이렌 소리가 에리카의 의식을 뚫고 들어왔다. 에리카와 올리버는 자신들이 배운 대로 루비를 옆으로 돌려 회복 자세를 취하게 했다.

잘했어. 에리카는 생각했다. 에리카는 루비의 머리를 부드럽게 어루만졌고, 계속 토하고 있는 루비의 눈에서 머리칼을 치워줬다. *착해, 우리 루비.*

. 50 .

"에리카?"

"으음."

에리카는 꼼지락거리며 진료실 창밖에 내리는 비를 응시했다. 비가 약해지고 있나봐. 에리카는 처음으로 상담을 빨리 끝내고 싶었다. 지금까지 상담은 마사지를 받는 것처럼, 에리카는 그 자체만으로 존재할 가치가 있다고 어루만져주는 마사지를 받는 것처럼 느껴졌다. 하지만 오늘 팻이 아닌 사람은 왠지 에리카를 화나게만 했다. 팻이 아닌 사람은 뼈다귀를 움켜잡은 래트테리어(rat terrier, 특히 쥐를 잡도록 품종 개량된 개—옮긴이)처럼 클레멘타인과 에리카의 우정이라는 주제를 붙잡고 놓아주지 않았다. 팻이 아닌 사람이 클레멘타인의 이름을 부를 때마다 에리카는 아주 세게 꼬집히는 것 같았다.

아냐. 돈을 내는 사람은 나란 말이야. 내가 이런 대접을 참을 이유가 없어.

"클레멘타인 얘긴 더 안 하고 싶어요."

에리카는 날카롭게 말했다.

"좋아요."

팻이 아닌 사람은 아무렇지도 않다는 듯 대답하곤 노트패드에 뭔가를 적었다. 에리카는 팔을 뻗어 팻이 아닌 사람 무릎에서 노트를 잡아채고 싶은 충동을 꾹 눌러야 했다. 저 노트를 보자고 요구할 법적 권리가 있지 않을까? 한번 알아봐야겠어.

그 사이에 에리카는 루비의 사고 얘기로 팻이 아닌 사람의 주의를 다른 곳으로 돌렸다.

"어머나, 세상에."

팻이 아닌 사람은 황급히 자기 입을 손으로 막았다.

에리카가 얘기를 마치자 팻이 아닌 사람이 말했다.

"알겠지만, 에리카. 그날의 기억이 제대로 이어지지 않는 것도 충분히 이해할 수 있어요. 충격을 받아 그런 거예요. 외상후스트레스 증후군이 일어날 만한 사건을 겪었잖아요."

"내 생각엔 오히려 내 기억을 선명하게 해줄 수 있는 사건 같은데요."

에리카가 말했다. 사실 어떤 기억은 무서울 정도로 선명했다. 분수로 뛰어들 때 다리에 느꼈던 물의 충격이라든가 비처럼 에리카를 적셨던 물기둥 같은 것들 말이다.

"그날 일을 기억 못하는 게 왜 그렇게 불안한 거죠?"

팻이 아닌 사람이 물었다.

"뭔가 중요한 걸 잊은 거 같거든요. 꼭 내가 해야 할 일을 잊어버렸을 때 느끼는 그런 느낌이 드는 거예요. 사람들이 다리미를 켜놓고 집을 나온 것 같다고 말할 때 드는 그런 걱정스런 기분이 드는 거예요."

"그 기분 알아요."

팻이 아닌 사람이 쓸쓸하게 웃었다.

"그게 내가 하고 싶은 말이에요. 난 그 기분이 뭔지 모른단 말이에요. 난 그런 사람이 아니니까요. 난 완벽하게 기억하는 사람이란 말이에요. 난 한 번도 뭔가를 잊은 느낌을 받은 적이 없어요."

에리카는 다리미를 끄고 오지 않아서 걱정해본 적이 없었다. 왜냐하면 절대로 그런 일을 하지 않을 걸 아니까. 한 번은 클레멘타인이 핫플레이트를 다 켜놓고 집을 나선 적이 있었다. 그러곤 아주 근사한 경험이라도 한 것처럼 "우리 집이 불에 안 탔어. 조금도 안 탔다니까"라고 즐겁게 말했다. 현관문을 활짝 열어놓고 나온 적도 있었다. 그때 샘은 말했다.

"완전히 동네 도둑들을 다 불러모을 셈이었다니까요. 들어와요, 친구들. 여기 30만 달러짜리 첼로 가져가세요. 여기 누워서 쉴 수 있는 침대도 있어요. 정말 근사한 곳이에요, 라고 하는 거죠."

클레멘타인은 '깊이 생각할 게 있어서' 그랬다고 변명했지.

"음악 생각을 한 건가요?"

클레멘타인의 재능을 존경하는 올리버가 물었을 때 클레멘타인은 이렇게 대답했다.

"아뇨. 왜 카라멜로 코알라스의 맛이 예전처럼 좋지 않은지 생각했어요. 초콜릿을 바꿨나? 내 입맛이 바뀌었나? 그런 생각을 했어요."

그러더니 정말 중요한 문제라는 듯 샘하고 카라멜로 코알라스에 관해 토론하기 시작했다. 클레멘타인의 태만함은 어떤 결과도 불러오지 않았다. 그 일요일 오후가 되기 전까진 클레멘타인의 태만 때문에 문제가 생긴 적은 없었다.

에리카는 그런 식으로 결과가 나타나길 바란 게 아니었다. 그저 금전적으로 좀 손해를 보는 정도의 결과여야 했다. 햇볕에 좀 타거나 숙취를 겪거나, 그 정도여야 했다. 클레멘타인은 숙취 때문에 고생한 적도 한 번도 없었다.

"난 그냥 머리를 좀 맑게 하려는 것뿐이에요."

에리카가 팻이 아닌 사람에게 말했다.

"음. 말했듯이, 옆집 뒤뜰에 가보는 게 좋겠어요. 아직 안 가봤다면 긴장을 푸는 운동을 하면 좋을 거예요. 전에 내가 알려준 자기명상 운동법도 도움이 될 거예요. 하지만 솔직히 말해서 에리카, 에리카는 질 수밖에 없는 싸움을 하고 있는 거 같아요. 그날 오후에 약을 먹었고, 알코올이 섞여서 효과가 더 커졌을 거예요. 그러니까 지금 기억하고 있는 게 기억할 수 있는 전부일 수도 있어요. 에리카의 무의식이 에리카를 보호하려고 기억하는 걸 바라지 않는 걸 수도 있어요."

"그 말씀은 내가 기억을 억누르고 있다는 건가요? 기억 억압에 대한 타당한 실증적 연구는 사실 하나도 없잖아요! 원하시면 거짓 기억증후군에 관한 기사도 몇 편 보내드릴 수 있……."

그때, 팻이 아닌 사람의 책상 위에 놓인 작은 타이머가 진료 시간이 끝났음을 알리며 의기양양하게 삐삐거렸다. 팻이 아닌 사람은 상자에서 튀어나오는 인형처럼 벌떡 일어났다. 원래 저렇게 빨리 일어나는 사람이 아닌데. 팻이 아닌 사람도 이 시간이 그다지 즐겁지 않았던 게 분명해.

에리카는 팻이 아닌 사람의 집이자 진료실인 건물 밖의 조용한 거리에 주차돼 있는 차로 서둘러 돌아갔다. 에리카는 자동차 열쇠를 꽂은 채 몇 분간 그대로 앉아 있었다. 차 지붕을 세차게 두드리는 빗소리를 듣고, 앞유리에서 격렬하게 움직이는 와이퍼를 보고 있었던 거다.

"진정해."

에리카는 와이퍼한테 말했다. 정신없이 움직이는 와이퍼는 왠지 하찮은 일에 정신이 팔려 있는 엄마를 떠오르게 했다. 에리카는 엄마 집에 다시 가고 싶지 않았다. 엄마 집을 청소하려고 하루를 완전히 비워두긴 했지만, *하루에 두 번이나* 갈 용기가 있을 것 같진 않았다. 하루에 두 번은 너무 많아. 이건 아침에 엄청나게 추운 수영장을 백 바퀴 돌고 나서 따뜻한 물로 샤워를 하고 몸을 말렸는데, 다시 들어가서 백 바퀴를 돌라는 거나 마찬가지잖아.

에리카는 눈을 감고 팻이 아닌 사람이 지난 시간에 가르쳐준 호흡을 해봤다. 들이마시고 멈추고 내쉬고. 들이마시고 멈추고 내쉬고. 에리카는 머릿속에서 기억이 휘몰아치도록 했다. 나무에서 반짝이던 꼬마전구들. 양념에 절여 구웠던 고기 냄새. 너무 많이 마셨던 와인의 시큼한 냄새. 그러고 에리카는 다시 그 얼굴을 생각했다. 어제 사무실에서 본 평범하고 특색 없는 얼굴. 꼭 구울(ghoul, 사람 시체를 먹는 전설에 나오는 악귀―옮긴이) 같았던 얼굴을 생각했다.

해리야. 그건 해리의 얼굴이었어. 성격 나쁜 해리의 얼굴. 해리를 위해 해야 할 중요한 일이 있었던 걸까? 분명 해리랑 관련된 뭔가가 있는 거야. 기억을 따라가면 안 돼. 기억을 따라가면 사라져버릴 거야. 이미 알고 있잖아 긴장을 풀고 숨을 쉬는 거야.

에리카는 백발을 단정하게 빗은 해리가 생각났다. 하지만 그건 기억이 아니었다. 그저 올리버가 에리카의 맘에 심어놓은 해리의 모습일 뿐이었다. 죽어 있는데도 머리가 단정했다고 한 말 때문이었다.

해리는 우체통 옆에서 봉투 하나를 뚫어지게 보며 중얼거리고 있었다. 바니가 쏜살같이 뒤뜰을 달리고 있었고, 비드가 현관문을 열고 나왔다.

의무. 요구. 책임감. 에리카는 해리한테 뭔가를 해줬어야 했다. 점토 타일 바닥에 파란 접시 파편들이 있었지.

위를 봐. 위를 봐.

에리카는 김이 서린 차 안에서 눈을 뜨고 위를 쳐다봤다. 비 말고 보이는 건 없었다.

이런, 에리카가 해리를 생각하는 건 해리가 죽었기 때문이다. 거짓기억증후군 사례 같은 거다. 에리카가 나약한 성격에 귀가 얇은 사람이라면, 열정적인 치료사가 바비큐 파티와 해리에 관한 기억을 조작해 전혀 다른 기억으로 만들어줄 수도 있을 텐데. 그랬다면 해리가 바비큐 파티에 처들어와 루비를 성추행했다거나 다른 어처구니없는 일을 저질렀다고 확신할 수도 있을 텐데.

에리카는 자동차 열쇠를 돌려서 시동을 걸고 표시등을 켠 뒤에 어깨너머로 도로를 살폈다. 에리카는 '범죄 현장으로 돌아가라'는 팻이 아닌 사람의 의견을 듣는 게 좋을지도 모르겠다고 생각했다. 집에 가면 비드랑 티파니한테 비 내리는 뒤뜰에 잠시 혼자 서 있겠다고 부탁해야겠어. 이상하게 들리진 않겠지? 하하! 아냐. 두 사람이 집을 비웠을 때 살짝 가보는 게 좋을 거야. 그래봐야 도움이 안 될지도 모르지만, 손해 볼 건 없잖아.

. 51 .

바비큐 파티 날

푸른 유니폼을 입은 구급대원들이 무대에 오르는 지휘자가 지닌 완벽한 권위를 드러내며 뒤뜰로 들어왔다. 구급대원들은 뛰진 않았지만 엄격하게 평정을 유지한 채로 아주 빠르게 걸어왔다.

그 순간 나머지 사람들은 더는 어른이 아니었다. 지금까지 모두 게임을 하고 있었던 것처럼 돼버린 거다. 모두들 자기 인생을 통제할 수 있는 체했지만, 흥미로운 직업과 넉넉한 은행 잔고와 가족과 바비큐 파티가 있는 체했지만, 규칙을 어겼기 때문에 이젠 무대에 드리워져 있던 커튼을 거칠게 열어젖히고 어른들이 들어온 거다. 규칙을 너무 심하게 어긴 거다.

구급대원들이 다가오자, 루비를 둘러싸고 있던 사람들은 그들에게 반사적으로 길을 내줬다. 루비는 무섭게도 소리 없이 계속 중얼대고 있었고, 꼭 마취에서 깨어난 사람처럼 나른하고 졸려 보였다. 구급대원들은 전에도 수차례 같은 일을 해봤는지 안무를 짠 댄서처럼 움직였다. 그 가운데 나이 든 구급대원이 비닐장갑을 낀 손으로 루비를 살펴보는 동시에, 빠른 속도로 질문을 계속했다. 어른들이 아니라 애들한테 말하는 것처럼 크고 분명한 목소리로.

"무슨 일이 있었던 겁니까?"

"애 이름은요?"

"나이는요?"

"루비를 마지막으로 본 게 언제입니까?"

"루비가 떨어지는 걸 보신 분은 없습니까? 혹시 머리를 부딪쳤나요?"

"분수에서 꺼냈을 때 맥박이 있었습니까?"

"두 분이 부모님이신가요?"

마지막 질문을 할 때 구급대원은 에리카와 올리버를 봤다. 그건 충분히 이유 있는 추론이었다. 그곳에서 옷이 젖어 있는 사람은 에리카와 올리버밖에 없었으니까.

"아닙니다. 우립니다."

샘이 클레멘타인을 가리키며 말했다.

"이 사람들이 우리 애를 구했어요."

클레멘타인은 그 사실을 정확히 짚고 넘어가야 한다는 듯 말했고.

"우리 친구들이에요. 두 사람이 심폐소생술을 했어요. 우리 애가 숨을 쉴 수 있게 해줬어요."

"심폐소생술은 몇 분이나 하셨습니까?"

"오 분쯤 했을 겁니다."

올리버가 확인해달라는 표정으로 에리카를 봤다.

"그 정도였을 거예요."

에리카가 대답했다.

"열다섯 번 압박하고 두 번 인공호흡했습니다."

올리버가 걱정스러운 듯 말했다.

오 분이라고? 그건 불가능해. 클레멘타인은 생각했다. 그렇게 오랜 시간이 흘렀을 리 없어.

구급대원은 루비의 입에 뭔가를 물렸고, 루비의 코에 튜브를 넣었고, 루비의 얼굴에 마스크를 씌웠다. 루비는 중환자처럼 보였다. 샘과 클레멘타인의 유쾌하고 작은 장난꾸러기 루비처럼은 조금도 보이지 않았다.

"혹시 수건 있습니까?"

이번에는 젊은 구급대원이 말했다. 젊은 구급대원은 커다란 톱니가위로 루비의 옷을 직선으로 쭉 잘랐다. 발레복도, 긴소매 티셔츠도 쭉 잘라서 루비의 작고 하얀 가슴이 드러나도록 옷을 펼쳤다.

"그럼요."

비드는 재빨리 집 안으로 들어가더니 아름답게 갠 하얗고 보송보송한 수건을 잔뜩 들고 나왔다.

"지금 뭐 하시는 겁니까?"

젊은 구급대원이 루비의 가슴을 수건으로 깨끗이 닦고 끈적끈적한 패드 두 장을 루비 가슴에 올릴 때 샘이 물었다.

"심장제세동기 패드입니다. 혹시 심장이 또 멎을 수도 있으니까요. 우린 최악의 사태도 대비해야 합니다. 또 이 패드를 해두면 유용한 정보를 알 수 있습니다."

구급대원이 대답했다. 루비의 작은 손이 마구 움직였다.

"이제 진정제를 놓을 겁니다. 혹시 알레르기가 있습니까?"

"없습니다."

나이 든 구급대원의 질문에 샘이 대답했다.

"지금 먹고 있는 약이 있습니까? 특별히 앓고 있는 질환은요?"

"우리 아인 한 번도 항생제를 안 먹었어요."

클레멘타인이 말했다.

나이 든 구급대원은 주사기를 톡톡 쳤다. 클레멘타인은 눈앞에 하얀 점들이 생기는 게 보였다.

"살펴보셔야겠는데요."

클레멘타인은 샘이 자기 팔을 잡을 때에야 나이 든 구급대원이 자기 얘기를 한다는 걸 알았다. 애들이 주사를 맞을 때 보호자로 들어간 건 언제나 샘이었다. 클레멘타인은 주삿바늘을 참을 수 없었으니까.

"고개를 무릎 사이로 넣으세요."

나이 든 구급대원이 말했다.

"난 괜찮아요."

숨을 깊이 들이마시며 클레멘타인이 대답했다.

"왜 경찰이 오는 겁니까?"

샘의 말에 클레멘타인은 고개를 들었다. 그러자 머리를 하나로 묶은 어리게 생긴 여자 경찰과 말하고 있는 비드가 보였다. 경찰관은 비드가 하는 말을 수첩에 적고 있었다. 지금 비드가 뭐라고 말하는 거지? 애 *엄마가 제대로 살피지 않았어요. 나랑 말하고 있었거든요. 나한테 농담을 하고 있었어요,* 라고 말하는 거야?

클레멘타인은 에리카가 루비 옆에서 일어나 오두막으로 들어갔다 나왔다는 걸 알았다. 에리카는 어깨에 하얀 수건 두 장을 걸치고 있었고, 무릎에도 한 장을 올려놓고 있었다. 무릎에 올린 수건 위엔 에리카의 어깨에 얼굴을 기대고 클레멘타인한테 등을 보인 채 홀리가 앉아 있었다.

"이런 일이 일어나면 당연히 진행하는 절차입니다. 어떤 일이 있었는지 명확히 알아보려고 몇 가지 질문을 하는 겁니다. 우리 쪽에서도 헬리콥터가 착륙해야 하니 도로를 차단해달라고 요청했고요."

계속 루비한테 처치를 하며 젊은 구급대원이 말했다.

"헬리콥터라고요? 헬리콥터가 온단 말입니까? 도대체 여기 어디에 헬리콥터가 착륙할 수 있죠?"

샘이 물었다.

"보통은 현관 앞에 착륙합니다."

구급대원은 루비의 팔을 구부렸다. 클레멘타인은 시선을 돌렸다.

"농담이시죠?"

"고속도로, 뒤뜰, 테니스장, 어디든 착륙할 수 있습니다. 여긴 착륙 장소로 완벽합니다. 아주 넓은 모퉁이 도로니까요. 전선도 다 땅에 묻혀 있고요. 헬리콥터는 어디나 착륙할 수 있습니다."

"허."

샘이 감탄사를 내뱉었다.

"일반 헬리콥터보다 프로펠러가 작아서 가능합니다."

세상에, 지금 저 사람들, 자기들은 남자라고 이런 상황에서 헬리콥터 얘기를 하고 있는 거야? 하지만 클레멘타인은 샘이 목소리는 평온해도 정말은 아니라는 걸 알았다. 샘은 지독하게 춥거나 미쳐버린 사람처럼 강박적으로 빠르게 주먹을 쥐었다 폈다 반복하고 있었으니까.

"하지만 왜 헬리콥터가 필요해요?"

구급대원이 도착하고 루비의 가슴이 훨씬 세차게 움직이는 걸 본 뒤로 다소 사라졌던 공포가 다시 물밀듯 밀려왔다.

"이제 괜찮잖아요. 안 그래요? 이제 괜찮은 거 아니에요? 이제 숨

쉬잖아요? 숨 쉬는 거 아니에요?"

　클레멘타인은 샘을 쳐다봤다. 샘의 눈에는 두려움이 담겨 있었다. 샘은 늘 클레멘타인보다 한 발 먼저 위험을 감지하는 사람이었다. 클레멘타인은 '아직 잔이 반이나 남았는데 뭘' 라고 하는 사람이었고, 샘은 '미리 조심해야지' 하는 사람이었다. 문득 클레멘타인의 머릿속에 혐오스런 단어가 떠올랐다. 뇌 손상, 이라는 단어가.

　"애들이 심각한 사고를 당하면 반드시 진행해야 하는 표준 절차입니다. 헬리콥터엔 의사가 타고 올 겁니다. 헬리콥터에 타면 관을 삽입해야 하니까 타기 전에 안정시켜야 합니다."

　젊은 구급대원은 고개를 들고 클레멘타인을 봤다. 야외 활동을 많이 한 탓에 구급대원의 피부는 잔뜩 거칠어져 있었고, 보통 사람은 결코 이해할 수 없는 일을 너무나 많이 본 참전 용사처럼 눈엔 권태를 담고 있었다.

　"친구분들이 필요한 조치를 모두 해주셨네요."

　구급대원이 말했다.

. 52 .

우리가 모두 한 거잖아!

클레멘타인이 내뱉은 말이 공기 중에 맴도는 동안, 두 사람은 홀리의 옷 더미를 사이에 둔 채 거칠게 숨을 몰아쉬며 서로를 쳐다봤다.

창문을 내리치는 거센 빗소리가 들려왔다. 이런 날씨가 계속된다면 이 작은 집이 버틸 수 있을까? 마침내 벽이 흐물흐물해지고 축처져서 무너져버리는 건 아닐까?

"알아, 우리 모두 한 거라는 거. 우리 넷이 했지. 모두 바보처럼 굴었어. 십대들처럼. 역겹게 군 거야. 그 생각을 할 때마다 토할 거 같아."

샘의 말이 너무나 거칠었기 때문에 클레멘타인은 서둘러 네 사람을 방어하고 싶었다. 네 사람은 그저 바비큐 파티에서 웃고, 시시덕거리고, 바보처럼 굴었던 것뿐이다. 그건 아무 뜻도 없는 거라고. 애들이 그냥 계속해서 꼬마전구를 잡으려고 뛰어다녔다면 아무 일도 없었을 거야. 그랬다면 이렇게 부끄러운 감정이 아니라 즐거운 감정으로 그 순간을 회상했을 거라고.

"운이 나빴을 뿐이야. 아주 운이 나빴던 거야."

"아니, 아냐. 그건 태만했던 거야. *우리가 무책임했던 거야.* 내가 애들을 봤어야 해. *당신한테* 맡기면 안 되는 거였어."

"뭐?"

클레멘타인은 너무나 격렬해서 짜릿할 만큼 강한 분노를 느꼈다. 그 부당한 느낌이 하얀 불꽃을 튀며 클레멘타인을 강타해 공중으로 몸을 날려버리는 것만 같았다. 두 달이나 지나고 나서, 마침내, 우리 싸우는 거야?

"단 한 번에 이렇게 된 거야. 내가 딱 한 번 당신한테 맡겼는데 이렇게 된 거라고."

샘이 차갑게 말했다.

"맞아. 난 그냥 앉아서 쉬었어야 하는데. 나보다 훨씬 나은 부모가 있으니까. 완벽하게 애를 맡을 아빠가 있는데 괜히 나섰네."

클레멘타인의 목소리는 분노로 부들부들 떨리고 있었다.

샘은 쓸쓸하게 웃었다.

"그렇지. 모두 내 잘못이지."

"이런, 제발, 순교자인 체하지 마. 우리 둘 다 거기 있었잖아. 둘 다 똑같이 책임이 있다고. 이런 거 정말 바보 같아."

클레멘타인이 말했다.

두 사람은 명백하게 혐오하는 표정으로 서로를 쏘아봤다. 지금까지 두 사람의 다른 육아 방식은, 서로를 짓궂게 놀리면서 재미를 찾는 것 말곤 아무 문제가 없는 견고한 결혼생활에서 머리칼처럼 가느다란 균열일 뿐이었다. 하지만 그 균열은 이제 엄청나게 깊은 골이 돼버린 거다.

"난 끝난 거 같아."

"그래, 이건 아무 의미 없는 논쟁이야."

샘의 말에 클레멘타인도 동의했다.

"아니, 우리가 끝난 거 같단 말이야."

"우리가 끝난 거 같다니?"

클레멘타인은 샘의 말을 천천히 따라 했다. 이게 바로 총에 맞은 사람들이 처음엔 아무 고통도 못 느꼈다고 할 때의 그런 고통인 걸까?

"우리가 끝났다는 거야?"

"난 우리가 헤어져야 하는 게 아닌가 생각해. 그래야 할지도 모른다고 생각해. 난 잘 모르겠어. 당신은 어떻게 생각해?"

· 53 ·

바비큐 파티 날

티파니는 어린 경찰관의 질문에 대답을 해야 했다.

티파니는 루비 곁의 구급대원들을 봤다. 구급대원과 얘기하고 있는 샘과 클레멘타인은 불과 몇 분 전의 두 사람과 전혀 다르게 보였다. 두 사람 모두 터진 풍선처럼 얼굴이 완전히 내려앉아 있었다.

"무슨 일이 있었던 거죠?"

어린 경찰관이 집 뒷문에서 뒤뜰로 이어지는 점토 타일 바닥에 부서져 있는 접시들을 가리키며 물었다. 여기저기 흩어져 있는 파란 도자기 파편들은 너무나 위험해 보였다. 티파니는 저 파란 접시 세트를 사랑했는데 말이다.

"아."

티파니는 경찰관의 눈에 비칠 장면을 상상했다. 정말로 범죄 현장처럼 보이겠지? 사람들이 싸운 흔적이라고 생각할 거야. 아니면 술에 취해 실수한 거라고 생각할까? 비드한테도 물어봤으니 이미 무슨 일이 벌어졌는지 경찰관은 잘 알 텐데. 두 사람 말이 일치하는지 보려고 두 번 물어보는 걸 거야. 그런 생각을 하니 티파니는 불안해졌다.

"우리 손님이, 에리카가, 우리 옆집 사람인데, 안에서 저 접시들을 가져오는 중이었어요. 그러다 루비가 분수에 빠진 걸 알고…….."

티파니의 목소리가 갈라졌다.

"그래서, 내 생각엔, 루비를 구하려다 떨어뜨린 거 같아요."

도대체 내가 무슨 짓을 한 거지? 내가 루비 부모의 정신을 빼앗았어. 그 사람들이 자기가 부모란 사실을 잊게 만든 거야.

"너무 순식간에 일어났어요."

티파니는 경찰관에게 말했다.

"안타깝지만 자주 일어나는 일이에요. 애들은 사람들이 멀쩡하게 지켜보는데도 물에 빠지는 일이 많아요. 소리도 없이 순식간에 그렇게 되는 거예요. 부모가 잠깐 한눈을 파는 사이 애들은 물에 빠져 죽곤 한답니다."

"맞아요."

티파니는 그렇게 대답했지만 실은 이렇게 말하고 싶었다. 아뇨. 당신은 이해 못해요. 우린 *그런 사람들이* 아니에요. 우린 애들을 잘 돌봤단 말이에요. 그냥 그때만 그런 거예요. 바로 그 순간에만 놓친 거란 말이에요. 너무 빨리, 너무 조용히 일어난 거란 말이에요. 모두 한꺼번에 잠시 한눈을 팔았을 때 일어난 거란 말이에요.

티파니는 언니들을 생각했다. 이 얘긴 절대 언니들한테 못 할 거야. 언니들은 분명 "세상에, 티파니!"라고 말할 거야. 콜린스 자매들은 철저히 현실적인 사람들이니까. 상식이 있는 사람들이니까. 서부 교외에서 성장했단 사실에 자부심을 갖고 사는 사람들이니까. 절대 이런 실수를 저지르지 않을 테니까. 막내 집에서 이런 일이 벌어졌다는 걸 알면 괴로워할 거야. 언니들은 이 일을 돈이랑 연결할 거야. 잔뜩 불어난 티파니의 돈이랑 관계가 있다고 할 거야. 인정사정 안 봐주고 나무랄 거야.

만일 이런 일이 벌어졌을 때 티파니가 애 엄마한테 랩댄스를 춰주고 있었다는 걸 알면, 언니들은 공포에 질려버릴 거다. 언니들에겐 티파니가 댄서였다는 게 늘 이해할 수 없고 부끄러운 일이었으니까. 엠마 언니는 아직도 "네가 그 쓰레기 같은 클럽에 있었단 생각만 해도 토할 거 같아"라고 말했으니까. 사실 언니는 그냥 호들갑만 떤 게 아니다. 언니는 정말로 토하려고 했다. 최근 페미니즘에 눈뜬 루이즈 언니는 진심으로 "쟤앤 우리 자매들의 수치야"라고 했다. 지금까진 그런 말들을 한 귀로 듣고 한 귀로 흘려버릴 수 있었다. 언니들이 그런 말들을 떨어뜨리면, 테플론(teflon, 음식이 들러붙지 않게 하는 물질—옮긴이) 프라이팬처럼 그냥 기울여서 밖으로 버릴 수 있었다. 하지만 지금은 그 말들이 계속 달라붙어서 떨어지지 않았다. 당연히 안전했어야 할 한 아이를 제대로 지키지 못했기 때문에, 자신의 의도가 순수하지 않았던 것처럼 느껴지는 거다.

갑자기 하늘을 모두 메울 것처럼 요란하게 들려오는 프로펠러 소리에 티파니는 하늘을 쳐다봤다.

"저 헬리콥터, 우리한테 오는 거예요?"

티파니가 경찰관한테 물었다.

"넵. 여기로 오는 거예요."

경찰관은 고개를 들어 헬리콥터를 보고 바지 주머니에서 무전기를 꺼내더니, "여보세요?"라고 소리치고는 뛰어가버렸다.

"도대체 어디에 내리려고 하는 거지?"

티파니는 혼잣말을 중얼거렸다. 헬리콥터는 엄청난 소리를 내면서 거대한 새처럼 사람들 위를 맴돌았다. 불쌍한 바니가 그 큰 소리를 피하기 위해 뒤뜰을 질주하고 있었다.

"엄마!"

어느새 티파니 옆에 와 있던 다코타가 말했다. 눈을 휘둥그레 뜨고 있는 다코타는 읽고 있는 부분에 손가락을 끼운 채 책을 꼭 잡고 있었다.

"무슨 일이야? 왜 우리 집에 헬리콥터가 왔어? 아까 구급차 소린 들었는데 우리 집에 온 거라곤 생각 못했어."

티파니는 다코타를 잡아당겨 꼭 끌어안았다. 다코타의 마르고 작은 몸을 잠시라도 느끼고 싶었다. 지금까지 티파니는 다코타를 까맣게 잊고 있었다.

"루비가 분수에 빠졌어. 하마터면 죽을 뻔했어."

그 말을 듣는 순간, 다코타는 품안에서 빠져나와 티파니의 팔을 꼭 잡았다. 무슨 말인가를 했지만, 헬리콥터 소리가 너무 커져서 티파니는 딸의 말을 알아들을 수가 없었다.

그때 티파니는 집 옆으로 나 있는 통로 끝에서 티파니를 향해 이쪽으로 오라고 손짓하는 비드를 발견했다. 비드 옆에는 또 다른 경찰관이 있었다. 비드는 경찰관이랑 함께 있는 거 싫을 텐데. 비드는 경찰관을 무서워하니까. 저지르지도 않은 잘못 때문에 감옥에 가는 거. 그건 비드가 정말로 무서워하는 웃기는 공포였다. 비드는 아주 정색을 하고 그 일이 자기한테도 분명 생길 수 있는 일이라는 듯 '무고한 사람들이 매일 감옥에 간다'라고 자주 말했다. 비드가 지나치게 법을 준수하는 건 그 때문이었다. 티파니가 비드의 재무를 담당하기 전까지 비드는 지나치게 세금을 많이 냈다. 실은 지금도 만약의 경우를 대비해 세무서 직원한테 가욋돈을 주고 싶어 했다.

"다 괜찮을 거야. 아빠가 엄마 부른다. 집에 들어가서 기다려!"

티파니가 다코타에게 소리쳤다. 다코타가 아프게 느껴질 만큼 세게 티파니의 팔을 잡았지만, 티파니는 팔을 흔들어 다코타를 떼어 냈다.

"나중에. 빨리 들어가!"

티파니는 또 소리쳤다. 다코타는 두 손으로 얼굴을 가리고 어깨를 웅크린 채 달려갔다. 이런, 세상에, 지금은 이럴 시간 없어, 다코타. 이건 너 때문이 아냐. 티파니는 초조하게 생각했다.

티파니와 비드는 빗소리를 들으며 초콜릿 너트 병이 떨어진 주방 바닥을 멍하니 내려다봤다.

"저 병이 저렇게 많은 유리로 만들어졌다곤 생각 안 해봤는데."

비드가 말했다.

"초콜릿 너트가 저렇게 많이 들어 있는지도 몰랐어."

티파니도 말했다.

"우리 괜찮아, 다코타! 혹시 궁금해할까봐. 아빠가 유리병을 떨어뜨렸어!"

티파니가 소리쳤다. 다코타가 대답하는 소리는 들리지 않았다. 빗소리 사이로 텔레비전이 웅웅거리는 소리만 들릴 뿐이었다.

"아무도 안 다쳤어. 그러니까 도와주러 올 필요 없어!"

비드가 소리쳤고, 잠시 침묵이 흐른 뒤에 다코타가 정말로 두 사람을 무시하는 것처럼 소리쳤다.

"알았어!"

티파니와 비드는 서로를 보며 웃었다.

"왜 그렇게 이상하게 행동하는지 알았어야 했는데. 지금 생각하면 다코타는 자책하고 있었던 거야."

티파니가 말했다.

"당신은 계속 어딘가 이상하다고 했잖아. 그런데 왜 오늘까지 자기가 어떤 기분인지 말 안했던 거지? 왜 지금까지 아무 말도 안 하고 숨기고 있었을까? 그거 좋지 않잖아."

비드는 다코타가 들을 염려가 전혀 없는데도 목소리를 낮췄다.

"우리가 자길 비난할 거라고 걱정한 거 같아. 우리가 자기한테 화가 났다고 생각했던 거 같아."

"말도 안 돼."

비드는 화를 냈다.

"알아. 하지만 우리가 흥분했잖아. 신경 쓰지도 않았잖아. 그럼 애들은 그렇게 생각하잖아. 애들은 뭐든 자기 책임이라고 생각하잖아. 그러니까 우리 행동을 모두 오해한 거야."

"하지만 그 일이 있었을 때 다코타는 거기 있지도 않았다고."

"그게 바로 문제인 거야."

티파니는 성을 내지 않으려 애쓰면서 말했다. 다코타가 울면서 루비의 사고를 왜 자기 잘못이라고 생각하는지 정확히 설명할 때 함께 있었지만, 믿지 못하겠다는 듯 계속 손을 번쩍 들어올리느라 바빠서 비드는 다코타 말을 한 마디도 제대로 못 들은 거다.

"다코타는 클레멘타인이 자기한테 애들을 맡겼다고 생각한 거야. 게다가 우리도 계속 다코타한테 아주 훌륭한 베이비시터라고 했잖아."

"그랬지. 하지만……."

"알아. 물론 클레멘타인도 샘도 다코타를 비난하지 않아. 누구도 다코타 책임이라고 생각하지 않는다고. 그앤 겨우 열 살이라고, 세상에. 우리 모두 다코타가 책을 읽으러 자기 방에 간 걸 알았다고. 우리 가운데 비난받을 사람이 있다면, 그건 나일 거야. 손님들한테 랩댄스를 보여주겠다고 한 건 나니까."

"그만."

비드는 재빨리 말했다. 티파니는 비드가 그럴 걸 알고 있었다. 바비큐 파티 이후 비드는 모든 대화에 이런 식으로 반응했으니까.

"그건 그냥 끔찍한 사고였을 뿐이야."

그래, 항상 이런 식으로 대화를 막는 거야. 그러니까 다코타가 바비큐 파티 때 일어난 일이 부끄러운 비밀이라고 생각하는 것도 당연해. *아무도 다코타한테 그 얘기를 해주지 않았잖아!* 불쌍한 다코타는 그게 정말로 이상한 일이라 생각했을 거라고. 당연히 자기 잘못이라서 그런 줄 알았겠지.

티파니는 바비큐 파티가 있었던 다음 날부터 일 때문에 정신없었던 한 주를 기억했다. 그 망할 타운하우스는 낙찰받을 때부터 골칫거리였다. 토지환경법원도 티파니한테 유리한 판결을 내려주지 않았고. 정말 똥 같은 한 주였다. 일주일 내내 받았던 스트레스의 이면엔 끔찍한 사고가 있었다는 공포가 깔려 있었고. 그러니까 티파니는 다코타 생각은 조금도 하지 않았다. 단 한 번도 하지 않았다. 다코타는 그저 티파니가 처리해야 할 목록에 들어 있는 또 하나의 일거리일 뿐이었다. 교복이랑 점심 도시락을 준비해주고 학교에 안전하게 데려다주면 되는 일일 뿐이었다. 비드도 마찬가지였을 거다. 비드도 그 한 주는 똥 같았을 거다. 정부랑 진행하던 계약도 따지 못했다. 그건 오히려 다행인 걸로 밝혀졌지만 그땐 그걸 몰랐다. 비드랑 티파니가 마침내 안개 속에서 걸어나와 다코타한테 제대로 말하기 시작했을 땐 이미 크게 손상돼 있었던 거다. 가여운 우리 꼬마는 안개 속에서 걸어나온 아빠랑 엄마를 보고 *자기를 그냥 용서해준*

거라고 생각한 거다.

용서라니.

"쓰레받기 가져올게. 꼼짝도 하지 마. 당신 맨발이잖아."

비드는 비와 쓰레받기를 가지러 갔다.

티파니는 쭈그리고 앉아 조심스럽게 유리와 초콜릿 너트를 쓸어 담는 비드의 넓은 어깨를 바라봤다. 그리고 자신이 간직하고 있는 비밀과 그 비밀이 불러올 파장을 생각했다.

"오늘 학교 설명회에서 아는 사람 봤어."

"오, 그래? 누군데?"

티파니의 말에 비드가 계속 비질을 하며 물었다.

"댄서였을 때 알던 사람."

비드가 고개를 들었다.

"정말이야? 진짜?"

"응, 단골손님이었어. 실은 친구 같은 관계였거든. 좋은 사람이야."

"팁 많이 주는?"

"굉장히 많이 주는."

"근사한데."

"개인 쇼를 예약하기도 했어."

티파니가 조심스럽게 말했다.

"잘했네. 그 남자, 취향이 진짜 괜찮은데."

비드는 바닥을 뚫어져라 보면서 아주 작은 유리 파편까지 쓸어담 았다.

"비드. 제발. 사실은 좀…… 불쾌한 거지? 자기 아내가 스트립쇼 하는 걸 본 남자랑 네트볼 코트에 나란히 서 있어야 하잖아."

"내가 왜 불쾌해야 하는데?"

비드는 쭈그리고 앉은 채 티파니를 올려다봤다.

"난 당신이 자랑스러운데. 뭐, 나야 그 남자 아내가 스트립쇼 하는 걸 보고 싶진 않을 거 같지만. 그 남자랑 잤어?"

"난 손님하곤 안 자. 알면서."

비드는 곰곰이 생각하는 얼굴로 티파니를 봤다.

"그럼 뭐가 문제인 거야? 당신은 매춘부가 아니었잖아."

"하지만 거긴 일류 사립학교잖아. 거기 엄마들은 댄서랑 매춘부를 구별 안 할 거라고. 혹시 소문이 나면, 그 사람이 자기 아내한테 혹시라도……."

"아내한텐 그런 말 안 해."

비드는 일어나서 초콜릿 너트가 굴러다니는 또 다른 모퉁이로 갔다.

"하지만 아내한테 말하면, 모든 애들이 알게 될 거야. 그럼 다코타를 괴롭힐 거고, 다코타는 우울해서 약물중독자가 될 수도 있어."

"약이라고? 메탐페타민 말이야? 그거 아주 끔찍하지. 다코타한텐 좋은 약을 하라고 해야겠어. 먹으면 말랑말랑해지는 약 말이야. 괴로워서 피부를 잡아뜯고 싶은 약 말고."

"비드."

"그 남자, 아내한테 말 안 해. 말하지 않는다에 백만 달러 걸 수도 있어. 또 말하면 좀 어때? 애들이 '와, 다코타. 너 정말 운 좋다. 너희 엄마는 재능 있고, 정말 예쁘고, 정말 유연하잖아' 라고 하겠지."

"비드."

"당신이 잘못한 게 없잖아. 은행 강도 짓을 했어? 아니잖아. 만약 당신이 걱정하는 일이 일어나면, 일어날 리 없겠지만, 아무튼 그런 일이 일어나서 다코타가 불행해하면, 그 학교 안 보내면 돼. 다른 학교에 보내면 된다고. 진정해. 시드니 남자들이 다 당신이 댄서였다는 걸 아는 거 아니잖아. 당신을 모르는 다른 학교를 찾으면 돼."

"그렇게 간단하진 않아."

"간단하게 보면 간단한 문제야."

비드는 마지막 유리 조각을 쓸어담고 일어섰다.

"괜히 아무것도 아닌 일에 신경 쓰면서 기운을 빼는 거야. 재앙을 찾아다니는 거라고. 아마 옆집 살던 심술쟁이 노인이……."

"그건 아무것도 아닌 일이 아냐. 이웃이 죽었잖아. 그런데 그 사실조차 모르고 있었다고. 그건 아무것도 아닌 게 아냐."

"뭐, 좋아. 다코타가 오늘 차 안에서 뭐라고 했더라? 애석한 거랬지? 그래, 맞아. 애석한 거야. 우린 해리 때문에 애석한 거라고. 해리가 아무리 우리 면전에서 문을 닫아도 우린 더 자주 찾아가봐야 했다고. 당신한테 재능이 있었고, 좋아하는 일이었고, 남을 해친 것도 아니지만 당신이 원한다면 댄서였던 것도 애석해지. 그것 때문에 돈도 많이 벌고, 거 왜, 알지? 당신은 참 잘한 거지만, 그래도 좋아. 당신이 애석하고 싶다면 애석해야지. 우리가 루비 때문에 애석해하는 것처럼 말이야. 거 왜, 알 거야. 당연히 우린 애석하잖아. 우린 끔찍한 기분을 느꼈다고. 우린 모두 그런 일이 벌어지지 않았어야 했다고 생각한다고. 우린, 난, 애초에 그 사람들을 초대하지 않았길 바란다고. 내가 애들을 좀 더 제대로 지켜봤길 바란단 말이야. 그랬으면 뒤뜰에 나갈 때마다 그 순간을 떠올리는 일은 없을……."

비드는 갑자기 말을 멈추더니 아주 질긴 스테이크를 씹는 것처럼 입을 움직였다.

"하얗게 질린 그 작은 얼굴이 잊히질 않아."

마침내 비드는 말했다. 목소리는 간신히 평정을 유지하고 있었지만 눈은 불타오르는 것 같았다. 비드는 유리 조각과 초콜릿 너트가 가득한 쓰레받기를 세게 움켜쥐었다.

"그애의 퍼런 입술이랑. 구급차를 부르려고 전화하는 내내 너무 늦었어, 너무 늦었어. 루비는 죽어버렸어, 이 생각만 했단 말이야."

비드는 몸을 돌려 가버렸고, 티파니는 짧게 눈을 감았다 떴다.

지난주에 속도위반 딱지가 날아왔을 때, 티파니는 속도를 위반했던 날짜를 즉시 알아봤다. 사진은 미친 듯이 차를 몰아 클레멘타인을 병원에 데려다줄 때 찍힌 거였다. 그날 차를 몬 일은 영원히 못 잊을 거다. 악몽처럼 사라지지 않을 거다. 티파니와 클레멘타인은 그 경험을 함께했다. 클레멘타인의 인생에서 티파니와 티파니 가족을 깔끔하게 잘라내는 건 옳지 않았다.

티파니는 이유 없이 죄책감에 사로잡혀 괴로워하다 유령처럼 변해버렸던 다코타를 생각했다.

"맞아."

티파니는 갑자기 너무너무 화가 났다.

"자동차 열쇠 어딨어? 나가야겠어!"

. 55 .

바비큐 파티 날

티파니는 주위가 기이한 고요함에 싸여 있다는 걸 문득 깨달았다. 경찰도 구급대원도 헬리콥터도 모두 가버리고 없었다. 교외에 찾아오는 평범한 일요일 밤이 돼버린 거다. 이제 애들이 숙제를 하고 엄마들은 다림질을 하고 아빠들은 뉴스를 볼 시간이 된 거다.

주위는 껌껌해졌고 이젠 가로등도 켜졌다. 모두 앞뜰에 있었다. 티파니는 클레멘타인을 병원에 데려다줄 참이었고, 이미 손에 자동차 열쇠를 쥐고 있었다. 헬리콥터엔 한 사람만 루비랑 탈 수 있어서 샘이 타고 갔다. 그건 클레멘타인은 병원으로 직접 가야 한단 뜻이었다.

"나 혼자 운전해서 갈 수 있어요."

클레멘타인이 말했다. 클레멘타인은 머리를 좀 매만져야 할 것 같았다. 전기 충격을 받은 것처럼 머리칼이 쭈뼛 서 있었으니까.

"아니, 안 돼요. 분명 과속을 할 거예요."

"술 마시지 않았어요?"

티파니의 말에 클레멘타인이 물었다.

"도수 약한 맥주로 한 병만 마셨어요."

"아."

클레멘타인은 입술을 잘근잘근 씹었고, 입술에선 피가 배어나
왔다.

"좋아요."

에리카와 올리버는 홀리를 돌보기로 했지만, 사실 홀리를 돌볼
수 있는 건 올리버뿐이었다. 에리카는 몸을 떠는 건 멈췄지만 분명
히 좋은 상태는 아니었으니까.

"두 아가씨는 소파에서 팝콘을 먹으며 영화를 볼 거예요."

그런 말을 하는 그 불쌍한 남자는 여전히 젖은 옷을 입고 있었다.

클레멘타인이 갑자기 올리버를 꽉 껴안는 바람에 올리버는 균형
을 잃고 쓰러질 뻔했다.

"고맙다는 말도 못하겠어요. 두 사람 모두 고맙다는 말로는 부족
해요."

올리버의 가슴에 대고 클레멘타인이 말했다. 목소리에 감정이 그
대로 드러나서 듣는 게 고통스러울 정도였다.

클레멘타인은 에리카를 끌어안으려 손을 뻗었다. 하지만 에리카
는 황급히 물러섰다.

"머리를 정리해야지, 클레멘타인."

에리카는 두 손으로 클레멘타인의 머리를 양쪽으로 쓸어내려
줬다.

"이대로 가면 루비가 무서워할 거야. 너 꼭 마녀처럼 보여."

"고마워. 네 말이 맞아."

클레멘타인은 거칠게 숨을 쉬며 말했다.

"올리버 아저씨랑 에리카 이모 말 잘 들을 거지? 아, 그리고 오늘
밤엔 할머니네 가서 잘지도 몰라."

홀리를 마주 볼 수 있도록 몸을 낮추고 클레멘타인이 말했다.

"야호!"

소리를 지르던 홀리가 갑자기 입을 다물었다.

"루비도 가는 거지?"

"엄마 생각엔, 오늘은 너만 갈 거 같아, 홀리."

클레멘타인은 이제 막 헬리콥터가 사라진 하늘을 보며 카디건을 추슬러서 움켜잡았다. 그런 엄마를 보는 홀리는 아랫입술을 덜덜 떨고 있었다.

"가자, 홀리."

올리버는 홀리의 손을 잡았고 티파니를 봤다.

"어, 오늘 초대 감사했습니다. 티파니, 비드."

"무슨 말씀을."

비드가 올리버의 어깨를 탁, 치며 말했다.

올리버는 집에 가서 볼 영화 얘기를 하면서 홀리를 데리고 빠르게 걸어갔다.

"전화해."

에리카는 클레멘타인의 팔에 손을 얹으며 말했다. 티파니는 그것이 에리카 식 포옹이라는 걸 알았다. 카렌 언니도 정확히 저렇게 하니까.

"루비가 헬리콥터를 타고 있다는 게 믿어지지 않아. 샘이 아니라 내가 갔어야 하는데. 왜 샘이 가게 내버려뒀을까? 만약에, 만약에……."

클레멘타인은 멍하니 하늘을 쳐다보며 말했다.

"누가 헬리콥터에 타든 그게 뭐가 중요해. 루비는 진정제를 맞았

잖아. 지금 일을 기억도 못할 거야. 빨리 가기나 해. 뺨을 한 대 때려
줘야 정신 차릴래?"

"뭐? 아냐."

클레멘타인은 눈을 깜빡거렸다.

"전화해. 알았지?"

"당연히, 전화할 거야."

클레멘타인은 무뚝뚝하게 말했다. 두 사람은 정말 자매 같다고
티파니는 생각했다.

에리카가 젖은 신발을 양손에 쥐고 맨발로 올리버와 홀리를 따라
진입로를 걸어가고 있을 때, 비드가 티파니의 지갑을 들고 밖으로
나왔고, 다코타가 그 뒤를 따라왔다.

"음, 그러니까, 루비가 빨리 괜찮아져서 다시 까불이로 돌아왔으
면 좋겠습니다. 분명히 그럴 겁니다. 개인 의료보험 드셨죠? 제일
좋은 의사들로 배정해달라고 하세요. 수련의들 말고요."

불쌍한 비드. 이런 일을 처리하는 데 비드는 늘 서툴렀다. 티파니
는 마치 싸울 태세를 갖추고 있는 사람처럼 비드의 어깨에 잔뜩 힘
이 들어가 있는 걸 보았다. 마치 몸 전체로 나쁜 감정에 맞서고 있는
것만 같았다.

클레멘타인은 비드를 뚫어지게 쳐다봤다. 얼굴을 일그러뜨리고
있는 클레멘타인의 표정은 읽을 수가 없었다.

"알겠어요. 고맙습니다."

클레멘타인은 정중하게 말하고 티파니를 봤다.

"그럼 우리……."

"그럼요."

티파니는 자동차 열쇠에 달린 리모컨으로 차고 문을 열었고, 다코타가 용감하게 입을 열어 클레멘타인에게 뭔가를 말하려고 하는 모습을 봤다. 하지만 클레멘타인은 다코타를 쳐다보지도 않고 그냥 지나쳤다. 가능한 한 빨리 병원으로 달려가고 싶다는 절박함에 사로잡혀 자동차만 똑바로 보면서 걸어왔다.

. 56 .

"그냥 잠깐만 옆집에 다녀오려고."

집에 돌아왔을 때, 에리카는 올리버에게 말했다.

"정신과 상담의가 내 기억을 찾는 가장 좋은 방법은, 이른바 범죄 현장에 다시 가보는 거래."

에리카가 쉰 목소리로 말했다. 올리버는 일어나서 옷을 입고 있었고, 기침 사탕을 빨아먹고 있었다.

"말이 그렇다는 거야. 그래서 *이른바*라고 했잖아."

"비드랑 티파니는 집에 없는 거 같던데. 당신 올 무렵에 자동차 나가는 소리를 들었거든."

"알아. 나도 나가는 거 봤어. 사실 두 사람이 없을 때 살짝 갔다 올 생각이야. 그래야 좀 더 집중할 수 있지."

"뭐라고? 집주인이 없을 때 남의 집에 가면 안 돼. 그거 무단침입 이야."

"아, 아냐. 비드하고 티파니는 상관하지 않을 거야. 내가 설명하면…… 음. 무슨 일인지 설명하면 될 거야."

난처한 일이지만 충분히 가치가 있는 일이었다. 에리카는 팻이 아닌 사람한테 투자한 돈을 조금쯤은 회수하고 싶었다.

"비도 오잖아."

올리버가 지적했다. 이제 올리버는 기침 사탕을 으드득 으드득 깨물어먹고 있었다.

"비가 올 때 거기 가는 건 아무 의미 없다고. 그날은 비가 안 왔잖아."

올리버는 기침 사탕을 꿀꺽 삼키더니 심각한 얼굴로 에리카를 봤다.

"뒤뜰에 서 있어도 기억나는 건 없을 거야. 당신 술 취해 있었잖아. 그래서 그런 거야. 전에도 말했잖아. 술 취한 사람들은 잊어버리는 거야. 그게 전적으로 당연한 거야."

"전에도 말했지만, 내가 술에 취한 건 약을 먹었기 때문이야."

제발 자기 어린 시절 기억 때문에 날 비난하진 말라고. 에리카는 생각했다.

"당신이 왜 술에 취했는지, 어떻게 취했는지 그건 상관없어. 그냥 도움이 안 된다고. 제발. 그거 미친 생각이야. 그냥 여기 있어. 장모님 집에 갔던 거나 얘기해줘. 아주 나빠?"

"일 분도 안 걸려. 금방 돌아올게. 엄마 얘긴 그때 해줄게."

에리카는 현관으로 가며 말했다.

"저녁으로 먹을 치킨 커리 만들어놨어."

올리버가 에리카 뒤를 쫓아가며 말했다.

"낮이 되니까 몸이 좀 괜찮아진 것 같더라고. 코코넛 밀크가 없는 줄 알았는데 있었어. 아, 이런 잊어버릴 뻔했어. 오늘 경찰 왔었는데. 해리 때문에. 경찰이 애를 먹고 있나봐. 해리……."

"내가 올 때까지 기다려."

에리카는 우산을 집어들며 말했다. 올리버는 말이 많은 편이 아니었지만 아파서 하루 종일 집에 혼자 있었던 날이면 할 얘기를 쌓아놓기 때문에 말이 많아졌다. 게다가 감기약 때문에 올리버는 좀 흥분한 상태였다. 하지만 에리카는 올리버가 말이 많아지는 이유가 자기가 약이나 알코올에 영향을 받을 수 있단 사실을 두려워하기 때문이라는 건 절대 말하지 않을 작정이었다. 어쨌거나 수다스럽게 재잘대는 올리버는 정말 귀여웠으니까.

에리카는 비 내리는 앞뜰을 가로질러 티파니네 집 진입로로 들어섰다. 집 앞에 도착한 뒤엔 혹시 누군가가 있을지도 모르니까, 그리고 누군가가 어딘가에서 에리카를 지켜보고 있을지도 모르니까(사실 그런 짓을 할 이웃은 해리밖에 없었고, 해리는 이미 죽어버렸지만), 어쨌거나 일단 초인종을 눌렀다. 그리고 어느 정도 충분히 기다린 다음 뒤뜰로 걸어갔다. 집 옆으로 돌아가는 동안 보안등이 켜져서 내리는 비가 황금색으로 보였다. 에리카는 자기 때문에 경보기가 울리지 않길 바라면서 뒤뜰로 걸어갔다.

뒤뜰엔 꼬마전구들이 모두 켜져 있었다. 꼬마전구는 자동으로 켜지도록 시간을 맞춰놨다는 티파니의 말이 생각났다. 그저 꼬마전구를 보는 것만으로도 에리카는 그날 오후를 기억하는 감각들이 한꺼번에 켜진 것만 같았다. 클레멘타인이 지나치게 관심을 나타내던 볶은 양파 냄새도 맡을 수 있었다. 발밑에서 부드럽게 흔들리던 땅을 느낄 수 있었다. 머릿속에선 웅웅거리는 것 같은 느낌이 들었다. 그래, 효과가 있어. 팻이 아닌 사람은 천재야. 돈을 낼 가치가 있다니까. 아냐. 다른 생각을 하면 안 돼. 에리카는 맘을 다잡았다. 집중해. 너무 집중하진 말고. 맘을 편히 먹고 집중하는 거야.

에리카는 집 뒷문으로 이어지는 점토 타일 위에 섰다. 그때 파란 접시들을 옮기고 있었지. 접시가 참 맘에 들었는데. 정말로 갖고 싶었어. 잠깐만, 내가 그 접시를 훔친 건 아니겠지? 아냐. 접시를 떨어뜨렸어. 그건 기억해.

음악. 그래, 음악이 흘러나왔어. 음악 밑으로, 음악 위로, 무슨 소리가 있었는데. 아주 다급한 소리였는데. 그 소린 그러니까…… 해리랑 관계가 있었는데. 이런, 왜 또 해리한테 돌아간 거야. 대체 왜 이러는 걸까? 해리가 음악 좀 줄이라고 전화를 했기 때문일까?

에리카는 좀 더 걸어가봤다. 이곳에서는 분수가 보이지 않았기 때문이다. 에리카는 분수를 봐야 했다. 에리카의 심장은 우산에 떨어지는 빗방울에 맞춰 쿵쿵 울리고 있었다.

문득 에리카는 걸음을 멈췄다. 갑자기 모든 게 혼란스러워졌다. 분수가 어디 있지? 에리카는 왼쪽을 봤다. 그다음엔 오른쪽을 봤다. 머리 뒤로 우산을 젖히고 눈을 가늘게 떠 빗속을 노려봤다.

분수는 사라지고 없었다. 분수가 있던 자리엔 콘크리트 판 외엔 아무것도 없었다. 보도 위에 분필로 그린 그림이 비가 오면 사라지는 것처럼, 에리카의 기억은 사라지고 녹아버렸다. 지금 에리카가 느끼는 건 추위와 축축함과 바보 같단 생각뿐이었다.

· 57 ·

클레멘타인은 샘을 따라 침실로 들어갔다. 샘은 옷장 서랍에서 티셔츠를 꺼내 어깨를 구부린 상태로 옷을 입고, 양복바지를 벗어 청바지로 갈아입었다. 샘은 당장 약을 맞아야 하는 마약중독자처럼 위태롭게 움직였고, 클레멘타인의 시선을 피했다.

"그게 무슨 뜻이야? 진심으로 하는 말이야? 헤어지잔 말."

"아닐지도 몰라."

샘은 두 사람의 결혼 상태는 전혀 중요하지 않다는 듯 어깨를 한 번 으쓱했다.

클레멘타인은 너무나 흥분해서 숨을 제대로 쉴 수가 없었다. 꼭 숨 쉬는 법을 잊어버린 것만 같았다. 클레멘타인은 계속 숨을 참다가 한꺼번에 숨을 내뱉었다.

"세상에, 그런 얘긴 함부로 하는 거 아니잖아. 당신은 한 번도, 우린 한 번도……."

클레멘타인이 말하고 싶은 건 우린 한 번도, 아무리 고함을 지르며 심하게 싸울 때도 '헤어진다' 거나 '이혼하자' 란 말은 하지 않았다는 거였다. 두 사람은 '당신 정말 짜증나' 라거나 '당신 정말 생각이 없어' 라거나 '지금까지 이 세상에 살았던 짜증나는 여자들 중에서도 당신이 제일 짜증나는 여자일 거야' 라거나 '정말 미워' '난 더 미워' 같은 말은 했다. 그리고 항상, 항상 두 사람은 클레멘타인의 엄마가 배우자한텐 그런 말을 하는 게 아니라고 충고해주기까지 했는데도 '항상'이란 말을 썼다. '당신은 항상 물병에 물 담아놓는 거 잊어버리잖아' 같은 말을 한 거다(샘은 정말로 항상 잊어버렸다. 그건 분명했다).

하지만 결혼을 끝낼 가능성이 있음을 암시하는 말은 단 한 번도 하지 않았다. 발을 구르고 고함을 지르고 심통을 낼 수 있었던 건 두 사람의 인생을 지탱하는 발판이 단단한 땅 위에 놓여 있다는 걸 알고 있었기 때문이다. 그렇기에 두 사람은 오히려 마음 놓고 크게 소리를 지르고 바보처럼 고함을 지르고 어리석은 행동을 하고 비합리적으로 굴 수 있었던 거다. 다음 날 아침이면 다 괜찮아질 걸 아니까 하고 싶은 대로 맘껏 감정을 내뱉을 수 있었던 거다.

"미안. 그런 말은 하면 안 되는 거였는데."

샘은 정말로 지쳤단 표정으로 클레멘타인을 봤다. 그리고 그 순간만은 차갑고 이상한 낯선 사람이 아니라 다시 한 번 클레멘타인이 아는 샘처럼 보였다.

"그냥 다코타가 홀리의 생일 파티에 온다고 생각하니까 화가 났던 거야. 난 홀리가 그 가족들이랑 엮이는 거 싫어."

"나쁜 사람들은 아니잖아."

샘의 목소리에 담겨 있는 증오 때문에 클레멘타인은 잠시 요점에서 벗어난 말을 했다. 클레멘타인도 비드와 티파니를 만나고 싶지 않았다. 두 사람을 보면 클레멘타인의 인생에서 가장 끔찍했던 순간이 떠오를 테니까. 두 사람을 생각하는 것만으로도 마치 토할 때까지 먹고 또 먹었던 음식이 생각나는 듯 온몸이 부르르 떨려왔으니까. 하지만 그렇다고 클레멘타인은 두 사람을 증오하진 않았다.

"그래, 우리랑은 아주 다른 사람들이지. 솔직히, 우리 애들이 그런 사람들과 알고 지내는 거 싫어."

"그런 사람들이라니? 티파니가 댄서여서?"

"스트리퍼였다고."

클레멘타인은 티파니를 변호해주고 싶었다. 티파니를 '특별한 유형의 사람'이라고 분류하고, 티파니가 랩댄스를 춰주겠다고 했을 때 클레멘타인이 느꼈던 강렬한 욕망을 그저 바이브레이터를 쓸 때 느껴지는 그런 싸구려 감각이었다고 치부하면, 모든 게 훨씬 쉬워질 거다. 클레멘타인이 역겨운 행동을 했고, 티파니가 역겨운 행동을 했고, 그때 일어난 일이 모두 역겨운 일이었다고 치부해버리면 훨씬 쉬울 거다. 하지만 그건 핑계인 거다. 사고가 나지 않았다면 샘과 클레멘타인은 '괜찮은 사람들'과 바비큐 파티를 즐겼다고 했을 테니까. 네 사람이 춤이 아니라 철학이나 정치나 상을 탄 문학 얘기를 했어도 결국 얘기에 정신이 팔려 루비를 못 봤을 수도 있으니까.

"티파니는 좋은 사람이야. 정말 좋은 사람이야. 모두 좋은 사람들이라고."

클레멘타인은 비드와 티파니를, 두 사람이 그날 밤 보여준 친절함과 따뜻함을 생각했다. 두 사람 모두 당당했다. 속임수도 없었고 감추는 것도 없었다.

"두 사람 모두 다정한 사람들이야."

"다정하다고? 제정신이야? 당신은 지금 자기가 무슨 말을 하는지도 모르고 있어. 나도 스트립 클럽에 가봤어. 당신 가본 적 있어?"

샘이 버럭 소리를 질렀다.

"아니. 어떤데?"

"혐오스러워. 우울한 곳이야. 하나도 안 멋있어. 전혀 섹시하지 않다고. 당신은 현실을 몰라. 정말로 모른다고."

이게 바로 두 사람이 내내 다투는 문제 가운데 하나였다. 샘은 현실을 알고, 샘의 말에 따르면 클레멘타인은 현실을 모른다는 거. 샘은 언제나 공항에 일찍 도착하고 싶어 했다. 클레멘타인은 제일 나중에 탑승하는 사람이 되고 싶어 했고, 샘은 항상 미리 예약하고 싶어 했고, 클레멘타인은 늘 즉흥적으로 처리했다. 그래서 균형이 잡혔던 거다. 그래서 농담을 하면서 웃을 수 있었던 거다.

"정말로 모른다고."

클레멘타인은 조용히 샘 흉내를 냈다.

"정말이야. 그런 곳에 있고 싶어 하는 사람은 아무도 없어. 접대부나 접대객이 아니라면."

"아, 그렇구나. 그런 곳에 있고 싶어 하는 사람은 아무도 없구나."

클레멘타인이 또 샘을 따라 말했다. 접대객이라는 말 때문일까(너무 보수적인 아저씨 말투 아냐?), 아니면 이젠 샘이 하는 모든 게 다 짜증이 나는 걸까?

"그러니까 당신이랑 다른 접대객들은 억지로 끌려간 거라고?"

"대부분은 남자들끼리 술을 마시다 취하면 한 명이 장난스레 가자고 하는 거야. 다른 사람들은 재밌을 거 같아서 같이 가는 거고. 하지만 무표정한 얼굴의 여자들이 몸을 흔드는 걸 보면 그때서야 지저분하단 걸 깨닫는 거야. 정말 역겨운……."

"알았어. 알았다고. 그래서 당신이 그날 밤 티파니를 그렇게 역겨워 하는 것처럼 보였구나."

이건 미친 짓이야. 기껏해야 역사수정주의(이미 정설로 굳어진 역사적 사실에 이의를 제기해 그런 사실이 존재하지 않았다고 부정하거나 기존의 통설을 수정하려는 역사적 입장—옮긴이)일 뿐이라고. 이미 샘이 그러지 않았다고 말한 걸 굳이 과거로 되돌려서, 샘이 부정하고 있는 게 사실이 아니라는 걸 밝히고 싶은 거야.

"당신, 웃었잖아. 티파니를 부추겼잖아. 당신은 티파니 좋아했잖아. 싫어한 체하지 마. 좋아한 거 아니까."

말을 끝내자마자 클레멘타인은 후회했다. 자기가 한 말이 샘을 얼마나 아프게 했을지 알 정도로는 샘을 잘 알고 있었으니까.

"맞아. 그것 때문에 평생 후회하면서 살겠지. 당연히 영원히 후회하면서 살아야 해. 하지만 그게 그 사람과 친하게 지내야 하는 이유는 아니잖아. 분명 매춘부였을 거야, 안 그래?"

"아냐. 그냥 댄서였다고 했어. 그냥 재밌는 직업이었다고 했어."

"당신이 그걸 어떻게 알아?"

"얘기했으니까. 티파니가 나 병원 데려다줄 때."

그 순간 샘은 완전히 얼어붙었다.

"그러니까 병원 가는 동안 티파니가 스트립쇼 얘기를 계속 했단 말이야? 루비가, 루비가……."

샘의 목소리가 갈라졌다. 숨을 한 번 쉬고 말을 시작했을 때, 샘의 목소리는 다시 차분해져 있었다.

"진짜 근사하네. 진짜 순수해."

진통처럼 강력하고 기이한 분노가 클레멘타인을 덮쳤다. 지금 샘은 루비에 대한 클레멘타인의 사랑에 의문을 품은 거다. 지금 샘은 클레멘타인이 루비를 배신했다고 말하는 거다. 클레멘타인이 루비를 걱정하지 않는다고, 클레멘타인의 사랑은 자신의 사랑보다 열등

하다고 하는 거다. 그래, 항상 샘은 저렇게 행동했다. 자기가 애들을 더 걱정하고 자기가 애들을 더 많이 돌보니까, 자기가 클레멘타인보다 애들을 훨씬 더 사랑한다고.

"병원까지 가는 길이 어땠는지 당신은 몰라."

클레멘타인이 조심스럽게 말했다. 말 한 마디 한 마디 속에 들어 있는 분노가 잔물결을 만들어 클레멘타인의 목소리는 아주 낯설게 흘러나왔다.

"제일 끔찍했던 건……."

"아니, 듣고 싶지 않아."

샘은 손을 들어올려 클레멘타인의 말을 막았다.

절망에 사로잡혀서 클레멘타인은 두 손을 번쩍 들었다가 툭 떨어뜨렸다. 두 사람의 관계는 이제 비틀어지고 일그러졌다. 마치 동화에 나오는 울창한 숲에 갇혀 길을 잃었지만, 그 숲에서 벗어날 방법을 모르는 것과 같았다. 무성한 나무를 잘라내고 나아가다 보면 아직도 그 너머에 있을, 두 사람이 여전히 사랑할 장소가 있을 텐데도, 그곳으로 가는 방법을 도무지 알 수가 없게 된 거다.

. 58 .

바비큐 파티 날

티파니가 최대한 빨리 웨스트미드 아동병원으로 차를 모는 동안, 클레멘타인은 자신의 부모와 샘의 부모한테 전화를 했다. 짧지만 옆에서 듣기 괴로운 전화였다. 클레멘타인은 엄마의 목소리를 듣자마자 울음을 터트렸고, 티파니는 전화기 너머에서 들려오는 가여운 여인의 고함 소리를 들을 수 있었다.

"왜 그래? 무슨 일 있니? 세상에, 클레멘타인! 왜 그래? 울지 말고 말을 해야지!"

전화를 끊고 나서는 차 안이 정말로 조용했다. 클레멘타인은 무릎에 전화기를 놓고 창밖을 보면서 크게 훌쩍거렸다.

결국 티파니가 입을 열었다.

"미안해요."

"티파니 잘못이 아닌걸요. 우리 잘못이에요. 내 잘못이에요."

티파니는 말없이 앞만 바라봤다. 여전히 찬사를 받고 싶어 했다는 이유로, 비드가 좋아할 거라고 생각해서, 지금도 내가 이렇게 *멋있다*는 걸 뽐내고 싶어 했다는 이유로, 그 어린애가 죽으면 어떻게 하지?

"내가 정신을 뺏었잖아요."

티파니는 다른 사람이 비난을 가하기 전에 자기가 먼저 털어놓고 매를 맞고 싶었다.

"내가 시작한 건데요."

클레멘타인은 무덤덤하게 말하더니 고개를 돌려 창밖을 내다봤다.

"내 아이잖아요. 내 책임이에요."

티파니는 무슨 말을 해야 할지 알 수 없었다. 이건 저녁식사 비용을 두고 *내가 낼게. 아니, 이건 내가 낼 거야,* 라며 옥신각신하는 문제가 아니니까.

"오후 내내 애들을 지켜봤어요. 애들이 정확히 어디에 있는지 계속 봤어요. 딱 그때만 빼고요. 샘은 내가 자기만큼 애들한테 주의를 기울이지 않는다고 생각하지만, 아니에요. 난 봤어요. 봤다고요."

"맞아요. 그랬잖아요. 내가 알아요."

"얼마나 무서웠을까요. 물에……."

클레멘타인은 주먹으로 입을 막고 안전벨트에 가슴이 꽉 조여진 채로 앞뒤로 흔들리고 있었다.

"그 물을 다 마셨을 거잖아요. 공포에 질려서……."

클레멘타인은 말을 잇지 못했다.

티파니는 신호를 받고 차를 멈췄다. 클레멘타인은 비행기 사고에 대비하는 사람처럼 몸을 앞으로 숙이고 두 팔로 대시보드를 짚더니, 다시 똑바로 등을 기대고 앉아 진통을 겪는 여인처럼 두 손으로 아랫배를 눌렀다.

"숨을 깊게 들이마셔요. 입으로 말고 코로. 쑥 들이마시고 훅 내뱉어요."

클레멘타인은 티파니의 말대로 했다.

"난 가끔 요가를 해요."

티파니가 말했다. 클레멘타인이 다른 생각을 하도록 만들어야 했다. 그것밖에는 티파니가 할 수 있는 일이 없었다.

"클레멘타인도 요가 해요?"

"해야겠다는 생각만 해요."

"한 번은 비드랑 함께 갔거든요. 내 생전에 그렇게 재밌는 광경은 처음 봤어요."

"앞에 무슨 일 있어요? 차가 밀리는 거 아니죠?"

"밀릴 리 없어요. 확실해요."

붉은 정지등을 반짝이며 길게 늘어선 차들을 보고 티파니는 가슴이 철렁 내려앉았다.

"지금 이 시간엔 아니에요. 확실히 아니에요."

티파니가 말했다.

* * *

클레멘타인은 눈앞에 펼쳐진 장면을 믿을 수가 없었다. 온 우주가 클레멘타인을 갖고 노는 것처럼, 비웃는 것처럼, 벌주고 있는 것처럼 느껴졌다.

"이거, 장난이죠?"

클레멘타인은 몸을 돌려 창밖을 둘러봤다. 티파니의 자동차 뒤로 차례차례 차들이 서고 있었다. 어떤 차는 완전히 멈춰 서 있었다. 옆 차선 차들도 모두 멈춰 있었다. 모두 금속의 바다 속에 갇혀버리고 말았다.

"옆길이 있으면 그쪽으로 빠져서 돌아가면 될 텐데, 그게 안 보여서……."

티파니는 손가락으로 내비게이션을 툭툭 치며 말했다.

"내가 루비랑 갔어야 해요."

의사가 부모 가운데 한 명만 헬리콥터에 탈 수 있다고 했을 때, 클레멘타인과 샘은 누가 탈지 상의조차 하지 않았다. 샘이 클레멘타인을 쳐다보지도 않고 훌쩍 타버렸으니까. 하지만 그럴 때 같이 가는 사람은 엄마여야 하지 않나? 애들은 아프면 엄마를 찾으니까. 주사를 맞을 때 샘이 함께 들어간다고 해서 응급 상황에도 샘이 갈 권리는 없는 거다. 밤에 아플 때도 애들은 "엄마" 하고 불렀다. 가서 아이를 안아주고 어르는 건 클레멘타인이었다. 샘은 약을 가지러 가는 역할을 맡았고. 그런데도 왜 샘이 가는 걸 멍하니 보고만 있었을까? 클레멘타인이 *엄마인데.* 클레멘타인은 가겠다고 주장하지 않은 자신이 너무 미웠다. 클레멘타인한테 선택의 기회도 주지 않은 샘이 너무 미웠다.

"왜 이래요? 전혀 안 움직여요!"

클레멘타인은 소리를 질렀다. 위장이 끔찍하게 조여왔다.

앞 차의 정지등이 꺼졌고, 티파니는 재빨리 핸들로 몸을 숙였다. 티파니는 차를 몰고 조금 앞으로 나아가다 다시 급하게 세웠다. 뒤에 있던 차가 신경질적으로 경적을 울렸고, 또 다른 차가 터무니없이 광폭한 소리를 내질렀다.

"이런, 젠장. 젠장, 젠장, 젠장."

클레멘타인이 신음소리를 내뱉었다. 클레멘타인은 사선으로 자신을 조이고 있는 안전벨트를 잡아뺐다. 왠지 안전벨트 때문에 루비를 볼 수 없는 것처럼 느껴졌다. 루비 곁에 있어야 한다는 생각이 이젠 너무나 강렬하게 클레멘타인을 사로잡았다. 그 때문에 비명을 내지를 것만 같았다. 클레멘타인은 자기 손이 루비의 손을 맹렬히 잡고 싶어 하는 걸 느낄 수 있었다.

"루비는 뛰어난 의사들이 돌보고 있을 거예요. 우리 조카가 그 병원 중환자실 간호사인데, 의사들이 정말 뛰어나다고 했어요. 조카 말이 아주…… 음, 감동적이라고……."

티파니는 결국 입을 다물어야 했다. 어떻게 얘기를 이어가야 할지 알 수 없었다.

클레멘타인은 창밖을 바라보다가 차가운 공기가 들어올 수 있도록 창문을 열었다. 그러면서 차 문을 열고 뛰어나가는 상상을 했다. 이 차를 뛰쳐나가 달리는 거야. 인도 말고 고속도로를 따라서. 이런 바보 같고 끔찍한 금속 깡통들을 제치고 달리면서 소리치는 거야. '다 비켜! 비키란 말이야!'

"교통방송을 들어봐야겠어요."

티파니는 라디오를 켜고 버튼을 누르며 채널을 찾았다. 지지직대며 여러 채널이 지나갔고, 마침내 교통방송이 흘러나왔다.

"빨리."

티파니는 초조하게 말했고, 드디어 두 사람은 들을 수 있었다.

'삼중 추돌 사고가 있었습니다.' 현장에 나와 있는 빈스 기자는 헬리콥터에서 내려다보는 사고 현장을 기운찬 목소리로 묘사하고 있었다. 다른 누군가도 헬리콥터를 타고 있는 거다. '교통 흐름이 완전히 막혔습니다. 믿을 수가 없습니다! 평소 일요일 풍경이 아닙니

다! 마치 월요일 아침 교통 정체 상황을 보고 있는 것 같습니다.'

티파니는 라디오를 껐다.

"그러니까 확실히 길이 꽉 막힌 거네요."

티파니가 말했다. 클레멘타인은 창밖만 바라보고 있었다.

두 사람은 한동안 말없이 앉아 있었다.

바로 앞 차가 조금 움직이더니 갑자기 멈춰 섰다.

"안 돼요…… 난 빨리……."

클레멘타인이 안전벨트를 풀더니 머리가 차 지붕에 닿을 만큼 벌떡 몸을 일으켰다.

"일단 나가야겠어요. 이렇게 앉아 있을 수 없어요."

"갈 데도 없어요."

티파니의 얼굴은 겁에 질려 있었다.

"움직여요. 봐요, 우리 움직이잖아요. 이제 움직이나봐요."

티파니가 말했다.

"얼굴이 하얗던 거 보셨죠? 루비 얼굴이 정말 하얬잖아요. 원래 뺨이 발그스레한데요."

클레멘타인은 문득 입을 다물었다. 자갈을 밟은 발이 미끄러지듯, 클레멘타인은 자제력이 미끄러지는 걸 느꼈다. 그래서 티파니를 쳐다봤다.

"얘기 좀 해주세요. 어떤 얘기든지요."

"알았어요. 보자."

티파니가 생각을 하는 그 짧은 동안도 클레멘타인은 참을 수가 없었다.

"곧 오디션을 봐야 해요. 아주 중요한 오디션이에요. 오늘 아침만

해도 내 인생에서 가장 중요한 건 그 오디션이었어요. 댄서도 오디션 봐요?"

클레멘타인은 두 손으로 얼굴을 가리고 손가락 사이로 말했다.

"또다시 숨이 멈추면 어쩌죠?"

"관을 삽입했으니까 멈추진 않을 거예요. 관이 루비가 숨 쉬는 걸 도와주잖아요."

티파니가 말했고, 차들이 다시 움직였다가, 멈췄다.

"아우우우."

클레멘타인이 주먹으로 대시보드를 내리쳤다.

"나도 오디션을 봐야 했어요."

티파니가 재빨리 말했다.

"클럽에서 일하려면요. 친구 에린이 함께 갔어요. 혼자였다면 분명히 겁이 나서 못했을 거예요."

티파니가 잠시 말을 멈췄다.

"계속 말해주세요. 제발, 계속, 멈추지 말고 말해줘요."

"클럽에 도착할 때까지만 해도 우린 오디션을 그렇게 진지하게 생각하진 않았던 거 같아요. 그런데 오디션을 담당하는 여자 때문에 달라졌어요. 그 사람 이름은 에메랄드 블레이즈였어요. 좀 웃긴 이름이죠. 하지만 정말 어마어마한 사람이었어요. 그 사람을 보자마자 진지하게 생각할 수밖에 없었죠. 정말 대단한 댄서였거든요. 그 사람은 아주 천천히 움직였어요. 꼭 실크처럼요. 그 사람 춤을 보면 부드러운 실크가 생각났어요. 그 사람은 "아가씨들, 이걸 그냥 멋진 장대 기술이라고 생각하면 안 돼. 이건 상대방을 흥분하게 하는 기술이라고"라고 했어요. 그 말 덕분에 나도 돈을 많이 벌었죠.

오디션을 보면서 우리가 제일 먼저 해야 했던 건 일단 무대 위로 올라가서 장대를 한 바퀴 돈 다음 내려오는 거였어요. 별 거 아닌 것처럼 들리지만, 정말 무시무시했다니까요. 모든 댄서들이 지켜보며 평가를 했으니까요. 그땐 하이힐도 익숙하지 않았을 때고요. 난 내가 무대에 올라가다 넘어질 거라고 생각했어요. 그리고 또 뭘 했더라? 에메랄드는 오디션을 볼 때 내가 나인 상태로 무대에 오르지 못하게 했어요. 무대에서 부를 이름이랑 무대에서 보여줄 나만의 인생 얘기를 만들어야 했어요. 이제 그만할까요?"

"네?"

클레멘타인은 주먹으로 배를 문지르고 있었다. 차들이 조금씩 앞으로 움직였다.

"아니에요. 제발 그만두지 마세요. 더 얘기해주세요. 무대에선 티파니를 뭐라고 불렀어요?"

"바비요. 좀 쑥스럽네요. 내가 바비 인형을 진짜 좋아했거든요."

"계속 말해주세요."

그래서 티파니는 계속 말했다. 개인 쇼를 하다 비상 호출 버튼을 눌러야 할 때도 있었지만, 솔직히 공포를 느낀 건 딱 한 번뿐이었단 얘기, 그냥 앞에 앉아 티파니의 다리만 살짝 만지길 바라던 법정 변호사가 몇 주 뒤 텔레비전에 나와 소송 사건을 설명하고 있더란 얘기, 비싼 양복을 입고 와서 온갖 지저분한 요구는 다 하다가 돌아갈 때는, 세상에, 2달러짜리 토큰 하나만 던져주고 가는 은행원들과 달리 빛바랜 폴로셔츠를 입은 꾀죄죄한 남자가 실은 굉장한 갑부라서 팁을 어마어마하게 주고 갔단 얘기, 돈이 떨어질 때마다 ATM기로 가서 돈을 뽑아와 개인 쇼를 신청하던 시골 소년들한테 "친구들! 이

제 그만해요. 이젠 더 보여줄 것도 없어요"라고 말해야 했던 얘기,
티파니와 에린의 샤워 쇼를 보며 오페라 관객처럼 "브라보! 브라
보!"를 외치던 B급 연예인 얘기를 했다.

"꼭 교향악 공연을 보는 사람처럼요."

티파니는 곁눈질로 흘끗 클레멘타인을 봤다.

"샤워 쇼를요?"

"그래요. 그러니까 그건 손님이 소파에 앉아 댄서가 샤워하는 걸
보는 거예요. 둘이 공연을 한다면 서로 비누칠을 해주기도 하고요.
난 샤워 쇼가 좋았어요. 클럽은 정말 덥고 끈끈했거든요. 샤워 쇼를
하면 시원해지니까요."

"그렇군요."

맙소사, 샤워 쇼라니. 클레멘타인은 자기가 토하려 하는 건지 궁
금했다. 지금이 토하기 딱 좋은 순간인데.

"이제 그만 말할까요?"

"아니에요."

클레멘타인은 눈을 감았지만, 루비가 보여서 다시 눈을 떴다.

"계속 말해주세요."

클레멘타인은 큰 목소리로 말했다. 그래서 현실 같지 않은 이십
분이 흐르는 동안, 클레멘타인이 앞 차의 정지등을 뚫어지게 보며
빨간 불이 사라지길 바라는 동안, 티파니는 말하고 말하고 또 말했
다. 그리고 티파니의 말들이 쏟아지는 동안, 클레멘타인은 계속 말
을 놓치고 오직 단편적인 얘기들만 들었다. *룸에 있는 무대는 너무
딱딱해서 부드러운 융단 카펫을 가지고 가야 해요…… 어떤 여자들
은 술을 마셔야만 일을 할 수 있었지만 난…… 그날 밤 난 될 대로*

되라고 생각했어요……

마침내 원뿔형 도로 표지판이 세워져 있고, 섬광등이 하얗게 빛나고 있는, 견인차가 엄청나게 범퍼가 뒤틀린 빨간 소형차를 천천히 들어올리고 있고, 경찰이 차량들을 향해 손을 흔들고 있는 곳에 도착했을 때, 티파니는 갑자기 목소리를 완전히 바꾸고 말했다.

"자, 그럼 출발해보죠."

티파니는 가속 페달을 힘차게 밟았다. 그리고 병원 주차장에 차를 세울 때까지, 두 사람은 한 마디도 하지 않았다.

. 59 .

"그래서 효과가 있었어? 기억나는 게 있어?"

올리버가 만든 치킨 커리를 먹으며 식탁에 함께 앉아 있을 때, 올리버가 에리카에게 물었다. 바깥에선 비가 이젠 슬슬 멈춰볼까, 생각하는 것처럼 강도를 낮추고 가랑비로 바뀌어가고 있었다. 하지만 에리카는 속지 않았다. 빗줄기가 약해진다고 비가 그치진 않는 거다.

번쩍번쩍 광을 낸 넓은 마호가니 식탁엔 딱 필요한 것—빛이 나는 그릇, 그릇 받침, 얼음물을 담은 채 얼룩 하나 없이 컵받침 위에 놓여 있는 컵—외엔 아무것도 없었다. 이런 식탁에 앉아 음식을 먹는 행위를 두 사람은 당연한 권리로 생각하지 않았다. 음식을 먹기 전이면 늘 두 사람은 고마움을 듬뿍 담은 눈길을 짧게 교환했다. 그건 이 공간과 이 질서를 누릴 수 있다는 고마움을 표현하는 하나의 의식이었다.

"아니. 분수가 없었어. 그냥 콘크리트밖에 없었어. 뒤뜰이 흉터처럼 보였어. 슬퍼 보였어."

"두 사람도 기억하기 싫은 거야."

"난 기억하고 싶은데."

에리카는 식탁 위에 포크와 나이프를 조심스럽게 내려놓았다("포크나 나이프를 그렇게 흔들어대면 안 돼." 팸은 클레멘타인이랑 클레멘타인 오빠들한테 늘 그렇게 말했다. 하지만 그 말을 듣는 사람은 에리카뿐이었다. 클레멘타인은 지금도 흥분해서 말할 땐 포크를 휘둘렀다).

"그래, 알아."

올리버가 말했다.

"요즘, 내가 기억하는 거랑 기억하지 못하는 걸 적어보고 있어."

사실은 워드에 입력하고 있는 거지만(파일명은 'Memory.doc' 다). 기억을 정리하는 이유는 전문가처럼 문제를 취급하면 전문가처럼 문제를 해결할 수 있지 않을까 싶어서였다.

"좋은 생각이야."

올리버가 말했다. 올리버는 에리카의 말에 귀를 기울이고 있었지만, 에리카는 올리버가 콸콸콸 소리를 내며 홈통에서 넘쳐흘러 집 뒤편의 데크로 떨어지는 빗물 소리에도 역시 귀를 기울이고 있다는 걸 알았다. 올리버는 데크의 나무 바닥이 썩을까봐 걱정하는 거다.

"접시를 들고 나왔던 건 기억나."

에리카의 기억은 섬광처럼 재빨리 켜졌다가 꺼졌다. 번쩍, 번쩍, 번쩍.

"그다음에 기억나는 건 내가 분수 안에 있었다는 거야. 당신이랑. 그다음에 우리가 함께 루비를 들어올렸어. 그 사이에 있었던 일은 기억나지 않아. 완전히 깜깜해. 루비를 본 것도 분수에 들어간 것도 기억이 안 나. 갑자기 그냥 분수 안에 있었어."

"당신은 접시를 떨어뜨렸어. 그러곤 달렸어. 고함을 치면서 클레멘타인을 부른 다음에 달렸어. 난 당신이 달리는 걸 봤고."

"왜 기억할 수 없는 거지? 어째서 '세상에, 루비가 분수에 빠졌어' 같은 생각을 했던 기억이 없을까? 어째서 그런 걸 잊어버린 거지?"

"충격을 받았고 술을 마셨고 약을 먹어서 그런 거겠지. 솔직히 말하면, 난 그냥 잊는 게 좋다고 생각해."

"맞아."

에리카는 한숨을 내쉬곤 다시 포크와 나이프를 집어들었다.

"알아. 당신 말이 맞아."

이젠 클레멘타인이 난자를 기증하기로 했다는 얘기를, 올리버한테 해야 한다고 에리카는 생각했다. 이 남자를 기쁘게 해줄 소식을 계속 감추고 있는 건 잔인해.

"장모님 집은 어땠어?"

"최악이었어."

"저런. 혼자 가게 해서 미안해."

"괜찮아. 별 일도 안 했는걸. 실은 그냥 포기해버렸어. 문제는 옆집이 집을 내놓았단 거야."

"그건 정말 문제인데."

올리버는 조심스럽게 커리를 씹으며 말했다. 에리카는 올리버가 곰곰이 생각하고 있다는 걸 알았다.

"엄마 옆집 사람은 정말 좋은 사람이야."

"같이 협력해서 해나가야지. 언제 집을 내놓을 생각이고, 언제 사람들이 보러 오는지 알아봐야겠어."

"내 생각엔 엄마가 일부러 그 여자 골탕 먹이는 거 같아. 그냥 심술을 부리는 거야."

"그럴 수도 있지."

올리버도 아무 이유 없이 악의적으로 심술을 부리는 게 어떤 건지 보면서 자랐다. 하지만 여전히 아무 이유가 없다는 사실을 받아들이지 못하면서 다른 사람이 부리는 심술에 분개하고 그 이유를 찾으려고 애쓰는 에리카와 달리, 올리버는 아무 이유 없이 부리는 심술도 이 세상엔 존재한다는 사실을 받아들였다. 그저 날씨처럼 받아들이는 거다. 에리카는 쓰레기봉투가 찢어졌을 때 웃던 엄마를 생각했다. 왜 그렇게 웃은 걸까? 뭐가 그렇게 재밌었지?

"잘할 수 있을 거야. 일단 안은 잊어버리고 바깥을 집중적으로 치우는 거야. 옆집이 집을 팔 때까지 그게 제일 중요해."

에리카의 엄마 실비아의 문제라면 올리버는 늘 근사할 만큼 차분하게 대응했다. 일주일에 두세 번씩 엄마 집에 다니던 때, 에리카가 엄마 집에 다녀올 때마다 엄청난 스트레스를 받는다는 걸 알게 된 뒤로, 올리버는 그냥 엄마 집에 안 가면 된다고 주장했다. 하지만 에리카한텐 엄마를 내버려두면 안 된다는 책임감이 있었다. 엄마가 집에 불을 내거나 건강을 해치게 내버려둘 순 없었다. 그런 에리카의 마음을 알게 된 뒤로, 올리버는—당연히 스프레드시트를 사용해서—에리카가 엄마 집에 가는 일정을 세웠다. 그 일정에 따르면 에리카는 일 년에 여섯 번, 올리버와 함께 엄마 집에 가기로 되어 있었다. 한 번 가면 적어도 여섯 시간은 집을 치우기로 했고, 가기 전엔 장갑과 마스크와 쓰레기봉투를 준비하고 전투를 치를 태세를 단단히 하기로 했다. 그건 실비아가 평범한 엄마인 것처럼 함께 '저녁을 먹으러' 엄마 집에 가는 일은 더 이상 없을 거란 뜻이었다.

저녁식사 초대는 늘 웃기지도 않은 농담으로 끝이 났다. 실비아는 언제나 에리카가 어렸을 때, 주방이 사라지기 훨씬 전 그녀가 실력 있는 요리사였을 때, 좋아하던 음식을 해주겠다고 약속했다. 하지만 그런 음식은 한 번도 등장한 적이 없었다. 그런데도 에리카는 마음 한 구석에서 엄마가 약속을 지킬 거라고 믿었다. 엄마의 주방은 이제 사용할 수 있는 공간이 아니란 걸 완벽하게 알고 있었는데도 그렇게 믿은 거다.

"내가 좀 피곤하구나. 우리 사와서 먹을까?"

엄마는 늘 그렇게 말했고, 늘 집 상태 때문에 서로에게 고함을 지르는 것으로 만남은 끝나곤 했다. 이제 에리카는 엄마한테 전문가의 도움을 받아보자고 사정하지 않았다. 올리버 덕분에 에리카는 실비아가 절대로 바뀌지 않을 거라는 걸 알게 됐다. 실비아는 절대 괜찮아지지 않을 거다. 올리버는 "전문가의 도움을 받을 사람은 당신이야. 당신은 장모님을 못 바꿔. 하지만 당신이 장모님한테 반응하는 방식은 바꿀 수 있어"라고 했다. 그래서 에리카가 상담을 받기 시작한 거다.

올리버는 아주 근사하고 차분하고 현명한 아빠가 될 거야. 에리카는 아들한테 이 세상을 설명해주는 올리버를 상상해봤다. 루비랑 홀리처럼 아름다운 파란 눈을 가진 작은 아들을 생각해봤다. 그애는 에리카와 올리버와 함께 자기 컵받침과 물컵을 들고 식탁에 앉을 거다. 두 사람의 아이는 식탁이 쓰레기 속으로 사라져버려 침대에 앉아 밥을 먹어야 하는 일은 결코 없을 거다. 원할 때면 언제나 친구를 데려와 집에서 놀 수 있을 거다. 언제라도. 저녁 먹을 시간이라도. 친구들은 손님용 컵받침을 쓰게 될 거다. 그게 계획이었다. 그게 두 사람의 꿈이었다. 아이한테 평범한 어린 시절이라는 귀한 선물을 주는 거. 에리카는 자기보다 올리버가 훨씬 선명한 꿈을 꾸고 있다는 걸 알았다.

말해. 에리카는 생각했다. 그냥 올리버한테 말해. 이 남잔 들을 자격이 있어.

"클레멘타인이 또 전화했어. 아까 엄마 집에 있을 때."

에리카는 작은 선의의 거짓말을 했다. 올리버는 고개를 들었다. 올리버의 얼굴엔 적나라하게 희망이 드러나 있었다. 그래서 에리카는 속이 메슥거렸다.

"기꺼이 하겠대. 우리한테 난자 주는 거."

그래, 그러라고 해. 우리가 루비의 생명을 구했잖아. 생명은 생명으로 갚는 거야. 클레멘타인은 우리한테 생명을 빚졌어. 그러니까 그냥 그러라고 해.

올리버는 포크와 나이프를 접시 양쪽에 얌전히 올려놓았다. 올리버의 눈은 반짝이고 있었다.

"혹시 당신…… 클레멘타인이 엉뚱한 이유로 우리 제안을 받아들였을까봐 걱정하는 거야? 루비 일 때문에 받아들인 거라고?"

올리버의 말에 에리카는 어깨를 으쓱했다. 어깨의 움직임이 부자연스럽게 느껴졌다. 에리카는 자기가 엿들은 말을 올리버한테 하지 않을 거다. 그 말을 들으면 올리버는 화를 낼 거다. 그리고 에리카는 부끄러워지겠지. 에리카는 가장 친한 친구가 에리카를 진짜로 좋아하는 건 아니라는 사실을 올리버에게 알리고 싶진 않았다.

"클레멘타인이야 아무 말도 안 하지만, 그 이유야 우리가 어떻게 알겠어. 어쨌든 공평한 거래잖아. 우리가 루비를 구했으니까 클레멘타인이 우리한테 아길 줘야지."

"어…… 그거 농담이지?"

"농담인지 아닌지 나도 모르겠어. 아마 진심일 거야. 우리가 루비의 목숨을 살렸잖아. 그건 사실이잖아. 그러니까 우리한테 뭔가를 해줄 수도 있잖아. 이유가 중요한 건 아니잖아?"

에리카의 말에 올리버는 잠시 생각에 잠겼다.

"아니, 이유는 중요해. 안 그래? 혹시 클레멘타인 맘이 불편하면 어떻게 해? 루비 일이 아니었다면 거절했을 수도 있잖아."

"글쎄, 어쨌든 시술을 하려면 먼저 클레멘타인이 상담부터 받아야 하잖아. 상담사가 클레멘타인한테 모든 걸 물어볼 거잖아. 동기랑…… 심리 상태랑."

그 말에 올리버의 이마에 새겨졌던 주름이 사라졌다. 난자 기증엔 따라야 할 절차가 있으니까. 전문가들이 모두 결정해줄 테니까.

"당신 말이 맞아."

올리버는 밝게 말하면서 다시 포크와 나이프를 집어들었다.

"좋은 소식이네. 근사한 소식이야. 옳은 방향으로 가는 첫 번째 발걸음이지. 우린 목적지에 도달할 거야. 부모가 될 거라고. 어쨌든 말이야."

"맞아. 그렇게 될 거야."

에리카가 대답했다. 올리버는 다시 포크와 나이프를 내려놓고 손으로 입가를 닦았다.

"이상하게 들릴지도 모르는데, 한 가지 물어봐도 돼?"

"당연하지."

에리카의 몸은 딱딱하게 굳었다.

"바비큐 파티 날, 클레멘타인이 당신은 늘 애를 원치 않았다고 했잖아. 혹시 나 때문에 하는 거 아니지?"

올리버가 얼굴을 찡그리자 올리버의 안경이 앞으로 살짝 미끄러져내렸다.

"지난 몇 년간 했던 게 모두……."

"그렇게 나쁘진 않았어."

시험관아기 시술 절차는 아주 질서 정연했다. 에리카는 시험관아기 시술 절차에 존재하는 엄격한 규칙과 과학이 좋았다. 특히 그 깔끔함이 좋았다. 딱 한 번만 입고 바로 바구니에 던져넣는 가운. 신발 위에 신어야 하는 비닐 덧신. 머리에 뒤집어써야 하는 파란 모자. 그리고 올리버와 함께 시간을 보내면서 아주 중요하고 은밀한 프로젝트를 진행한다는 것도 좋았다. 에리카는 난자를 채취하는 과정과 수정란을 이식하는 과정을 모두 기억했다. 근사하던 소독약 냄새, 에리카의 손을 잡아주던 올리버의 손, 과정에 복종하는 것 말곤 아무것도 할 수 없었던 순간들을 모두 기억했다.

올리버는 책임지고 에리카에게 약을 먹였다. 단 한 번도 멍 자국 하나 안 남기고 언제나 부드럽게 전문적으로 에리카에게 주사를 놓았다. 에리카는 아침에 혈액검사를 해도 상관없었다. 머리는 정말 어지러웠지만. "네, 그게 맞아요. 그게 내 이름이에요." 에리카는 자신을 살펴보러 와서 깔끔하게 라벨을 붙인 시험관을 들어올려 보이는 간호사에게 그렇게 말했다. 간호사는 파란 장갑을 끼고 있었다.

클레멘타인은 주삿바늘을 싫어할 거다. 올리버가 좋아하는 것과 같은 정도로 공포에 질릴 거다. 정말 공정한 거래 아닌가?

"그래, 하지만 *당신도* 애를 원하는 거 맞지? 그렇지? 당신도 원하는 거지? 나 때문은 아니지?"

"당연히 원해."

하지만 언제나 올리버를 위해서였다. 언제나. 에리카만의 루비나 홀리를 갖고 싶다는 소유욕은 이제 사라지고 없었다. 왜 사라졌는지는 에리카도 잘 몰랐다. 어쩌면 클레멘타인이 하는 말을 엿들었기 때문인지도 모르고, 다른 이유가 있는지도 몰랐다. 잘은 모르지만 왠지 그 이유는 기억에서 사라진 순간과 관계가 있을 것 같았다. 하지만 그런 건 중요하지 않아. 에리카는 치킨 커리를 먹으면서 아름답고 깔끔한 주방을 쭉 둘러봤다. 그러다 갑자기 말했다.

"저거 뭐야?"

에리카는 식탁에서 일어나 책장으로 다가갔다. 책등을 보이고 있는 책 두 권 사이에 반짝이는 파란색이 보였다. 올리버도 몸을 돌려 에리카를 봤다.

"아. 그거네."

책장에서 홀리의 작은 파란색 스팽글 핸드백을 꺼내는 에리카를 보고 올리버가 말했다.

"이것도 여기 두고 갔네."

에리카는 핸드백에서 매끈매끈한 하얀 조약돌을 꺼내며 말했다.

"바비큐 파티 날 두고 간 거구나."

올리버가 말했다.

"클레멘타인한테 갖다줘야겠네."

에리카가 말했고.

"홀리는 다시 갖고 싶어 하지 않을 거야."

올리버는 또 무슨 말인가를 하려다 입을 다물었다. 올리버는 물을 한 모금 마시고 컵을 조심스럽게 컵받침 위에 다시 내려놓았다.

"진짜? 홀리가 좋아한다고 생각했는데."

"크리스마스쯤엔 임신해 있을 거야. 한번 상상해봐."

올리버는 꿈꾸듯 말했다.

"그래, 상상해볼게."

에리카는 조약돌을 다시 핸드백 안으로 툭, 떨어뜨리며 말했다.

. 60 .

바비큐 파티 날

"루비 죽었어요?"

홀리는 돌이 가득 든 파란 스팽글 핸드백을 무릎에 올려놓고 두 손으로 끈을 만지작거리며 물었다.

"안 죽었어. 아빠랑 헬리콥터 타고 병원에 갔잖아. 지금 병원에 있을 테니까 의사 선생님들이 잘 치료해주셨을 거야."

에리카가 대답했다. 올리버가 핫초콜릿을 만드는 동안 에리카와 홀리는 담요를 덮고 소파에 앉아 〈마다가스카르〉를 보고 있었다. 에리카는 렌즈를 뺐기 때문에 텔레비전 화면은 그저 뿌연 천연색 섬광처럼 보였다.

에리카는 거대한 검은 파도가 자신을 덮쳐 언제라도 잠에 빠져들 것 같은 느낌이 들었다. 문제는 잘 수 없단 거지만. 홀리가 여기 있을 땐 잘 수 없어. 게다가 이제 겨우…… 응? 지금 일곱 시밖에 안 됐네? 훨씬 더 된 것 같은데. 자정은 된 것처럼 느껴지는데.

"죽었을 거예요."

홀리는 텔레비전에서 눈을 떼지 않고 말했다.

"이모는 그럴 거 같지 않은데. 하지만 아주 아프긴 할거야. 정말로 많이 아파. 맞아, 어쩌면 홀리 말이 맞을지도 몰라."

"에리카!"

핫초콜릿을 담은 쟁반을 들고 거실로 들어오던 올리버가 다급하게 외쳤다.

"왜?"

애들한텐 되도록 솔직하게 말하는 게 좋지 않아? 사실 루비가 얼마나 오래 분수에 빠져 있었는지 아무도 모르잖아. 뇌가 심각하게 손상됐을지도 모르잖아. 저체온증인지도 모르고, 어쩌면 오늘 밤을 못 넘길지도 모르잖아. 그런데 왜 루비가 물속에 있었던 시간을 정확하게 아는 것처럼 느껴질까? 왜 어떤 면에선 실패한 것처럼 이상한 책임감이 느껴지는 걸까?

루비한테 제일 먼저 달려간 건 에리카였다. 가장 먼저 행동에 나선 건 에리카였다. 루비의 부모도 아닌데 먼저 나선 거다. 하지만 분명히 뭔가가 있었다. 에리카는 뭔가를 했거나 뭔가를 안 한 게 분명했다.

"자, 여기 있다."

올리버가 말했다. 올리버는 여전히 젖은 옷을 입고 있었다. 분명병이 날 거다. 올리버는 홀리한테 핫초콜릿이 든 머그컵을 줬다.

"아주 뜨겁진 않은데 혹시 모르니까 조심해서 조금씩만 먹어. 알았지?"

"고맙습니다."

홀리가 큰 소리로 말했다.

"예의가 바르구나, 홀리."

올리버가 말했고,

"옷 갈아입어. 감기 걸리겠어."

올리버가 건네는 핫초콜릿을 받으며 에리카가 말했다.

"당신 괜찮아?"

올리버가 물었다.

"왜? 안 괜찮아 보여?"

에리카는 핫초콜릿을 한 모금 마셨다. 입가로 살짝 흘러내린 핫초콜릿을 손가락으로 문질러 닦았다.

"응, 안 괜찮아 보여."

올리버가 대답했다.

"예의요."

홀리가 에리카한테 말했다.

"지금 뭐라는 거니?"

에리카가 톡 쏘아붙였다. 얘가 하는 말을 이해할 수가 없어. 홀리한테 쏘아붙이고 나니, 어렸을 때 엄마가 정확히 같은 방식으로 에리카한테 쏘아붙이던 게 떠올랐다. 에리카가 엄마한테 무슨 말인가를 시작하면 엄마는 "얘가 지금 뭐라는 거니?" 하고 쏘아붙이곤 했다. 그럴 때마다 에리카는 생각했다. 내가 말을 다 할 수 있게 해줘야 무슨 말을 하는지 알 거 아냐!

"고맙다고 하는 거 잊었잖아요. 올리버 아저씨한테요."

홀리는 잔뜩 겁을 먹은 거 같았다.

"아, 맞다. 그래야지. 홀리 말이 맞아. 미안, 홀리, 일부러 그런 건 아냐."

에리카는 홀리의 크고 파란 눈에, 아래 속눈썹에 큼지막하게 맺혀 있는 눈물방울이 떨리는 걸 봤다. 홀리한테는 그저 쏘아붙인 것 이상이었던 거야. 홀리는 그렇게 예민한 애는 아닌데.

"홀리, 홀리. 우리 예쁜 아기. 괜찮아. 다 괜찮을 거야. 이모 안아줄래? 그래, 사실 이모는…… 아마…… 미안해."

에리카는 도저히 말을 이을 수가 없었다. 홀리는 지금 에리카의 위로가 필요한데도 에리카는 홀리의 맘을 달래줄 수가 없었다. 에리카는 올리버한테 머그컵을 내밀었고, 올리버는 에리카가 떨어뜨리기 직전에 그걸 잡는 사람처럼 깜짝 놀라며 머그컵을 잡았다.

"이모는 그냥 너무 졸려서 그런 거야."

에리카는 거대한 검은 공허가 자신을 덮쳐서 저 밑으로 끌어내리도록 내버려뒀다. 어디선가 전화벨이 울리는 소리가 났다. 지금은 너무 늦었는걸. 에리카는 생각했다. 지금은 전화기가 어디 있는지 찾을 수 없었다. 공허는 너무 크고 강력해서 저항할 수가 없었다.

* * *

올리버는 인사불성으로 곯아떨어진 아내를 물끄러미 내려다봤다. 에리카는 술에 취해 의식을 잃어버린 거다. 그건 에리카가 정말로 떠나버렸단 거다. 내일 아침까진 돌아오지 않는단 거다. 지금까지 올리버는 에리카를 혐오스런 눈길로 본 적이 한 번도 없었지만, 지금은 입을 벌리고 고개를 떨어뜨린 아내를 분노로 일그러진 얼굴로 뚫어지게 봤다. 아직 루비가 괜찮은지도 모르잖아. 그런데 어떻게 잘 수가 있지? 물론 술 취한 사람은 언제나 잠들 수 있지만.

그래, 에리카가 이 세상에서 유일하게 취한 사람은 아니잖아. 올리버는 스스로에게 그 사실을 상기시켰다. 에리카는 그냥 술에 취한 것뿐이야. 에리카를 안 이후 처음 보는 모습이긴 해도.

"아주 지친 거예요."

홀리는 매혹된 듯 에리카를 바라보며 말했다.

'지쳤다'란 말에 올리버는 활짝 웃었다.

"그래, 홀리 말이 맞는 거 같아. 지친 거야. 핫초콜릿은 어때? 너무 뜨겁지 않아?"

"아뇨. 뜨겁지 않아요."

홀리는 주저하며 아주 조심스럽게 핫초콜릿을 마셨다. 홀리의 입술 위에 핫초콜릿이 수염처럼 묻었다.

"올리버 아저씨."

홀리는 조용히 말하고 작은 파란색 스팽글 핸드백을 들어올렸다. 홀리의 두 눈은 눈물로 가득 차 있었다.

"어디 안전한 곳에 놔줄까?"

올리버가 핸드백으로 손을 내밀며 말했다.

"올리버 아저씨."

홀리는 훨씬 더 조용한 목소리로 올리버를 불렀다.

"왜 그러니, 달링?"

올리버는 홀리 앞에 쪼그리고 앉았다. 올리버의 옷은 여전히 젖어 있었고 지저분했다.

홀리는 올리버의 귀에 대고 재빨리 속삭이기 시작했다.

. 61 .

바비큐 파티 날

네 명의 조부모는 동시에 병원에 도착했다.

중환자실에서 나온 클레멘타인은 루비의 상태도 알려주고, 홀리가 오늘 밤 잘 곳이 정해지기 전까지 좀 더 있을 수 있는지 물어보려고 에리카한테 전화를 했다.

의외로 전화를 받은 건 올리버였다. 올리버는 홀리는 잘 있다고 했다. 소파에서 담요를 덮고 에리카랑 DVD를 봤다고 했다. 올리버는 에리카가 막 잠이 들었다고 말했는데, 왠지 당황스럽고 혼란스러워 하는 것 같았다. 그것만 빼면 언제나처럼 헛기침을 해가며 할 말을 조심스럽게 선택하는 정중한 올리버였다. 오늘 밤도 평범한 여느 밤이고, 자신과 에리카는 루비를 구한 적이 없다는 듯이 말하는 올리버였다.

클레멘타인이 전화를 하며 서 있는 이층 층계참에선 병원 일층과 출입문이 보였다. 샘의 부모가 먼저 헐레벌떡 들어오는 모습이 보였다. 반쯤은 걷고 반쯤은 뛰는 걸로 보아 정말로 불안한 게 분명했다. 그들도 티파니와 클레멘타인을 붙잡고 있었던 교통체증에 묶여 있었던 게 분명했다. 그러니까 당연히 클레멘타인이 느꼈던 미칠 듯한 절망감을 느꼈을 거다. 샘의 아빠는 시골에서 자랐고 교통신호를 혐오했다.

조부모들은 자연재해를 겪고 대피소에 있다가 우연히 만난 생존자들처럼 서로를 와락 붙잡았다. 집에서라면 모를까 밖에선 절대 안 입는 청바지랑 후줄근한 스웨터를 걸친 클레멘타인의 아빠가 체구가 작은 샘의 엄마를 끌어안았다. 샘의 엄마는 팔을 둘러서 등에 매달리듯이 클레멘타인 아빠를 안았다. 그 모습이 너무 부자연스러워서 보기 힘들 정도였다. 샘의 아빠는 클레멘타인의 엄마 팔을 잡았는데, 그 상태로 두 사람은 자기들이 있는 곳이 어딘지 확인하려는 듯 고개를 들고 병원 간판을 쳐다봤다.

클레멘타인을 제일 먼저 발견한 사람은 클레멘타인의 엄마였다. 팸이 클레멘타인을 가리키는 것과 동시에 클레멘타인은 손을 들었고, 다들 클레멘타인을 향해 길고 넓은 통로를 황급히 걸어왔다.

클레멘타인은 그들을 만나기 위해 중간 지점까지 내려갔다. 첫 번째로 그녀의 엄마가, 그 뒤를 샘의 부모가, 마지막으로 그녀의 아빠가 걸어왔다. 클레멘타인의 아빠는 몇 달 전 스키를 타다 사고가 나서 무릎 수술을 했다. 네 사람은 차마 쳐다보기도 힘든 표정을 짓고 있었다. 그들은 공포에 질린 것 같았고, 아파 보였고, 숨 쉬는 게 힘들어 보였고, 클레멘타인한테 오는 험한 산길을 가까스로 올라온 것처럼 보였다. 은퇴생활을 즐기는 날씬하고 건강한 부모들이 지금은 훨씬 늙어 보였다. 처음으로 그들이 노인처럼 보였다.

양쪽 집안에서 루비와 홀리는 유일한 손주였다. 그래서 두 아이 양쪽 조부모의 사랑을 듬뿍 받으며 응석을 부릴 수 있었다. 샘과 클레멘타인은 딸들이 그런 사랑을 받는 걸 건방지게도 당연하게 여겼다. 이토록 아름답고 귀여운 천사들을 낳아줬으니 도움을 받는 건 당연하다고 생각했다. 그래서 필요할 때마다 무보수로 애들을 맡겼고, 편하게 앉아서 내주는 음식을 먹었다. 그건 당연한 일이었다. 이렇게 빛나는 손주들을 볼 수 있게 해줬잖아!

"루비는 괜찮아요."

그러니까 그 말은 '살아있다'란 뜻이었다. 클레멘타인은 그들이 루비가 아직 살아있다는 걸 알았으면 했다. 하지만 제대로 알아듣기 힘들 만큼 너무 빨리 말했다. 네 사람 모두 허둥대며 그 말을 이해하려 안간힘을 썼다. 나쁜 소식이라도 들은 것처럼 샘의 엄마는 난간을 움켜잡았다.

"루비는 괜찮아요!"

이번엔 좀 더 크게, 다시 한 번 말했다. 그러자 그들은 클레멘타인을 둘러싸고 질문을 퍼붓기 시작했다. 다섯 사람이 길을 막고 있어서 사람들은 옆으로 몸을 돌린 채 지나가야 했다.

"진정제를 맞았어요. 아직…… 호흡기를 끼고 있고요."

클레멘타인은 자기가 한 끔찍한 말에 걸려 넘어질 것 같았다. 창백하고 작은 루비의 얼굴과 루비의 입에 꽂혀 있는 커다란 튜브가 생각났다. 그 튜브는 숨을 쉬게 해주는 게 아니라 숨을 막히게 할 것만 같았다.

"CT 촬영을 했는데, 뇌가 부풀었거나 손상된 징후는 안 보인대요. 다 괜찮아 보인대요."

*뇌가 부풀었거나 손상된 징후*라니. 클레멘타인은 그저 소리를 흉내 내며 입 밖으로 내뱉는 외국어처럼 아무 감정 없이 말하려 애썼다. 그러지 않으면 그 의미들이 너무나 중요하게 느껴질 것 같았다.

"흉곽 X레이도 찍었는데, 폐에 물이 차 있대요. 하지만 그렇게 걱

정할 일은 아닐 거라고 했어요. 지금 항생제를 맞고 있어요. 갈비뼈
는 괜찮대요. 금 간 데가 없대요."

"갈비뼈는 왜 검사한 거냐?"

클래멘타인의 아빠가 물었다. 클레멘타인은 자신에게 저주를
퍼부었다. 물론 걱정 끼치지 않을 말을 해야 하지만, 그렇다고 나
빠질 수 있었는데 그렇게 되지 않은 모든 일들을 말할 필요는 없는
거였다.

"심폐소생술을 받을 때 갈비뼈가 부러지는 일도 있대. 하지만 루
비는 괜찮아. 안 부러졌어."

심폐소생술을 하며 숫자를 세던 올리버의 목소리가 귓가에 맴돌
아서, 클레멘타인은 잠시 아무 말도 못했다.

"아침이면 약을 줄일 거래. 루비가 깨면 호흡기도 뺀다고 했어."

"루비를 볼 수 있니?"

클레멘타인의 엄마가 물었다.

"모르겠어. 물어볼게."

클레멘타인은 그들을 병원에 오게 하면 안 되는 거였다. 집에서
기다리게 하는 게 훨씬 분별 있는 행동이었을 거다. 노인들 심장에
도 그게 더 좋았을 텐데, 그런 생각은 하지 못했다. 클레멘타인은 그
저 여전히 어린애인 것처럼, 아직도 어른들이 필요한 것처럼, 당연
히 와야 한다고만 생각했던 거다.

클레멘타인 부부와 에리카 부부가 함께 저녁을 먹던 어느 날, 스
스로 어른처럼 느껴지는지에 관한 얘기가 나온 적이 있었다. 샘과
클레멘타인은 그렇지 않다고 대답했다. 정말로 어른이 된 것처럼은
느껴지지 않는다고 했다. 에리카와 올리버는 그때 당혹스러우면서

도 끔찍하다는 표정을 지었다.

"당연히 난 어른처럼 느껴져. 난 자유야. 내가 날 책임지고 있으니까."

에리카는 그렇게 말했다.

"난 *빨리* 어른이 되고 싶었어요."

올리버는 그렇게 말했고.

"그런데 왜……."

클레멘타인의 엄마는 거칠게 숨을 몰아쉬었다. 혹시 심장마비가 오려는 걸까? 클레멘타인의 엄마는 갑자기 딸에게 확 다가섰다.

"넌 루비를 안 보고 있었던 거니?"

엄마가 너무 바싹 다가와 있는 바람에 클레멘타인은 엄마의 숨결에서 저녁식사 때마다 먹는 진한 향신료 냄새를 맡을 수 있었다.

"애한테서 눈을 떼지 말았어야지. 단 일 초도 한눈팔지 말았어야지. 물에 가까이 가게 하면 어떻게 해? 너 진짜."

"팸."

클레멘타인의 아빠가 나서며 팔을 잡았지만, 팸은 그 손을 뿌리쳤다. 젊은 임산부가 다섯 사람 옆을 간신히 빠져나가면서 호기심 어린 눈으로 쳐다봤다.

"너 그것보단 똑똑하잖아. 너 그것보단 잘 아는 애잖아."

팸은 자기 손녀를 해친 낯선 사람이 누군지 알아내겠다는 듯 클레멘타인을 매섭게 쏘아봤다.

"너 술 마셨니? *어떻게* 이럴 수 있어? 어떻게 이렇게 바보 같은 짓을 해."

팸은 얼굴에 수백만 개의 주름을 만들더니 두 손으로 그 주름을 덮어버렸다.

클레멘타인은 아직 루비를 구한 사람이 에리카라는 말도 하지 못했는데. 에리카가, 엄마의 더 나은 딸이, 더 대단한 딸이, 이런 실수는 절대 하지 않을 딸이 당신 손녀를 구했다는 말은 아직 꺼내지도 못했는데.

클레멘타인의 아빠는 아내를 팔로 감싸안았다.

"이제 됐어. 가서 좀 앉지."

클레멘타인의 아빠는 아내의 머리에 입을 맞추곤 아내를 데리고 통로를 올라갔다.

"세상에, 얼마나 충격을 받았니."

샘의 엄마, 조이가 말했다. 조이는 '자기 얼굴'을 만들지 않으면 결코 밖에 나가지 않는 사람이었다. 하지만 오늘은 맨얼굴로 병원으로 뛰어왔다. 지금까지 클레멘타인은 조이가 립스틱을 바르지 않은 모습을 한 번도 본 적이 없었다. 아마 그 누구도 못 봤을 거다. 립스틱을 바르지 않은 입술은 마치 지워진 것처럼 보였다. 클레멘타인이 전화했을 때, 조이는 여느 밤처럼 욕조에 앉아 책을 읽고 있었을 거다. 클레멘타인은 조이가 얼마나 놀랐을지 알 수 있었다. 분명 말리지도 않은 몸에 허겁지겁 옷을 걸치고 뛰어나왔을 거다.

"괜찮아, 애. 기운 내."

클레멘타인은 부끄러워서 서 있을 수조차 없었다.

. 62 .

바비큐 파티 다음 날 아침

"클레멘타인?"

"응?"

클레멘타인은 깜빡 졸았던 게 분명했다. 클레멘타인은 밤새 깨어 있었지만, 샘은 루비 침대 옆의 녹색 가죽 의자에 앉아 있는 클레멘타인의 어깨를 흔들고 있었다. 충혈된 샘의 눈가엔 다크 서클이 짙게 드리워 있었고, 턱엔 거뭇거뭇하게 수염이 자라 있었고, 입술 주위론 침 자국이 하얗게 말라붙어 있었다. 샘은 밤새 의자에 앉지 않겠다고 했다. 간호사가 "밤새 옆에 서 있다고 딸한테 도움이 되는 건 아니에요"라고 했지만 샘은 루비의 생명이 달려 있다는 듯, 옆에 서 있음으로써 해로운 기운으로부터 루비를 보호할 수 있다는 듯, 병적으로 서 있기를 고집했다.

간호사는 결국 포기했지만, 샘을 볼 때마다 수면제를 한 대 놓아서 곯아떨어지게 만들고 싶단 표정을 지었다. 간호사의 이름은 카일리. 뉴질랜드 사람이었는데 영어가 외국어라도 되는 듯 모든 얘기를 천천히 두 번씩 말했다. 아마도 모든 부모들이 충격적일 만큼 바보 같아서인지도 몰랐다. 카일리는 중환자실엔 환자마다 담당 간호사가 있다면서 "오늘 제 환자는 루비뿐이에요"라고 했다. 같은

층에 보호자들이 잠을 잘 수 있는 방이 있다고도 했다. 밤새 비행하는 이코노미 석에 타면 주는 것과 같은 빗과 칫솔이 들어 있는 세면도구 가방도 줬다. 루비는 수면제를 맞고 잠들었으니 엄마 아빠가 여기 있는지도 모른다면서, 카일리는 샘과 클레멘타인한테 잠을 자고 오라고 했다. 하지만 이미 루비를 한 번 놓친 적이 있는 두 사람은 다시는 루비 곁을 떠나고 싶지 않았다.

샘은 밤새 루비를 지켜봤고, 그 의미를 정확히 알고 있다는 듯 루비의 심장박동과 체온, 호흡수, 산소 수치가 나타나는 화면을 뚫어지게 쳐다봤다. 카일리한테 화면 보는 법을 물어봤으니까 샘은 정말로 알고 있는지도 몰랐다. 클레멘타인은 카일리의 설명을 듣지 않았다. 밤새 루비 얼굴과 카일리 얼굴을 번갈아 보기만 했다. 카일리의 얼굴을 보면서 클레멘타인은 아무 걱정을 할 필요가 없다고 느꼈다. 하지만 그 느낌은 옳은 게 아니었다.

밤에, 루비는 산소 수치가 급격히 떨어졌다. 비번인 의사를 호출하고 샘이 중환자실 한 구석에서 자신을 쓰러뜨리려는 사람처럼 주먹으로 뺨을 내리누르는 동안에도 카일리의 표정은 변함이 없었다. 산소 수치는 정상으로 돌아왔지만, 그 뒤 몇 시간이나 클레멘타인의 아드레날린은 심각하게 요동쳤다. 그건 두 사람은 한순간도 쉴 수 없다는, 쉬면 안 된다는 신호 같았다.

"의사 선생님 왔어. 지금 관을 제거하고 루비를 깨울 거래."

클레멘타인이 눈을 비비고 마른침을 삼키는 동안 샘이 말했다. 클레멘타인의 입안은 바싹 말라 있었고 시큼한 맛이 났다.

"안녕하세요. 이제 잠자는 우리 꼬마 공주님이 일어날 준비가 돼 있는지 볼까요?"

피부도 머리칼도 창백한 의사가 말했다. 의사는 빠르게 일을 처리했다. 루비에게서 튜브를 제거했고 마스크를 벗겼다. 그 뒤 이십분 동안 루비는 잔뜩 찡그린 채 눈꺼풀만 씰룩거렸다.

"루비?"

샘은 목숨을 구걸하는 사람처럼 말했다. 루비는 눈꺼풀을 바르르 떨다가 드디어 눈을 떴고, 정말 끔찍하다는 표정으로 팔에 꽂혀 있는 캐뉼라 관을 바라봤다. 다행히 루비가 늘 빠는 손은 자유로웠기 때문에 루비는 엄지손가락을 입에 넣었다. 고개를 들어 엄마와 아빠를 보는 순간, 루비는 더 화가 나는 것 같아 보였다.

"위스크는?"

루비는 잔뜩 쉰 목소리로 물었다.

위스크를 가지러 뛰어가면서, 클레멘타인은 극심한 통증이 사라질 때나 오랫동안 참고 있던 숨을 내쉴 때처럼 강렬하고도 상쾌한 안도감을 느꼈다.

클레멘타인은 둘 사이에 뭔가 새로운 일이 생길 거라는, 뭔가 중요하고 신나는 일이 생길 거라는 막연한 기대를 갖고 샘을 봤다. 너무 기뻐서 손을 맞잡고 눈물범벅이 된 얼굴에 한껏 미소를 띠고 서로를 쳐다보는 일이 생기리라는 기대를 품고 샘을 봤다. 하지만 그런 일은 일어나지 않았다. 두 사람은 서로를 쳐다봤고, 그래, 웃기는 했지만, 그리고 당연히 두 눈 가득 눈물을 머금고 있었지만, 정확히 일어나야 할 일은 일어나지 않았다.

클레멘타인은 누가 먼저 고개를 돌렸는지 알지 못했다. 클레멘타인이 차갑게 굴었기 때문인지 샘이 차갑게 굴었기 때문인지 알지 못했다. 클레멘타인이 샘을 비난해서인지 샘이 클레멘타인을 비난해서인지 알지 못했다. 어쨌거나 그때 튜브를 끼고 있던 목이 아파 루비가 울음을 터트렸고, 의사가 말하기 시작하면서 모든 게 늦어버렸다. 다시는 돌아갈 수 없는 또 다른 순간이 지나가버린 거다.

· 63 ·

"저녁 다 됐어."

샘은 완벽하게 샘이 되어 말하고 있었다. 불과 수십 분 전에 "난 우리가 끝난 거 같아"라고 말하던 낯선 사람은 어디에도 없었다. 지금은 원래의 샘처럼, 애들 아빠처럼, 클레멘타인의 남편처럼 말하고 있었다.

샘의 특별 요리, 셰퍼드 파이 냄새가 온 집 안에 진동하고 있었다. 클레멘타인은 샘이 만든 셰퍼드 파이를 사랑했지만 애들은 싫어했다. 셰퍼드 파이는 영양가도 풍부하고 애들 입맛에도 맞을 거 같았는데, 애들이 싫어하니까 샘과 클레멘타인은 짜증이 났다. 그래서 매주 애들을 속이면서 또 먹여보려고 노력하게 되는 거다.

"*비는* 언제 안 와? 안 오기는 하는 거야? 비 때문에 *미칠 거 같아.*"

자연스레 신문물을 즐기는 밀레니엄 키드답게 홀리는 아이패드를 끄면서 말했다.

"엄마도 그래. 루비! 빨리 와. 저녁 먹자."

인형과 동물 장난감 들로 만든 원 한가운데서 루비가 고개를 들었다. 어린이집의 '스토리 서클(story circle, 동그랗게 모여 앉아 선생님 애기를 듣는 자리―옮긴이)'을 흉내 낸 루비는 장난감들한테 《호기심 많은 원숭이》를 읽어주는 체하고 있었다. 책장을 한 장 넘길 때마다 루비는 조심스럽게 손가락을 빨았다.

"이제 낮잠 시간이야."

루비는 명랑하게 말하곤 손등으로 장난감들을 툭툭 쳐서 잠자는 자세를 취하게 했다. 저런 행동은 어린이집에서 배운 게 아니어야 할 텐데. 클레멘타인은 생각했다.

"저녁은 뭐야?"

홀리가 식탁으로 달려와 앉으며 말했다. 불길하게도, 홀리는 열정적으로 포크와 나이프를 집어들었다.

"파스타야? 파스타지? 그치?"

"셰퍼드 파이야."

클레멘타인이 부스터에 루비를 앉히고 안전띠를 매주는 동안 샘이 말했다.

"뭐어야! 셰퍼드 파이? 또? 어제 저녁에 먹었잖아."

홀리는 부당한 대우를 받았다는 듯이 식탁 위에 엎어졌다.

"어제 저녁에 안 먹었어. 엄마랑 아빠는 밖에 나가고 넌 할머니랑 파스타 먹었잖아."

샘은 홀리 앞에 접시를 내려놓으며 담담하게 말했다.

"맞아! 냉장고에 파스타 있어. 생각났어! 우리 다 안 먹었거든. 그리고 할머니가 그랬는데……."

"냉장고에 없어. 어제 저녁에 엄마가 먹었어."

"뭐어어! 엄마는 식당에 갔잖아!"

홀리가 비명을 질렀다. 인생은 정말 시시껄렁한 코미디라니까.

"좋은 식당이 아니었어. 그래서 그냥 일찍 왔어."

왜인 줄 알아? 이제 엄마랑 아빠는 함께 외식하는 걸 못 견디거든. 엄마랑 아빠는 이제 서로를 많이 좋아하지 않아. 엄마랑 아빠는 헤어질지도 몰라.

"왜애애?"

"똑바로 앉아, 홀리."

홀리는 꽥꽥 소리를 냈다.

"제발, 그런 소리 내지 마. 제발."

홀리는 또다시 꽥꽥거렸다. 하지만 이번엔 약하게.

"홀리!"

"윽, 토할 거 같아."

셰퍼드 파이를 보고 루비가 말했다.

"됫소요."

루비는 손가락 사이에 숟가락을 느슨하게 끼우고 앞뒤로 흔들며 말했다.

"'됫소요.' 아빠는 줄 거야. 자, 얘들아. 그러지 말고 한 입만 먹어봐."

"음, 맛있다. 아빠가 참 잘 만들었네."

클레멘타인이 셰퍼드 파이를 한 입 가득 먹으며 말했다.

"난 안 먹을 거야. 난 미뢰가 너무 많아."

홀리는 두 손으로 입을 꼭 막으며 말했다.

"미뢰가 많은 게 왜?"

샘이 단호하게 파이를 먹으며 물었다.

"애들은 어른보다 미뢰가 훨씬 많대. 그래서 역겨운 맛을 더 잘 안대."

"너한테 미뢰가 얼마나 많은지 신경 안 쓸 거야. 빨리 한 입 크게 먹어."

샘이 말했다.

"말이 안 통해."

홀리가 말했다.

"버릇없이 굴면 안 되지."

클레멘타인이 말했고, 샘은 클레멘타인을 보지 않았다. 샘은 오랜 세월 동안 클레멘타인을 미워할 핑계를 찾아오다 마침내 그 핑계를 찾은 사람 같았다. 클레멘타인은 목이 메었다. 우스터소스를 듬뿍 뿌린 셰퍼드 파이는 언제나처럼 맛있었다. 클레멘타인은 식탁에 포크를 내려놓고 물을 한 모금 듬뿍 마셨어.

"나 배 아파."

홀리가 신음소리를 냈다.

"아냐. 너 안 아파."

클레멘타인이 대답했다.

클레멘타인의 엄마는 딸이 지금 겪고 있는 문제는 풍부한 상식과 충분한 육체노동만 있으면 다 해결된다고 생각했다. 결혼은 노력을 기울여야 해! 하지만 상담가를 만나면 무슨 얘기를 하지? 돈이나 섹스나 집안일 때문에 싸운 것도 아닌데? 풀어야 할 매듭도 없는걸. 모든 게 바비큐 파티 전하고 똑같은걸. 그저 똑같지 않다고 느끼는 것뿐이잖아.

클레멘타인은 완벽하게 발그레한 얼굴로 깔깔거리는, 여전히 말을 잘 안 듣는 루비를 바라봤다. 그리고 루비가 중환자실에서 나와 평범한 환자들은 바빠서 상대도 안 해주는 간호사가 있는 일반 병실로 옮겼을 때 얼마나 이상했는지를 떠올렸다. 일반실 간호사들은 누구도 카일리처럼 사랑스럽지 않았다. 그건 꼭 5성급 호텔에서 유스호스텔로 옮긴 것과 같았다.

　일반실에서 이틀을 보낸 뒤, 어리고 피곤에 절은 의사는 루비의 진료 차트를 휙휙 넘기며 "내일은 집에 갈 수 있겠군요"라고 말했다. 루비의 흉곽은 깨끗했다. 물리 치료를 받을 필요도 없었다. 흉부 감염이 온몸으로 퍼져나가기 전에 항생제는 루비 몸에 들어온 세균을 효과적으로 물리쳐냈다. 물론 앞으로 신경에 문제가 있는지 살펴봐야 하고 외래 진료를 받으면서 상황을 지켜봐야 하지만, 특별한 문제는 없었다.

　부유한 나라에서 병원에 다녀왔다는 건, 애초에 어떤 부주의한 행동을 했든 잘못을 용서 받는다는 뜻이다. 그렇게 루비는 선물이 잔뜩 쌓여 있고, 지나치게 사랑스러워진 언니가 꼭 안아주는 집으로 돌아왔다. 루비를 꼭 안아주다니. 그건 평소 홀리가 했던 일이 아니었다. 홀리는 너무 세게 루비를 끌어안았고, 그럴 때면 루비는 고함을 질러댔고, 홀리는 어른들한테 혼이 나야 했다.

　집에서 평범하게 행동하는 사람은 루비뿐이었다. 루비는 이 소동이 모두 끝났으면 했다. 루비는 엄마 아빠와 함께 큰 침대에서 자는 게 싫었다. 그냥 자기 아기 침대에서 자고 싶었다. 엄마나 아빠가 자기 침대 밑에서 자는 것도 바라지 않았다. 루비는 아기 침대 위에 서서 휘청거리며 엄지손가락을 물고선, 위스크로 짜증나는 부모를 가리키며 "가!"라고 했다. 그러면 두 사람은 나와야 했다. 루비는 사람들이 자기한테 너무 달라붙고, 너무 감상적이 된다고 생각하는 것 같았다. 가끔 클레멘타인은 루비를 끌어안고 앉아 조용히 울었다. 그럴 때면 루비는 화가 난 듯이 고개를 들고 "하지 마!"라고 말했다. 과자라도 더 주면 모를까, 루비는 지나치게 사랑받는 건 원치 않았다.

클레멘타인의 가족은 복권에 당첨된 거나 마찬가지였다. 처음엔 집행유예를 받았다가 마지막에 사면된 거다. 다시 평범한 일상으로 돌아와 평범한 걱정을 할 수 있게 된 거다. 셰퍼드 파이를 놓고 옥신각신해도 된다고 허락을 받은 거다. 그런데도 왜 그저 감사하면서 이제는 영원히 행복하게 살아도 되는 것처럼 굴지 않는 걸까?

"한 입도 안 먹을 거야. 절대로, 한 입도, 조금도, 안 먹을 거야."

홀리는 연극을 하는 아이처럼 팔짱을 꼈다.

"좋아. 그럼 나도 아이패드를 일 분도 못 쓰게 할 거야. 절대로, 일 분도, 조금도, 못 쓰게 할 거야."

샘이 말했다.

"뭐야! 불공평해!"

당연히 충격을 받고 화가 난 홀리가 울부짖었다. 그런 협박은 생전 처음 받아본다는 듯이.

"딱 한 입만 먹어, 홀리. 루비 너도."

샘이 말했다.

"오늘 어린이집에서 이사벨이랑 재밌게 놀았어?"

클레멘타인이 루비에게 물었다.

"으으으음…… 응."

루비는 눈을 위로 뜨더니 생각을 해내려는 듯 손가락으로 입술을 톡톡 쳤다.

"아니라는 뜻이야."

루비가 말했다.

어린이집 선생님들은 루비가 잘 지낸다고 했다. 외상후스트레스 증후군이 있는 것 같지도 않고 사고 때문에 변한 점이 있는 것 같지도 않다고 했다. 그저 어린이집에 다시 나와서 좋아한다고 했다. 클레멘타인은 사고가 나고 첫 한 달은 일을 그만두고 전업주부가 돼야겠다고 결심했다. 그땐 정말로 그럴 생각이었다(클레멘타인이 일을 안 하면 주택 대출을 갚기 힘들겠지만, 집을 팔고 첼로를 팔아서 소박한 아파트를 구하면 될 거라고 생각했다. 그 아파트에서 클레멘타인은 강판에 채소를 갈고 수공예를 하면서 애들만 계속 지켜볼 거라고 생각했다). 클레멘타인은 루비한테 "어린이집 가지 말고 매일 엄마랑 집에 있을래?"라고 물어봤다. 그때 루비는 간식을 준다고 해놓고 생당근을 내민 사람을 보는 듯한 표정을 지었다. "됐소요." 루비는 정말 똑똑하게 말했다. 그리고 그것으로 클레멘타인의 속죄 의식은 끝이 났다.

"알았어. 한 입 먹으면 되잖아."

홀리는 포크를 들어서 가능한 한 아주 작게 셰퍼드 파이를 떴지만 곧 토할 것처럼 오만상을 찌푸렸다.

"이런 젠장."

샘이 접시가 덜그럭대고 모두 깜짝 놀라서 팔짝 뛸 만큼 두 손으로 식탁을 세게 내리쳤다. 벌떡 일어나 애들 앞에 있는 접시를 잡아채서 주방으로 가더니 엄청난 소리가 날 만큼 난폭하게 싱크대로 접시를 집어던졌다.

곧 조용해졌다. 홀리와 루비는 크게 놀란 게 분명했다. 셰퍼드 파이 때문에 이런 일이 벌어진 적은 한 번도 없었으니까. 셰퍼드 파이가 심각한 일을 만든 적은 없었으니까. 클레멘타인 가족은 서로 고함을 지르고 식탁을 내리치는 사람들이 아니었으니까.

루비의 입술이 파르르 떨렸고, 눈에선 눈물이 흘러나왔다.

"괜찮아, 루비."

클레멘타인이 말했다. 루비는 몸을 숙이고 숨으려는 사람처럼 두 손으로 얼굴을 가렸다.

"이런, 미안. 루비. 정말 미안해. 우리 아기."

주방에서 샘이 나오며 말했다. 샘도 거의 울먹이고 있었다.

"그냥 아빠가 실망해서 그래. 정말, 정말 미안해."

루비는 눈물범벅이 된 얼굴을 들고서 일부러 요란하게 손가락을 빨았다.

"아빠. 소리가 너무 컸잖아. 귀가 아팠단 말이야."

홀리의 목소리는 떨리고 있었다.

"미안. 누구 아이스크림 먹을 사람? 아이스크림 많이 먹을 사람?"

"뭐? 저녁으로 아이스크림은 안 돼."

클레멘타인이 몸을 돌려서 샘을 봤다.

"괜찮아. 안 될 게 뭐 있어."

샘은 열정적으로 말하며 냉장고로 걸어갔다.

"적어도 롤빵 정도는 먹어야지."

클레멘타인이 말했다.

"난 아이스크림 먹을래!"

루비가 침을 잔뜩 묻힌 손가락을 허공에 대고 맹렬히 흔들며 울부짖었다.

"나도!"

홀리도 소리쳤다.

"진짜 왜 그래, 샘. 애들한테 저녁으로 아이스크림을 먹일 순 없어."

요즘 두 사람의 양육 방식은 정말로 엉망이었다. 지나치게 인자했다가 지나치게 엄격해졌다.

"아이스크림 먹을 거야."

샘은 식탁 위에 아이스크림 통을 놓고 뚜껑을 열었다. 굉장히 흥분해 있었고 불안해하는 게 꼭 마약을 한 사람 같았다.

"저녁밥으로 아이스크림을 먹는 게 뭐가 문제야? 그날을 사는 거야. 이 순간을 즐겨야 하는 거라고. 인생은 짧아. 아무도 보지 않는 것처럼 춤을 춰라. 왜 그런 헛소리도 있잖아."

"도대체 왜……."

클레멘타인은 물끄러미 샘을 쳐다봤다.

"아이스크림 뜨는 거 어디 갔지?"

샘은 식기를 넣어놓는 서랍을 뒤지며 말했다.

"북극곰 그려져 있는 거……."

"잃어버렸어. 다 잃어버렸잖아!"

클레멘타인이 버럭 소리를 질렀다.

. 64 .

바비큐 파티 다음 날

눈을 뜨기 전, 다코타는 행복하지 않다고 느꼈다. 그건 온몸이 달라진 것처럼 느껴지는 감정이었다. 뭔가가 다코타를 빨아먹는 것처럼 납작해지고 무거워졌지만 텅 빈 듯한 느낌이었다. 어제 다코타는 끔찍하고 혐오스럽고 무책임한 짓을 저질렀다. 인형을 갖고 놀 때처럼, 예쁜 여자애랑 놀다가 지겨워져서 그냥 내버려두고 온 거다. 그래서 그 작은 여자애가 물에 *빠져 죽을* 뻔했다.

다코타는 지난주에 본 임신한 아줌마를 생각했다. 다코타와 다코타의 엄마가 상가에서 그 아줌마를 만났을 때, 엄마는 다코타가 좀 더 크면 베이비시터를 할 수 있겠다고 했다. 그 아줌마는 "그러면 정말 좋겠네요"라고 했고. 그땐 모두 웃었는데. 다코타가 베이비시터를 하기엔 너무 무책임하다는 사실을 모르고 모두 웃었던 거다. 다코타한테 아기를 맡기면 아기가 전기에 감전되거나 다리미에 데거나 뜨거운 수프를 온몸에 뒤집어쓰게 된다는 걸 몰랐던 거다.

쾅!

다코타는 깜짝 놀라 눈을 번쩍 떴다. 뒤뜰에서 나는 소리였다. 부수고, 때리고, 망가지는 소리. 다코타는 이불 속에서 나와 재빨리 창가로 갔다. 창가 의자에 무릎을 꿇고 앉아 블라인드를 걷어올렸다.

다코타의 아빠가 분수 안에 서 있었다. 분수는 물은 다 사라지고 질퍽한 진흙 바닥만 드러나 있었다. 다코타의 아빠는 분수 한가운데 있는 거대한 조각상을 향해 커다란 금속 망치를 야구방망이처럼 휘두르고 있었다. 그 모습을 보니까 다코타는 텔레비전에서 본 장면이 생각났다. 전쟁을 하는 곳인지 혁명이 일어난 곳인지 모르겠지만, 수백 명이 넘는 사람들이 거대한 동상에 밧줄을 묶더니 환호성을 지르면서 천천히 동상을 쓰러뜨리던 장면이 생각났다.

그 장면이랑 다른 점은 뒤뜰에는 지금 한 사람밖에 없다는 것뿐이었다. 다코타의 아빠밖에 없다는 것뿐이었다. 다코타는 아빠가 저런 표정을 짓는 것도 저렇게 행동하는 것도 한 번도 본 적이 없었다. 꼭 누군가를, 또는 뭔가를 죽여버리겠다는 듯이 화가 나서 말없이 폭력을 휘두르는 모습은 본 적이 없었다. 다코타는 대리석으로 된 천사의 머리가 하늘로 날아가는 걸 봤다. 더는 지켜볼 수가 없었다. 다코타는 다시 침대로 뛰어올라 천둥을 피하려는 어린애처럼 이불 속으로 파고들었다.

. 65 .

"어디 가는 거야, 엄마?"

다코타가 뒷좌석에서 세 번째로 물었다.

"아침에 내가 말한 새로 연 일식당에 가는 거 아닐까?"

조수석에서 비드가 잔뜩 희망을 품고 말했다.

"거기 가는 거 맞지? 진짜 시드니에서 제일 맛있는 튀김이 나온대. 예약은 했어? 당연히 했지, 그치? 우리 놀라게 하려고 말 안 한거지?"

"식당에 가는 거 아냐."

티파니는 계속 도로 표지판을 살피면서 교차로를 달렸다. 티파니는 어디로 가고 있는지 정확하게 알았다. 이 근처에서 주택을 몇 곳 개조했으니까. 당연히 멋지게 잘해냈지. 유행을 좇는 사람들은 만족시키는 게 쉬워. 그 좁은 마음은 오리지널―처럼 보이는―장식 천장만 달아주면 폭발해버리니까.

"그냥 잠깐 방문하려고 해. 그냥 잠시 들르는 거야."

티파니가 말했다.

"요즘 사람들은 잠시 들르는 거, 더는 안 하잖아."

비드가 침울하게 말했다. 지금도 잠시 들르는 문화가 있다면 비드는 정말 좋아했을 텐데. 비드는 한숨을 내쉬었다.

"거 왜, 알지? 혹시 지금 내가 생각하는 곳으로 가고 있는 거라면, 좋은 생각이 아닌 거 같아. 혹시 거기 가는 거 아니지?"

"*거기 가는 거 맞아.*"

티파니는 비드를 흘끗 쳐다봤다. 비드는 어깨를 으쓱했고. 비드는 논쟁을 피하는 사람이었다. 그저 늘 모든 사람이 행복하기만 바랐다. 그래서 장례식이 끝나고 친척들이 모여 있을 땐 너무 좋아서 난감한 표정을 짓곤 했다(비드는 친척이 아주 많아서 사람들이 자주 죽었다). 이렇게 좋은 사람들이랑 모여 있는데, 장례식이라고 행복해하면 안 된다는 게 말이 돼? 라고 생각하는 거다.

"어디로 가는 건데, 아빠?"

다코타가 몸을 내밀어서 운전석과 조수석 사이로 얼굴을 들이밀었다.

"저녁 먹으러 갈 거야. 내가 지금 예약할게."

비드는 전화기를 꺼내면서 말했다.

"여기네."

티파니가 말했다. 티파니는 차들이 줄줄이 늘어선 좁은 도로로 차를 몰았다. 이게 이 멋진 시내에서 살기 힘든 점이라니까. 아주 파격적이고 멋있지만 젠장, 주차할 데를 찾을 수가 없잖아.

"당신은 주차할 데 못 찾을 거야. 포기해. 좋은 생각이 아냐. 아, 여보세요! 거기가 시드니에서 튀김이 가장 맛있다는 식당 맞죠? 당연하다고요? 좋습니다. 그럼 오늘 식사를 할 수 있을까요? 이런, 이보세요. 지금 우릴 끼워넣을 공간이 없다고 말하는 겁니까? 확실해요? 우린 고작 세 사람이란 말입니다."

"여긴 어딘데?"

다코타가 물었다.

"클레멘타인이랑 샘 집에 잠깐 들르려고 왔어."

티파니는 짐짓 쾌활한 말투로 대답했다. 처음에 가졌던 확신이 갑자기 흔들리고 있었다. 티파니는 에리카에게 루비한테 퇴원 축하 선물을 하고 싶다고 말하고 클레멘타인의 주소를 받았다. 선물을 보내고 나서 티파니는 정중하지만 쌀쌀한 감사 카드를 받았고, 그 감사 카드가 뜻하는 바는 분명했다. 우린 이제 다신 당신들을 보고 싶지 않아요.

"뭐? 왜?"

다코타가 말했다.

"여기 자리 있는 거 맞지? 내가 할 수 있을까?"

두 하이브리드 차 사이에 렉서스를 후진해 넣으며 티파니가 말했다.

"당연히 할 수 있지. 난 챔피언이잖아!"

티파니가 의기양양하게 말했다.

"됐어. 예약했어."

비드는 자랑스럽게 소리치고 전화기를 흔들었다. 그러곤 주위를 둘러봤다.

"그리고 주차도 했네."

"그냥 가서 문을 두드릴 거야. 분명 집에 있을 거야."

"알았어. 우린 그냥 여기 있을게. 그 사람들 기분이…… 어떤지 보고 와."

"우리가 오는 거 알아?"

다코타가 물었다.

"아니. 그냥 온 거야. 이쪽에 일이 있어서 왔다가 잠깐 들렀다고 할 거야."

티파니는 차 밖으로 나가서 우산을 펴고 어깨에 핸드백을 둘러멨다. 집을 나서기 전에 티파니는 냉장고에서 비드가 만든 슈트루델을 하나 가져왔다. 비는 부드럽게, 이젠 체념한 듯이, 지쳤다는 듯이 내리고 있었다. 티파니는 잠시 머뭇거렸다. 이게 잘하는 일일까? 결국은 다 잊어버릴 거잖아. 우린 그저 우리 인생을 살아갈 거라고.

"엄마?"

다코타 목소리에 티파니는 뒤를 돌아봤다. 다코타는 창문을 내리고 머리를 밖으로 내밀고 있었다. 얼굴은 발갛게 달아올라 있었고 숨을 가쁘게 쉬고 있었다.

"혹시 홀리랑 루비가 집에 있는데, 만약에, 만약에 날 보고 싶다고 하면, 음, 난 들어가고 싶어."

"나도."

비드도 차창 너머로 티파니를 보면서 말했다. 그래, 잘하는 일이야. 틀림없어. 티파니는 몸을 똑바로 세우고 클레멘타인의 집을 향해 걸어갔다. 티파니는 클럽에서 일하려고 오디션을 봤던 날을, 굽 높은 플랫폼슈즈를 신고 무대를 걸으면서 느꼈던 공포를 생각했다. 그리고 클레멘타인한테 그런 말을 했던 기억을 떠올렸다. 그래, 그건 시드니 로얄 챔버 오케스트라에 오디션을 보러 가는 일에 비견할 수 있는 일이라고 말이다. 하지만 그땐 클레멘타인의 정신을 다른 곳으로 돌려야 했다. 그래서 티파니는 아무거나 생각나는 대로 말해야 했던 거다. 그리고 그 순간이 지난 뒤로는 왠지 지저분하고 추악한 과거를 떠벌린 거 같아 당혹스러웠다.

9번지 집은 귀엽고 매력적인, 폭이 좁은 이층짜리 사암 건물이었다. 클레멘타인네 집은 거의 똑같이 생긴 집들 사이에 혼자 쑥 들어가 있었다. 찬찬히 클레멘타인의 집을 보고 있던 티파니는 이곳은 문화유산일지도 모른다고 생각했다. 그리고 건물을 파괴하는 철구로 이 아름다운 집을 철저하게 부숴버린 뒤 삼층짜리 아파트를 짓는 걸 상상해봤다. 그건 잘못된 거야. 정말로 잘못된 거야. 죄악이라고. 하지만 이익은 진짜 많이 남을 거야.

사자 머리 문고리를 탕탕 치면서 티파니는 첼로 소리가 들릴지도 모른다고 생각했다. 하지만 티파니가 들은 건 남자가 고함을 치는 소리였다. 샘? 아닐 거야. 샘은 정말 상냥한 사람이잖아. 곧이어 여자가 고함을 치는 소리가 들렸다. 이런, 세상에. 진짜 타이밍 한번 죽여주네. 그러니까 두 사람이 싸우고 있을 때 '잠깐 들른' 거야? 티파니는 맥없이 몸을 돌렸다. 미션 실패네. 가서 망할 튀김이나 먹어야겠다.

그때 클레멘타인의 집 문이 활짝 열렸다. 홀리였다. 홀리는 파란색과 흰색 체크무늬 교복을 입고 있었고, 솜털로 뒤덮인 긴 자주색 양말을 신고 있었고, 형형색색의 구슬을 엮은 목걸이를 두르고 있었다.

"안녕. 내가 누군지 기억나니?"

티파니가 웃으면서 말했다.

"다코타 언니 엄마잖아요. 내가 다코타 언니를 내 생일 파티에 초대하자고 했거든요. 그런데 아빠가 언니가 싫어할 거랬어요."

"언니는 좋아할 거 같은데."

그 즉시 홀리는 그럴 줄 알았다는 표정을 짓더니 몸을 돌려 뛰어가버렸다.

"아아빠!"

"티파니!"

복도에 클레멘타인이 나타났다. 클레멘타인은 정말로 경악한 듯한 얼굴이었다.

"안녕하세요. 어떻게? 난 문 두드리는 소리도 못 들었어요…….
음, 잘 지내셨죠?"

"잘 지냈어요."

클레멘타인은 마지막으로 봤을 때보다 더 마른 것 같았고, 수척하고 늙어 보였다.

"저녁 먹으러 나왔거든요. 그런데 근처에 산다는 생각이 나서, 비드가 만든 슈트루델을 좀 가져다줘야겠다고 생각했어요. 이거 좋아했잖아요. 다코타랑 비드는 차 안에 있어요."

티파니는 슈트루델을 핸드백에서 꺼내 클레멘타인한테 내밀었고, 클레멘타인은 그 용기에 방사성 물질이라도 담겨 있기라도 한 것처럼 조심스럽게 슈트루델을 받아들었다.

"고마워요. 루비한테 예쁜 인형 보내주셔서 감사했어요."

"천만에요. 우리도 감사 카드 잘 받았어요. 비드가 몇 번 전화하려고 했던 것 같은데……."

티파니의 말에 클레멘타인이 얼굴을 찡그렸다.

"죄송해요. 맞아요. 그랬어요. 저도 전화하려고 했는데, 그게……."

"알아요. 그냥 우리랑 다시 엮이고 싶지 않았겠죠. 우릴 보면 그날 일이 생각날 테니까. 게다가 우린 사실 잘 아는 사람들도 아니고요."

왜, 이런 헛소리를 하는 거야?

"이해해요. 충분히 이해해요."

티파니의 말에 클레멘타인은 움찔했다.

"하지만 문제가 있어요. 다코타가 그날 루비한테 생긴 일을 자기 탓이라고 생각해요. 죄책감에 사로잡혀서 애가 제정신이 아니에요."

티파니의 말에 클레멘타인은 입을 크게 벌렸고, 마치 울음을 터 트릴 것 같은 표정을 지었다.

"정말요? 진짜로요? 정말 미안해요. 내가 다코타를 만나봐야겠 어요. 다코타랑은 아무 상관없다는 걸 내가 말해줄게요."

"다코타는 루비를 봐야 해요. 루비가 괜찮다는 걸 봐야 해요. 사 실 난 비드도 루비가 괜찮다는 걸 봐야 한다고 생각해요. 그냥 잠깐 만 보면 돼요. 우리가 클레멘타인 가족을 잘 모르는 건 사실이지만, 어쨌거나 우리 집에서 벌어진 일이잖아요. 당연히 그 일은 우리한 테도 영향을 미쳤어요. 그걸 알아야 해요. 그리고…… 그리고……."

티파니는 말을 끝까지 할 수가 없었다. 위스크를 들고 달려오는 루비를 봤기 때문이다. 현관문까지 뛰어오다가 생각지도 못한 손님 을 본 루비는 엄마 다리를 한 팔로 감싸고 엄지손가락을 입에 넣은 채 티파니를 찬찬히 쳐다봤다.

"안녕, 루비."

티파니는 쪼그리고 앉아서 루비를 보며 손등으로 부드럽고 뽀얀 루비의 뺨을 토닥였다. 루비는 크고 파란 눈으로 전혀 흥미가 없다 는 듯 물끄러미 티파니를 바라봤다. 루비한테 티파니는 선물을 가 져오지 않은 그저 그런 어른일 뿐이었다.

티파니는 클레멘타인을 올려다보며 웃었다. 그래, 티파니도 루비 를 볼 필요가 있었던 거다.

"좋아 보여요."

티파니가 말했다.

클레멘타인은 현관문을 좀 더 활짝 열었다.

"가서 비드랑 다코타를 데리고 오세요."

. 66 .

또다시 비가 오는 날이었고 또다시 노인들 앞에서 얘기를 해야 하는 날이었다. 월례회가 열리는 힐스지구 퇴직자연합 마을회관 주차장으로 들어가면서, 클레멘타인은 눈이 침침하고 건조하다고 느꼈다. 밤새 머릿속에서 '헤어진다'는 말이 맴돌아 잠을 못 잔 탓이었다. 결국 클레멘타인은 자리에서 일어나 메모지와 펜을 찾아서 '우리 결혼이 끝날까봐 걱정돼'라고 썼다. 걱정거리를 글로 쓰면 스트레스가 줄어든다는 연구 결과들이 있으니까. 하지만 생각을 직접 글로 써내려가는 순간, 그 글씨를 보면서 클레멘타인은 더욱 큰 충격을 받았다. 스트레스는 전혀 줄어들지 않았고, 클레멘타인은 결국 종이를 갈기갈기 찢어버렸다.

어제, 갑자기 찾아온 비드랑 티파니랑 다코타가 돌아갔을 때 클레멘타인은 거의 환호성을 지를 것 같은 기분이었다. 정말로 안심이 되는 느낌이었다. 그건 너무나 걱정을 하면서 기다리던 중요한 행사를 마침내 끝내고 난 뒤에 느끼는 안도감 같은 거였다. 비드와 티파니를 본다는 생각이 실제로 보는 것보다 훨씬 더 견디기 힘들었던 거다. 실제론 평범하고 다정한 사람들인데도 그날에 대한 클레멘타인의 기억들이 두 사람의 모든 특징을 지나치게 부풀려버렸던 거다. 티파니는 클레멘타인이 생각하고 있는 것만큼 섹시하진 않았다. 비드도 그렇게까지 카리스마가 넘치진 않았고. 두 사람 모두 다른 사람 정신을 쏙 빼놓을 만큼 성적인 힘을 발휘하진 않았다. 가여운 다코타는 자기가 느낄 필요도 없는 죄책감에 사로잡혀 있는 작은 아이일 뿐이었다.

하지만 샘은 클레멘타인의 생각에 조금도 동의하지 않는 게 분명했다. 세 사람이 떠나자마자 샘은 휙 돌아서서 주방으로 가더니 식기세척기에 그릇을 넣었고, 그 뒤로는 앞으로 해야 할 집안일에 관한 언급 외에는 아무 말도 하지 않았다. 수업이 시작하기 전에 샘이 홀리를 태권도 교실에 데려다주겠다는 얘기, 신용카드 결제 대금 때문에 클레멘타인이 돈을 계좌에 넣어야 한다는 얘기, 내일 저녁은 클레멘타인의 엄마 아빠 집에서 먹을 거니까 식사는 걱정할 필요가 없다는 얘기만 했다. 그 뒤엔 각자 헤어져서 각각 다른 침대로 들어가 잤다. 그래서인지 클레멘타인은 두 사람이 벌써 *헤어진 것*처럼 느껴졌다. 법적으론 헤어졌더라도 같은 집에 사는 사람들이 있잖아. 샘과 클레멘타인이 바로 그렇게 살고 있는 거였다.

자명종이 울리고 더 이상 자려고 노력할 이유가 사라졌을 땐 오히려 안심이 될 정도였다. 클레멘타인은 침대에서 일어나 오디션 연습을 하고, 아침엔 로건을 가르쳤다. 로건은 이 년째 클레멘타인한테 레슨을 받는 열세 살 소년인데, 사실 레슨을 받으러 오는 걸 탐탁지 않게 여겼지만, 언제나 클레멘타인을 보면 자발적으로 오는 것처럼 예의 바르게 웃는 아이였다. 로건의 음악 선생님은 로건의 엄마한테 '로건의 뛰어난 재능을 길러주지 않는 건 죄악'이라고 말했다고 했다. 실제로 로건은 악기를 *능숙하게* 다루는 아이였지만, 정말로 로건의 마음이 향한 곳은 전자기타였다. 전자기타가 로건의 열정인 거다.

오늘 아침, 로건이 의무적으로 클레멘타인의 지시에 따라 첼로를 연주할 때, 클레멘타인은 자신이 오디션 지정곡을 연주했을 때 아인슬리도 이런 느낌이었을지 궁금했다. 아인슬리는 '로봇이 연주하는 것 같다'라고 끔찍한 말을 했는데. 클레멘타인도 로건에게 같은 말을 해줘야 하는 건 아닐지 궁금했다. 하지만 그게 무슨 의미가 있을까? 로건이 전자기타를 연주할 땐 전혀 로봇 같지 않을 텐데.

이제 겨우 오전 열한 시 반이었지만, 클레멘타인은 훨씬 오래 깨어 있는 것 같았다. 정말로 오래 깨어 있었으니까 그렇게 느끼는 거지. 클레멘타인은 우산을 쓰고 붐비는 주차장을 걸어나가며 생각했다.

"바이올린은 어디 있습니까, 선생님?"

클레멘타인이 자신을 소개했을 때 힐스지구 퇴직자연합 회장이 물었다.

"바이올린이요? 전 첼리스트인데, 그게……."

"그러면 첼로, 첼로는 어디 있습니까, 선생님?"

첼로나 바이올린이나. 그냥 좀 더 클 뿐인 거 아냐? 하는 얼굴로 회장이라는 여자는 클레멘타인이 세세한 데 집착한다는 듯 눈을 살짝 흘겼다.

"오늘은 첼로 연주하러 온 거 아닌데요. 강연자예요. 얘기를 하려고 왔어요."

잠시 클레멘타인은 공포에 질렸다. 여기 말하러 온 거 아닌가? 공연하러 온 거 아니지? 당연히 아니지. 난 말하러 온 거라고.

"아, 그래요?"

회장은 실망했다는 듯이 말하더니, 손에 든 종이를 뚫어지게 봤다.

"여기 첼리스트라고 돼 있길래 우린 연주를 해주는 줄 알았죠."

회장은 어떻게 안 되겠냐는 듯이, 해결 방법은 간단하다는 표정으로 말했고, 클레멘타인은 두 손을 들어올렸다.

"죄송해요. 강연을 할 거예요. 강연 제목은 '어느 평범한 날'이에요."

세상에. 클레멘타인은 너무나 피곤했다. 이런 일을 하는 게 정말 의미가 있을까? 강연은 왜 하고 다니는 걸까? 정말로 이런 강연이 사람들한테 도움이 된다고 생각하기 때문인가? 아니면 그저 기분이 조금 나아지려고? 그러니까 속죄를 하려고, 대가를 치르려고, 죽은 뒤에야 재는 선악과 천칭을 조금이라도 수평으로 만들려고 이러는 걸까?

사실 마을회관을 찾아다니면서 강연을 하게 된 이유는 전적으로 클레멘타인을 보는 팸의 시선을 바꾸고 싶었기 때문이다. 루비가 퇴원하고 며칠 지났을 때, 클레멘타인은 엄마랑 차를 마시면서 이런 일은 언제라도 일어날 수 있단 사실을 사람들에게 일깨워주고 남들은 같은 실수를 하지 않을 수 있게 도와주고 싶다며, 그런 방법을 찾아보고 있다고 했다(클레멘타인은 지금도 그 말을 할 때 엄마를 의식하면서 높게 올라갔던 자기 목소리를 기억했다). 그때 클레멘타인은 자기가 겪은 얘기를 남들에게 들려줘야겠다는 생각을 하고 있었다. 그건 감동적인 얘기를 서로 공유하는 페이스북에 글을 올리겠단 뜻이었다(물론 실제로는 그 정도도 하지 않을 가능성이 높았지만).

문제는 그 말을 듣고 엄마가 너무나 신나했다는 거다.

"정말 근사한 생각이야, 얘."

년 마을회관, 엄마들 모임, 다양한 연합회에 나가 강연을 할 수 있을 거야. 그런 곳은 늘 강연자가 필요하니까. 응급처치 강좌를 여는 성 요한 의료단 같은 곳과 손을 잡고 강연이 끝날 때 응급처치 안내 책자를 배부할 수도 있고. 어쩌면 강습비 할인도 제안할 수 있잖아. 강연할 곳은 엄마가 찾아줄 수 있어. 내가 연락해줄 수 있단다. 엄마는 시드니 전역의 복지단체에서 근무하는 친구들을 아주 많이 아니까. 그 사람들은 늘 강연자가 절실하게 필요한 사람들이니까.

"엄마가 우리 딸 '에이전트' 역할을 해줄 수 있을 거야. 생명을 살리는 일이야, 클레멘타인."

팸은 클레멘타인이 자주 봤던 전도사 같은 눈빛을 띠었다. 이런, 세상에. 클레멘타인은 잘못 말했구나 싶었지만 이미 때는 늦었다. 클레멘타인의 아빠가 늘 말하는 것처럼 '팸의 기차가 기차역을 출발한 거야. 그렇다면 이제 멈출 수 있는 건 아무것도 없어'.

옳은 일을 하고 있다는 느낌은 있었다. 그저 빡빡한 일정에 강연을 끼워넣는 게 너무나 힘들 뿐이었다. 공연을 하고 레슨을 하고 학교와 어린이집에서 애들을 데려오고 오디션 연습을 하는 도중에 시드니를 완전히 관통해서 강연을 하러 가야 할 땐 특히 더 그랬다. 그리고 이제, 클레멘타인에겐 인생에서 가장 끔찍하고 가장 부끄러웠던 날을 계속해서 상기해야 하는 일이 남은 거다.

"이 이야기는 바비큐 파티로 시작합니다."

클레멘타인은 그레이비소스를 끼얹은 양고기와 구운 감자, 완두콩을 점심으로 먹고 있는 힐스지구 퇴직자연합 회원들을 향해 입을 열었다.

"아주 평범한 뒤뜰에서 열린 아주 평범한 바비큐 파티였어요."

스토리를 만들어야 해. 클레멘타인의 엄마는 그렇게 말했다. 스토리는 강력한 힘을 갖고 있으니까.

"안 들려! 소리 들려요? 난 뭐라고 하는지 하나도 모르겠는데!"

뒤에서 누가 소리쳤다. 클레멘타인은 마이크 쪽으로 좀 더 고개를 숙였다.

강연대 가까이에 있는 식탁에서 누군가가 "오늘 바이올리니스트 오는 거 아니었어?"라고 말하는 소리가 들렸다.

클레멘타인의 등으로 땀이 주르륵 흘러내렸다. 클레멘타인은 계속 말을 해나갔다. 포크나 나이프로 접시를 긁는 것처럼 얘기를 계속해나갔다. 사실을 말했고 수치를 말했다.

"십 초 만에 물에 잠길 수 있고, 이 분이면 의식을 잃으며, 사 분에서 육 분만 지나면 회복할 수 없는 뇌 손상을 입을 수 있습니다. 물에 빠져 죽는 아이들 열 명 가운데 아홉 명이 주변에 지켜보는 어른이 있는 경우입니다. 아이는 물 깊이가 5센티미터 정도만 돼도 죽을 수 있습니다."

클레멘타인은 응급처치가 아주 중요하다는 얘기도 했고, 해마다 오스트레일리아에서만 주위에 심폐소생술을 해줄 사람이 없어서 3만 명이나 되는 사람들이 심장마비로 사망한다는 말도 했다. 의료 헬기가 엄청나게 훌륭한 일을 해낸다는 것도, 의료 헬기는 언제나 감사하는 마음으로 후원자들의 기부를 받고 있다는 말도 했다.

클레멘타인이 모든 말을 끝냈을 때 연합회 회장은 클레멘타인에게 초콜릿을 한 상자를 줬고, 회원들에게 오늘 와준 흥미로운 강사에게 큰 박수를 쳐달라고 부탁했다. 아주 유용한 정보였고, 클레멘타인의 딸이 회복됐다니 정말 감사한 일이라고도 했다. 그리고 기회가 된다면 다음에 또 와서 첼로를 연주해달라고 했다.

그 모든 일을 끝내고 등이 흠뻑 젖은 클레멘타인이 회관 밖으로 나가고 있을 때, 한 남자가 냅킨으로 입을 닦으며 클레멘타인한테 다가왔다. 클레멘타인은 마음을 단단히 먹었다. 가끔 강연이 끝나면 다가와서 호통을 치며 애한테선 눈을 떼지 말아야 한다고 조언을 해주는 사람도 있었으니까. 하지만 남자의 표정을 보고 곧 클레멘타인은 그런 사람이 아니라는 걸 알았다. 그는 다른 사람이었다. 그에게는 한때 우두머리였던 사람에게서 보이는 느긋한 권위가 있었지만, 끔찍한 상실을 겪고 고통받는 사람이 지닌 부은 눈도 있었다. 남자의 눈 주위는 너무 익어서 곯아가는 과일처럼 보였다.

남자한텐 뭔가 하고 싶은 이야기가 있는 게 분명했다. 그의 얘기를 들어주는 거, 그게 클레멘타인의 임무였다. 그게 바로 진짜 속죄의식인 거다. 저 사람은 아마 울었을 거야. 여자들은 울지 않았지만. 나이가 들면 여자들은 못처럼 단단해져. 하지만 남자들은 부드러워지지. 시간이 지나면 방어벽이 닳아 없어지는 것처럼 갑자기 감정이 훅 치고 들어오는 거야.

클레멘타인은 결의를 다지며 기다렸다.

"우리 손자가 있었으면 이번 주에 서른두 살이 됐을 겁니다."

"아."

클레멘타인은 다음 얘기를 기다렸다. 이런 얘기엔 항상 그 일만 *일어나지 않았더라면*, 또는 그 일이 *일어났다면*, 하는 식으로 설명해야 할 장면들이 나오는 거다. 이번 얘기는 고장난 전화기로 시작했다. 남자의 딸은 아래층에 있는 전화기가 고장나서 전화를 받으러 위층으로 뛰어가야 했다. 그 순간 옆집 사람이 현관문을 두드려서 사위는 그 사람을 만나러 나갔다. 그때 그 작은 아이가 밖으로 나간 거다. 그 작은 아이는 수영장 문을 넘어가려고 의자를 끌고 갔다. 수영장에 테니스공이 동동 떠 있었던 거다. 아이는 그 공을 잡으려고 했다. 크리켓을 좋아했으니까. 아이는 크리켓에 소질이 있었다.

"꼬마 크리켓 선수였습니다. 가만히 있는 법이 없었죠."

누구도 그렇게 어린 꼬마가 의자를 끌고 갈 수 있다곤 생각 못 했던 거다. 하지만 아이는 의자를 끌고 갔다. 아주 단호하게 끌고 갔다.

"정말 안됐어요."

"그냥, 난 선생님이 정말 좋은 일을 하고 있다고 말하고 싶었습니다."

고맙게도 남자는 울지 않았다.

"경각심을 일깨우는 거 말입니다. 그건 좋은 일이에요. 사람들이 두 번 생각하게 만드니까요. 이런 일이 생기면 가족들은 결코 이겨낼 수 없어요. 우리 딸은 이혼했습니다. 우리 아내는 다신 예전의 아내로 돌아오지 못했어요. 전화를 건 사람이 우리 아내였거든요. 지금도 그때 전화를 건 자신을 용서하지 못하고 있어요. 물론 아내의 잘못도, 옆집 사람의 잘못도 아닙니다. 그저 운이 나빴던 것뿐이죠. 타이밍이 안 좋았던 것뿐이에요. 하지만 어쩌겠어요. 사고는 일어나게 마련이지요. 어쨌거나 말입니다. 오늘 선생님은 좋은 일을 하신 거예요. 말씀을 잘하십니다."

"고맙습니다."

"디저트 먹고 갈 생각 없습니까? 오늘은 아주 맛있는 파블로바(Pavlova, 오스트레일리아의 대표적인 디저트로, 달걀 흰자를 거품 내어 구워서 생크림과 과일로 장식한 케이크―옮긴이)가 나올 텐데."

"친절한 말씀은 감사해요. 하지만 가봐야 해요."

"그렇군요. 걱정하지 말고 가보세요. 바쁘실 거 압니다."

남자는 클레멘타인의 팔을 두드려주며 말했다. 클레멘타인은 안
도하면서 문으로 걸어갔다.

"톰입니다."

남자가 불쑥 말했다. 드디어 올 것이 온 거야. 클레멘타인은 맘을
단단히 먹고 몸을 돌려 남자를 봤다. 남자의 눈은 눈물로 가득 차 있
었다. 그 눈물이 넘쳐흐르기 시작했다.

"그 꼬마 말입니다. 혹시 궁금하실까봐요. 그 녀석 이름이 톰이었
습니다."

집으로 오는 내내 클레멘타인은 울었다. 그 작은 꼬마 녀석을 위
해서, 하필 그 시간에 전화를 건 할머니를 위해서, 그 얘기를 타인들
에게 들려줘야 했던 할아버지를 위해서, 그리고 아이의 부모를 위
해서 울었다. 아이의 부모는 결혼생활을 더는 해낼 수가 없었으니
까, 클레멘타인의 결혼생활도 더는 해낼 수 있을 것 같지 않으니까,
클레멘타인은 울어야 했다.

. 67 .

목요일 이른 저녁, 티파니는 거실로 갔다. 창가 의자에 다코타가 양반다리를 하고 앉아 있었다. 다코타는 둥근 램프 빛을 받으며 책을 읽고 있었다. 다리엔 폭신폭신한 담요를 덮고 있었고, 다코타 뒤로 보이는 창문엔 빗방울이 부딪쳐 미끄러지고 있었다. 바니는 다코타 다리 위에 웅크리고 누워 있었고, 다코타는 무심하게 바니의 한쪽 귀를 어루만지고 있었다.

티파니는 '책을 읽고 있구나'라는 말이 입에서 튀어나오기 직전에 간신히 말을 바꿀 수 있었다.

"여기 있었구나."

다코타는 이해할 수 없다는 표정으로 티파니를 봤다.

"어디 있는지 몰랐어."

티파니가 말했다.

"여기 있어."

다코타는 다시 책을 봤다.

"그래. 여기 있네. 분명히 여기 있구나……. 그렇네."

티파니는 뒷걸음질로 거실을 나왔다. 비드는 주방 식탁에 앉아 노트북을 보고 있었다. 완벽한 튀김 반죽 만드는 법을 동영상 강의로 보고 있는 거다. 어제 저녁을 먹은 뒤로 비드는 완전히 튀김에 열광했다.

"다시 읽기 시작했어."

티파니는 어깨너머로 손짓을 하면서 조용히 말했다. 비드는 엄지를 대충 들어 보이곤 계속 노트북만 들여다봤다.

"튀김은 눈이 아니라 소리로 튀겨야 한다. 재밌지 않아, 어? 튀김은 듣는 거야."

비드는 손으로 듣는 시늉을 했다. 티파니는 비드 옆에 앉아 요리사가 새우를 '부드럽게 늘리는' 방법을 가르쳐주고 있는 동영상을 봤다.

"어제 갔던 건 좋은 일이었어."

티파니가 말했고, 비드는 어깨를 으쓱했다.

"그 사람들, 이상했어. 아무도 말을 안 했잖아. 입을 다물고 있었다고."

"그거야 당신이 말할 기회를 안 줬으니까 그렇지."

티파니가 말했다. 어제 저녁, 비드는 대화를 하는 내내 긴장했다. 십 분간의 짧은 방문 동안 비드는 숨을 골라야 했다. 정상적으로 행동한 건 세 아이뿐이었다. 다코타를 보고 흥분한 홀리와 루비는 언니를 데리고 자기들 방을 돌아다니면서 장난감을 보여줬고, 온 집 안을 구경시켜줬다.

"이거 우리 냉장고야. 이거 우리 텔레비전이야. 이거 우리 엄마 첼로야. 만지면 안 돼. 무슨 일이 있어도 만지면 안 돼."

홀리는 이런 말을 하면서 다코타를 데리고 다녔다.

아이들이 집 안을 돌아다니는 동안 네 어른들은 거실에서 이상하고 어색한 4인조가 되어 서 있었다. 샘은 티파니를 보는 게 불법이라도 되는 것처럼 철저하게 눈길을 피했다. 주위에 있는 모든 것이 샘을 강하게 압박하고 있는 것만 같았다.

"우리한테 마실 것도 안 줬잖아."

비드에겐 정말로 견디기 어려운 상황이었을 거다. 비드는 지진이 나도 찾아온 손님들에게 음료를 권할 사람이니까.

"맞아. 하지만 우리가 거기 있는 걸 바라지도 않았는걸."

"흐흠. 애들은 좋아 보였어. 아주 건강해 보였지? 혈색도 좋고. 우린 모두 행복해해야 한다고. 축하해야 한단 말이야."

"내 생각에, 그 사람들 자책하고 있는 거 같아."

"하지만 루비는 괜찮잖아. 완전히 나았잖아. 진짜 예쁘던데."

비드는 단호하게 말했다..

"에리카하고 올리버한테 고마워해야지. 모두 좋아졌잖아. 그렇게 침통한 얼굴을 하고 있을 이유가 없잖아. 아, 조용! 나 지금 튀김에 집중해야 해."

"말하고 있는 건 당신이거든."

티파니는 자리에서 일어나며 손가락으로 비드의 목을 탁, 쳤다. 비드는 티파니의 엉덩이를 탁, 쳤고, 그때 다코타가 물을 마시려고 손에 책을 든 채 주방으로 들어왔다. 다코타를 보는 순간, 티파니는 어려운 거래를 성사시켰을 때처럼 뿌듯함을 느꼈다. 클레멘타인과 샘을 보고 온 건 정말 잘한 일이었다. 사회적으론 좀 이상한 일인 게 분명하지만 가족을 위해선 정말로 잘한 일이었다.

어제 세 사람이 클레멘타인의 집에서 나오려고 복도에 서 있을 때, 비드가 스포티드 검(spotted gum, 오스트레일리아 산 유칼립투스 나무 —옮긴이)으로 만든 마룻바닥에 관해 끝없이 얘기하고 있을 때, 클레멘타인은 다코타를 옆으로 끌어당기곤 마치 의식을 치르는 사람처럼 두 손으로 다코타의 한 손을 꼭 잡고 말했다.

"루비한테 생긴 일 때문에 네가 힘들어한다는 걸 엄마한테 들었어. 하지만 다코타, 아줌마는 네가 단 일 분이라도, 단 일 초라도 그런 생각을 하는 걸 허락하지 않을 거야. 알았니? 그건 아줌마 책임이야."

티파니는 다코타가 그저 말없이 고개만 끄덕일 줄 알았다. 하지만 다코타는 물끄러미 자기 손을 내려다보며 아주 분명한 목소리로 말했다.

"책을 읽으러 갈 때 들어간다고 말해야 했어요."

"아니, 아냐. 아줌마는 다코타가 들어가는 걸 알고 있었어. 엄마가 말해줘서, 들어갈 때 바로 알았어. 그러니까 너하곤 아무 상관이 없는 거야. 다코타는 베이비시터도 아니었는걸. 다코타가 좀 더 크면 베이비시터를 해볼 기회가 올 거야. 그리고 책임감 있게, 근사하게 잘해낼 거야. 아줌마는 그거 알아. 하지만 그날 우리 애들은 다코타가 책임질 필요가 없었어. 그러니까 아줌마한테 약속해줘야 해. 더는 이것 때문에 걱정하지 않겠다고. 왜냐하면……."

클레멘타인의 목소리는 잠시 떨렸다.

"왜냐하면 다코타가 그날 일 때문에 힘들어하면 아줌마가 견디기 힘들 테니까. 정말로 아줌마가 힘들어서 견딜 수 없을 거야."

날것 그대로인 어른의 감정이 클레멘타인의 입에서 튀어나오자, 순간 다코타는 흠칫 놀라며 몸이 경직됐다. 클레멘타인은 다코타의 손을 놓아줬고, 티파니는 그 순간 다코타가 한 가지 결심을 했다는 사실을 알 수 있었다. 용서를 받아들이고, 다시 어린애로 돌아가기로 마음먹은 거다.

그리고 지금은 책을 읽고 있었다.

다코타는 티파니한테 자기가 세상에서 가장 좋아하는 게 책 읽기라서 '자기한테 벌을 주려고' 이젠 책을 읽지 않기로 했다고 말했다. "영원히 읽지 않을 거야?"라고 티파니가 물었을 때, 다코타는 그냥 어깨만 으쓱했고. 《헝거 게임》을 찢어버린 이유는 그 책이 루비가 죽을 뻔했을 때 읽고 있던 책이라서 그랬다고 했다. 그때 티파니는 물건을 망가뜨리면 안 된다고, 책은 돈을 주고 사는 거고, 돈은 나무에서 저절로 자라는 게 아니라고 말할까 생각했다. 하지만 티파니는 말했다.

"엄마가 또 한 권 사줄게."

"괜찮아."

"아냐, 엄마가 사줄게. 그러고 싶어."

"고마워, 엄마. 그럼 정말 기쁠 거야. 정말 끝내주는 책이거든."

이제 티파니는 다코타가 자기만의 세계에 깊이 빠져 책장을 넘기는 모습을 지켜보고 있었다. 지난 두 달 동안 티파니는 자신의 감정을 단 한 번도 말하지 않았지만, 티파니의 남모를 죄의식은 점점 곪아가고 있었다. 세상에, 우리 애를 매처럼 지켜봤어야 했는데. 티파니는 루이즈 언니랑 똑같은 사람인지도 몰랐다. 엄마는 루이즈 언니가 아이 문제에 '너무 깊이 관여한다'고 했지만 티파니는 너무 관여를 안 한 게 문제였던 거다.

그때 초인종이 울렸다.

"내가 나갈게."

비드와 다코타가 움직일 리 없으니 할 필요도 없는 말이었지만, 아무튼 티파니는 그렇게 말하고 현관으로 향했다. 현관으로 가는 동안 티파니는 기시감을 느꼈다. 다코타는 창가 의자에서 책을 읽고 있고, 초인종이 울리고…… 바비큐 파티를 하던 그날 아침이 떠올랐다.

"안녕하세요, 저는……."

현관문 앞에 서 있는 남자는 말을 끝맺지 못했다. 남자의 시선이 티파니의 얼굴부터 발끝까지 쭉 이어졌다. 티파니는 요가 바지와 낡은 티셔츠를 입고 있었지만 남자는 교복을 입고 춤을 추던 시절의 티파니를 보는 것 같은 표정을 지었다. 티파니는 엉덩이를 한쪽으로 쭉 빼고 감상이 끝나길 기다렸다(솔직히 기분이 좋을 땐 그런 시선을 즐기는 티파니였다).

남자의 눈이 다시 티파니의 얼굴로 돌아왔다. *그 정도 봤으면 10달러를 내요, 친구.*

"흠, 흠, 안녕하세요."

남자는 헛기침을 하면서 말했다. 이십대 후반쯤 돼 보이는 썩 괜찮은 남자였다. 분홍색으로 물든 얼굴이 아주 사랑스러웠다. *좋아, 자긴 공짜야.*

"안녕하세요."

티파니는 남자가 더 빨개질 수 있는지 보려고 일부러 허스키한 목소리를 냈다. 불쌍한 젊은 남자의 얼굴은 이제 진홍색으로 변했다.

"스티브라고 합니다."

남자가 손을 내밀며 말했다.

"스티브 런트입니다."

남자의 말투에선 상류층 특유의 느낌이 났다. 남자는 듣는 사람이 따라 하고 싶을 정도로 한 마디 한 마디를 분명하게 발음했다.

"저희 할아버지, 그러니까 작은할아버지가, 옆집에 사셨던 해리 런트입니다."

"아, 그렇군요."

티파니는 몸을 똑바로 세우고 남자의 손을 잡고 흔들었다. 이런 젠장.

"안녕하세요. 티파니예요. 할아버님 일은 참 안됐어요."

"아, 감사합니다. 그런데 딱 한 번 뵀어요. 어렸을 때요. 사실 그때 할아버지 때문에 많이 놀랐고요."

"해리한테 친척이 있는지 몰랐어요."

"모두 애들레이드에 살고 있으니까요."

스티브의 얼굴색은 정상으로 돌아와 있었다.

"아실 거라고 생각하지만, 해리 할아버지는 그렇게 사교적인 분은 아니었으니까요."

"그렇죠."

"저희가 유일한 친척입니다. 어머니는 최선을 다하시긴 했지만 그래봐야 가끔 크리스마스 카드를 보내고 전화를 드리는 게 전부였죠. 할아버지가 전화에 대고 욕설을 퍼붓는 동안 가여운 어머니는 그냥 앉아계셨지만요."

"우린, 이웃들 모두는, 우리가 몇 주나 뒤에, 알게 됐다는 걸, 너무나 끔찍하게……."

티파니는 제대로 말을 이을 수가 없었다.

"할아버지를 발견하셨다고 들었습니다. 정말 놀라고 힘드셨을 겁니다."

"네, 맞아요. 그랬어요."

티파니는 사암 화분에 토하던 순간을 떠올렸다. 지금 그 화분은 어떤 상태일까? 혹시 이 불쌍한 남자가 치워야 하는 건 아니겠지?

"우리가 좀 더 관심을 가졌어야 했는데, 그런 생각을 하면 기분이 좋지 않아요."

"할아버지는 그런 관심을 싫어하셨을 거 같은데요. 혹시 기분이 나아지실까봐 드리는 말씀인데, 할아버지는 어머니한테 두 분이 좋은 분들이라고 말했습니다. 정말로요."

"우리가 좋은 사람들이라고 했다고요?"

큰 충격을 받은 티파니를 보고 스티브가 웃었다.

"정확히는 '충분히 좋은'이란 표현을 쓰셨던 거 같습니다. 아무튼, 제가 방문한 이유는 할아버지 집을 내놓기 전에 좀 손봐야 할 것 같아서 미리 알려드리려고 온 겁니다. 너무 시끄럽거나 크게 방해가 되지 않도록 조심하겠습니다."

"고마워요."

티파니는 해리 집의 가치를 대충 계산해봤다. 내가 사겠다고 제안해야 하는 거 아닐까?

"괜찮을 거예요. 우린 모두 일찍 일어나거든요."

"잘됐습니다. 그럼, 만나서 반가웠습니다. 이제 가봐야겠어요."

스티브가 떠나고 문을 닫으면서 티파니는 앞뜰을 지나 자기 집으로 들어가던 해리의 연약한 굽은 등을 생각했다. "당신 바보야?"라고 소리치며 티파니를 쳐다볼 때 해리의 눈에 담겨 있던 분노도 생각났다. 공포와 분노가 그렇게나 같은 모습일 수 있다니, 신기한 일이었다.

. 68 .

"엄마는 취소하지 않으려나봐."

에리카가 말했다. 하루 종일, 에리카는 엄마가 머리가 아프다거나 어디 갈 기분이 아니라거나 비가 너무 많이 온다거나 터무니없지만 해야 할 집안일이 너무 많다는 핑계를 대면서, 오늘 저녁엔 팸네 집에 못 가겠다고 전화를 걸어오길 기다렸다. 하지만 전화는 오지 않았고, 이제 곧 에리카와 올리버는 에리카의 엄마를 데리러 가서 엄마가 오늘은 어떤 인물이 되기로 결정했는지 확인해야 했다.

클레멘타인의 엄마 아빠를 만날 때 실비아가 가장 많이 택하는 인물 유형은 꿈꾸는 보헤미안이었다. 자신은 일종의 예술가고 두 사람은 자신이 예술을 하는 동안 방해받지 않도록 자기 딸을 돌봐주러 온 교외에 사는 고리타분한 부부인 것처럼 행동하는 거다. 또 다른 인물 유형은 알코올 중독에 빠진 섹시한 여자였다(엘리자베스 테일러를 따라 하는 게 분명했다). 술을 마시지도 않으면서 자신이 마티니를 마시고 있기라도 한 것처럼 물컵을 좀 우스꽝스런 모양새로 우아하게 집어들곤 심드렁하게, 아주 낮고 허스키한 목소리로 얘기하는 거다. 어떤 인물을 선택하든 실비아가 보여주려고 하는 건 자신은 특별하고 다르다는 거였다. 그러니까 에리카가 어릴 때 클레멘타인의 집에서 그렇게 오래 있어야 했던 것에 미안해할 이유가 없고, 고마워해야 할 이유도 당연히 없다는 걸 보여주려는 거다.

"클레멘타인 부모님이 알아서 잘 상대해주실 텐데 뭐."

올리버가 말했다. 올리버는 기분이 좋았다. 이미 클레멘타인이 작성해야 할 서류를 모두 작성했고, 혈액검사도 받았고, 시험관아기 시술 병원에서 상담도 받기로 약속했으니까. 모든 일이 진행되고 있었으니까. 오늘 저녁 내내 올리버는 클레멘타인이 식탁 너머로 뭔가를 건네줄 때마다 클레멘타인의 골격 구조를 점검하고 엄청나게 활동적인 자기 정자가—그건 검사 결과로 이미 알고 있으니까. 올리버의 정자는 활동성이 엄청났어—납작한 플레이트 위에서 클레멘타인의 난자와 만나는 장면을 상상할 거다.

올리버가 모는 차가 에리카의 엄마 집이 있는 거리로 들어섰을 때에야 엄마한테서 연락이 왔다. 에리카는 환호성을 질렀다.

"드디어 취소를 하려는 거야!"

하지만 에리카의 엄마는 두 사람이 언제 오는지 알고 싶어서 문자 메시지를 보낸 거였다. 엄마는 언제 오는지 알면 문 앞에 나와 있겠다 했다.

거의 다 왔어.

알았어!! xx.

에리카가 문자를 보내자 곧바로 답신이 왔다. 이런, 도대체 뭘까? 느낌표 두 개랑 키스 마크 두 개라니. 무슨 뜻이지?

"옆집에서 벌써 집 판다는 표지판을 세워둔 거 같은데."

주차하면서 올리버가 말했다.

"우와! 장모님, 기록을 경신한 것 같네."

"내가 그렇다 그랬잖아."

집 앞은 지난번에 왔을 때랑 똑같은 것처럼 보였다. 아니, 더 나빠졌나? 에리카는 기억이 나지 않았다.

"여긴 전문가의 도움이 필요해. 당신이 장모님 모시고 좀 나가 있어. 내가 그 사이에 싹 치워놓을게."

"엄마가 또 속아 넘어가진 않을걸."

에리카와 올리버는 이미 실비아와 함께 주말 외출을 한 적이 있었다. 그 사이에 청소업자들이 왔다 갔고, 실비아는 못 알아볼 만큼 아름다워진 집으로 돌아와야 했다. 집에 돌아오자마자 실비아가 한 일은 에리카의 얼굴을 한 대 친 것이고, 그 뒤에 한 일은 '배신한' 딸과 반년 동안 한 마디도 안 한 거였다. 에리카도 자기가 엄마를 배신했다는 걸 알고 있었다. 주말 내내 가룟 유다가 된 것 같은 기분이었으니까.

"잘 처리할 수 있을 거야. 저기 오시네. 와, 굉장하신데."

올리버는 차 밖으로 뛰어나가 에리카의 엄마를 위해 뒷문을 열었다. 커다란 하얀 우산을 쓰고 오는 실비아는 인생 최대의 업적을 이루고 상을 받으러 등장한 제인 폰다처럼 아름다운 크림색 테일러드 슈트를 입고 있었다. 머리는 탱탱하고 윤기가 흐르는 걸로 보아 미용실에 다녀온 게 분명했고, 차에 오르자 진한 향수 냄새가 풍겨왔다. 곰팡이 냄새도, 썩는 냄새도, 눅눅한 습기 냄새도 없었다.

그러니까 속임수인 거야. 궁극의 속임수. 오늘은 클레멘타인의 엄마 아빠가 사실상 에리카를 입양한 데는 다 이유가 있어서였다는 것처럼 행동하지 않아도 되니까. 오늘은 *그런 일은 일어난 적이 없었다*는 듯 행동하지 않아도 되니까. 당연히 모두 실비아의 행동을 받아주고 실비아가 하는 대로 내버려둘 테니까. 모두 실비아가 새로 산 아름다운 옷에 어울리는 집에 살고 있다는 듯이 행동해줄 테니까.

"안녕, 딸."

실비아는 가쁘게 숨을 몰아쉬면서 아주 여성적이고 사랑스런 엄마처럼 말했다.

"엄마, 아주 근사하네."

"그러니? 고맙다. 아까 팸한테 전화했어. 뭐 가져가면 좋을지 물어보려고. 그랬더니 절대로 가져오지 말라고 하더라. 그리고 아주 이상한 말을 했어. 오늘은 너랑 올리버한테 고마워서 모이는 거라나. 자기가 너희한테 영원히 은혜를 졌다며. 혹시, 자상한 늙은 팸이 결국 실성한 거니?"

올리버는 헛기침을 했고 에리카는 반쯤은 웃는 것처럼 얼굴을 찡그렸다. 당연히 에리카는 바비큐 파티 때 일을 엄마한테 한 마디도 하지 않았다. 숨겨야 할 문제는 아니었지만, 엄마가 어떻게 반응할지 누가 알겠어?

"우리 옆집에서 바비큐 파티를 했어. 그런데 루비가 그 집 분수에 빠진 거야. 올리버랑 내가 그 뭐냐면…… 구조 비슷한 걸 했어. 심폐 소생술을 했거든. 루비는 이제 괜찮아."

뒷좌석에서는 잠시 아무 말도 들려오지 않았다.

"루비가 둘째지? 몇 살이더라? 두 살?"

"응."

"무슨 일이 있었는데? 걔가 빠지는 걸 아무도 못 봤어? 걔 엄마는 어디 있었대? 클레멘타인은 뭐 했다니?"

"루비가 빠지는 걸 아무도 못 봤어. 그냥 지독하게 운 나쁜 일이었을 뿐이야."

"그래……? 걔를 꺼냈을 때 숨을 안 쉬었니?"

"응."

에리카는 핸들을 잡은 올리버의 손에 힘이 들어가는 걸 봤다.

"둘이 같이 구했다고?"

"올리버가 흉부 압박을 하고 내가 인공호흡을 했어."

"얼마나 오래?"

"꼭 평생이 흐른 거 같았어."

"그래, 그랬겠지. 그랬을 거야."

실비아는 조용히 말했고, 몸을 앞으로 기울여 두 사람의 어깨를 토닥였다.

"잘했어. 둘 다 정말 자랑스럽다. 정말 자랑스러워."

에리카와 올리버 둘 다 아무 대답도 하지 않았다. 하지만 에리카는 차 안 가득 두 사람의 행복한 감정이 퍼져나가는 걸 느꼈다. 둘다 부모의 칭찬에 관한 한 언제나 물을 갈구하는 목마른 식물들이니까.

"그러니까 완벽한 클레멘타인이 사실은 절대로 완벽한 게 아니었단 거네."

실비아는 다시 등받이에 몸을 기대면서 빈정대듯 의기양양하게 말했다.

"그래, 팸은 뭐래? 내 딸이 자기 손녀 생명을 구했는데?"

에리카는 한숨을 내쉬었고 올리버는 어깨를 축 늘어뜨렸다. 엄마가 당연히 이 순간을 망칠 줄 알았어. 당연히 이럴 줄 알았다고.

"당연히 고마워하지."

에리카는 담담하게 말했다.

"그럼 이제 완전히 샘샘이네. 안 그래? 자기들이 해줬다고 생각하는 것만큼 너도 한 거잖아."

"*해줬다*고 생각하는 거 아냐, 엄마. 정말로 클레멘타인네 집은 나한테 천국이었어."

"천국 좋아하시네."

"정말로 천국이었어. 수돗물이 나오고 전기가 들어오고 냉장고에 음식이 있는 천국. 아, 맞아. 쥐도 없었어. 정말 좋았다고. 쥐가 없다는 거 말이야."

"그만."

올리버가 조용히 말했다.

"글쎄. 내 말은, 들어봐, 얘야. 이제 더는 우리가 그 가족한테 그렇게 고마워할 필요는 없단 거야. 안 그러니? 지금까지 너무 벌벌 기었잖아. 꼭 봉건 시대 영주 모시듯 말이야. 그런데 네가 걔네들 아이를 구해준 거야."

"맞아. 그랬지. 그런데 이제 클레멘타인이 나한테 난자를 준대. 우리가 아기를 낳을 수 있도록. 그러니까 우린 다시 클레멘타인 가족한테 고마워해야 해."

실수였어. 에리카는 말을 하자마자 자기가 실수했다는 걸 알았다.

옆에서 탁탁탁, 핸들을 치는 소리가 났다. 에리카는 올리버를 쳐다봤다. 올리버는 고개를 저으면서 체념한 듯이 오른쪽 깜빡이를 켜고 있었다.

"뭐라는 거니⋯⋯? 방금 *뭐*라고 했니?"

엄마는 안전벨트를 최대한 늘리면서 앞쪽으로 몸을 기울였다.

"에리카, 좀."

올리버가 한숨을 내쉬었다.

"이 년 동안 시험관아기 시술을 받았거든. 그런데 내 난자는······ 다 썩어버렸대."

엄마 때문이야. 쓰레기랑 썩은 물건이랑 곰팡이에 둘러싸여 살아서 그래. 더러운 환경에서 살아서 그렇잖아. 곰팡이 포자랑 세균이랑 온갖 더러운 것들이 내 몸에 달라붙어서 그렇잖아. 에리카는 생각했다. 그래서 임신을 할 수 없다고 했을 때 놀라지도 않았다. 당연히 난자가 다 썩어버리고 없겠지. 전혀 놀랍지도 않았다고.

"썩은 거 아냐. 그렇게 말하지 않았잖아."

올리버가 짜증난 목소리로 말했다.

"시험관아기 시술을 하는데 왜 말 안했어? 그냥 말하는 걸 잊어버린 거야? 난 간호사야. 내가 너한테 필요한······ 조언을 해줄 수 있단 말이야."

"알아. 맞아."

"그게 무슨 반응이니? 알아? 맞아?"

"누구한테도 말 안 했어요. 우리 둘만 알기로 했거든요."

올리버가 말했다.

"우리가 이상한 사람들이야. 우리도 알아."

에리카가 말했다.

"넌 늘 애는 안 낳겠다고 했잖아."

"마음이 바뀌었어."

세상에, 누가 보면 에리카가 그 사실을 자꾸 언급해달라고 사람들이랑 계약을 맺은 것 같을 거다.

"그러니까 클레멘타인이 난자를 기증해주기로 했다고?"

"우리가 부탁했거든. 바비큐 파티에서 루비가 분수에 빠지기 전에…… 우리가 부탁했어."

"하지만 클레멘타인이 왜 허락했는지, 분명히 알아?"

"엄마, 아직 확실한 건 하나도 없어. 이제 막 첫 단계를 시작했을 뿐이야. 클레멘타인도 아직 검사를 더 받아야 하고 상담도 받아야 하고……."

"아냐. 끔찍한 생각이야. 정말로 끔찍한 생각이야. 분명히 다른 방법이 있을 거야."

"장모님."

올리버가 입을 열었다.

"내 손자가 내 손자가 아닌 게 되는 거잖아."

자기애야. 에리카의 정신과 상담의라면 자기애라고 말했을 거다. 고전적인 자기애인 거다.

"내 손자가 팸 손자가 되는 거잖아."

실비아는 계속 말했다.

"내 딸을 데려간 걸로도 모자라서, 오, 안 돼. 이젠 그걸로 나한테 또 얼마나 잘난 체를 하겠어. '실비아, 우리가 도움이 돼서 정말 기뻐.' 이럴 거 아냐. 얼마나 거들먹거리고 우쭐해하겠니? 아냐, 끔찍한 생각이야. 하지 마. 이건 재앙이야."

"장모님이 걱정하실 문제가 아닙니다."

에리카는 남편이 화가 났다는 걸 알 수 있었다. 올리버는 화를 거의 안 내는 사람이었다. 에리카는 걱정이 되기 시작했다. 올리버는 엄마한테 늘 신중하고 정중하게 말하는 사람이라고.

"도대체 왜 걔한테 부탁한 거니? 다른 기증자를 찾아. 내 손자가 팸의 유전자를 갖고 태어나는 거 못 봐. 팸의 그 코끼리 같은 귀 좀 봐. 에리카. 네 애 귀가 팸이랑 똑같으면 좋겠니?"

"세상에, 엄마. 강박적 수집벽도 유전자랑 관계 있다는 거 읽었어. 난 내 애가 강박적 수집벽보다는 귀가 큰 게 훨씬 나을 거 같아."

"그 말 쓰지 마. 제발이야. 난 그 말 끔찍하게 싫어. 그건 너무……."

"정확하지?"

차 안에 잠시 침묵이 흘렀지만 실비아가 먼저 정신을 차렸다.

"클레멘타인이 너희 집에 오면 뭐라고 할 거니? 애, 저기 네 진짜 엄마가 온다, 할 거니? 엄마랑 가서 첼로 연주하고 놀아, 할 거야?"

"장모님. 제발 부탁입니다."

"이건 너무 부자연스럽잖아. 과학이 너무 나간 거야. 할 수 있다고 모두 해야 하는 건 아니란 말이야."

자동차는 팸의 집이 있는 거리로 들어섰다. 여기서 십 분만 걸어가면 에리카가 어렸을 때 살았던 곳이 있다. 온갖 더러움과 온갖 창피함을 남겨두고 온 곳이 있다. 올리버가 올리브그린색 현관이 있는 단정한 캘리포니아 식 단층집 앞에 차를 세울 때 에리카는 창밖을 내다보고 있었다. 그저 올리브그린색 현관을 보는 것만으로도 에리카의 마음은 차분해졌다.

올리버는 와이퍼를 멈추고 자동차 열쇠를 뽑고 안전벨트를 풀고 나서야 실비아를 쳐다봤다.

"저녁식사를 할 땐 난자 얘기는 안 하셨으면 좋겠습니다. 제가 부탁드리는 겁니다, 장모님."

"당연히 안 해. 하지만 팸의 귀는 유심히 볼 거야. 그건 말리지 마. 내 귀는 이렇게 귀여운데."

실비아가 자기 귓불을 만지면서 말했다.

땡, 땡, 땡! 팸이 스푼으로 물컵 가장자리를 치면서 자리에서 일어났다.

"잠깐 여기를 봐주세요, 여러분."

클레멘타인은 이럴 걸 알고 있어야 했다. 분명히 엄마가 연설을 할 거라는 걸 알았어야 했다. 당연히 할 텐데. 엄마는 평생 연설을 했으니까. 생일이어도 휴가를 가도 아주 하찮은 학업을 마쳐도 운동 경기를 해도 연주를 해도 엄마는 늘 연설을 했으니까.

"오, 좋아. 우리한테 노랠 해주려는 거야, 팸?"

실비아가 팸을 향해 몸을 돌리면서 말했다. 그러곤 클레멘타인을 향해 윙크를 했다. 클레멘타인은 실비아한테 고개를 저어 보였다.

클레멘타인도 실비아가 에리카한테 아주 끔찍한 엄마고, 수년 동안 용서할 수 없는 끔찍한 말과 행동을 해오고 있고, 강박적 수집벽은 더 심해지고 있다는 걸 알았지만, 클레멘타인은 늘 실비아한테 죄책감이 드는 애정을 느꼈다. 클레멘타인은 실비아의 파괴적인 성향과 기이한 말들, 종잡을 수 없는 애기들, 사악하고 음흉하게 내뱉는 비난의 말들을 즐겼다. 클레멘타인의 엄마는 언제나 성직자의 착한 아내처럼 차분하고 성실한 사람처럼 보이니까. 클레멘타인은 특히 실비아의 차림새가 좋았다. 실비아에게는 러시아 공주처럼 꾸미는 일도 노숙자처럼 꾸미는 일도 너무나 쉬운 일이었다(불행하게도 에리카의 결혼식 땐 노숙자처럼 보이는 쪽을 택했지만). 오늘은 잠깐 점심식사를 하러 나온 부인, 식사가 끝나면 은행가 남편과 함께 호화로운 집으로 돌아갈 귀부인처럼 보였다.

"나한테 몇 마디 할 수 있는 즐거움을 허락해주세요. 오늘, 여기 있는 두 사람은 정말 누가 뭐라고 해도……."

팸은 잠시 말을 멈추고 가쁜 숨을 길게 들이마셨다.

"진정한 영웅이에요."

"옳소! 옳소!"

클레멘타인의 아빠는 평소보다 술을 많이 마셨다. 실비아가 있어서 흥분해서 그런 거다. 언젠가 학교 음악회에 아이들을 보러 왔다가 에리카 엄마와 클레멘타인 아빠가 나란히 앉았는데, 정치 얘기를 하면서 에리카 엄마가 클레멘타인 아빠를 만졌다고 했다. 어딜 만졌냐 하면, 팸의 말에 따르면 이랬다. "거기에 아주 가까운 곳을 만진 거야. 어딘지 알지?" 그때 클레멘타인 아빠는 꺅, 하는 비명을 지르는 것 같은 소리를 냈다고 한다.

"그럼요. 이 두 사람은 조용하고 겸손해서 찬양받지 못한 영웅들이에요. 하지만 영웅임에는 분명하죠."

팸이 계속 말했다.

"아으."

실비아는 팸이 자기 얘기를 하고 있기라도 한 듯이 쑥스러워서 죽겠다는 표정으로 고개를 옆으로 기울였다. 에리카는 목이 뻣뻣한 것처럼 어깨를 비틀었고, 올리버는 안경을 고쳐 쓰며 헛기침을 했다. 두 사람 모두 상당히 불편해 보였다.

"왜 에리카 엄마를 초대한 거야?"

세 사람이 도착하기 전에 클레멘타인은 엄마한테 물어봤다.

"그게 에리카한테 좋은 거 같아서. 실비아를 오랫동안 못 봤잖아. 요즘 수집벽이 더 나빠졌고. 그래서 함께 부르는 게 좋을 거라고 생각했어."

팸은 방어적으로 말했다.

"하지만 에리카는 자기 엄마를 미워해."

"아냐. *미워하지 않아.*"

그렇게 말했지만 팸은 당황한 것 같았다.

"어쩌니. 초대하지 말 걸 그랬나? 네 말이 맞아. 실비아가 없어야 에리카가 더 즐거울 텐데. 그게 옳은 일이라고 생각하고 뭔가를 할 때가 있잖아, 그치? 그런데 사실은 그게 옳은 일이 아닐 때가 있잖아."

이제 팸은 밝은 얼굴로 식탁을 쭉 둘러보고 있었다.

"두 사람은 칭찬을 바라지 않았습니다. 메달도 원하지 않았죠. 심지어 이 감사 인사도 원치 않았어요."

"*나는* 메달 받고 싶어요."

"조용, 홀리."

홀리 옆의 샘이 말했다. 샘은 음식에 거의 손을 대지 않았다.

"하지만 세상엔 말하지 않고 그냥 지나갈 수는 없는 게 있습니다."

"나는 메달 받고 싶다니까요!"

"*메달 같은 건 없어.*"

홀리를 보며 클레멘타인이 말했다.

"그럼, 왜 할머니가 메달 얘기 한 건데?"

"메달 얘기 한 거 아냐."

샘이 말했고, 실비아는 재밌다는 듯 낄낄 웃었다.

"우리는 에리카와 올리버에게 정말 말로 다 할 수 없이 커다란 은혜를 입었습니다. 도대체 어떻게 내가 느끼는……."

"물 좀 주겠어요, 마틴?"

실비아가 클레멘타인 아빠한테 다른 사람이 다 들리도록 속삭였다. 그 순간 팸은 입을 다물었고, 엉거주춤 일어나서 실비아의 눈길을 피하며 물병을 옮겨주는 남편을 바라봤다.

"미안, 팸. 계속해. 그런데, 귀고리 예쁘다."

팸은 당황해서 자기 귀를 매만졌다. 항상 하는 평범한 금귀고리였으니까.

"고마워, 실비아. 내가 어디까지 했더라?"

"커다란 은혜까지."

컵에 물을 따르면서 실비아가 말했다. 올리버는 고개를 젖히고 영감을, 또는 구원을 찾는 사람처럼 천장을 뚫어지게 쳐다봤다.

"맞다, 그랬지. 커다란 은혜."

클레멘타인 옆에서 쿠션을 받쳐놓은 의자에 앉아 있던 루비가 문득 결심한 듯 숟가락을 식탁에 놓더니 의자에서 내려왔다.

"너 어디 가?"

클레멘타인이 조용히 물었다. 루비는 한 손으로 입을 막고 말했다.

"할아버지 무릎에 앉을 거야."

"내가 할아버지 무릎에 앉을 거야. 내가 지금 막 할아버지 무릎에 앉으려고 했단 말이야!"

홀리가 화가 나서 씩씩거렸다.

"이런 말이 있습니다." (팸은 연설할 때 항상 격언을 인용했다.)

팸은 손바닥을 하늘로 향한 채 두 팔을 활짝 벌렸다. 격언을 말할 때 팸은 늘 이렇게 정치가 흉내를 냈다.

"*친구란 내가 직접 고르는 가족이다.*"

"정말이야. 정말 진리라니까."

실비아가 말했다.

"누가 한 말인지는 모르겠어."

팸은 순순히 시인했다. 팸은 격언을 인용한 다음엔 그 말을 한 사람을 소개해주고 싶어 했다.

"알아볼게."

"걱정하지 마, 팸. 나중에 각자 찾아봐도 돼."

마틴이 말했다.

"올리버가 지금 찾아볼 수 있을 거야. 올리버, 전화기 어딨니? 우리 사위 진짜 빠르거든. 톡톡톡, 몇 번만 치면 답을 찾는다니까."

"엄마."

에리카가 말했다.

"왜?"

"*친구란 내가 직접 고르는 가족이다.*"

팸이 다시 말했다.

"그래서 나는 클레멘타인과 에리카가 서로를 친구로 고른 게 얼마나 기쁜지 모르겠습니다."

팸은 클레멘타인을 흘끗 보더니 재빨리 고개를 돌렸다.

"에리카, 올리버. 두 사람이 보여준 놀라운 행동이 우리 어여쁜 루비의 생명을 구했어요. 어떻게 해도 그 은혜를 갚을 길이 없을 겁니다. 정말로 커다란 은혜를……."

"이미 갚은 거 같은데. 안 그러니? 내가 들은 대로라면, 은혜는 말끔히⋯⋯."

"장모님."

올리버가 다급하게 실비아의 말을 막았다. 실비아는 짓궂은 표정을 띠고 클레멘타인을 보더니, 클레멘타인한테 몸을 숙여 올리버와 에리카가 듣지 못하게 작은 소리로 속삭였다.

"너랑 올리버라고, 헐."

클레멘타인은 얼굴을 찡그렸다. 무슨 말을 하는 거지?

"둘이 아이 만든다며."

실비아가 명확히 짚어줬다. 실비아의 눈은 심술궂게 빛나고 있었다. 클레멘타인은 에리카를 쳐다봤다. 에리카는 고통스럽지만 꼭 필요한 치료를 받는 사람처럼 입을 악물고 있었다.

"에리카와 올리버. 우린 두 사람을 사랑합니다. 두 사람에게 고마워하고 있어요. 두 사람을 위해 건배를 하고 싶습니다."

팸은 술잔을 들어올렸다.

"에리카와 올리버를 위하여!"

모두 자기 잔을 찾으려고 부산을 떨었고, 황급히 잔을 들어올렸다.

"건배!"

홀리가 소리치면서 자기 레모네이드 잔을 클레멘타인의 와인 잔에 부딪치려 애썼다.

"엄마! 건배해야지!"

"그래, 건배. 조심해, 홀리."

클레멘타인은 홀리가 지금 미치기 직전이라는 걸 알았다. 요즘엔 불과 몇 초 뒤의 행동도 예측할 수가 없었다. 당장은 레모네이드를 너무 많이 마신 게 분명했다.

"건배, 아빠."

샘은 홀리가 하는 말을 못 들었다. 그저 멍하니 와인 잔을 든 채, 할아버지 무릎에 앉아 위스크한테 속삭이고 있는 루비만 바라보고 있었다.

"아빠, 내가 *건배*하라고 했잖아!"

홀리는 의자 위에 무릎을 꿇고 몸을 세우더니 자기 잔을 아빠의 와인 잔에 세게 부딪쳤고, 그 바람에 샘이 들고 있던 와인 잔이 산산조각 나고 말았다.

"*헉!*"

샘은 총에 맞은 사람처럼 의자에서 벌떡 일어나서 홀리한테 고함을 지르기 시작했다.

"너 지금 뭐 한 거야? 대체 뭐 한 거냐고? 이 나쁜 녀석! 이 나쁜 녀석아!"

"아빠, 미안. 모르고 한 거야."

홀리는 몸을 잔뜩 움츠리고 말했다.

"이게 무슨 바보 같은 짓이야?"

샘은 울부짖었다.

"됐어. *이제 그만해.*"

클레멘타인이 말했다.

"아이고, 어쩌니."

팸이 말했다. 샘의 손에서 피가 흐르고 있었다. 끝없이 집을 두드리는 빗소리 외에는 아무 소리도 들리지 않는 시간이 잠시 흘렀다.

"어떻게 베인 건지 좀 봐."

실비아가 말했다.

"됐습니다."

샘이 무례하게 대답하고 손 옆으로 베어나오는 피를 입으로 핥았다. 샘은 숨을 거칠게 내쉬고 있었다.

"잠깐 바람 좀 쐬고 와야겠어요."

샘은 밖으로 나갔다. 그게 요즘 샘이 하는 유일한 일이었다. 그냥 밖으로 나가는 거.

"우와, 드라마가 한층 재밌어졌네."

실비아가 말했고, 올리버는 일어나서 깨진 유리를 손바닥 위에 하나씩 올렸다.

"이리 와서 이모랑 앉자, 홀리."

에리카는 의자를 뒤로 빼고 자기 무릎을 툭툭 쳤다. 홀리가 의자에서 내려와 에리카에게 달려가는 모습을 보고 클레멘타인은 깜짝 놀랐다.

"홀리, 엄마가 조심하라고 *했잖아.*"

클레멘타인도 자기가 날카롭게 말하는 이유를 알았다. 홀리가 자기한테 와서 위로해달라고 할 줄 알았는데 에리카의 무릎으로 가버렸기 때문이었다. 그러니까 유치하게 화를 내고 있는 거다.

요즘 클레멘타인의 모든 감정은 좁아지고 뒤틀렸다. 어쩌면 오디션은 포기해야 하는지도 몰랐다. 좋은 음악가가 되기엔 감정적으로 너무 미숙하니까. 클레멘타인은 자기가 갑자기 첼로 초보자가 돼서 끼기긱, 활로 현을 긁는 모습을 떠올렸다. 지금 감정 그대로, 날카롭게 신경줄을 긁는 끼기긱 소리를 내는 자기 모습을. 정말로 어쩌면 이 감정이 첼로 연주에 투영되어 나타날지도 몰랐다.

"맞다. 음, 차 줄까? 아님 커피? 에리카가 맛있는 초콜릿 너트 가져왔거든. 차랑 같이 먹으면 아주 좋을 것 같아. 그래, 차 마시자."

팸이 돌아다니면서 차와 커피 가운데 무얼 마실지 사람들한테 물어보고 정리해야 하는 복잡한 작업을 진행하는 동안, 클레멘타인은 저녁을 먹은 접시들을 모아 주방으로 가져갔다. 루비를 안고 있던 마틴도 딸을 쫓아왔다. 키가 큰 남자의 품에 안긴 아이는 다 그렇듯이 루비도 편안하고 거만해 보였다. 볼이 통통한 작은 술탄 같았다.

"괜찮니?"

"괜찮아. 샘 일은 미안. 요즘 회사에서 스트레스가 많아 그럴 거야."

"그래, 직장을 옮겼으니 스트레스가 많겠지."

마틴은 꿈틀거리기 시작하는 루비를 바닥에 내려놓으며 말했다.

"하지만 내 생각엔 그것만이 아닌 거 같구나."

"그게, 사고…… 뒤로 못 견디겠나봐."

클레멘타인은 루비의 일을 사고라고 해도 되는지 확신이 서지 않았다. 사고라고 하면 왠지 책임을 회피하는 것처럼 느껴졌으니까.

"샘은 자기가 루비를 보지 않아서 그런 일이 일어났다고 자책하고 있어. 그리고, 어쩌면, 아니, 진짜로 날 비난하고 있고."

이런 얘기는 모든 일에 감정을 이입한 뒤 자기감정으로 걸러서 이해하는 엄마보단 내용을 액면 그대로 받아들여주는 아빠한테 더 쉽게 할 수 있었다.

"나도 샘을 비난하고 있는 거 같아. 그러면서도 둘 다 상대방을 전혀 비난하지 않는 체하고 있는 거야."

"그걸 두고 결혼했다고 하는 거야. 부부는 늘 어떤 일로 서로를 비난하지."

마틴은 찬장을 열고 머그컵을 꺼내기 시작했다.

"혹시 내가 잘못 꺼낸 거 같니?"

마틴은 몸을 돌려 클레멘타인을 보더니 머그컵 두 개를 들어올려 보였다.

"하지만 단순히 그런 문제가 아닌 거 같구나. 샘은 옳지 않아. 제정신이 아닌 것 같더라."

"그거 아냐, 마틴."

팸이 부지런히 주방으로 들어오며 말했다.

"아주 좋은 걸로 마실 거야."

팸은 남편의 손에서 머그컵을 빼앗아 재빨리 도로 넣어버렸다.

"그런데 누가 제정신이 아니란 거야?"

"샘."

클레멘타인이 대답했다.

"내가 몇 주째 하는 말이 그 말이잖아."

팸이 말했다.

. 70 .

"안녕하세요. 또 만났네요."

말을 건 사람이 누군지 보려고 티파니는 우산을 들어올렸다. 다코타의 교복을 사기 위해 매점으로 가려고 네모난 학교 안뜰을 걷고 있는 중이었다.

앤드류의 아내였다. 당연하지. 머피의 법칙이잖아. 티파니는 생각했다. 다코타가 졸업하기 전까진 이 학교에 올 때마다, 이 학교 행사에 참석할 때마다, 이 여자를 만나거나 이 여자의 남편을 만나거나, 아니면 둘 다 만나겠지. 그건 전혀 불편한 일이 아냐. 맞아, 아주 징하게 근사한 일이지. 카라랑 다코타가 가장 친한 친구가 되는 거야. 그럼 앤드류 부부를 바비큐 파티에 초대해야지. 이 친절한 아내가 '티파니 부부는 어떻게 만났어요?' 라고 순진하게 물으면 이 여자 남편은 가슴을 움켜잡고 심장마비로 죽어버릴 거야(아주 간편하게 처리할 수 있는 거지). 갑자기 올리버가 문을 열고 뛰어들어와 응급처치만 하지 않는다면 말이야.

"티파니, 맞죠? 저 리사예요."

쓰고 있는 낡은 우산을 뒤로 젖혀 얼굴을 드러내며 앤드류의 아내가 말했다. 리사의 눈 밑엔 부드러운 분홍 돌기들이 나 있었다. 부러진 우산살 하나가 꼭 무기처럼 리사를 겨냥하고 있었고.

"기억이 안 나나봐요. 학교 설명회 때 옆에 앉았는데."

"기억해요. 잘 지내셨어요?"

"그렇게 잘 지내진 못했어요. 비가 너무 많이 와서 짜증이 나요."

리사는 티파니를 찬찬히 살펴봤다.

"*티파니는 근사하네요. 혹시 아무도 몰래 영양제 먹는 거예요?*"

"카페인이요?"

"진짜로요. 티파니를 보고 있으면 기분이 좋아져요."

리사의 말에 티파니는 어색하게 웃었다. 혹시 '내 남편이 당신을 보려고 그렇게 많은 돈을 낸 것도 충분히 이해해요'라고 말하는 건 아니겠지?

"카라 교복 샀어요?"

티파니가 물었다. 이 시기엔 '다정한 우리 자원봉사자들이' 학교 매점을 고작 사십오 분 동안만 열어놓고 '절대로 연장 운영은 하지 않기' 때문에 (문자 그대로!) '먼저 오는 분이 좋은 교복을 얻을 수 있다'는 걸 알고 있기에 한 질문이었다.

리사의 딸 이름을 기억하고 있다는 게 좀 이상해 보일까? 수상하게 생각하는 거 아니겠지?

"사실 교복은 미리 샀는데, 환불하려고 온 거예요. 오 년간 두바이에 가 있어야 해서 카라가 내년에 입학을 못해요."

"아, 그건, 그럼……."

티파니는 방금 들은 마지막 말을 '근사한 소식'으로 규정할 게 아니라 훨씬 더 적절한 방식으로 생각하려고 노력했다. 이상하게도, 정말로 터무니없는 일이지만 티파니는 자신이 느끼는 감정이 실망이라는 걸 알았다. 왜냐하면 리사가 좋았으니까. *티파니를 보고 있으면 기분이 좋아져요,* 라고 말하다니. 누가 그런 말을 실제로 입

밖에 내겠냐고. 정말 친절한 말이잖아.

"기분은 어때요?"

티파니가 물었다.

"괜찮다고 생각하려고 노력하고 있어요. 애들이 어렸을 때 외국
에서 살았어요. 그땐 모든 게 좋았죠. 하지만 지금은 다시 그런 생활
을 할 힘이 나한테 남아 있을까 싶은 거예요. 이제 막 시드니에 정착
했는데, 또 뜬금없이 이렇게 된 거예요. 언제냐면, 왜 학교 설명회가
있었던 수요일에 그렇게 된 거예요. 사실 남편이 절대로 놓치면 안
될 엄청난 기회가 있다는 소리를 듣게 된 건데⋯⋯ 완전히 개소리
인지도 몰라요."

리사는 갑자기 손으로 입을 막았다.

"가톨릭학교 운동장에서 욕하면 안 되겠죠? 하느님이 좋아하시
지 않을 거예요."

리사는 하늘을 올려다보며 말했다.

"그런 문제를 리사는 남편한테 한 마디도 못하는 거예요?"

티파니가 말했다. 리사는 항복한다는 듯 손을 들어올렸고.

"이길 수 없는 전투라는 게 있잖아요. 이 전투는 내가 이길 수 있
는 전투가 아니에요. 두바이는 비가 많이 안 오겠죠? 그건 다행이
에요."

리사는 갑자기 들고 있는 가방으로 손을 쓱 집어넣었다.

"여기요. 이거 줄게요. 다 가져요. 우리 애랑 티파니 애랑 사이즈
가 비슷할 거예요. 환불하겠다고 복잡한 일 하기 싫어요. 교복은 록
산느 실버맨이 팔거든요. 그 사람은 나만 보면 살이 빠졌냐고 물어
봐요. 나한테 살 빼라고 은근히 돌려서 비꼬는 거라니까요."

티파니는 마지못해 가방을 받아들었다.

"돈을 드릴게요."

"아니에요. 그냥 가져가세요. 정말로요. 어차피 학교 등록금 예치금도 환불 못 받는걸요."

"제발. 그래도 이건 제발 받아……"

티파니는 교복을 담은 가방을 발밑에 내려놓고 우산을 잡은 채 핸드백에서 지갑을 꺼내려 애썼다.

"나, 가요. 잘 지내요."

리사는 바람 때문에 한쪽으로 쏠린 우산을 잡은 채 뒤로 돌아가버렸다.

"고마워요!"

티파니가 크게 소리쳤다. 리사는 걸어가면서 알았다는 듯 우산을 번쩍 들어올렸다. 티파니는 걸어가는 리사의 뒷모습을 한동안 지켜봤다. 수업 끝나는 종이 울리고 건물에서 여자애들이 갈매기 떼처럼 까악까악 떠드는 소리가 들려왔다. 좋은 사립학교에 다니는 여학생들 같은 목소리로 떠드는 갈매기들인 거다.

티파니는 리사의 남편을 생각했다. 리사의 남편은 정중하고 부드럽게 말하는 사람이었다. 티파니의 학위에도 관심을 가져줬고. 교복을 입었을 때 제일 좋아했는데. 지금 티파니가 들고 있는, 셀로판지에 싸인 교복처럼 파란색이랑 흰색 체크무늬 교복이었다. 앤드류의 딸이 이 학교에 입학했다면 입었을 바로 그런 교복이었다. 리사의 남편은 베일리스(Baileys, 우유에 타 마시는 술—옮긴이)를 마셨다. 그건 여자들이나 마시는 거라고 티파니는 놀려대곤 했다. 리사의 남편은 티파니한테 아무 일도 안 시키곤 가터벨트에 팁을 왕창 넣어주곤 했다. 최악인 사람들은 꼭 개 비스킷을 주는 것처럼 찔끔찔끔 팁을 주면서 뭔가를 시키는 사람들이었다. 정말 재수 없는 인간들이야.

리사의 남편은 일이 끝난 티파니를 데리고 몇 번 나가기도 했다. 한 번은 낮에 티파니의 공연을 보러 왔다가 함께 나왔는데, 점심 먹을 곳을 찾을 수가 없어서 *그냥 룸서비스를 이용하려고* 호텔에 간 적도 있었다. 그 경험은 티파니에게 계시처럼 다가왔다. 돈을 사용하면 자신의 세상을 바꿀 수 있다는 걸 알게 된 거다. 일이 잘못돼도 신용카드를 마법 지팡이처럼 휘두르면 모든 게 해결되는 거다. 점심을 먹은 뒤 리사의 남편은 직장으로 돌아갔고 티파니 호텔에서 공짜로 하룻밤을 묵었다. 호텔에서 앤드류와 잠을 자지 않았단 말을 그 누구도 안 믿었지만, 정말이었다. 두 사람은 그저 클럽 샌드위치를 먹고 영화를 봤을 뿐이다. 앤드류는 친구였다. 티파니는 그의 헤어 디자이너 같았고. 물론 머리를 해주지 않고 춤을 춰줬지만. 두 사람의 관계는 정말 건전했다.

그렇게 일 년쯤 지난 때였을 거다. 개인 쇼를 본 뒤 리사의 남편은 언제나처럼 정중하고도 망설이는 말투로 〈은밀한 유혹〉을 봤는지 물어왔다. 로버트 레드포드랑 데미 무어 나오는 영화 말이지? 로버트 레드포드가 데미 무어한테 함께 잠을 자주면 터무니없이 많은 돈을 주겠다고 제안하는 영화.

티파니는 그 영화를 봤다. 그리고 왜 리사의 남편이 그런 질문을 하는지 알았다. 그래서 그가 제안을 하기도 전에 "10만 달러예요"라고 말했다. 티파니는 자기가 정말로 그렇게 할 수 있다는 걸 느끼게 해줄 만큼 낮은 목소리로, 그러면서도 여전히 농담인 것처럼, 모험인 것처럼, 판타지인 것처럼 느끼게 할 만큼은 높은 목소리로 말했다. 티파니를 매춘부라고 생각하지 않게 말이다. 그런데 리사의 남편은 주저하지 않았다. 그저 "수표로 줄까요?"라고만 했다. 무슨 자산 회사에서 발행한 수표였다. 수표 액수는 티파니가 비드를 만난 경매장에서 아파트를 한 채 살 수 있을 만큼 넉넉했다. 그 아파트는 티파니가 금융 요새를 쌓을 튼튼한 기반을 마련해줬다.

티파니는 비드한테 늘 자기는 고객과 잠을 자지 않았다고 말했다. 티파니는 생각했다. 난 댄서지 매춘부가 아냐. 그리고 지금도 그건 진실처럼 느껴져. 앤드류와 잠을 잔 건 나이 많은 부유한 친구와 딱 한 번 있었던 예외인 거야. 농담이고 모험인 거라고. 그냥 재밌는 생각이었어. 만약 앤드류를 술집에서 만났고, 앤드류가 티파니를 웃게 했다면 술 두 잔 값에 했을지도 모를 일이었다. 심지어 앤드류하고 자고 난 뒤에도 티파니는 여전히 두 사람의 관계는 건전하다고 생각했다. 앤드류하곤 콘돔을 끼고 정상 체위로 단순하게 섹스를 했는걸. 비드하곤 온갖 시도를 다 해봤는데.

티파니는 앤드류와의 섹스를 끝내고 침대에 누워 있던 순간을 떠올렸다. 그때 앤드류는 시드니에 자기 소유의 원룸 아파트가 있다고 했다. 신탁이니 세금 혜택이니 하는 말도 했다. 앤드류가 티파니한테 서로 이득을 보면서 오랫동안 관계를 유지할 수 있는 '기회'를 주고 있다는 걸 알아차리는 데는 시간이 좀 걸렸다. 티파니는 정중하게 거절했고, 앤드류는 다시 생각할 여지가 있는지 알려달라고 했다. 그 뒤로 반년쯤 지났을 때 앤드류가 클럽으로 와서 개인 쇼를 예약했다. 그때 앤드류는 가족과 함께 일 년간 해외에 나가서 살 거라고 했다. 얼마 뒤에 티파니는 학위를 땄고, 댄서를 그만두고 첫 번째 직장을 얻었다.

앤드류와 거래를 하면서 티파니는 그의 아내 생각은 단 한 순간도 해본 적이 없었다. "아내들은 어땠을까요? 애들과 집에 있어야 하는 중년의 아내들은요?" 병원으로 가던 클레멘타인은 그렇게 말했는데. 그때 티파니는 어깨만 으쓱했다. 얼굴도 모르는 중년의 아내들이야 자기 책임이 아니니까. 티파니한테 그 사람들을 걱정해야 할 의무는 없었다. 근사한 몸매야 없을지도 모르지만 근사한 신용카드가 있는 사람들일 테니까.

앤드류와의 거래는 비드한테 말하지 않은 유일한 비밀이었다. 부끄러웠기 때문에 그런 건 아냐. 솔직히 말해서 부끄러워해야 하는지도 잘 모르겠는걸. 하지만 지난 수년 동안, 그 얘기를 하려고 입을 열 때마다 티파니의 본능이 '그 입 다물어'라고 외치는 거다. 아무리 영혼이 자유로운 비드라 해도 분명 한계는 있을 거였다. 티파니는 그 한계가 어디인지는 알고 싶지 않았다.

티파니는 앤드류와 한 일이 부끄러웠던 적은 한 번도 없었다. 지금까진 그랬다. 지금 공짜로 얻은 교복을 담은 에코 가방을 들고 빗속에 서서, 검은색 사륜구동 포르쉐를 향해 걸어가고 있는 땅딸막한 중년의 아내를 보기 전까진 말이다. 하지만 지금은 부끄러웠다. 왜냐하면 저 아내가 갑자기 두바이로 이사를 가게 된 이유가 정말로 기가 막힌 우연인지, 절대로 우연이 아닌지, 도무지 알 수가 없었으니까.

. 71 .

비 때문이야.

비만 그쳤다면, 지금, 이 토요일 아침에 에리카가 터질 것 같은 자기 심장 소리를 들으며, 체포된 듯한 기분으로 거실에 서 있지 않아도 됐을 거다. 경찰이 남편이라는 것만 빼면 에리카는 정말로 체포된 것 같았다.

사실 올리버는 경찰처럼 보이진 않았다. 슬퍼 보였고 혼란스러워 보일 뿐이었다. '더는 술을 마시지 않겠다'는 엄마와 아빠의 약속을 기쁘게 믿었던 어린 올리버도 집 안 곳곳에 숨겨진 보드카나 진을 찾아낼 때마다 저런 표정을 짓지 않았을까? 에리카는 생각했다(올리버의 부모는 여전히 약속을 남발하고 있다. '우린 7월엔 술 마시지 않을 거야'라거나 '우리 11월은 취하지 않기로 했어'라고 하는 거다).

사건은 에리카가 운전면허증을 갱신하려고 집에서 나가 있을 때 벌어졌다. 집에 돌아왔을 때 에리카는 기분이 좋았다. 이제 가계 행정 업무를 처리하면서 하루를 시작할 수 있는 주말이 된 거니까. 에리카는 엄마가 너무나 자주 방치했던 일들을 하는 게 좋았다. 어렸을 때 집에 날아오자마자 카오스 속으로 사라져버려 못 냈던 공과금 고지서, 단전 통보지, 보호자 서명을 받지 못한 동의서 같은 걸 처리하는 게 좋았다.

하지만 올리버가 현관 앞에서 에리카를 기다리고 있었다.

"물이 새. 지붕이 망가졌어. 창고 지붕."

에리카와 올리버에겐 여행 가방이랑 캠핑 용품, 스키 장비를 넣어둔 작은 창고가 있었다.

"저런. 하지만 그렇다고 세상이 끝나는 것도 아니잖아. 안 그래?"

말은 그렇게 했지만 에리카의 심장은 두 배로 뛰기 시작했다. 느낌이 왔기 때문이다.

올리버는 올리버니까 당연히 당장 뛰어들어가 복도로 물건들을 꺼내놓았을 거다. 그리고 당연히 담요 밑에 감춰둔 낡은 여행 가방을 발견했겠지. 올리버로선 거기 들어 있으면 안 되는 물건들이 가득 들어 있는 여행 가방을 발견했을 거다. 열쇠를 보관한 상자에서 표시가 안 된 열쇠를 찾는 건 올리버에겐 식은 죽 먹기였을 테니까.

이런. 에리카가 진정한 실비아의 딸이라면 올리버는 절대 그 열쇠를 못 찾았을 텐데.

"그래서 열어봤어."

올리버는 에리카의 손을 부드럽게 잡고, 여행 가방에서 꺼낸 물건들을 범죄 증거라도 되는 듯이 가지런히 늘어놓은 주방으로 데리고 들어갔다. 증거물 1. 증거물 2. 증거물 3.

"그냥 바보 같은 습관일 뿐이야."

에리카는 자기 얼굴에도 엄마처럼 음흉하고 교활한 표정이 떠올라 있을 걸 생각하니 끔찍해졌다.

"당신이 생각하는 것처럼 수집벽 아냐."

"처음엔 그냥 아무거나 모아놓은 건 줄 알았어. 하지만 이게 루비 신발이라는 걸 알았어."

올리버는 신발을 들어올리더니 손바닥에 대고 탁, 쳤다. 신발에서 불빛이 번쩍였다.

"클레멘타인하고 샘이 루비 신발 한 짝을 잃어버렸다고 한 게 생각났어. 이거, 루비 거 맞지?"

에리카는 아무 말도 못하고 고개를 끄덕였다.

"그리고 이 팔찌. 이거 클레멘타인 거 맞지? 당신이 그리스에서 사다준 거잖아."

"맞아."

에리카는 알레르기 반응이 일어나는 것처럼 목까지 뜨겁고 따끔해졌다.

"그거 클레멘타인이 싫어해. 정말이야. 싫어해."

"여기 있는 거, 다 클레멘타인 거지? 맞지?"

올리버는 가위를 집어들었다. 클레멘타인의 할머니가 쓰던 진주가 박힌 가위였다. 너무 오래전이라 에리카는 그 가위를 가져온 날을 기억조차 할 수 없었다.

에리카는 딸기가 그려진 홀리의 민소매 셔츠를 손가락으로 꾹 눌렀다. 딸기 옷 옆엔 높은음자리표가 인쇄된 토트백이 있었다. 클레멘타인의 전 남자친구였던, 호른을 연주하던 프랑스 남자가 클레멘타인의 스무 번째 생일에 선물해준 거였다.

"왜 이런 거야? 왜 이랬는지 말해줄 수 있어?"

"그냥, 습관 같은 거야."

에리카는 설명할 말을 찾을 수가 없었다.

"그냥…… 음, 충동 같은 거야. 실제로 무슨 의미가 있는 건 아냐."

충동이라니. 꽤 그럴듯하게 진실을 살짝 감쌀 수 있는 심리학적인 용어였다. 에리카는 기인처럼 정신이 나갔고 빈대만큼 미친 거다.

이런, 에리카는 살아오면서 미친 빈대랑 충분히 많이 잤는데.

에리카는 목 옆쪽을 긁었다.

"나한테 이거 버리라고 하지 마."

에리카가 말했다.

"버려? 농담이지? 다 *돌려줘야* 해. 당신은 클레멘타인한테 지금까지…… 뭘 했다고 해야 하지? 클레멘타인의 물건을 도둑질했다고 해야 하는 거야? 당신이…… 이런 세상에, 에리카, 당신, 가게 물건도 훔쳤어?"

"당연히 아냐."

에리카는 불법은 단 한 번도 저질러본 적이 없다.

"클레멘타인은 자기가 미쳐간다고 생각했을 거야."

"그러니까 알아서 정리도 하고 더 잘 챙겼어야……."

에리카는 말을 끝맺지 못했다. 에리카의 말은 에리카로서는 존재하는지도 몰랐던 벼랑 밑으로, 올리버가 간신히 지탱하고 서 있던 벼랑 밑으로 올리버를 밀어버렸으니까.

"도대체 무슨 말을 하는 거야? 클레멘타인한테 필요한 건 *자기 물건을 훔치지 않는 친구라고!*"

올리버는 소리를 질렀다. 올리버가 정말로 소리를 지른 거다. 지금까지 한 번도 에리카한테 소리를 지른 적이 없는 올리버였다. 언제나 에리카 편이었던 올리버였다.

물론 에리카는 이해했다. 에리카가 한 행동은 전혀 평범하지 않았으니까. 이건 손톱을 물어뜯는다거나 코를 파는 것보다 더 불결한 습관이니까. 에리카도 자기가 통제할 수 있을 정도로만 습관을 유지했어야 한다는 걸 알았다. 하지만 마음 한 구석에선 언제나 올리버라면 이해해줄 거라고 믿었던 거다. 최소한 받아들여주긴 할 거라고 생각했던 거다. 올리버는 에리카의 일이라면 무엇이든 받아 줬으니까. 엄마의 집을 봤을 때도 올리버는 여전히 에리카를 사랑 했다. 아주 사소한 걸로도 아내를 비난하는 다른 남편들과 달리 올 리버는 한 번도 에리카를 비난한 적이 없었다. 샘은 클레멘타인이 '찬장 문도 닫을 능력이 없는 여자'라고 말하잖아. 하지만 올리버 는 다른 사람들 앞에서 언제나 에리카를 높여주고 존중해줬다. 하 지만 지금은 그냥 화가 좀 난 게 아닌 게 분명했다. 정말로 끔찍해 하는 게 분명했다.

에리카는 눈물 때문에 앞이 뿌옇게 흐려졌다. 올리버는 떠나버릴 거야. 에리카는 자신의 광기를 작은 여행 가방에만 담아두려 노력 했지만, 내면 깊은 곳에선 언젠가는 올리버가 떠나버릴 게 분명하 다고 믿고 있었던 거다. 그리고 지금, 이미 영광의 순간을 모두 지 나고 쓸모없는 쓰레기가 돼 바닥에 쭉 늘어서 있는 물건들을 보며 에리카는 알 수 있었다. 난 엄마의 딸이야.

에리카는 문득 클레멘타인한테 터무니없는 분노가 느껴졌다.

"아냐. 클레멘타인은 그렇게 대단하지 않아. 그렇게 대단하지 않 단 말이야."

에리카는 어린애처럼, 바보처럼, 부들부들 떨면서 말했다. 도저 히 입을 다물고 있을 수가 없었다.

"바비큐 파티 때 클레멘타인이 샘한테 뭐라고 했는지 알아? 당신 은 내가 이층에 갔을 때, 클레멘타인이 뭐라고 했는지 알아야 해. 클 레멘타인은 우리한테 난자를 주는 걸 생각만 해도 '구역질이 날 것 같다'고 했어. 맞아. 그랬어. 구역질이 날 것 같다고 했어."

올리버는 에리카를 쳐다보지 않았다. 식탁에서 아이스크림 스쿱을 만지작거리기만 했다. 손잡이에 북극곰이 그려져 있는 스쿱이었다. 에리카는 그 스쿱을 무더웠던 작년 여름에 가져왔다. 클레멘타인이 한여름 밤의 야외 공연에서 연주를 하고 와서 에리카와 함께 집 뒤뜰에서 아이스크림을 먹을 때였다. 그때 에리카는 시험관아기 시술이 또 실패했다는 전화를 받은 직후였지만, 아이스크림 스쿱을 가져온 건 그거랑 아무 상관없었다.

에리카가 제일 처음 가져온 물건은 열세 살 때, 클레멘타인이 피지에서 사온 조개껍데기 목걸이였다. 그게 첫 번째 수집품인데. 그거 어디 있지? 아, 저기 있네. 에리카는 목걸이를 집어들고 그 뚱뚱하고 단단한 조개껍데기를 오물조물 만지고 싶단 충동을 억제하느라 오른팔에 강하게 힘을 줘야 했다.

"왜 나한테 말 안 했어?"

"이거? 그거야 이건 당연히 이상한 버……."

"아니, 그날 클레멘타인이 했던 말, 왜 말 안 했어?"

"모르겠어. 부끄러워서 그랬던 거 같아. 나랑 가장 친한 친구가 날 나쁘게 생각한다는 걸 당신한테 알리고 싶지 않았던 거 같아."

올리버는 아이스크림 스쿱을 식탁에 내려놨다. 올리버의 입가는 살짝 누그러져 있었는데, 그건 아주 작은 변화였지만, 에리카가 안도감을 느끼고 다리가 풀려 휘청거리게 만들 만큼 충분히 큰 변화였다. 에리카는 의자를 끌어당겨 앉았다. 그리고 올리버를, 올리버의 턱선을 따라 희미하게 나 있는 짧은 수염을 쳐다봤다.

에리카는 몇 년 전 스쿼시 시합을 준비하면서 처음으로 두 사람이 함께 앉아 있었던 순간을 떠올렸다. 올리버는 안경을 쓰고 핀스트라이프 셔츠를 입고 깔끔하게 면도를 한 범생이었는데. 그때 올리버는 깔끔하고 깨끗하게 일을 마무리하고 싶은 소망에 사로잡혀서 지나칠 만큼 진지하게 스프레드시트를 들여다보고 있었다. 바로 에리카처럼 말이다. 올리버의 턱선을 따라 난 수염을 뚫어지게 보다가 에리카는 문득 한 가지 생각을 했다. 올리버는 클라크 켄트처럼 생겼어. 어쩌면 진짜 슈퍼맨인지도 몰라.

올리버는 몸을 숙이고 에리카의 얼굴을 들여다봤다. 안경을 벗고 눈을 문지르면서 올리버가 말했다.

"당신의 가장 친한 친구는 나야. 그거 몰랐어?"

정말로 슬픈 목소리였다.

. 72 .

"전에, 엄마 아빠 집에서 밥 먹을 때 일은 정말 미안해."

클레멘타인이 에리카한테 커피를 건네주며 말했다. 클레멘타인의 거실엔 집을 지을 때부터 있었던 벽난로(실제로 불을 피울 수는 없었다)와 둥근 스테인드글라스 창문, 넓은 마룻장이 있었다. 처음 이 거실을 봤을 때 샘과 클레멘타인은 부동산업자 뒤에서 두 눈을 반짝이며 정말 만족스럽게 웃었다. 이 거실은 두 사람처럼 '개성'이 있었으니까. (다른 말로 하면 에리카와 올리버가 추구하는 '현대적이고 깨끗하고 조금도 감동적이지 않은' 장소하곤 정확히 반대되는 곳이었다. 그리고 이제 클레멘타인은 자신의 개성이라는 게 실은 에리카의 개성에 반응해 만들어진 결과물에 불과한 게 아니었나 하는 의구심을 품게 됐다.)

지금 클레멘타인의 거실은 단조롭게 보였고, 어두웠고 아주 눅눅했다. 클레멘타인은 코를 킁킁거렸다.

"눅눅한 냄새가 나지? 여기저기 곰팡이가 피는 것 같아. 정말 역겨워. 비가 계속 오면 어떻게 해야 할지 모르겠어."

에리카는 몸을 따뜻하게 하려는 것처럼 커피가 든 머그컵을 두 손으로 감싸쥐었다.

"추워? 내가……."

클레멘타인이 반쯤 일어났다.

"괜찮아."

에리카는 짧게 말했다. 클레멘타인은 다시 소파에 앉았다.

"이 집을 샀을 때가 생각나. 건물 보고서에 습기가 찰 위험이 있다고 적혀 있었지. 그때 네가 우리한테 한 번 더 생각해보라고 했잖아. 난 내 맘대로 했고. 도대체 누가 습기가 차는 걸 걱정해? 그땐 그렇게 생각했거든. 하지만 네 말이 맞았어. 습기가 정말 심하게 차. 무슨 조치를 취해야 해. 내가 들은 말인데……"

클레멘타인은 입을 다물었다. 클레멘타인은 말하고 있는 문장을 끝맺는 것도 귀찮을 만큼 자신이 지겨웠다. 이것도 죄 사함을 받기 위한 뻔뻔한 수작이잖아. 넌 우리 애의 생명을 구했는데, 내가 한 일은 너에 대한 불평을 늘어놓은 것뿐이야. 넌 전적으로 좋은 사람이고 난 전적으로 나쁜 사람이야. 하지만 충분히 반성하고 있고 유죄를 인정하고 있으니까 추가 점수랑 형량 감소를 바라도 되는 거 아닐까, 라고 하는 거잖아.

"너희 부모님 집에서 먹은 저녁은 좋았어. 충분히 즐겼어."

"아, 그랬구나. 다행이다."

클레멘타인은 기분이 나빠졌다. 에리카가 클레멘타인의 말을 너희는 영웅 대접을 받을 자격은 없었어, 라고 말하는 걸로 들었으면 어쩌나 걱정이 됐기 때문이다.

"내가 말한 건 유리를 깬 거랑 샘이 밖으로 나가버린 거랑……"

클레멘타인은 또다시 횡설수설하고 있었다. 클레멘타인은 에리카가 갑자기 오겠다고 한 정확한 이유를 말해주기를 기다렸다. 에리카는 아침 일찍 전화해서 집에 와도 되는지 물었다. 그런데 시기가 좋지 않았다. 샘이 애들을 데리고 영화를 보고 오는 동안 클레멘타인이 오디션 연습을 해야 했으니까. 오디션은 이제 열흘밖에 안 남았다. 카운트다운이 시작된 거다. 하지만 당연히 클레멘타인은 오라고 했다. 아마도 난자 기증 절차가 다음 단계로 넘어가기 때문일 거라고 생각했으니까.

에리카는 고갯짓으로 거실 구석에 있는 첼로를 가리켰다.

"비가 오면 첼로도 영향을 받아?"

에리카는 클레멘타인의 첼로를 볼 때면 짓는 살짝 방어하는 표정을 짓고 있었다. 왠지 자신을 초라하게 느끼게 만드는 화려한 친구를 볼 때 짓는 표정을 짓고 있는 거다.

"내 울프가 평소보다 훨씬 문제를 많이 일으키고 있어."

클레멘타인이 대답했다.

"네 울프라고?"

에리카가 무슨 말인지 모르겠다는 표정으로 되물었다. 클레멘타인은 깜짝 놀랐다. 분명히 전에 첼로의 울프 톤에 대해 말해준 적이 있는데? 그런 얘기를 에리카가 잊었을 리 없어. 특히 부정적인 내용이라면. 에리카는 나쁜 소식을 사랑하잖아.

"많은 첼로가 갖고 있는 문제야. 첼로 음에 생기는 문제인데, 공기 착암기나 장난감 총 같은 아주 끔찍한 소리가 나는 거야. 그래서 울프 톤 제거기도 달아봤는데, 울림이랑 음이 이상해지더라고. 이젠 떼어버렸어. 내가 처리할 수 있거든. 그냥 내 무릎으로 첼로를 살짝 조이면 돼. 가끔은 활을 움직이는 자세를 바꿔서 울프를 활 밑부분이랑 만나게 하면……."

"아, 기억나. 전에 말해줬던 거 같아. 그런데, 지금 생각난 건데, 며칠 전에 우리 집에서 루비 신발 찾았어."

에리카는 갑자기 화제를 바꾸더니, 핸드백에서 루비의 신발 한 짝을 꺼내 커피 테이블 위에 탁, 놓았다. 그러자 신발에서 짠, 하고 불빛이 번쩍였다. 어두운 거실에서 번쩍이는 빛은 특히 밝아 보였다.

"믿을 수가 없어."

클레멘타인은 재빨리 신발을 집어들고 이리저리 살펴봤다.

"이 망할 신발 찾으려고 사방을 다 뒤졌는데. 그런데 너희 집에 있었다고? 아무리 생각해도 신고 간 기억이 없는……."

"됐어. 그건 그렇고, 오늘은 할 말이 있어서 왔어. 난자 기증 때문에."

"그래."

클레멘타인은 공손하게 대답하고 신발을 무릎에 올렸다.

"음, 알겠지만, 상담 약속을……."

"우리가 생각을 바꿨어."

"어?"

클레멘타인은 어안이 벙벙했다. 이런 말을 듣게 될 거라곤 상상도 못했으니까.

"왜? 난 정말로 기꺼이……."

"우리 개인 사정 때문이야."

"*개인 사정?*"

이건 고용주한테 쓰는 말 아닌가?

"응. 혈액검사까지 하게 하고 시간을 많이 뺏어서 미안하게 생각해. 그것도 오디션 때문에 정신없을 때."

"에리카. 왜 그래?"

클레멘타인은 에리카의 표정을 전혀 읽을 수가 없었다.

"아무 이유 없어. 더는 하지 않기로 한 것뿐이야."

"혹시…… 바비큐 파티 때 있었던 일 때문이야? 내가 샘한테 말한 거. 처음엔…… 어, 네 부탁에 내가 어떤 느낌이 드는지 잘 몰랐기 때문이야. 혹시 내가 한 말을 들었는지도 모르겠는데, 아마 오해를 했을 거 같은데……."

"못 들었어."

"들었잖아."

"그래, 들었어. 하지만 그건 문제가 안 돼. 그거랑은 상관없어."

에리카의 얼굴은 무표정했지만, 눈빛만은 날것 그대로의 감정을 모두 드러내고 있었다. 그 감정을 읽고 클레멘타인은 어쩔 줄을 몰랐다.

"미안. 정말 미안해."

클레멘타인의 말에 에리카는 한쪽 어깨를 들어올렸다. 아마도 어깨를 으쓱한 거라고 볼 수 있는 행동이었을 거다.

"이젠 하고 싶어. 단지 루비 일 때문만은 아냐. 어떤 의미인지 이해했거든. 이제 그걸 생각하면 기분이 좋아."

이거 거짓말 아닌가? 클레멘타인은 곰곰이 생각해봤다. 어쩌면 진실인지도 몰라. 사실, 결국 나도 엄마 딸이라고. 친절하고 관대한 사람이라고 생각하면서 내심 기뻐하고 있었으니까.

"정말로 하고 싶어."

"내가 결정한 게 아냐. 올리버가 다른 방법을 찾고 싶어 해."

"아, 왜?"

"개인 사정이야."

에리카는 같은 대답을 했다. 에리카가 클레멘타인이 한 말을 올리버한테 전한 걸까? 클레멘타인에겐 변함없이 정중하게 대하고,

애들만 보면 얼굴이 환해지는, 언제나 친절하고 고상한 올리버가 자기가 했던 말을 들었다고 생각하니 클레멘타인은 울고 싶어졌다. 클레멘타인은 루비가 살아났을 때 올리버가 내던 소리를 기억했다. 안도감에 동물처럼 낑낑대던 그 소리를 기억했다.

클레멘타인은 테이블에 머그컵을 내려놓고 소파 밑으로 쭈르륵 미끄러져 내려가 에리카 앞에 무릎을 꿇고 앉았다. 그 바람에 루비의 신발이 바닥으로 떨어졌다.

"에리카, 제발, 내가 하게 해줘. 제발."

"그만해."

에리카는 정말로 화가 난 것처럼 보였다.

"일어나. 너 이러니까 꼭 우리 엄마 같잖아. 이게 바로 우리 엄마가 하는 일이란 말이야. 그리고, 지금 신발이 소파 밑으로 들어가잖아. 또 잃어버리겠다."

에리카의 목소리엔 짜증이 잔뜩 묻어 있었지만 활기가 있었다. 뺨에도 홍조가 살아나 있었다.

클레멘타인은 신발을 찾아 다시 커피 테이블에 올려놨다. 커피를 한 모금 마시면서, 머그컵 너머로 에리카를 바라봤다.

"멍청이."

에리카가 말했다.

"둠코프."

클레멘타인이 머그컵에 입을 댄 채 중얼거렸다.

"아르슈리히."

에리카가 내뱉었다.

"아니다, 아르슈로흐(항문)야."

에리카가 정정했다.

"넌 진짜 폴이디어트(천치)야."

"그건 잊어버렸다. 아무튼 페르피스 디히."

"'나가' 란 뜻이지."

"나는 '꺼져' 로 알고 있는데."

"네가 더 잘 알겠지. 독일어 점수가 높았던 건 너니까."

"당연히 나지."

클레멘타인은 눈을 깜빡여, 웃겨서 나오는 눈물인지 슬퍼서 나오는 눈물인지 모를 눈물을 도로 집어넣었다. 정말로 기분이 이상했다. 왜냐하면 클레멘타인은 언제나 에리카한테 자신의 모습을 숨겨왔다고 생각했으니까. '진정한' 친구들하고 있을 때 클레멘타인은 더 '자기다운 모습' 이라고 생각했으니까. 이메일, 전화, 술자리, 저녁식사, 정겨운 장난, 누구나 이해하는 농담처럼 평범하고 단순하고 어른다운 방식으로 우정을 나누는 곳에서 훨씬 클레멘타인다운 클레멘타인이 된다고 생각했으니까. 그런데 지금은 그런 친구들은 누구도 에리카처럼 있는 그대로의 추악하고 어린애 같고 근본적인 방식으로는 클레멘타인을 알지 못한다는 생각이 들었으니까.

"진실은, 내가 양면적이라는 거야."

에리카는 고개를 젖히고 벌컥벌컥 커피를 마셨다. 그게 에리카의 별난 점이었다. 커피를 물처럼 마신다는 거.

"그게 무슨 소리야?"

"너도 그렇고 다른 사람들도 늘 얘기하는 것처럼, 난 특별히 애를 갖고 싶어 한 적이 없거든. 이 일을 추진하는 사람이 올리버인 건 그래서야. 난 좋은 것도 같고 싫은 것도 같아. 양면적이야."

최근에서야 에리카는 '양면적'이라는 말에 정착했는데 가능한 한 많이 그 단어를 쓰고 싶어 하는 것 같았다. 에리카는 정치인처럼 자기가 정한 노선을 정확히 지키는 거다. 에리카는 클레멘타인한테 경고하듯이 손가락질을 했다.

"하지만 내 양면성은 기밀이야."

"알았어. 당연하지. 하지만 네가 정말로 애를 원치 않으면 올리버한테 말해야 해. 올리버 때문에 애를 낳으면 안 되는 거잖아. 그건 네가 선택해야 하는 거야."

"알아. 그래서 난 내 결혼을 선택한 거야. 그게 내 선택이야. 내 결혼."

에리카는 일어섰다.

"올리버의 꿈은 애를 갖는 거고, 난 올리버가 포기하게 만들고 싶지 않아."

에리카는 가방을 집어들었다.

"아, 맞다."

에리카의 목소리가 불안정하게 바뀌었다.

"며칠 전에 기념품 상자를 뒤지다가 이 목걸이 찾았어. 네 거 같은데."

에리카는 볼품없는 조개껍데기 목걸이를 꺼내서 들어올렸다.

"내 거 아냐. 그런 목걸인 평생 싫어했어."

"난 분명히, 음, 내가 잘못 생각했나봐. 하지만 어쩌면 애들이 좋아하지 않을까?"

에리카는 목걸이를 다시 가방에 넣으려다 말했다. 에리카는 그 문제가 정말로 중요하다는 듯 클레멘타인을 날카로운 눈길로 쳐다봤다. 에리카는 정말 이 세상에서 가장 이상한 사람이야.

"그럴 거야. 고마워."

클레멘타인은 목걸이를 건네받았다. 하지만 절대로 애들이 이 목걸이를 갖고 놀지 못하게 할 거야. 깨끗해 보이지도 않고 목에 걸면 꼭 가시철사를 두르고 있는 느낌일 거야.

에리카는 귀찮은 일에서 손을 턴 사람처럼 안심하는 표정을 지었다.

"연습 잘해. 이제 오디션 열흘밖에 안 남았지?"

"맞아."

"연습은 어때?"

"그렇게 잘되진 않아. 집중하기가 힘들어서. 너무 많은 일이 일어났잖아. 나랑 샘이랑…… 뭐 너도 잘 알잖아."

"그럼, 이제 열심히 연습할 시간이네. 그건 네 꿈이잖아, 둠코프."

에리카는 씩씩하게 말했다. 그리고 떠나갔다. 실용적인 신발을 신고 빗속으로 걸어가버렸다. 헤어지면서 둘은 서로 입을 맞추지도 안아주지도 않았다. 독일어로 욕을 하는 게 두 사람한텐 서로를 포옹하는 행위였다.

머그컵을 치우면서 클레멘타인은 생각했다. *곤경을 면했구나.* 이제 매일 주사 안 맞아도 돼. 클레멘타인은 어제 본 〈지금 난자 기증을 고민하고 있습니까?〉 비디오를 떠올렸다. 친절하고 관대한 여인이 난자를 여러 개 성숙시키려고 자기 배에 아주 명랑하게 주사를 놓는 모습을 보면서, 클레멘타인은 자기 배는 공포에 질려 딱딱하게 굳어버릴 거라고 생각했다.

클레멘타인은 첼로 앞에 활을 들고 앉아 반음계를 연주하려고 애썼다. 지난 며칠간 클레멘타인은 한 아이의 모습이 떠오르도록 내버려뒀다. 루비의 아몬드처럼 생긴 눈과 올리버의 검은색 머리를 가진 작은 남자애의 모습을 생각한 거다. 아이 모습은 물 위에 비친 그림자처럼 파르르 떨리다가 사라져버렸다. 세상에, 클레멘타인. 어떻게 그런 생각을 할 수 있니? 그런 아인 태어날 수가 없잖아. 루비의 눈은 샘이 물려준 유전자라고.

이런, 또 시작이야. 클레멘타인의 친구 울프 톤이 나타난 거다. 정말 으스스한 소리였다. 클레멘타인은 그 소리를 똑똑히 들을 수 있었다. 샘은 언제나 클레멘타인이 소리에 너무 민감하다고 했다. 클레멘타인은 음악가니까. 하지만 클레멘타인은 그건 사실이 아니라고 생각했다. 오히려 샘이 소리에 너무 둔감한 거라고 생각했다. 클레멘타인이 분명하게 들을 수 있는 소리는 몇 가지밖에 안 됐다. 울프 톤이랑 루비가 귀찮게 하면 아주 높은 소리로 내지르는 홀리의 비명소리, 맥마스터스 해변에서 울리는 상어 출몰 경보음 같은 소리들뿐이다.

클레멘타인은 상어 출몰 경보음이 울리던 열세 살 때 휴가를 떠올렸다. 경보음이 울렸을 때 클레멘타인과 에리카는 바다에 있었다. 에리카는 클레멘타인보다 훨씬 강하고 빠르게 수영했다. 경보음 때문에 클레멘타인은 완전히 패닉 상태에 빠졌기 때문에 해변으로 헤엄쳐가는 동안 자꾸 허우적대서 에리카가 클레멘타인의 팔을 잡았다. 클레멘타인은 "괜찮아"라고 톡 쏘아주곤 에리카의 팔을 어깨로 밀쳐 떨쳐냈다. 그 뒤 2주일 동안 클레멘타인은 엄청나게 분노한 채로 보냈다.

하지만 이내 클레멘타인은 미끄럽고 물컹거리는 뭔가가 다리 옆을 스치고 지나가자 본능적으로 에리카에게 손을 뻗었던 자기 모습이 기억났다. 그때 에리카는 차분하고 자상하게 클레멘타인을 달래면서 진정시켰다. 클레멘타인은 지금도 자기 팔을 잡고 있던 에리카의 팔을 생생하게 기억했다. 하얀 살갗 위에서 다이아몬드처럼 반짝이던 바닷물, 앙상한 팔목을 팔찌처럼 두르고 있던 벌레 물린 자국 세 개. 에리카의 집에선 벼룩이 계절에 따라 나타나기도 하고 사라지기도 했다.

클레멘타인은 활을 내리고 에리카가 없는 인생을 상상해보려 했다. 결국은 늘 죄책감을 부르는, 짜증나지 않는 인생을 생각해보려 했다. 에리카와의 관계에선 항상 두 음만 존재했다. 짜증과 죄책감. 짜증과 죄책감. 클레멘타인은 활을 들고 일부러 울프 톤을 만들어냈다. 자꾸자꾸 울프 톤을 연주했다. 울프 톤 때문에 짜증이 나고, 울프 톤이 외이도를 지나 고막을 치고 뇌 안으로 들어가 이마 한가운데가 욱신거릴 때까지 울프 톤을 만들어냈다.

그리고 멈췄다. 아인슬리는 "울프 톤은 그냥 놔두면 안 돼. 왜 그러는지 살펴봐야지"라고 했다. 울프 톤 제거기를 설치했을 때, 클레멘타인이 처음 느낀 감정은 안도였다. 울프 톤과 함께 다른 것도 함께 사라졌다는 걸 느끼기까진 시간이 좀 걸렸다. 울프 톤 제거기를 설치하자 클레멘타인의 첼로는 풍부한 소리를 내지 못했다. 울프 톤을 둘러싸고 있던 음들이 기세가 꺾이고 초점이 흐려졌다. 클레멘타인은 그게 사람들이 처음 항우울제를 복용할 때 느끼는 감정일지도 모르겠다고 생각했다. 항우울제를 먹으면 고통은 사라지지만 다른 모든 감정 역시 가라앉아버리니까. 평평해지고 따분해지는 거다.

결국 클레멘타인은, 울프 톤은 클레멘타인의 첼로가 수세기 동안 적황색 곡선 안에 가둬둔 음악을 사용하려면 치러야 하는 대가라고 생각하기로 했다. 에리카는 어쩌면 클레멘타인의 울프 톤인지도 몰랐다. 클레멘타인의 인생에서 에리카가 사라지면 미묘한 다른 요소들도 함께 사라지고 말지 몰랐다. 미묘하지만 분명히 풍성하고 깊이 있는 뭔가가 사라질지도 몰랐다. 하지만 또 아닐지도 모른다. 에리카가 클레멘타인의 인생에서 사라지면 아주 *근사할지*도 모른다.

클레멘타인은 문득 허기를 느꼈다. 첼로를 옆으로 치우고 주방으로 가면서 클레멘타인은 조개껍데기 목걸이를 집어서 곧바로 쓰레기통에 던져넣었다. 냉장고에서 요거트를 하나 꺼내고 숟가락을 꺼내려고 싱크대 서랍을 열었다. 안에는 며칠 전에 샘이 그렇게도 찾으려 했던 북극곰이 그려진 아이스크림 스쿱이 들어 있었다. 이 사람, 진짜. 이 아이스크림 스쿱은 계속 샘 바로 앞에 버젓이 누워 있었을 거다.

클레멘타인은 요거트 뚜껑을 열어 한 숟가락 가득 떠먹었다. 정말로 맛있었다. 풍성한 크림, 이라고 광고에서 말했다. 클레멘타인은 광고에 약한 사람이긴 했지만, 이 요거트는 정말로 아주 맛있었다. 꼭 단식을 끝내고 제일 먼저 먹는 음식처럼 느껴졌다. 물론 클레멘타인은 단식을 하지 않지만.

클레멘타인 안에서 어떤 감정이 자라났다. 왠지 초조한 감정이었다. 클레멘타인은 빠른 속도로 요거트를 먹으면서 스트라빈스키의 〈봄의 제전〉 도입부를 생각했다. 바순의 높은 소리. 환상을 펼치기 직전에 들리는 기이하고 가쁜 소리. 클레멘타인은 그 소절이 듣고 싶었다. 그 소절을 *연주하고* 싶었다. 그게 지금 클레멘타인이 느끼는 바로 그 느낌이니까. 클레멘타인의 가슴속에서 감정이 소용돌이

치며 솟구쳐올랐다. 요거트에 약을 탔나? 아니면 기꺼이 난자를 기증하겠다는 모습을 보인 뒤에 실제론 안 해도 된다는 사실에 엄청나게 안도했기 때문에 느끼는 감정일까? 실제로 행동하지 않아도 되는 이타주의야말로 진짜 좋은 거 아니겠어?

어쩌면 그날 있었던 일 때문에 생긴 나쁜 감정이 이만하면 클레멘타인 곁에 충분히 머물렀다고 생각하고 이제 떠나려 하는 걸지도 몰랐다. 클레멘타인은 그날 일을 결코 잊지 않을 거다. 하지만 자신을 용서할 거다. 샘도 용서할 거다. 샘이 이 결혼생활을 끝내고 싶어 한다면, 샘이 죽은 것처럼 슬프겠지만, 하지만 그게 뭐, 이겨낼 수 있을 거다. 어쨌든 살아갈 거다.

클레멘타인은 늘 자신한테 있는지 의심했지만, 그녀의 영혼 한가운데엔 깨지지 않는 작고 차가운 돌이 있었다. 자신을 보호하는 단단한 본능이 있는 거다. 클레멘타인은 애들을 위해서라면 죽을 수도 있었다. 하지만 다른 사람은 아니었다. 실수하지 않을 거다. 잘못 판단하지 않을 거다. 루비를 다시 얻은, 덤으로 생긴 인생에선 절대로 그렇게 하지 않을 거다.

클레멘타인은 에리카가 남기고 간 말을 생각했다. '그건 네 꿈이잖아, 둠코프.' 상임단원 자리는 내 거야. 그건 내 거라고. 클레멘타인은 싹 비운 요거트 통을 내던지고 손가락을 훑으면서 첼로가 있는 곳으로 갔다. 이번엔 기술을 연마하는 연습을 하지 않을 거야. 음악을 연주할 거야. 그동안 첼로는 음악이라는 사실을 잊고 있었던 거야. 첼로는 순수하고 단순한 행복한 음악이란 사실을 잊어버렸던 거야.

. 73 .

"훔치려고 해!"

홀리는 큰 소리로 말했다.

"쉿."

샘이 말했다. 어떻게 해도 영화를 보는 동안 홀리의 입을 다물게 할 방법은 없었다.

"하지만 정말로 훔치려고 하잖아. 봐봐."

"네 말이 맞아. 하지만……."

샘은 손으로 자기 입을 막았다. 하지만 누가 상관하겠어. 어차피 영화관 안은 몸을 꿈틀대며 재잘거리는 비처럼 미친 애들하고 지쳐서 기진맥진한 부모들로 가득 차 있는데.

홀리는 팝콘을 한 움큼 입에 넣고 의자에 기댄 채 화려한 픽사 영화를 봤다. 샘의 다른 쪽 옆에 앉은 루비는 손가락을 빨면서 위스크의 금속으로 된 살을 어루만지고 있었다. 루비의 눈꺼풀은 감기고 있었다. 분명 곧 잠이 들 거야. 그리고 영화가 끝나기 오 분 전쯤 일어나 처음부터 다시 보여달라고 조르겠지.

원래 샘은 잘 만든 애니메이션을 좋아했다. 하지만 이 영화는 잘 만든 영화인지 아닌지 도무지 알 수가 없었다. 샘은 일을 생각하고 있었다. 얼마나 더 이렇게 일을 대충하면서도 버틸 수 있는지 고민하고 있었다. 샘은 아직 '신참'이라 일을 익히는 단계였지만, 신참이라 봐주는 기간은 곧 끝이 날 거다. 곧 사람들이 주목하기 시작할 거다. 샘의 상사는 어제 흠뻑 젖은 샘을 놀리는 듯한 표정으로 "누구나 우산에 투자할 시간 정도는 있어야지"라고 했다. 이제 곧 모든 게 무너져내릴 거다. 누군가는 이렇게 말하겠지. "새로 온 그 이상한 사람, 아무것도 안 해요."

지금은 정말 중요한 시기란 말이야. 샘. 극복해야 해. 잘해내야 한단 말이야. 그 망할 우산은 현관 앞에 좀 둬. 왜 요즘엔 그렇게 작은 일들도 전혀 못 해낼 것처럼 느껴지는 걸까? 루비의 고개가 샘 쪽으로 슬며시 떨어졌다. 샘은 의자 팔걸이를 올리고 루비가 자기 무릎을 베고 누울 수 있게 했다.

클레멘타인은 잘해나가고 있었다. 비드와 티파니와 다코타가 다녀간 뒤로 클레멘타인은 분명히 변했다. "그 사람들을 보고 나니까 기분이 훨씬 좋아졌어. 안 그래?" 클레멘타인이 그렇게 말했을 때 샘은 고함을 지르고 싶었다. '아니, 기분이 더 나빠졌어. 훨씬 나빠졌단 말이야!' 혹시 진짜로 소리쳤던가? 샘은 기억이 나지 않았다. 요즘엔 소리를 지를 때가 많았다. 나이가 들어 성질이 죽기 전에 샘의 아빠가 그랬던 것처럼 고함쟁이가 돼가는 거다.

샘은 자세를 바꿔 앉았다.

"아빠, 꿈틀거리잖아."

홀리가 주위 사람들이 다 들리도록 큰 소리로 말했다.

"미안."

샘이 말했다. 팝콘은 버터와 소금을 친 마분지 맛이 났지만, 샘은 먹는 걸 멈출 수가 없었다.

맞아. 클레멘타인은 분명 변했다. 클레멘타인에겐 새로운 초조함이 생겼다. 과민해진 건데, 과민함은 연약함을 포함할 수밖에 없는 개념이지만 클레멘타인은 연약해 보이진 않았다. 그냥 지긋지긋해 하는 것 같았다. 클레멘타인은 루비의 사고에서 벗어나고 싶어 했다. 그건 클레멘타인이 옳은 거다. 거기 머물러 있는 건 아무 의미도 없는 거다. 계속 재생하고 또 재생하는 건 아무 의미가 없다.

샘은 감정 회복력이 더 뛰어난 사람은 자기라고 늘 생각했다. 작은 일에 호들갑을 떨고 사소한 일을 늘 큰일로 만들고 히스테리 상태를 향해 돌진하는 건 언제나 클레멘타인이었다. 그러니까 오디션 같은 일에 말이다. 물론 오디션은 작은 일이 아니다. 오디션은 신경을 긁는 아주 큰일이 맞다. 샘도 충분히 이해하고 있다. 하지만 클레멘타인은 늘 오디션이 자기를 삼켜버리게 놔뒀다. 언젠가 샘은 홀리가 루비한테 말하는 걸 들었다. "엄마는 오디션 때문에 아픈 거야." 그 말을 듣고 샘은 껄껄 웃었다. 그 말이 사실이니까. 오디션은 바이러스처럼 클레멘타인을 덮쳐버리니까.

하지만 이제 곧 봐야 할 오디션은 그런 것 같지 않았다. 그 어떤 오디션보다 중요한 오디션인데도 클레멘타인은 오디션에 관해선 한 마디도 하지 않았다. 열심히 연습만 했다. 샘은 심지어 오디션 날짜가 언제인지도 몰랐다. 그저 이제 곧이라는 것만 알았다. 예전엔 오디션 날짜가 얼마나 남았는지 정확히 알고 있었다. 다시 섹스를 할 수 있는 날짜랑 정확히 같았으니까. 하지만 그건 아주 오래전 일이다. 섹스가 복잡해지기 전에, 섹스가 두 사람 생활의 자연스럽고 평범한 일부였을 때 일이다. 섹스가 복잡한 부분이 되다니, 그건 정말 이상한 일이었다. 그동안 샘은 섹스야말로 두 사람 사이에서 가장 단순한 부분이라고 생각했으니까. 앞으로 계속 그럴 거라는 데

돈을 걸라면 걸 수도 있었을 거다.

처음 시작부터, 두 사람이 처음 만나기 시작했을 때부터 섹스는 정말 자연스럽게 느껴졌다. 두 사람의 욕구와 몸은 완벽하게 조화를 이뤘으니까. 샘은 여자 경험이 적잖아서 섹스가 좋아지기 전까지 한동안은 별로일 수 있다는 걸 잘 알았다. 하지만 클레멘타인과는 처음부터 *아주* 좋았다. 두 사람의 관계를 위태롭게 할 요소는 얼마든지 있었다. 샘은 음악가가 아니었고, 클레멘타인은 샘 이전엔 음악가가 아닌 사람을 사귀어본 적이 없었으니까. 샘은 대가족을 원했지만 클레멘타인은 그렇지 않았으니까. 하지만 섹스에 대해서만은 조금도 위태로울 일이 없었다. 샘은 마치 어리고 순진한 바보처럼 있는 그대로의 자신을 드러내 보이는 순간이 바로 섹스를 할 때니까, 속궁합이 잘 맞는다는 건 두 사람이 함께해야 할 증거라고 생각했던 기억을 떠올렸다. 그 외에 나머지는 그다지 중요하지 않은 세부사항일 뿐이라고 생각했던 기억이 났다.

샘과 클레멘타인은 섹스에 관해선 전혀 얘기를 나누지 않았다. 클레멘타인을 만나기 전에 사귀었던 사람이 다니엘라였기 때문에 그건 정말 안심이 되는 일이었다. 거의 결혼할 뻔했던 다니엘라는 섹스에 관해 토론하고 분석하는 걸 좋아했다. 섹스를 한 번 할 때마다 샘은 '우리 둘이 어떻게 해야 다음엔 더 나은 결과를 얻을 수 있을까?' 같은 브리핑을 들어야만 했다. (다니엘라는 비즈니스 컨설턴트였다. 실제로 그런 단어를 사용하진 않았지만 샘은 그런 단어들을 듣는 느낌이 들었다.) 다니엘라는 아침을 먹으려고 식탁에 앉자마자 '어젯밤에 내가 자기를 뿅 가게 만들었을 때······.' 같은 말을 거리낌 없이 하는 사람이었다. 그럴 때마다 시리얼을 먹고 있던 샘은 사레가 들렸고 미사를 돕는 복사 소년처럼 얼굴이 빨개졌다. ('정말 귀여워!' 다니엘라는 그렇게 소리쳤고.)

샘은 자신과 클레멘타인이 성생활을 신비로운 요소로 간직한다는 사실이 너무나 사랑스러웠다. 두 사람은 마치 숭배하는 대상처럼 섹스를 수줍게 다뤘다. 섹스는 두 사람 사이의 아름다운 비밀 같았다. 하지만 다니엘라가 옳았는지도 모른다. 망할 은밀함을 숭배했던 태도가 몰락의 원인인지도 모르는 거다. 샘과 클레멘타인의 성생활은 이젠 형식적으로 변했고 서두르기만 했다. 그런데도 그 얘기를 전혀 안 한다는 거, 그게 문제인지도 모르는 거다.

샘은 이제 클레멘타인이 섹스를 좋아하긴 하는 건지조차 알 수 없었다(그리고 그 대답이 "좋아하지 않아"라면 듣고 싶지 않았다). '공연' 같다는 생각이 샘의 머릿속에 떠오르기 시작했다. 모든 게 작동해야 할 방식으로 작동하고 있었지만, 처음으로 샘은 클레멘타인이 샘을 전 남자친구들과 어떤 식으로 비교하고 있을지 궁금해지기 시작했다. 그 사람들의 음악적 재능이 어느 정도까지 성적 능력으로 전환되는 건지 궁금해지기 시작했다.

어쩌면 아무것도 아닐지 모른다는 건 알았다. 어린애를 기르는 부모들은 모두 이런 과정을 거치는지도 모르는 거다. 진부할 만큼 보편적인 현상일 수도 있는 거다. 시간이 지나면 다시 르네상스가 찾아올지도 모른다고 샘은 생각했다. 애들이 밤새 제대로 잠을 자기만 한다면 말이다. 그때가 되면 샘과 클레멘타인은 스트레스를 받을 일도 피곤할 일도 없을 거라고 생각했다. 샘은 그 르네상스를 기다리고 있었다.

그러다 바비큐 파티에 간 거다. 그때 티파니는 열쇠를 주는 것 같았다. 티파니는 '이 길로 가면 다시 엄청난 섹스를 할 수 있어, 친구 들!'이라고 소리치는 멋진 무대 감독 같았다. 그러자 모든 게 다시 쉽게 느껴졌다. 샘은 클레멘타인의 얼굴에서 그걸 봤다. 클레멘타 인도 샘의 얼굴에서 그걸 본 거다. 그리고 우주는 상상할 수 있는 가 장 잔혹한 방법으로 이기적인 두 사람을 처벌하기로 한 거다.

샘의 눈앞에 또다시 그 장면이 떠올랐다. 올리버와 에리카가 작 은 루비를 들어올리는 모습이 떠올랐다. 샘은 하루에도 몇 번이나 그 장면을 봤다. 수십 번, 수백 번은 될 거다. 샘은 절대로 극복하지 못했고, 극복할 수도 없을 거다. 샘은 빠져나갈 수 있는 방법을 도무 지 알 수 없었다. 여기엔 해결책이 없었다. 샘은 뭔가를 바꿔야 했 다. 바로잡아야 했다. 무언가를 깨뜨려야 한다.

헤어져야 할지도 모른다는 말을 했을 때 클레멘타인이 움찔하던 모습이 떠올랐다. 클레멘타인은 겁에 질린 어린애처럼 보였다. 그 래서 샘은 기분이 나빠졌다. 아니면 기분이 나빠져야 한다는 사실 을 깨달은 건지도 몰랐다. 하지만 실제로는 아무것도 느낄 수가 없 었다. 이상하게도 너무나도 무감각했다. 아내한테 그런 잔인한 말 을 한 사람은 자기가 아닌 다른 사람인 것만 같았다.

"*아빠.* 아빠가 *다* 먹었잖아."

샘은 텅 빈 팝콘 상자를 내려다봤다.

"미안."

샘은 속삭였다. 언제 팝콘을 다 먹었는지 기억도 나지 않았다.

"불공평해."

화가 난 홀리의 얼굴을 스크린 불빛이 환하게 비췄다.

"쉿."

샘은 무기력하게 중얼거렸다. 목이 따끔거렸고, 치아 사이사이엔 옥수수 껍질들이 박혀 있었다.

"난 거의 못 먹었단 말이야!"

홀리의 목소리가 용납할 수 없을 정도로 높아졌다. 뒷좌석에서 짜증을 내는 소리가 들려왔다.

"시끄럽게 떠들면 우리 나가야 해."

샘이 낮은 목소리로 말했다. 목소리가 부르르 떨리고 있었다.

"욕심쟁이 아빠!"

홀리는 고함을 질렀다. 그러곤 샘의 손에서 팝콘 상자를 낚아채 더니 통로로 던져버렸다. 의도적으로 심술을 부린 거다. 이건 그냥 무시할 수 없는 일이다.

젠장. 샘은 발밑에 둔 젖은 우산을 잡고, 축 늘어진 루비를 한쪽 어깨에 메고, 홀리의 손목을 움켜잡고 일어섰다. 샘이 홀리를 자리 에서 일으켜 세워 통로로 빠져나오는 동안 홀리는 화가 나서 고래 고래 고함을 질렀다.

결과가 중요한 거야. 샘과 클레멘타인은 애들을 키우며 재미로 그런 말을 했지만, 홀리와 루비는 샘이 그 긴 시간이 지난 뒤에야 알게 된 교훈을 배울 필요가 있었다. 인생은 모두 결과로 말하는 거 라고.

올리버는 빗속을 달리기로 했다.

미끄러운 인도에서 다칠 염려도 있고, 감기가 재발할 염려도 있지만, 지금은 정말로 머리를 맑게 할 필요가 있었다. 아내가 좀도둑이고, 그 때문에 올리버는 절대로 아빠가 될 수 없을지도 모르니까. 올리버는 원인과 결과를 잘못 배치한 거지만, 너무 흥분해 있었다. 화가 났고 정말 충격을 받았다.

올리버는 신발끈을 묶고 일어나 스트레칭을 하고 현관문을 열었다가, 다시 닫을 뻔했다. 비가 엄청나게 오고 있었으니까. 하지만 머릿속에서 덫에 갇힌 쥐처럼 생각들이 날뛰는데 집에서 어슬렁거리고 있을 순 없었다. 달리면 올리버는 정신이 맑아졌다. 달리면 올리버의 신경계에서 의사결정과 관계가 있는 뇌 부위를 자극하는 단백질이 방출되는 게 분명했다.

올리버는 심호흡을 한 번 한 다음 밖으로 나갔다. 비드와 티파니는 사람들을 불러서 놀고 있는 게 분명했다. 비드네 집 진입로부터 모퉁이까지 차들이 쭉 늘어서 있었다. 엄청나게 사교적인 사람들이었다. 모퉁이를 돌아 뛰는 동안 올리버는 아주 협소한 자신의 인간관계를 생각해봤다. 지금 올리버의 머리를 괴롭히고 있는 문제를 털어놓을 사람이 있다면 도움이 될 텐데, 아무도 없었다. 같이 만나 조용히 맥주를 마실 친구 하나 없는 올리버였다. 올리버는 조용히 맥주를 마시는 그런 사람도 아니었다. 사실 올리버는 맥주를 마시지 않았다.

물론 올리버에겐 아침에 자전거로 30킬로미터를 달리고 온 다음 헬스푸드 판매점에서 단백질 세이크를 마시며 이제 곧 열리는 하프 마라톤 대회를 어떻게 준비할지 의논하는 친구들이 있었다. 올리버는 친구들을 좋아했지만, 그 친구들이 겪고 있는 사적인 문제엔 관심이 없었다. 그러니 사적인 문제를 말할 수도 없었다. 단백질 세이크를 마시며 '내 아내는 가장 친한 친구의 물건을 훔치는 버릇이 있어. 어릴 때부터 그랬어. 어떻게 생각해? 이거 걱정할 일이지?' 라고 할 수는 없는 거다. 더구나 에리카 얘기를 다른 남자한테 떠벌려서 에리카를 배신하는 일은 절대로 하지 않을 거다.

이럴 땐 여자랑 상의해보는 게 나을지도 모른다. 누나나 엄마가 있으면 좋을 텐데. 엄밀하게 말해서 올리버한텐 엄마가 있다. 하지만 이럴 때 필요한 엄마는 아니다. 올리버의 엄마는 에리카에 관한 얘기를 듣는 순간에 감정 추가 어디에 가 있느냐에 따라 극단적으로 재밌어 하거나 극단적으로 슬퍼할 테니까.

달리는 올리버 옆을 지나가던 차가 경적을 울렸다. 올리버를 격려하는 경적인지 조롱하는 경적인지, 판단할 수가 없었다.

에리카한테 수집벽 증상이 나타나면 올리버가 조절할 수 있다고 생각했다. 끊임없이 정리를 하는 에리카를 보면 그럴 가능성이 없을 것 같지만, 만약 에리카한테 수집벽이 나타난다 해도 올리버는 정신적으로 충분히 준비가 돼 있었다. 우울증(시험관아기 시술을 하면 흔히 나타난다고 하니까), 유방암, 뇌종양, 사고사는 물론이고 심지어 직장 내 불륜 또한 준비가 돼 있었다(올리버는 당연히 에리카를 믿었지만,

에리카의 매니징 파트너는 여자들한테 시시덕거리는 남자였으니까). 하지만 이건 절대로 아니었다. 도둑질엔 전혀 준비가 안 돼 있었다. 올리버와 에리카는 직선적이고 정직한 사람들이었다. 꼼꼼하고 질서정연하게 재무 관리를 하는 사람들이었다. 두 사람은 회계감사를 받으라고 하면 오히려 환영할 거다. 빨리 하세요. 두 사람은 회계감사원에게 그렇게 말할 거다. 어서 하세요.

올리버의 안경은 와이퍼가 필요할 정도였다. 올리버는 계속 뛰면서 안경을 벗어 티셔츠 끝자락으로 닦았다. 아무 소용없었다.

에리카는 디킨슨 소설에 나오는 소매치기처럼 클레멘타인의 물건을 훔쳐온 거다. 이해할 수 없는 일이었다. 에리카는 이제 그만둘 거라고, 시간을 두고 모든 물건을 돌려줄 거라고 말했지만, 올리버의 세상에선 사람들은 그만두는 법이 없었다. 올리버의 엄마 아빠는 더는 술을 마시지 않겠다고 했다. 에리카의 엄마는 늘 더는 물건을 수집하지 않겠다고 말한다. 그 사람들은 말을 하는 순간에는 자기가 할 수 있다고 믿는다. 올리버도 그걸 안다. 하지만 절대로 멈추진 못한다. 그건 숨을 참으라고 요구하는 것과 같으니까. 다시 숨을 들이마실 수밖에 없을 때까지만 참을 수 있는 거다.

자동차 한 대가 또 올리버 옆을 지나갔다. 차에 타고 있던 십대 남자애가 허리까지 몸을 밖으로 내밀고 올리버한테 "찌질이!"라고 소리를 질렀다. 그거 정말 위험한 행동이야, 꼬마. 지나가는 옆 차 때문에 허리가 부러질 수도 있다고. 게다가 예의 없는 행동이잖아.

올리버는 리빙스턴 가에서 모퉁이를 돌았다. 왼쪽 무릎에 다시 찌릿한 통증이 느껴졌다. 지금쯤이면 에리카가 클레멘타인한테 이젠 난자 기증을 원치 않는단 말을 전했을 거다. 올리버와 에리카는 그 문제를 상의했고, 직접 만나서 정중하게 결정을 전하기로 했다. 클레멘타인은 자기 시간을 들여서 혈액검사도 받았고 서류도 모두 작성했다. 올리버는 다른 사람의 시간을 그런 식으로 낭비하게 한 게 기분이 좋지 않았다.

난자 기증을 받지 않기로 한 건 올리버의 결정이었다. 에리카는 클레멘타인이 하는 못된 말을 엿들었다. 구역질이 날 것 같다니. 나쁜 여자. 웅덩이를 밟는 바람에 사방으로 물이 튈 때 올리버는 그렇게 생각했다. 하지만 클레멘타인은 나쁜 여자가 아니었다. 올리버는 클레멘타인을 좋아했다. 하지만 클레멘타인은 무례했고, 할 필요도 없는 말을 했다.

올리버는 에리카의 작은 얼굴(에리카의 얼굴은 작고 귀여웠다)을 생각했다. 복도에서 끔찍한 말을 들었을 때 에리카가 어떤 표정을 지었을지 생각했다. 그러자 저절로 주먹이 쥐어졌다. 갑자기 샘을 때리고 싶다는 충동에 휩싸였다. 클레멘타인을 때릴 순 없으니까. 그리고 원초적 욕구가 그렇듯이 그 충동은 잠시 뒤에 사라졌다. 지금까지 올리버는 누군가를 때려본 적이 없었다.

클레멘타인이 그런 말을 하지 않았다고 해도 에리카와 클레멘타인의 관계는 시험관아기 시술 과정을 함께하기엔, 분명히 아주…… 음, 뭐라고 표현하면 좋을까? 이상하다고 해야 하나? 복잡하다고? 문제가 있다고 해야 하나? 아무튼 그랬다. "절대로 안 돼. 클레멘타인이 난자 기증자가 되면 안 돼. 그렇게는 안 되는 거야. 끝났어. 더는 안 되는 거야." 올리버의 말에 에리카가 안심을 했는지 충격을 받았는지, 올리버로선 알 수 없었다.

뛰겠다는 단호한 의지가 있었지만, 올리버는 이제 젖은 옷이 너무 무겁게 느껴졌고 괜히 뛰러 나왔다는 생각이 들기 시작했다(옷이 흠뻑 젖어 더는 물을 흡수할 수 없는 순간이 있을 것 같지만, 절대 그렇지 않다).

난자를 기증받지 않기로 한 건 어쩌면 너무 성급한 결정인지도 몰랐다. 그건 또 다른 상실처럼 느껴졌다. 매 순간, 올리버는 자신은 소망을 품지 않았다고 생각했다. 자신은 기대하는 게 없다고 생각했다. 하지만 새롭게 실패할 때마다 너무나 아파서 올리버는 결국 자신이 소망하고 있었다는 걸 알게 되는 거다. 소망이 올리버의 무의식 근처를 유혹하듯 떠돌고 있었음을 알게 되는 거다. 그건 상황을 더욱 악화시켰다. 누적 효과를 나타내는 거다. 상실 위에 또 상실을 얹는 거다. 왼쪽 무릎에 생긴 인대 통증처럼.

이제 어떻게 하지? 알지도 못하는 기증자를 찾아야 하나? 외국에서 찾지 않는 한 아주 어려울 텐데. 물론 다들 그렇게 해. 우리도 할 수 있을 거야. 올리버는 분명 할 수 있을 거다. 아이를 낳을 수 있다면 올리버는 무슨 일이든 할 수 있었다. 하지만 에리카도 그런지는 확신할 수 없었다. 올리버가 두려운 건, '아이 갖는 건 잊어버리자'라고 할 때 에리카의 얼굴에 제일 먼저 떠오를 표정이 안도감일 수도 있다는 거였다.

심장박동수가 급격히 올라갔다. 올리버는 자기가 헉헉대는 소리를 들을 수 있었다. 헉헉대는 소리라니, 평소라면 들을 수 없는 소리였다. 감기가 올리버의 체력에 영향을 미친 게 분명했다. 올리버는 발소리에 맞춰 호흡하려고 숨을 가다듬었다. 그때 올리버는 반대편에서 자기 쪽으로 다가오는 파란 차를 발견했다. 클레멘타인을 만나고 집으로 돌아오는 에리카가 분명했다. 클레멘타인한테 해야 할 말을 한 뒤, 에리카는 지체하지 않고 나왔을 거다.

멈춰 서서 허리에 손을 얹고 숨을 고르며, 올리버는 다가오는 에리카를 바라봤다. 에리카의 얼굴은 아직 안 보였지만, 에리카가 취하고 있는 자세는 알고 있었다. 늙고 작은 할머니처럼 핸들에 몸을 딱 붙이고 미간에 주름이 잡힐 만큼 인상을 쓰고 있을 거다. 에리카는 비 올 때 운전하는 걸 싫어하니까.

미간을 찌푸리면서 인상을 쓰는 게 올리버가 함께 일하면서 에리카에게서 발견한 첫 번째 특징이었다. 그 특징은 스쿼시 시합 대진표를 짜기 훨씬 전에 발견했다. 그 모습에 왜 반했는지 올리버도 알지 못했다. 어쩌면 그 표정에서 에리카도 자기처럼 인생을 진지하게 생각한다는 걸 직감했기 때문인지도 몰랐다. 그래, 그저 시간을 흘려보내는 게 아니라 살아가는 모든 시간을 의미 있게 만들려고 인생에 관심을 기울이고 인생에 집중하면서 사는 것처럼 보였기 때문일 거다. 에리카한테 그 얘기는 하지 않았다. 여자들은 찌푸린 미간이 아니라 눈을 보고 자기한테 끌리길 바랄 테니까.

파란 자동차가 건너편 길가에 섰고, 에리카가 차창을 내리고 몸을 내민 채 걱정스런 얼굴로 올리버를 봤다.

"이런 날씨에 달리면 어떻게 해? 미끄러지면 어쩌려고. 항생제도 아직 다 안 먹었잖아!"

에리카는 소리를 질렀다.

올리버는 에리카한테 가서 조수석 문을 열고 차에 탔다. 차 안은 따뜻했다. 에리카가 올리버를 위해 히터를 세게 틀어놓은 거다. 몸에서 물이 뚝뚝 떨어져서 가죽 시트 위에 올리버를 둘러싼 물웅덩이가 생겼다. 젖은 옷이 몸에 달라붙어 질벅거렸다. 올리버는 두 사람이 분수에서 루비를 들어올렸던 밤을 생각했다. 두 사람이 어떻게 루비를 살렸는지를 생각했다. 두 사람은 서로 말을 나눌 필요도 없었다. 그냥 행동하면 됐다. 두 사람은 정말 좋은 팀이었다.

에리카는 운전석에 똑바로 앉아 여전히 핸들에 몸을 바짝 붙이고 미간을 잔뜩 찌푸린 채 올리버를 뚫어지게 봤다. 올리버는 한 손으로 에리카의 얼굴을 어루만졌다.

"미안. 완전히 젖었네."

올리버가 황급히 손을 거뒀다. 하지만 에리카는 올리버의 손을 움켜잡았고, 따뜻한 자기 얼굴을 차가운 올리버의 손에 가져다댔다.

. 75 .

비드의 집은 사람과 음악과 맛있는 음식 냄새로 가득 찼다. 이게 바로 비드가 좋아하는 거다. 이게 바로 비드가 사랑하는 거다. 사람들로 가득 채울 게 아니라면 큰 집을 갖고 있을 이유가 없는 거다. 기회는 기다림이 아니야. 기회를 잡으려면 뭐가 필요할까? 없어! 그냥 마음이 시키는 대로 하면 돼.

비드는 결심한 듯 전화를 몇 통 걸었고, 이제 집이 가득 찼다. 물론 비야 계속 내리고 있었지만 비가 온다고 즐겁게 지내지 말란 법은 없으니까. 모두 비드의 집 안에서 따뜻하고 산뜻하게 있을 거다. 비가 살아가는 걸 멈추게 할 수는 없는 거다. 좀 더 자주 이랬어야 해. 주말마다 이랬어야 한다고.

오늘은 비드의 딸 네 명이 모두 비드의 집에 있었다. 그리고 지금은 네 명이 모두 비드에게 말을 하고 있었다. 이렇게 근사한 일은 쉽게 일어날 수 없는 거다. 물론 다 자란 딸들이 비드에게 뭔가를 해달라고 조르고 있는 거지만, 그렇다고 기쁨이 줄어들진 않았다. 그게 바로 부모가 하는 역할이니까.

아드리아나는 자기 결혼식 때 아빠랑 딸이 제대로 안무를 짠 춤을 추기를 바라고 있었다. 그걸 촬영해서 유튜브에 올리고 싶다고 했다. 다른 사람한테 알려지는 거, 그게 아드리아나의 꿈이니까. 비드야 지금은 하기 싫은 체하고 있지만 당연히 할 거다(마음속으론 이미

안무도 약간 짜고 있었다).

에바와 엘레나는 돈을 달라고 하고 있고, 비드는 줄 생각이 없는 체하고 있지만, 당연히 딸들은 원하는 걸 갖게 될 거다. 딸들이 집으로 돌아가면 비드는 계좌이체를 해줄 테니까. 문제는 얼마나 줄 것인가다. 비드는 딸들의 협상 능력이 어떤 식으로 발전할지 알았다. 에바는 몇 초 안에 짜증을 낼 거다. 에바가 두 살 때부터, 비드는 짜증을 내고 신경질을 부리는 건 협상에 도움이 안 된다는 걸 설명해줘야 했다.

막내 다코타는 아무것도 요구하지 않았다. 비드는 자신의 작은 천사가 그간 얼마나 슬펐는지 깨닫진 못했지만, 아무튼 다코타는 다시 행복해졌다. *마실 것* 한 잔 대접받지 못했지만, 티파니가 첼리스트의 집에 가기로 한 건 탁월한 결정이었다. 그렇게 끔찍한 일이 있었는데도 루비가 행복하고 건강하다는 걸 두 눈으로 볼 수 있었던 것도 근사했다. 루비를 본 뒤로 비드의 어깨를 내리누르던 짐이 한결 가벼워졌다. 그 좁은 집을 나올 때 비드는 한결 밝아지고 한결 경쾌해져 있었다(그리고 한결 목이 말랐다).

클레멘타인과 샘은 거의 말이 없었고 이상하게 행동했다. 하지만 다코타를 홀리의 생일 파티에 초대해줬다. 바라는 건 그저 손님한테 먹을 걸 좀 대접했으면 좋았을 걸 하는 것뿐이었다. 다음엔 음식을 좀 챙겨 가야겠어. 비드는 두 사람이 여전히 친구이길 바랐다. 티파니는 비드보다 훨씬 비관적이었지만. 티파니는 홀리 생일 파티에 초대받은 사람은 티파니와 비드가 아니라 다코타라고 했다. 그 파티는 다코타만 데려다주고 비드와 티파니는 집으로 와야 하는 파티일 수도 있다고 했다. 하지만 비드는 티파니가 하는 말을 알아들을 수가 없었다. 비드는 미트볼을 가져갈 거다. 샴페인 한 상자랑.

"재밌어?"

사람들한테 내갈 음식을 가지러 함께 주방으로 왔을 때 티파니가 비드한테 물었다.

"아니. 이걸 왜 하는지 모르겠어. 난 그냥 집에서 조용히 저녁을 보내고 싶었다고. 그런데 보라고. 우리 집이 계속 먹을 걸 달라고 보채는 사람들로 가득 찼잖아. 어쩌다 이렇게 된 거지?"

"나도 잘 모르겠어. 미스터리네."

쟁반을 든 티파니는 엉덩이로 냉장고 문을 닫고 비드를 보고 웃었다.

"분명히 내일은 해가 뜰 거야. 그러니까 모두 우리 집에서 자고 가라고 하자. 그리고 내일 점심 땐 바비큐 파티를 하는 거야. 주말 내내 파티를 하는 거지."

"진짜 좋은 생각인데."

비드는 티파니가 농담을 하고 있다는 건 알았지만, 정말로 그래도 되는 게 아닐까 생각했다. 비드는 티파니에게 키스를 하면서 혀를 쑥 내밀었다. 티파니가 '비드!' 하고 소리치게 만들려던 거지만 티파니는 비드의 혓바닥을 쭉 빨아들였다. 티파니는 비드를 놀라게 하는 게 좋았으니까.

"아이코, 그냥 방을 잡지 그래?"

비드의 사촌이 주방으로 들어오다 기겁을 하고 나갔다. 티파니는 한쪽 눈썹을 치켜올리면서 비드 앞에서 엉덩이를 한껏 흔들며 나갔고. 무엇 때문인지 모르지만 비드는 행복한 게 분명했다. 티파니와 관계가 있는 뭔가가 비드를 행복하게 한 거다. 그게 뭘까? 비드의 마음이 무뎌진 걸까? 아니, 비드의 마음은 날카롭고 예민했다. 당연히, 그 바보 녀석과 관계있는 작은 일 때문이었다.

어제 다코타의 교복을 사러 학교에 갔다 온 티파니는 옛날 고객의 아내를 만났다고 했다. 그런데 그 집 딸이 세인트 아나스타샤에 다닐 수 없게 됐다고 했다. 정말 잘된 일이었다. 왜냐하면 비드는 티파니가 그 바보 녀석하고 잤다는 걸 알고 있었으니까.

비드는 한 달에 한 번씩 친구들이랑 포커를 했다. 레이먼드가 말하기를, 자기가 상대방이 들고 있는 패를 알아내는 방법은 얼굴에서 단서를 찾는 거라고 했다. 레이먼드는 "이봐, 친구. 자네한테도 단서가 열 가지는 있어. 눈을 깜빡이는 모습, 윙크하는 모습, 씰룩거리는 모습 같은 건데 사실 자넨 아주 발작을 해. 자넨 세상에서 가장 감정을 잘 드러내는 사람이야"라고 했다. 하지만 비드는 포커를 잘했다. 비드가 세상에서 가장 속마음을 잘 드러내는 사람인지는 몰라도 가장 운이 좋은 사람인 건 확실했다. 비드는 늘 엄청난 패를 손에 쥐었다. 언제나 운이 좋았다. 사업에서도 운이 좋았다. 좋은 친구도 아주 많았고, 아주 멋진 여자들과 두 번이나 결혼했으니까. 물론 첫 번째 아내는 딸들이 아빠한테 맞서게 만든 아주 미친 여자인 걸로 판명이 났지만, 그래도 괜찮았다. 두 번째 아내는 훨씬 멋진 행운이었으니까. 그녀는 걸어다니는 비아그라니까. 비드는 두 번째 아내를 미친 듯이 사랑했다.

티파니는 뛰어난 포커 선수였다. 비드만큼 운이 좋진 않지만 아름다운 '포커페이스'를 만들 수 있는 선수였다. 티파니의 패를 읽으려고 비드는 수년간 노력했고, 결국 단서를 포착하는 데 성공했다. 티파니는 얼굴에 단서가 있었다. 왼쪽 콧구멍이 단서였다. 거짓말을 하거나 허세를 부릴 때면 왼쪽 콧구멍이 파르르 떨렸다. 딱 한 번 파르르, 떨리는 거다. 나비가 날갯짓을 하듯 아주 살짝 떨리는 거다. 비드는 거짓말을 할 때의 티파니를 관찰해서 그 단서를 찾아냈다. 예를 들어, 다코타가 산타클로스에 관해 질문할 때나 언니들한테 사실은 비즈니스 석을 예약했으면서 이코노미 석을 타고 갈 거라고 말할 때, 콧구멍이 떨리는 거다. 티파니의 언니들은 이상하게도 비즈니스 석을 타는 걸 큰 죄라고 생각했다.

티파니의 콧구멍은 확실한 단서였다. 티파니의 콧구멍은 거짓말을 하지 않았다. 당연히 이런 말을 티파니에게는 하지 않았다. 콧구멍은 티파니의 포커페이스를 뚫고 본심을 들여다볼 수 있는 비드의 가장 단순하고도 강력한 비밀 무기였으니까(슬프게도 크리스마스 선물로 사온 빨간색 란제리는 티파니가 전혀 좋아하지 않았다). 그래서 비드가 티파니한테 "그 사람이랑 잤어?" 하고 물었을 때 비드는 티파니의 콧구멍을 뚫어지게 봤다. 거기에 답이 있을 테니까. 티파니는 아니라고 했지만, 콧구멍은 그렇다고 대답했다. 티파니는 그 남자랑 잔 거다.

그건 좋아. 아무 문제없어. 아니, 조금은 문제가 있을지도 몰랐다. 학교 발표회에 갔는데 그 녀석이 티파니를 무례하게 쳐다보면 비드는 분명히 그 녀석을 한 대 치고 싶어질 테니까. 마구 패줄지도 모르니까. 어쩌면 학교 자선 바자회에서 그 녀석이랑 나란히 선 채 바비큐를 굽게 될 수도 있었다(그 학교는 등록금만 수백만 달러를 받으면서도 늘 자선 바자회를 열었다). 그때 그 녀석이 티파니에 관해 무슨 말을 할 수도 있었다. 전혀 *해롭지* 않은 평범한 말이라 해도, 비드는 그 녀석이 뭘 알고 있는지 아니까 *오해*할 수도 있었다. 집에 왔는데도 그 녀석 말이 계속 생각난다면—생각이란 건 종종 그럴 때가 있으니까—어느 순간 머리가 확 돌아서 친구 이반한테 그 녀석 무릎을 부러뜨려달라고 부탁하는 전화를 할 수도 있었다. 이반은 늘 누군가의 무릎을 부러뜨릴 필요가 생기면 자기를 떠올려달라고 했다. 티파니는 이반이 농담을 한다고 생각하지만, 이반은 농담을 하는 게 아니다.

하지만 이제 모든 게 괜찮아졌다. 그 나쁜 녀석은 무릎을 걱정할 필요 없이 안전하게 두바이로 가게 됐으니까. 그러니까 비드는 감옥에 안 가도 되는 거다. 비드는 일부러 법을 어긴 적은 없지만, 법을 어길 순 있었다. 그럴 가능성은 언제나 있었다. 그 녀석을 죽이진 않겠지만, 불구로 만들 순 있었다. 하지만 비드는 감옥에 가고 싶지 않았다. 그 음식을 봐. 그 옷은 또 어떻고. 그런 걸 견뎌야 한다고 생각하니 부르르 몸이 떨렸다.

이제 비드가 법을 어길 위험은 사라진 거다. 비드는 정말로 운이 좋았다. 그래서 지금 행복한 거다. 더구나 다코타도 학교에서 나쁜 소문에 시달릴 염려가 사라진 거다. 이제 다코타만 원한다면 다코타가 학교에서 우두머리 역할을 해도 된다. 그 사람들은 분명히 두바이를 사랑하게 될 거라고 비드는 확신했다. 두바이는 신나는 곳이니까. 얼마 전에 비드는 두바이 푸드 페스티벌에 관한 기사를 읽었다. '빅 그릴'이란 것도 있다고 했다. 정말 굉장할 것 같잖아.

"왜 그렇게 행복해 보여? 바보 같아."

비드는 빈 쟁반을 들고 주방으로 들어오는 막내딸을 찬찬히 살펴봤다. 보조개를 지으며 웃고 있는 다코타는 정말 예뻤다. 성모 마리아여, 주님의 어머니. 제발 이 아인 엄마처럼 섹시하게 크지 않게 해주세요.

"그거야 내가 행복하기 때문이지. 거 왜, 너도 알지?"

비드는 다코타의 겨드랑이에 두 손을 넣고 번쩍 들어올려서 빙글 빙글 돌렸다. 큰딸들은 이제 이렇게 돌려주지 못한다(에바는 이제 소형 트럭 만큼이나 무거워 보였다).

"행복하니?"

비드가 물었다.

"아주 많이 행복해."

다코타는 그렇게 말하곤 아빠의 귀에 속삭였다.

"얼마나 더 있어야 내 방에 가서 책을 좀 읽고 올 수 있어?"

"삼십 분?"

비드가 말했다.

"십 분."

다코타가 말했고.

"이십 분. 더는 협상 없어."

"알았어. 거래 성립."

다코타가 아빠한테 손을 내밀었다. 두 사람은 악수를 했다. 비드는 다코타를 바닥에 내려줬다. 집 앞쪽에서 음악 소리가 클럽 수준으로 커졌다. 누군가가 말도 안 된다는 듯이 "우와!" 하고 소리쳤다. 그건 티파니가 춤을 추기 시작했다는 거다. 누군가가 또 소리쳤다.

"비드는 어디 있는 거야?"

"간다!"

비드가 소리쳤다. 옆집 해리가 이젠 평화롭게 쉬고 있다는 것도 비드에겐 행운이었다.

. 76 .

클레멘타인은 잠에서 깨어났고, 주위는 아름다울 정도로 고요했다. 클레멘타인이 들을 수 있는 건 침묵뿐이었다. 그러다 곧 웃는물총새의 익숙한 노랫소리가 들려왔다. 즐겁게 웃는 것 같은 그 노랫소리가 클레멘타인의 심장을 찌르르 훑고 지나갔다. 마치 오랫동안 오스트레일리아를 떠나 있다가 마침내 집으로 돌아온 것처럼 느껴지는 거다. 클레멘타인은 눈을 떴다. 빛은 환하고 깨끗했다. 온통 의미로 가득 차 있는 것 같았다.

"멈췄어!"

기상 캐스터가 일요일엔 햇살을 볼 수 있을 거라고 했지만, 그 말을 믿지 않았는데.

"샘, 드디어 비가 그쳤어."

클레멘타인은 샘을 깨우려 했다. 팔을 흔들어 깨우려 했다. 텅 빈 옆자리를 보고서야 클레멘타인은 샘은 요즘에 서재에서 잔다는 사실을 기억해냈다. 그런 샘을 큰 소리로 부르다니, 클레멘타인은 창피했다. 샘이 없다는 사실은 희망에 찬 행복한 아침을 다시 고통스럽게 만들었다.

클레멘타인은 한숨을 쉬곤 몸을 굴려 창문으로 가서 커튼을 열었다. 새로 태어난 파란 하늘이 보였다. 애들 데리고 외출하면 좋겠다……. 아니, 잠깐만. 안 되는구나. 샘과 클레멘타인은 오늘 근처 고등학교에서 진행하는 응급처치 교육을 받기로 했으니까. 이미 여러 번 미뤘기 때문에 오늘은 꼭 가야 했다. 마치 이 세상을 책임지는 응급처치 전도사인 양, 시드니 곳곳을 돌아다니며 응급처치 교육의 필요성을 역설하고 홍보 자료를 나눠주는 클레멘타인이 사실은 응급처치 교육을 한 번도 안 받았다는 건 말이 안 된다.

오늘은 샘의 엄마 아빠가 애들을 돌봐주기로 했다.

"부부가 같이 뭘 배우는 거, 얼마나 재밌고 신날까?"

샘의 엄마는 희망에 차서 말했다. 조이의 목소리엔 어딘지 모르게 팸의 느낌이 묻어 있었다. 두 엄마는 서로 연락하고 지냈다. 클레멘타인은 팸이 조이한테 전화를 해 둘의 결혼생활이 걱정된다고 말한 게 아닌가 싶었다. 결혼생활은 휘청거리는 순간 공공의 재산이 되는 거야. 정말 재밌지 않아?

클레멘타인은 시계를 봤다. 평소보다 늦게 일어나 여섯 시가 지나 있었지만 괜찮았다. 애들이 깨기 전에 두 시간은 연습할 수 있었다. 오디션은 일주일 남았다. 최종 단계에 접어든 거다. 이제 오디션 날 최상의 컨디션을 유지하려면 운동선수들처럼 정확하게 시간을 맞춰야 한다.

클레멘타인은 파자마 위에 낡아서 형태까지 변한 카디건을 걸치고(왜인지 몰라도 이 카디건이 연습할 때 입는 옷이 됐다), 조용히 아래층으로 내려갔다. 빗소리가 사라지자 공간에 대한 클레멘타인의 감각이 살아나는 것 같았다. 마치 비좁은 대기실에 앉아 있다가 갑자기 드넓은 콘서트홀에 들어온 기분이었다. 끊임없이 내리는 빗소리가 배경음을 만들었던 지난날이 얼마나 질식할 듯 위압적이었는지 클레멘타인은 이제야 알 것 같았다.

클레멘타인이 활에 로진을 바르는 동안 아침 햇살이 방 안을, 할아버지의 시계 유리를, 액자를, 화병을 보석처럼 반짝이게 만들었고, 클레멘타인은 자신이 성장하고 있다는 깊은 평화를 느꼈다. 그리고 문득 자신이 예전과 달리 이번 오디션엔 크게 저항하지 않고 있다는 생각이 들었다. 클레멘타인은 시스템이 불합리하다고 한탄하면서 귀중한 시간을 낭비하고 있지 않았다. 너무 많은 실력 있는 음악가들이 오디션을 순례하며 시간을 버리고 있다고, 오디션에 합격하려면 연주 실력과는 전혀 무관한 기술이 필요하다고, 불만을 터트리지도 않았다. 루비의 사고는 클레멘타인한테서 짜증나는 자존심을 벗기고, 분노로 가장하고 있던 공포를 씻어낸 게 분명했다.

"안녕."

샘이 복도에 나타났다.

"안녕. 일찍 일어났네."

클레멘타인이 활을 내리면서 말했다.

"비가 그쳤네."

샘은 침울하게 말하고 늘어지게 하품을 했다. 햇살을 받은 샘은 창백해 보였고 초췌해 보였다. 클레멘타인은 그런 샘을 안아주고 싶었지만 동시에 한 대 때려주고 싶기도 했다.

"당신 연습할 수 있게 애들 데리고 공원에 가야겠다."

"우리 오늘 응급처치 수업 들어야 해. 기억하지?"

"나는 빠지는 게 좋을 거 같아. 그럼 애들하고 집에 있을게. 다음에 가지 뭐. 내가…… 기분이 별로라서."

샘이 하는 말은 한 마디 한 마디가 한숨처럼 들렸다. 어쨌든 말을 하려고 애쓰는 사람처럼 들렸다.

"당신은 괜찮아. 할 수 있어."

클레멘타인은 애를 어르는 것처럼 말했다.

"애들은 할머니 할아버지랑 놀 생각에 신나 있단 말이야. 모두 계획이 있어."

샘은 아직도 올라가야 할 계단이 남아 있는 노인처럼 굉장히 피곤하고 지쳐 보였다. 샘이 한숨을 내쉬었다.

"좋아. 그러지 뭐."

샘은 몸을 돌리더니 어깨를 잔뜩 웅크리고 걸어갔다. 이건 마치 십대처럼 말하는 팔순 노인이랑 결혼한 것 같잖아.

"수업은 열 시부터야!"

클레멘타인은 까칠하게 소리쳤다. 오늘 클레멘타인은 까칠할 거다. 클레멘타인이야말로 까칠함의 정수였다. 빨리 샘이 정신을 차리고 기운을 내지 않는다면 클레멘타인도 까칠해질 거다. '헤어지자'라고 엄청나게 상처 주는 말을 내뱉을 수 있는 사람은 샘만이 아니란 걸 제대로 보여줄 거다.

. 77 .

"예쁘지 않아?"

올리버가 말했다.

"뭐?"

에리카가 말했고, 두 사람은 에리카 엄마의 구역질나고 질퍽한 앞뜰에 서 있었다. 어디를 둘러봐도 예쁜 구석이 있을 수 없는 곳이 었다. 에리카는 올리버의 시선을 따라갔다. 올리버는 잎마다 햇살을 받아 반짝이는 빗방울을 올리고 있는 풍나무를 보고 있었다.

"꼭 반짝이 같아. 작은 다이아몬드 같지 않아?"

"당신이 시적 감성에 빠져 있는 거야."

어젯밤 일주일 만에 섹스를 해서 그런 걸 거야.

에리카는 다시 엄마의 물건들을 봤다. 햇살 아래서 보는 엄마의 물건들은 빗속에서 봤을 때보다 훨씬 더 처절해 보였다. 에리카는 개봉도 하지 않은 채 비에 젖어 흐물흐물해진 아마존 택배 상자를 발로 찼다. 그 바람에 상자 위에 고여 있던 물이 에리카의 발로 왈칵 쏟아졌다. 나뭇잎이 신발에 달라붙어 에리카는 나뭇잎을 떼어내려고 발을 흔들어야 했다.

"뭐 하는 거니, 달링? 라인 댄싱(line dancing, 줄을 지어 복잡한 발동작을 하면서 추는 춤—옮긴이)?"

에리카의 엄마가 앞뜰로 나오면서 말했다. 봄맞이 청소를 하는

1950년대 주부처럼, 실비아는 빨간색과 하얀색 물방울무늬가 찍힌 스카프를 머리에 두르고 데님 작업복을 입고 있었다. 실비아는— 새로 산 것이 분명해 보이는—작업복 주머니에 양쪽 엄지손가락을 넣고 콧노래를 흥얼거리며 한 발을 뒤로 찼다가 옆으로 쫙 뺐다.

"정말 잘하시는데요, 장모님."

"고마워. 어딘가 라인 댄싱 DVD가 있거든. 필요하면 빌려줄게."

"그래. 쉽게 찾을 수 있을 테니까."

에리카가 말했다.

"당연하지."

실비아는 어깨를 살짝 으쓱했고, 그러더니 앞뜰을 둘러보고 한숨을 내쉬었다.

"세상에. 진짜 엉망이네. 이번 비는 정말 이상하지 않았니? 우리, 할 일 진짜 많겠다."

오늘 실비아는 자기 집 앞뜰이 엉망인 이유는 *비* 때문이라고 믿어버리는 전술을 택한 게 분명했다.

"그래도 오늘은 우리만 있는 게 아니네. 우리 주변 사람들이 모두 나와서 서로 힘을 모아 청소를 하고 있잖아."

"엄마, 저 사람들이 나와서 청소하는 건 집이 침수됐기 때문이야. 엄마 집은 비 때문에 침수된 게 아니잖아. 여긴 쓰레기가 쌓인 거라고."

"아침에 텔레비전을 봤는데 정말 감동적이지 뭐니. 이웃들이 서로 돕더라고. 괜히 눈물이 다 나더라니까."

실비아는 에리카의 말을 무시하고 계속 말했다.

"아, 진짜, 엄마."

"우리가 바꿀 수 없는 것도 있는 거야."

올리버가 에리카의 어깨에 손을 얹고 진정시키면서 속삭였다. 평온을 비는 기도에 나오는 구절이었다. 올리버가 알코올 중독자 가족 모임 알아논(AI-Anon)에서 배워온 기도였다. 하지만 에리카는 평온을 배우고 싶진 않았다.

"그게 뭐니? 참 올리버, 너희 사랑스러운 부모님은 잘 계시지? 혹시 비 때문에 곤란하신 건 아니고?"

에리카의 엄마는 압정처럼 날카로웠다. 왜 저러는 걸까?

"한참 못 봤잖아. 이제 만나서 한잔할 때도 됐지 않니?"

"엄마."

"그래야죠. 하지만 장모님도 아시다시피, 저희 부모님하고 술을 마시면 열 잔이나 스무 잔 정도는 마실 각오를 하셔야 할 겁니다."

"그래, 정말 재밌는 분들이라니까."

실비아가 즐거운 듯 말했다.

"그렇죠. 재밌는 분들이세요. 아, 저기 쓰레기 수거차가 오네요."

"잘됐다, 얘. 난 뭐 해야 할까?"

트럭이 진입로로 들어오면서 거대한 쓰레기통을 천천히 내릴 때 실비아가 말했다.

"우리가 일할 수 있게 비켜주면 돼."

에리카가 말했다.

"알았다. 하지만 중요한 걸 버릴 수도 있으니까 나한테 꼭 확인해야 해. 며칠 전에 내가 종이 모아둔 상자에서 뭘 찾은 줄 아니? 너랑 나랑 클레멘타인이 함께 찍었던 아주 웃긴 사진을 찾았다니까."

"웃길 것 같지 않은데."

"얘는. 웃길 거 같지 않다니, 무슨 말이야? 일단 보고 말해. 너 분명히 깔깔 웃을걸. 그렇게 중요한 추억을 함부로 버렸으면 어쩔 뻔했어? 상상 좀 해봐라. 너랑 클레멘타인이 열두 살 때 찍은 사진일 거야. 클레멘타인이 얼마나 어리고 예쁘게 나왔는지 아니? 며칠 전에 보니까 정말 초췌해 보이던데. 걘 곱게 늙는 유형은 아닌가봐. 올리버도 봐야 해. 그래야 너희들 미래의 딸이 어떻게 생겼을지 알 수있지."

올리버의 얼굴이 굳어졌다.

"이제 그런 딸은 없을 겁니다."

"왜? 걔가 안 해준대? *자기 딸을 살려줬는데도?*"

"클레멘타인이 아니라 우리가 안 한댔어. 우리가 맘을 바꿨어."

"왜? 끔찍한 소식이야. 할머니가 될 생각에 희망에 부풀어 있었는데, 정말 실망이야."

자신이 목요일에 했던 말은 다 잊고 희생자인 체하다니. 에리카는 편리하게 입장을 바꾸는 엄마를 보면서 새삼 놀라웠다.

"왜 내가 잔뜩 희망을 품게 한 거니? 팸 집에서 예쁜 애들을 볼 때 나도 할머니가 되면 정말 좋겠구나 싶었단 말이야. 우리 할머니가 나한테 가르쳐준 것처럼 나도 바느질을 가르칠 생각이었단 말이야."

"바느질을 가르친다고? 엄만 *나한테* 바느질 가르쳐준 적 없잖아."

에리카는 당황해서 말을 더듬거렸다.

"네가 가르쳐달란 말 안 했잖아."

"엄마가 바늘이랑 실을 들고 있는 모습, 살면서 한 번도 못 봤단 말이야."

"쓰레기 수거비를 주고 와야겠습니다."

올리버가 말했다.

"난 안에 들어가서 그 웃긴 사진이 어디 있는지 찾아봐야겠어."

실비아는 재빨리 말했다. 혹시라도 자기한테 돈을 내라고 할까봐 선수를 치는 거다.

덕분에 에리카는 비닐장갑을 끼고 재빨리 무릎을 굽혀 쓰레기가 담긴 망가진 빨래바구니를 들어올릴 수 있었다. 빨래바구니 안엔 머리가 없는 인형, 흠뻑 젖은 비치타월, 피자 상자가 들어 있었다. 에리카는 빨래바구니를 쓰레기 수거함으로 가져가 수류탄을 던지 듯 집어던졌다. 빨래바구니는 금속 벽에 맞고 요란한 소리를 내면서 쓰레기 수거함 안으로 떨어졌다. 물건을 집어던질 때마다, 에리카는 함성을 지르며 전투로 뛰어드는 것처럼 야성적이면서도 무서운 감정에 사로잡혔다.

"아이코, 하실 일이 태산이군요."

올리버가 내민 노란색 신청서를 접어서 뒷주머니에 넣으며 쓰레기 수거차 기사가 말했다. 가슴이 떡 벌어진 기사는 팔짱을 끼더니 정말 역겹다는 얼굴로 에리카 엄마의 앞뜰을 뚫어지게 봤다.

"혹시 도와주실 수 있을까요?"

올리버가 그 기사에게 물었다.

"하하, 아닙니다. 직접 하셔야 합니다, 선생님. 저보다 훨씬 잘하실 텐데요."

자신은 감독을 하러 온 사람이라는 듯 기사는 고개를 흔들며 그냥 서 있었다.

"알겠어요. 그럼 꺼져요."

에리카가 화가 나서 말했다. 낡은 크리스마스트리를 버리려고 몸을 돌렸을 때, 올리버는 웃음을 참고 있었다. 크리스마스트리는 심하게 훼손돼 있었고, 금박 장식줄 하나가 서글프게 덩그러니 매달려 있었다. 크리스마스트리라니, 세상에. 에리카는 자라는 동안 한 번도 집에 크리스마스트리가 있는 걸 본 적이 없었다.

기사는 쓰레기 수거차 안으로 들어가버렸고, 에리카는 크리스마스트리를 쓰레기 수거함에 집어던졌고, 올리버는 양손으로 각각 망가진 선풍기와 쓰레기봉투를 집어들었다. 그때 에리카의 엄마가 엄지손가락과 검지손가락으로 사진 한 장을 의기양양하게 들고 나왔다. 에리카의 엄마가 물건을 찾는 기적을 행한 거다.

"이거 보라니까. 너 진짜 웃을 거야. 내가 장담해."

"난 안 웃을 거라고 장담해."

"아니, 웃을 거야. 자, 봐."

에리카의 엄마는 몸을 기울여 에리카의 셔츠에서 금박 장식줄 조각을 떼어주며 말했다. 에리카는 사진을 들여다봤고, 정말 웃음을 터트렸다. 에리카의 엄마는 덩실덩실 춤을 추며 기쁨에 겨워서 자기 자신을 끌어안았다.

"봐, 내가 뭐랬어. 웃을 거랬지?"

에리카와 에리카 엄마, 클레멘타인이 롤러코스터를 타고 있는 흑백 사진이었다. 롤러코스터가 가장 극적인 순간에 탑승객들이 반응하는 모습을 찍은 자동카메라 사진. 세 사람 모두 비명을 내지르기 직전인 것처럼 달걀처럼 동그랗게 입을 오므리고 있었다. 에리카는 고개를 젖히고 있었지만 몸은 숙인 채 더 빨리 가도록 롤러코스터를 미는 듯이 안전 바를 잡고 있었다. 클레멘타인은 눈을 꼭 감고 있었고, 하나로 묶은 머리는 교황의 모자처럼 하늘 위로 솟아 있었다. 눈을 크게 뜬 실비아는 술에 취해 춤을 추는 여자처럼 두 손을 하늘 위로 번쩍 들어올리고 있었고. 무섭지만 엄청나게 우스운 즐거움. 그것이 사진을 보면 느껴지는 감정이었다. 실제론 그렇지 않았다 해도 이 사진만 보면 웃게 되는 그런 사진이었다. 에리카와 클레멘타인은 교복을 입고 있었다.

"봐. 내가 갖고 있길 잘했지? 이거 클레멘타인한테도 보여줘. 이 날 기억하는지 물어봐. 사실 난 이날이 무슨 날인지 잘 모르겠어. 하지만 봐. 우리 모두 얼마나 행복해 보이니? 어린 시절이 끔찍했던 것처럼 말하면 안 돼. 넌 아주 멋진 어린 시절을 보냈다고. 롤러코스터 타러 다녔던 거 기억하지? 우와, 진짜 나 롤러코스터 사랑했는데, 너도 그랬잖아."

그때 뭔가가 엄마의 시선을 빼앗았다.

"올리버, 그거 왜 들고 가는 거야? 내가 한 번 봐야 해!"

찢어지는 중인 마분지 상자를 간신히 들고 가던 올리버가 엄마의 말에 걸음을 재촉했다. 실비아는 올리버의 뒤를 쫓아 뛰어가면서 외쳤다.

"올리버! 아우, 진짜. 올리버!"

그게 실비아의 삶이었다. 우스꽝스럽고, 터무니없고, 불같이 화를 내다가, 지금처럼 가끔은 근사해지는 거. 이 사진을 찍었을 때 에리카와 클레멘타인은 학교에 있어야 할 시간이었다. 11월 말이었고, 슬슬 여름이 되는 걸 느낄 수 있는 날씨였다. 그날은 에리카의 생일이었다. 아니, 정확히는 열두 번째 생일이 일주일 지난 뒤였다. 에리카의 엄마는 딸의 생일도 기억하지 못했다. 날짜를 제대로 기억하는 게 힘들었으니까. 하지만 이번엔 갑자기 실수를 만회하겠다며 자발적으로 미친 짓을 해버린 거다. 그날 실비아는 학교로 찾아와 클레멘타인의 엄마 아빠에겐 승낙도 받지 않고, 놀러 간다는 사실도 알리지 않은 채 두 아이를 데리고 나와 루나 파크로 갔다. 학교에서 그런 일을 허락하다니. 돌이켜보면 정말 끔찍한 일이라고 에리카는 생각했다. 법적으로 분명히 큰 문제가 생길 일이었다.

클레멘타인은 롤러코스터를 탈 수 없었다. 클레멘타인의 엄마가 놀이기구라면 아주 끔찍해했으니까. 클레멘타인의 엄마는 에리카와 클레멘타인이 태어나기 전에 한 시골 박람회장에서 놀이기구를 타다가 여덟 명이 사망한 사건에 큰 충격을 받았다. 팸은 언제나 "그런 기계를 아직도 운영한다는 걸 이해할 수 없어. 놀이기구는 죽음의 덫이란 말이야. 그런 사건은 언제라도 일어날 수 있어"라고 했다.

하지만 에리카와 실비아는 롤러코스터를 사랑했다. 무서우면 무서울수록 더 좋았다. 롤러코스터는 결정을 할 필요도 없었고 통제를 할 필요도 없었고 토론을 할 필요도 없었다. 그저 바람이 낚아채기 전에 날카롭게 소리를 지르고 폐 안 가득 공기를 들이마시면 되는 거였다. 무시무시한 롤러코스터 타기는 에리카와 에리카의 엄마가 함께 즐기는 몇 안 되는 공통 취미였다. 그렇다고 롤러코스터를 자주 타러 다닌 건 아니었다. 에리카의 기억엔 몇 번 되지 않았고, 이날은 그런 날들 가운데 하나일 뿐이었다.

에리카는 클레멘타인도 그날을 사랑한다는 걸 알았다. 그날 에리카는 격앙될 만큼 행복했다. 그날은 에리카가 스스로를 비난하지도, 두 사람의 우정을 되짚어보지 않아도 되는 날이었다. 어렸을 땐 그런 날들도 있었던 거다. 에리카의 엄마가 그저 에리카의 엄마고 에리카의 친구가 그저 에리카의 친구인 날들도 있었던 거다.

에리카는 청바지 뒷주머니에 사진을 넣고 실비아를 봤다. 실비아는 쓰레기 수거함 안으로 굴러떨어질 만큼 몸을 깊이 숙이고 뭔가를 구출하려고 애썼다. 다시 몸을 일으킨 실비아는 스카프를 한 번 매만지고 나서 올리버를 보며 두 손을 엉덩이에 올렸다.

"올리버. 저 선풍기는 아무 문제가 없단 말이야. 제발 나를 위해 꺼내줘, 올리버."

"그럴 순 없습니다, 장모님."

에리카는 웃지 않으려고 몸을 돌렸다. 그러곤 빗방울이 맺혀 반짝이는 나무를 쳐다봤다. 나무는 정말 예뻤다. 꼭 크리스마스트리 같았다.

에리카는 고개를 젖히고 얼굴로 햇살을 한껏 맞았다. 길 건너에 사는 노부인이 보였다. 예수를 사랑하지만 실비아는 사랑하지 않는 사람이었다. 노부인은 위층 창가에 서서 창문을 닦는 사람처럼 한 손을 창문에 대고 있었다. 에리카를 보고 있는 것 같았다.

어, 바로 저랬는데? 그때 말이야. 그 순간 에리카는 모든 게 기억났다.

. 78 .

바비큐 파티 날

　에리카는 주방에서 비드가 넘겨준 파란 접시를 잔뜩 들고 집에서
뒤뜰로 나가는 입구에 서 있었다. 복잡한 무늬의 단단하고 아름다
운 도자기 접시였다. 버들 무늬구나, 에리카는 생각했다. 할머니도
바로 이런 접시를 가지고 계셨는데. 할머니에겐 아름다운 물건이
정말 많았는데 지금은 어떻게 됐는지 알 수 없었다. 아마도 엄마 집
어딘가에서 사라졌거나 깨졌거나 층층이 쌓인 쓰레기 더미 안에 파
묻혀 있겠지. 정말로 이상한 일이야. 물건을 너무나 사랑해서 물건
이 아무것도 없는 것과 마찬가지로 만들다니.

　에리카는 이 아름다운 접시들을 갖고 싶은 열망에 사로잡혀 접시
를 힘껏 움켜잡았다. 에리카는 이대로 접시를 든 채 재빨리 자기 집
으로 도망가서 주방 찬장에 숨기고 싶은 욕망에 사로잡혔다. 하지
만 그러면 안 돼. 당연히 안 되지. 하지만 정말로 그렇게 할 것 같아
서 너무나 두려웠다.

　에리카는 잠시 꼼짝 않고 멍하니 서 있었다. 어렸을 때 에리카는
뒤뜰에 나가서 온 세상이 빙글빙글 돌 때까지 몸을 돌리며 놀았는
데, 지금 바로 그런 느낌이 들었다. 어렸을 땐 왜 일부러 그런 짓을
했을까? 이렇게 기분이 나쁜데. 술에 취한 게 분명해. 올리버의 엄

마 아빠는 어째서 이런 느낌을 일부러 느끼려고 하는 걸까? 이런 느낌을 받으려고 계획을 세운다고? 이런 느낌을 갈망한다고? 정말 끔찍하다.

에리카는 애들이 어디 있는지 둘러봤다. 루비가 한 손엔 위스크, 다른 한 손엔 홀리의 작은 스팽글 핸드백을 들고 아장아장 걸어나오고 있었다. 홀리가 싫어할 텐데. 홀리는 자기가 모은 돌 수집품을 누구도 못 만지게 하잖아. 그런데 홀리는 어디 있지?

그때, 루비 뒤에서 갑자기 홀리가 나타나더니 고함을 질러대기 시작했다. 하지만 비드의 음향 기기가 쏟아내고 있는 클래식 음악 소리가 너무 커서 홀리의 말은 하나도 안 들렸다. 루비는 흘끔 뒤돌아보더니 빠르게 걷기 시작했다. 정말 귀여웠다. 루비는 손에 넣은 밀수품을 들고 도망치려는 게 분명했다.

조심해, 에리카는 생각했다. 애들 부모가 제대로 지켜보고 있겠지? 에리카는 어른들을 쳐다봤다. 올리버는 어디 갔는지 보이지 않았다. 클레멘타인은 비드한테 얘기를 하고 있었고, 티파니는 샘한테 말하고 있었다. 네 사람 모두 서로에게 완전히 취해 있는 것 같았다. 올리버와 에리카는 이곳에 존재하지 않는 것처럼 보였다. 에리카와 올리버는 저 네 사람 기분을 망치는 사람인 거다. 샘도 클레멘타인도 지금은 애들을 보고 있지 않았다. 태만한 부모들 같으니라고. 정말 태만한 부모들이야.

에리카는 비드가 나이프를 지휘봉처럼 들고 음악에 맞춰 팔을 흔드는 모습을 봤다. 지휘자 흉내를 내는 비드를 보며 클레멘타인은 즐겁게 웃고 있었다. 위층에서 클레멘타인이 정확히 뭐라고 했더라? 어떤 단어를 사용했지? 구역질이라는 단어를 썼지? 에리카한테 난자를 기증해준다는 생각을 하면 구역질이 난다고 했어. 에리카와 올리버는 정말 오랫동안 그 일을 상의했는데. 에리카는 올리버가 시험관아기 시술을 하는 의사에게 했던 말을 생각했다. "우린 에리카의 가장 친한 친구한테 부탁하려고 합니다. 두 사람은 자매 같거든요."

자매라니. 그게 무슨 농담이야? 그건 거짓말이야.

에리카는 클레멘타인이 어깨 뒤로 머리칼을 넘기고 비드 쪽으로 몸을 기울여서 비드가 한 입 크게 떠주는 음식을 받아먹는 걸 봤다. 클레멘타인은 세례를 받을 때 요정 대모들이 나타나서 모든 선물을 주는 동화 속 공주님처럼 보였다. 공주님은 부모님의 사랑을 받으실 거예요. 딩동! 공주님은 음악에 뛰어난 재능을 보이실 거예요. 딩동! 공주님은 깨끗하고 안락하게 사실 거예요. 딩동! 공주님은 원하는 순간 자연 임신을 하고 아름다운 두 따님을 낳으실 거예요. 딩동, 딩동!

동화에서 늙은 요정은 초대자 명단에서 빠져 있었다. 초대받지 못한 노파가 남아 있는 거다. 어렸을 때 에리카를 파티에 초대하는 사람은 많지 않았다. 초대받지 못한 요정은 무슨 일을 했더라? 저주를 퍼부었지. 공주님은 물레 바늘에 찔려서 돌아가실 겁니다. 그러니까 바늘을 조심하세요. 하지만 아직 선물을 주지 않은 상냥한 요정이 나서서 저주를 살짝 바꿔놓는 거야. 공주님은 죽지 않아요. 그저 백 년 동안 잠들 뿐이에요. 그건 그렇게 나쁘지 않을 거예요. 잠깐, 이거 《잠자는 숲속의 공주》잖아? 이 동화는 《잠자는 숲속의 공주》였어.

에리카는 취한 게 분명했다. 이 자리에서 벗어나야 해. 하지만 움직일 수가 없었다. 잠자는 숲속의 공주라니. 클레멘타인은 잠자는 걸 좋아했다. 정말로 딱 망할 잠자는 공주였다. 지금 넌 자고 있는 거야. 심지어 애들을 지켜볼 생각조차 없는 거잖아.

갑자기 소리가 들렸다. 어딘가에서. 그 소리는 비드의 음향 기기에서 쏟아져나오는 소리 밑으로 퍼져나가려 애쓰고 있었다. 클레멘타인이 연주를 하고 있나? 아니, 당연히 연주를 하지 않았다. 에리카, 넌 지금 옆집 뒤뜰에 서 있는 거야. 넌 취했어. 취기가 올라와서 그래. 뇌가 흐리멍덩해져서 모든 생각이 미끄러지고 사방으로 튀어나가는 거야.

하지만 에리카는 그 소리를 또 들었다. 누군가가 뭔가를 두드리는 소리였다. 그래, 바로 그 소리야. 아주 빠르게 두드리고 두드리고 두드리는 소리. 에리카는 재빨리 엄마의 얼굴을 봤다. 엄마는 검지 손가락을 입술에 대고 있었다. 문 열면 안 돼. 알았어, 엄마. 난 내가 해야 할 일을 알아. 소리를 내면 안 돼. 절대, 절대 밖에 있는 사람한테 대답하면 안 돼. 다른 사람들이 더러운 우리 비밀을 알면 안 돼. 그건 저 사람들이랑 상관없는 일이야. 어떻게 초대도 하지 않았는데 우리 집에 와서 문을 두드릴 수 있지? 그건 무례한 일이야. 우리한테 이런 느낌이 들게 할 권리가 없는 사람들이라고. 저 사람들이 가버릴 때까지 우린 조용히 있어야 해. 절대로 움직이면 안 돼. 자기를 속인다는 걸 알고 있단 듯이, 그래서 화가 난다는 듯이 아주 신경질을 내면서 비난하듯 마구 문을 두드리는 사람도 있었다. 하지만 결국 그런 사람들도 포기하고 떠나갔다.

두드리는 소리는 더 커지고 있었다. 점점 더 화를 내고 있는 거다. 엄마의 눈은 증오로 불타오르고 있을 거야. 저 사람들은 저럴 권리가 없어. 권리가 없다고!

에리카는 부르르 몸을 떨었다. 현관문을 두드리는 사람은 없었다. 지금은 바비큐 파티를 하고 있잖아. 애들은 어디로 갔을까? 뒤뜰 한쪽 구석에서 파란 빛이 보였다. 홀리가 풀밭 위에서 양반다리를 하고 앉아 조심스럽게 돌을 꺼내 쭉 늘어놓고 있었다. 홀리는 수집품을 정기적으로 점검해보는 걸 좋아했다.

어른들이 모여 있는 식탁에서 갑자기 웃음이 터져나왔다. 두드리는 소리도 여전히 들려왔고. 도대체 이 소리는 어디서 들리는 거야? 에리카는 우스꽝스런 분수를 바라봤다. 분수 안에 쓰레기가 둥둥 떠 있는 게 보였다. 누군가가 입다 버린 낡은 코트가 빙글빙글 원을 그리며 돌아가고 있었다.

에리카의 엄마는 코트를 모으고 또 모았다. 아주 커다란 겨울 코트를. 시드니가 아니라 시베리아에서 살고 있는 것처럼 모았다. 뭐, 저 코트를 분수에서 꺼내진 않을 거야. 내 책임이 아니니까. 청소라면 충분히 했어.

탁탁탁! 도대체 무슨 권리가 있다고 그렇게 남의 현관을 두드리는 거야? 그 소리는 위에서 나는 것 같았다. 에리카는 위를 올려다봤다. 옆집 해리가, 심술쟁이 노인 해리가 이층 창문에 바짝 붙은 채, 그냥 창문을 두드리는 게 아니라 창문을 뚫고 도망치려는 사람처럼 마구 내리치고 있었다.

해리는 그를 쳐다보는 에리카를 봤다. 에리카에게 뭔가를 가리켰다. 거칠게 손가락질을 하며 분수 쪽을 가리켰다. 소리는 안 들렸지만 해리는 고함을 치고 있었다. 자세와 몸짓으로 보아, 에리카한테 화가 난 게 분명했다. 해리는 에리카한테 뭔가를 소리 지르고 있었다. 내가 쓰레기를 치우기를 바라나봐. 이웃사람들은 에리카한테 늘 화를 냈다. 에리카한테 쓰레기를 치우라고 했다. 아니, 안 할 거야. 내 책임도 아닌걸.

에리카는 낡은 분홍 코트가 천천히 원을 그리고 있는 분수를 다시 봤다. 그리고 분수 옆에 놓인 위스크를 봤다.

저건 낡은 코트가 아냐. 저건 쓰레기가 아냐.

에리카의 심장이 미친 듯이 뛰기 시작했다. 에리카는 클레멘타인의 모든 걸 훔쳐왔다. 하지만 이건 에리카가 원하는 게 아니었다. 이건 에리카의 잘못이었다. 에리카의 잘못. 에리카의 잘못이었다.

접시들이 에리카의 손에서 와르르 무너져내렸다. 에리카는 클레멘타인의 이름을 죽어라고 외쳤다.

· 79 ·

응급처치 수업은 언젠가 두 딸이 입학하게 될 근처 고등학교에서 열렸다. 물론 애들이 고등학교에 입학할 정도로 자란다는 건 꼭 공상과학 소설처럼 느껴졌지만. 응급처치를 가르쳐줄 선생님은 몸집이 크고 쾌활하고 약간 거들먹거리는 잰이라는 여자였다. 잰을 보니까 클레멘타인은 해마다 음악 캠프에서 만났던 참을 수 없는 플루트 연주자가 떠올랐다. 잰은 한 사람씩 돌아가며 자기 이름과 수업에 참가한 이유를 말하라고 했다. '어색한 분위기를 풀어보겠다'며 채소에 비유한다면 자신이 어떤 채소일지도 얘기해보라고 했다.

가장 먼저 자기소개를 한 사람은 개인 트레이너라는 근육질의 젊은 남자 데일이었다. 데일은 개인 트레이너 자격증을 따려면 응급처치법을 알아야 한다고 했고, 자신이 채소라면 베이비 케일일 거라고 했다. 왜냐하면 베이비 케일은 힘을 주는 채소니까. 그 말을 할 때 데일은 탄탄한 이두박근에 잔뜩 힘을 줬는데, 얼굴은 완전히 아기 얼굴이었다. 그 순간 데일의 이두박근에 압도당한 것처럼 보인 잰은 "정말 탁월한 대답이에요"라고 했다. 그 때문에 클레멘타인은 잰이 사랑스럽게 느껴졌다.

두 번째는 땅딸막한 중년 여자였다. 그녀는 직장에서 끔찍한 사고가 있었기 때문에 왔다고 했다. 방문판매원이 감전됐는데, 그녀는 그때만큼 자신을 쓸모없고 무기력하게 느낀 적이 없다고 했다.

그 불쌍한 방문판매원한테 어떤 도움도 줄 수 없겠지만, 그래도 다시는 그런 비참한 기분은 느끼고 싶지 않다고 했다. "내가 채소라면 난 감자일 거예요." 그녀는 자기 몸을 가리키면서 "안 그래요?"라고 했다. 다들 큰 소리로 웃었다. 하지만 이내 웃으면 안 된다는 사실을 깨닫고 재빨리 입을 다물었다.

그다음은 샘 차례였다. 샘은 의자에 느긋하게 앉아 다리를 쭉 뻗은 채, 자신 있고 분명한 말투로 말했다. 그는 자신과 아내는—클레멘타인을 가리키면서—애들을 기르고 있기 때문에 이 수업에 참가했다고 말했다.

클레멘타인은 샘을 쳐다봤다. 클레멘타인이었다면 진실을 말했을 거다. 작은딸이 물에 빠져 죽을 뻔했다고 말할 거다. 클레멘타인은 언제라도 그 얘기를 나눌 준비가 돼 있었다. 하지만 샘은 루비가 병원에 입원해 있을 때조차 부끄러운 비밀이기라도 한 것처럼 루비가 병원에 온 이유를 정확하게는 말하지 않았다.

"나는 양파일 겁니다. 아주 복잡하고 층이 많으니까요."

샘의 말에 사람들이 크게 웃었다. 클레멘타인은 샘이 회사 워크숍에서도, 팀워크 강화 훈련을 할 때도 이렇게 말할 거라는 걸 깨달았다. 이것이 남을 웃기기 좋아하는 샘이 회사에서 남자답게 행동하는 방식인 거다. 샘은 언제나 자기가 양파라고 말할 거다.

클레멘타인 차례가 되었을 때, 클레멘타인은 샘이 덮어버린 진실을 감히 들춰낼 용기가 나지 않았다. 클레멘타인은 자기를 토마토라고 했다. 왜냐하면 토마토는 양파랑 잘 어울리니까. 클레멘타인의 말을 듣고 샘은 웃었지만, 그건 낯선 사람이 던지는 추파를 받는 것처럼 조심스런 웃음이었다. 웃는 샘을 보니 클레멘타인은 있지도 않은 샘한테 비가 그쳤다고 말했던 아침을, 침대 옆자리가 텅 비어 있던 그 굴욕적이던 순간을 떠올렸다.

"오호."

클레멘타인이 토마토라고 말했을 때 모두 그렇게 말했지만, 클레멘타인 뒷자리에 있던 사람은 "토마토는 과일이에요"라고 말했다.

"이젠 채소죠."

잰이 활기차게 대답했고, 그 순간 클레멘타인은 까칠했던 플루트 연주자하고 잰은 닮은 데가 전혀 없다는 결론을 내렸다.

수강생들의 자기소개가 모두 끝난 뒤, 잰이 자기소개를 했다. 그녀는 자기가 아보카도일 거라고 했다. 왜냐하면 부드러워지려면 시간이 좀 걸리니까(클레멘타인 뒷자리의 과일 전문가는 "아보카도는 과일이에요"라면서 한숨을 쉬었다). 잰은 자기가 오늘 여기 있는 이유는 '응급처치는 내 열정이기 때문'이라고 했다. 그 말을 듣고 클레멘타인은 울 뻔했다. 잰처럼 다른 사람을 돕는 일에 '열정'을 가진 사람들이 세상에 있다는 게 정말 근사하게 느껴졌기 때문이다.

수업이 시작됐다. 잰이 '기본적인 생명 유지' 방법을 알려주고, 수업 중 수강생 한 명이 갑자기 쓰러지는 바람에 실제로 응급 상황이 발생했던 일 같은 경험담을 들려주는 동안, 샘과 클레멘타인은 부지런히 필기를 했다.

"그 환자로 시범을 보였나요?"

한 수강생이 잰에게 물었다.

"아뇨. 교실을 치워야 했어요. 사람들이 파리처럼 떨어지기 시작했거든요. 그들은 도미노처럼 쓰러졌죠. 탕, 탕, 탕!"

일반 사람들의 소심함을 말하고 싶은 듯 잰은 상당히 즐거워했다.

"그래서 지시를 해야 하는 거예요. 당신은 구급차를 불러. 당신은 얼음을 가져와. 이렇게요. 아니면 내보내야 해요. 안 그러면 충격을 받거든요. 이건 트라우마가 남는 일이에요. 외상후스트레스증후군 때문에 힘들 수도 있어요. 이 문제는 다음에 다룰 거예요."

잰이 말하는 동안 클레멘타인은 샘을 봤다. 혹시 두 사람의 '트라우마'를 만든 일을 떠올리고 있는지 보려고. 샘은 어떤 표정도 짓고 있지 않았다. 그저 노트패드에 뭔가를 적고 있었다.

잰은 근육질의 개인 트레이너 데일에게 바닥에 누우라고 했다. 그러고 젊은 여자 두 명(당근과 콜리플라워)한테 데일을 회복 자세로 눕히라고 했다. 세 사람한테 시범을 보이게 한 이유는 셋 다 매력적인 젊은이라 다른 사람들 보기에 좋았기 때문이다. 두 아가씨가 데일을 옆으로 눕히자 반바지가 밑으로 내려가 데일의 팬티가 보였다.

"오늘은 캘빈 클라인을 입었군요. 보기 좋아요."

잰이 말했다. 수업은 정말 재밌었고, 흥미로웠고 유용했다. 샘은 지적인 질문을 했고 적절한 순간에 괜찮은 농담을 했다. 그래서 그런 일이 벌어질 거라고는 상상도 못했다.

잰이 상체만 있는 인체 모형, 밝은 파란색 더미로 심폐소생술을 할 때 클레멘타인은 숨을 제대로 쉴 수 없었다. 강하고 빠르게 위아래로 움직이는 잰의 손을 보면서 클레멘타인은 모든 걸 다시 떠올렸다. 무릎 밑에서 느껴지던 딱딱한 바닥, 창백하던 루비의 뺨과 퍼런 입술. 반짝이던 꼬마전구의 빛들. 거칠게 숨을 쉬면서 클레멘타인은 샘을 쳐다봤다. 하지만 샘의 표정은 변화가 없었다.

그때 잰이 두 사람씩 짝을 지으라고 했다. 그러곤 더미 하나와 일회용 페이스실드(face shield, 더미 하나로 여러 명이 실습을 할 때 위생을 위해 얼굴에 덮는 것—옮긴이) 두 개씩을 나눠줬다(잰은 열쇠고리에 늘 여분의 페이스실드를 갖고 있었다. 언제라도 필요할 때 쓰려고 준비를 하고 있는 거다). 사람들은 더미를 눕힐 공간을 이리저리 찾아다녀야 했다.

잰은 교실을 돌아다니면서 사람들이 제대로 심폐소생술을 하고 있는지 점검해줬다.

"먼저 할래?"

클레멘타인이 샘에게 물었다. 두 사람은 더미를 사이에 두고 무릎을 꿇고 앉아 있었다.

"그래."

샘이 대답했다. 잰이 머리글자로 알려준 심폐소생술 절차를 차례대로 진행하는 동안(심폐소생술은 'DRS ABCD' 순서로 한다. DRS ABCD는 '위험. 반응. 도움 요청. 기도 확보. 호흡. 심폐소생술. 제세동기'의 약자다). 샘은 평온해 보였다. 샘은 먼저 더미의 기도를 확보하고, 더미를 들여다 보면서 호흡을 점검하고, 심폐소생술을 실시했다. 깍지 낀 손으로 더미의 가슴을 규칙적으로 압박했다. 샘의 눈과 클레멘타인의 눈이 마주쳤다. 그리고 클레멘타인은 샘의 얼굴에 흐르는 땀방울을 봤다.

"샘? 괜찮아?"

샘은 조그맣게 "아니"라고 대답하며 고개를 저었지만 심폐소생술을 멈추진 않았다. 샘의 얼굴은 죽을 것처럼 창백했고, 샘의 눈은 불타오를 것처럼 새빨갰다. 클레멘타인은 어떻게 해야 할지 알 수가 없었다.

"혹시…… 가슴이 아파?"

샘은 다시 고개를 저었다. 적어도 두 사람은 옳은 장소에 와 있는 거다. 잰은 의사나 구급대원만큼이나 능숙해 보였고, 확실히 그 사람들보다 열정적인 거 같았으니까.

샘은 고개를 숙여 더미의 코를 잡고 인공호흡을 두 번 했다. 더미의 가슴이 볼록하게 올라온 걸로 봐서 샘이 제대로 하고 있는 게 분명했다. 샘은 고개를 들고 다시 더미의 가슴을 압박하기 시작했다. 클레멘타인은 배를 걷어차인 것처럼 깜짝 놀랐다. 눈물이 샘의 얼굴을 타고 흘러내려 더미 위로 방울방울 떨어지고 있었으니까.

클레멘타인은 남편이 우는 모습을 한 번도 본 적이 없었다. 제대로 우는 모습은 한 번도 보지 못했다. 결혼식 날에도, 애들이 태어났을 때도, 루비가 숨을 쉬지 않을 때도, 다음 날 루비가 정신을 차렸을 때도, 샘은 울지 않았다. 클레멘타인은 그게 이상하단 생각을 해본 적이 없었다. 아빠가 우는 것도 한 번도 못 봤고 오빠들이 우는 것도 한 번도 못 봤으니까. 오빠들이 어렸을 땐 문을 쾅 닫고 들어가거나 벽을 세게 치는 게 전부였으니까. 클레멘타인의 엄마가 눈물을 흘릴 땐 있었지만, 집에서 정말로 우는 사람은 클레멘타인뿐이었다. 클레멘타인에겐 언제나 펑펑 울어야 할 이유가 있었다. 주변에 듬직하고 절제력이 강한 남자들만 있었기 때문에 클레멘타인은 오래된 상투적인 문구를 진실이라고 생각하며 살았다. 남자들은 울지 않아. 그래서 샘이 이런 식으로 울 수 있다는 게, 샘의 몸이 그토록 많은 눈물을 만들어낼 수 있다는 사실이 클레멘타인에겐 정말로 놀라웠다.

더미 위로 떨어지는 샘의 눈물을 보면서 클레멘타인은 자기 안에서 뭔가가 부서진다고 느꼈다. 그리고 가슴속에서 엄청난 연민의 감정이 솟아오르기 시작했다. 클레멘타인은 한 가지 끔찍한 사실을 깨달았다. 지금까지 샘은 울지 않으니까 느끼지 못할 거라고, 느낀다 해도 클레멘타인처럼 깊이 있고 의미 있는 느낌은 아닐 거라고, 무의식적으로 늘 그렇게 믿어왔다는 걸 깨달았다. 샘의 역할은 클레멘타인을 위해, 클레멘타인한테 뭔가를 해주는 것이어야 한다는 듯이, 클레멘타인은 샘의 행동이 클레멘타인의 감정에 어떤 식으로 영향을 미치는지만 신경 썼다. 중요한 건 샘한테 반응하는 클레멘타인의 감정이라고만 생각했다. '남자'는 상품이나 서비스고, 클레멘타인에겐 적절한 반응을 보여주는 상표를 고를 권리가 있는 것처럼 행동한 거다.

그런 상황에서 클레멘타인이 샘을 제대로 보고 제대로 사랑할 수 있었을까? 샘을 한 사람으로 보고 사랑할 수 있었을까? 결점이 있고 감정이 있는 평범한 사람으로 보고 사랑할 수 있었을까?

"오, 샘."

샘은 뒤로 넘어지려는 것처럼 재빨리 몸을 뒤로 빼며 벌떡 일어났다. 얼굴을 돌리고 뭔가에 쏘인 것처럼 손꿈치로 볼을 세게 문지르면서, 몸을 돌려 교실에서 나가버렸다.

. 80 .

"죄송해요. 가서 남편을 좀 살펴봐야겠어요. 기분이 안 좋은 것 같아요."

클레멘타인이 잰에게 말했다.

"물론 그러셔야죠. 혹시 도움이 필요하면 말해주세요."

잰은 기대한다는 듯 말했다. 교실을 나와서 클레멘타인은 왼쪽을 봤다. 벌써 샘은 거의 복도 끝까지 가 있었다.

"샘!"

클레멘타인은 출세한 어른들이 들어 있는 교실들을 지나 뛰다시피 걸으면서 큰 소리로 샘을 불렀다. 하지만 샘은 오히려 더 빨리 걷는 것 같았다.

"샘, *기다려!*"

클레멘타인은 빠르게 샘을 뒤쫓아 사람들이 다니지 않는 조용한 통로까지 걸어갔다. 두 건물을 연결하는 통로의 천장은 유리로 만들어져 있었고, 양쪽 벽엔 회색 사물함들이 쭉 늘어서 있었다. 샘이 문득 걸음을 멈췄다. 늘어선 사물함들 사이에서 좁은 공간을 찾아낸 거였다. 그 비좁은 틈새는 여고생들을 중력처럼 끌어당기기 좋은 숨바꼭질 장소일 거였다. 샘은 그 틈새에 주저앉아 벽에 등을 기댔다. 무릎을 세우고 이마를 무릎에 댄 샘의 어깨가 소리 없이 들썩였다. 샘의 셔츠는 땀에 젖어 둥그런 무늬를 만들고 있었다. 클레멘타인은 샘의 어깨에 손을 얹고 싶었지만 몇 초 동안 머뭇거리다 그만두고 말았다. 대신 클레멘타인은 샘을 마주 보는 통로 반대편에 앉았다. 차가운 금속 사물함에 등을 기대고 앉아 클레멘타인은 샘이 울음을 그치길 기다렸다. 통로를 따라 네모난 햇살이 바닥을 길게 비추고 있었다. 마치 빛의 기차 같은 햇살을 보면서, 향수를 불러일으키는 고등학교의 공기를 들이마시면서, 클레멘타인은 차츰 마음이 평온해졌다.

마침내 샘이 고개를 들었다. 샘의 얼굴은 젖어 있었고 부어 있었다.

"미안. 음, 정말 품위 있었지?"

"괜찮아?"

"흉부 압박 때문이야."

샘은 손등으로 코를 문지르며 킁킁거렸다.

"알아."

"꼭 다시 가 있는 거 같아서."

샘은 손바닥을 뺨에 대고 빙글빙글 문질렀다.

"알아."

클레멘타인이 또 말했다.

샘은 천장을 쳐다보면서 치아 밖으로 음식을 밀어내려는 것처럼 혀를 움직였다. 샘 뒤에 있는 벽에 햇살이 비췄기 때문에 그늘진 샘의 얼굴에서 파란 눈은 더 파랗게 보였다. 샘은 아주 어리면서도 아주 늙어 보였다. 과거와 미래의 샘이 공존하는 것 같은 얼굴이었다.

"위기가 닥치면 난 아주 잘해낼 거라고 늘 생각했어."

"당신은 잘하고 있어."

"난 내가 시험에 들면, 그러니까 불이 나거나 총 든 사람을 만나거나 좀비가 나타나 우릴 해치려 하면, 당연히 내가 가족을 지킬 수 있다고 생각했어. 난 남자니까."

남자라는 말을 할 때 샘의 목소리엔 강한 경멸이 담겨 있었다.

"샘……."

"단순히 내가 루비를 지켜보지 못했다는 문제가 아냐. 내가 그 망할 스트리퍼한테 초콜릿 병 따는 모습을 보여주려 애썼다는 문제가 아니라고. 그건 내 애가 내 옆에서 물에 빠져 죽어가는데……."

샘은 깊이, 바르르 떨리는 숨을 깊이 들이마셨다.

"난 움직이지도 않은 거야. 다른 남자가 그 끔찍한 분수에서 내 딸을 꺼내는 동안 기절한 숭어처럼 그냥 멀뚱히 서 있기만 한 거야."

"움직였어. 그냥 두 사람이 먼저 도착한 것뿐이야. 그 두 사람은 무슨 일을 해야 하는지 알고 있었잖아. 단지 몇 초 차이였을 뿐이야. 그냥 길게 느껴지는 것뿐이야. 그리고 당신은 움직였어. 내가 알아. 당신은 움직였어."

샘은 어깨를 으쓱하고 철저하게 자기를 혐오한다는 표정을 지었다.

"무슨 상관이야. 어차피 내가 한 일도, 하지 않은 일도 이젠 바꿀 수가 없는데. 그냥 그 생각을 멈춰야 해. 내 머리에서 빼버려야 해. 계속 그때 일을 생각하고 생각하고 또 생각해. 바보 같고 아무 소용 없는 일인데도. 일도 할 수 없고 잠도 잘 수 없어. 당신한테 화풀이만 하고, 그리고…… 난 정신을 차려야 할 것 같아."

"그럴지도 몰라."

클레멘타인은 살짝 망설이며 말했다.

"당신이, 아니 우리가 다른 사람한테 말해보면 어떨까? 전문가 같은 사람한테 말해보는 거야."

"정신과 의사 같은 사람한테 말이야? 내가 제정신이 아니니까?"

샘은 어색하게 웃었다.

"그래, 정신과 의사 같은 사람. 당신은 살짝 제정신이 아닌 것처럼 보이니까. 아주 살짝 그래. 아까 잰이 외상후스트레스증후군 얘기를 할 때 생각한 건데……."

클레멘타인의 말에 샘은 공포에 질린 표정을 지었다.

"외상후스트레스증후군라고? 참전 용사들처럼 말이야? 사람들이 죽어나가는 이라크나 아프가니스탄에서 돌아온 것도 아니고, 그저 바비큐 파티를 열었던 뒤뜰에서 돌아온 건데?"

"거기서 당신 딸이 죽을 뻔한 걸 봤잖아."

클레멘타인의 말에 샘은 눈을 감았다.

"당신 딸은 죽을 뻔했어. 당신은 그 일이 자기 책임이라고 생각하고 있고."

샘은 천장을 쳐다보며 한숨을 내쉬었다.

"나 외상후스트레스증후군 아냐, 클레멘타인. 세상에. 그건 굴욕이야. 그건 한심한 일이라고."

클레멘타인은 재킷 주머니에서 전화기를 꺼냈다.

"인터넷 찾아보지 마. 날 믿어. 당신도 나한테 항상 인터넷 좀 그만 보라고 하잖아. 인터넷은 좋은 얘긴 하나도 안 한다고."

샘이 말했다.

"아니, 찾아볼 거야."

클레멘타인은 자신의 호흡이 가빠지는 걸 느꼈다. 바비큐 파티 이후로 샘이 보였던 모든 행동을 다른 각도로 생각하고, 다른 렌즈로 볼 수 있게 됐기 때문이다. 클레멘타인은 며칠 전에 샘은 제정신이 아닌 거 같다던 아빠의 말을 떠올랐다. 어째서 그 말에 '네 남편

아픈 거 같다' 라는 말을 들을 때처럼 반응하지 않았을까? 왜 그런 말을 들었을 때처럼 생각하지 않았을까?

"외상후스트레스증후군 증상. 일어난 사건을 계속해서 생각하고 또 생각한다. 당신도 방금 당신이 그런다고 했잖아."

클레멘타인은 인터넷에 나온 글을 큰 소리로 읽었다.

"당신이 행복해하니까 정말 기쁘네."

샘은 살짝 웃는 것처럼 얼굴을 찡그렸다.

"샘, 당신은 전형적인 경우인 거 같아. 불면증, *있지?* 분노, *있잖아. 해결책은? 치료를 받는 거래.*"

클레멘타인은 대단한 농담이라도 하는 것처럼, 실은 전혀 중요한 말이 아니라는 것처럼, 자기 위장이 조금도 조이지 않는다는 것처럼, 요즘엔 샘의 기분이 언제든 바뀔 수 있으니까, 샘은 잠시 뒤엔 이런 얘긴 조금도 하기 싫다며 또다시 클레멘타인을 무시하는 사람이 될 수 있다는 걸 아니까, 자기 혼자 애쓰고 있다는 생각은 하지 않는 것처럼, 농담처럼, 익살맞게, 바보같이 말했다.

"아냐. 치료는 받을 필요 없어."

"아니, 있어."

클레멘타인은 전화기에서 눈을 떼지 않은 채 말했다.

"장기간 지속되면 이혼을 하고 약물을 남용할 수 있대. 당신, 약 먹어?"

"난 약물을 남용하지 않아. 그런 거 그만 읽어. 전화기 집어넣고 교실로 돌아가자."

"난 정말로 당신이 누군가한테 말해봤으면 좋겠어. 전문가한테."

클레멘타인은 꼭 클레멘타인의 엄마가 된 것 같았다. 이제 다음

번엔 '사랑스런 정신과 상담의'를 만나보라고 제안하겠지.

"제발 상담을 받아보면 안 될까?"

클레멘타인의 말에 샘은 고개를 젖히고 다시 천장을 쳐다봤다. 그러고 마침내 클레멘타인을 봤다.

"생각해볼게."

"좋아."

클레멘타인은 사물함에 머리를 기대고 눈을 감았다. 클레멘타인은 이 결혼생활이 거대한 배와 같아서 항로를 바꾸기엔 너무 늦었다는 생각이 들었다. 배가 빙산에 충돌하느냐 마느냐 하고 있는데, 당장 항로를 바꿀 수 있는 어떤 말이나 행동도 없다고 느껴지는 거다. 만약 클레멘타인의 엄마가 지금 두 사람이 하는 대화를 지켜봤다면, 클레멘타인이 틀렸다고 말할 거다. 필요한 건 계속 대화하는 거라고, 맘속에 있는 생각을 꺼내놓는 거라고 말할 거다. 대화를 해. 오해의 여지를 남기지 마. 하지만 아빠라면 손가락을 입술에 대고 '쉿'이라고 하겠지.

클레멘타인은 한 마디만 하기로 했다.

"미안해."

그렇게 말한 거다. 클레멘타인은 이런 일이 일어나서 미안하다고 말한 거다. 샘이 겪고 있는 일을 눈치 채지 못해서 미안하다고 말한 거다. 당신이 사랑받아 마땅한 방식으로 사랑해주지 못해서 미안하다고 하는 거다. 결혼생활에서 맞이한 첫 번째 위기에서 결혼생활의 좋은 점이 아니라 나쁜 점만 드러나게 해서 미안하다고 말한 거다. 서로 마주 보지 못하고 등을 진 것을 미안하다고 말한 거다.

"그래. 나도 미안해."

샘도 말했다.

"그러니까 결국 해리가 루비의 목숨을 구한 거네."

올리버가 말했다. 에리카와 올리버는 에리카 엄마네 동네를 걷고 있었다. 모든 것이 생각난 순간, 에리카는 올리버에게 모든 얘기를 해주고 싶었지만 실비아가 곁에서 듣는다는 건 정말로 싫었다. 그래서 올리버에게 잠깐 걷자고 했던 거다.

"맞아. 그런데 아무도 해리한테 고맙단 말을 안 했잖아. 난 해리 집 창문을 올려다본 기억도 없어."

두 사람 곁으로 아기를 태운 유모차를 밀며 젊은 남편과 아내가 지나갔다. 에리카는 날씨에 대해 얘기할 필요가 없도록, 마침내 비가 그쳐서 얼마나 좋은지 모른다는 말을 주고받을 필요가 없도록, 그 부부에게 재빨리 웃어 보였다.

"해리는 우리가 루비를 분수에서 꺼내는 모습을 봤을 거야."

올리버가 말했다.

"그랬으면 좋겠어. 하지만 그 뒤로 루비가 괜찮다는 소식을 전해준 사람이 아무도 없잖아. 아무도 해리한테 가서 고맙단 말을 하지 않았잖아. 분명히 무례하다고 생각했을 거야. 해리는 늘 사람들이 모두 예의가 없다고 생각했잖아. 분명 자기 생각이 옳았다고 생각하면서 죽어갔을 거야."

"정말로 걱정이 됐으면 우리한테 와서 물어봤겠지."

올리버가 말했다. 올리버와 에리카는 물웅덩이를 훌쩍 뛰어넘었다. 인도 여기저기에 번들거리는 갈색 물웅덩이가 생겨나 있었다.

"그게 루비라는 걸 알기까지 한참 걸렸어."

그 순간 에리카는 입안에 구슬이 잔뜩 들어 있는 듯 느껴졌다.

"분수에 낡은 코트가 떠 있다고 생각했거든. 그래서 그냥 보고만 있었어. 해리가 나한테 분수를 치우라고 말하는 줄 알았어. 말도 안 되는 생각을 한 거야. 루비가 빠져 죽어가고 있는데, 난 그냥 쳐다보기만 했어."

올리버는 잠시 가만히 있다가 입을 열었다.

"루비가 빠졌을 때 난 화장실에 숨어 있었어. 거울만 쳐다보고 있었거든. 그것만 생각하면 늘 기분이 안 좋아. 우리 모두 그날에 관해 나쁜 기억 한 가지씩은 있을 거라고 생각해."

"해리만 빼고."

에리카가 말했다.

"그래, 해리만 빼고."

올리버가 동의했다.

"태양을 다시 보다니, 정말 사랑스럽지 않아요?"

어울리지 않게 몸에 딱 붙는 운동복을 입은 중년 여자가 두 사람 곁을 뛰어가며 황홀한 듯 말했다. 달리는 속도를 살짝 늦추는 것이 두 사람과 태양에 관해 더 많은 말을 하고 싶은 게 분명했다.

"정말 근사합니다."

올리버가 대답했다.

"좋은 하루 되세요!"

올리버와 에리카는 그렇게 하자고 약속이라도 한 듯 둘 다 걷는 속도를 높였다.

"다른 사람한테 말해야 할까? 내가 기억해낸 거?"

에리카는 이제 모든 기억이 뚜렷하게 났다. 그러니까 기록을 바로잡고 싶은 열망에 사로잡혔다. 수정한 기록을 권위자에게 제출하고 싶은 욕망에 사로잡혔다.

"음, 누구한테 말해야 할까? 그게 도움이 될까?"

올리버가 말했다.

"클레멘타인한텐 말해도 되잖아."

사실 그럴 생각은 전혀 없었지만, 에리카는 그렇게 말했다.

"안 돼. 클레멘타인한테 말하면 안 돼. 당신도 알잖아."

이제 두 사람은 에리카의 엄마 집 근처에 도착했다.

"이런, 세상에."

에리카가 한숨을 내쉬었다.

"왜?"

올리버가 물었다.

"엄마가 쓰레기 수거함 안에 들어가 있어."

에리카가 대답했다.

비가 그쳤어. 드디어, 마침내 그쳤어. 다코타는 믿을 수가 없었다. 인생과 이 세상에 관한 모든 일이 완전히 다르게 느껴졌다.

"아주 재밌을 거야."

다코타의 엄마가 현관문을 열고 앞 베란다로 나가면서 말했다.

"왜 우리가 *차를 타고 가면* 안 되는지 모르겠네. 왜 거기까지 걸어가야 하냐고. 우리가 노숙자야?"

다코타의 아빠는 벌써 백만 번도 넘게 같은 말을 했다.

"왜냐하면 다행히 현관을 나서면 걸어서 십 분도 안 되는 거리에 있으니까 그렇지."

다코타의 엄마가 말했다. 엄마는 보이지 않는 파리를 잡으려는 것처럼 공중으로 팔짝팔짝 뛰고 있는 바니의 목줄을 잡고 있었다.

요즘 다코타의 엄마는 습관적으로 모든 일에 고마워하고 있었다 (아빠는 엄마가 빨리 그런 상황을 극복했으면 좋겠다고 했고). 엄마는 '행복 단지'라고 부르는 특별한 단지도 하나 장만했다. 가족들은 행복한 일이 생기면 그 얘기를 써서 단지에 넣어야 했다. 단지는 한 해가 끝나는 날에 열어볼 건데, 단지에 적힌 글들을 읽으면 스스로 얼마나 축복을 받고 사는지 알 수 있을 거라고 했다. 지금은 10월이니까 행복한 기억을 서둘러 긁어모아야 한다.

"하지만 우린 다행히 렉서스도 갖고 있잖아. 렉서스를 당연하게 생각하면 안 돼."

다코타의 아빠가 말했다.

다코타의 엄마는 *바로 그들의 마을*에 아름다운 관목 지대를 산책할 수 있는 국립공원이 있다는 사실을 발견했다. 정말 조금만 걸어가면 되는 곳에 산책할 곳이 있는 거다. 그건 정말 큰 행운이었다. 그건 마치 창가 의자가 있는 것과 마찬가지였다. 분명히 옆집의 에리카와 올리버는 '늘' 그곳으로 산책을 간다고 했다. 두 사람은 다코타의 엄마가 그런 산책로가 있다는 사실도 몰랐다는 말에 깜짝 놀랐다. 두 사람이 놀라는 걸 보고 다코타의 엄마는 아주 당황했다고 했고. 사실 당황하진 않았는데 그렇게 말한 걸 거다. 왜냐하면 에리카와 올리버는 괴짜니까. 사람들은 친절한 괴짜 때문에 당황하지는 않는다. 그게 괴짜들과 함께 있어도 편하게 있을 수 있는 이유다.

"나는 나중에 가서 두 사람을 만나는 게 어떨까? 해야 할 일이 있거든. 아주 중요한 일이야. 거 왜, 알지?"

"아니, 안 돼. 가, 가. 진짜 왜 그래."

요즘 다코타의 엄마는 다코타의 아빠한테 자꾸 운동을 시키려고 했다(다코타의 아빠 배는 뚱뚱하고 털이 많았다. 하지만 맘만 먹으면 바위처럼 단단하게 만들 수 있어서 다코타한테 배를 쳐보라는 말을 많이 했다. 열광적으로 "더 세게! 지금 사람이 치는 거야, 생쥐가 치는 거야?"라고 소리치면서).

"네 생각은 어떠니, 다코타? 차를 타는 게 좋겠지? 훨씬 좋잖아. 훨씬 편하고. 차를 타고 가면 돌아오면서 아이스크림도 사먹을 수 있잖아."

"난 아무거나 괜찮아. 세 시까지 돌아오기만 하면 돼."

다코타는 오후에 '헝거 게임' 파티에 가니까, 공원에는 어떻게 다녀오건 상관없을 것 같았다. 파티는 애실링 집에서 열리는데, 애실링 엄마는 정말로 파티 주제를 진지하게 생각한다고 했다. 당연히 정말로 죽는 사람은 없을 거야. 설마 그렇게까지야 하겠어? 하지만 멋진 활쏘기 같은 특별한 행사는 있을 거 같았다.

세 사람이 진입로를 벗어나 길을 걷고 있는데, 해리의 집 앞뜰에서 누군가가 소리쳤다.

"저기요!"

"바니!"

다코타의 엄마는 바니의 목줄을 잡아당겼다. 바니는 목줄이 팽팽해질 정도로 신이 나서 펄쩍펄쩍 뛰고 컹컹, 짖으며 소리가 들리는 쪽으로 달려가려고 했다. 개의 말을 번역할 수 있다면 바니는 분명히 '또 다른 사람이다. 우와 신난다' 라고 말하고 있을 거라고, 다코타는 생각했다.

다코타의 아빠도 가던 길을 멈췄다.

"안녕하세요!"

다코타의 아빠가 소리쳤다. 문자 그대로 소리를 친 거다. 앞뜰에 서 있는 사람이 아니라 산 정상에 있는 사람한테처럼 소리친 거다.

"안녕하세요. 일찍부터 오셨네요."

다코타의 아빠는 새로운 사람을 봤다는 사실에 바니만큼이나 흥분한 게 분명했다. 정말로.

연분홍색 버튼업 폴로셔츠에 아주 하얀 반바지를 입은 남자가 뭔가를 손에 들고 걸어왔다. 남자는 해리 집을 말끔히 치우려고 온 게 분명했다. 밖으로 나와 있는 낡은 소파, 작은 텔레비전, 낡아서 노란 얼룩이 생긴 매트리스 같은 가구들을 보니까 기분이 이상했다. 꼭 해리의 속옷을 보는 것 같아서 다코타는 고개를 돌렸다.

"안녕하세요."

달려오기라도 한 것처럼, 남자가 숨을 헐떡였다. 남자가 말을 건 쪽은 다코타의 엄마였다.

"지난번에 뵀죠. 스티브입니다. 스티브 런트."

"비드입니다. 만나서 반가워요."

대답을 한 건 다코타의 아빠였다.

"산책을 하려고 나왔습니다. 거 왜, 알죠? 지금 막 집에서 나왔습니다."

다코타의 아빠는 옆으로 손을 세워 내려치는 동작을 했다.

"그게 우리 집 방식입니다. 우린 야외 활동을 즐기는 가족이죠."

아빠 말이 창피해서 다코타는 몸을 살짝 비틀었다.

"안녕하세요, 스티브. 집 정리는 잘돼요? 여긴 우리 딸 다코타예요. 여긴 우리 집 미친 개 바니예요."

다코타의 엄마가 말했다. 다코타는 아빠의 큰 목소리와 부산스러움을 만회하려고 가능한 한 살짝만 손을 들어 보였다. 남자 어른이 무리해서 '지금 몇 학년이니?'처럼 거짓 관심을 보이며 말을 걸지 않아도 되게 일부러 눈도 맞추지 않았다.

"안녕, 다코타. 사실 널 보고 싶었던 거란다. 혹시 이 오래된 지구본을 좋아하지 않을까 해서. 네 방에 두면 좋을 것 같지 않니?"

스티브는 지구본을 들어올렸다. 나무 스탠드에 올려진 구식 지구본이었다. 황금색 비스킷 같은 색의 지구본엔 옛날 해적들의 보물 지도에나 적혀 있을 것 같은 구불구불한 글자들이 새겨져 있었다. 다코타는 자기가 정말로 이 지구본을 갖고 싶어 한다는 걸 깨닫고 깜짝 놀랐다. 벌써 자기 방 책상 위에서 황금 빛으로 비밀을 발산하고 있는 지구본이 눈에 보이는 것 같았다.

"정말 아름답네요. 하지만 골동품 같아요. 비쌀 거예요. 어느 정도 값어치가 있는지 알아보셔야겠는걸요."

다코타의 엄마가 말했다.

"아니, 아닙니다. 전 다코타가 가졌으면 좋겠어요. 이 녀석한테 좋은 집을 찾아주고 싶어요."

스티브는 하얀 이를 드러내고 활짝 웃으며 다코타한테 지구본을 건넸다.

"감사합니다."

지구본은 생각보다 무거웠다.

"단, 지리 숙제를 할 땐 이걸 참고하면 안 돼. 이 지도엔 이란이랑 이스탄불 대신 페르시아랑 콘스탄티노플이 있거든."

스티브는 손가락으로 지구본을 살며시 돌리며 말했다.

"오, 정말 오래된 거군요. 정말 귀중한 걸 다코타한테 주셨네요. 고맙습니다."

다코타의 아빠가 말했다.

페르시아랑 콘스탄티노플이라니. 다코타는 지구본을 꼭 끌어안았다.

"제 생각엔 할아버지의 아드님 물건이었던 거 같아요."

스티브는 목소리를 낮추고 다코타 엄마한테 살짝 얼굴을 갖다댔다. 다코타가 듣지 못하게 하려는 것 같았지만, 그 때문에 다코타는 오히려 귀를 더 쫑긋 세웠다.

"그분 침실은 그분이 어렸을 때 돌아가신 후 전혀 손을 대지 않은

것 같았어요. 어머니는 그분이 적어도 오십 년 전에 돌아가셨다고
했어요. 제 생전 이렇게 무시무시한 경험은 처음입니다. 꼭 오십 년
전 그 시간으로 돌아간 것 같았어요. 책도 한 권 있었어요."

감정이 벅찼는지 스티브의 목소리는 살짝 떨렸다.

"《나는 법을 배우는 비글스》였어요. 침대에 펼쳐진 채 엎어져 있
었어요. 옷장에도 옷들이 그대로 있었고요."

다코타의 엄마는 손으로 입을 막았다.

"세상에, 불쌍한 해리."

잘됐다. 침 뱉는 끔찍한 해리에 대한 엄마의 죄책감이 훨씬 커질
거야.

"사진은 우리가 가져가기로 했습니다."

스티브가 비장하게 말했다. 다코타는 그건 부적절하다고 생각했
다. 혹시 스티브는 죽은 소년의 방에서 가져간 사진을 인스타그램
에 올리려고 그러는 걸까?

다코타의 아빠는 점점 더 초조해지는 것 같았다. 달그락거리며
주머니 속의 열쇠를 계속 만지작거렸으니까.

"그 예쁜 지구본을 안전하게 안에 갖다두는 게 어떠니, 다코타?"

다코타의 아빠가 말했다.

"감사합니다. 정말 감사합니다."

다코타가 스티브한테 말했다.

"전혀, 전혀 감사하지 않아도 돼. 해리 할아버지도 다코타가 갖고
있으면 기뻐하실 거야."

"해리는 다코타를 정말 좋아했습니다."

다코타의 아빠가 말했다. 어떻게 저런 뻔뻔한 거짓말을 하지? 다

코타는 믿을 수가 없었다.

"그런 감정을 항상 드러낸 건 아니었지만 말입니다. 거 왜, 알죠?"

다코타의 아빠는 스티브를 보며 말했다.

"그런데 친구. 좀 쉬어야 하지 않을까요? 혹시 우리 집에 가서 커피 한 잔 하겠어요? 뭔가 먹을 거라도? 우린······."

"산책을 하러 나온 거잖아, 비드."

"아, 그렇지. 잠시 깜빡했어."

다코타의 아빠는 침통하게 말했다.

. 83 .

바비큐 파티 날

해리는 밧줄을 타고 오르는 사람처럼 한 칸 한 칸 난간을 짚으면서 계단을 올라갔다. 자기 집 계단을 올라갈 때도 이렇게 다리가 아파야 하다니, 정말 받아들이기 힘든 일이었다. 한때 해리는 황소처럼 강한 남자였다. 언제나 건강을 돌보는 사람이었다. 해리는 건강에 신경을 쓰는 사람이었다. 지금까진 잘 관리해왔다. 미국 보건총감에서 폐암과 담배가 관련이 있다는 보고서를 발표하자마자 담배도 끊었다. 바로 그날로 끊었다.

해리는 5대 영양소도 알았다. 최대한 그대로 먹으려고 노력했다. 지금도 고등학교에 다니는 것처럼 생긴 주치의가 권고한 대로 멀티비타민도 먹었다. 그 주치의는 실제로 고등학교에 다니고 있는지도 몰랐다. 멀티비타민은 완전히 돈 낭비 같았으니까. 효과가 전혀 없었다. 해리는 날마다 더 나빠지고 있는 것 같았다. 멀티비타민 제조사들은 분명히 떼돈을 벌고 웃고 있을 거다. 해리는 항의 편지를 보낼까 생각했다. 해리는 보통 일주일에 두세 통 정도 항의 편지를 썼다. 오스트레일리아 회사들이 책임감 있게 행동하도록 해야 하니까. 해리가 기업계에 있을 땐 기준이라는 게 있었다. 사람들은 품질에 신경을 썼다. 요즘 기업들이 내놓는 조잡한 물건들은 정말 기업계의 수치다.

계단의 중간쯤에서 해리는 쉬려고 멈춰 섰다. 바로 이게 늙은 영감탱이들이 자기 집을 놔두고 그 끔찍한 요양원으로 가는 이유야. 망할 계단 하나 제대로 오르내리지 못하니까. 하지만 어림도 없지. 난 아무데도 가지 않을 거야. 이 집에서 날 나가게 하려면 상자에 넣고 운반해야 할걸. 옆집에선 계속 음악소리가 들렸다. 아주 이기적인 사람들이야. 예의도 없고. 필요하면 경찰에 전화할 거야. 옆집 부부가 망할 남프랑스로 크루즈 여행을 떠날 때마다 그집 아들 녀석은 파티를 열었고, 난 경찰에 전화를 걸곤 했지. 원숭이처럼 끈적끈적한 머리를 길게 기른 녀석이었는데. 진짜 구역질나는 녀석이야.

그런데 그 사람들 이젠 없지 않나? 그런 거 같은데. 맞아. 당연히 알고 있는 사실이야. 그 사람들 벌써 십 년도 전에 이사를 갔잖아. 그래, 완벽하게 알고 있다고. 매일 스도쿠를 하니까. 내 정신은 멀쩡해. 그냥 가끔 시간이 헷갈리는 것뿐이야. 지금은 아주 커다란 아랍인 녀석이 살아. 사실 국적은 정확히 모르겠지만. 어쩌면 테러리스트인지도 몰라. 요즘엔 아니라고 할 수도 없는 경우가 많잖아.

해리는 옆집 녀석의 전화번호를 알고 있었다. 혹시라도 경찰에 정보를 넘겨야 할지도 모르니까 신중하게 옆집 녀석에 관한 정보를 기록하는 해리였다. 절대 그 녀석에게서 눈을 떼지 않았다. 그 녀석 아내가 음악 소리를 줄이겠다고 했지만, 왠지 볼륨을 더 높인 것 같았다. 하긴 사내 녀석이 팔찌를 찼는데, 그런 녀석한테 뭘 기대하겠어? 아내는 그렇게 나쁘게 생긴 편은 아니지만 품위가 전혀 없어. 꼭 매춘부처럼 옷을 입잖아. 내 아내가 저 여자한테 품위가 뭔지, 우아한 게 뭔지 한두 가지쯤은 알려줄 수 있었을 텐데. 엘리자베스라면 분명히 제대로 가르쳐줬을 텐데.

옆집 녀석의 딸은 제이미를 생각나게 해. 아마 머리 모양 때문에 그런 생각이 드는 걸 거야. 다른 것도 비슷한 점이 많아. 새를 관찰하는 사람처럼 조용한 것도 그래. 세상이 어떤 방식으로 돌아가는지 보려고 신중하게 관찰하는 것 같은 모습 말이야. 제이미도 생각을 하는 애였어. 그래서 옆집 애만 보면 화가 나는 거야. 제이미는 없는데, 저앤 왜 여기 있을 수 있는 거지? 그 생각을 하면 너무나 화가 나는 거야. 가끔은 그애를 볼 때마다 문자 그대로 온 세상이 빨갛게 변해버리는걸. 너무 화가 나서 불이 타오르는 것 같단 말이야.

해리는 다시 계단을 올라가기 시작했다. 한 칸 한 칸 난간을 짚으면서 올라갔다. 옛날에는 뛰어다녔는데. 달리기가 유행하기 전부터도 해리는 뛰어다녔다. *이 몸이 뛰어다녔다고.* 해리는 빼빼 마른 자신의 다리가 낯설었다. 이 다리는 왠지 다른 사람 다리 같았다. 어째서 이런 일을 막는 약을 개발하는 사람이 없는 거지? 어렵지 않을 텐데. 이건 모두 연구자들이 젊기 때문이야. 앞으로 어떤 일이 기다리고 있는지 모르기 때문이라고. 무슨 일이 벌어질지 의식을 못하기 때문이야. 지금 자기들이 갖고 있는 몸을 끝까지 갖고 있을 거라고 생각하기 때문이지. 문득 어떤 일이 벌어졌는지 알게 되면 너무 늦은 거야. 그땐 이미 은퇴를 했을 테니까. 그런 녀석들 정신은 모두 망가지고 말겠지. 물론 내 정신은 말짱해. 난 스도쿠를 하니까.

"뛰지 마! 뛰면 안 돼!"

엘리자베스는 제이미가 산책로에서 뛸 때마다 그렇게 소리쳤어. 아들이 미끄러질까봐 걱정됐던 거야. 하지만 제이미는 절대로 미끄러져 넘어지지 않았어. 아주 민첩한 애였으니까. 가끔 세 사람은 소풍 가방을 싸서 뒷문으로 나왔는데. 한 시간이면 폭포에서 점심을 먹을 수 있었지. 하지만 이제 해리는 자신의 집에 갇혔다. 자신의 몸에 갇힌 것처럼. 해리는 제이미가 늘 뛰어다니던 산책로가 여전히 있는지조차 몰랐다. 물론 직접 가서 볼 순 있지만, 산책로가 쇼핑센터로 바뀌어 있다면 해리는 화가 날 거다. 하지만 지금도 여전히 산책로로 남아 있어서 다른 애들이 뛰어다니고, 그애들 엄마가 '뛰지 마! 뛰면 안 돼!'라고 소리친다면 더 화가 날 거다.

해리는 계단을 모두 올라왔다. 쓸데없이 계단을 왜 올라왔을까? 도대체 왜 여기 올라와 있는 거지? 뭐가 필요해서 온 거야? 정신이 제대로 작동하지 않는 거다. 가끔은 적당한 단어가 떠오르지 않을 때가 있었다. 하지만 엘리자베스도 가끔 적당한 단어를 찾지 못해 헤맸다는 생각이 났다. 엘리자베스는 "그거 어딨지? 그, 어, 왜, 있잖아"라고 했다. 엘리자베스는 정말 젊었고 아름다웠고 매력적이었다. 하지만 자기가 얼마나 젊은지 알지 못했지. 지금 해리는 왜 위층에 올라왔는지 몰랐고.

옆집에선 여전히 음악 소리가 들렸다. 심지어 더 커져 있었다. 저 사람들은 자기들을 뭐라고 생각하는 거야? 예술가? 엘리자베스는 클래식 음악을 좋아했는데. 학교 다닐 때 바이올린을 연주했지. 저 25센트짜리 매춘부보다 훨씬 더 품위가 있었는데. 도대체 어떻게 저렇게 큰 소리를 낼 수가 있는 거지? 진짜 무례한 인간들이야.

해리는 경찰에 전화해서 옆집 인간들이 망할 모차르트를 틀어대는 바람에 귀가 먹을 것 같다고 신고하는 상상을 했다. 모차르트도 귀가 먹지 않았던가? 그러니 저런 쓰레기 같은 음악을 만들었겠지. 엘리자베스는 해리가 심술을 부릴 때마다 깔깔 웃었다. 엘리자베스는 유머감각이 뛰어난 사람이었으니까. 제이미도 그랬지. 둘 다 해리 때문에 웃었다. 두 사람이 떠난 뒤로 해리 때문에 웃는 사람은 없었다. 웃기는 해리는 두 사람과 함께 사라져버렸다.

위층에 올라온 이유가 생각나지 않는 건 다 저 옆집 녀석들 때문이야. 저 녀석들 때문에 산만해져서 그래. 해리는 마음을 진정하려고 제이미의 방으로 들어가 불을 켰다. 해리는 창밖을 내려다봤다. 옆집 녀석들은 뒤뜰에 전등을 전부 켜놓았다. 그러니까 꼭 망할 디즈니랜드처럼 보였다. 저렇게 많은 꼬마전구를 켜놓으면 전기 요금이 어마어마하게 나올 텐데. 한쪽에선 어린애 둘이 뛰어다니고 있었다. 한 아인 등에 요정 날개를 달고 있었고, 다른 한 아인 옛날에 유행했던 것 같은 분홍 코트를 입고 있었다. 엘리자베스가 봤다면 저 코트를 좋아했을 거다.

망할 개 녀석도 이리저리 뛰어다니는 게 보였다. 컹, 컹, 컹, 짖으면서. 저 녀석이 오늘 아주 행복해하면서 내 정원을 다 헤집어놨지. 그래서 본때를 보여주려고 엉덩이를 걷어차줬다. 살짝 찬 거지만 엘리자베스와 제이미가 봤다면 웃지 않았을 거야. 하지 말라고 말렸겠지. 제이미가 아홉 살이 되면 생일 선물로 강아지를 사주려고 했는데. 여덟 살 생일에 사줬어야 하는 건데.

저기 올리버도 있군. 아주 나약한 이름이지만 사람은 충분히 좋은 녀석이야. 올리버하고라면 충분히 분별 있는 대화를 할 수 있어. (비록 꽉 끼는 번들거리는 반바지를 입고 자전거를 타는 녀석이지만 말이야. 그렇게 입고 있을 땐 진짜 멍청이처럼 보여.) 해리는 올리버의 아내 이름은 기억나지 않았다. 그저 근심이 많고 비쩍 마른 여자란 것만 알았다. 두 사람한테 애들은 없었다. 아마도 원치 않는 것 같았다. 아니면 원해도 낳을 수 없는 건지도 모르지. 올리버 아내의 엉덩이는 애를 낳기에 적당한 엉덩이는 아냐. 분명해. 뭐, 요즘이야 시험관에서 애를 만들 수 있다곤 하더라만.

엘리자베스는 제이미한테 여동생을 낳아주고 싶어 했다. 작은 여자애들만 보이면 뚫어지게 쳐다봤고, 그애들이 입은 옷을 좋아했다. 작은 여자애들 옷에 늘 관심을 보이며 "저 여자애가 입은 옷 좀 봐. 예쁘지?"라고 말했다. 그날도 엘리자베스는 작은 여자애를 보고 있었다. 커다란 솜사탕을 들고 있는 여자애였다. 엘리자베스는 "당신만큼 큰 솜사탕을 들고 있어. 저걸 좀 봐"라고 했지만, 해리는 짜증을 내면서 툴툴거렸다. 왜냐하면 기분이 좋지 않았으니까. 거기서 떠나오고 싶었으니까. 그날은 일요일 오후였고, 집으로 돌아가려면 운전을 오래 해야 하는데 일 때문에 머리가 아팠으니까.

그다음 주에 해야 할 일 때문에 해리는 골치가 아팠다. 노조가 계속 불만을 터트리고 있었다. 해리는 일요일 밤에 쫓기는 기분을 느끼고 싶지 않았다. 일요일엔 다가올 일주일을 준비하고 싶었다. 해리는 형편없는 작은 시골 마을에서 열리는 박람회에 가려고 어딘지도 모르는 망할 곳으로 하루 종일 차를 몰고 다니고 싶지 않았다. '어딘지도 모르는 망할 곳' 이란 말은 하지 말았어야 했는데. 엘리자베스는 그 말을 싫어했다. 정말로 싫어했다. 하지만 해리는 노조 대변인을 생각하고 있었다. 그 거친 녀석을, 그리고 앞으로 치러야 할 전투를 생각하고 있었다. (노조 대변인은 장례식에 왔다. 그 녀석은 해리를 끌어안았는데 해리는 그 녀석과 포옹하고 싶지 않았다. 물론 아내의 장례식에 있고 싶지도 않았다.)

그날은 엘리자베스와 제이미한테 좀 더 잘해줬어야 해. 그날이 세 사람이 함께 있을 수 있는 마지막 날이란 걸 알았다면 훨씬 친절하게 대했을 거다. '어딘지도 모르는 망할 곳' 같은 말은 안 했을 거다. 제이미한테 게임은 모두 조작하는 거니까 절대 못 이긴다는 말은 안 했을 거다. 엘리자베스가 솜사탕을 들고 있는 여자애 얘기를 했을 때 투덜대지 않았을 거다.

아니, 해리는 훨씬 더 심술궂었어야 했다. 훨씬 단호했어야 했다. 세 번째로 탄다고 했을 때, 단호하게 못 타게 했어야 했다. 사실 해리는 타지 말라고 했다. 하지만 엘리자베스가 무시한 거다. 엘리자베스가 제이미의 손을 잡고 "한 번만 더 타자"라며 뛰어가버린 거다. 두 사람을 다시 본다면 해리는 똑똑히 소리쳐줄 거다. 안 된다고 했어. 내가 이 집 가장이란 말이야! 그러곤 두 사람을 단단히 움켜잡고 절대 못 가게 할 거다. 두 사람을 다시 본다면 말이다. 엘리자베스는 내세를 믿었다. 해리는 엘리자베스가 옳기를 간절히 바랐다. 엘리자베스는 대부분 옳은 일을 했다. 그날만 틀렸던 거다.

그 놀이기구는 '스파이더'라고 했다. 한 차에 긴 다리가 여덟 개 있고, 각 다리 끝에 한 명씩, 여덟 명이 타는 거다. 스파이더의 다리는 위아래로, 아래위로 움직이다가 원을 그리며 빙글빙글 돌았다. 두 사람이 해리의 곁을 지나갈 때마다 해리는 고개를 젖혀 시트에 대고 상기된 얼굴로 웃고 있는 두 사람을 잠시 볼 수 있었다. 그 모습을 볼 때마다 왠지 속이 메슥거렸다.

스파이더는 십 년 전 플루크초이크 어뮤즈먼트 라이즈라는 독일 이름의 오스트레일리아 제조업자가 만들었다. 플루크초이크 어뮤즈먼트 라이즈는 시설물을 그저 형식적으로 유지 관리하고 있었다. 시골 축제를 운영한 회사는 설리번 앤 선즈라는 회사였다. 설리번

앤 선즈는 재정적으로 아주 곤란한 상태였다. 회사는 행사 진행 요원을 해고했다. 아주 헌신적이었던 운영관리자 프리모 파스파즈도 내보냈다. 프리모는 모든 시설의 점검 일정을 빨간 공책에다 꼼꼼히 적어놨다. 해고됐을 때 빨간 공책도 함께 사라지고 말았다. 법정에서 증언할 때 그는 자기 무릎을 주먹으로 힘껏 내리쳤다. 눈에서는 선명한 눈물이 흘러내렸다.

그날, 뒤틀어진 베어링 한 개 때문에 스파이더는 자유를 얻어 하늘로 솟구쳤다. 웃으며 소리를 질러대던 여덟 명이 모두 죽었다. 어른이 다섯 명, 애들이 세 명이었다. 재판은 수년 동안 계속됐고, 해리를 집어삼켜버렸다. 해리는 아직도 소송 기록을 갖고 있었다. 두툼한 파일을 가득 채운 태만과 무능과 어리석음에 관한 얘기인 거다. 누구도 책임을 지겠다고 나서지 않았다. 오직 파스파즈만이 해리에게 "정말 죄송합니다. 제가 있었다면 절대로 일어날 수 없는 일이었습니다"라고 했다.

사람들은 책임감이 있어야 해.

해리는 창문에서 시선을 떼고 제이미의 지구본을 돌렸다. 제이미가 가보지 못한 모든 장소들이 해리의 손가락 밑에서 빙글빙글 돌았다. 해리는 다시 창문으로 옆집을 내려다봤다. 엘리자베스가 살아있었다면 해리는 바비큐 파티에 갔을 거다. 엘리자베스는 사교적이니까. 저 아랍 녀석은 해리가 정말 왔으면 좋겠다는 듯이 매번 파티에 초대했다. 정말 이상한 녀석이다. 엘리자베스가 살아있었다면 이 밤이 어떤 밤이 되었을지 해리는 알 수 있었다. 엘리자베스는 저 식탁에 앉아 음악을 즐겼을 거다. 해리는 심통이 난 체하고 있겠지만, 그 때문에 모두 웃을 거다. 엘리자베스가 해리의 심통을 웃기는 것으로 만들어줄 테니까.

애들은 잡기 놀이를 하는 것 같았다. 작은 애가 분수대 위로 올라갔다. 그애는 파란 핸드백을 들고 분수대 가장자리 위를 뛰어다녔다. 분수는 수영장만큼이나 컸다.

"조심해라, 꼬마. 잘못하면 떨어져!"

해리는 크게 소리쳤다. 저애를 지켜보는 어른이 있겠지? 해리는 뒤뜰을 살펴봤다. 식탁에 모여 있는 어른들은 애들을 쳐다보지도 않았다. 어른들은 모두 고개를 젖히고 웃고 있었다. 음악 소리 때문에 웃는 소리는 들리지 않았다. 올리버는 보이지 않았다. 하지만 올리버의 아내는, 그래, 이름이 에리카였지. 에리카는 뒤뜰로 통하는 뒷문에 서 있었다. 에리카가 있는 곳이라면 저 작은 애가 보일 거야.

다시 분수로 고개를 돌린 해리의 심장이 쿵, 내려앉았다. 작은 여자애가 안 보였다. 분수에서 내려갔나? 그때 해리는 봤다. 분홍 코트를. 오, 신이시여. 작은 여자애는 얼굴을 아래로 향하고 있었다. 분수에 떨어진 거야. 내가 재수 없는 생각을 해서 실제로 그런 일이 벌어진 거야. 해리는 다급하게 어른을 찾아봤다. 에리카는 어디 있지? 에리카라면 봤을 텐데. 바로 보이는 곳에 있었잖아. 하지만 에리카는 그냥 멍하니 서 있었다. 저 바보 같은 여자는 뭐 하고 있는 거야?

"애가 떨어졌잖아!"

해리는 두 손으로 창문을 마구 두드렸다. 하지만 에리카는 움직이지 않았다. 동상처럼 서 있기만 했다. 일부러 다른 곳을 보는 사람처럼, 보고 싶지 않은 장면을 본 것처럼 에리카는 고개를 돌려버렸다. 세상에. 저 여잔 대체 뭐가 잘못된 거야? 저 바보들은 뭐가 문제인 거야. 세상에, 이런, 세상에. 해리의 얼굴은 분노로 빨개졌다. 저 무책임하고 바보 같은 인간들 때문에 애가 눈앞에서 죽어가고 있었다. 저런 녀석들은 모두 쏴 죽여버려야 해.

해리는 창문을 열고 소리치려고 했다. 하지만 창문은 꿈쩍도 안 했다. 이미 창문은 수년 동안 열리지 않았다. 해리는 주먹을 다칠 만큼 세게 창문을 두드렸다. 소리를 질렀다. 몇 년 동안 질렀던 그 어떤 소리보다 크게 고함을 질렀다.

"애가 물에 빠졌잖아!"

마침내 그 여자가 고개를 들어 해리를 봤다. 올리버의 아내 말이다. 두 사람은 눈이 마주쳤다. 오, 다행이야. 다행이야.

"애가 물에 빠졌어!"

해리가 고함을 질렀다. 분수를 가리키며 손가락질을 했다.

"저애가 물에 빠졌다고!"

해리는 에리카가 분수를 바라보는 모습을 봤다. 에리카는 전혀 급할 게 없다는 듯 천천히, 느릿느릿 고개를 돌렸다. 하지만 여전히 제자리에 서 있었다. 저 바보 같은 멍청한 여자는 움직일 생각이 없는 거야. 에리카는 그저 가만히 서서 분수만 바라봤다. 왠지 악몽을 꾸고 있는 것 같았다. 해리는 좌절감에 흐느끼는 자기 울음 소리를 들을 수 있었다. 귀중한 시간이 흘러가고 있었다.

해리는 창문을 떠나 방 밖으로 달려나갔다. 이 방법밖에 없어. 서둘러야 해. 민첩하게 행동해야 해. 옆집으로 가서 직접 애를 건져내야 해. 분홍 코트를 입은 애가 죽어가고 있어. 엘리자베스는 그애를 사랑했을 거야. 해리는 엘리자베스의 목소리를 들을 수 있었다. 엘리자베스는 '뛰어! 해리, 빨리!' 라고 소리치고 있었다.

해리는 제이미의 방을 나가 층계참을 달렸다. 예전 몸이 돌아온 것 같았다. 무릎 통증은 느껴지지 않았다. 위급한 임무를 수행하고 있다는 생각에 오히려 행복해졌다. 완벽하고 유연한 무릎을 가진 이십대 청년처럼 해리는 우아하고 유연하게 달리고 있었다. 해리는 해낼 수 있을 거다. 해리는 빠르니까. 해리는 민첩하니까. 해리는 아이의 생명을 구할 거다.

두 번째 계단에서, 해리는 날아올랐다. 해리는 자신의 생명을 구하려고 난간을 잡으려 했지만, 이미 늦었다. 해리는 아내와 아들처럼 하늘 위로 날아올랐다.

. 84 .

또 다른 아름다운 날이 끝나가는 이른 저녁에 샘은 여객선에서 나와 쪽빛 하늘 아래서 집으로 걸어가고 있었다. 지금까지 거의 일주일 내내 하늘은 아주 맑았다. 모든 게 다시 보송보송해졌고, 사람들은 가던 길을 멈추고 태양을 볼 수 있다는 게 얼마나 행복하냐고 말했다. '엄청난 비'에 대한 기억은 불어오는 부드러운 봄바람에 실려 멀리멀리 떠나가고 있었다.

샘은 직장에서 또다시 상당히 생산적인 하루를 보내고 왔다. 샘은 경쟁이 치열한 무설탕 베리 맛 카페인 음료 시장에서 더는 시장 점유율을 잃지 않을 전략을 제시했고, 샘의 기획안은 성공적으로 통과했다. 그러니까 이건 대단한 거다. 이렇게 바보 같은 만족을 느끼다니, 그건 좀 쑥스러웠지만. 샘은 교향곡을 작곡하진 않았지만, 회사에 돈을 벌어줄, 앞으로 몇 주 동안은 아무것도 안 하고 책상에만 앉아 있어도 되는 치밀한 전략을 세운 건 분명했다. 샘은 머리를 사용했다. 임무를 달성했고, 그래서 기분이 좋았다.

어쩌면 이건 모두 첫 번째 상담이 낳은 마술 같은 효과인지도 몰랐다. 일요일에 응급처치 수업을 받다가 창피한 일이 생긴 뒤로, 클레멘타인은 매주 월요일 퇴근 후에 다닐 수 있는 정신과 상담을 예약했다. 어떻게 그토록 빨리 상담 시간을 잡을 수 있었는지는 묻지 않았다. 분명히 팸의 도움을 받았을 테니까. 팸은 정신과 상담을 아주 좋아했다. 분명히 단축번호로 연락할 수 있는 정신과 상담의가 있었을 거다. 클레멘타인이 샘이 울었다는 사실을, 샘이 이른바 '외상후스트레스증후군'을 겪고 있단 말을 하는 동안 팸의 얼굴에 떠올랐을 안쓰러운 표정을 생각하면 샘은 몸이 움츠러드는 것 같았다. 정말 당혹스러웠다.

정신과 상담의는 명랑하고 말이 많은, 말을 타는 기수처럼 생긴 아주 작은 남자였는데, 여러 가지로 샘을 놀라게 했다(정신과 상담의들은 '당신은 어떻게 생각하십니까?' 같은 수수께끼 같은 말을 하는 거 아니었나?). 그는 샘이 가벼운 급성 부비동염에 걸렸다고 말하는 것과 전혀 다르지 않은 태연한 말투로, 샘은 가벼운 '외상후스트레스증후군'을 겪고 있는 것 같다고 했다. 아무리 많아도 세 번이나 네 번 정도만 상담을 받으면 샘의 머릿속에 있는 부정적인 생각을 없앨 수 있을 거라고도 했다.

진료실을 나오면서 샘은 웃음을 터트릴 뻔했다. 이 남자, 온라인 과정으로 상담의 자격증을 딴 게 분명하다고 생각했으니까. 하지만 승강기를 타고 일층으로 내려오면서 샘은 놀랍게도 자신이 조금은 안도하고 있다고 느꼈다. 마치 오랫동안 비행기를 타고 온 뒤에 수화물 찾는 곳에 서 있다가 자신도 모르게 막혔던 귀가 뻥 뚫릴 때 느끼는 기분이 느껴졌던 거다. 아주 근사한 기분을 느낀 건 아니었다. 그저 기분이 조금 나아진 거였다. 기분이 좋아진 건 어쩌면 위약효과 때문일 수도 있고, 그대로 놔둬도 결국 이렇게 될 일이었을 수도 있고, 어쩌면 키 작은 상담의가 가진 특별한 힘 때문인지도 몰랐다.

이제 샘은 횡단보도 앞에 섰다. 샘의 옆엔 한 여자가 유모차를 끌고 유치원에 다닐 만한 애를 데리고 있었다. 유모차를 탄 아기는 한 살쯤 돼 보였다. 아기는 몸을 똑바로 세우고 통통한 다리를 앞으로 쭉 뻗은 채, 포동포동한 손으로 큼지막한 초록 잎사귀를 개구리처럼 들고 있었다.

혹시 루비의 시선을 빼앗은 건 떠다니는 잎사귀였을까? 샘은 루비가 분수로 떨어지는 장면을 상상해봤다. 지금까지 수없이 많이 생각했고, 앞으로도 죽을 때까지 계속해서 생각할 거다. 샘은 루비가 분수대 위로 올라가는 모습을 선명하게 볼 수 있었다. 그곳에 올라갔다는 걸 루비는 자랑스러워했을 거다. 분수대 가장자리를 걸어 다녔겠지. 뛰어다녔는지도 몰라. 그러다가 미끄러진 걸까? 혹시 손에 넣고 싶은 게 보였던 걸까? 분수 위에 떠 있는 나뭇잎이나 재밌게 생긴 막대기를 본 걸까? 반짝이는 걸 봤을 수도 있다. 샘은 작은 분홍 코트를 입은 루비가 분수 가장자리에서 무릎을 꿇고 앉아 손을 뻗는 모습을 볼 수 있었다. 그러다 갑자기 조용히 앞으로 넘어지는 거다. 머리가 먼저 물속에 빠지면서 깜짝 놀라 발버둥을 치는 거다. '아빠!'라고 소리치려 할 때마다 루비의 폐 속으로 물이 들이치는 거다. 무거운 코트 때문에 루비는 점점 더 물속으로 빨려들어가고, 마침내, 루비는 축 늘어지고 루비의 얼굴 위로 머리칼이 퍼져나가는 거다.

그런 생각을 하는 동안 샘의 세상은 한쪽으로 기울어졌고, 샘은 숨을 쉴 수가 없었다. 빨간 불에 건너가지 않도록, 샘은 정신을 모아야 했다. 초록불로 바뀔 때까지 기다려야 해. 차들이 쌩쌩 달리면서 앞을 지나갔다. 샘 옆에 있는 여자는 전화를 하고 있었다.

"엄마, 내 신발 작아졌어."

유치원에 다닐 것 같은 남자 애가 징징댔다.

"아니, 안 작아졌어."

여자는 계속 전화를 하며 건성으로 대답했다.

"알아. 그렇다니까. 내 말은 처음부터 그 여자가 솔직하게 말했다면 다 괜찮았을 거라는 거야. 하지만, *라클란, 안 돼!* 여기서 신발을 벗으면 어떻게 해?"

남자애는 땅바닥에 털썩 주저앉더니 신발을 벗기 시작했다.

"길 한가운데서 신발을 벗고 있잖아. 라클란, 그만해. 엄마가 *그만하라고 했어.*"

여자는 허리를 숙여 아들을 일으켜 세우려고 했다. 그 바람에 유모차에서 손을 뗐고, 유모차는 바로 찻길로 굴러갈 수 있는 경사진 곳에 서 있었다. 당연히 유모차는 굴러가기 시작했다.

"이런."

샘이 손을 뻗어 유모차 손잡이를 잡았다. 여자가 고개를 들었다.

"어머나."

여자가 벌떡 일어나 샘의 손을 잡으면서 유모차를 붙잡는 동안 전화기가 여자의 머리와 어깨를 지나 바닥에 세게 부딪쳤다.

여자는 차가 쌩쌩 지나가는 차도를 보고 다시 유모차를 봤다.

"세상에, 잘못하면…… 잘못하면……."

"네, 그럴 수도 있었어요. 하지만 괜찮습니다. 아무 일 없었으니까요."

샘은 여자의 손 밑에서 자기 손을 뺐다. 여자는 이제 유모차 손잡이를 죽을 듯이 잡고 있었다.

"엄마, 전화기가 다 깨졌어."

남자애는 잔뜩 겁에 질린 얼굴로 길바닥에서 전화기를 구출해냈다. 샘은 전화기에서 흘러나오는 소리를 들을 수 있었다.

"여보세요? 여보세요?"

신호등이 초록색으로 바뀌었다. 하지만 여자는 움직이지 않았다. 여전히 어쩌면 벌어졌을지도 모를 일을 생각하며 멍하니 서 있었다.

"좋은 저녁 되세요."

그렇게 말하고 샘은 집으로 가려고 길을 건넜다. 샘의 앞에 하늘이 커다란 희망을 품은 채 놓여 있었다.

. 85 .

"사무실에 빨리 안 들어가도 된다고?"

올리버는 수영모 안으로 귀를 집어넣고—찰싹, 찰싹 소리가 났다—수경을 내려 썼다. 그러니까 꼭 바보 같은 외계인처럼 보인다고, 에리카는 생각했다.

두 사람은 겨울 동안 잠시 중단했던 수영을 다시 시작하려고 각자의 사무실에서 걸어서 올 수 있는 노스 시드니 수영장에서 점심시간에 만났다. 겨울 몇 달 동안 두 사람은 수영 대신 체육관에서 삼십 분 동안 강도 높은 심장 강화 운동을 했다.

"한 시 반까지만 가면 돼."

수경을 쓰니까 에리카의 세상이 온통 청록색으로 보였다.

"잘됐네."

올리버는 정말 진지해 보였다. 처음 한 바퀴를 돌면서 에리카는 올리버는 지금 무슨 생각을 하고 있을까, 생각했다. 올리버가 에리카의 '습관'을 발견한 뒤부터 에리카는 왠지 결혼생활에서 하급 배우자로 강등된 것처럼 느껴졌다. 올리버는 에리카한테 '병적인 도벽'에 대해 상담을 받겠다는 약속을 받아냈다.

"병적인 도벽이 아냐. 그냥……."

에리카는 울부짖었다.

"친구 물건을 훔쳐오는 거지."

올리버는 명랑하게 결론을 내렸고. 요즘 올리버는 뭔가 달라졌다. 거칠어졌다고 해야 하나. 정확히 그런 건 아니다. 올리버는 절대 난폭하지 않으니까. 좀 공격적이라고 해야 하나. 아니, 정확히는 아니다. 거침없어졌다고 해야 할 거다. 솔직히 그게 매력적이지 않다는 건 아니다. 두 사람은 부부싸움을 하고 난 뒤에 하는 섹스처럼 거칠게, 사랑을 많이 나누었고, 그건 정말 근사했다.

에리카는 아직 정신과 상담의에게 병적인 도벽 얘기는 못했다. 아직 상담의를 만나지 못했으니까. 팻이 아닌 사람은 최근 몇 번이나 마지막 순간에 예약을 취소했다. 아마도 개인적인 문제가 생긴 것 같았다. 에리카는 정신과 상담의가 안식년 휴가를 받길 은밀하게 소망했다.

숨을 쉬려고 고개를 돌릴 때마다 빛나는 파란 하늘과 멋진 아치형의 하버 브리지가 보였다. 여긴 수영하기 딱 좋은 곳이야. 이 정도면 충분한 인생 아닐까. 좋은 직장. 즐길 수 있는 운동. 그리고 멋진 섹스가 있는 인생. 수영장 벽을 발로 차고 한 바퀴 돌면서 에리카는 올리버를 찾아봤다. 올리버는 엄청난 속도로 훨씬 앞서나가고 있었다. 상급자 코스에서도 올리버는 상당히 빠른 편에 속했으니까. 수영장이 붐비지 않아 다행이야.

올리버는 아기 생각을 하고 있을 거야. 분명히 아기 얘기를 하고 싶을 거야. 아기는 올리버의 프로젝트니까. 올리버는 프로젝트를 관리하는 기술이 뛰어난 사람이니까. 이제 클레멘타인이 프로젝트에 참여할 수 없으니까 올리버는 '다른 옵션을, 다른 방안을 마련하기를' 바랄 거야. 올리버는 모든 방법의 장단점을 분석해보고 있을 거야. 그 생각을 하니 에리카의 속도가 점점 느려졌다. 발을 질질 끌고 가는 것처럼 다리가 무겁게 느껴졌다.

'난 끝났어. 나한테 아기 프로젝트는 끝났어.' 에리카는 생각했다. 하지만 끝낼 수가 없었다. 올리버가 끝내기 전까지는 끝날 수 없는 문제였다. 이건 그냥 벽이야. 마라톤을 뛸 때마다 벽에 부딪치는 거야. 그 벽은 물리적인 벽이고 신체적인 벽이지만—고탄수화물 식이요법, 수화 작용, 기술에 집중하기 등으로— 극복할 수 있어. 에리카는 계속 헤엄쳐나가면서 생각했다. 왠지 통과할 수 없을 것처럼 느껴지지만, 그건 벽의 본질인걸.

수영을 끝낸 뒤 두 사람은 다시 양복을 입고 선글라스를 썼다. 머리 끝은 약간 젖은 채로 시드니 항이 보이는 노천카페에 앉아 햇살을 받으며 점심으로 케일참치 샐러드를 먹었다.

"기사를 하나 찾았는데 인터넷 주소 보내줄게. 난 어제 읽었는데 계속 그 생각을 했어. 아주 많이 했어."

"알았어."

새로 나온 아기 갖는 기술이겠지. 굉장해. 이건 벽이야. 에리카는 생각했다. 숨을 쉬어야 해.

"위탁 양육에 관한 기사야. 나이가 제법 된 애들을 양육하는 거."

"위탁 양육?"

에리카가 입으로 가져가던 포크가 공중에서 멈췄다.

"위탁 양육이 아주 어렵다는 기사였어. 사람들은 위탁 양육을 낭만적으로 생각하지만 사실은 전혀 아니라는 기사였어. 위탁 양육을 하려는 사람들이 자기가 얼마나 어려운 일을 하려는 건지 모른다는 내용이었어. 정말로 잔인하고 솔직한 기사였어."

"아."

선글라스 때문에 에리카는 올리버의 눈을 볼 수 없었다. 에리카는 작은 희망의 불꽃이 서서히 사그라지는 걸 느꼈다.

"그러니까 그걸 나한테 보여주는 이유가 혹시……."

"우린 해야 한다고 생각하니까."

"당신은 우리가 해야 한다고 생각하는구나."

에리카가 올리버의 말을 따라 했다.

"난 클레멘타인하고 샘을 생각했어. 루비의 사고가 두 사람한테 얼마나 크게 영향을 미쳤는지도 생각했어. 그 사고가 왜 그렇게 큰 영향을 미쳤는지, 알고 싶지 않아?"

올리버는 에리카의 대답을 기다리지도 않았다.

"그건 지금까지 그렇게 나쁜 일을 겪어본 적이 없기 때문이야."

"글쎄, 내 생각에 그건 전적으로……."

에리카는 곰곰이 생각해보며 말했다.

"하지만 당신하고 난 달라. 우린 최악을 예상하잖아. 우린 기대치가 낮잖아. 우린 강해. 우린 해낼 수 있을 거야."

"우리가?"

에리카는 자기가 상담 치료를 받고 있음을 올리버한테 일깨워줘야 하는 건지 아닌 건지 알 수가 없었다.

"누구나 아기를 원하잖아."

올리버는 에리카를 신경 쓰지 않고 말했다.

"아주 작고 귀여운 아기 말이야. 하지만 위탁 부모가 필요한 애들은 큰 애들이야. 화가 나고 좌절한 애들 말이야."

올리버는 갑자기 입을 다물었다. 왠지 확신이 줄어든 것 같았다. 올리버는 수퍼푸드 스무디를 집어들었다.

"난 그냥, 음, 한번 고려해보는 게 좋지 않을까 생각한 거야. 왜냐면, 우린 그애들이 겪고 있는 문제를 이해할 수 있을 테니까. 적어도 느낄 순 있을 테니까."

올리버는 빨대로 스무디를 빨아들였다. 올리버의 선글라스에 시드니 항이 비치고 있었다. 에리카는 샐러드를 먹으면서 클레멘타인의 부모를 생각했다. 에리카의 눈앞에 또다시 팸이 에리카가 자고 갈수 있도록 간이침대를 펴는 모습이 펼쳐졌다. 팸은 손목을 휘둘러 하얗고 바삭바삭한 이불을 탁탁, 털었다. 그러자 여전히 에리카가 세상에서 가장 사랑하는 향긋하고 깨끗한 섬유유연제 냄새가 났다.

마틴의 모습도 나타났다. 에리카가 처음으로 클레멘타인 아빠 차의 운전석에 앉았을 때, 마틴은 조수석에 앉아 에리카를 보고 운전을 할 땐 손을 두 시 사십오 분 방향에 놓으라고 했다. "사람들은 모두 한 시 오십 분 방향에 놓으라고 해. 하지만 그건 사람들이 틀린 거야." 그 말을 듣고 에리카는 지금도 두 시 사십오 분 방향에 손을 놓고 운전을 했다.

사람들은 또 뭐라고 했더라? *선한 일을 행하라.*

"우린 할 수 있을 거야. 우리가 상처받은 아이 한 명을 길러줄 수 있을 거야."

에리카가 드디어 말했다. 올리버가 고개를 들었다.

"그래. 할 수 있을 거야."

"기사를 보니까, 끔찍할 거래."

"그래. 그렇게 적혀 있어. 트라우마도 생기고 스트레스도 받고 끔찍하대. 더구나 결국은 생물학적인 부모한테 보내야 하는 애를 사랑하게 되는 거야. 행동에 큰 문제가 있는 애가 올 수도 있다고. 우리가 상상도 못할 방식으로 우리 관계는 시험을 받게 될 거야."

에리카는 냅킨으로 입을 닦고 하늘을 향해 두 팔을 쭉 뻗었다. 햇살 때문에 에리카는 나른하고 따뜻해졌다.

"굉장히 좋을지도 모르지."

에리카가 말했다.

"그래. 굉장히 좋을지도 몰라."

에리카를 보고, 올리버가 웃었다.

. 86 .

"다른 생각을 하게 얘기를 할까, 아니면 그냥 조용히 있을까?"

시드니로 클레멘타인을 데려다주느라 차를 몰면서 샘이 물었다.

"모르겠어. 결정을 못하겠어."

토요일 아침 열 시가 좀 지난 시간이었다. 오디션은 두 시였다. 열 시에 출발하기로 한 건 혹시 잘못될지도 모를 가능성을 염두에 둔 결정이었다.

"나 혼자 갈 수 있어."

어젯밤에 클레멘타인은 샘한테 그렇게 말했다.

"무슨 소리야. 우리 오디션 볼 땐 늘 내가 데려다줬잖아."

클레멘타인은 좀 놀랐다. 지금도 나랑 샘이 우리란 말이야, 하는 생각이 들었기 때문이다. 여전히 밤이 되면 두 사람은 각자 다른 방에서 잠을 잤다. 하지만 어쩌면 그럴지도 몰랐다. 응급처치 수업을 처음 받고 온 날부터 지난주 내내 뭔가가 변하고 있었다. 극적인 변화는 아니었다. 사실은 그 반대였다. 그건 일상적인 느낌이었다. 새로운 계절이 시작되는 것처럼, 신선한 동시에 익숙한 느낌인 거다. 모든 분노와 비난은 서서히 사라져갔다. 병에 걸렸다가 회복되는 과정과 비슷하다고, 클레멘타인은 생각했다. 모든 증상은 사라졌지만 여전히 조금은 어지럽고 기운이 없는 거다.

애들은 오늘 할아버지 할머니랑 있을 거다. 두 아이 모두 상태가 좋았다. 클레멘타인은 사실 '반에서 더는 미친 사람처럼 행동하지 않는 애한테 주는 상'일 거라고 생각했지만, 아무튼 어제 홀리는 학교에서 '반에서 바르게 행동한 어린이에게 주는 상'을 받아왔다. 어제 운동장에서 만난 홀리의 선생님은 '예전의 홀리가 돌아왔다'고 했다. 그 말을 하면서 휴, 한숨을 쉬며 손등으로 이마를 훔쳤다. 그 모습을 보면서 클레멘타인은 생각했던 것보다 홀리가 학교에서 더 엉망이었을지도 모른다고 생각했다.

루비는 위스크가 오늘은 집에서 좀 쉬어야 한다고 했다. 이제 위스크에 대한 관심은 점점 줄어드는 것 같았다. 클레멘타인은 벌써 그들의 삶에서 점점 사라져가는 불쌍한 위스크의 운명을 감지할 수 있었다. 사실 친구들도 그럴 때가 있잖아.

"괜찮아. 절대 당황할 필요 없어. 정확히 이런 일에 대비해서 일찍 출발했잖아."

빨간색 네온사인이 '전방 사고 발생. 교통 지체 예상'이라는 글귀를 반짝이고 있는 다리 앞에서 차를 세우며 샘이 말했다. 클레멘타인은 코로 깊이 숨을 들이마시고 입으로 천천히 내뱉었다.

"괜찮아. 전혀 *당황하지* 않았어. 난 괜찮아."

샘은 명상을 하듯 손바닥을 내밀었다.

"우린 선종 스님들이야."

클레멘타인은 파란 하늘 아래 산뜻한 하얀 지붕을 드러내고 있는 오페라하우스를 바라봤다. 다행히도 오페라하우스는 개인 대기실을 제공하는 곳이었다. 그건 다른 첼리스트를 만날 필요도 없고, 그보다 더 끔찍한 수다스러운 사람을 만날 염려도 없다는 뜻이었다. 오페라하우스엔 분장실도 많았고, 게다가 시드니 항이 보이는 분장실도 있었다. 분명히 편안하고 즐거운 오디션이 될 거다. 콘서트홀만의 특별한 분위기 속에서 이뤄지는 오디션이 될 거다. 클레멘타인은 다시 도로를 봤다. 저 앞에 후드가 찌그러진 차 두 대가 보였다. 경찰이 와 있었고 뒷문을 열고 있는 구급차도 보였다. 연석 위엔 양복을 입은 한 남자가 두 손으로 머리를 감싼 채 앉아 있었다.

"며칠 전에 에리카가 한 말이 계속 생각나."

이 말을 할 생각이 전혀 없었는데도, 마치 계획하고 있었던 것처럼 클레멘타인의 입에서 불쑥 말이 튀어나왔다.

"무슨 말?"

샘이 조심스럽게 물었다.

"에리카 말이, 자기는 결혼을 택했대."

"결혼을 택하다니, 무슨 말이야? 말이 되지 않잖아. 뭐 대신에 결혼을 택했다는 거야?"

"난 말이 된다고 생각해. 그건 결혼을 무엇보다 우선순위에 둔다는 거야. 그러니까, 행동강령 첫 페이지에 제일 먼저 적어넣는 가장 중요한 임무란 거야."

"클레멘타인 하트. 지금 아주 재미없는 업계 전문용어를 쓰는 거 알고 있지?"

"조용히 해봐. 내가 지금 말하고 싶은 건······."

샘은 콧방귀를 뀌었다.

"지금 꼭 장모님 연설을 듣는 거 같아."

"내가 말하고 싶은 건 나도 내 결혼을 택했다는 거야."

"음······ 고마워."

"내 말은, 만약에, 예를 들어서, 당신이 진심으로 셋째를 갖고 싶다면, 우린 적어도 그 문제를 상의해봐야 한다는 거야. 내가 그냥 모른 체해서도 안 되고, 당신이 포기하길 바라서도 안 된다는 거지. 솔직히 지금까진 그랬잖아. 물론 얼마 전에 내가 물어봤을 때, 당신은 낳고 싶지 않다고 했지만, 그땐 당신이 여전히…… 아니, 우리가 둘 다……."

"미쳐 있을 때였지."

샘이 클레멘타인 대신 말을 끝냈다.

"*당신은* 셋째를 갖고 싶어?"

샘이 물었다.

"아니, 갖고 싶지 않아. 하지만 당신이 원한다면 우린 대화를 해야 한다고 생각해."

"뭐? 그러니까 난 애가 더 있었으면 하고 당신은 애가 필요 없는데, 문제를 해결할 수 있다고?"

"그래. 우린 분명히 그럴 수 있을 거라고 생각해."

"난 셋째를 원했어. 하지만 지금은, 글쎄, 지금 당장은 그럴 생각이 없는 거 같아."

"알아. 나도 알아. 하지만 언젠간 아마 할 수 있지 않을까. 해야할 거야. 당연히 잊을 순 없겠지만, 우릴 용서하는 거 말이야. 우린 우리 자신을 용서할 수 있을 거야. 사실 왜 이런 얘기를 지금 꺼냈는지 나도 모르겠어. 우린 사실 함께……."

섹스를 하는 것도 아닌데. 같은 침대에서 잠을 자지도 않는데. '사랑해'라는 말도 안 하는데.

"아마 이 문제는 상정해두는 게 좋다고 생각했나봐."

"상정한 걸로 할게."

"좋아."

"클레멘타인, 지금 내가 정말로 원하는 게 뭔지 알아?"

"뭔데?"

"당신이 오디션에 통과하는 거."

"그렇구나."

"단 당신이 아기들을 생각하며 무대에 오르지 않았으면 좋겠어. 음조든, 음 높이든, 박자든, 게이 같은 당신 전 남자친구들이 당신이 생각해야 한다고 말할 것들을 생각했으면 좋겠어."

"음, 최선을 다할게."

그리고 클레멘타인은 부드러운 목소리로 덧붙였다.

"당신은 좋은 사람이야, 새뮤얼."

"나도 알아. 바나나 먹어."

"싫어."

"지금 당신 딸처럼 말한 거 알아?"

"누구?"

"둘 다. 정말이야."

자동차가 자유롭게 앞으로 치고 나갔다. 잠시 뒤 샘은 헛기침을 하고 말했다.

"지금 내가 말하고 싶은 건 나도 내 결혼을 택했다는 거야."

"그래? 그게 무슨 말이야?"

"나도 몰라. 그냥 내 입장을 분명히 말해주고 싶었어."

"그럼, 혹시 더는 서재에서 자지 않겠단 뜻이야?"

클레멘타인은 도로에서 눈을 떼지 않은 채 말했다.

"아마도."

클레멘타인은 샘의 옆얼굴을 뚫어지게 봤다.

"그럼 돌아오겠다는 거야?"

"그래. 돌아가고 싶어."

샘은 차선을 바꾸려고 흘끗 뒤를 봤다.

"어딘지는 모르지만, 지금 내가 있는 지옥에서 돌아갈 거야."

"그래. 신청서를 제출해줘서 고마워."

"오디션을 볼 수도 있어. 내가 몇 가지 부드럽게 움직이는 법을 터득했거든."

샘은 잠시 멈췄다가 다시 말했다.

"당신 눈을 가려도 돼. 편견이 생길 수도 있으니까 블라인드 오디션으로 치러야겠어."

샘의 말에 클레멘타인은 몸속에 원초적이며 야성적인 행복감이 서서히 차오르는 걸 느꼈다. 알아. 그냥 바보 같고 저급한 야한 농담이라는 거. 하지만 이건 두 사람이 함께 나누는 바보 같고 저급하고 야한 농담인걸. 클레멘타인은 벌써 오늘 밤이 어떻게 될지 알 수 있었다. 달콤하고 친숙하겠지만 분명히 짜릿하고 날카로울 거다. 왜냐하면 두 사람은 소중한 걸 잃을 뻔했으니까. 클레멘타인은 두 사람의 결혼생활이 빙산에 얼마나 가까이 다가갔는지는 알지 못했다. 아마 두 사람의 결혼생활에 그늘을 드리울 정도로는 가까이 갔을 거다. 하지만 이제 두 사람은 빙산을 비껴간 거다.

"맞아. 난 결혼을 택한 거야."

샘은 재빨리 차를 오른쪽으로 꺾었다.

"그리고 잠시 불법으로 버스 전용차선을 달릴 거야. 난 완전히 미친놈이거든."

"그리고 전용차선 위반 딱지가 날아올 거야."

클레멘타인은 가방에서 바나나를 꺼내 껍질을 벗기면서 말했다. 바나나를 한 입 크게 베어물고 천연 베타 차단제가 효력을 발휘하길 기다렸다. 지금이 딱 바나나 철인가봐. 클레멘타인은 생각했다. 왜냐하면 지금까지 먹어본 그 어떤 바나나보다 맛있었으니까.

. 87 .

세 시 삼십 분이 돼서야 그들은 클레멘타인을 불렀다. 클레멘타인은 첼로와 활을 들고 좁은 카펫을 지나 덩그렇게 놓여 있는 의자로 걸어갔다. 밝고 뜨겁고 하얀 전등 때문에 눈이 저절로 깜박여졌다. 검은 스크린 뒤에서 한 여자가 기침을 했는데, 왠지 아인슬리 같았다.

클레멘타인은 의자에 앉았다. 클레멘타인은 첼로를 껴안았다. 클레멘타인은 피아니스트에게 고개를 끄덕였고, 피아니스트는 웃어보였다. 그랜트 모턴은 클레멘타인이 개인적으로 고용한 피아니스트였다. 자상한 할아버지 같은 그는 다운증후군을 앓는 다 자란 딸과 둘이서만 살았다. 아내는 작년에 쉰 번째 생일을 맞은 다음 날 죽었지만, 그랜트는 지금도 클레멘타인이 아는 그 누구보다 달콤하게 웃는 사람이었다. 그랜트가 와줘서 정말 기분이 좋았다. 클레멘타인은 정말로 달콤하게 웃어주는 사람을 보며 연주를 시작하고 싶었으니까.

클레멘타인은 첼로를 조율하는 동안 마구 뛰는 심장을 느낄 수 있었다. 하지만 조율할 수 없을 정도는 아니었다. 클레멘타인은 심호흡을 하면서 셔츠 깃에 붙어 있는 작은 금속 스티커들을 손으로 어루만졌다.

"엄마 오디션에 행운이 있으라고 주는 거야."

아침에 샘과 함께 집을 나설 때 홀리는 그렇게 말하면서 클레멘타인의 셔츠에 자주색 나비 스티커를 조심스럽게 붙이더니, 아주 큰 어른처럼 클레멘타인의 볼에 입을 맞췄다.

"나도 행운을 원해!"

루비는 행운이 클레멘타인이 나눠주는 간식인 것처럼 큰 소리로 외쳤다. 그러곤 언니가 한 모든 행동을 따라 했다. 루비의 스티커는 노란색 스마일 스티커였고, 루비의 입엔 땅콩버터가 잔뜩 묻어 있었다는 건 달랐지만. 클레멘타인은 지금도 볼이 끈적끈적한 것 같았다.

클레멘타인은 심호흡을 하고 앞에 놓인 악보를 봤다. 음악은 모두 클레멘타인 안에 들어 있었다. 매일 아침 몇 시간이고 연주를 하고, 음반을 들으면서 클레멘타인은 자신이 구사할 모든 기술을 익혀뒀다.

그런 클레멘타인 앞에 요정 날개를 단 두 아이가 뛰어갔다. 고개를 젖히고 웃는 비드가 보였고, 옆으로 쓰러진 의자가 보였다. 올리버가 두 손으로 루비의 가슴을 내리눌렀고, 헬리콥터가 땅 위에 커다란 그림자를 드리웠다. 클레멘타인의 엄마가 잔뜩 화난 얼굴을 들이밀었고, 열여섯 살의 클레멘타인이 무대 위에 멍하니 서 있다가 내려가는 모습이 보였다. 케이스에 첼로를 넣고 있을 때 어울리지 않는 턱시도를 입고 있는 남자가 다가오는 모습도 보였다. 그 남자는 "플루트를 연주할 걸 그랬죠?"라고 말했다. 운동장에 앉아 있는 에리카 앞에 클레멘타인이 앉았을 때, 믿을 수 없다는 표정을 짓는 에리카도 보였다.

클레멘타인은 마리안 선생님이 했던 말을 기억했다.

"그냥 연주를 하면 안 돼. 공연을 해야지."

후가 한 말도 기억했다.

"균형을 찾아야 해. 기술과 음악 사이에서 줄타기를 하는 것처럼 말이야."

하지만 아인슬리가 한 말도 기억했다.

"그 말이 맞아. 하지만 어느 순간이 되면 그냥 흘러가게 내버려둬 야 하는 거야."

클레멘타인은 활을 들었다. 그리고 모든 것이 흘러가게 내버려 뒀다.

. 88 .

바비큐 파티 날 밤

팸과 마틴은 에리카와 올리버의 작고 깔끔한 단층집 앞에 차를 세웠다.

"홀리는 지금쯤 자고 있을 거 같은데."

팸이 남편에게 말했다. 밤 아홉 시 가까운 시간이었으니까.

"그럴지도 모르겠군. 아닐 수도 있을 거고."

"저기서 일어난 거겠지."

팸은 끔찍하다는 표정으로 에리카 집 옆의 큰 집을 가리켰다. 저 첨탑이랑 소용돌이랑 탑들 좀 봐. 저 집을 볼 때마다 팸은 지나치게 장식이 많고 으스대는 집이라고 생각했다.

"뭐가 일어났다는 건가?"

마틴이 무슨 말인지 모르겠다는 듯 말했다. 팸은 가끔 남편이 초기 치매를 앓는 게 분명하다는 생각을 했다.

"*사고가* 일어난 곳 말이야. 저 집에 있었다며. 실은 잘 알지도 못하는 사람 집에 말이야."

"아."

마틴은 그 집에서 고개를 돌리며 안전벨트를 풀었다.

"그렇다고 했지."

두 사람은 차에서 나와 깔끔하게 손질한 생울타리가 있는 길을 걸어갔다.

"기분은 어때?"

팸이 마틴에게 물었다.

"뭐가? 나? 좋아."

"혹시 가슴에 통증이 있거나 한 건 아닌가 하고 묻는 거야. 우리 나이 때 사람들은 갑자기 쓰러져서 죽을 수도 있잖아."

"가슴 통증 같은 건 없는데. 당신은 어때? 당신도 우리 나이잖아."

마틴이 말했다.

"난 일주일에 세 번씩 테니스 치잖아."

팸이 새침하게 대꾸했다.

"난 오히려 사위 녀석이 심장마비로 죽을까봐 걱정이야. 아주 끔 찍해 보였잖아?"

마틴의 말이 옳았다. 병원에서 본 샘은 정말 끔찍했다. 한 사건이 한 사람에게 육체적으로 그토록 큰 영향을 미칠 수 있다는 게 믿어지지 않았다. 팸과 마틴은 바로 어제 샘을 봤다. 마틴을 도와 오래된 세탁기를 밖으로 내주려고 잠시 들른 샘은 상태가 아주 좋았다. 오디션에 대해 즐겁게 떠들면서 클레멘타인의 불안을 잠재울 좋은 방법이 있다고 말했고, 새로 옮긴 직장에 대한 기대를 잔뜩 드러내고 있었다. 하지만 오늘 본 샘은 텔레비전 뉴스에 나오는 이제 막 구조된 사람 같았다. 유령처럼 창백한 얼굴로 빨간 눈을 하고 은색 담요를 덮고 있는 사람 같았다. 샘은 엄청나게 충격을 받은 게 분명했다.

"오늘 클레멘타인한테 너무했어."

팸이 초인종을 누르고, 집 안으로 희미하게 초인종 소리가 퍼져나갈 때 마틴이 조용히 말했다.

"그앤 루비를 잘 봤어야 해."

"팸, 이건 누구한테나 일어날 수 있는 일이야."

난 아냐. 남편의 말에 팸은 생각했다.

"그리고 애들은 부모가 함께 봐야지. 둘 다 실수를 한 거야. 그리고 아주 끔찍한 대가를 치를 뻔했잖아. 누구나 실수는 하는 거야."

"그런 건 나도 알아."

하지만 팸의 눈엔 전적으로 클레멘타인 잘못이었다. 팸이 엄마답지 않게 사랑하는 딸한테 엄청난 분노를 쏟아낸 건 모두 그 때문이었다. 팸은 결국은 이런 감정이 사라질 거라는 걸 알았고, 당연히 사라지기를 바랐고, 병원에서 클레멘타인한테 그런 말을 퍼부었다는 사실에 끔찍한 기분이 들었지만, 지금은 여전히 아주, 아주 화가 났다. 왜냐하면 애들을 보는 건 엄마의 일이니까. 페미니즘 따윈 잊어버려. 그런 건 모두 잊어버리란 말이야. 지붕 위에 올라가서 동일 임금을 지급하라고 소리칠 순 있어. 하지만 여자라면 누구나 알잖아. 어떤 상황에선 남자한테 애를 맡기면 안 된다는 걸. 남자들은 동시에 두 가지 일을 못한다는 건 과학적으로 충분히 입증이 된 거잖아. 클레멘타인은 언제나 샘한테 애들을 맡기려 해. 하지만 클레멘타인이 음악가라고 해서, 창조하는 사람이라고 해서, '예술가'라고 해서 책임을 포기해도 될 권리는 없는 거야. 엄마 역할이 먼저라고.

팸은 가끔 팸의 아빠가 저녁 식탁에서 짓던 꿈꾸는 표정을, 자신은 그곳에 없다는 듯한 표정을 지었다. 팸이 얘기를 할 때도 아빠는 가끔 그런 표정을 지었다. 팸은 갑자기 벌떡 일어나서 어슬렁거리는 아빠 때문에 하던 말도 모두 끝맺지 못했다. 아빠는 팸은 조금도 중요하지 않은 망할 어니스트 헤밍웨이였는지도 몰랐다. 아빠는 살아서 생활할 수 있을 땐 내내 서재에 틀어박혀 아무도 안 읽을 소설을 쓰면서 애들을 방치했다. 클레멘타인은 늘 그 소설들이 사라진 일이 엄청난 비극이라도 되는 것처럼 "걸작이었을 수도 있잖아"라고 말했다. *중요한 건 그게 아닌데도, 그게 중요한 것처럼* 말했다. 중요한 건 팸한테 아빠가 없었다는 거다. 팸한테 아빠가 있었다면 팸은 아빠를 정말 좋아했을 거다. 그냥 가끔은 그랬을 거다.

엄마가 이 세상 최고의 첼리스트라고 해서 루비한테 좋은 게 뭐가 있어? 클레멘타인은 루비를 잘 살펴봐야 했다고. 루비가 하는 말을 들어줘야 했어. *자기 애한테* 집중해야 했단 말이야. 당연히 클레멘타인의 음악과 오늘 일어난 일은 전혀 상관이 없다는 걸 팸도 알았다. 하지만 루비가 오늘 밤을 넘기지 못한다면, 루비를 오랫동안 괴롭힐 건강 문제가 발생한다면, 팸은 자신의 분노를 어떻게 다스려야 할지 알 수가 없을 거였다. 하지만 클레멘타인을 위해 분노는 옆으로 치워놓을 힘을 가져야 했다. 팸은 가슴에 손을 얹었다. 루비는 강한 애야. 팸은 그 사실을 스스로에게 상기시켰다. 루비의 발그레한 뺨이랑 고양이처럼 살짝 올라간 멋진 눈을 생각해봐.

"팸?"

"왜?"

팸이 깜짝 놀라 날카롭게 말했다. 마틴이 얼굴을 바짝 들이밀고 팸을 보고 있었다.

"꼭 심장마비가 오는 사람 같은데."

"응, 아냐. 걱정해줘서 고맙지만, 난 아주······."

그때 에리카 집 현관문이 벌컥 열리면서 올리버가 나타났다. 올리버는 운동복 바지와 티셔츠를 입고 있었다.

"안녕, 올리버."

팸은 평상복을 입고 있는 올리버를 처음 봤다. 체크무늬 셔츠를 양복바지에 집어넣고 있는 올리버만 봤다. 지금까지 몇 년간 많이 만났지만, 사실 팸은 올리버를 잘 몰랐다. 올리버는 항상 팸의 대표 요리인 당근과 호두로 만든 케이크를 칭찬했다(올리버는 팸의 당근 호두 케이크엔 설탕이 안 들어간다고 생각하는 것 같았다. 팸은 굳이 진실을 알려줄 마음은 없었다. 설탕 좀 먹는다고 올리버가 어떻게 되는 건 아니니까).

"홀리는 방금 영화를 다 봤습니다. 오늘 밤은 저희 집에서 자도 괜찮을 것 같습니다. 홀리가 좋아할 겁니다."

올리버는 슬픈 목소리로 말했다.

"아, 그래, 그럴 거야, 올리버. 하지만 오늘은 우리도 홀리를 데려 가려고 싸워야겠어. 그래야 루비 걱정을 좀 잊을 수 있을 거 같아서."

"오늘 자네는 영웅이었다고 생각하네."

마틴이 올리버에게 손을 내밀며 말했다.

"무슨 말씀을 하시는 건지……."

올리버는 마틴의 손을 잡으려고 했다. 하지만 마틴은 악수를 하려는 마지막 순간에 마음을 바꾸고 올리버를 어색하게 끌어안더니 등을 두드렸다. 아마도 지나치게 세게 두드렸을 거다. 그 모습을 보고 팸은 깜짝 놀랐다. 팸은 마틴의 서투름을 만회하려는 듯 올리버의 팔을 부드럽게 토닥였다.

"정말로 영웅이야. 올리버랑 에리카가 영웅 맞아. 루비가 집에 오고, 좀 나아지면 우리가 특별히 저녁에 초대할 거야. 영웅한테 딱 맞는 저녁을 준비할 생각이야. 올리버가 좋아하는 당근 케이크도 만들어놓을게."

"오, 맛있겠는데요. 우와, 정말 감사합니다."

올리버는 뒤로 물러나서 열네 살 소년처럼 고개를 숙였다.

"에리카는 어디 있어?"

"사실, 자고 있습니다. 기분이 좀…… 좋지 않아서요."

"충격을 받아서 그럴 거야. 다들, 조금. 저런, 이게 누구야? 안녕, 달링. 어마, 이 요정 날개 좀 봐."

홀리는 곧바로 팸한테 오더니 팸의 가슴에 얼굴을 묻었다.

"안녕, 할머니. 나 '아주 지쳤어.'"

홀리는 손가락을 들어서 인용부호를 만들었다. 정말 귀여운 버릇이라니까.

"그래. 아저씨가 홀리 돌 가져올게."

"아뇨. 그거 싫어요. 그거 싫다고 했잖아요. 아저씨가 가져요."

홀리는 마치 싸우려는 사람처럼 말했다.

"그렇구나. 그럼 아저씨가 대신 보관하고 있을게. 혹시 맘이 바뀌면 가져가는 걸로 하자."

"홀리야, 할아버지한테 와."

홀리는 팔을 활짝 벌리고 있는 마틴에게 풀쩍 뛰어올라 다리로 마틴의 허리를 감싸더니 어깨에 머리를 묻었다. 무릎 수술을 했으니 홀리를 안으면 안 된다고, 팸은 말할 수 없었다. 지금 마틴은 홀리를 안아야 할 필요가 있었다.

차 안에서 홀리는 잠들었다. 홀리는 마틴이 안아서 집으로 옮길 때도, 팸이 잠옷을 갈아입힐 때도 눈을 뜨지 않았다. 마틴은 굳이 잠옷으로 갈아입히지 않아도 된다고 했지만, 팸은 잠옷을 입어야 훨씬 편하다는 걸 알고 있었다. 하지만 팸이 홀리를 침대에 눕히고 잘 자라고 입 맞추려 할 때 홀리는 번쩍 눈을 떴다.

"루비 죽었어?"

홀리는 똑바로 누운 채 고개를 옆으로 돌리고 있었기 때문에 머리칼에 가린 얼굴은 잘 보이지 않았다.

"아냐, 달링."

팸은 홀리의 얼굴에서 머리칼을 치워 이마 뒤로 넘겨줬다.

"루비는 병원에 있어. 의사 선생님들이 돌봐주고 계셔. 루비는 괜찮아질 거야. 그러니까 너도 자면 돼."

홀리는 눈을 감았고, 팸은 홀리의 등을 쓸어줬다.

"할머니."

"왜, 달링?"

홀리는 팸은 들리지도 않는 목소리로 속삭였다.

"뭐라고?"

팸은 홀리의 말을 들으려고 몸을 앞으로 숙였다.

"엄마랑 아빠가 나한테 많이 화났지?"

"당연히 아니지. 왜 엄마랑 아빠가 너한테 화를 내겠어?"

"내가 루비를 밀었으니까."

순간 팸은 얼어붙었다.

"내가 루비를 밀었어."

홀리는 다시 한 번 더 큰 소리로 말했다.

팸은 홀리의 등에 가만히 손을 대고 조금도 움직이지 않았다. 잠시, 팸은 홀리의 등에 대고 있는 손이 자기 손이라는 생각을 하지 못했다. 그 손은 자기 손이라기엔 너무나 늙고 주름진 손이었다.

"루비가 내 가방을 가져갔어. 내 가방을 들고 분수 옆에 서 있는데, 나한테 달라고 해도 안 주잖아. 그거 내 건데. 내가 막 뺏으려고 했거든. 내가 뺏어서, 루비를 밀어버렸어. 너무 화가 나서 그랬어."

"오, 홀리."

"빠져 죽으라고 그런 거 아냐. 루비가 날 쫓아올 줄 알고 그랬단 말이야. 루비 천국에 갔어? 천국에 가는 거 싫은데."

"다른 사람한테도 이런 말 했니?"

"올리버 아저씨."

홀리는 그 사실이 죄라도 되는 것처럼 베개에 얼굴을 파묻고 중얼거렸다.

"올리버 아저씨가 뭐라고 하셨어?"

"병원에 가서 루비를 보면, 루비 귀에 대고 '미안해'라고 하라고 했어. 다시는 절대 밀지 않겠다는 약속도 하라고 했어."

"아."

"아저씨가 그거 우리 둘이서 비밀로 하자고 했어. 아저씨가 아무한테도 말 안 한다고 했어."

올리버는 정말 사랑스러운 사람이야. 정말 좋은 사람이야. 옳은 일을 하려고 노력한 거야. 하지만 홀리한테 루비의 귀에 대고 미안하다고 속삭일 기회가 오지 않는다면? 아냐, 루비는 강한 애야. 오늘 밤에 죽을 리가 없어. 하지만 루비가 죽는다면, 무책임한 클레멘타인이 치러야 할 대가를 아름답고 죄 없는 홀리가 치르게 할 수는 없어.

"홀리. 그거 아니? 루비는 네가 밀었을 때 분수에 떨어진 게 아냐."

팸은 단호하게 말했다.

"그 뒤에 떨어진 거야. 홀리가 멀리 도망갔을 때 떨어진 거야. 아마 발이 미끄러졌을 거야. 그래, 미끄러졌을 거 같아. 할머니는 알아. 루비는 분수에 빠진 거야. 네가 민 게 아니고. 할머니는 네가 그런 게 아니란 거 알아. 홀리랑 루비가 한 일은 분수 옆에서 서로 가방을 가지려고 싸운 것뿐이야. 가여운 루비는 분수로 떨어진 거고. 그건 사고였어. 그러니까 이제 자도 돼."

홀리의 호흡이 느려졌다.

"그러니까 루비를 밀었다는 생각은 하면 안 돼. 그냥 사고였어. 홀리 잘못이 아냐. 사실은 누구의 잘못도 아냐."

팸은 계속 홀리의 등을 문질러줬다. 잔잔한 수면에 작은 돌은 던지면 동심원을 그리며 퍼져나가는 물결처럼 점점 더 커지는 원을 그리면서 홀리의 등을 문질러줬다. 계속, 계속 홀리한테 말하는 동안 팸의 기억은 잔물결이 사라지는 것처럼 사라져갔다. 우습게도 팸은 클레멘타인을 향한 분노가 처음부터 없었던 것처럼 서서히 사라져가는 걸 느꼈다.

· 89 ·

바비큐 파티 넉 달 뒤

클레멘타인은 우편함에서 꺼내온 우편물을 하나씩 살펴보다 자기한테 온 평범한 하얀 편지봉투를 발견했다. 에리카가 손으로 쓴 편지였다. 클레멘타인은 작고 촘촘한 필체로 아무렇게나 휘갈겨 쓴 친숙한 글씨를 물끄러미 내려다봤다. 어제 공항으로 가기 전에 들러 우편함에 넣고 간 걸까?

에리카와 올리버는 6개월 동안 여행을 하겠다며 어제 아침에 떠났다. 두 사람 모두 무급으로 회사를 휴직한 뒤에 전 세계를 둘러보는 여행 상품을 구입했다. 두 사람은 계획을 '유연하게' 세웠다고, 마음을 유연하게 먹었다고 했다. *그 말은 어떤 날은 숙소를 예약하지 않고 자유롭게 여행한다는 뜻이었다.* 에리카와 올리버는 정말 이상한 사람들이다.

여행에서 돌아오면 두 사람은 장기 아동 위탁 프로그램에 참가할 거라고 했다. 정말 뜬금없이 에리카가 여행을 가겠다고 선언했을 때(그 선언도 전화로 한 게 아니라 이메일로 통보했다), 두 사람은 벌써 위탁 부모가 되려고 신청해뒀다고 했다. 클레멘타인의 엄마 말대로라면, 에리카와 올리버는 실비아에 대해선 아무 계획도 세우고 있지 않다고 했다. 혹시라도 에리카의 엄마 집이 엉망진창이 돼 이웃에서 경찰에 신고를 한다면, 그렇게 하게 내버려둘 거라고 했다.

"정말이야. *그냥 그렇게 내버려둘 거예요,* 라고 했다니까. 그 말을 듣고 내가 의자에서 미끄러질 뻔했지 뭐니."

팸은 클레멘타인한테 그렇게 말했다.

물론 클레멘타인의 엄마 아빠가 계속 실비아를 지켜보겠지만.

"*나한테* 부탁하면 됐을 텐데."

클레멘타인이 그렇게 말하자 팸은 그 말을 곰곰이 생각해보는 것처럼 잠시 말이 없다가 "네가 바쁜 거 아니까"라고 말했다.

에리카와 클레멘타인의 우정은 어쨌거나 조금씩 바뀌어가고 있었다. 서로 연락을 하지 않는 상태로 몇 주가 지날 때도 있었고, 클레멘타인이 에리카에게 전화를 해도 에리카가 다시 전화를 할 때까지 며칠이 걸릴 때도 있었다. 왠지 에리카는 클레멘타인하고 거리를 두는 것 같았다. 사실은, 거의 믿을 수 없고 말도 안 되고 그럴 수도 없는 일이지만, 왠지 에리카는 클레멘타인을 *실망시키고 싶지 않아서* 노력하고 있는 것 같았다.

에리카는 한 소녀한테 자신은 친구이긴 하지만 그 이상은 아니라는 걸 알려주려는 친절한 소년처럼 행동했다. 이제 클레멘타인은 좀 더 낮은 단계의 우정을 나누는 사이로 강등된 거다. 그 때문에 클레멘타인은 즐거우면서도 안심이 되지만 어느 정도는 창피하고 정확히는 우울한 감정이 마구 뒤섞인 이상한 기분이 들었다.

클레멘타인은 편지봉투를 열었다. 봉투에는 아주 짧게 쓴 쪽지가 들어 있었다.

━━ 안녕, 클레멘타인. 우리 엄마가 찾은 사진을 한 장 주고 갈게. 엄마

는 이 사진이 '증거'라고 생각하나봐. 자기가 멋진 엄마였다는 증거 말이야. 어쨌거나 이 사진을 보면 너도 웃을 거야. 6개월 뒤에 보자.

사랑하는 에리카가.

사진이라니, 무슨 사진? 클레멘타인은 에리카가 사진 넣는 걸 잊었다고 생각했다. 하지만 봉투를 들고 흔드니 조그만 종이가 툭 하고 튀어나오더니 땅을 향해 팔랑팔랑 떨어져내렸다. 클레멘타인은 그 사진이 바닥에 닿기 전에 잡아챘다.

클레멘타인과 에리카와 에리카의 엄마가 루나 파크에서 롤러코스터를 타며 찍은 사진이었다. 롤러코스터가 가장 높이 올라갔다가 갑자기 곤두박질 칠 때 찍은 사진이었다. 그날, 에리카의 엄마가 에리카와 클레멘타인을 학교에서 데리고 나왔을 때, 클레멘타인은 얼마나 놀랐는지를 기억했다. (실비아는 어떻게 그럴 수가 있었을까? 그때 실비아는 없는 얘기를 지어냈다. 실비아는 정말 뭐든지 할 수 있는 사람이야.) 그날, 클레멘타인은 정말로 행복에 푹 빠져 있었다. 정말로 충격적이었다. 산다는 건 이래야 한다고, 클레멘타인은 생각했었다.

클레멘타인은 그날, 에리카도 자기만큼이나 신나했다는 걸 기억했다. 세 사람이 하는 모든 일이 신났다. 하지만 그날이 끝나가면서 왠지 모르지만 에리카의 기분은 계속해서 나빠졌다. 집으로 오는 동안엔 사라져버린 도서관 책 때문에 아주 초조해하고 있었다.

"어디 있는지 정확하게 안다니까."

실비아는 계속 그렇게 말했고 에리카는 계속 "모르잖아. 모르면서"라고 대꾸했다. 순진했던 클레멘타인은 그게 왜 그토록 큰 문제인지 이해할 수가 없었다. 도서관에서 빌린 책은 어쨌거나 나타날 거니까. 어쨌거나 실비아는 버리는 물건이 하나도 없으니까. 그러니까 이제 하루를 망치는 건 그만해, 에리카. 클레멘타인은 화가 나서 생각했다.

클레멘타인이 질서도 없고 규율도 없던 그날을 좋아할 수 있었던 건 결국 깨끗하고 단정한 집으로 돌아와 볼로네즈 스파게티를 먹으면서 다음 날 학교에 갈 준비를 할 수 있었기 때문일 거다.

클레멘타인은 사진을 좀 더 가까이 들고 에리카의 얼굴을 뚫어지게 봤다. 두 눈을 감고 비명을 지르고 웃으면서 고개를 젖힌 에리카의 얼굴엔 거의 관능적인 자유분방함을 담은 순수함이 서려 있었다. 에리카한테 야성이 숨어 있는 거다. 거의 드러나는 일이 없는 야성이 숨어 있는 거야. 에리카는 그 야성을 조심스럽게 숨기고 있는 거야. 올리버라면 그 야성을 볼 수 있겠지. 그게 바로 건조한 농담이 마치 실수처럼 가끔씩 튀어나오는 이유일 거야. 사진을 보면서 집으로 걸어가는 동안 클레멘타인은 평범한 집에서 태어나는 특권을 누렸다면 에리카는 어떤 사람이 될 수 있었을지, 어떤 사람이 됐을지, 어떤 사람이 돼야 했을지 궁금했다. 안전하게 착지할 수 있는 공간만 있다면 사람들은 정말로 멀리 뛰어오를 수 있잖아.

"그게 뭐야? 뭐 보고 있어?"

클레멘타인이 현관으로 들어서자 홀리가 물었다. 클레멘타인은 작은 손가락이 사진을 뺏어가지 못하도록 손을 번쩍 들어올렸다.

"아무것도 아냐."

클레멘타인은 에리카의 편지를 다시 봤다. 그리고 종이 끝에 휘갈겨 쓴 에리카의 글씨를 봤다.

━━━ 추신: 이제 막 그 소식을 들었어. 잘했어, 둠코프. 무슨 말인지 알지?

"'소중한' 거야?"

홀리가 '소중한'이라는 말에 손가락으로 강조 표시를 하면서 물었다.

"그래."

클레멘타인은 대답하면서 다시 사진을 들여다봤다. 이 사진은 안전한 곳에 간직해야 해. 안 그랬다가는 잃어버리기 쉬우니까.

"그래, 아주 소중한 거야."

클레멘타인은 대답했다.

감사의 글

펭귄의 모든 분들에게 정말로 감사합니다. 특히 멋진 맥신 히치콕과 킴벌리 애킨스, 게비 영에게 특별한 감사의 인사를 보냅니다. 오스트레일리아와 미국의 편집자들, 케이트 피터슨, 마틸다 임라, 브리안 콜린스, 에이미 아인호른 역시 감사합니다.

작가가 된 뒤로 많은 전문가들이 제가 소설을 쓴다는 이유만으로 친절하게 자신의 지식을 나눠주는 경험을 하면서 늘 놀라게 됩니다. 아낌없이 시간을 내주고 전문지식을 알려준 페넬라에게 고맙다는 말을 하고 싶습니다. 첼리스트로서의 삶을 참을성 있게 들려주고 여러 질문에 답해준 로웨나, 댄서로 살았던 시절을 여러 가지로 알려준 캣 시킨스 모두 감사합니다. 의학 질문에 답을 해준 크리스 존스에게도 고마움을 전합니다. (이 책은 이웃에 관한 책이기 때문에, 크리스를 알게 된 건 누구나 이웃집에 살았으면 하고 바랄 사랑스러운 옆집의 수 존스와 켄 존스 덕분임을 말씀드려야겠습니다. 두 분은 크리스의 부모님입니다.) 음악에 문외한인 저를 위해 음악에 관해 조언을 해주신 리즈 프리젤에게도 감사의 말씀을 드립니다. 이 책에 실수가 있다면 그건 슬프지만 전적으로 제가 한, 저만의 실수입니다.

친구이자 동료 작가인 베르 캐롤, 다이앤 블랙록에게도 고마움을 전합니다. 두 친구는 제가 이 소설을 쓸 수 있도록 우정과 지원을 아끼지 않았습니다.

사랑스러운 저작권 에이전트 조너선 로이드, 오스트레일리아와 미국 에이전트 피오나 잉글리스, 파야 벤더에게도 감사의 말씀을 전합니다. 멋진 할리우드의 세계로 나를 이끌어준 제리 칼라지안도 고맙습니다.

엄마, 아빠, 재키, 케이티, 피오나, 시안, 니콜라 모두 감사합니다. 특히 교정을 도와준 케이티 고맙습니다. 애덤, 조지, 애나, 함께해줘서 고마워. 너희가 있다는 게 나에겐 얼마나 행운인지 모르겠다. 우리 가족을 위해 모든 일을 해준 애나 쿠퍼도 감사합니다.

이 책에 나오는 두 사람은 실제 인물의 이름을 따서 지었습니다. 스티븐 런트는 젊은 암 환자를 위한 CLIC 사전트가 진행한 '겟 인 캐릭터' 기금 모금 경매의 최종 응찰자입니다. 로빈 번은 시스터스 인 크라인 오스트레일리아 다비트 어워즈 '소설에서 영구히 살아남기' 부문 수상자입니다.

이 책은 뛰어난 소설가인 제 동생 재클린 모리아티에게 바칩니다. 동생의 도움과 지원이 없었다면 이 책을 끝내지 못했을 겁니다. 사실 재키가 없었다면 어떤 책도 저는 끝낼 수가 없었을 것입니다.

병적인 수집벽에 관한 내용은 제시 숄의《더러운 비밀: 엄마의 강박적 수집증을 인정한 딸(Dirty Secret: A Daughter Comes Clean About Her Mother's Compulsive Hoarding)》(2010, 갤러리북스)과 킴벌리 래 밀러의 《고백: 어떤 기억(Coming Clean: A Memoir)》(2014, 뉴하비스트)을 참고했습니다. 웹사이트 www.childrenofhoarderst.com에서도 유용한 자료를 많이 찾았습니다.

Truly Madly Guilty
정말 지독한 오후

제1판 1쇄 발행 | 2016년 11월 7일
제2판 1쇄 발행 | 2023년 8월 28일

지은이 | 리안 모리아티
옮긴이 | 김소정
펴낸이 | 김수언
펴낸곳 | 한국경제신문 한경BP
책임편집 | 이혜영
저작권 | 백상아
홍보 | 서은실 · 이여진 · 박도현
마케팅 | 김규형 · 정우연
디자인 | 지소영
본문디자인 | 디자인 현

주소 | 서울특별시 중구 청파로 463
기획출판팀 | 02-3604-590, 584
영업마케팅팀 | 02-3604-595, 562   FAX | 02-3604-599
H | http://bp.hankyung.com   E | bp@hankyung.com
F | www.facebook.com/hankyungbp
등록 | 제 2-315(1967. 5. 15)

ISBN 978-89-475-4908-0   03840